LIAO NAN
BEI KE

辽 南 碑 刻

崔世浩 编著

大连出版社

ⓒ 崔世浩 2007

图书在版编目(CIP)数据

辽南碑刻/崔世浩编著. —大连:大连出版社,2007.1
ISBN 978 - 7 - 80684 - 398 - 7

Ⅰ.辽… Ⅱ.崔… Ⅲ.碑刻—汇编—辽宁省
Ⅳ.K877.42

中国版本图书馆 CIP 数据核字(2006)第 067848 号

责任编辑:张 波
封面设计:张 波
　　　　　林 洋
版式设计:张 波
责任校对:金 琦
　　　　　于孝锋

出版发行者:大连出版社
　　地址:大连市西岗区长白街 10 号
　　邮编:116011
　　电话:(0411)83620442
　　传真:(0411)83610391
　　网址:http://www.dl-press.com
　　电子信箱:cbs@dl.gov.cn
印　刷　者:大连理工印刷有限公司
经　销　者:各地新华书店

幅面尺寸:210mm×285mm
印　　张:20.75
字　　数:613 千字

出版时间:2007 年 1 月第 1 版
印刷时间:2007 年 1 月第 1 次印刷
定　　价:83.00 元

蓮

遼南碑刻

大連寶巖題

序

　　碑刻,顾名思义,系指书刻于碑上的文字、图案等。其中,各类碑碣、墓志,作为历史文化的重要载体,是历代文化重要的表现形式之一。

　　位于我国辽东半岛南部的辽南地区,历史文化悠久,文物古迹丰富。考古调查资料显示,仅今辽南的大连地区,已发现新石器时代以来的遗址、城址、建筑等各类古代遗址1358处。秦汉以来,随着中原王朝封建统治制度在辽南地区的确立,以汉民族为主体的辽南人民,继承中华民族传统的优秀文化,并起着中原先进文化传播东北地区乃至东亚地区的桥梁和纽带作用。至明清时期,随着封建社会经济的繁荣发展,地处辽南具有丰厚文化底蕴的金州,即以山环海抱、人杰地灵的辽南古城而闻名于世,反映悠久金州历史文化的碑刻,是辽南历代碑刻的重要组成部分。

　　据有关文献记载和田野考古调查,辽南重镇的金州古代碑刻,几乎遍及城乡各地。依据现有资料,其种类有寺庙碑、宫观碑、墓碑、墓志、纪念碑、诗文记事碑等等,其中不乏弥足珍贵者,如原树立在旅顺黄金山下的唐代鸿胪井石刻,它是唐政府与渤海国交往最为珍贵的历史见证;金州亮甲店真武庙的明正德元年(1506)《得胜庙记》中所记述的永乐年间金州望海埚抗倭斗争,可自《明史》、《明实录》等史籍中得到佐证;《南山战迹塔纪念碑》、乃木希典的《南山诗碑》等数量众多的日本碑是日俄两个帝国主义在中国土地上进行厮杀的历史见证。有的是反映佛教经典的刻石,如保存在旅顺博物馆内的《金州城永庆寺佛顶尊胜陀罗尼真言石经幢》是研究古代印度语言文字和佛经十分重要的资料。有的是名人的墓碑、墓志铭等,如立于元至正八年(1348)的《张成墓碑铭》,是研究元朝至元年间元军抗倭斗争及屯守东北的重要实物资料;还有《阎福升神道碑》、《王永江神道碑》、《王永江墓志》、《李廷荣墓志》、《孙镜堂墓表》、《王福清墓碑》、《董秋农墓碑》、《马成魁墓碑》、《王天阶墓碑》等,他们或多或少地以个人的生平见证了当时的重大事件,是历史研究的主要史料。有的是反映当时地方官员"为官一任,造福一方"的歌功颂德碑,是研究当时大连地方史珍贵的资料。有的是反映当地教育发展状况的碑刻,如金州孔庙历代碑刻,有元至正十年(1350)《金州儒学碑》和明万历年间的《辽东金州先师庙碑》(碑阳)、《金州卫建修庙学碑记》(碑阴)、清乾隆十八年(1753)《宁海县之学记》、清嘉庆二十年(1815)《重修宁海县学宫记》、清光绪十二年(1886)《南金书院记》等,记载了元明清时期金州儒学教育的发展与兴盛的历史。大量的碑刻是记述寺庙建设的庙碑,这些碑刻虽然多含有浓厚的宗教色彩,但从中仍能反映当时社会历史状况的端倪,特别是碑文落款中有政府机构、驻军机构、官员人名、商号、当地社会名流等,这些都是研究当地经济、文化、军事、历史的参照资料;清乾隆三十一年(1766)金州挂符桥《重修碑记》,为我们深入研究明清时期辽南有关地理交通情况提供了珍贵史料,如此等等。从以上诸多辽南碑刻中,不难发现,大连的碑刻主要分布在金州,以碑刻见证大连史的辽南碑刻,填补了大连金石志的空白。

　　上述辽南历代碑刻只有少量散见于前人的著作中，主要有《辽东志》、《奉天通志》、《满洲金石志》、日人水谷清一《满洲金石志稿》、曹世科、毕序昭等纂修《金州志纂修稿》、日人增田道义殿《金州管内古迹志》、孙宝田《旅大文献征存》等，这些著录或限于体例、或限于区域、或限于条件、或限于时代，都只是反映了辽南碑刻的某一部分，因而对辽南历代碑刻的著录均有所欠缺。其中，大部分碑刻铭文只录碑的正文，对于落款、碑阴等从略。有些著录的碑文中，还夹杂着错录、落字等现象，给后人造成很大的不便，不能全面涵盖辽南碑刻的全貌，这对于研究、关心辽南碑刻的人来说，不能不说是一个遗憾。我国碑刻文化博大精深而又源远流长，前人对于它的研究取得了令人瞩目的成果，对于大连地区碑刻的系统研究应该说起步较晚，《辽南碑刻》一书可为我们从事这项研究提供较全面的、具有历史参考价值的文献史料。该书对于每件碑刻均记录了名称、位置、时代、材质、形制、纹饰、碑刻内容、碑首、碑额、撰者、书者、书体、规格等以及与此有关的内容，可以说是旁征博引，精心求证，多为作者十余年来亲自调查的第一手材料，具有较高的文物史料价值。

　　金州博物馆崔世浩同志自从事文博工作以来，倾心于辽南地区历代碑刻的系统调查整理与研究工作。经数年努力，竟搜集各类碑刻达二百余通，其数量大大超出以往有关辽南碑刻的著录，这些碑刻多由于历尽沧桑，文字残涊，有的碑身破损，可谓"残碑断碣"，但从石碑系刻于石上的"史书"角度来看，其对地方史研究的意义自不待言。世浩同志在椎拓碑文的基础上，对上述所录碑文进行了句读和初步的注释、考证，其治学精神难能可贵。今世浩同志拟将上述碑刻结集出版，请余为之序。余概览其稿，感慨之余，欣然命笔。是为序。

大连大学东北史研究中心客座教授
大 连 市 文 化 局 文 物 处 处 长　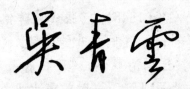

凡　例

1. 本书所选的碑刻,分为两部分,第一部分是对碑刻进行注释、考证等;第二部分仅对碑文进行抄录,此部分多为前人所录的碑文。

2. 本书所选的碑刻,均取自于辽南地区,年代上自唐朝,下限截止 2004 年,个别事项延迟至搁笔止。辽南地区包括今天普兰店市南部、长海县、金州、大连开发区、大连湾、大连市内各区和旅顺。历史上金州是辽南的政治、文化、经济、军事、宗教中心,故所选碑刻主要以当今金州区域为主,其他周边地区只选择具有代表性和历史价值较高的碑刻作为入选本书标准。

3. 本书中的地名,没有特殊指明的,如村、镇等地名,均指现金州区。

4. 本书所指碑刻,只指文字碑刻,凡是有文字刻于石上者,均列入本书范围之内。

5. 本书所选碑刻碑文,先按照类别划分,其次以种类区分,再次以年代先后为序。年代不详的,根据碑文所反映的年代背景,统筹安排于同类之中。

6. 对前人抄录的碑文中的错字,没有相互对照的,按原样抄录,不作变动;有两种以上文本的,根据上下文的意思和语法,作相应的取舍。

7. 碑刻的标题,依照碑刻上原作标明,一般不作大的改动,原作无标题的,根据碑刻的内容和年代,由编者自行草拟。为了读者方便了解碑刻的年代,在标题之下,标明年代。

8. 由于碑刻大都为繁体字,竖排,为了读者方便阅读,均改为简体字,横排。特殊的字体,如异体字等,本书不作改动,照原样抄录。碑刻上的文字不清楚的或缺失的,以"□"符号替代,前人有记录的,以"碑"形式补齐,以供后人方便阅读;不清楚缺失多少字,以"……"代替;行与行之间的界限也作了标明,以"』"符号作以提示。

9. 碑刻一般无标点符号,为了阅读方便,故加之标点符号(落款人名、碑阴人名不加标点);现代碑刻有标点符号的,在文中加以说明。

10. 为保存碑刻原貌,对原作中的错别字及含有歧视性的文字,均不予更动。另外,对当时民间书写的碑刻字体或碑文,多有文理不通之处,亦保持原样,但在注解中作相应的说明。

11. 碑文中有众多人名落款的,为保持原有格式,避免在排序上造成紊乱,故在字号上进行适当比例缩小。

12. 对本书中的部分照片,在不改变原貌的前提下,作了必要的电脑技术处理。

13. 为了适应一般读者的阅读习惯,除了文章中特别注明以外,对引用的资料没有一一注明详尽的页码,只在书后《参阅书目》中列出其书目。

14. 书中的照片除了历史旧照外,没有标明摄影者的,均为本书作者拍照。

目 录

序/ 1
凡例/ 1
概述/ 1

碑 刻 考 释

寺庙碑

一 观音阁

1. 榆林胜水寺重修记[明·嘉靖六年(1527)]/ 3
2. 重修观音阁碑[明·万历四十五年(1617)]/ 5
3. 重修观音阁碑记[清·康熙四十九年(1710)]/ 6
4. 观音阁重修碑记[清·康熙五十七年(1718)]/ 7
5. 金州城东大赫山重修观音阁碑序[清·雍正三年(1725)]/ 9
6. 重修观音阁记[清·道光八年(1828)]/ 10
7. 观音阁重立捐施碑记[清·咸丰二年(1852)]/ 13
8. 涂景涛游胜水寺诗碑[清·光绪戊戌年(1898)]/ 14
9. 重兴胜水寺记[民国九年(1920)]/ 15
10. 观音阁重修碑记[民国二十年(1931)]/ 20
11. 重修观音阁碑记(2004年)/ 21

二 朝阳寺

1. 明秀寺[清·乾隆五十九年(1794)]/ 23
2. 重修朝阳寺碑记[清·道光二十九年(1849)]/ 25
3. 曹世科《丙子夏月》朝阳寺诗碑(1936年)/ 28
4. 捐建朝阳寺禅房和响水观牌楼碑志(1995年)/ 29

三 响水观

1. 张永祥募化响水观碑[清·宣统元年(1909)]/ 30
2. 捐资重修响水观碑记[民国十三年(1924)]/ 32
3. 康有为游响水观题壁诗[民国乙丑年(1925)]/ 36
4. 新修大和尚山官道记[大正十五年(1926)]/ 38

四 唐王殿(石鼓寺)

1. 捐建唐王殿碑志[清·道光十年(1830)]/ 40
2. 大赫山韩氏先德修建石鼓寺碑[民国甲戌年(1934)]/ 42

五 金州孔庙

1. 金复州儒学碑[元·至正十年(1350)]/ 45
2. 辽东金州先师庙碑[明·万历三十五年(1607)]/ 47
3. 宁海县之学记[清·乾隆十八年(1753)]/ 53
4. 重修宁海县学宫记[清·嘉庆二十年(1815)]/ 55
5. 南金书院记[清·光绪十二年(1886)]/ 57
6. 重修金州圣庙记[民国十八年(1929)]/ 59

六 龙王庙

1. 重修龙王庙碑记[清·道光二十年(1840)]/ 64
2. 龙王庙重修记(1987年)/ 67

七 古佛洞

1. 黄仕林功德碑[清·光绪十三年(1887)]/ 68
2. 重修梦真窟碑[民国十五年(1926)]/ 71

八 亮甲店真武庙

1. 得胜庙记[明·正德元年(1506)]/ 75
2. 重修真武行祠以崇得胜庙碑记[明·万历十七年(1589)]/ 80
3. 真武庙重建碑记(2002年)/ 81
4. 重修真武庙感怀诗碑(2002年)/ 83

九 大李家永清寺

1. 重修永清寺钟楼碑记[民国二十二年(1933)]/ 84
2. 重修永清寺碑记[伪康德三年(1936)]/ 86

十 二十里堡广宁寺

重修广宁寺碑记[伪康德三年(1936)]/ 87

十一 石河莲花庙

1. 莲花庙重修志[清·光绪七年(1881)]/ 89
2. 重修九莲寺记(2003年)/ 90

十二 金州城忠义寺

重修铜像关圣帝君庙碑记[清·光绪二十年(1894)]/ 92

十三 向应三官庙

重修三官庙碑志[清·同治三年(1864)]/ 96

十四 营城子永兴寺

1. 重修永兴寺碑记[清·道光七年(1827)]/ 98
2. 重修永兴寺碑记[清·同治六年(1867)]/ 100
3. 永兴寺重修志[民国三年(1914)]/ 101

十五 大魏家金龙观

1. 金家庙碑记[清·咸丰十年(1860)]/ 104
2. 金龙观重修碑记(2003年)/ 105

十六 金石滩寺儿沟潮阳寺

潮阳寺碑记[明·正德元年(1506)]/ 107

十七 旅顺天妃庙

旅顺天妃庙记碑[明·永乐六年(1408)]/ 108

德政碑

1. 赖公(光表)德政碑[清·乾隆十八年(1753)]/ 111
2. 素公德政碑[清·道光十八年(1838)]/ 112

3. 魏公德政碑[清·光绪八年(1882)]/ 114

墓碑

1. 元故敦武校尉管军上百户张成墓碑铭[元·至正八年(1348)]/ 116
2. 沙伦太满汉文墓碑[清·嘉庆十四年(1809)]/ 121
3. 李廷荣墓志[清·光绪二年(1876)]/ 123
4. 金贞妇仲氏墓阙铭[清·光绪二十四年(1898)]/ 124
5. 徐恕墓碣并铭[清·光绪二十四年(1898)]/ 125
6. 金州七顶山老虎山屯满氏家族墓碑[民国十二年(1923)]/ 126
7. 金州孙镜堂之墓表[民国辛未年(1931)]/ 127
8. 署理金州副都统阎福升神道碑(1937年)/ 131
9. 王希忠墓碑[伪康德十一年(1944)]/ 135
10. 金州城北三里庄塔碑文(民国年间)/ 136
11. 王福清烈士碑文(1951年)/ 137
12. 王天阶墓碑记(1992年)/ 139
13. 旅顺万忠墓诸碑(1896、1922、1948、1994年)/ 143
14. 董秋农烈士之墓碑(1998年)/ 152
15. 阎世开墓碑(2001年)/ 153
16. 马成魁墓碑记(2002年)/ 156

贞节碑

1. 达尔当阿之妻夏氏节孝碑[清·道光六年(1826)]/ 159
2. 关德禄元配刘氏贞节碑[清·道光十六年(1836)]/ 160
3. 李公郭氏贞节碑[清·道光十九年(1839)]/ 161
4. 徐段会妻白氏碑志[民国八年(1919)]/ 162
5. 王太君贞节碑(伪康德年间)/ 163

墓志铭

1. 文氏家族墓志(1911年)/ 165
2. 王永江墓志铭[民国十六年(1927)]/ 167
3. 孙士材夫妇合葬墓志铭(1936年)/ 171
4. 金州孙尚义元配毕氏墓志铭[民国二十五年(1936)]/ 172
5. 林维周检察官妻初氏墓志铭[民国二十八年(1939)]/ 175
6. 毕世珙墓志铭(约民国三十年间)/ 176

纪念碑

1. 旅顺鸿胪井石刻[唐·开元二年(714)]/ 178
2. 金县铁龛公园记[民国二十年(1931)]/ 182
3. 故先师□公□之焕章纪念碑[昭和十三年(1938)]/ 183
4. 东沟水库竣工纪念碑(1973年)/ 184
5. 大魏家连丰烈士陵园纪念碑(1992年)/ 185

6. 旅顺土城子阻击战纪念碑(1994年)/ 186
7. 金州城东石门子阻击战纪念碑(1996年)/ 188

石经幢

永庆寺佛顶尊胜陀罗尼真言石经幢(金代)/ 192

桥碑

挂符桥重修碑记[清·乾隆三十一年(1766)]/ 196

日本碑

1. 镇魂碑[明治三十八年(1905)]/ 199
2. 殉节三烈士碑[大正二年(1913)]/ 203
3. 乃木希典南山诗碑[昭和十二年(1937)]/ 206
4. 正冈子规《在金州城》俳句碑[纪元2600年(1940)]/ 208

俄文碑

金州苏军烈士塔纪念碑(1945年)/ 211

其他

1. 钓鲸台刻石(明·嘉靖年间)/ 212
2. 何公祠碑记[清·同治五年(1866)]/ 213
3. 旅顺显忠祠碑记[清·光绪十九年(1893)]/ 216
4. 关向应戎马铜像铭文(1988年)/ 218
5. 曲氏井碑文(1994年)/ 220

碑 文 选 录

寺庙碑

一 观音阁

1. 重修胜水寺碑记[明·弘治三年(1490)]/ 225
2. 重修盘道碑记[清·咸丰二年(1852)]/ 226

二 金州城忠义寺

1. 重修武安庙记[明·正德十五年(1520)]/ 226
2. 关圣帝君庙貌碑记[清·顺治己亥年(1659)]/ 227
3. 关圣帝君庙貌碑记[清·康熙三十一年(1692)]/ 227
4. 关帝祠重修记[清·乾隆二十一年(1756)]/ 228
5. 捐资关帝庙碑记[清·道光二十年(1840)]/ 228

三 金州城城隍庙

1. 增修城隍庙碑记[清·乾隆三年(1738)]/ 229
2. 重修城隍庙寝宫碑记[清·咸丰五年(1855)]/ 230
3. 重修城隍庙碑文[清·光绪十三年(1887)]/ 230
4. 勉□碑[清·宣统元年(1909)]/ 231

四 金州城玉皇庙

1. 重修玉皇庙碑记[清·乾隆二十一年(1756)]/ 231
2. 重修玉皇庙碑[清·光绪二十年(1894)]/ 232

五　金州城永庆寺

1. 追述宝常老师碑记(清·年代不详)／233
2. 重修永庆寺碑序[清·康熙十五年(1676)]／233
3. 永庆寺重修碑记[清·乾隆四十五年(1780)]／234
4. 徐守之捐施永庆寺碑记[清·道光十三年(1833)]／234

六　金州城天后宫

金州城天后宫报修船只规模费暨历年换票纳税
章程碑[清·光绪六年(1880)]／235

七　金州城东岳天齐庙

1. 重修东岳庙十闫君殿碑记[清·康熙二十九年
(1690)]／236
2. 重修东岳天齐庙碑记[清·乾隆四十一年(1776)]／236
3. 王千总捐施碑记[清·嘉庆十六年(1811)]／237

八　金州城真武庙

重修上帝行祠记[明·万历二年(1574)]／237

九　金州城灵神庙

1. 灵神碑[清·光绪十年(1884)]／238
2. 狐墓碑[清·光绪三十四年(1908)]／238

十　金州城财神庙

金州城财神庙碑文(年代不详)／239

十一　大连湾碑文

1. 重修金州柳树屯关帝庙碑记[清·光绪十七年
(1891)]／239
2. 重修天后宫碑记[清·光绪十九年(1893)]／240

十二　金州四十里堡

1. 四十里堡老爷庙碑文[清·光绪六年(1880)]／240
2. 龙凤寺碑文[清·光绪二十六年(1900)]／241

十三　金州城东王官寨碑文

1. 金州城东王官寨城子里关圣帝君坐山圣母庙重
修碑记[清·道光二十五年(1845)]／242
2. 坐山圣母庙宇重修碑记[清·咸丰八年(1858)]／242

十四　金州华家屯镇

1. 石羊山碑记[清·乾隆三十二年(1767)]／243
2. 华家屯老爷庙碑文(清·年代不详)／243
3. 石羊山三官庙碑文[清·光绪三十一年(1905)]
／243

十五　亮甲店玉皇庙

1. 重修玉皇庙碑志[清·同治二年(1863)]／244
2. 庆云峰庙碑志[清·同治二年(1863)]／244
3. 重修玉皇庙碑志[清·光绪三十一年(1905)]／244

十六　大李家永清寺

1. 大李家永清寺重修碑[民国九年(1920)]／245
2. 永清寺简介碑(1994年)／245
3. 修复永清寺寺院碑(1994年)／246

十七　貔子窝财神庙

1. 楚山披芝阿鹤来观碑[清·道光二年(1822)]／247
2. 貔子窝豆粮买卖规约碑[清·咸丰十一年(1861)]／247

十八　广鹿岛

1. 序广鹿岛灵济寺碑记[明·崇祯己巳年(1629)]／248
2. 启建新安寺碑记序文[明·崇祯三年(1630)]／249
3. 三官庙碑[清·道光三十年(1850)]／250

十九　大连松山寺

1. 旅安社松山寺重修碑记[清·同治九年(1870)]／250
2. 松山寺记实(1997年)／251

二十　旅顺长春庵

1. 长春庵新建泰山殿碑记[清·雍正六年(1728)]／252
2. 重修长春庵碑[清·道光二十七年(1847)]／252

二十一　旅顺横山寺

1. 旅顺口区龙王塘镇大石洞村横山寺碑[民国四年
(1915)]／253
2. 旅顺口区龙王塘镇大石洞村横山寺碑序[民国四
年(1915)]／253

二十二　营城子关帝庙

重修关帝庙碑记[民国十三年(1924)]／254

二十三　营城子永兴寺

营城子永兴寺重修碑志(1997年)／255

二十四　旅顺天后宫

心一禅师创修旅顺天后宫碑序[清·光绪三十二
年(1906)]／255

二十五　大连天后宫

大连天后宫重修碑[民国五年(1916)]／256

德政碑

1. 何焕经德政碑[清·咸丰七年(1857)]／257
2. 诚濂德政碑[清·光绪五年(1879)]／257
3. 张云祥德政碑[清·光绪十三年(1887)]／258
4. 连顺德政碑[清·光绪十六年(1890)]／258
5. 旅顺"北洋保障"德政碑[清·光绪壬辰年
(1892)]／259

墓碑

1. 唐鉴将军墓碑(明·永乐年间)／260
2. 金州城北三里庄王家老茔碑[清·乾隆三十七年

(1772)]／260

3. 旅顺黄龙墓碑[清·光绪十五年(1889)]／261

4. 王荣青墓碑[清·光绪十八年(1892)]／261

5. 王永江神道碑[民国十七年(1928)]／262

6. 綦节母墓表[戊寅年(1938)]／263

7. 旅顺陈永发墓重葬碑记(2004年)／263

8. 营城子汉代墓地遗骸合葬碑记(2004年)／264

贞节碑

一 北三里庄

1. 李母阎太孺人贞节碑[清·咸丰己未年(1859)]／265

2. 徐澜元配刘宜人节孝碑[清·同治四年(1865)]／265

3. 福忠阿元配□太君贞节碑[清·同治十年(1871)]／266

4. 金志学继配王太君节孝碑[清·光绪十九年(1893)]／267

5. 处女吴氏贞烈碑[清·光绪十九年(1893)]／267

6. 潘成泰原配妻赵氏太君贞节碑[清·光绪二十四年(1898)]／268

二 大孤山

王瑞麟元配杨氏之贞节坊[清·光绪元年(1875)]／269

三 亮甲店

1. 童生乌成额之妻夏氏贞节碑(清·年代不详)／269

2. 赵恩禄元配傅太君节孝碑(清·年代不详)／270

四 刘家店

1. 赵塔隆阿妻李氏节孝碑[清·光绪二年(1876)]／271

2. 赵毓成之妻施氏贞节碑[清·光绪八年(1882)]／271

3. 衣承恩配子老孺人节孝碑[清·光绪十七年(1891)]／272

五 华家屯

1. 乌金保之妻伊氏贞节碑[清·道光丁酉年(1837)]／273

2. 关仁惠之妻白氏贞节碑[清·同治二年(1863)]／273

3. 刘维细原配苏氏贞节碑[清·光绪十三年(1887)]／274

4. 关仁宽元配车氏贞节碑[清·光绪十七年(1891)]／274

5. 智伦元配赵母吴太君贞节碑[清·光绪三十三年(1907)]／275

六 粉皮墙会

刘嘉元配许氏旌表节孝碑[清·光绪二十五年(1899)]／275

七 其他

1. 清处士刘清泰妻郭氏节孝记[清·年代不详]／276

2. 清处士刘清泰妻郭氏贞节碑[清·年代不详]／276

3. 王由氏节烈碑[清·光绪十二年(1886)]／277

4. 徐节母曹氏节孝碑[民国六年(1917)]／278

5. 张节母林氏贞节碑[民国十一年(1922)]／278

6. 左翰章之妻朱太君贞节碑[民国年间]／279

日本碑

1. 清国军人战亡碑[明治二十八年(1895)]／280

2. 昭忠碑(1905年)／280

3. 伏见宫贞爱亲王御督战之地碑(1905年)／280

4. 旅顺表忠塔塔记[明治四十二年(1909)]／281

5. 乃木胜典君战死之所碑[明治四十四年(1911)]／281

6. 旅顺港口闭塞队纪念碑[大正五年(1916)]／282

7. 南山战迹碑[大正五年(1916)]／282

8. 旅顺二〇三高地纪念碑[大正五年(1916)]／283

9. 大山樱诗碑[大正七年(1918)]／284

10. 旅顺"水师营会见所"石柱铭文[大正七年(1918)]／284

11. 大连"碧山庄"万灵塔碑[己未年(1919)]／285

12. 剑山碑[大正十五年(1926)]／285

13. 后藤新平铜像铭文[昭和五年(1930)]／285

14. 伏见宫殿下第一师团司令部记念碑[昭和八年(1933)]／286

15. 爱川村移民碑[昭和八年(1933)~昭和九年(1934)]／287

16. 小村寿太郎铜像碑[昭和十三年(1938)]／287

纪念碑

1. 李义田纪念碑记[民国八年(1919)]／289

2. 郭精义纪念碑[民国十四年(1925)]／289

3. 关东厅始政二十年记念碑[大正十五年(1926)]／290

4. 清故和硕肃忠亲王善耆之碑(1931年)／291

5. 徐公香圃纪念碑记[伪康德元年(1934)]／292

6. 庞公睦堂纪念碑记[昭和十六年(1941)]／292

7. 龙口"八一"水电站建成纪念碑(1958年)／293

8. 军民友谊水库建成纪念碑(1959年)／294

9. 大连"福纺"工人"四二七"大罢工纪念碑(1976年)／295

其他

1. 旅顺龙眼泉碑[清·光绪十四年(1881)]／296

2. 旅顺道院暨世界红卍字会旅顺分会地址奠定记[己卯年(1939)]／296

3. 金伯阳塑像铭文(1997年)／297

碑拓选录／299

参阅书目／309

后记／311

概　述

　　中国的碑刻不但数量多,而且使用的范围非常广泛,为中国古代文化的一个重要载体,并且已经发展成为一专门的学科。叶昌炽《语石》:"凡刻石之文皆谓之碑"。碑刻品种门类众多,所涉内容范围极为广泛,根据碑刻的内容和使用范围,可分为刻石、碑、墓志、碣、塔铭、刻经、造像、石阙、摩崖、题名、石柱、享祠纪事、题字等,它是一种区域性的地方文献资源,是地方历史文化长廊中的瑰宝。

　　地方碑刻承载着一个地区的政治、经济、文化、风土人情等社会生活各个方面的实录,是地方文献资源的实物证据,被列入地方文献的收集范围。这种以石质材料为载体的地方文献资源,可以与地方文献书籍相互印证,可弥补书籍资料的不足,某些地方碑刻史料与历史文献记载有所不同,因而又是研究、考证并修订地方文献的实物证据。

　　我国地域辽阔,地区间的文化发展极不平衡,此种不平衡现象,也显现在碑刻这一文化分支上。金州地处辽东半岛南端,历史上所辖区域涵盖了今天的大连普兰店市南部、长海县、金州区、大连经济开发区、大连湾、大连市四区及旅顺口区,有关辽南珍贵的文物多见于此,历代碑刻是其中最具特色、极富文物价值的一个组成部分。

一、造像题记

　　辽南的碑刻起源于何时虽然不很确切,但目前所见辽南最早的碑刻应属佛教造像题记类。在金州四十里堡出土的三国时期魏景初三年(239)的石刻佛像题记,其佛像身后刻有"大魏景初三年"的字样,由此可知,辽南碑刻的出现是伴随着佛教的传播而产生的。与此类似的还有北平山佛爷洞北齐天宝三年(552)的石刻造像铭文(大齐天保三年四月九日弟子李合进佛)。这部分造像题记大都记述简单,只刻有信徒姓名、年月日等,现存旅顺博物馆的大连经济开发区金石滩街道寺沟屯潮阳寺三尊明朝正德元年佛教造像,其背面的题记也与上述别无二致,这些题记为我们考证庙宇的准确时间提供了佐证。由于上述原因,在本书中,此类型不作专门介绍,只作参阅。

二、刻石

　　刻石,是在石头平面手工雕刻文字或图像的工艺技术。这种技术起源亦古,几与金文同时,秦汉开始盛行,沿用至今。辽南最重要的石刻要属原位于旅顺黄金山下的唐开元二年(714)鸿胪井石刻,它是见证唐朝与渤海国在政治、经济、文化方面交流的重要的实物(现在日本)。另有明朝嘉靖年间金州龙王庙附近的最大榜书《钓鲸台》刻石。现存响水观,由住持张永祥所书《瑶琴洞》字刻也属于刻石。

三、摩崖石刻

　　摩崖石刻也是碑刻的一种,指刻有文字的山崖、石壁之天然石。它是在山崖石壁上镌刻的文字,其表现形式多种多样。但辽南地区岩石多疏松,摩崖石刻凤毛麟角,目前只有金州西海龙王庙西北老龙头落款为"道光九年"的"海澜天长"摩崖石刻一处,属于题识镌刻类。它的特点是言简意赅,字不多但是大。在响水观北院东石壁上刻有《康有为游响水观题壁诗》、朝阳寺荷花池北墙石壁上由大连书法家于植元挥毫的《龙潭》摩崖石刻,也属于摩崖石刻类,但二者均为近年所刻。

四、石经幢

　　石经幢是古代宗教石刻的一种,一般用多块石刻堆建而成。幢,原是中国古代仪仗中的旌幡,是在竿上加丝织物做成,又称幢幡。由于印度佛教的传入,特别是唐代中期佛教密宗的传入,起先将佛经或佛像书写在丝织的幢幡上,为保持经久不毁,故改在石柱上镌刻,因镌刻内容主要是《陀罗尼经》,因此称为经幢。经幢一般由幢顶、幢身和基座三部分组成,多呈六楞或八楞形,主体是幢身,刻有佛教密宗的咒文或经文、佛像等。现藏于旅顺博物馆的《金州城永庆寺佛顶尊胜陀罗尼真言石经幢》为辽金时期的石刻,该石经幢原立于金州北门外永庆寺,六楞形,碑文为梵文,梵文形似鸟虫文,现很少有人可识。刻有梵文的经幢甚为难得。

五、碑

辽南地区出现最多也最普遍的是碑。"碑"的出现,应当比上述石刻出现得晚。碑由碑头、碑身、碑座组成。《说文》:"碑,竖石也,从石,卑声。"碑这个名称在我国出现很早。初始于周代,其用途有三:①指宫寝庠序中庭测日景之石。《仪礼·聘礼》:"东面北上,上当碑南陈。"郑玄注:"宫必有碑,所以识日景,引阴阳也。""其材宫庙以石。"②庙中系牲之石。《礼记·祭义》:"祭之日,君牵牲……既入庙门,丽于碑。"郑玄注:"丽,犹系也。"孔颖达疏:"君牵牲入庙门,系著中庭碑也。王肃云:以纠颡贯碑中。"③墓所下棺之大木,形如碑。《礼记·檀弓》:"公室视丰碑,三家视桓楹。"郑玄注:"丰碑,斫大木为之,形如石碑。于椁前后,四角树之,穿中于间为鹿卢,下棺以繂绕。"《丧大记》:"凡封,用绋去碑负引"郑玄注:"树于圹之前后,使挽者皆击绋而绕,要负颡舒纵之,被夫脱也。用绋去碑者,谓纵下之时也。"由此可见,早期碑的形制与后来碑的形制是不同的。近人马衡考证:刻文于碑是汉以后的事。《凡将斋金石丛稿·中国金石学概要》:"碑:……始于东汉之初,而盛于桓、灵之际,观宋以来之所著录者可知矣。汉碑之制,首多有穿,穿之外或有晕者,乃墓碑施鹿卢之遗制。其初盖因墓所颡棺之碑而利用之,以述德纪事于其上,其后相习成风,碑遂为刻辞而设。故最初之碑,有穿有晕。题额刻于穿上晕间,偏左偏右,各因其势,不必皆在正中。碑文则刻于额下,偏于碑右,不皆布满。魏、晋以后,穿晕渐废,额必居中,文必布满,皆其明证也。"刘熙《释名》:"碑者,被也。此本葬时所设也。施辘轳以绳被其上,引以下棺也。臣子追述君父之功美,以书其上,后人因焉。故建于道陌之头,显见之处,名其文谓之碑也。"碑的正面谓"阳",刻碑名;碑的反面谓"阴",刻题文;碑的左右两面谓"侧",亦用以刻题名。也有碑阳、碑阴均刻碑文的,有的碑文过长,从碑阳至碑侧、碑阴旋转而刻的。碑首称"额",为标题,篆文居多。四周多刻有蟠螭、蟠龙等,非常精美;亦有质朴者,只作圭首状。

辽南现存及见于文献著录的古碑,绝大多数属于清代,也有一些是民国初年所立,少量的是元、明时期的碑。这些碑,据刻文内容,大致可分为:寺庙碑、贞节碑、德政碑、纪念碑、墓碑、神道碑、记事碑、诗碑、祠堂碑等。

(一)德政碑

德政碑,是古代士民为称颂地方官吏政绩所立;立于迁官之后的,则是遗爱碑。遗爱碑,又称去思碑。

辽南地区当今可以知见的清代德政碑有:《赖公(光表)德政碑》[乾隆十八年(1753)](存帖)、《素公德政碑》[清道光十八年(1838)]、《何焕经德政碑》[咸丰七年(1857)](存目)、《诚濂德政碑》[清光绪五年(1879)](存目)、《魏公德政碑》[清光绪八年(1882)]、《张云祥德政碑》[清光绪十三年(1887)](存目)、《连顺德政碑》[清光绪十六年(1890)](存目)、《旅顺"北洋保障"德政碑》[清光绪十八年(1892)]、《龚(元有)统领德政碑》(存名)等。

(二)墓碑

我国古代下葬,穴地而墓,墓地多傍依山陵;其葬于平原者,则于墓上堆土,并封以树木,曰坟。后世不分,通曰坟墓。坟墓多有墓志或碑碣。碑文有文字甚简者,但记死者的姓名、籍贯、卒年。也有碑文记述渐繁的,除记死者的姓名、籍贯、卒年外,又详记生平、功业。碑亦因竖立异处而有异名,其立于墓道的,称神道碑;其立于坟前、墓地者,称墓碑或墓表,名称虽异,实则一也。

碑文的体例,不拘一格,并无定式。大体上,碑文是由志(或称序)与铭两部分构成。志用散文,记叙死者的生平、业绩;铭用韵文,据志文对死者加赞词、结语。碑文多数是请名家撰书。

辽南金州地区今可知见的元、明、清、民国时期乃至当今的墓碑、墓表、神道碑,有:《元敦武校尉管军上百户张成墓碑铭》[元至正八年(1348)]、明朝永乐年间的《唐鉴将军墓碑》(存名)、《金州城北三里庄王家老茔碑》[清乾隆三十七年(1772)]、《沙伦太满汉文墓碑》[清嘉庆十四年(1809)]、《李廷荣墓志》[清光绪二年(1876)]、《旅顺黄龙墓碑》[清光绪十五年(1889)]、大连湾《王荣青墓碑》[清光绪十八年(1892)]、《徐恕墓碣并铭》[清光绪二十四年(1898)]、《金贞妇仲氏墓阙铭》[清光绪二十四年(1898)]、《金州七顶山老虎山屯满氏家族墓碑》[民国十二年(1923)]、《王永江神道碑》[民国十七年(1928)](存目)、《金州孙镜堂之墓表》(1931年)、《署理金州副都统阎福升神道碑》(1937年)、《王希忠墓碑》[伪康德十一年(1944)]、《王福清碑文》(1951年)、《王天阶墓碑记》(1992年)、《董秋农烈士之墓碑》(1998年)、《马成魁墓碑记》(2002年)、《旅顺万忠墓四通碑》(1896、1922、1948、1994年)、《阎世开墓碑》(2001年)、《旅顺陈永发墓重葬碑记》(2004年)、《营城子汉代墓地遗骸合葬墓记》(2004年)等。其他地区仅仅记有死者的姓名、籍贯、卒年的墓碑不计其数,在此不一一列举。其中,《沙伦太满汉文墓碑》因其碑阳、碑阴为满汉文对照的形式而最富地方特色。

(三)墓志铭

我国墓志的起源可追溯到秦代,但是有包括首题、志文和颂文等完整形式的墓志铭,它的出现当在东汉末期。当时,曹操严禁立碑。晋武帝时诏云:"碑表私美,兴长虚伪,莫大于此,一禁绝之。"魏晋禁碑,但人们为祭悼亡者,于是出现了墓志。

所谓墓志,指埋幽之铭,即埋在墓内的刻石。一般是在安葬时和棺椁一起埋在墓内。上面刻有死者生平梗概,主要是姓氏、世系、官衔、事迹、出生及卒葬年月等,故墓志又有"埋铭"、"塘铭"、"塘志"、"葬志"等名称。墓志铭也有刻在砖上,故叫塞砖铭。因墓志文后多用四言铭赞颂死者,故称墓志铭。墓志的形状各异,有圭首碑形、梯形方版、方形等等,一般用两块石板上下相合,平放置在棺椁前,上石为志盖,刻有标题,即某朝某官墓志,有的还饰有花纹、神像,盖文多为篆书,故又叫"篆盖";下石为志底,刻有志铭。墓志可以说是地下档案,资料最原始、最真实,对于研究本地历代政治、军事、经济、文化均有较重要的价值。墓志起源于何时众说不一,大致有四种说法:西汉、东汉、魏晋、南宋元嘉年等。

辽南墓志铭出现较晚,现存或见于文献著录的墓志都是民国时期的作品。但此时出现的墓志,大多为名家所书写,且较精致。如《文氏家族墓志》(1911年)、《王永江墓志铭》[民国十六年(1927)]、《林维周检察官妻初氏墓志铭》[民国二十八年(1939)](存目)、《毕世珙墓志铭》(民国三十年间)(存目)、《孙士材夫妇合葬墓志铭》(1936)(存目)、《金州孙尚义元配毕氏墓志铭》[约民国二十五年(1936)]等。上述这些墓志大都为当地望族的墓志,数目不多。除了《王永江墓志铭》、《文氏家族墓志》、《金州孙尚义元配毕氏墓志铭》外,其余墓志均不存。

(四)寺庙碑

金州在十九世纪以前,是辽南政治、经济、军事文化的中心,也是宗教的中心,管辖的范围也比现在大得多,其寺庙之多超出人们想象,因而寺庙碑是数量最多的碑,但久历风火兵灾,碑多佚,特别是"文革"时期,庙宇多被拆毁,或改作他用,但寺庙碑现存世量仍然占总数的三分之一以上。金州自古是至圣大成、覆载兆庶、化行俗美、民风淳厚之地。及今尚可知见的寺庙碑,朝阳寺有:《明秀寺》[清乾隆五十九年(1794)]、《重修朝阳寺碑记》[清道光二十九年(1849)]、《曹世科〈丙子夏月〉朝阳寺诗碑》(1936年)、《捐建朝阳寺禅房和响水观牌楼碑记》(1995年);古佛洞有:《黄仕林功德碑》[清光绪十三年(1887)]、《重修梦真窟碑》[民国十五年(1926)];金州孔庙有:《金复州儒学碑》[元至正十年(1350)]、《辽东金州先师庙碑》[明万历三十五年(1607)]、《宁海县之学记》(存目)[清乾隆十八年(1753)]、《重修宁海县学宫记》[清嘉庆二十年(1815)]、《南金书院记》(存目)[清光绪十二年(1886)]、《重修金州圣庙记》[民国十八年(1929)];观音阁有:《榆林胜水寺重修记》[明嘉靖六年(1527)]、《重修观音阁碑》(存帖)[明万历四十五年(1617)]、《重修观音阁碑记》[清康熙四十九年(1710)]、《观音阁重修碑记》[清康熙五十七年(1718)]、《金州城东大赫山重修观音阁碑序》[清雍正三年(1725)]、《重修观音阁记》[清道光八年(1828)]、《观音阁重立捐施碑记》[清咸丰二年(1852)]、《涂景涛游胜水寺诗碑》[清光绪戊戌年(1898)]、《重兴胜水寺记》[民国九年(1920)]、《观音阁重修碑记》[民国二十年(1931)]、《重修观音阁碑记》[甲申年(2004)];响水观有:《张永祥募化响水观碑》[宣统元年(1909)]、《捐资重修响水观碑记》[民国十三年(1924)]、《康有为游响水观题壁诗》[民国乙丑年(1925)]、《新修大和尚山官道记》[日大正十五年(1926)];金州城西海龙王庙有:《重修龙王庙碑记》[清道光二十年(1840)]、《龙王庙重修记》(1987年);金州城忠义寺有:《重修铜像关圣帝君庙碑记》[清光绪二十年(1894)];亮甲店真武庙有:《得胜庙记》[明正德元年(1506)]、《重修真武行祠以崇得胜庙碑记》(存目)[万历十七年(1589)]、《真武庙重建碑记》(2002年)、《重修真武庙感怀诗碑》(2002年);唐王殿有:《捐建唐王殿碑志》[清道光十年(1830)]、《大赫山韩氏先德修建石鼓寺碑》[民国甲戌年(1934)];大魏家金龙观有:《金家庙碑记》[清咸丰十年(1860)]、《金龙观重修碑记》(2003年);大李家永清寺有:《重修永清寺钟楼碑记》[民国二十二年(1933)]、《重修永清寺碑记》[伪康德三年(1936)]、《永清寺简介碑》(1994年)、《修复永清寺寺院碑》(1994年);大连甘井子区营城子永兴寺有:《重修永兴寺碑记》[清道光七年(1827)]、《重修永兴寺碑记》[清同治六年(1867)]、《重修永兴寺碑志》[民国三年(1914)]、《营城子永兴寺重修碑志》(1997年);金州向应镇大关家屯三官庙有:《重修三官庙碑志》[清同治三年(1864)];金州石河镇九莲寺有:《莲花庙重修碑志》[清光绪七年(1881)]、《重修九莲寺记》(2003年);金州二十里堡广宁寺有:《重修广宁寺碑》[伪康德三年(1936)];金石滩寺儿沟潮阳寺有:《潮阳寺碑记》[明朝正德元年(1506)]等。

存目的寺庙碑大多为金州古城庙宇的碑,这方面有:城隍庙的《增修城隍庙碑记》[清乾隆三年(1738)]、《重修城隍庙寝宫碑记》[清咸丰五年(1855)]、《重修城隍庙碑文》[清光绪十三年(1887)]、《勉□碑》[清宣统元年(1909)];忠义寺的《重修武安记》[明正德十五年(1520)]、《关圣帝君庙貌碑记》(1659)、《关圣帝君庙貌碑记》[康熙三十一年(1692)]、《关帝祠重修记》[清乾隆二十一年(1756)]、《捐资关帝庙碑记》[清道光二十年(1840)];玉皇庙的《重修玉皇庙碑记》[清乾隆二十一年(1756)]、《重修玉皇庙碑》[清光绪二十年(1894)];东岳天齐庙的《重修东岳庙十闫君殿碑记》[清康熙二十九年(1690)]、《重修东岳天齐庙碑记》[清乾隆四十一年(1776)]、《王千总捐施碑记》[清嘉庆十六年(1811)];永庆寺的《重修永庆寺碑序》[清康熙十五年(1676)]、《永庆寺重修碑记》[清乾隆四十五年(1780)]、《徐守之捐施永庆寺碑记》[清道光十三年(1833)]、《追述宝常老师碑记》(清代);天后宫的《金州城天后宫报修船只规模费暨历年换票纳税章程碑》[清光绪六年(1880)];灵神庙的《灵神碑》[清光绪十年(1884)]、《狐墓碑》[清光绪三十四年(1908)];财神庙的《金州城财神庙碑文》(年代不详);真武庙的《重修上帝行祠记》[明万历二年(1574)]等。以上寺庙碑,绝大多数可在新旧志书中查到。但也有众多碑文前人没有抄录,如金州城的火神庙、三义寺、瘟神庙、药王庙、地藏庙、文昌宫等。然而上述寺庙碑只是选择个别碑抄录,即只抄录年代久远的或名人撰写的碑文,还有很多年代很近或自认为不重要的碑文没有抄录,如岱宗寺中的昭和十三年碑、明朝正德年间碑;忠义寺的明朝万历年碑、天启年碑;天后宫内部分碑等,现已经无法查清楚到底有多少碑被毁掉。可以想见,金州古城的寺庙碑,应大大超出上记。

另外,金州乡村地区的古庙宇也是星罗棋布,但其所存碑文只有零星存目,这方面有:金州城东王官寨的《金州城东王官寨城子里关圣帝君坐山圣母庙宇重修碑记》[清道光二十五年(1845)]、《坐山圣母重修碑记》[咸丰八年(1858)];金州四十里堡的《四十里堡老爷庙碑文》[光绪六年(1880)]、《龙凤寺碑文》[光绪二十六年(1900)];亮甲店的《亮甲店玉皇顶碑文集锦》(三通);华家屯的《华家屯三官庙碑文二则》、《华家屯老爷庙碑文》;大连湾的《重修天后宫碑记》[清光绪十九年(1893)]、《重修金州柳树屯关帝庙碑记》[清光绪十七年(1891)];大黑山观音阁的《重修胜水寺碑记》[明弘治三年(1490)]、《重修盘道碑记》[咸丰二年(1852)]。但这些碑文大多记录简略,没有像金州城古庙宇碑文那样全盘照录,大多只记录碑文主要内容,附款、人名及年号等多省略。由于乡村地区距离城区较远,碑文见于前人抄录自然就少,如亮甲店金顶山上的真武庙,原存碑有10通,但目前只存有明朝正德年间和万历年间碑文外,其余清朝及民国时期的8通碑已荡然无存,连碑文都没有留下。又如金州杏树屯镇兴隆观(粉皮墙庙)的寺庙碑除了零星几块碑的碎块外,绝大部分被毁,这不能不说是极大的遗憾。因此,乡村地区的寺庙所遭受损失最大,损失的寺庙碑数量也最多。

除了金州地区外,辽南地区另一寺庙碑重要地区当属旅顺。如旅顺天后宫、旅顺三涧堡的长春庵、龙王塘的横山寺等,都是当年宗教的重要场所,为后人留下了众多的寺庙碑。其他地区,如当今普兰店市皮口(魏子窝)的财神庙、长海县广鹿岛、大连市区内都留有少量寺庙碑,在此不一一例举。

（五）记事碑

记事碑碑文是记述地方历史发展过程中的一些重大事件。《挂符桥重修碑记》[清乾隆三十一年（1766）]、《旅顺"龙眼泉"碑》[清光绪十四年（1881）]、《旅顺道院暨世界红卍字会旅顺分会地址奠定记》（1939年）、《金伯阳塑像铭文》（1997年）、《关向应戎马铜像铭文》（1988年）、《曲氏井碑文》（1994年）等。记事碑数量较少，上述记事碑除了《挂符桥重修碑记》外，大多竖立的时间晚，有些是当代碑，但所标识的都是辽南地方历史上的重要事件，可以附入古碑之列。

（六）祠堂碑

祠堂，俗名家庙。金州地区虽然开发较晚，但自明清以后，已经成为辽南地区最为重要的经济、军事、文化中心，人杰地灵，人才辈出，经过历史的沉淀，祠堂在金州也不少。但历经"文革"浩劫，祠堂所反映的独特文化形式，均遭到彻底灭绝，无一幸免，如王（永江）氏祠堂、邵氏祠堂、孙氏祠堂等，当然，其中祠堂碑大多已经不存，现存祠堂碑只有《旅顺显忠祠碑记》碑[清光绪十九年（1893）]和清同治五年（1866）的《何公祠碑记》碑帖。

（七）纪念碑

纪念碑是专门为纪念某人的事迹或为记验某一事情专门而立，如上所记，旅顺《鸿胪井石刻》[唐开元二年（714）]是为开凿一口井而立；1927年，金州百姓为表彰刘伯良为民造福的功绩，在今民政街开辟"刘伯良纪念馆"，并在纪念馆院内树立"故刘公伯良纪念碑"，碑文由著名书法家张伯川所书。该碑在"文革"期间被砸毁，碑文不得而知。《李义田纪念碑记》[民国八年（1919）]、《郭精义纪念碑》[民国十四年（1925）]、《关东州始施二十年记念碑》[大正十五年（1926）]《清故和硕肃忠亲王善耆之碑》（1931年）、《金县铁瓮公园记》（1931年）（存帖）、《徐公香圃纪念碑记》[伪康德元年（1934）]、《庞公睦堂纪念碑记》[昭和十六年（1941）]、《石河水库竣工纪念碑》（1973年）、《大连"福纺"工人"四·二七"大罢工纪念碑》（1976年）、《大魏家连丰烈士陵园纪念碑》（1992年）、《旅顺土城子阻击战纪念碑》（1994年）、《金州城东石门子阻击战纪念碑》（1996年）等。另残存的《先师□公□之焕章纪念碑》（1938年）也属于这一性质。

（八）诗碑

俗语说，文学家读诗，史学家读史。古人的一些诗作是历史事件和思想情感的真实记录和反映，往往是学者们研究的第一手资料。最早反映和描写金州地区的诗词作品见于金代人王寂所作的《鸭江行部志》中。明清时期，渐入繁盛，特别是清末至民国时期，达到高潮，出现了大批的诗作，每每还有个人诗集出版，如林世兴《扐（huī 回）谦堂文稿》；王永江《铁瓮诗草》、《铁瓮诗余》；王天阶《浪吟诗集》、《浪吟日志稿》、《浪吟日志稿续集》等流传于民间。但留下的诗碑却较少，大多是当地官员或有地位的富豪的作品，如孔毓瑚《达尔当阿之妻夏氏节孝碑》[清道光六年（1826）]、《涂景涛游胜水寺诗碑》（1898年）、《曹世科〈丙子夏月〉朝阳寺诗碑》（1936年）、张朝塘的《宿石鼓寺》、《石鼓寺》（1934年）、亮甲店《重建真武庙感怀诗碑》（2002年）等，多数为自然山水、田园风光的诗作，其中最为出名的诗作当属康有为《游响水观题壁诗》。此部分诗碑没有单独组成单元，而是分别划入各自的单元中。

（九）贞节碑

"贞节"，双音节词，在先秦的典籍中大概没有出现，东汉许慎《说文解字》书中解释"贞，卜问也。"也引申为节操、气节。"贞"是"节"的一种，同"义"、"信"、"贤"、"孝"、"仁"一样属于伦理范畴，它没有性别区分，所以用作男子有"节士"、"烈士"之称，后贞节专指女子。贞妇并非是守节的寡妇，应包括在义、信、孝等方面表现突出的妇女。宋代理学的兴起，激励了许多忠孝节义之士，但伴之而来的迂腐观念及流毒亦烈，尤惨祸于妇女。至明清时期，贞节制度同政治、经济制度结合起来，对于从十三岁到五十岁守节的妇女，政府给她树立"牌坊"或者给予经济诱惑，免除其赋税和各种徭役。家族为了名誉和利益给予压力，而妇女也把守节当作最简单的实现"价值"的方式，贞节几近于宗教信仰，成为一种无形而又巨大的精神压迫，要求处女严守童贞和为夫殉节是贞节观念高涨的极端表现。因而，在辽南地区贞节碑（坊）、节孝碑、贞烈碑、节烈碑等大量存在着。现存的贞节碑多毁，保存并不多，金州地区有《达尔当阿之妻夏氏节孝碑》[清道光六年（1826）]、《关德禄元配刘氏贞节碑》[道光十六年（1836）]、《李公郭氏贞节碑》[清道光十九年（1839）]、

《徐段会妻白氏碑志》[民国八年(1919)]、《左翰章之妻朱太君贞节碑》[民国年间]、《王太君贞节碑》(伪康德年间)等。

大量的贞节碑从前人著录中可以找到一部分,且大部分是清朝时期的碑文。存目的有:《乌金保之妻伊氏贞节碑》[清道光丁酉年(1837)]、《李母阎太孺人贞节碑》[清咸丰己未年(1859)]、《关仁惠之妻白氏贞节碑》[清同治二年(1863)]、《徐澜元配刘宜人节孝碑》[清同治四年(1865)]、《福忠阿元配□太君贞节碑》[清同治十年(1871)]、《王瑞麟元配杨氏贞节坊》[清光绪元年(1875)]、《赵塔隆阿妻李氏节孝碑》[清光绪二年(1876)]、《赵毓成之妻施氏贞节碑》[清光绪八年(1882)]、《王由氏节烈碑》[清光绪十二年(1886)]、《刘维细原配苏氏贞节碑》[清光绪十三年(1887)]、《关仁宽元配车氏贞节碑》[清光绪十七年(1891)]、《衣承恩配子老孺人节孝碑》[清光绪十七年(1891)]、《金志学继配王太君节孝碑》[清光绪十九年(1893)]、《处女吴氏贞烈碑》[清光绪十九年(1893)]、《潘成泰原配妻赵氏太君贞节碑》[清光绪二十四年(1898)]、《刘嘉元配许氏旌表节孝碑》[清光绪二十五年(1899)]、《智伦元配赵母吴太君贞节碑》[清光绪三十三年(1907)]、《童生乌成额之妻夏氏贞节碑》[年代不详]、《赵恩禄元配傅太君节孝碑》[年代不详]、《清处士刘清泰妻郭氏节孝记》[清·年代不详]、《清处士刘清泰妻郭氏贞节碑》[清·年代不详]、《徐节母曹氏节孝碑》[民国六年(1917)]、《张节母林氏贞节碑》[民国十一年(1922)]等。

(十) 日本碑

自1904年至1905年的日俄战争使日本侵略者对旅大地区进行了长达40年的殖民统治,留下了反映日本军国主义殖民掠夺的诗碑、督战碑,它是发生在金州地区、旅顺地区的中日甲午战争、日俄战争的历史见证,是辽南地区有别于其他地区的较为独特的一种类型碑。如金州地区《清国军人战亡碑》(1895年)、《镇魂碑》(1905年)、《昭忠碑》(1905年)(存名)、《乃木胜典君战死之所碑》(1911年)(存目)、《南山战迹碑》(1916年)(存目)、《大山樱诗碑》(1918年)(存目)、"三崎"系列碑、《伏见宫陛下第一师团司令部记念碑》(1933年)、《第一师团长伏见宫贞爱亲王御督战之地碑》[昭和八年(1933)](存名)、《爱川村移民碑》[昭和八年(1933)~昭和九年(1934)]、《乃木希典南山诗碑》(1937年)、正冈子规《在金州城》俳句碑(1940年)等。旅顺地区日本碑比金州要多,特别是反映日俄战争题材的碑,几乎每个战场都有日本碑的存在。日本军国主义为表彰日军在日俄战争的"功绩",特成立满洲战绩保存会来负责树碑立传,如《旅顺表忠塔塔记》[明治四十二年(1909)]、《旅顺港口闭塞队纪念碑》[大正五年(1916)]、《旅顺二〇三高地纪念碑》[大正五年(1916)]、《旅顺"水师营会见所"石柱铭文》[大正七年(1918)]、《剑山碑》[大正十五年(1926)]等不胜枚举。大连市区内多为日本侵略头目的铜像碑,如《后藤新平铜像铭文》[昭和五年(1930)]、《小村寿太郎铜像碑》[昭和十三年(1938)]、《大岛义昌铜像碑》等,这些碑在光复后大都被销毁,有的被切割成墓碑材料,有的被埋入地下,有的挪作他用。

(十一) 俄文碑

中日甲午战争后,沙俄强租旅大,辽南地区沦为沙俄租借地,留存辽南大地上的俄文碑刻却少之又少。大部分为日俄战争时期俄军集体墓地碑刻。光复后(1945年)为解放大连而立的苏军烈士纪念碑、中苏友谊纪念塔和苏军烈士陵园内苏军墓碑的数量也不少。

总之,随着近年城市建设步伐加快,如城市规划、旧城改造、风景名胜以及历史文化遗址的修复和保护等工作的展开,社会对地方文献查阅的需求有所增加,已经不能满足于对旧有的一般地方文献的利用,尤其是某些历史文化遗址的修复和重建工作,亟需提供碑刻文字的拓片或图片作为佐证,而碑刻资料则是可资利用的地方文献资源,通过出版此书,发掘地方文献资源以服务于全社会,这是笔者出版这本书的一个主要目的。同时,此书的出版,对于丰富辽南及大连城市文化内涵具有重大意义。本书所述碑刻,侧重于地方文献的角度阐述其历史价值,而碑刻艺术的发展及特性从略,使广大的读者通过碑刻这一载体对辽南地区的历史、宗教、民情风俗、风景名胜、人文地理等能够有大致的了解。

碑刻考释

寺庙碑

一 观音阁

1. 榆林胜水寺重修记

明·嘉靖六年(1527)

【碑阳】

榆林城[1]东去[2]二十里许有大黑山,寺东有泉水,西有洞穴,『前有悬岩数丈。岩上古建观音阁[3],松栢遶[4]涧,景致幽奇[5],诚』乃胜境也,因名曰"胜水寺"。今有善士[6]及功德主公子[7]杨盛、『贾奉辈[8]作善事于寺中,目睹观音阁损坏竦[9]漏,不蔽风雨,『坦塌[10]数多难妥,『圣像实可悯焉。各发虔心,请命于备御挥闉[11]杨公、掌印指『挥福公。于是,二公欣然开允,助以灰木,施以己赀,以次率『诸愿从者,施利云集,即日鸠材募工,经营斤斧[12],不旬月[13]而『工师[14]告毕,巍峨壮观,焕然一新。落成之日,内外交欢,神既『能安,人受多福,余忝庠生[15]蒙请作记,义不容辞,借[16]书于珉[17],『用乖[18]不朽云耳。』

嘉靖六年岁次丁亥季春[19]月下旬良旦[20]榆林庠生萧韶撰』

【碑阴】

	肖浩	王才	□士	杨必	朱子便』		
	贾奉	李招	武三	段公右	□子梅』		
功德主杨盛		罗经	武得江	辛玉	□子亮』		
	汪宣	□才	武孜	□子浩	张廷左』		
义 官芦振			宋公连	胡景俊	宋子成』		
	胡有	□公□	李沟	武羽	李子秀』		
都 缘于斌		王伦	马朋	田公显	段廷爱』		
	黄聪	山右	段得	李善友	郭文清	李丙』	
	郭□		李□	马子库	龚勋』		
	张申	东鲁	□相室人氏闫泽	潘铠』			
张 政 百户李 昂	黄□	徐申	王付富』				
备御指挥福廷锡 卫镇抚李待春	杨得和	杨宗	刘鸣奉	徐铎	唐还	鲁文夅	芦重□ 李续
李文升	白□	陶安	张玉	刘钊	徐伦	大敖	原忠』
	张福	刘名 善友黄才	潘秀	梁俊	李得时	刘玉	孙英』
	杨梅	胡刚 善友王水	□见	郭进□	李得用	汪彪	商还』
公 子杨芳		徐顶郭志	吴□	高茂	周真	汪得	陈俊』
	杨玉	麦三郭谦	徐俊	祝受	正贵	□全	高正』
	贾淳	陶保郭住 乡友	潘振	唐朝宣	焦钦	周保	王宗』
	芦门董氏	汪门鲁氏 潘门卞氏	徐□	于名	周彬	蒋海	陶虎』
	贾门张氏	唐门武氏 周门王氏	罗绝	张贵	冯振	蒋通	正云』
	时门刘氏	徐门陈氏 尚门□氏 僧人		祖原	续振	悟原』	
	李门鲁氏	罗门赵氏 芦门董氏		祖夅	续惠	法明』	
	杨门张氏	汪门陈氏 肖门张氏		祖明	续通	续贤	徐门□□』
	肖门□氏	□门方氏 汪门相氏		具词	石匠	徐□□』	

【碑侧】

左侧为"北至大山顶　东至拴马沟"　　　　右侧为"西至塔岭 南至南山顶小道"

【碑考】

金州胜水寺,位于大黑山东麓的半山腰石洞内,系明洪武初年僧人陈德新、方影山二人游览此处时,在旧址上修建而成。此前,是否称为胜水寺,已无可考。胜水寺名称的来历在碑文中阐述得很清楚:"东有泉水,西有洞穴,前有悬岩数丈,岩上古建观音阁,松柏绕涧,景致幽奇,因名曰'胜水寺'"。在殿外东山墙旁有一泉井,泉水清澄甘美,经久不竭,加之景色优美,是当时最为有名的胜迹,"胜水"之名,实源于此。原先胜水寺由上下两院组成,下院在上个世纪70年代被部队驻防占用,现存是上院。上院洞内偏西为一无梁殿,供奉释迦牟尼、文殊菩萨、普贤菩萨、地藏菩萨和阿弥陀佛等神祇,两侧旁供奉为十六罗汉,每侧八坐。洞院之南,是一座拔地而起的高阁,几乎掩盖了整个洞口,耸立于层林之上,阁内供奉观音,"观音阁"之名由此得名。观音阁地势险要,占尽大黑山奇、险、绝,蜚声中外,金州古八景之一———"南阁飞云"即指此处,历代文人墨客在此均留下了佳作。

在金州众多的庙宇中,胜水寺现存碑的数量最多,前人记载的碑文曾达11通之多,现仅存9通,其中年代最古老的就是这通明朝嘉靖六年(1527)之碑。在清代学者林世兴撰文的道光八年(1828)《重修观音阁记》碑中和民国时期学者傅立鱼撰文的《重兴胜水寺记》碑文中都一致明确地肯定了这一点。林世兴撰文的碑中是这样记载的:"胜水寺不知创于何代,古碑所在,惟有故明嘉靖六年","惟有"就是"只有一通"的意思;傅立鱼在民国九年(1920)《重兴胜水寺记》碑文中也载:胜水寺"粤稽文献,仅余明嘉靖残碣"。"仅余"也是"仅仅只有一通"之意,明嘉靖残碣就是指这通碑。但是,前人又录有明代弘治三年(1490)《重修胜水寺碑记》的碑文,据前人记载,此碑高八尺,宽四尺,由"金州人萧仪谍述、贡士魏达篆额、李正元书丹",碑中记述了明初僧人陈德新、方影山二人在此建修观音阁,历经正统年间刘正惠,至弘治二年(1489)刘继智等重修胜水寺之事(碑文内容详见【碑文选录·观音阁《重修胜水寺碑记》】),这通碑的年代要比此碑早37年,难道是林世兴、傅立鱼二人记述有误? 要知道,林世兴、傅立鱼曾是金州一方赫赫有名的学者,似乎不应出现常识性错误,这其中到底是怎么回事呢?

民国时期金州城墙外茂密参天的明朝榆树

我们只能从明弘治三年的碑文落款中去寻求答案。在明弘治三年碑文末尾落款处有这样一行字:"大清咸丰二年(1852)三月吉日因碑座崩坏,于化龙、王士元捐资重立。"这就可以解释了以上两个问题,也由此推测:一是在林世兴撰文《重修观音阁记》碑时,此碑可能已经倒地被埋入土中或被毁坏,林世兴没有见到明朝弘治三年碑,而只看到明嘉靖六年碑,由此写出"惟有故明嘉靖六年"碑了;而傅立鱼当年可能把咸丰二年树立的明弘治三年碑当作清咸丰二年碑,因而在民国九年《重兴胜水寺记》碑文中兴出"仅余明嘉靖残碣"的字样,故而出现上述说法。

《榆林胜水寺重修记》碑文的开头和结尾处两次提及"榆林"一词,"榆林"指的就是"金州"。金州,明代又称榆林,张本义先生在《金州历史述略》文章中考证:究其来源有二,其一,此处多植榆树。其二,当时朝廷文书将位于甘肃境内的金州(金置,汉至魏晋称榆中,又称榆林)与此地相混淆,讹传所致。但古今学者大多赞同前一种观点,《辽东志·地理》卷一:"榆林,不知起自何时,俗称。地产榆,因以名。"

其实在古代中国,地名的重名是司空见惯的事情,这并不稀奇,就像我们今天人名重名的道理是一样的,这种现象在元朝最为突出,因元朝统辖的地域最为辽阔。例如,金州,1216年置,本指今天金州地区(今大连普兰店以南地区,包括今旅顺),在元朝改名为金复州万户府,而"金州"这个地名词语挪用到其他两个地方,一是指韩国釜山西金海,二指陕西安康县。凡此种种,例不胜举。因此,这两种说法,均有可能存在,并不存在两个地名相互混淆使用情况。

《榆林胜水寺重修记》碑立于明朝嘉靖六年(1527),是目前金州区保存最为完好的四大明碑之一(这四大明碑分别为《榆林胜水寺重修记》碑、亮甲店真武庙明正德元年《得胜庙记》碑、金州孔庙万历三十五年《辽东金州先师庙碑》、大连开发区金石滩街道寺沟潮阳寺《潮阳寺碑记》碑。)碑为辉绿岩质,长方形,上端抹两角;高112厘米、宽59厘米、厚10厘米;碑阳额横题:"重修记"三字,篆体,双线勾勒。孙宝田在《旅大文献征存》书中记载:此碑碑额"重修榆林圣水寺碑记"九字的说法为作者笔误。碑文记述了功德主杨盛、贾奉等请命于榆林城备御杨公、掌印指挥福公修复胜水寺的经过。杨公,碑阴无记载,根据孙宝田《旅大文献征存·名胜古迹卷·草庙子》载:草庙子(位于亮甲店石城子,因庙屋顶覆以草,故被当地人称呼为草庙子,相传为明初刘江屯兵处,今早已毁。)"院内东南隅有明嘉靖三年十月石刻,字为苔封,不可卒读。碑阴载'致仕卫镇抚李瑾、经历司杨深、掌印指挥同知福廷锡等,卫都指挥佥事马士廉、军政指挥使张政、徐□'。"本碑年代为嘉靖六年,与草庙子嘉靖三年碑仅仅相差三年,杨公指的就是经历司杨深。福公,据碑阴可知为福廷锡,与草庙子碑载"掌印指挥同知福廷锡"均同指一人。福公、杨公二人简况不详。碑阴中的"张政"与草庙子的张政为同一人。碑文12行,满行22字,由庠生萧韶撰,阴刻楷书,碑文周边为线刻波浪形行云流水纹。碑侧刻有胜水寺四至范围,阴刻楷书。碑阴是捐建胜水寺人名录,10列、24行,计147人,碑阴周边纹饰与碑阳同。碑座长方形,横70厘米、纵32厘米、高20厘米。该碑原立于胜水寺洞内东侧,2001年被移至洞外,碑座已毁。孙宝田《旅大文献征存》、《辽宁省志·文物志》有著录。

【碑文注释】

(1)榆林城:指金州城。明时金州称榆林。 (2)去:距离。 (3)阁:同"阁"。 (4)栢:同"柏"。遶:同"绕"。 (5)幽奇:同"幽奇"。 (6)善士:品行高尚之人。这里指那些皈依佛门遵守戒律而不出家的人。 (7)功德主:指念佛、诵经、布施的人。功,指做善事;德,指得到福报。公子,指有钱有势家的子弟。(8)辈:表示人的多数。 (9)疎:即"疏"字。 (10)坦塌:同"坍塌"。 (11)阃(kǔn 音捆):统兵的军职。 (12)斤斧:即斧头,这里代指瓦工、木工,开始施工之意。 (13)旬月:一个月。 (14)师:通"事"字。 (15)忝(tiǎn 音田):同"忝"字。谦词,表示有辱他人,自己有愧。庠(xiáng 音详)生:明清时期府州县学的生员,称庠生。庠,学校之意。 (16)僣(tiè 音餮):侥幸,承蒙。 (17)珉:像玉那样洁白的石头,这里代指碑。 (18)用垂:通"永垂"。 (19)季春:春末。春季的第三个月,农历三月。 (20)良旦:良日,吉日。

2. 重修观音阁碑

明·万历四十五年(1617)

【碑文】

重修观音阁碑』
夫国朝建一州必有一州之规□金海□□□□□□□□□□□山迭翠诚□□』之巨镇古今称□槃□□□□□□□□□□□□□□□□观音阁建□□□□』百仞之上层山迭嶂花木 □□□□□□□□□□□□□□□有藏□□□□□□□□□』匕井水有万古不□之深□际□□□□□□□□□□此』山风景不□江有□□□□至忧天设也何可□□□□□□□间中塑观音圣□旁列诸神暨傅徒等□□□□』士大夫赏心悦目之所业已有』年□来殿宇损坏神像□湿不起妥□久矣于是僧人之李惠夫者谒乎四□□』□□□□□有观音阁栋宇倾颓神□□□恳公注销重修以期乎□□□』正曰唯唯□□□□鸠工□□凡

— 5 —

殿宇损坏者□之神像□□□□之山门□□』坦者一并□□之惠僧□□化合卫□□□□已□得□赀奋身□□□□□□』□□□□□□□□□尊仍涂置于阁上后人丹色涂形辉尤掩映观音阁□□□』□□□之列敬畏生叩之则□广速由是香火千年不勒血食万□赏□□□□』□□□□备也并具□□勒铭于石作志惠僧善果于不朽耳□启□□□□□』心者□之其勿唫其诞也』

万历四十五年孟夏月金州卫署镇抚事就所胡崇正建立』

【碑文简介】

该碑原立于胜水寺洞内阁楼西侧，为明朝万历四十五年(1617)碑刻。现碑已不存，仅存碑拓片，是胜水寺中除了明嘉靖六年(1527)外仅存的第二通明代碑。该碑帖横54厘米、纵122厘米，碑额横题"碑记"二字，阴文楷书。碑文16行、满行31字，阴文正书。碑文周边饰以线刻"S"纹。从碑题《重修观音阁碑》来看，此时的胜水寺已经称为观音阁，由于碑文过于模糊不清，这其中的原委不得而知，可能是因胜水寺的独特阁楼而得名的吧。

3. 重修观音阁碑记

清·康熙四十九年(1710)

【碑文】

重修观音阁碑记』

观音阁者，在大赫山[1]，金城二十里许[2]也。山居群峰之上，诸山来朝[3]，势若星拱[4]，唧[5]远地、吞』长海，浩く荡く，横无际涯，是诚所谓赫く高山，民具尔瞻者也。予尝登览其上，见夫』洞宇参差，巍峨巉岩[6]，金箭竹木，蔚乎苍く。洞有』观音阁趾[7]，台榭[8]荒凉，苍茫古迹，令人远想。因思夫名山之上，其神必灵，况夫仁慈性成，』惠爱无方者也。慈航[9]普度本先天而立极，慧眼[10]常观缘人，世而生□，水旱疹[11]□之』于作灾，裸、乖沴[12]之不具，风雨节寒暑时，所谓发山川之秀而钟河岳者，非耶？予遂』感念其心，与僧妙秀言之，各发虔正，自解囊赀[13]，授之梓匠[14]，巍焕其制，壮丽其观，黝』垩[15]丹漆，焕然维新，而使护佑于四方，以为万世之瞻仰，意在斯乎，意在期[16]乎，吾□』之有所感矣。今之视[17]昔亦犹后之视今，前人不能自继而后人继之，后人继之而』又鉴之，又使后人而复继后人也，后之有道者，亦将有感于斯言。』

常 保

信士[18]宋 亭

李多祝 　　　仝建立

崇召崇智

住持[19]僧玄志妙秀 　　　贤寿

崇贤崇道

旹[20]

康熙四十九年岁次庚寅五月上浣[21]

吉旦[22]

莱郡 掖水[23]庠生刘文桢拜撰

即墨县 林之高镌字

【碑左侧】

东至拴马沟　南至小道　西至塌领[24]　北至大山顶

【碑考】

清康熙四十九年(1710)立。花岗岩石质。碑呈长方形，高142厘米、宽73厘米、厚19厘米，碑额竖题"重修观音阁碑记"，分为5行，首行与末行为2个字，余皆1字，阴刻楷书。下为碑文，20行，满行33字，阴刻楷书,周边饰以卷云纹。其中,在碑额与碑文之间有"凸"字形回纹相隔离,在"凸"框下,雕有出水芙蓉,图案非常形象生动。碑之左侧刻有观音阁四至范围,楷书阴刻。碑阴无字。

【碑文赏析】

该碑文由刘文桢撰文,碑文大部分是描写景物的,通篇文章是仿照宋代文学家范仲淹《岳阳楼记》的语调和格式。作者不惜浓墨重彩去勾勒观音阁周边大黑山气势磅礴的风景,充分表达了作者对大黑山的山川、树木、观音阁等所包涵的特定的感情,类似于绕口令的文章结尾也表达了作者本人的感慨,而对捐资修建观音阁部分却写得少之又少。整篇文章在抒发感情中一气呵成,一蹴而就,使读者在读这篇碑文时,能够充分感受到她的魅力所在。然而对于今天的读者来说,这篇碑文的价值倒不在于作者抒发了何种思想感情,而在于碑文中对观音阁及周边山川景物的描绘,其中无不渗透着作者登览时所特有的新鲜感。特定的情感和特有的景相统一,使这篇碑文有着很强的艺术感染力,在金州所有的碑文中,这篇碑文是一篇非常有代表性的文学范作。刘文桢情况不详,但从这篇碑文可以看出刘文桢的文学造诣是很高的。此碑原立于观音阁洞外山崖下土地庙(原土地庙今已改为玉观音堂)西旁,2004年被移至洞外下西侧道北。

【碑文注释】

(1)大赫山:即大黑山。在金州方言中,"赫"就是"黑"之意,故名。　(2)许:表示程度,数目不确定,大约。　(3)朝:拜访。　(4)拱:两手合拳致敬。　(5)唧(xián 音贤):同"衔"字。互相连接。　(6)巉岩(chán yán 音蝉言):高而陡峻的山石。　(7)趾:同"址"字。　(8)台榭:积土高起者为台,台上所盖之屋为榭。后泛指高地所建供游览的建筑物。这里特指观音阁阁楼。　(9)慈航:佛教认为佛、菩萨以大慈悲救度众生,脱离苦海,犹如舟航,故名。迷津:使人迷惑的错误道路。此处是佛教名词,谓"迷妄"的境界。(10)慧眼:佛教用语,佛教五眼之一,犹慧目,能够认识过去和将来的眼力。　(11)早:作者笔误,应为"旱"字。疠(lì 音力):瘟疫。　(12)祲(jìn 音近):古人迷信,称不祥之气为祲。乖沴(lì 音力):不合情理的灾气。　(13)赀(zī):同"资"字。　(14)授:交给。梓匠:木匠,木工。　(15)黝垩(yǒu è 音友厄):黑,黑暗。　(16)期:达到。　(17)视:看作。　(18)信士:诚实的人。这里特指信仰佛教而出钱布施的人。(19)住持:寺院的主僧,又称方丈。　(20)旹:古字"时"字。　(21)上浣:指每月的上旬,亦称"上澣"。唐宋时官员实行十日一休的沐浴制度,多行浣洗,后人也沿用之。　(22)吉旦:吉日,佳日。(23)掖水:指今山东掖县。　(24)塌领:作者笔误,应为"塔嶺"二字。

4. 观音阁重修碑记

清·康熙五十七年(1718)

【碑阳】

郡(1)人韩琛曰:"先君(2)讳(3)复元,游览至大赫山(4),自麓(5)盘旋而上,将绝顶(6),见怪石耸披,一壁』之下有刹(7)遗址,遂踪(8)其旧而新其制,建殿朔像,几经焦思(9)落成。未久(10),山水浸滴,殿宇、』佛像渗漏残簃(11),意欲重修,而先君长逝。"庚寅(12)春,僧妙秀谓琛曰:"吾欲卓锡(13)开洞,洞中』建殿,移像于内,尔(14)其有意乎?"琛曰:"此先君之素(15)志,小子(16)何敢辞焉!"于是告请诸当事,』皆喜,与玉成(17)助以人力,功乃告竣。故余不揣鄙陋(18),本其始末(19),以记不忘。盖浮屠氏(20)之』教行于中国也,几二千年矣。其垂世(21)立训,有因果报应(22)之说焉,有地狱(23)变相燹(24)炼人』魂魄(25)之司焉。遵其教者,从而敷演(26)之,又从而绘之象(27)之,使人瞻望,憶念悚然(28),动其心』志,故有愚夫、悍卒、猛鸷顽旷(29),父兄、师长不能怵,而甫(30)入庙垣,顿(31)生愧汗,茫然自失(32),此』固善恶之念萌于心,几不流为魑魅(33)者。政(34)赖西方之教⁽³⁵⁾以维之,其流慈远被,不亦大』可见哉。今僧性多乖,不务释风⁽³⁶⁾,若僧妙秀生有善根⁽³⁷⁾,行无恶状,动静食息,务守戒规,』梵⁽³⁸⁾余无事,晨钟暮鼓,祝郡生而蒙福,焚香诵典,愿善信而沾恩,真无愧于空门⁽³⁹⁾者矣。』释理幽玄⁽⁴⁰⁾,予素⁽⁴¹⁾未讲,后之览者,幸略其文而识其事,可也。是为记。』

崇照崇　召
住持僧妙秀妙诚　　　现寿
崇□崇　到

康熙伍拾柒年捌月上旬　　　　　　　吉旦　造作匠□起真

【碑阴】

水师营佐领张凤翱　　　韩志仁李锦龙任成龙韩成玉杨玉秀妙诚』
　佐领沈万瑞　　　常　保林　德胡文□韩喜临□　大赵门祖氏』
　防御张文华　　　乔明栋张　荣高文魁韩常智乔明柱赵门赵氏』
　防御候国斌　　　金　明高得才张　保田忠喜胡崇德韩门韩氏』
　防御何起鹏 会　　宋　廷方　忠赵文照孙　虎黑达子赵门洪氏』
　防御扬时中　　　张　玉卓　纲袁大成赵复得邢隆爵门门王氏』
　防御勒　刻　　　金士协存　柱韩有明于文谗龚文兴闵门唐氏』
　防御朱凌哈　　　刘进忠刘　三穆世禄于在友孙应发□门朱氏』
　防御萨尔泰　　　李世义闫必中曹弘义刘文觉王永镇张门赫氏』
　防御官　保　　　唐　秀王文斌盛文德韩之□□麻子李门金氏』
金州城守尉马哈达　　韩复耀韩苏库于成龙宋文焕王君龙韩门鞠氏』
　佐领星荦利　　　王君柱范肖民闫　绪谈明复杨文强周门韩氏』
　骁骑校金贤光　　潘得金董应元李□□于 江郭　义□门赵氏』
　骁骑校盛　英　　刘□正闫必法孙弘谟周文兴耿弘德李门耿氏』
　骁骑校袁　弘　　刘　功曹弘智何成龙郭　义刘　三张门刘氏』
　骁骑校方天锡 曾　蒋云礼王有功于　成薛　起于希圣』
　骁骑校韩有明　　陈　仁闫必善玉　庆李道青郭应隆』
　骁骑校范维政　　李　巧洪　鹏玉　藻薛得金郭德玉』
　骁骑校沈之保　　邹同昌闫必仁夏仁重林尚智』
　　　　郭义缘　　　高文天潘　成郭德贵』

【碑文简介】

刻于清康熙伍拾柒年(1718)。圆首,辉绿岩质,高 130 厘米、宽 64 厘米,厚 19 厘米。碑额横题"重修碑记"4 字,双钩楷书。下为碑文,16 行,满行 32 字。四周饰以线刻"高山流水"纹,碑额与碑文之间也用此纹相隔离。碑阴为水师营佐领、防御和金州城守尉、佐领、骁骑校官员名单 19 人以及捐建人名,合计 131人,周边纹饰与碑阳同,但碑阴碑额上有线刻荷花,两旁各有一小荷花作为陪衬。

碑文记述了清康熙五十七年(1718)住持僧妙秀重修观音阁的原因,即在康熙四十九年(1710)韩复元修复的观音阁"未久,山水浸漓,殿宇佛像渗漏。"碑中没有记载此次重修的过程、规模,但记述了此次修复项目内容为地狱殿,以宣传佛教因果报应之说,倡导人们弃恶从善。最后赞扬了住持僧妙秀"务守戒规"。碑文没有撰者姓名,无从考证。

【碑文注释】

(1)郡:特指金州。　(2)先君:已死的父亲。先,已经去世之意。　(3)讳:死者的名字。讳,有"避"的意思,为了尊敬死者的名字,故避而不说。　(4)大赫山:即大黑山。见《康熙四十九年重修观音阁碑记》注释(1)。　(5)麓:山脚。　(6)绝顶:最高峰。　(7)刹:(chà 音岔)佛寺。　(8)踪:脚印,踪迹。这里作动词用,追踪,寻找。　(9)几经:反复多次。焦思,忧心苦苦思考。　(10)未久:没过多久。　(11)噬:(shì 音式),同"噬"字。(12)庚寅:指康熙四十九年(1710)。　(13)卓锡:指称僧人在某地居留为"卓锡"。卓,立。锡,锡杖,僧人出外所用。　(14)尔:你。　(15)素:原有的,本来的。　(16)小子:旧时子弟晚辈对父兄尊长的自称。 （17）玉成：爱而使有成就。此处为成全之意。 （18）揣：估计，忖度。鄙陋：见识浅薄。这里是谦辞。 （19）始末：从头到尾的经过。（20）浮屠氏：这里特指释迦牟尼。浮屠，僧人、和尚"佛陀"之音义。 （21）垂世：留传后世。垂，同"垂"字。 （22）因果报应：佛教轮回教义，认为万事有起因必有结果，"善因"得"善果"，"恶因"得"恶果"。 （23）地狱：即"苦的世界"，梵文（Naraka），佛教六道之一，处于地下。佛教认为，人在生前做了坏事，死后要坠入地狱，受种种苦难。 （24）燬（huǐ 音悔）：烈火。这里用作动词，焚烧。 （25）魂魄：佛教指人的精神灵气。 （26）敷演：又同"敷衍"，陈述而加以申说。 （27）象：通"像"，这里作动词用，塑像。 （28）悚（sǒng 音耸）然：害怕的样子。 （29）圹：kuǎng 音夼。 （30）甫（fǔ 音府）：刚刚。 （31）顿：立刻。 （32）茫然自失：心神不宁，自己本身失去常态。（33）魑魅（chī mèi 音吃妹）：传说中指山林里能害人的妖怪。 （34）政：通"正"，恰好，只有。 （35）西方之教：特指佛教。因佛教发源于印度，印度在中国之西，故以代指。 （36）释风：指释迦牟尼佛教。（37）善根：佛教指人所以能为善的根性。 （38）梵：诵经，这里指佛事活动。 （39）空门：指佛教。佛教认为，世界一切皆空。 （40）释理：指释迦牟尼教义。幽玄：深奥难懂。 （41）素：往常，向来。

5. 金州城东大赫山重修观音阁碑序

清·雍正三年(1725)

【碑阳】

金州城东大赫山重修观音阁碑序』
□□之百阁于前后也大矣哉放昌黎而莫为之前维□而不彰□为之福虽盛而在』□□之者固甚相续者也如金州城东大赫山以胜水石□而含乎佛殿则佛□□不』□□□□可历久而无敝矣第殿之南有观音阁与佛殿对峙俨若□□者乃□之□』□□与□自住持僧妙秀因其遗址而修之者也迄今多历年所为风雨飘摇坍毁□』□□□见之备听其毁伤而不为之所势不至如向者之徒有遗址焉不□也幸有前』住持之徒半道以其师等年倦动慨然有见于前美之不可不彰也起而告诸□事□』□□□又幸得师叔尼僧讳妙诚者出而共劝圣事募化善信鸠工庀材以重整之□』□□□□煌如昨者妙诚崇道之功适相均焉是不可谓继述之幸有其人乎□□□』之□请序于予予□捐置□□□信人等汲□力□斯间者不有所□何□□□□之』诚哉是为记』

　　　　　　□□副都统署理金州城守尉事袭三等阿达哈哈番加一级　尚　禄』
　　　　　　　金　州　城　前　任　信　官　马　哈　达』
　　　　会　宋亭　李多柱　王文斌　百龄　王君政　马成龙　王永贵　林荣宗』
　　　　常仁　韩庆玉　刘国义　韩琛　文有成　马国祥　端运　金成玉仝建』
　　　　王枢　赵良璧　赵邦彦　韩璧　关四达　李士元　于成龙　王　□』
　　　　　　　　　　　　住　持　僧　妙　秀　徒崇到徒孙现寿　现常现□』
　　　　　　　　　　　　与　禄　助　摹　沙　门　□　僧　妙□』
　　　　　　　　　　　　　　□　萍　梵　□　觉　清　书』
　　　肖』大清雍正叁季岁次乙巳仲秋　　　吉旦立石　　　塑匠　刘琢　崔如岑　李景荣镌』

【碑阴】

佐杜	哈功	马叱力袁	锢	杨凤鸣	□万枝	崔维朝	周永祥	田国□	刘际可	姜	□□
勒刻	赵弘□	陈仁	姜升龙	苗四	于在文	韩朝□	王瑶	吴如琼	王	□	
鞠廷	赵丽林	韩复言	刘彦章	李四	于文□	孙永江	龚文焕	蔡如春	李		
张凤翱	赵常智	福寿	曹士林	段鸿起	色力□	杜□	徐彦高	张□	徐		
领沈万瑞	李国臣	韩复林	闫廷□	于□	□□雄□	成苏□□	李□	邹玫			

防杨时中**德**潘得金张　二　金维仁　王有孔　夏大晃　张□□　□□方　□世□　□　宜』
　吴　付　潘得贵殷　大　范先民　卢永祥　栾　□　李　□　□□□　□□多　□　□』
　张文华　王得材　郭　二　赵　泮　于　□　葛□忠　项义得　□□□　□□□　□　□』
　候国斌　王有林　黄现增宋　十　张复荣　金显色　张明德　□□□　□□□　姚　□』
　兆　庆　韩　衍　战　桂　姜　六　宋得元　李益欣　于廷魁　□明□　□恩先　□　□』
　伯　达　崇　保　苏存住　刘华祥　张自明　吴　智　丁有仁　□周□　任先升　□　□』
御李　相**主**王有成　王之道　常　有　薛常有　卢元魁　刘七弘　安　福　□宗□　吕　□』
水师营总领权任信官　高峋』

骁闫必昌**施**卢国珍**施**赵门赵氏　李门季氏　文门李氏　苏门□氏　潘门韩氏　唐门□氏』
　赵应科　王永亨　赵　甪　姐　范门方氏　马门张氏　苏门文氏　韩门何氏　刘门□氏』
　袁□琇　陆先裕　赵　三　姐　潘门洪氏　李门白氏　郝门刘氏　穆门韩氏　洪门张氏』
　盛　英　穆崇智　赵　二　姐　潘门张氏　李门田氏　郝门何氏　刘门赵氏　周门张氏』
骑金显光　孙文琮**财**赵　钮　儿　潘门王氏　杨门李氏　郝门张氏　韩门刘氏　孟门□氏』
　范维政　　赵门那氏　付门文氏　袁门杨氏　郝老姐　□晏氏　潘门□氏』
　裴仲才　穆一鸿　赵门吴氏　张门文氏　袁门洪氏　施门□氏　蒋门郭氏　韩门□氏』
　韩有明　牛光漠　赵门李氏　文门栢氏　洪门金氏　范门孙氏　曹门刘氏　韩门苏氏』
校闫必法**主**　**檀**韩门张氏　文门金氏　袁　二　姐　洪门穆氏　周门韩氏　张门李氏』
皇　夫人赵门祖氏　赵门马氏　马门闫氏　郝门薛氏　韩门赵氏　周门刘氏　盛门刘氏』
清　淑人李门唐氏　闫门刘氏　赵门闫氏　全门张氏　郭门刘氏　郭门马氏　孙门宋氏』
诰　莫门祖氏　闫门吴氏　李门闫氏　丁门李氏　韩门潘氏　候门白氏　王门候氏』
命　宜人杨门唐氏**郡**韩门金氏　张门妙应　金妙□　潘门韩氏　胡门□□　吴门□氏』

【碑文简介】

　　此碑刻于清朝雍正三年(1725)。长方形,辉绿岩,高106厘米、宽60.5厘米、厚13.5厘米。碑阳额横题"重修碑记"四字,双钩楷书;下为碑文,20行,满行34字,阴刻楷书;碑文周边饰以线刻卷云纹,碑额与碑文之间为一线刻回纹。碑阴额题"隐仙洞"三字,双钩楷书,下为当时金州佐领、防御、水师营骁骑校等官员名单及其他捐助人员名单等,这对了解清朝初年金州地区的政权和社会名流有一定帮助,文字阴刻楷书,周边饰以线刻回纹,碑额与人员名录之间也有一道回纹。座为长方体,横81厘米、纵45厘米、高32厘米,座的正面有线刻莲花花瓣纹。该碑文漫漶过半,几不可读。但碑阴人员名录保存相对完整。碑原立于观音阁洞内之东壁旁,2001年移出洞院外,立在山崖下西水泥路北。

6. 重修观音阁记

清·道光八年(1828)

【碑阳】

重修观音阁记』
自佛氏象教盛行⁽¹⁾,凡造宇⁽²⁾尊礼诸菩萨,无非尊礼佛氏,宗旨始兹之,』观音阁其一也。此旧名"胜水寺",不知创于何代,古碑所在,惟有故明嘉靖六年⁽³⁾。国朝⁽⁴⁾康熙四十九年⁽⁵⁾□□□□□□』或曰榆林城⁽⁶⁾大赫山东,或曰金城⁽⁷⁾大赫山东,实即今之宁海县⁽⁸⁾界耳。然二碑皆系重修,知其为□□□□□□□□□』年来,又多所剥落,小补无济。有邑⁽⁹⁾人刘璜、于化鹏、栾枝桂、张廷谟、赵连城、林世忠等既自捐赀,复偕□□□□□□□』绅农商共助外,皆复其轮奂⁽¹⁰⁾,内俱新其金碧,至钟楼,则大其规模,鸟革固承。先经营,待后其绵众数□□□□□□』为不可湮没⁽¹¹⁾,乞⁽¹²⁾余作记,余不复辞⁽¹³⁾,爰⁽¹⁴⁾勉叙其重修大略,至其山境,奇开泉洞幽奥,非余笔墨所能云。』

署城守尉⁽¹⁵⁾委 协 领⁽¹⁶⁾穆承秦　　　　　　　范维新　衣　□　□□□　□……」

宁 海 县 知 县 顾 璜⁽¹⁷⁾　　　　　　　毕浔□　孙　□　□□□　□……」

宁 海 县 教 谕 李 澈　　　　　　　　　　李永杰　张□□　□□□　周……」

江苏营州府金匮县知县邑人徐家槐⁽¹⁸⁾　　　□廷显　徐□□　□□□　业……」

汉 正 白 旂 佐 领⁽¹⁹⁾　崔 瑚　　　会末　闫士祺　张廷□　□□□　李……」

汉 庙 黄 旂 佐 领 闫德安　　　　　　　徐凤年　钱宗仁　□□□　梁……」

正 白 旂 防 御⁽²⁰⁾　德□　　　　　　闫士明　吴同山　□□柱　周……」

正 白 旂 骁 骑 校⁽²¹⁾德特阿　　　　王天儒　王文彩　礼兴彦　陈……」

正 红 旂 骁 骑 校　　札什杭　　　　□复成　姜 法　业会龙　□……」

汉 正 黄 旂 骁 骑 校　　王安广

正 蓝 旂 骁 骑 校邑人 佛力青额　　住持僧本　盛宝　升喜观永□　来　崆少　崑恒岑

辛酉科举人⁽²²⁾候选知县　林世兴　撰

　　　　　　　　监生⁽²³⁾　李元奎　书丹

大 清 道 光 八 年　　春 二 月 谷 旦 立」

【碑阴】

□□□□　□□□　□□□　□□□　□□永　闫浔文　张清奎　林永尧　刘连增　洪廷元　□□□　□□□　□启有　汪□□」

□□□□　□□□　□□□　□□保　闫邦正　卦继瑞　汪作云　戚克柱　刘复元　□□□　□□□　□彦奎　潘毓胡」

汉正白旂　□□□　□□成　□廷仕　闫邦珠　许宏义　陈复占　王世清　黄文增　□□□　□□□　卦君富潘毓秀」

巴尔虎旂　利顺号　汪作禄　杜仁礼　□文有　戦天法　许永提　曹丕庆　刘连信　许永清　□□□　□□□　□丕夫」

汉庙黄旂　咸益号　汪作祥　□□□　刘克昌　戦天奎　□世兴　郎士新　黄文浔　都思尧　孔传仁　□□□　□芝　□□」

正黄旂　元增号　洪嘉法　□□□　许宏干　戦天玺　范仁新　郭士□　王天杰　刘文夫　宋□方　□□□　□明」

庙黄旂　广盛号　刘之刚　□　□　刘良弼　戦 分　许宏玺　董得基　张志瑞　金国堂　刘宏祥　□□□　□□□□」

正蓝旂　顺盛号　王天贵刘　镇　张成志　戦 太　王　□　张文芳　□　恒谦　李有福　□□□□□□」

庙蓝旂　长盛号　文广秀　刘　策　刘国栋　戦 宁　校　谆　吴志信　戦　□闫　昌　侯邦才　□□□□□」

正白旂　增盛号　乔文尧　刘　蒿　刘国幹　陈 义　林　永　石从义　刘　□周　宽　高□方　□振□□」

庙白旂　广和号　乔文　汪　□　刘国诰　孙　闫　王　连　周志义　□闫　奥　吕凤春　□□义注」

正红旂　恒发号　乔永庆　董　□　刘文广　徐　苏　李　元　安李寿姜　贵刘　锴　初宗廷　□□□　辉」

庙红旂　福增号　乔永寿　王　礼　徐丕钦　李　福李　望　刘广太　尹　福穆　明　刘浔□□　汪　铣」

户　房　利昌号　乔永绪　范　盛　□廷都　高　升王　法　汪永振　王　廷梁　均　刘芳利　□□　汪　泳」

官斗房　广顺号　乔永官　候　章　闫得立　苗　信王　有　王成　□初闫　尧　赵□铎　□□　喜」

新盛店　宏聚号　梁　贵闫　法　王安戌　孙　君杨　仁　汪□□　袁　机汪　合　郭成广　□□　荃瑞」

增盛店　大兴号　杨致平　刘　琚　王安行　谢　功王　霖　袁兆庆袁　是张　丕　郝文□　李□□　王伟」

永丰店　德生号　杨致□　赵　□　王安显　丛　奎刘　珍　□毓秀王　□章　李成文　耿　□□　王曰」

永盛店　大兴窑　杨致祥　尹　贵　赵得令　郭　连闫　勋　都丕仲董　□董　淋　闫志□　袁世□　范　臣　侯世采」

益庆当　万成窑　杨□涛　钟　庸　王文采　关　日闫　蒿　都丕夫　刘　元孙　丕　方□章　王世增　□　珍　侯世杰」

永增当　天成窑　杨利□　□　信　宋少□　刘　瑞衣　瑞　魏起凤马　仲潘　□吕福顺　王□英　□　杰　侯世富」

广德当　禾来店　杨□清　□　□　宋少顺　徐　伸段　章　孙浔琚潘　钦　□□尉　仓明法　李成基　尹　连　侯世宦」

北吉盛　万聚居　马云登　关　琚　宋成福　刘　昆　汪作盛　王志贞　王志周　宫良玺　刘广淋　宫良明　毕　□　王喜明」

南吉盛　元兴馆　马云峰　刘　官　宋成旺　王廷栋　仓志选　王恒善　王元得　刘日仁　王文安　范□新　刘　先　王喜□」

元顺号　吉盛舘　刘廷彬　孙　刚　孙作周　朱凤连　毕浔温　刘文永　孙连玉　卦士俊　刘浔永　林永注　闫文义　仓明合」

复利号　广盛舘　刘之屏　林永□　汪□伟　徐长安　毕浔俭　卦君章　金志浔　闫士锦　卦继夫　孙士敬　赵君清　仓明盛」

大顺号　德兴号　王汝久　李万贞　石从礼　蒋世爽　毕浔仲　夏世宦　韩世英　曲永思　王建邦　孙浔盛　徐注成　马浔有」

永德米房　福亨号　闫士宽　姜廷元　都士温　谷文选　张日得　闫志浔　吕福永　赵振邦　张玉桂　孙浔法　刘世孝　李永福」

三仓米房　德源号　闫士文　杨日太　都士丰　侯世法　范又新　戚兆礼　周永贵　弟子僧心安敬书　芦　英　卦世增　闫士年」

【碑考】

清道光八年(1828)立,碑为浅黄色砂岩,长方形,上端抹两角,高184厘米、宽84厘米、厚8厘米。碑阳碑额横题"永垂不朽"4字,双钩楷书。碑文与碑额之间用一直线相隔。21行,满行39字,阴刻楷书,其碑文分两部分,正文和落款,正文7行,落款14行。正文对观音阁的历史沿革作了考证,并记述了于化鹏等六人捐资重修观音阁的经过。碑文由当时金州知名学者林世兴撰。林世兴,字孟常,金州人,人称东溪先生。清嘉庆辛酉科(1801)举人,候选知县。林世兴清贫博学,又善诗文,著有《㧑(huī 音回)谦堂文稿》。林世兴对金州的历史、考古均有很深的研究,他的诗作流传较广。落款部分记载了宁海县(金州在1843年前称为宁海县)知县和金州城守尉等地方主要官员的机构、人名等,对了解和考证金州地方官吏机构具有重要价值。碑文四周饰以线刻卷云纹。碑阴部分是捐建观音阁的十二旗、店铺商号和人名等,碑额横题"万善同归"4字,阴刻楷书,四周纹饰与碑阳同。该碑阴中使用了很多简体字和别字,如:"旗"作"旂"、"劉"作"刘"、"鑲"作"廂"、"閆"作"闫"、"関"作"閦"、"開"作"閗"、"韩"作"㙔"、"糧"作"籵"、"戰"作"戦"、"曹"作"曺"、"興"作"兴"等。这些都为研究清朝文字的演变情况提供了重要的实物依据。碑座为长条青石,横113厘米、纵65厘米、高23厘米。

该碑立于观音阁盘道中部,因多年庙会在此烧纸,碑下半截有所剥落,字迹已经模糊。

【碑文注释】

(1)佛氏:指释迦牟尼。象教:指佛教。有三种说法,一是相传世尊释伽牟尼的母亲曾梦六牙白象入怀生释伽牟尼,故佛教又名象教;二种说法是释迦牟尼离世,弟子刻木为佛,以像教人,因佛教以塑像为崇拜的对象,故称;第三是佛教与大象相关联,佛教又称象教,拜象即是拜天、拜佛。现公认的以第二种说法为普遍。　(2)造宇:建造庙宇。　(3)嘉靖六年:1527年。嘉靖:明世宗朱厚熜年号,1522~1566年在位。(4)国朝:本朝。　(5)康熙四十九年:1710年。　(6)榆林城:指金州城。明时称金州城为榆林城。(7)金城:即金州城。　(8)宁海县:指金州。清雍正十二年(1734)设,道光二十三年(1843)升为金州厅。(9)邑:城市。　(10)轮奂:即轮焕,形容房屋众多高大。　(11)湮没:埋没。　(12)乞:恳求,向人讨。(13)辞:推辞　(14)爰:于是,乃。　(15)城守尉:官名。清代驻防八旗的专城将领之一,在不设将军、副都统之城设之,秩正三品,辖兵数百至一千余名不等。掌管本城旗籍和防守事务,下设佐领、防御、骁骑校等职。　(16)委:托付,任命。　协领:官名。清代驻防八旗中级将官,位在副都统之下,佐领之上,秩从三品,分为专城协领和一般协领。专城协领专掌一城之事,一般协领分布在各省将军、都统、副都统驻防之地,协理防务。　(17)知县:官名。始于唐,管理县事为知县,亦称知县事。明清两代用作一个县长官的正式名称。顾璜:顺天宛平人,监生,嘉庆二十三年(1818)补授。道光元年(1821)(一说道光三年)至道光八年任宁海县知县。　(18)徐家槐:字守之,金州城人,徐润长子,祖籍江苏吴县,生卒年不详,贡生。历任江苏营州府知府、金匮县知县、崇明县知县。道光十九年(1839)升为太仓州知州、松江府知府。道光末年署浙江衢州府知府、江苏常州府知府等职务。《奉天通志》有记载。　(19)佐领:官名。清代八旗军组织中基层编制单位牛录的长官,满语称其为牛录额真、牛录章京,顺治十七年(1660)后定汉名佐领,秩正四品,掌稽查辖区户口、田宅、兵籍。地方八旗军中之佐领,掌所辖驻防户籍、军务等。　(20)防御:官名。清代驻防八旗军中低级军官,秩正五品,位在佐领之下,协助佐领处理本辖区旗务。　(21)骁骑校:官名。清代驻防八旗下各佐领均设,秩正六品,为佐领之副,协助管理所属户口、田宅、兵籍、教养等各项事务,以及操练、防守等军务,初名"代子",后改满名"分得拨什库",顺治十七年(1660)定今汉名。　(22)举人:明清时凡乡试中试者为举人。《明史·选举志》:"三年大比,以诸生试之直省,曰乡试;次年以举人试之京师曰会试,中试者天子亲策于廷,曰廷试,亦曰殿试。"　(23)监生:明清时进入国子监就读的学生统称监生。明代分举监、贡监、荫监及例监四种。清代则为恩监生、荫监生、优监生及例监生四种,乾隆以后的监生,多由捐纳而得,并不一定入监就读,光绪三十一年(1905)废除。

7. 观音阁重立捐施碑记

清·咸丰二年(1852)

【碑阳】

观音阁重立捐施碑记』

蓋闻布施(1)之事,不易于一,而尤难于再(2)。捐舍之心,或生于少,而每吝于多,而非所』论于闫士祥禧者乎!昔既同众施主(3),各捐钱贰百吊(4),彼系余利,今复同兄弟各捐钱』壹千吊,此乃原本(5),则向之(6)所谓不以利为利者,今且不以本为本矣。缅其轻资重』果,固不独管尊一堂,斋僧(7)一寺,传为一时之佳话已也。此其生禀善心,非由他人』之奖劝,行多美举,岂仅兹事之堪嘉。况夫一事毕,举四方风闻,文人君子或见而』知之,或□而知之,无不兴其乐施之心,而惩其吝施之志矣。又恐胜事(8)久而就衰(9),』乃刊元□,度良工(10)嘱作记,乘善风,愧予学之有限,羡彼善之无穷,恨片石之甚隘(11),』不能尽录其德隆(12),不过略叙梗概(13),以志不忘云尔。是为记(14)。』

闫邦清撰徐凤梧书

住持戒僧来观弟子少　华孙性悟岱清云禧宽澄

大清咸丰二年季秋谷旦(15)敬立　石工　刘凤舞　李占云　登

【碑阴】

阿弥陀佛(16)

【碑文简介】

　　清咸丰二年(1852)立,石灰石质。碑头镂雕四龙,盘错交尾,有九孔,高、宽各4厘米、厚20厘米。碑头阳面镌刻"芳名永垂"4字,竖2行、每行2字,阴刻楷书;碑头阴面镌刻"皈依"2字,竖写,阳刻楷书。碑身高140厘米、宽69厘米、厚17厘米。碑文12行、满行31字,阴刻楷书。碑文叙述了闫士祥、闫士禧二人自愿向观音阁各捐钱二百吊,后再次捐钱,且这一次比第一次捐钱的数目要多得多,各达一千吊,阐述了"布施之事不易于一,而尤难于再"论点,讴歌了闫氏二人"轻资重果"的精神以及他们这种精神所带来的意义内涵,"无不兴其乐施之心而惩其吝施之志"。此篇碑文的写作方法很有特色,它既不像其他以平铺直叙为主的碑文,也不像以写景夹带叙事的碑文,而是以全新的角度,通过两次捐钱之事展开议论,寥寥数语,就把作者本人的论点阐明清楚,是一篇议论性很强的碑文。

　　碑文由闫邦清撰文、徐凤梧书。二人情况不详。碑文四边的纹饰分别为:两侧雕刻暗八仙图案,其中在一宝扇的扇面上阴刻草书"有风不动无风动,不动无风动有风"14字谜语(谜底为扇子),又富有哲理。上端边为双凤朝阳图,下端为双狮、麒麟图。碑阴竖刻"阿弥陀佛"四个榜书大字,阴刻楷书。无纹饰。碑座为长方体,青石,横119厘米、纵60厘米、高20厘米。

　　据《南金乡土志》载:"胜水寺观音阁在治城东大赫山……本朝(清朝)道光年被火,咸丰年重修。"该碑记载的情况是在观音阁大火之后闫士祥、闫士禧兄弟再次捐修后而立的。该碑当时并没有点明为什么闫士二兄弟两次捐修的原因,《南金乡土志》的记载才使我们明白其中的缘由。该碑现立于观音阁山门外道东,由于长年风雨侵蚀加之庙会百姓在此碑下烧纸,已经造成碑身多处出现裂纹,令人堪忧。

【碑文注释】

　　(1)布施:佛教用语,指把财物、体力和智能等为他人造福而求得功德以达解脱的一种修行办法。本碑文中指的是"财施"。　(2)再:表示又一次。　(3)施主:佛教称对佛、法、僧等施舍财物、馈赠食物的世俗信徒的尊称,亦称"檀越"。 (4)吊:旧时钱币单位,一般是一千个制钱为一吊。 (5)原本:事物之起因。(6)向之:从前。 (7)斋僧:以斋食施给僧人。 (8)胜事:即"盛事",为书者笔误。指闫氏二人两次捐施观音阁钱物之事。 (9)衰(cuī 音崔):依照一定的标准递减。这里指逐渐淡忘之意。 (10)良工:技艺优秀的匠人,这里指石匠。 (11)隘:狭窄。这里指碑石小。 (12)德隆:品德深厚,即品德高尚。(13)梗概:事情的大概。 (14)记:古时文章的一种文体,是记载事物的文章。 (15)谷旦:良辰吉日。谷,善;旦,吉日。语出自于《诗·陈风·东门之木》:"谷旦于差,南方之原。" (16)阿(ē 音扼)弥陀佛:梵文 Amitābha Buddha(阿弥陀婆佛陀)、Amitāyus Buddha(阿弥陀庾斯佛陀)音译的简称,意译无量光佛、无量寿佛。大乘佛教佛名。是佛教世界西方极乐世界的教主,净土宗主要信仰对象。佛经说此佛于过去世为菩萨时,名法藏,曾发四十八愿,长期修行,成为佛陀。《阿弥陀经》说:念此佛名号,深信无疑,即能往生其净土。后世所谓"念佛",多指念阿弥陀佛名号。在寺院的佛殿中,塑像常与释迦、药师二佛并坐,称三尊。

8. 涂景涛游胜水寺诗碑

清·光绪戊戌年(1898)

【碑文】

戊戌中夏十一日(1)偕山阴茹利宾遊(2)胜水寺

云根高嶂(3)疑无缝,偶被神斤(4)辟奇洞。洞天天半(5)绝尘踪,谁压嶙岏(6)起层栋(7)。杰阁(8)耸出苍松巅,上有幽僧伴鹤(9)眠。线路穿林转深陕,盘空蹑翠寻飞仙。学仙当结芳尊友(10),安得蓬莱(11)太平酒。尽倾东海入桮(12)中,醉乡直到无何有。酒酣(13)拔剑叹望洋(14),长鲸(15)未斩心忧惶。菩萨低眉不我顾(16),曾经阅历千沧桑。青山青青不改色,我欲住山犹不得。题名聊志(17)遊山缘,石上长留数行墨。

摄(18)金州厅事 长沙涂景涛题石(19) 手民(20)刻字 李文贵

【碑文简介】

1898 年的金州,在经历中日甲午战火洗劫后还没有完全恢复元气,清政府就与沙俄签定了《旅大租地条约》和《续订旅大租地条约》。消息传来,感触最深的莫过于刚上任金州海防同知涂景涛本人了,他预感到国家的命运和个人的前途是非常渺茫。作为朝廷任命的一个地方行政官员,刚到任不长时间就要发生这么大的变故,并且清政府已经任命他作为划界委员,与沙俄代表一起划分金州地界,这就意味着金州要变成沙俄的租借地,涂景涛的心情可想而知。但他只有忧愁苦闷,百无聊赖,一筹莫展,面对眼前优美景色,黯然无光。此时的涂景涛到观音阁去,并不是去游览玩乐,而是为了释放他那苦闷惆怅的心。

涂景涛,字稚衡,湖南长沙人,生卒年不详。清光绪年间举人,历任怀仁县知县、奉化县知县、承德县知县、康平县知县、金州海防同知,1899 年作为清政府的划界委员与沙俄一起划分了租界界线,并作为清政府代表之一,签订了《勘分旅大租界专条》。1903 ~ 1905 年署盛京礼部侍郎,1906 年辞官归里。著有《涂稚衡集》。

因该诗是写观音阁的,所以诗从观音洞和观音阁楼风景写起,勾画出观音阁的仙境。后作者笔锋一转,想学仙逃避现实,以酒解忧愁,"尽倾东海入桮中,醉乡直到无何有",并从心底迸发出了"酒酣拔剑叹望洋,长鲸未斩心忧惶"的感叹。"长鲸",暗指沙俄。作为正直且欲有所作为的涂景涛,在这个时候,思想上产生了很大的矛盾,想辞官归隐,"我欲住山犹不得",但忠于职守,看到金州马上就要被沙俄占据,自己的职责未尽,于国于民都有愧,所以他不能一走了事。在这种进退两难的矛盾苦闷下,作者本人并没有找出解决问题的途径和办法,以无可奈何的心情作了了结。

显然,这首诗的艺术表现和语言技巧,并无突出的特点。但这首诗在当地却广为流传,之所以有这么大的魅力,是诗中诚恳地披露了一个清廉正直的封建地方官员壮志难酬的思想矛盾和苦闷,即景生情,景美而情不欢,情伤而景无光,尤其是诗中"酒酣拔剑叹望洋,长鲸未斩心忧惶"中的两句,其中"望洋"一词,是"仰视的样子"的意思,后多用来比喻因为办某事而力量不足,感到无可奈何,这实际上是涂景涛有志无奈典型心情的真实写照,具有强烈的震撼力和感染力,在读者的心中引起共鸣。

该诗碑刻于清戊戌年(1898),碑为青石,现已残,仅剩中间部位,残高 42 厘米、宽 50 厘米、厚 14 厘米。金州博物馆保存有完整的诗碑碑帖,横 47 厘米、纵 106 厘米,阴刻行楷,竖 9 行、满行 21 字,无纹饰。碑阴无字。2005 年观音阁住持释常实重刻该碑,现树立在庙西碑林中。

原诗碑立于胜水寺上院洞内,上世纪七十年代被毁,现残碑存放于金州博物馆。《奉天通志》、孙宝田《旅大文献征存》、《金县志》、《金州名胜与风光》、《大连历代诗选注》等均有著录。

【碑文注释】

(1)戊戌:指清光绪二十四年,1898 年。中夏:即仲夏,农历五月。戊戌中夏十一日,即公元 1898 年 5 月 29 日。 (2)遊:同"游"字。 (3)嶂:似屏障的山峰。比喻大黑山山势险峻。 (4)神斤:神斧。斤,斧子。 (5)天半:半空中。 (6)巉岏(cuán wán 音攒完):峻峭的山峰。 (7)层栋:高楼。此处指观音阁阁楼。层,高。 (8)杰阁:这里指观音阁阁楼的样式独特。杰,出众,引申为特别,别致。 (9)鶴:同"鹤"字。 (10)芳尊友:有贤德、高贵的朋友。 (11)蓬莱:指古时传说为仙人所居住的山之一,相传在渤海中。 (12)桮:同"杯"字。 (13)酒酣:尽情喝酒。 (14)望洋:仰视的样子。源于《庄子·秋水》。后多用来比喻因大开眼界而惊奇,或为办某事而力量不足,感到无可奈何。这里指后一种说法。 (15)长鲸:大大的鲸鱼。此处暗指沙俄。 (16)不我顾:即"不顾我"。 (17)题名:题写名字。聊志:暂时记下。 (18)摄:代理。 (19)题石:在石上题字。 (20)手民:以手艺为业的人。古时仅指木工,后也指雕版排字的人。

9. 重兴胜水寺记

民国九年(1920)

【碑阳】

重兴胜水寺记』

大赫山屏户,金州胜水寺,寔(1)揽全山之秀,寺以水胜淂名。粤(2)稽文献,仅余明嘉靖残碣,距今垂(3)四百年矣。碑文尚稽重修,可信由来云古。有清一代,声闻阒沉(4),逮及空彻禅』师重振,山门景运,地灵人杰,郁久弥光,信足凭焉。禅师中岁弃家,初居唐王殿,为苦行头陀(5),汲水枡(6)薪。无冬夏,脚布裀一(7),袭隆冬严寒,未尝袜,如是者凡七年。洎受戒师,』始卓锡(8)于观音阁,于时石室灵龛,半沦榛莽(9)。爰发宏愿,聿(10)拓新型,六时清课之余,廿载勤劬(11)罔懈,遂淂奂轮琳殿(12),丹碧流辉璀璨,金身庄严涌现,且昔之蚕丛一线,荦确(13)难』通。今则磴道千寻,振衣(14)直上,春秋佳日,邦人(15)士女,结伴朝山,瞻宝相(16)而生敬礼之心,履坦途而作康庄之想,莫不赞叹禅师之俦(17)造经营,苦心毅力,精诚所至,金石为开。此』□功在宗风(18),足垂百禩(19)而不易者也。中国殖林垦荒之觉,本极幼稚,货弃于地,识者惜之。禅师独具眼光,绸缪(20)垦殖,胼手胝足(21),不厌艰辛,利稼宜林,躬为相度地利,既辟寺』□□饶,陟(22)彼高冈,相其原野,则见纵横俑陌(23),数千顷之沃壤联绵也;苍翠接天,数十里之森林环绕也,是皆禅师精神所注,而利赖(24)遂及于一方,此又功在民生,征诸与诵』□□按者也。自古创业垂统(25)之伟人,皆有罡健沉潜(26)之气魄,惟其手无寸铁,古刹赖以重兴,故克放下屠刀,立地便能成佛。禅师本姓王氏,中州世家(27),子甫弱冠,投笔从

— 15 —

戎[28]，』积功洊擢江苏参将[29]，加三品，秩赏孔雀翎。甲午之役，统毅军十二营，率师防边，以武勇冠其侪[30]辈。事定，幡然[31]挂冠，祝发[32]于胜水寺，佛号"广明"，弃高牙大纛之荣名[33]，甘古佛青』灯[34]之枯寂，笃守戒律，老而益严，日惟略进麦饼、清泉，并油、盐、糖、酱而屏绝[35]，行年[36]六十有六，步履矫捷，逾于少年人第[37]，见此制节[38]，难度之，老住持曾不信，即为叱咤风云、名满』辽东之骁将[39]。今者人民憔悴[40]，国事阽危[41]，皆由军阀弄兵[42]，阶之为厉[43]，寔则一身，尚非我有万法[44]，到底皆空。惟兹定慧功夫，足息贪嗔妄念，人欲能过？天理斯存，惟愿武人有觉』悟之机，景高山而效法。庶几[45]，群众有其苏[46]之、望[47]放大地之光明，洪惟[48]禅师勒马悬崖，拈花彼岸，明灯一室，光照大千，此乃影响于世道人心式基[49]，寰宇[50]升平之福，其功更不』在重振山门，地方蒙麻之下也。郡人等爱护名山之胜迹，欣逢古寺之重兴，共钦性海[51]之高深，备仰福田[52]之广远，敷陈厓状[53]，议记丰功。立鱼寄迹[54]连滨，职司[55]问俗，钦闻[56]懿美，』耳熟能详，今春偶得休暇，始获瞻礼灵山[57]，甫履其境[58]，见夫垦殖饶裕，修治崇闳[59]，已觇[60]开创者，篮篳[61]经始之力矣。既叩其扃[62]，复见龙马精神[63]，海鹤丰姿，益信持戒者[64]元气弥纶[65]』之诣矣。为探名胜，信宿[66]禅房，每闻雄快之谈，如服清凉之散[67]，印证与人称颂，洵[68]非阿私[69]允宜，伟烈丕扬，昭兹来许，立鱼虽学殖[70]荒陋，亦不敢自谢无文，盖法事[71]足征原不藉[72]』铺菜[73]饬藻为也。爰为诠次[74]乡评[75]，俾寿贞石[76]，后之来者，其视此文。』

【碑左侧】

胜水寺分而四至　至　糖房西沟
东南北　褡子圈□　□分子水岭为界
西南北　大松岚大小长岭　子
　　　　西北沟顶

【碑右侧】

胜水寺坐落四至
南　大磊子张家沟西岭
北　大顶子
西　庙儿岭　分水岭为界
东　东南大官道

【碑阴】

	郭学纯[77]	刘栋龄	会长关贵深刘家店会[92]	长赵德立	会长阎传璋卢兆元	李忠义明吉昌
	李子明[78]	曹世科[85]	常德成	刘占鳌[86]	徐可谦王作权	郝瑞潭殷长荣
	张本政[79]	金州会[88]长	大孤山会[90] 何永安	赵治清	刘启秦钟恩贵 领众	李清瑞汪世卿
		曲克绎	靳希贤	王丕周		孔宪文
	牛省三[80]		陈继生阎家楼会[93]	长阎家督	刘心清周鹏云	解富有刘迪钫
	徐瑞兰[81]	郭光甲	会长赵永正	李其昌		妻妣春
大连绅商	周文富[82]		杨贵祉	金州会王明德董家沟会[95]	阎传习汪德馨	尉砥序迟芝田
	毕序昭[83]	普善堂	杨贵盛	李冠廷	毕序德汪世成	李世才
	林尚信	大连 渡善堂	迟尊德	李德新	卢贞元关玉贵	英山县傅立鱼[96] 撰文
	郭玉发	八里庄会[91]	朱学喜	韩廷玉	毕世松关玉堂	金州街孙毓藩王庆麟 书丹
大福顺义油坊[87] 大连	庞志生	柳树屯[89] 全善堂	桑金亭	徐万福	刘璞王国□	承办潘忠德李永安
	庞志顺[84]	金州志善堂	郝维纶 郝维纶马家桥会[94]	侯允德 长赵连国	徐维明	石工徐金山
		民国九年岁在庚申夏正八月				仝立

— 16 —

【碑考】

该碑立于民国九年(1920),为泥质板岩,长方形,上部略抹两角。碑高194厘米、宽65厘米、厚18.5厘米。碑阳有额,横题"永垂不朽"4字,阳刻行书,下为碑文,16行,满行65字,阴刻行书,碑四周饰以精美图案,上边为双兰草,兰草中间为一圆盘结,下端为宝相花,两侧分别刻有瓶插荷花、梅花、牡丹、菊花、竹子、松枝等。碑阴也有额,横题"万古流芳"4字,阳刻行书,下刻大连地区著名绅商和金州社会名流、各会会长、撰文作者、书者、立碑时间等。碑两侧面刻有胜水寺庙产四至,阴文楷书。碑座长方体,座正面阴刻荷花花朵图案,横97厘米、纵65厘米、高23厘米。

该碑文记载了观音阁著名住持僧空彻禅师一生的传奇经历。据该碑文和地方文献记载,空彻禅师,佛号广明,中州人氏,本姓王,年少时投笔从戎,原属淮军刘铭传部下,屡立战功,授予苏州参将,秩三品,后统领毅军十二营,以武勇著称。甲午战争时期,勇猛无比,人称"虎将军"。战后,幡然悔悟,改图更辙。初,出家唐王殿,七年后,卓锡观音阁。来到观音阁后,重振山门,修复寺院,植树垦荒,改变了观音阁的面貌,使观音阁成为当地最负盛名的庙宇游览胜地。碑文由大连《泰东日报》编辑长湖北英山县人氏傅立鱼撰文,当时他刚创办大连中华青年会,出任会长不长时间,就在游览观音阁时即兴写下的,一时传为佳话,这在碑文中都有所反映。同时,碑文中还对空彻禅师简朴的生活也作了描述。碑文字体清劲秀润,潇洒飘逸,与王羲之《圣教序》之意境,有异曲同工之妙。碑由王庆麟、孙毓蕃书丹,二人情况不详。

除此碑文讲述的空彻禅师传奇经历以外,在金州当地,还流传着空彻禅师痛击日本警察的故事。据传,一次,有两个日本警察来到观音阁以检查卫生为名,对游客肆意侮辱,空彻禅师怒不可遏,将两名警察当场踢翻在地,狠狠地教训了他们一顿。第二天,两名警察带兵来到观音阁找空彻禅师,以报复昨日之仇。空彻禅师镇定自若,跳上观音阁"西北天",转眼就不见了。日本警察搜遍了各个角落,始终未见空彻禅师半点踪影。原来,空彻禅师用"土遁"法从"西北天"到金州城北古佛洞去了。日本人从此领教了空彻禅师的厉害,再也不敢到观音阁闹事了。据说,空彻禅师圆寂后,葬在山下(现胜水寺山门东南附近),墓为砖塔,当地百姓都叫空彻塔。空彻砖塔早已不存,现已看不到一点踪迹。

傅立鱼是大连地区著名的社会活动家,积极宣传进步思想,曾帮助金县三十里堡农民进行反对日本资本家抢占水田的斗争,后被日本殖民当局逐出大连。此碑是傅立鱼先生在大连留下的唯一一通碑文,也是大连地区记述出家僧人事迹的碑文,书法堪称精湛,弥足珍贵。该碑现立于观音阁院内。

【碑文注释】

(1)寔:与"实"通。 (2)粤:助词,用于句首或句中,与"曰"通。 (3)垂:将近,将及。 (4)阒(qù音去)沉:默默无闻。阒,寂静。 (5)头陀:梵语称僧人为头陀。《文选·南朝(齐)王简栖〈头陀寺碑文〉》题注:"天竺言头陀,此言斗薮,斗薮烦恼,故曰头陀。" (6)枅(jī音鸡):同"积"字。 (7)脚布衲一:即"一衲脚布",一双缝补的脚布。 (8)卓锡:外地僧人到某地居留。卓,立。锡,锡杖。 (9)榛莽:乱草杂生。 (10)聿(yù音育):助词,无义。 (11)劬(qū音区):勤劳。 (12)奂轮:形容房屋高大美观。奂,多。轮,轮囷,言高大。琳殿:神仙居住之所,犹言琳宇。 (13)蚕丛:相传为蜀王之先祖,教人蚕桑。旧时用来比喻指蜀地。这里指观音阁周围山地地形地貌曲折难行,有蜀道之称。一线,一带之意。荦(luò音络)确:山多且大石头多的地貌。 (14)振衣:抖擞衣服上的尘埃。 (15)邦人:国人。 (16)宝相:佛教对佛像的庄严敬称。 (17)俤:(dì音帝),通"缔"字。 (18)宗风:某一宗派特有的风格。此特指佛教派别。 (19)百禩:百年。禩,同"祀"字,商代称年为禩。 (20)绸缪:用绳索缠捆,比喻事先做好规划准备工作。 (21)胼(pián音骈)手胝(zhī音织)足:指人经过长期劳动,手脚生有老茧。形容劳动艰苦。 (22)陟(zhì音至):登。 (23)俑陌:即"阡陌",田界。 (24)利赖:即"赖利"。 (25)垂统:把基业传给后世子孙。 (26)刳(gāng音刚):同"刚"字。沉潜:深沉隐伏。后用来指含蕴不外露。 (27)中州世家:中州,指今河南省一带,因其地在古九州之中部而得名。世家,世代显贵的家族称世家。 (28)甫:刚刚。弱冠:古时男子二十岁成人,初加冠,但体质未壮,故称弱,后称少年为弱冠。 投笔从戎:指弃文就武,放弃文墨生涯去参加军队。 (29)参将:官名,明朝时武官,位仅次副将。清朝沿用,无品级,无定员。(30)侪(chái 音柴):辈,同辈。 (31)幡然:迅速而彻底地改变主意。 (32)祝发:段发。此处指削发为僧。 (33)高牙大纛(dào 音道):大将的牙旗。后亦用来泛指居高位者的仪仗。碑文指后一种说法。高牙,大将的牙旗。 (34)青灯:油灯,因其光青幽而得名。 (35)屏绝:断绝。这里指屏弃,抛弃。(36)行年:经历过的年岁。 (37)人第:人家。 (38)制节:即"节制",节俭克制。 (39)骁将:勇将,猛将。 (40)憔悴:此处指困苦不堪。 (41)阽(diàn 音电)危:面临危险。 (42)弄兵:大动干戈,武装起事。 (43)阶之为厉:籍此作乱。阶,凭借。厉,祸乱。 (44)万法:佛教对一切事物和道理的通称。(45)庶几:也许可以,表示时间推测之词。 (46)苏:觉醒,苏醒。 (47)望:希望。 (48)洪惟:惟,为"雅"字笔误。洪雅,宽宏渊博。 (49)式基:行为规范的基础。 (50)寰宇:全境。 (51)性海:佛教用语,指真如的理性,深广如海,故称。 (52)福田:佛教用语,谓积德行善可以得到福报,犹如播种田地,秋天收获其果实,故称。 (53)敷陈:铺叙。厓状:大概的情状。厓,同"崖"字。 (54)寄迹:寄托踪迹,犹言托足。 (55)职司:职务。 (56)饫(yù 音预)闻:饱闻,所闻已足。 (57)瞻礼灵山:瞻礼,瞻仰礼拜。灵山,指佛家称灵鹫山为灵山。本文特把观音阁所在的山——大黑山喻为本地的灵山。 (58)甫履其境:才踏上其界内。甫,开始。 (59)崇闳(hóng 音红):高门。闳,门。这里指观音阁院内石门。 (60)卩觇(jié chān 音节搀):管窥。卩,"节"字古字,竹节。觇,窥视。 (61)筚筚(bì 音闭):"篮缕筚路"的简写,穿破旧衣服,驾驶柴车去开辟山林。形容创业艰辛。筚路指柴车。篮缕指破衣服。 (62)扃(jiōng 音垧):门户。 (63)龙马精神:比喻指健壮的精神。龙马,骏马。 (64)持戒者:佛教用语,指严守戒律的人。 (65)弥纶:包罗,统括。此处为遍知之意。 (66)信宿:连宿两夜。《左传·庄》三年:"凡师一宿为舍,再宿为信,过信为次。" (67)散(sǎn 音伞):粉状的药,即药面。 (68)洵:诚然,实在。 (69)阿(ē 音婀)私:徇私,偏袒。 (70)学殖:指学业的进步。 (71)法事:又称"佛事",指供佛、斋僧、诵经、讲说、修行等事为法事。 (72)原不籍:代指空彻禅师,因空彻禅师原籍不在本地,故称。 (73)铺莱(fēn):茂盛的样子。莱,通"纷"。 (74)诠(quān 音悛)次:选择和编次。 (75)乡评:汉朝时许劭和兄靖好评论乡里人物,每月更换品评其题目,时人谓之月旦评。后用来对乡党的评论为乡评。 (76)贞石:坚固之石。多作碑石的美称。 (77)郭学纯(1867~1922):字精义,号炳文,金州大连湾人,世居大连傅家庄,大连华商公议会会长,民族资本家。早年与庞志顺在大连湾开设"福顺成"杂货店,沙俄占领大连后,将"福顺成"移到大连,开设"福顺栈"、"福顺成"油坊,后将"福顺成"名称改为"福顺厚"。自此,生意有较大发展,先后经营特产商号、银号、木厂、浴池等。1905年当选大连公议会协理。1908年与刘肇亿共同发起创办《泰东日报》、宏济善堂,同年在西岗建立天后宫。1921年日本殖民当局企图实行"金建制",废除银圆制,即将中国居民和工商业者手中的银圆兑换成朝鲜银行的钞票,一元银圆只能换朝鲜钞票7角,这个掠夺中国人民财富的阴谋,立即遭到群起反对和抵制。郭学纯坚持维护华商的利益,多次向日本殖民当局申述民意,并组织20余人的请愿团赴日本请愿,多次遭到行刺,皆未遂。1922年终于迫使日本当局放弃金建制,重新实行"金银并用"制,维护了华商的利益。1922年11月因积劳成疾病故。 (78)李子明(1897~1926):山东福山县人,民族工商业者,大连华商公议会会长。李子明年轻时入烟台"顺泰"洋行习商,后到俄国创办的海参崴商务馆学习,毕业后回到顺泰洋行,不久被选为该行大连分行行长。顺泰洋行出现亏损后,出资收购该行,并改名"源盛泰",以批发面粉和杂货为主,同时经营英美烟草公司商品。由于精明能干,很快成为大连商业界"山东帮"首领。1914年建议将大连公议会协理改名为"大连华商公议会"。在"金银建"风潮中极力维护华商利益,被日本人驱逐出大连,至营口避难。待风潮平息后,重返大连。1924年当选为大连华商公议会会长,市议会议员。后李子明采取改革公议会的措施受到日本殖民当局的百般刁难,李经营的事业不顺,终于忧愤而死。 (79)张本政(1865~1951):字德纯,资本家,汉奸。祖籍山东省文登县。张本政生于旅顺黄泥川,后迁居至大连凌水河子栾家屯,出身贫寒。1891年在旅顺结识日本特务高桥藤兵卫,并随其至威海、烟台。1905年于烟台建立政记轮船公司,1908年当选为大连华商公议会董事。1914年其海上运输业得到空前发展,航运范围从大连、丹东、天津、青岛、上海扩展至香港。1922年任大连市会议员,

1926年任大连华商公议会会长等职务,直到1945年。抗日战争爆发后,全力为日本运送军需品。太平洋战争期间,为日本募集战争经费1.5亿元,强迫人民捐献飞机40余架,并将所有的船只连同船员交给日军参战。张本政在日本统治大连期间,先后担任日伪重要职务达49个之多,多次受到日本天皇和政府的奖励,成为当时最大的汉奸。光复后,成立大连地方自卫委员会,不久,改为中国人会,自任委员长,阴谋颠覆新生的人民政府。1947年1月,张本政以附敌祸国罪被判处12年有期徒刑,后逃往沈阳、天津、上海。1951年被查获逮捕归案,处以死刑。 (80)牛省三(1869~1924):又作牛省山,字作周,大连复县人。民族工商业者。1886年在皮口"公和昌"学习经商,后担任该店支配人,经营杂货和油坊。1907年移住大连,开设"福昌"油坊,不久改名"晋丰"油坊。1914年当选西岗商公议会会长,同年推选大连市会议员。任职期间,创办西岗消防队,修建西岗北海岸栈桥等,使商民大受益处,1923年脱离商界。 (81)徐瑞兰(1879~1934):字香圃,金州城东西北沟人。幼年入塾读书,以诗书文艺见长,后缀学,习医于金州城内天育堂药房。越六年,充任清朝金州厅仓房书记和衍圣公启事官。大连开埠,徐瑞兰到大连开设天一堂药房,推选为小岗子公议会议董,创设同乐舞台,以兴市面,开设天和药房,任大连公议评议员,小岗子公议会会长,又兼任中医自治研究会会长等职,1934年9月21日逝世。 (82)周文富(1874~1931):字善事,大连旅顺人,民族资本家,东北地区开办铁工厂的创始人。周文富早年当过船坞局工人,1907年与其弟弟周文贵在西岗大龙街开设周家炉,以打马掌和制造马车为主,1910年改为顺兴炉,研制成螺旋式榨油机、火油机等榨油设备,并将厂改名顺兴机器厂,至1927年拥有固定资产三百万元,在营口、哈尔滨等地设立分厂。后又在抚顺、复州湾、瓦房店经营煤矿。1914年、1920年、1925年三次出巨资赈济旅顺一带灾民,是大连著名的慈善家。后期企业走下坡路,靠其弟弟管理企业,1928年弟弟周文贵死后,企业很快倒闭。 (83)毕序昭:字宗武,晚号薦农。生卒年不详。金州城人,祖籍山东文登,邑庠生,其父亲为世珙。清末,任洮南垦务荐保知县知县。民国年间,曾任开通县巡检、候补知县,靖安县知县等职。曾参与《金州志纂修稿》编著。详见民国二十年(1931)孙宝田书《观音阁重修碑记》碑简介。 (84)庞志顺(1880~1939):字睦堂,大连金州南关岭会泉水屯人,民族资本家。年青时与郭精义在柳树屯(今大连湾)合资经营杂货。1919年创设福顺义,逐渐发展成为大连新的"八大家"之一。1923年10月,当选大连西岗华商公议会会长,长达十六年。在任期间,励精图治,设立西岗火车站,减免所得税和人头税。热心慈善事业,提倡佛法,救道德之沦亡,注重教育,培养人才,创办幼儿园,在大连设立协和学校,使华人有向上求学的机会等,1939年病逝。 (85)曹世科(1883~1949):字冠甲,金州城内人,商业世家。平素愿与文人学识纵谈古今,喜好文史,考究金石,在绅商中颇有声望。1910年被推选金州城内西街街长,1914年充任金州会副会长,1924年任金州会会长。任职期间,筹建金州简易图书馆,1933年扩建金州图书馆,二十年代,山东饥民流入金州,募捐设立"粥厂",解救饥民。倡办天足会,鼓励妇女放足。1930年倡修《金州志》,未果。1935年倡修孔庙,年余竣工。光复后,当选为金县第一任县长,1949年3月辞职,9月逝世。 (86)刘占鳌:二十里堡人,曾任刘家店会会长。(87)大连福顺义油坊:日本统治大连时期庞氏兄弟开办的油脂加工厂,厂址在今大连沙河口区振工街。业主为庞志生、庞志顺,后转到庞志方名下。主要加工生产大豆粕和大豆油。 (88)金州会:日本统治金州时期金州管内行政区划之一,管辖金州城内街、新市街、东门外屯、西门外屯、北门外屯,其衙署在金州城内。 (89)柳树屯:指今大连湾。 (90)大孤山会:日本统治金州时期金州管内行政区划之一,管辖大孤山屯、南鲇鱼湾屯、北鲇鱼湾屯、河北屯、东海青岛屯、西海青岛屯、大鱼沟屯、三道沟屯,其驻地在大孤山屯。 (91)八里庄会:日本统治金州时期金州管内行政区划之一,管辖八里庄、落凤沟、七里屯、阎家屯、马家屯、吴家屯、杨家屯,其驻地八里庄,后改名为马家屯会。 (92)刘家店会:日本统治金州时期金州管内行政区划之一,管辖刘家店、初家屯、三台屯、赵家屯、姜家屯、夏家屯、钟家屯,其驻地在刘家店。 (93)阎家楼会:日本统治金州时期金州管内行政区划之一,管辖阎家楼屯、三里屯、九里庄、三崎屯、龙王庙屯,其驻地在北三里庄。 (94)马家桥会:日本统治金州时期金州管内行政区划之一,管辖马桥子屯、刘家屯、王家屯、松岚屯、魏家屯、王官寨屯、盐厂屯、小孤山屯等8屯,其驻地马桥子,后改名为小孤山会。 (95)董家沟:日本统治金州时期金州管内行政区划之一,管辖董家沟屯、煤窑屯、卧龙屯、杨树屯、鹿圈屯、城子屯、东莺窝石屯、西莺窝石屯、石山屯、石棉屯、湾里屯、细腰子屯,其驻地在董家沟屯。 (96) 傅立鱼 (1882~1945):湖北英山县人,清末秀才,大连中华青年会会长,大连《泰东日报》编辑长。

10. 观音阁重修碑记

民国二十年(1931)

【碑文】

金州位于满洲南端,山环水抱,空气澄鲜,而群峰罗列之中,独擅[1]天然之形势者,盖莫大赫山,若也。山之四周,名胜古『迹,笔不胜书,唐殿[2]观月、响水听泉,皆足引人入胜[3],而奇险幽深、清静绝尘,尤以观音阁为最。登斯阁者,如被慈云法雨[4],『涤[5]尽尘襟,不禁心旷神怡[6],飘飘欲仙矣。阁位于山之半腰,奇石数仞[7],压檐如坠,诚可谓宇内奇观矣。肇[8]阁之建年月虽『不可考,而古碑所载,有"敬德[9]重修"字样,然经年既久,剥落堪虞,开创之初,规模未备。客岁[10]春,各会长等发起重修,集议『工程,拟新建天王殿一栋、东山门一座、东客室一间、钟楼一处、火池一隅、正殿三楹[11],旧有一门,今辟为三,旧有厨房改[12]为禅室,移厨房于山门外。又重修盘道,以便游人。大殿、南阁气象一新,各项工程经众集议,金[12]以山高路险,工事需款『非多元不足竣事,幸蒙众善士[13]霍官德等,力任艰巨,亲董[14]其事。迨工程告竣,寔[15]行决算,共费小洋三千元有奇[16],虽由人『力之精勤,何莫非神功之默佑也。工既竣,属[17]文于余,余观夫山川胜概[18],经此番之点缀,可谓美备无遗憾焉。余因之有『所感矣,人生不过百年,转瞬间江山依旧,人物全非,碌碌顽躯[19]与草木同腐耳。今幸以文字因缘,泐[20]姓氏于佛国[21]片石,『以垂久远,后之人踯躅[22]碑阴,摩挲[23]苔鲜,俯仰古今,亦将有感于斯文。』

补授靖安县右堂[24]毕序昭撰文　邑人孙宝田书丹并瑑额』

邵尚勤 于正崑 毕庶保 卢元善[25]
会末 曹世科 郭光甲 阎传习 霍官德 监修

师伯性远 住持僧空蕴 师兄空悟 徒 空祥 圆 和 姪 圆 蜜 尚 姪 圆 庄 珠 佛 龙
师弟空即

中华民国二十年岁次辛未仲秋[26]谷旦 吉立　石工 李云峰刻

【碑考】

民国二十年(1931)立。碑呈长方形,高127厘米、宽51.5厘米、厚15厘米。碑额横题"重修碑记"4字,阳刻篆体。碑文阳刻楷书,14行、满行45字。碑文记述了此次修复的项目,即天王殿一栋、东山门一座、东客室一间、钟楼一处、火池一隅、正殿三楹,并重修盘道。碑文由毕序昭撰,孙宝田书。毕序昭是孙宝田母亲的哥哥,即孙宝田的舅舅。毕序昭,字宗武,晚号薦农。生卒年不详。金州城人,祖籍山东文登,邑庠生,其父亲为世琊。清末,任洮南垦务荐保知县。民国后,曾任开通县巡检、候补知县、靖安县知县等职。曾参与《金州志纂修稿》的编著工作。据孙宝田的儿子孙械蔚(又名孙玉)回忆,毕序昭大致于1946年逝世,著有《唐朝妖幻小说选》。

碑文描绘了观音阁名胜的绚丽风光,记载了此次重修观音阁规模、重建的项目、修建费用等,碑文结尾是作者抒发的感慨。作者在碑文中首先从金州地理形胜入手到大黑山名胜古

民国时期观音阁旧影

迹,自然过度至观音阁,用了大量的笔墨去勾画观音阁奇、险、幽深,呈现在读者面前的不仅仅是描述观音阁的文字,简直就是一幅蘸满笔墨的大黑山水墨山水画。作者对观音阁也作了考证,碑中提及"古碑所载,有敬德重修字样。"这是目前所能知道的追溯观音阁最早的重修年代了,是否可信,尚有待商榷。不过,现在在观音阁洞内仍然还保存着一块石经幢底座,据专家证实,此乃辽金时期遗物。石经幢可作观音阁最早的实物见证。该碑书法具有典型的孙宝田楷书清秀风格,是孙宝田生前留下的唯一一通碑文资料。孙宝田(1903～1991),字玉良,晚年号辽海鳌翁,金州十三里台人。祖籍山东牟平。幼年读私塾,曾从学罗振玉、王季烈。青年时期,任金州女子高等学校教员,善书法,尤工楷书,清秀端庄,自成一体。同时,孙宝田对大连地方的考古、历史均有研究,为大连方志撰述第一人,被载入《大连市志·人物志》、《大连近百年史人物》、《大连百科全书》、《大连市志·文化志》等二十余种史志中。一生著作颇丰,著有《旅大文献征存》、《燕京纪行》等。碑阴无字。碑座为菩提座,上刻纹饰用方形丝巾覆盖底座,以显示该碑的庄重。碑原立于洞中东侧石壁下,2001年移出洞外,现立在洞外崖下西道边。

除了此碑外,孙宝田还曾为大黑山唐王殿书写碑文,惜该碑已不存。

【碑文注释】

(1)擅:长于,与众不同。 (2)唐殿:即大黑山山巅的唐王殿。 (3)引人入胜:把人引导至优美的境地中。胜,优美的境界,此处指大黑山。 (4)慈云:佛家称佛以慈悲为怀,如天上的云彩覆盖世界。法雨:佛法普及众生,如雨之润泽万物。 (5)涤:洗。 (6)心旷神怡:心情开朗,精神振奋。旷,开朗。(7)仞:古代长度计量单位,八尺或七尺为一仞。 (8)肇:开始。 (9)敬德:指尉迟恭(585～658),字敬德,朔州善阳人,以勇武著称,跟随唐太宗南征北战,战功卓著,被封为吴国公,后改封为鄂国公。 (10)客岁:去年。 (11)楹:计算房屋的单位。一间为一楹。一说一列为一楹。 (12)佥(qián 音前):全,都。(13)善士:品德高尚的人。此处指遵守佛教五戒而不出家的教徒。 (14)亲董:董,监督管理。这里指监修观音阁工程。 (15)寔:通"实"字。 (16)有奇(jī 音机):奇,零数,零头。有,无意。 (17)属:同"嘱"。嘱咐,嘱托。 (18)胜概:胜景,美丽的景色。 (19)碌碌顽躯:碌碌,平庸无能。顽躯,对自己身体的谦称。 (20)泐(lè 音仂):书写。 (21)佛国:佛的出生地,指天竺,即古代印度。 (22)踯躅(zhí zhú 音直竹):徘徊。 (23)摩挲(mó suō 音模梭):用手抚摩。 (24)靖安县:即今天的吉林省境内白城市。右堂:即正堂。古以右为尊,故右堂为正堂,明清时知府、知州、知县等地方正印官均为右堂。(25)卢元善(1888～1959):别名仰三,汉族,金州城内人。出生于1888年8月20日,1896年入汉文私塾,1906年入金州公学堂南金书院,1909年入日本仙台农业学校读书,1912年3月毕业回国任金州公学堂南金书院农业科教员。1920年任四洮铁路局课员,1922年任金州农业学堂教员,1927年兼任金福铁路公司监察,1932年任黑龙江公署秘书、伪满军政部上校秘书官,同年八月,任伪黑龙江省实业厅长,1937年任伪龙江省民生厅长,1939年任伪三江省长。1942年任伪总务厅次长。1943年任伪满文教部大臣,1945年被苏军押解苏联境内,1950年押送回国,1959年2月病故于抚顺战犯管理所。 (26)仲秋:有两个意思,一为中秋,即指农历八月十五日中秋节;另指秋季的第二个月,农历八月,本碑文为后一种意思。

11. 重修观音阁碑记

2004 年

【碑阳】

重修观音阁碑记』

观音阁又称胜水寺,背负黑山,面临大海,如嵌峭壁之上。若处仙境之中,地』势、风水得天独厚,是辽南著名佛教古刹。』观音阁,有据可考是明代洪武年间,在原古庙遗址上正式建成,迄今已六『百多年历史。"文化大革命"期间,遭受严重破坏,神像被毁,庙宇成为部队驻地。国『家实行拨乱反正,改革开放后,经济迅猛发展,百业日益兴旺,党的宗教政策得『到正确执行。金县后改金州区,政府于二十世纪八十年代成立了大黑山文物『管理处,开始逐年拨款,按原样修建观音阁,恢复传统庙会活动。进入二十一世『纪,金州区政府建立了大黑山风景区开发管理中心,大幅度增加拨款,加大修『建力度。本地僧释常实[1],逢此良机,出任观音阁主持[2],他怀着弘法利生、建设家乡『之心,同关学彬[3]等居士一道,积极发动社会信众和热心佛教事业之士,慷慨捐『资,与政府形成合力,使观音阁的修建突飞猛进,隐仙洞内塑起三尊巨佛铜像、『寺院中建起百佛塔、阁下两侧建起钟鼓楼、中间供俸玉观音,往前左右相连,建『两座寮房,东侧建一个放生池,再下方又建三层僧寮房一座、斋堂一个、浴池一『所,水井一眼及壮丽的山门,庙前用雕琢的花岗岩石条铺砌成三百六十五阶『宽敞美观的新路,沿路敬竖百余尊石雕,山后扩建一条十余华里盘山路,使汽『车可从山下直达寺院。现在的观音阁,经过这次历史上最大一次修复与扩建,『面貌焕然一新,充分展示了国家发展之强盛,佛教大业之振兴,人民生活之幸『福。值此,观音阁众生愿以立碑纪念,祝愿祖国繁荣昌盛,佛佑绵长!』

马魁文[4]撰　张宝华书 甲申年六月十九日[5]观音阁敬立』

【碑阴】

策 划 监 制
柏曙明　王政凯　刘圣杰　林立君』
程凤春　程凤珍　李 明　马俊健』

出 家 僧 人
常实　常念　星光　愿弘』
法学　常界　界一　常慈』
常空　常成　常缘　常财』

作 功 德 者
王焕云　李成章　关学彬　刘 晶[6]』
刘惠萍　李福齐　履云广　王玉清』
雷显珠　岳淑清　马志斌　邵玉芬』

刻 石 碑 者
万禄明　徐玉蛾　徐玉芳　卢美晶』
第十一代主持释常实俗名(王立良)』

【碑文简介】

观音阁自 1988 年由金州博物馆主持修复上院以来,几乎历年都有修葺。特别是 2000 年大黑山的开发建设纳入大连市"十五"计划的八大重点项目后,对观音阁及其周边地区进行大规模扩建和开发,观音阁的面貌焕然一新,使之发生了巨大变化。同时,碑中也提到了观音阁住持释常实和以居士关学彬等积极募缘,发动社会众信士为扩建观音阁做出的贡献。观音阁自 1988 年以来,历年都有修葺,但一直没有立碑。此碑于 2004 年 10 月 11 日(农历 9 月 9 日)举行揭幕仪式。碑为汉白玉,长方形,上部两角略向内呈凹形抹两角。高 162 厘米、宽 90.5 厘米、厚 9 厘米。碑文为行楷书,20 行、满行 31 字,阴文。碑座为须弥座,石灰石质,磨光。横 150 厘米、纵 30 厘米、高 40 厘米。该碑由马魁文撰,张宝华书丹。

张宝华,大连书画艺术教育家,笔名圣墨,号燕南游子。1939 年 8 月生于河北省雄县南关。现已退休,居住金州城。自幼在私塾馆学书画,后从部队军人转到大连铁路工作,一直勤学不缀,主张师古创新,以行书见长。其作品和成就入选英国剑桥《世界名人录》(第二卷)、《世界优秀专家人才名录》、《世界书画大辞典》、《中国书画艺坛名家大师全集》、《当代书画名家精品集》、《艺术人生》、《中国历代书画名家大辞典》、《世界当代著名书画篆刻家真迹博览大辞典》等百余部巨典中。现任中国老年书画研究会创作研究员,大连市书法家协会会员,兼任观音阁书画院副院长、书画艺术总监,世界华人远程教育学院书画专业教授。张宝华从事书画教育工作多年,他的学生有七、八岁的孩童,也有五、六十岁的老人,经他培养的学生有近百名在国际、国内、各省市大赛中和中国书法家协会举办的电视现场笔会中荣获了特等、一、二、三等奖,有近百名学生被授予"中国小书画名人"的称号。2005 年荣获了金州区教育局特等金奖,并有 20 多名学生的书法作品收录《桑梓丹青》一书中,张宝华所教的学生同年还代表大连市参加了"辉煌北京第三届全国书画艺术大赛",其中有 21 名荣获特等金奖,张荣获"中国书画优秀教师"荣誉,并在新西兰举办的第五届青少年儿童书画国际联展中荣获《国际艺术教育金奖》。张宝华是中国百名杰出书画家,多次荣获国际金奖。近年以来,张宝华蜚声海内外,作品被国内多家图书馆、博物馆、艺术馆等机构收藏,也被港、澳、台地区及英、德、韩、日、新、美等国外机构收藏,其书画作品的价格每平方尺达 300 美元以上,是国际公认的 20 世纪最有成就的实力派书画艺术家之一,世界一级书画师。除此碑以外,观音阁还刻有张宝华"万德庄严"、"万古长存"两通题识类碑刻,二碑均为同年所刻。

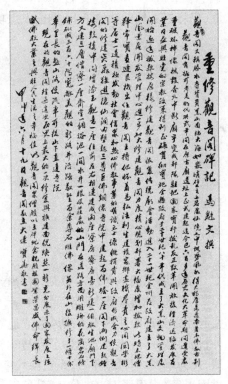

张宝华《重修观音阁碑记》墨迹

【碑文注释】

　　(1)释常实:俗名王立良,释常实为其法名,1934 年 1 月生,汉族,大连市金州石河镇人,1997 年在安徽九华山青阳县乔觉禅林剃度出家,1999 年任观音阁住持,现兼任观音阁书画院院长。
(2)主持:作者笔误,应为"住持"。　(3)关学彬,女,1952 年 2 月 4 日生,金县大孤山公社海青岛人,1968 年下乡金县杏树屯姚家村,1971 年金县被服总厂工作,2000 年后为弘扬佛法,曾来大黑山观音阁协助住持工作,为重建观音阁做出了重大贡献。现为居士。
(4)马魁文:金州董家沟人氏,1936 年生,现金州盐场退休干部。
(5)甲申年六月十九日:2004 年 8 月 4 日。　(6)刘晶,女,1951 年 7 月生于沈阳市和平区,从事过教师、医务工作者等工作,曾被评为大连市"好妈妈"称号。从小因受奶奶的影响,十九岁时便与佛门结下了不解之缘。1997 年入济南佛教,并皈依佛门,1999 年入烟台佛教,2002 年入观音阁,拜释常实师为宗师。刘晶还对《周易》有一定研究。

二　朝　阳　寺

1. 明　秀　寺

清·乾隆五十九年(1794)

【碑阳】

明秀寺』
如来(1)古佛之宝刹(2)也。粤稽唐时,大乘(3)颁自西域,佛教兴于东土(4),勅行天下,而庙宇多建焉。如兹寺,圯□□□□□』航广济,阖邑绅士、军民无不敬而奉之。诚上固』皇图下佑生民(5)者也,而况山明水秀,地静景幽(6),松头有谡谡(7)之声,涧底闻潺潺(8)之响,鸟语樵歌,皆可人意(9)。志在高山流』水者,即景以吟诗,登高而作歌,无冬无夏,胥(10)以遨游焉,至哉! 一邑之大观也哉! 特是驿人游士,凭弔(11)今古,屡访其』创自何人,建自何时,好善而乐施者,系何姓氏,故老悉莫能道(12)焉,亦以碑碣(13)之失坠,大矣。不意(14)今有上人(15)本礼者,』五荤(16)绝,三厌断,唯以讲□参禅,□务礼诵之余,搜罗古迹于寺东深河沟,得残碑焉,字迹渺茫(17),姓氏残缺,几为审』视,但得其年号,系正德六年(18)重修,所志捐修之善信,仅□三人,胡彣、萧彤、萧彬,余皆不可考。于是上人本礼,不忍(14)』没其功,修注其姓字,叩化诸村仁人君子,捐囊(19)输赀,碑□重立,仍将三人姓氏勒铭于上,则前人之功德,可流芳』于不朽,庶⁽²⁰⁾今兹之善信,亦获福以无量矣。』

郝 僧 额　石　荣　韩　璨　汪士仁　靳有功　刘继平』
克 星 额　杨　宏　韩　琦　韩邦佐　陈文喜　李良玉』
合会末 五礼等额　赵 仁　泽 荣　汪士显　汪士杰　刘继述』
五 令 额　李　伟　温成功　汪士瑛　王　珍　薛希文』
刘 吕 氏　曲于氏　于王氏』

匠人 吕元忠 刘国□』
住持僧人本礼 师弟本令本强』
大清乾隆伍拾玖年菊月拾柒日⁽²¹⁾山东宁邑弟子庠生⁽²²⁾孙克曰敬撰并书』

【碑阴】

若问前世因　今生受者是』　若问后世因⁽²³⁾今生作者是』

【碑考】

清乾隆伍拾玖年(1794)刻,辉绿岩,螭首龟趺座。碑头与碑身连为一体。通高240厘米、宽76厘米、厚25厘米,碑首额题"流芳百世"4字,竖2行,阳刻楷书。下为碑文,碑文18行,满行45字,阴刻正书。碑文起始部分描绘明秀寺秀丽风景,"地静景幽"、"鸟语樵歌",皆可人意,志在高山流水"等,给人一种身处世外桃园之感。后半部分记述了寺僧本礼考证明秀寺的情况,"在寺东深河沟得残碑焉,字迹渺茫,姓氏残缺,几为审视,但得其年号,系正德六年(1511)重修",并由此为纪念前人而刻了此碑。碑阴仅刻有佛教《三世因果经》中偈语16字,分2行,每行8字,阴刻楷书。龟趺座,首尾长220厘米、宽110厘米、高80厘米,青石质。

明秀寺,即今之朝阳寺,位于大黑山西麓,是一个佛教寺院,始建年代不详,明《辽东志·卷一·地理》载:"明秀寺,城(金州)东十里",这里"秀明寺",为作者笔误,应为"明秀寺",说明"明秀寺"的称号在明朝已经存在。本碑文中记载的本礼僧人拾得明正德六年重修残碑之事,始知明秀寺在明朝正德年间已经存在,这与明代《辽东志》记载相符。明秀寺为明清建筑风格,1995年重修。碑文又含蓄地点出"明秀寺"之名的来历,取自于碑文中"山明水秀"语句的缩写。在朝阳寺院中至今还矗立着一通"山明水秀"4字碑,阴刻行楷,惜现仅存下半截"水秀"2字。

由于明秀寺文献记载很少,该碑文是考证明秀寺历史年代唯一资料,历来为地方史学界所引用。

该碑现立于寺院内龙潭之东侧。

【碑文注释】

(1)如来:即"如来如去"的省略。如来有多义,乘真如之道由因来果而成正觉叫如来(真身如来);乘真如之道而来三界济度教化众生的亦叫如来(礼身如来);释迦牟尼的十种称号之一,释迦牟尼常用以自称;此外指后者,用指佛的化身。《金刚经》认为:"如来者,无所从来,亦无所玄,故名如来。"　(2)宝刹(chà 音岔):此处指佛教庙宇。　(3)大乘:梵文 Mahayana(摩诃衍那)意译,亦称"大乘佛教",是佛教一个主要派别。它是在公元一二世纪期间由佛教大众部的一些支派发展而成,自称能运载无量众生从生死大河的此岸到达菩提涅槃的彼岸,成就佛果,故名"大乘",而将原始佛教和部派佛教贬称为"小乘"。大乘认为三世十方有佛无数,主张利他和普渡众生,并以成佛渡世、建立佛国净土为最高目标。主要流传于中国、朝鲜、日本、越南等地。乘,指运载的工具,大乘,意思是"大的运载工具"。　(4)东土:指中国。　(5)生民:人民,百姓。　(6)幽:深。　(7)谡谡:形容风掠过松树的声音。　(8)潺潺:形容流水的声音。(9)可人意:使人满意。　(10)胥:通"须",等待。　(11)凭弔:对遗迹而悼念古人或感慨往事。弔,同"吊"。　(12)道:说出。　(13)碑碣:古人把长方形的刻石叫"碑",把圆首形的或在方圆之间、上小下大的刻石叫"碣"。　(14)不意:不料,不成想。　(15)上人:佛家语,指具备德智善行的人,后转为对僧人的敬称。《释氏要览·增一经》:"夫人处世,有过能再改者,名上人。律瓶沙王呼佛弟子为上人。"　(16)五荤:也称"五辛"。《本草纲目·菜部》:"五荤,即五辛,谓其辛臭昏神伐性也。……佛家以大蒜、小蒜、兴渠、慈葱、茖葱为五荤。"兴渠叶似蔓菁,根似萝卜,生熟味皆如蒜。慈葱,即葱。茖葱,即薤(xiè 音谢),形似韭。 (17)渺茫:时地远隔,模糊不清楚。 (18)正德六年:1511 年。 (19)囊(náng 音馕):口袋。(20)庶:希望,希冀之词。 (21)乾隆伍拾玖年菊月拾柒日:1794 年 10 月 10 日。菊月:农历九月。(22)庠生:见《重修榆林胜水寺记》碑。 (23)因:根据佛教《三世因果经》文,此处的"因"字应为"果"字。

2. 重修朝阳寺碑记

清·道光二十九年(1849)

【碑阳】

重修朝阳 寺 碑记』

粤惟梵宇(1)幽深,有绮(2)树祥云之异,法宫静穆(3),居明山秀水之间,灿光(4)碧于玉台(5),云笼树翳(6),据形胜(7)于山陬(8),水绕山环,』如来佛之尊于此地也。始称"明秀",继号"朝阳"。肇基(9)先代,追踪古王。魏巍(10)乎,栋梁壮盛;焕焕(11)乎,殿宇辉煌;噌吰(12)兮,声彻云乡!锺鸣山寺,氤氲(13)而烟盈,柳坞风送,炉香偃(14)盖,高悬响铃,和于天外,宝幢(15)耸列,讲经法于禅堂,不图岁月积久,风雨渐』残,栋折榱(16)崩,慈悲(17)室群思削素(18),墙倾壁蠹(19),弥勒龛(20)不见涂丹,悟来静境灵机,三过彳亍(21),想起雕甍绣闼(22),一顾盘』桓檀林, 香 冷松径月寒,苟非焕金碧于翚飞鸟革(23),何以展钦 承 于鹿院香坛?于是岁在戊申(24),守寺僧来贵,愿增修故』趾,丕(25)焕新规,遂邀阖会善士(26),相与图维,力捐清橐(27),共建丕基,剪藜藿(28)之旧居,乃左乃右,成丹青之宝刹(29),经之营之,琳』宇(30)光明,回合峰峦之势,璃宫美丽,平临溪谷之陂(31),虽色(32)象皆空,居室岂须乎人力?!而烟霞灿著,栖迟(33)恍遇。夫莲池(34)从』此法雨(35)均沾,被化泽而尘缘皆洗,慈航普渡出迷津(36),而心性咸宜,既欲永彰乎丕绩,能不敬勒夫丰碑?!』

镇守金州等处地方副都统(37)加三级宗室 祥 厚(38)』

金 州 协 领(39) 加一级 翼绵德(40)』

赐进士(41)出身文林郎署奉天府金州海防同知(42)事加三级 沈逢 恩(43)邑庠生(44) 吴氏 恒恩 撰并书』

金 州 厅 训 导(45) 加一级 杨存礼(46)』

金 州 厅 巡 检(47) 兼 司 狱 事 加一级 闫颐正』

大清道光二十九年(48)岁次屠维作噩(49) 荷 月(50) 谷旦 阖会 同立』

【碑阴】

户部税局 益庆当 增兴号 德成号 振永号 韩君仁 赵进芳 高甲元 纪希禄 张振纲 李成发』

满厢黄旗 永增当 和盛号 福亨号 福顺扰甫 吴长彩 闫士祯 谷兰芳 靳 亮 闫培仁 李成富』

正黄旗 福隆当 广德号 益兴号 吉盛号 杨会清 闫士祥 苏先荣 宫 发 刘廷举 曲光德』

正蓝旗 同和号 利兴号 成盛号 万增局 冯丽清 闫士禧 陈广庆 邹廷元 王廷臣 舍宝鼎』

厢蓝旗 元顺号 广顺号 万祥局 永来局 杨寿清 闫德步 潘文福 王 钜 王振荣 壹 口』

正红旗 广盛号 天元号 庆昌号 德源号 杨戴清 闫邦 和 潘文会 田喜管 金德成』

厢红旗 北吉盛 宜春栈 裕丰号 新盛馆 杨奉清 利昌号 侯常发 吴曰宁 张广元』

正白旗 德顺号 春发号 集兴号 福庆车甫 杨运清 和顺号 王福魁 贵玉瑚 于士发』

厢白旗 仁记栈 福祥局 林木铺 复顺号 杨 峻 生盛号 王太丰 曲秉璋 孙廷令』

汉厢黄旗 顺盛号 官斗房 宏盛号 恒泰炮铺 薛 璞 靳 贵 麻希云 张 坦 石 工 刘凤舞』

正黄旗 广生号 恒□号 增盛皮铺 栾家炉 薛 璟高 禄 金凤纯 李敬维」

正白旗 广和号 双兴号 利源号 陈铧炉 薛 琛 张廷功 金凤喜 金日肃 瓦 工 吕士福」

巴尔虎旗 万源号 永茂号 中和居 远州□ 薛佩璲 王毓茂 刘建利 吉恒厄 木 工 范 仁」

新□店 协和王 兴顺号 裕兴号 韩擎宇 薛佩纯 曹德玉 栾秀田 崔连喜 窑 工 杨悥青」

永盛店 丰泰号 增盛局 曲木铺 马祥生 刘世福 毕成玉 王振琳 李成玺」

增盛店 德兴号 永增粮房 协成□ 刘云龙 刘世英 杜盛庵 孙廷林 韩君秀 住持僧来 贵」

常远店 兴源号 永来□ 瑞兴粮房 广生号 刘世美 李成富 孙廷秀 张玉振 姪少辉」

德增店 锦昌号 恒发□铺 于磨房 三成兴 刘世隆 李成发 于中兴 札伦达 徒少斌」

【碑文简介】

立于清道光二十九年(1849)。浅黄色板岩。碑呈长方形,上部抹两角,高 170 厘米,宽 72 厘米,厚 21 厘米,碑阳额横题"千古不朽"4 字,阳刻楷书,下为碑文,15 行,满行 46 字。碑文中交代了朝阳寺的名称,

朝阳寺旧影(20世纪60年代)

以前称明秀,后改为朝阳寺,同时碑文中还描绘了朝阳寺秀丽的风光和殿宇高大、庄严肃穆的气氛以及寺僧来贵于戊申年(1848)重修朝阳寺的经过,文章语句用词华藻,朗朗上口。朝阳寺依山而建,整个建筑群背山面水,负阴抱阳,数九隆冬,仍和暖如春。每逢清晨,旭日高照,整个寺院沐浴于万道霞光之中,明秀寺改名为朝阳寺由此而来。孙宝田在《旅大文献征存·名胜古迹》:"朝阳寺……清雍正六年(1728)改名朝阳寺",但根据清乾隆五十九年(1794)碑可知,当时仍称为"明秀寺",故孙说法有误。改名为朝阳寺最可信的应当在此时或更早,从此碑的碑题和碑文可以看出。过去朝阳寺供奉主神是弥勒佛,现改为释迦牟尼。寺内有大雄宝殿、药王殿、天后殿、洗心亭、龙潭、客房、牌楼、法轮桥等景点组成,均为 1991 年、1995 年两次重修,格局规整,金州古八景之一"朝阳霁雪"即指此。

碑四周饰以几何回纹。碑阴刻有金州地区满汉十二旗名称、店铺商号以及人名等,共计 11 列 18 行。碑阴额横题"万善同归"4 字,阴文楷书,碑四周饰以卷叶纹。座为水泥碎石,长方体,横 143 厘米,纵 100 厘米,高 46 厘米。

该碑刻有当时金州地区官府机关名称、人员名录,对研究金州地方史和金州清朝八旗驻防军事史都具有重要参考价值。日人增田道义殿在《金州管内古迹志》稿本有抄录。

该碑现立在朝阳寺龙潭东侧。

【碑文注释】

(1)粤惟:粤,古汉语助词,通"曰",常用于句首;"惟",也是助词,常用句首,无义。梵宇:指佛教的寺庙。梵,指印度,由于印度是佛教的发源地,故又代指佛教。 (2)绮(qǐ 音启):美丽,盛大。 (3)法宫静穆:正殿寂静肃穆。法宫,佛教徒讲经说法的宫殿,这里指朝阳寺大雄宝殿。 (4)灿光:光彩灿烂耀眼。(5)玉台:天神居住的场所。这里用来形容朝阳寺庙宇辉煌。 (6)翳(yì 音意):遮蔽。 (7)形胜:地理形势优越。这里指朝阳寺胜迹。 (8)山陬(zōu 音邹):山脚。 (9)肇基:开创基业。 (10)巍巍:高大的样子。《论语·泰伯》:"子曰:巍巍乎!舜禹之有天下也而不与焉。" (11)焕焕:显赫的样子。(12)噌吰(chēng hóng 音瞠红):声词,用来形容朝阳寺钟声。 (13)氤氲(yīn yūn 音因晕):空气和光色相混合而形成动荡的样子。形容空气与阳光互相映照,灿烂夺目。 (14)偃:停息,放倒。这里指盖上。(15)幢(chuáng 音床):刻着佛号或经咒的石柱。 (16)榱(cuī 音摧):椽子。 (17)慈悲:佛教用语。谓

对一切众生给予欢乐,拔除苦难。《大智度论》二十七:"大悲与一切众生乐,大悲拔一切众生苦。"大乘佛教以此为修行的重要依据。 (18)群思:即群祀,自隋唐以来,历代祀典,分大祀、中祀、小祀,小祀称群祀,为祭群庙、群祠之礼。削:分割,这里指破损。素:白色的生绢。 (19)蠹(dù 音度):蛀虫。这里用作动词,"蛀蚀"之意。 (20)龛(kān):供奉佛像或神像的柜子或小阁子。 (21)彳亍(chì chù 音赤怵):慢步走,走走停停,有"徘徊"、"踯躅"之意。 (22)绣闼(xiù tà 音袖榻):绣,同"绣"字,精美的,华丽的。闼,门楼上的小屋。 (23)翚(huī 音挥)飞鸟革:形容宫室华丽。《诗·小雅·斯干》:"如鸟斯革,如翚斯飞。"翚,野鸡。革,鸟张开的翅膀。 (24)戊申:指道光二十八年(1848)。 (25)丕(pī 音批):大。 (26)善士:见孙宝田《观音阁重修碑记》注释(13)。 (27)橐(tuó 音驼):同"橐"字,袋子。 (28)藜藿(lí huò 音离或):藜,植物名。藿,豆类作物的叶子,多用以指粗劣的饭菜。这里指荒草。 (29)刹(chà 音岔):佛塔顶部的装饰,即相轮,这里指佛寺。 (30)琳宇:神仙住居之所,此处指朝阳寺。 (31)陂(bēi 音杯):山坡。 (32)色:佛教名词,指一切能使人感触到的东西,相当于"物质"的概念,但并非全指物质现象。 (33)栖迟:游息。 (34)莲池:指朝阳寺水池,旧时水池内栽种莲花而得名,现因潭北壁塑有两条龙而改名为龙潭。 (35)法雨:佛家称佛法普及众生,如雨之润泽万物。 (36)慈航:见《重修观音阁碑记》(康熙49年)注释(9)。 (37)金州副都统:道光二十三年(1843)清政府为加强渤海海防,保卫京畿地区的安全,把原熊岳副都统移至金州,遂改今名,掌管熊岳、盖州、复州、金州、旅顺水师营等地八旗军务。治所在金州古城东街,秩二品。1900年沙俄占据金州城,副都统移至沈阳,直至清朝末年废除为止。 (38)祥厚:(? ~1853)字宽甫,清朝宗室,满洲镶红旗人,袭骑都尉世职,授銮仪卫整仪尉,曾任蒙古副都统、山海关副都统、熊岳副都统。1843年熊岳副都统迁至金州,改名金州副都统,成为首任金州副都统。道光二十年(1840)英国军舰入侵金州、复州海面,偕盛京将军耆英调兵驻防各海口要道,有所戒备。道光二十八年(1848)升任江宁将军。咸丰三年(1853)太平军沿长江东下,攻打南京,两江总督陆建瀛督战不力被革职后,以钦差大臣兼署两江总督守卫南京。太平军进攻南京时,城破被杀,谥忠勇,赠太子太保,授予二等轻车都尉世职,入祀京师昭忠祠,于江宁建专祠。祥厚任金州副都统时间:1843~1848年。 (39)协领:官名。清代驻防各地八旗军的官吏,位在副都统之下,佐领之上,从三品。 (40)翼绵德:那木都鲁氏。字聚堂,历任熊岳协领。道光二十一年清英事平(指第一次鸦片战争),调任金州协领,并署金州副都统事。 (41)进士:即贡举的人才。隋朝始置,历朝历代沿袭。明清均以举人经会试考中者为贡士,由贡士经殿试赐出身者为进士,进士开始专指殿试合格之人。始见于《礼记·王制》。清·赵翼《陔余丛考·二十八》:"进士之名,见于王制,秦汉以来,未有此名目也。至隋炀帝始设此科,唐因之。初虽有此科,然大要以明经、进士为重,其后又专重进士,此后世进士所始也。" (42)金州海防同知:金州厅长官名。清道光二十三年(1843)清政府把熊岳副都统移至金州,遂将雍正十二年(1734)设立的宁海县升为金州海防厅。 (43)沈逢恩:福建闽县人。道光癸未年(1823)进士,道光二十九年任金州海防同知,三十年调任宁远州知州。 (44)庠生:古代科举制度中府、州、县学生员的别称。庠,为古代乡学之名。 (45)训导:官名,明清时于府设教授,州设学正,县设教谕,掌教育所属生员,其副职皆称训导。《明史·职官志》:"儒学府教授一人,训导四人。"《清·会典事例·礼部·学校·各省义学》:"苗民子弟愿入学者,亦令送学,该府、州、县复设训导。"其地位略次于教谕,协助同级学官管理教育所属生员。 (46)杨存礼:字敬旃,道光、咸丰年间任金州训导。 (47)巡检:官名。五代后唐曾置巡检使,宋设巡检司,掌管训练甲兵,巡逻州邑,以镇压人民反抗为主要职责,武臣担当此职,属州县指挥。主要设在关隘要地或兼管数州县或管理一州一县。明清时,凡镇、关隘等地多设巡检,类似于当今海关边防。 (48)道光二十九年:1849年。 (49)屠维:十干中"巳"的别称,用以纪年。《尔雅·释天》:"(太岁)在巳曰屠维。"作噩(è 音厄):十二支中"酉"的别称。《尔雅·释天》:"(太岁)在酉曰作噩。" (50)荷月:农历六月的别称。

3. 曹世科《丙子夏月》朝阳寺诗碑

1936 年

【碑文】

丙子夏月[(1)]』

山明水秀朝阳寺,』为引清汧[(2)]绕砌[(3)]行。』一到洗心亭[(3)]上坐,』更听好鸟自呼名。』

泉缘庵主[(4)]印』

【诗碑赏析】

　　朝阳寺之美,历代诗人不知为它留下了多少脍炙人口的诗篇,在众多的诗篇中,该诗是描述朝阳寺比较成功的佳作之一。

洗心亭旧照(20世纪60年代)

　　泉缘庵主即指曹世科。曹世科(1883~1949),字冠甲,号泉缘庵主,金州城内人,商业世家。平素愿与文人学识纵谈古今,喜好文史,考究金石,在绅商中颇有声望。曾任金州城内西街街长;金州会副会长,金州会会长。光复后,当选为金县第一任县长。《金县志》、《大连市志·人物志》有载。这首题为《丙子夏月》的诗是曹世科于1936年夏天而作。

　　诗中起句"山明水秀朝阳寺",一开始就大处落墨,紧扣主题,从总体上概括出大黑山奇山丽水、风景形胜的精华所在,并告诉读者确切的所在地即朝阳寺。这里用"山明水秀"一成语,寓意两个涵义,一是点出朝阳寺山美、水美、风景更美的意境;二是该成语又含有"明秀"之意。我们知道,朝阳寺原名"明秀寺","明秀"二字就是取自于"山明水秀"之意的简称,两层涵义合二为一,可谓构思巧妙,言简意赅。然后笔锋一转,把对总体景色的描绘转移到对寺中主要景点的描述中去。首先是写朝阳寺的溪流,"为引清汧绕砌行"中"汧"字即为"流"字的古字。寺前是一山涧,涧中小溪潺潺,绕着台阶流淌而过,绿水如带,给人以动态的感觉。在当时,朝阳寺的鏊溪是大黑山著名八大风景之一(大黑山八大风景分别为:古城址夕照、七里庄上沟的杏梨、响水观的飞瀑、朝阳寺的溪流、山顶的旭日、石鼓寺的奇岩、观音阁的秋色、凤凰山的薄雪等。)当然,在欣赏完寺中溪流后,到"小溪"附近的"洗心亭"上去坐一坐,那就别有一番风味了。洗心亭为寺中最为出名的景点,可以说是朝阳寺标志性的建筑,它是一个白色的亭了,方形台基、石栏杆,亭身呈方形覆钵状,四面各辟一拱门,亭身上部盖有方形小亭子,四面各开一圆形天窗。据说,人们在洗心亭子里可以洗去人世间的烦恼和心中的污垢,净化灵魂,使人们的心灵得到升华,正如亭子对联描述的那样:入座清风涤俗虑,凭栏山色豁襟胸。心中的烦杂除掉后,才有心听到树林中各种飞鸟在自唱,好像到了真正意义上的仙境。

　　此诗给人的印象使人对寺中景物的流连,且从景物的多角度、多方面的描述,勾勒出一种环境气氛和精神气质,天然浑成不着痕迹,通过对寺中主要景点的精巧构思,融化在一片美好的意境中去,含蓄蕴藉,余韵无穷。

　　该诗刻为板岩,横60厘米、纵45厘米、厚9厘米,字体为隶书,六行,诗题、落款、诗句各单独成为一行。原镶嵌在朝阳寺山墙中,现诗刻藏于金州博物馆。

【碑文注释】

(1)丙子夏月:1936 年夏季。夏月,夏季,夏时。 (2)沞:即"流"字古字。 (3)砌:台阶。 (4)洗心亭:在朝阳寺庙宇的对面,详见碑赏析中。 (5)泉缘庵主:即指曹世科(详见赏析中)。

4. 捐建朝阳寺禅房和响水观牌楼碑志

1995 年

【碑阳】

大黑山,以其雄奇傲居辽东半岛南端。峭壁悬崖之间,历史遗迹、人文景观,比比∥皆是。凡晨钟暮鼓、梵唱仙韵,回荡之所,即山川景致绝妙之处。其中响水观与朝∥阳寺尤得水映山衬,尽领大黑山之风骚。自古来此探幽览胜者络绎不绝,虽历∥经沧桑,其文物遗迹之盛名,未尝稍衰。出于对祖国文化遗产之钟爱,大连市金∥州区第一建筑工程公司,委派其第九工区能工巧匠,分别于响水观与朝阳寺∥捐建牌楼和禅房,自一九九四年六月开工,历时一年,圆满竣工,总投资逾百万∥元。至此,大黑山古建筑群布局益严谨,气势更恢弘。为彰其功德,特勒石志之。∥

大连市金州区文物管理委员会∥公元一九九五年 六月立∥

【碑阴】

大连市金州区第一建筑工程公司 总经理 范广臣∥副总经理 廉德满 刘文明 张有汉 九工区主任 于长贵∥主要工程技术人员 戚德章 邱立涛 于黎明 徐世臣 于长日 宋万福∥于长秀 李健春 崔世海 张永俊 冯世德 崔学成∥设计 沈阳故宫博物院 柴 勇 武志刚∥监修 柏 华 徐建华∥乙亥年五月吉旦 立石∥

【碑文简介】

该碑刻于 1995 年,白色花岗岩,现立于朝阳寺莲池东。碑通高 220 厘米,碑首高 70 厘米、宽 70 厘米、厚 31.5 厘米,碑身高 150 厘米、宽 60 厘米、厚 17.5 厘米,碑座长方体,横 90 厘米、纵 58.5 厘米、高 33.5 厘米。碑文 9 行,满行 31 字,阴文楷书,碑文周围饰以"回"纹。碑文记述了大连市金州区第一建筑工程公司范广臣先生于 1994 年 6 月捐资数百万元,增筑两处建筑,一是在原响水观的入口处建一牌楼,二是在朝阳寺牌楼东西两侧建立了数楹禅房之事。碑题系作者自拟。

牌楼是中国独特的建筑形式,它下面只有几根柱子,柱子上面却有楼式建筑。牌楼是我国古时用于表彰、纪念、装饰、标识或导向的一种建筑物,它凝聚了中国古代建筑艺术的精华,其建筑布局细腻,结构紧凑,形式多样,远看巍峨壮观,近看玲珑剔透,因而深得人们喜爱。最初源于唐代里坊的坊门,当时为旌表人和事,常在原来仅由表柱和横木构成的坊门上书写硕大文字而标榜其事,这样就逐渐形成了一种表彰性的牌坊。北宋中期,里坊制废除,牌坊不仅代替了坊门,而且还立入街巷要道,成为专门悬挂牌匾而造的自成一体的纪念性牌坊。以后为了强调其纪念功能及弘扬礼教、歌功颂德、旌表功名、彰扬节孝等功能,渐由一间(两柱一门)发展到三间、五间以至七间,在单排立柱上还加额枋、斗拱,上施屋顶,这样就形成了牌楼。牌楼,形式上比牌坊要厚重复杂很多,起码是两层三脚四足以上建筑物,上方斗拱檐屋,下面可以通行的有顶楼样。古代的牌楼,通过楼匾的题名、题词,可以起到宣扬封建礼教、标榜功德的作用,这大大强化了牌楼的精神功能和文化内涵。

响水观的牌楼坐落于原响水观票房附近入口处。1994 年建筑牌楼时,将票房拆除,在距原地北约 50 米处重建三间瓦房,作为新的票房,原地作为牌楼建设用地的一部分。响水观的牌楼是严格按照中国古典

响水观牌楼

建筑样式建造,占地面积 13.8×6 平方米。其样式为清式牌楼,地面用花岗岩石铺设长方形的平台,平台较为开阔。牌楼平面呈"一"字式,三间四柱七楼,除了夹柱石外,整体支架建筑均为水泥材质,正楼、次楼、夹楼俱用黄色琉璃材料。牌楼的正中匾额题有"响水洞天"四个鎏金大字,为启功字体。背面为张瑞龄题"玄灵乾坤"四字,亦为鎏金字。龙凤板上雕刻烫金二龙戏珠图案,形象极为生动。大、小额枋、龙门枋、单额枋上分别画着花卉和金色行龙,行龙线条流畅,状似欲腾云飞舞,照耀辉煌。其彩绘艺术的魅力,令人叹服。两边柱前,各置一石狮子,作相互盼顾式。响水观牌楼显得富丽堂皇,气势非凡。与此同时,碑文还介绍了建筑朝阳寺的禅房。朝阳寺的禅房为

两幢,共计十楹,分列朝阳寺两旁。现在,这两处一为客堂,作为接待客人和住持的处所;另一处为物流处和和尚们的住所,基本解决了朝阳寺有庙无住所的局面。

三　响　水　观

1. 张永祥募化响水观碑

清·宣统元年(1909)

【碑阳】

自来名胜之区多建寺观,固[1]所以祀山灵也。抑[2]亦点缀湖山,辉映[3]林壑,非此不足以助吟[4]眺动流览焉。金『州大赫山之北麓有响水寺者,岩林[5]幽窈[6],崖下石洞,清泉漾洄于山门之外,淙淙[7]之声终古不绝,寺之锡[8]『名为"响水"也。以此殿宇三楹[9],祀女娲、后土[10]之神,精舍[11]数椽[12],为道士静修迎宾之所。乾隆年间曾重修葺[13],乃『岁远年延,丹青[14]剥落,殿宇倾欹,不足为名山生色,洵[15]憾事也。住持道士雲庵[16]私心窃慨,誓复前规,于光绪『二十二年[17]又重事修葺,乃一时募化[18]之资,未足敷用,又兼值连遭兵燹[19],市井[20]萧条,重行托钵,又恐良非易『易[21]。乃与徒辈荷锸持畚[22],攀幽涉险,栽植林木,岁得薪柴之资,悉供鸠工之费。不数年,残者补之,敝者新之,『丹甍[23]碧瓦,掩映于白云红树之间,凡墨客[24]骚人止息[25]于斯者,耳目一新,则云庵之有造[26]于兹山,其功力顾『不坚且久哉!工既毕,云庵欲勒诸贞珉,眙示来者,而乞志十余,余嘉其乚苦不渝,有修道者精进之遗风[27],『爰[28]乐为之叙。

静观主人刘心田谨[29]撰　本邑优附生曲克杰拜书』

宣统元年[30]岁次己酉嘉平[31]月谷旦　道住持张永祥王永吉李圆德　邱圆福孔圆升王圆顺吴圆真张明慧　王圆修　于圆清曹圆盛靳明文　敬立

【碑阴】

阎培善　王士正　倪心权　永盛染房　王廷升　苏家富　马全锡　梁文斗　孙　振　薛世兴远　王希曾』

刘心田　杨朴　卜殿会　孙士达　范德发　刘文升　隋德隆　靳日凤桓　部　钦鉴　薛万福奎　阎培德』

毕序昭　隋明元　李存信　季　殿　文　姜国富　李向仁　李文德　栾明玉　薛万年丰　李士明　张安仁』

阎传薪　赵永德　倪鸿达　霍桂芳　王　贵　李向春　孙玉锡　刘玉锡　薛万英昌　马锡成　阎传章』

孙福基　麻云青　孙福谦　李凤鸣　刘文顺　林志秀　阎传谨方周士　于希扬　陈德宏发　王继中齐　仁』

高会文　汪鹏翔　郑逢春　杨　存　瑞　孙向德　王有财　李长发　孔继孟　薛佩瑚　郜文材　姜国顺生」

邓尚礼　孙源澄　扎伦太于　亮　靳连太　阎传高　李世昌　钟全发兴　薛万深斗　孙万元　宋长发」

阎传义　苏忠美　霍田增　杨　仁　文　范宝太　阎传文　王永阁　纪玉槐　韩冈玉　音邹永元　薛万昌麻长清阎邦盛宫成志」

高尚义　邹万山　孙士善　刘　万　忠　宫殿丰　阎传德　于克敬　纪玉梵尧　金学山　阎传富　靳云太夏日福」

孙长有　杜昌龄　郜永发　王　纲　高青仁　吕连富　高尚文　纪清源　裴学诰　石工李文贵镌」

【碑文简介】

　　此碑立于清朝宣统元年(1909)，碑为石灰石，长方形，上部抹两角，高143厘米，宽51厘米，厚17.5厘米。碑阳为正文，阴刻楷书，10行，满行40字。原碑无题。碑文赞扬了响水观道住持云庵(张永祥)在遭到两次兵燹(指1894年中日甲午战争、1904年的甲辰日俄战争)极度困难的情况下，为重修响水寺而发奋图强，以"栽植林木，岁得薪柴之资，悉供鸠工之费"，经过多年的辛勤努力，最终如愿以偿地完成其心愿之事，碑文从侧面对两次战争给金州人民造成的苦难也作了一定的揭露(市井萧条)，还记载了响水寺名称的来历"崖下石洞，清泉潆洄于山门之外，淙淙之声，终古不绝，寺之锡名为响水也"，这是目前比较公认的说法。大殿(后土殿)供奉之神为"女娲、后土"，同时对响水观优美的风景也作了一番描述。

　　有关张永祥的简历目前并不十分清楚，但在响水观现存有张永祥所立的石刻，它们分别是镶嵌在响水观山门上的"响水观"匾额和树立在瑶琴洞口附近的"瑶琴洞"石刻，其中"瑶琴洞"三个大字分外耀眼醒目，字体饱满、舒展大方，为张永祥本人所书写，是响水观最为亮丽的一道风景，游人佳客到此，纷纷拍照记念，留下了他们美丽的倩影和难忘的回忆。

瑶琴洞石刻

　　该碑由刘心田撰文，曲克杰书丹。刘心田(1854～1925)，字伯良，号秋农，晚号一粟老人。出生于金州厅南金社南山下，世居金州。他为人刚直不阿，仗义疏财，关心公益，闻名乡里，是金州地方一位德高望重为人敬仰的长者。光绪十一年(1885)夏，献地为刘盛休率领的铭字军驻扎。日俄战争后，力图地方自治，首任金州会民务长，被聘任金州公学堂南金书院评议员，关东都督为其受勋六等并赐予瑞宝章，1925年，刘伯良病逝，终年71岁。1927年，金州百姓为表彰刘伯良为民造福的功绩，在今民政街开辟"刘伯良纪念馆"，并在纪念馆院内树立"故刘公伯良纪念碑"。碑名由著名书法家张伯川所书。该碑在"文革"期间被砸毁。《金县志》《大连市志·人物志》有载。

　　该碑碑边饰以宝相花，下端纹饰为波浪纹。碑阴为人名录，11列，10行，114人，阴刻楷书，四边饰以"卍"纹。碑座长方体，横71厘米，纵50厘米，高16厘米。此碑现立于响水观后土殿前南侧。

【碑文注释】

　　(1)固：诚然，确实。　　(2)抑：发语词，无意。　　(3)辉映：早晨的阳光映照。辉，早晨的阳光。(4)吟：作诗，吟咏。　　(5)岩林：险要、险峻。　　(6)幽窈：深远。窈，幽远。　　(7)淙淙：形容水流的声音。(8)锡：同"赐"字。　　(9)楹：计算房屋的单位，一列为一楹；也有称一间为一楹。本碑文指后一种说法。(10)女娲、后土：后土，土地神，总司土地的大神。一说为地母神，称之为"后土娘娘"，因为地母能生殖五谷，五谷由野生到人工培植均是由妇女创造的，故称地母为后土，响水观大殿供奉后土神即为地母神。女娲，中国古代神话中的女神。传说为伏羲之妹或伏羲之妇，上古时出现天崩地裂，女娲炼五色石补天，断鳌足以立四极。　　(11)精舍：僧、道居住或讲道说法之所为精舍。　　(12)椽(chuán 音船)：椽子，安在梁上支架屋面的木条。这里指房屋的间数。　　(13)葺：原指用茅草覆盖房屋。这里指修理房屋。　　(14)丹青：中国古代常用朱红、青色绘画，故称画为"丹青"。　　(15)洵(xún 音旬)：诚然，实在。　　(16)雲庵：指响水观住持道士张永祥。　　(17)光绪二十二年：1896年。　　(18)募化：即化缘。僧、尼或道士向人乞求布施财物。　　(19)兵燹(xiǎn 音险)：指因战乱而造成的焚烧、破坏等。燹，兵火。这里指中日甲午战争和日俄战争。　(20)市井:古代指做买卖的地方,即市场。　(21)易易:形容非常容易。　(22)荷(hè 音贺):扛,担。　锸(chā 音插):亦作"臿",即"锹",插地起土的工具。　畚(běn 音本):古代用草绳做成的盛器,后用竹编之,即畚箕。　(23)薨(méng 音蒙):屋脊。《释名·释宫室》"屋脊曰薨。薨者,蒙也,在上覆蒙屋也。"　(24)墨客:指文人。　(25)止息:停留休息。　(26)造:造就,创建。　(27)精进:佛教六度之一。慈恩《上生经疏》:"经,谓经纯无恶杂也;进,谓升进不懈怠。"这里用以指道教方面,谓精心一志,努力上进。遗风:前代遗留下来的好风尚。《史记·吴太伯世家》:"其有陶唐氏之遗风乎。"　(28)爰:乃,于是。(29)刘心田:见碑中简介。　谨:表示郑重和恭敬。　(30)元年:原指帝王或国王即位之年,后来帝王改换年号的第一年亦称元年。　(31)嘉平:腊月的别称,即阴历十二月。《史记·秦始皇本纪》:"三十一年十二月,更名腊曰嘉平。"索隐"殷曰嘉平,周曰大蜡,亦曰腊。"

2. 捐资重修响水观碑记

民国十三年(1924)

【碑阳】

金州城东十里响水观(1),不知创自何时。四围山色,磊落(2)嵚崎(3),中有一带清流,涓涓(4)自洞中出,奔腾倾注(5),挂壁飞泉,聚(6)听之如谡谡(7)松涛,潇潇(8)夜雨,因其水声喷薄(9),漱玉敲金,故名"响水"云。相传李唐时有故刹(10)一间,中祀后土、女娲(11)、观音之神。清乾隆元年重修大殿三楹(12),客堂(13)五间,山门一座。四隅(14)洞开,诸峰罗列,诚胜地也。迄今二百余年,丹青(15)剥落,梁栋朽摧(16)。住持道不忍睹斯庙之倾圮(17),几度募化(18),而善缘难结,三载未成。辛酉(19)春,大连诸善士(20)来游此地,览泉石之清幽,挹山川之秀爽,乃太宏(21)善念,募助捐资,而城中本会诸檀越(22)更复竭力捐输(23),集成钜(24)款。于是,庙宇重修,亭台点缀,山门、水径焕然一新。从此,天地启秘,山水效灵,仿之天竺(25)诸峰、庐山瀑布。未遑(26)多让,后有诗客游人登览胜境,睹山容之壮阔,听水声之潺湲(27),庙貌巍峨,台岑(28)掩映,应思捐助诸君子之功德,不置(29),吾因之有感矣!沧桑屡变,岁月递更,前乎此者,吾不知起于何年;后乎此者,吾不知至于何代。更千秋而万岁兮,吾知乾坤(30)不老。山水长(31)新,乐善好施之君子,继续兴修此观,将与同终古也。谨将善士芳名开列于后,敬勒贞珉(32)永垂不朽。

有清甲午科举人阎宝琛撰文　有清秀贡孙人镜法名义真书丹

总理人	发起人			募化	住持道张永祥	提倡人			代理
	庞志顺 刘栋龄 赵永正					李圆德	吴圆真 张明慧		张明箴
刘心田 邵尚俭	曲子祥 曹正业 于致广			邵承元		王永吉	监工邱圆福	孔圆升 靳明文	张明秀
	徐瑞兰 曹世科 刘占鳌			孙宗琦		潘永喜	监工王圆修	十圆清 曹明缘	阎明周
	张本政捐洋银贰百圆 傅立渔 曲克绎 孙人杰						代理曹圆盛	于明恩	李明镜

庞志顺捐洋银贰百圆 邵尚忠捐洋银壹百圆 政记油坊捐洋银壹百圆 刘心田捐洋银五拾圆 曲子祥捐洋银五拾圆 王明玉
周文富捐洋银贰百圆 双和栈捐洋银壹百圆 积善堂捐洋银壹百圆 阎传级捐洋银五拾圆 曹正业捐洋银肆拾圆 木工孙传璋
邵尚勤捐洋银贰百圆 天兴福捐洋银壹百圆 徐瑞兰捐洋银五拾圆 阎家承捐洋银五拾圆 阎宝琛捐洋银三拾圆 瓦工于锡恩
邵尚俭捐洋银贰百圆 福顺厚捐洋银壹百圆 傅笠渔捐洋银五拾圆 成顺和捐洋银五拾圆 阎家相捐洋银三拾圆 石工李文贵
中华民国十三年三月谷旦立　　　　　　　　　　　　　　　　　　　　　　　　　　子永清

【碑阴】

山线长官捐洋贰拾圆 刘栋龄 阎贵琛 于文和 夏维清 张起山 刘人义 姚振麟 秦鸿进 米福源 史凤岗 倪顺海 林秉坤 孙为祯

吕永昌捐洋银叁拾圆 曹世科 刘忠海 张庆麟 康德富 王子诚 曲江滨 荣盛园 王连生 陈广生 李玉安 徐可士 吕长德 刘长海』

忠盛和捐洋银叁拾圆 曲克绎 高顺财 张永连 万盛肉舖 泰华楼 孙毓番 阎传周 傅广德 张荣诰 刘清德 杨宝福 杨锡盛 于春亭』

双德栈捐洋银叁拾圆 赵永正 高顺有 王志建以上每名壹圆王华亭 奎凤龄 张兆荣以上每名五圆李鸿山 张子善 于德明 李学仁 薛元吉』

孙福恩捐洋银贰拾圆 孙福霖 高德香 万升肉舖 张振家 王永盛 曹正会 康德有 韩冈陟 郭恩德 孔积善 王 顺 侯寅农 王声三』

张滋生捐洋银贰拾圆 于正崑 阎传习 吴胥沣 李存道 王永高 曹正福 柳桂林 杨仁贤 姜锦堂 于致君 陈得奎 张守文 王培好』

张聚生捐洋银贰拾圆 毕永庆 阎传芳 高振荣 王文林 孙熙恩 张文清 霍官德 赵永德 于占甲 宫道仁 于 龄 王世贤 杜凤祥』

于振江捐洋银贰拾圆 孙宗琦 宋开祯 李文壮 薛世凤 姜德良 初肇昌 杨仁朴 陈毓堂 惠士升 宫志喜 宋得成 尹同桂 秦有茂』

丛人纲捐洋银贰拾圆 大德丰 孙德昌 杨锡恒 杨贵祉 范长富 王克臣 邹永元 马 刘文响 宫志义 高维美 刘子发 于建明』

陈益三捐洋银贰拾圆 广增盛 殷长荣 刘万顺以上每名伍圆姜德洪 于长赓 石延年 李东陵 谭玉泰 张守本 骆世选 王庆贤 陆德华』

薛万昌捐洋银贰拾圆 德裕昌 赵永清 郑寿亭 □□□ 姜永喜 金毓秀 林厚德 汪金泉 朱文明 振玉堂 关长富 李盛平 刘从文』

王廷亮捐洋银贰拾圆 聚增长 薛世英 陈子祯 郑有仁 邓天保 丛春东 顺盛 刘瀛洲 刘 发 纪庆善 单兆有 吴宝图 薛善信』

董子衡捐洋银贰拾圆 阜增祥 张永恩 孙宴臣 李熙赓 纪庆福 丛春暄 徐长春 潘进智 于良松 李世连 陈守立 杨锡山 李爱卿』

万庆昌捐洋银贰拾圆 永成益 于长治 刘燕臣 吴永祯 刘占鳌 卜庆云 毕云生 马玉芳 高振随 王志立 彭高元 杨锡恩 张占鳌』

刘品三捐洋银贰拾圆 福成顺 李冠廷 邓 林 马殿仲 宫志礼 丘玉阶 王绪兴 李东阳 刘思忠 李世延 刘长盛 张连海 张玉亭』

福发盛捐洋银贰拾圆 洪兴盛 郑万庆 丛春田 吴廷阴 尹宝忠 金万同 陈衍俊 王永平 牟家堂 马儒宗 宫学经 李经书 殷天乙』

泰来油坊捐洋银贰拾圆 永远兴 王永贵以上每名拾圆赵永先 王文盛 江霊先 王麟轩 黄世荣 王增盛 唐学礼 于奎斌 秦瑞亭 李向仁』

丛春溪捐洋银拾五圆 新盛玉 孙福泽 张静波 张泽泳 葛天喜 王肇发 曲荣公 宋成美 卢舍田 徐秀发 刘得治 泰昌茂以上每名叁圆』

卢元善捐洋银拾五圆 复兴园 林尚信 阎洪専 丛殿弼 侯永福 张永财 张桂贤 耿殿池 王培周 房忠德 马春田 周茂谦』

张振东捐洋银拾四圆 薛万魁 栾天堂 李得发 李成云 钟振东 张永举 李万德 刘得胜以上每名肆圆刘桂芬 崔有禄 颜广盛』

高振成捐洋银拾贰圆 薛万成 阎喜麟以上每名柒圆孙玉亮 张传芝 于庆麟 吴云善 孙少岩 高秀三 卢 槿 王仁山 韩岗山』

【碑文简介】

民国十三年(1924)立,汉白玉石质。碑头高92厘米,宽82厘米,厚21厘米。碑头阳面图案为"丹凤朝阳"和"凤戏牡丹"合二为一,额题"永垂不朽"4字,竖2行,每行2字,阳刻楷书。碑头阴为"双龙戏珠"图案。碑身高195厘米,宽73.5厘米,厚18厘米。碑阳阴刻楷书,19行,满行52字。

响水观旧影

碑文原无题,为笔者所附,碑文分左右两部分,右半部为正文,介绍了响水观秀丽的山水风光。古人云"林间松韵,石上泉声,静里听来,识天地自然鸣佩;草际烟光,水心云影,闲中观去,上见乾坤最上文章",用这样的佳句来形容响水观绝不为过。碑文从五个方面入手,一是点出了响水观名称的来历"因其水声喷薄漱玉敲金,故名响水"(这与清宣统元年碑记载的说法略有出入,见该碑文。);二是响水观相传修建的年代(唐朝时期);三是最早重修的年代为清乾隆元年(1736),而清宣统元年碑的说法为乾隆年间;四是重修的原因——年久失修,仰仗大连地区诸善士捐资修建响水观;五是供奉之神为"后土、女娲、观音",比宣统元年碑记载的多出"观音"。左半部为重修响水观总理人、发起人、提倡人以及主要捐资人名录,他们均为当时金州地区乃至大连地区的社会名流。碑文由阎宝琛撰文,阎宝琛,字献廷,光绪甲午科(1894)举人。孙人镜书丹。碑四边无图案纹饰,图案刻在碑侧,为双龙戏珠。碑阴刻有捐资者名单、款额,14列21行,共计290人。碑座为长方体,青石,横127.5厘米,纵80厘米,高20厘米。

该碑无论是碑头还是碑身,造型、雕刻极其精美,雕工细腻,图案华丽,特别值得一提的是碑身每个侧面还各雕刻着一条龙,每条龙直奔一火珠,皆头向上身朝内,各逐一珠。龙须发倒卷,张牙舞爪,飞腾于流云之中,形象逼真,所逐球上,火焰飘飘,砾砾生辉,富有生气。现立于响水观后土殿台阶前南侧。

【瑶琴女神的传说】

在金州,当初修建响水观仅仅是为了供奉一位女神,那么碑文中为什么提到后土、女娲、观音三位女神呢? 说来话长,这里流传着这样一个美丽动人的传说:

据说在很久以前,响水观一带特别缺水,庄稼连年歉收,老百姓一年到头忍饥挨饿,愁眉不展。一日,山沟口来了一位年轻貌美的白衣女子,随身还带了一把黑色古琴。她坐在山沟东头一个山洞口抚琴,琴声悠扬,似天宫的仙乐。令人惊异的事发生了,人们看到,随着琴声,山溪间涌出了泉水,清凉的泉水,顺沟西下,浇灌着干旱的土地。这时,姑娘告诉人们,这琴是伏羲所造的"瑶琴",它能给人们带来幸福。人们十分感激这位白衣姑娘,都亲切地称她"琴姑"。

可是没过多久,琴姑就要走了。琴姑离开山沟那天,乡亲们难舍难分。琴姑告诉大家,她把瑶琴留给了乡亲们,藏在沟东头山洞内谁也找不到的地方。说完,琴姑就不见了。人们都说,那琴姑是一个仙女,是她用美妙的仙曲引来仙泉。当地百姓为了纪念她,在这里建一座寺观,取名响水观。人们来到山洞边,只听见山洞里传来一阵阵悠扬的琴声。随即,洞中流出了一股甘甜清洌的泉水,流向山涧,流向田野,人们便把流出泉水的山洞就取名为"瑶琴洞"。

琴韵泉声直到今天还泠泠如初,瑶琴洞水也流淌不断。至于琴姑到底是谁? 众说纷纭。有的说琴姑是大地的母亲——后土;有的说琴姑是勇于扶危救难的女娲;还有说琴姑是大慈大悲的观音菩萨。没法子,只好在洞旁修建一庙,塑了后土、女娲、观音三位神像,以示世代尊奉之情。传说院中梧桐树,也是琴姑种下的。她还预示将来一定有能工巧匠用这些桐木造出许多瑶琴,再用瑶琴造福于金州的父老乡亲。这个美丽的传说,寄托着金州人对幸福的热望。

【碑文注释】

(1)响水观:又名响水寺、韵水寺,位于金州城东大黑山西北麓,是金州地区最负盛名的道观。"响水消夏"为金州古八景之一。　(2)磊落:众多杂沓的样子。　(3)嵚(qīn)崎:山高险峻。嵚,小而高的山。(4)涓涓:细水慢流。涓,细流。　(5)倾注:灌注;倾泻。这里指后一种意思。　(6)骤:忽然,突然。(7)谡谡:这里形容响水观洞中流出的水声。　(8)潇潇:形容风雨急骤。　(9)喷薄:这里形容响水观洞中流出的水气势壮盛,激荡喷涌而出。　(10)刹:庙宇。　(11)祀:祭祀。这里为供奉之意。　后土、女娲,见《张永祥募化响水观碑叙》注释(10)。　(12)楹:见《张永祥募化响水观碑叙》注释(9)。　(13)客堂:接待宾客的处所。　(14)隅:角落。　(15)丹青:见《张永祥募化响水观碑叙》注释(14)。　(16)朽摧:腐烂毁坏。　(17)倾圮(pǐ 音僻):坍塌。　(18)募化:见《张永祥募化响水观碑叙》注释(18)。(19)辛酉:指1921年。　(20)善士:品行高尚之人。这里指遵守道规而不家的道徒。　(21)太宏:大力弘扬。　(22)檀越:即施主之意。《南海寄归内法传》卷一:"梵云陀那钵底,译为施主。陀那是施,钵底是主。而言檀越者,本非正译,略去那字,取上陀音,转名为檀。更加越字,意道由行擅舍,自可越渡贫穷。"(23)捐输:捐献财物。　(24)钜:同"巨"字　(25)天竺:古印度别称。玄奘《大唐西域记》:"详夫天竺之称,异议纠纷,旧云身毒,或曰贤豆,今从正音,宜云印度。"(26)未遑:不用多久。遑,闲暇。　(27)潺湲(yuán 音元):水缓缓地流。　(28)台岑:在小而高的山地上建造房屋。　(29)不置:不停止。　(30)乾坤:指阴阳两种对立的势力,《易传》认为乾的作用使万物发生,坤的作用使万物成长。这里指天地。(31)长:同"常"字。　(32)勒:刻。贞珉:像玉一样碑石。此碑用汉白玉刊刻而成,因而有此美称。珉,像玉的石头。

【碑文落款主要人物简介】

刘心田(1854～1925),字伯良,号秋农。大连金州人。响水观宣统元年(1909年)碑为其撰文,个人情况详见"张永祥募化响水观碑叙碑"简介。

邵尚俭(1881～1950),字慎亭。大连金州城人,民族资本家。自小弃学,在父开设"双兴福"杂货铺习商,后承父业。1907年在大连开设"天兴福"油坊,几年间成为大连华商"本地帮"的代表人物。后陆续在哈尔滨、吉林、长春、奉天等地开设工厂、置办土地和房产等,1927 年至 1945 年任大连华商公议会副会长。1939 年创办金州商业学校,太平洋战争期间为日本募集战争经费,光复后,曾准备迎接国民党进驻大连地区,1947 年被判处 15 年徒刑,1950 年死于北京。

庞志顺(1880～1939),字睦堂,大连金州南关岭会泉水屯人,民族资本家。[详见民国九年《重兴胜水寺记》注释(84)]。

徐瑞兰(1879～1934),字香圃,金州城东西北沟人。[详见民国九年《重兴胜水寺记》注释(81)]。

傅立渔(1882～1945),即傅立鱼,湖北英山县人,清末秀才,大连中华青年会创始人,大连《泰东日报》编辑长。他利用报纸宣传新文化、新思想和马克思主义,曾帮助金县三十里堡农民进行反对日本资本家抢占水田的斗争。1920 年组织"大连中华青年会",任会长,1928 年因参与张学良易帜活动,被逐出大连。离任后曾在《新中华报》、《大公报》任职。病逝天津。大黑山观音阁《重兴胜水寺记》碑文为其所撰。

曹世科(1883～1949),字冠甲,金州城内人,商业世家。详见《重兴胜水寺记》注释(85)。

曹正业(1852～?),字伟廷,金州城内人,清朝贡生,春蒲之孙。幼时就学于乡塾,17 岁掌管家务,常周济亲友中贫困者。清光绪初年,湖广遭灾,捐纳财物救济,被清朝加封守御所千总等职衔。光绪末年,正值日俄战争之际,与金州城邑绅等力图金州自治,以保人民平安。此年冬天,创设南金书院民立小学堂,与王永江同任为该学堂监理。三年后,由民立小学堂改金州公学堂南金书院,曹改任公学堂评议员,是金州有名的乡绅之一。

邵尚勤(1874～1958),字幹一,金州城内人。其父亲邵云福原籍云南,逃荒至金州定居。1861 年以经营"双兴号"杂货店起家,后改为"天兴福"。邵尚勤幼读私塾,18 岁开始经商,中日甲午战后,先后于大连、长春、黑龙江等地开设"天兴福"分号,经营杂货店、粮栈、油坊。1906 年转向粮油加工业,在开原、海参崴、哈尔滨等地创办面粉加工厂,至 1921 年"天兴福"面粉产量居东北之首,富甲东三省。邵尚勤热心公益慈善事业,1942 年金州遭灾,邵从北满运来 300 吨粮食赈济灾民;1946 年国民党对旅大地区封锁,金州城乡粮食短缺,他牵头从水路赴朝鲜采购粮食,为缓解粮荒做出了贡献,中共金县县委书记陈少景授予他"开明士绅"荣誉状。邵尚勤晚年闲居故里,1958 年病逝于金州,享年 84 岁。

邵尚忠(1865～?),字蕭臣,金州城内人,民族实业家。祖籍山东莱州府即墨县,先祖邵永洪迁居金州城内。祖父廷琳、父云发曾在金州城开设"双兴号"四十余年,称为当时商界巨擘。邵尚忠十七岁弃学经商,入"双兴号"初学经商。中日甲午战后与别人合伙创办"双合兴号"杂货店,后正值俄人开辟大连商埠,在大连开设"双和栈"支店。日俄战后在小岗子设立"双和栈"油坊,后于长春、开原、吉林等地开设"双和栈"粮业支店。1920 年独资创办"忠兴福"油坊,由此,生意兴隆,此年被选为大连华商公议会董事。1924 年在金州设立"忠兴福"烧锅,是年被推选为大连中华青年会董事,1925 年在金县开辟果树园,在洮南开荒垦田,1927 年任大连宏济善堂理事等,数年后病逝。

张本政(1865～1951),字德纯,资本家,汉奸。[详见民国九年《重兴胜水寺记》注释(79)]。

阎传绂(1894～1962),字纫韬,号稻农,满族,金州城内人,伪满洲国大臣,出身官宦世家。祖父阎邦鼎为清朝户部郎中,父亲阎培和任正黄旗骁骑校,养父阎福升任金州左翼协领兼摄十二旗佐领并署理金州副都统。阎传绂出生于 1894 年 7 月 4 日,1901 年入家塾读书,1905 年 10 月入金州公学堂南金书院,1911 年入日本宫城县立仙台第一中学校,1917 年 9 月入日本仙台第二高等学校第一部德法科,1920 年 9 月入日本东京帝国大学经济部经济学科,1923 年 4 月获经济学士称号。1923 年 5 月在南满洲铁道株式会社任调查职员,旋被聘任大连中华青年会副会长,1924 年在满铁改任关东厅嘱托,1928 年 11 月选为大连市会议员,1932 年任伪奉天省政府咨议,不久任伪奉天商埠局总办,1935 年任伪满滨江省长兼任伪满北满特别区行政长官,1937 年改任伪满吉林省长,1942 年任伪满司法部大臣,1945 年被押入苏联境内赤塔囚禁,1950 年押解回国,病死于抚顺战犯管理所。

周文富(1874～1931),字善事,大连旅顺人,民族资本家,东北地区开办铁工厂的创始人。[详见《重兴胜水寺记碑》(1920 年)注释(82)]。

3. 康有为游响水观题壁诗

民国乙丑年(1925)

【石刻诗文】

金州城外百果美,『瑶琴洞内三里深。遥『记唐王曾驻跸,犹『留遗殿耐人寻。』

乙丑八月　康有为』

【情景再现】

　　1925 年农历八月三日,即 1925 年 9 月 20 日下午,金州响水观来了一位不平凡老人,只见他精神矍铄,身材奕奕,身边除了两名侍从跟随外,另外还有南金书院公学堂堂长岩间德也,金州名流曹世科、毕序昭、孙宝田也陪伴其中。只见他来到响水观,仔细游览了一番,深深被响水观的美景所打动,诗兴大发,便赋诗一首,赠与寺中道士,这首诗便是开头的一首。道士看了这首字、诗文俱佳的书法作品,双手合十,连声说:"多谢康圣人! 多谢康圣人!"这位康圣人,指的就是当时名闻天下的康有为。

康有为

　　康有为(1858～1927)是清末资产阶级改良派领袖,后为保皇派首领。又名祖诒,字广厦,号长素,广东南海人,1895 进士。初年学习传统儒学,国家的危亡,现实的刺激,使他对旧学发生怀疑。1879 年,接触到西方资本主义思想和当时的改良思潮,开始糅合古今中西之学,改良政治。

　　1891 年刊印《新学伪经考》,又编纂《孔子改制考》,尊孔子为教主,用孔教名义提出变法要求。他把"三世"说推演为"乱世"、"升平世"(小康)、"太平世"(大同),认为只有变法,才能使中国富强,最后达到"大同"的境界。

　　1895 年《马关条约》签订后,他于 5 月 2 日联合在北京会试的举人 1300 余人发动公车上书,极陈时局忧危,请求拒和、迁都、练兵、变法,并在政治、经济、文教等各个方面,提出了具体改革措施,初步形成资产阶级改良主义的变法纲领。会试榜发,中进士,授工部主事。1898 年 4 月,他于北京成立保国会,以"保国、保种、保教"为宗旨。光绪帝于 6 月 11 日下诏明定国是,宣布变法,康有为深得倚重。在维新变法期间,康有为送上奏折,起草诏令,对政治、经济、军事、文教等方面提出改革建议,与谭嗣同等全力策划新政,期望按照西方资本主义国家模式改变中国的国家制度和社会制度,挽救民族危亡。9 月 21 日,慈禧太后发动政变,康有为逃亡海外,变法失败。

　　1901～1903 年间,他在印度撰《大同书》、《中庸注》、《论语注》、《春秋笔削微言大义考》诸书,阐述"循序渐进"、"不能躐等"的改制说,反对资产阶级革命运动。1907 年,改保皇会为国民宪政会(后正式定为帝国宪政会),成为推动清政府实施宪政的政治团体。辛亥革命成功后,康鼓吹"虚君共和"。1913 年返国,在上海主编《不忍》杂志,发表反对共和、保存国粹的言论,并任孔教会会长。1917 年和张勋策划溥仪复辟,迅告失败。晚年在上海办天游学院,讲授国学。在书法上,提倡碑学,反对馆阁体和帖学,《广艺舟双楫》为其著名的碑学集大成论著,反映了与他政治革新一致的资产阶级改良主义思想和尊碑的艺术审美观念。康生平著作甚丰,达 139 种。

　　那么,大名鼎鼎的康有为是怎么来到金州响水观呢? 事情还得从头说起。

　　1925 年 9 月,已经 67 岁的康有为应大连华商公议会会长李子明之邀请,来大连举办"康有为书法展",在书法展期间,正赶上金州文庙丁祭(祭祀孔子),时任南金书院公学堂首任堂长日本学者岩间德也得知这一消息后,便立即驱车到大连应邀康有为主持金州文庙丁祭,当时任孔教会会长的康有为欣然应允,于农历八月初三(阳历 9 月 20 日)晨驱车来到金州致祭,结束后,赋诗一首:

中华礼失讬殊方,躬遇金州祭典煌。俎豆庄严容肃肃,笙歌和雅乐锵锵。

血气尊亲于此见,神明教化岂能亡。便作东方君子国,舟通日照大同扬。

后又至金州举人阎宝琛家中拜访,并赠杜甫书联:"国破山河在,城春草木深",以寄共勉,同时为孙宝田题书"为善至乐"4个大字。从阎宝琛家出来后,驱车游览了响水观,便出现本文开头的一幕。此事被孙宝田记录下来,记录文牍现保存在金州博物馆中。

岩间德也(1872～?),出生于日本秋田县,为秋田县官吏岩间敬吾之长子。1894年毕业于秋田中学,曾一度执教乡里,1901年入中国南京同文书院。毕业后回日本,被日本外务省聘用。

1905年2月,岩间德也受日本外务省派遣,到金州日本军政署管理的中国人学校担任总教习,这所学校于1904年日本在日俄战争中夺取金州后设立。当时日本在金州设军政署实行军事统治,为笼络人心、稳定局势、巩固军事统治,当局于同年10月就指使人将学校设立,校舍利用原俄清学校旧址,并于当年12月开课。在学校设立前,当局决定从日本国内聘一总教习前来管理学校。经金州军政署与日本外务省交涉,决定由岩间德也担当此任。岩间德也到任后,立即按日本当局文化侵略的旨意,组建了学校机构,确定了以"怀柔政策"为宗旨的教学目标,在教学内容上除原有汉语外,增设日语、修身等重点科目,对中国人进行奴化教育。

同年3月23日,学校按照岩间德也的教学计划实施教学。期间,金州当地有人提出将学校定名为"南金书院",原因是南金书院曾是清乾隆年间设立在金州文庙的一处县学,金州人士一向以此为荣,现在的学校是沙俄侵占金州后用南金书院的教学设施建起的。岩间德也同意以私立学校形式,将学校称为南金书院民立小学校,这得到日本军政署的认可。

1905年10月1日,随着日本在日俄战事的结束,南金书院民立小学校被关东都督府改为官立,定名为"关东州公学堂南金书院",岩间德也被任为南金书院院长。之后,他将该校教学内容改为以教授日语为主,兼有德育和一般技能课,而地理、历史、理科等内容一概取消,从而使这所学校脱掉伪装,成为彻底的奴化教育学校。岩间德也的作为,遭到当地有志之士的强烈反对,但日本殖民当局对其给以肯定,教学内容不许变更。

岩间德也还将奴化教育推行到社会教育方面。1908年10月,他在金州城内阎家街开设女子部,以女子为奴化教育对象,将文化侵略魔爪伸到中国人的家庭中。同时,他又在公学堂南金书院内开办金州蚕业传习所,设置金州农业学堂,建立了以实业教育为中心的初等普通教育体系。自1905年至1929年,岩间德也担任南金书院院长一职达25年之久。在他的操纵下,南金书院成为日本殖民统治当局对中国人进行奴化教育的一个基地,该校的在校生人数超过2000人,仅次于大连土佐町公学堂,在关东州各公学堂中居第二位。岩间德也在中国书院受过中国传统文化的影响,深知康有为是当时中国的大儒,因改革儒教而名闻天下,此次力邀康有为来金州拜祭孔庙也是为了遮人耳目,企图掩盖学校教学的殖民教育性质。

【题壁诗赏析】

岩间德也邀请康有为来金州拜祭孔庙之事随着岁月的年轮被渐渐忘却了,而康有为为响水观抒写的脍炙人口之诗却在金州大地广泛传诵,成为描写响水观诸多诗中最为震撼人心的佳作。

该诗是康有为晚年力作,诗人把自然景色、名胜景观的描绘与对历史的追忆巧妙地结合起来,力图来表现作者内心的感受。诗的前两句"金州城外百果美,瑶琴洞内三里深",诗人运用极其朴素、极其浅显的语言,高度形象地概括了响水观周边的主要景色和响水观最美丽的名胜,以突出对祖国大好河山的热爱,作者笔锋在此一转,把唐王征东的典故运用到诗中,"遥记唐王曾驻跸,犹留遗殿耐人寻",回想当年唐王李世民金戈铁马、一统江山之壮举,而今金州这片土地早已被外侮侵占,人亡山河在,但还有谁能像唐王当年那样豪气冲天,立志收复金州这片土地呢?这首诗最后一句,意境深远,不能不"耐人寻味",使人产生低沉哀念和无限感慨之情。

康有为当年给响水观题诗墨迹早已不知去向,但诗作却保存至今,后人为了使康有为的书法佳作流传于后世,张本义先生(大连图书馆馆长)特专门为此集字,并把此诗刻在响水观北院东石壁上,成为摩崖石刻名作。该石刻高 160 厘米、宽 120 厘米,五行,每行八至七字不等,行书。虽为集字,字字之间,俯仰顾盼,前后呼应连贯,浑然天成,宛如看到了康有为亲笔墨迹,这给响水观增添了一大景观。

此诗最早收录在孙宝田的《旅大文献征存》中,继而被广泛传诵。《金县志》、《金州名胜与风光》、吴青云的《大连历代诗选注》等均有著录。

4. 新修大和尚山官道记

大正十五年(1926)

【碑阳】

新修大和尚山官道⁽¹⁾记』

大和尚山,形胜⁽²⁾甲⁽³⁾关东州⁽⁴⁾,南临黄海,北接大陆,屹然为四方之表⁽⁵⁾。寺观环之,水石润⁽⁶⁾之。邱壑⁽⁷⁾之美,林泉之幽,使人恍然⁽⁸⁾』忘归。而岩径崎岖,探胜⁽⁹⁾之徒⁽¹⁰⁾,每以为恨⁽¹¹⁾。今年路政既就绪,乃更⁽¹²⁾经始⁽¹³⁾山道,由马家屯⁽¹⁴⁾下房身起,经响水寺至朝阳寺而』止,延长⁽¹⁵⁾一千九百十一间⁽¹⁶⁾。三月三十一日起工,至九月二十三日成,其费用⁽¹⁷⁾则仰⁽¹⁸⁾之于关东厅⁽¹⁹⁾及南满洲铁道株式会』社⁽²⁰⁾,不扰邑人,邑人喜之,争助工役,或献路基,以襄⁽²¹⁾其事。于是乎,往时狐兔之迳⁽²²⁾,忽化为车马之大道,邑⁽²³⁾壑增光,树石加』色,游人有眺瞩⁽²⁴⁾之乐而无攀援之劳,而旁近之民,亦享其惠福。山灵水神,岂有意诱州民之衷乎!抑此山不独为金州』之名山,亦实关东之秀岭,而近接大连、旅顺,自今后,登而乐者,其数何限!盘桓低徊⁽²⁵⁾者,将有见于此文。』

大正⁽²⁶⁾十五年三月』

金州民政支署⁽²⁷⁾长关东厅事务官从五位勋五等西山 　茂建之』

关东厅中学校教谕⁽²⁸⁾ 　正七位 　今井顺吉撰文』

【碑阴】

工事费寄附者芳名』 　南满洲铁道株式会社

夫 役 一 千 人	马家屯会	夫 役 三 百 人	刘家店会
仝 二 百 人	阎家楼会	畑⁽²⁹⁾二百七十一坪	阎 传 芳
畑九百八十四坪⁽³⁰⁾	响 水 寺	林 野 二 百 坪	
畑 四 十 坪	朝 阳 寺		
	阎 培 德		
畑 二 十 九 坪	阎 传 礼		
	阎 传 盛		

【碑文简介】

大正十五年(1926)立。碑为花岗岩质,有碑头。碑头阳面为麦穗花圈浮雕图案,背面无图案,高 77 厘米、宽 71 厘米、厚 28 厘米。碑身高 183 厘米、宽 58 厘米、厚 19 厘米。碑文 10 行、满行 43 字,阴刻楷书。碑周边饰以"凹"字形几何纹。

19 世纪 20 年代上半叶,日本殖民当局为扩大军事侵略和加快经济掠夺的需求,在大连地区开始新一轮的整修交通道路高潮,而响水寺、朝阳寺道路的修建正是在这一历史背景下出台的。根据碑文介绍,此次修建的道路从大正十五年三月三十一日至九月二十三日,"由马家屯下房身起,经响水寺至朝阳寺止",全长 1911 间,约合今 3500 米左右,由金州民政支署官方主持,关东厅和南满洲铁道株式会社出资,马家屯会、阎家楼会、刘家店会、响水寺、朝阳寺及附近占用田地的一些个人出工、出地。修建的官道标准很低,为

"车马大道",只能通行马车,不能适应汽车行驶的要求;但从碑文中看出,当时响水寺、朝阳观已经成为大连地区相当著名的旅游胜地,游客来往数量较多,这大概也是金州民政支署修建此条道路的一个原因所在吧。马家屯下房身村在今水源地水库,其地盘已经被水库所淹没。

【碑文注释】

(1)官道:由官方组织建修的道路。 (2)形胜:地理形势优越。这里指山川胜迹。 (3)甲:占第一,冠于。 (4)关东州:指普兰店至皮口一线以南的广大地区,包括旅顺、大连、金州、貔子窝、普兰店等区域,面积3200平方公里。1899年8月被俄国租借,其名称由沙皇颁布《暂行关东州统治规则》而来,日俄战争后,日本不仅继承了这一租借地及权益,而且区域范围扩大至3 426平方公里。1945年8月日本投降后废止。 (5)表:标准,表率。 (6)润:滋润,润泽。 (7)邱壑:山水幽深之处,亦指隐者所居之所。邱,通"丘"字。 (8)恍然:仿佛。 (9)探胜:探幽寻胜。 (10)徒:此处指同类人。 (11)恨:遗憾。(12)更:变换,改变。 (13)经始:开始测量营造。 (14)马家屯:即马家屯会,是日本占领时期在金州管内设置的14个会之一,其管辖村屯由八里屯、落凤屯、七里屯、阎家屯、马家屯、吴家屯、杨家屯组成。(15)延长:伸展的长度。 (16)间:日本长度单位,1间≈1.818米。 (17)赀用:费用。赀,同"资"字。(18)仰:依靠,依赖。 (19)关东厅:日本殖民统治时期在大连地区设置的最高行政权力机构。1919年4月12日成立,职权范围为大连、金州、旅顺区域内的行政事务。内设长官官房、内务局、警务局、财务局、民政署、警察局、高等法院、检察局、递信局、海务局、专卖局、刑务所等。1930年10月21日后,职权范围有所扩大,有权处理南满铁路沿线警务,请求关东军司令官用兵等。1934年改称关东州厅。 (20)南满洲铁道株式会社:简称"满铁"。是日本帝国主义为经营南满铁路(长春~大连)及沿线附属地事业而设置的专门机构。1906年11月26日成立,1907年4月1日开业,总社设在大连,分社设在日本东京。主要经营南满铁路和沿线及丹东至奉天(今沈阳)等各线铁路与抚顺煤矿等附近附属地的一切行政管理权,还经营航运、码头、仓库、炼铁、电力、煤气、农场等产业。内设铁道部、海港部、煤矿管理部、地方部、调查部等,后在东京增设经济调查局,在大连设立调查部,在奉天、哈尔滨、北平、上海、美国纽约、法国巴黎、德国柏林等地立事务所,从事搜集与中国有关的军事、政治、经济等情报。1931年"九·一八"事变,日本侵占东三省后,接管东三省全部铁路权。至1944年资本总额达50.9亿元。1945年8月,日本宣布投降,"满铁"被苏军接管,废除。 (21)襄(xiāng 音相):互相帮助而成,此处指赞助。 (22)迳:同"径",小路。 (23)嵒(yán 音岩):同"岩"字,险峻。 (24)眺瞩(tiào zhǔ 音跳主):远望注视。 (25)盘桓:亦作"盘桓",徘徊,逗留。低徊:亦作"低回",流连,依依不舍之意。 (26)大正十五年:1926年。大正,日本大正天皇年号(1912~1926)。 (27)金州民政支署:日本殖民统治时期在金州设置的最高权力机构。1905年6月成立,治所在金州城内,隶属于关东州民政署。下设14个会事务所:金州、南山、马家屯、小孤山、大孤山、董家沟、黄嘴子庙、玉皇顶、刘家店、岔山、二十里堡、老虎山、大魏家屯、阎家楼等,共计116个村屯。后改为民政署,隶属关东都督府民政部。1909年11月,又改为民政支署,隶大连民政署。1919年复为民政署,隶关东厅。1937年11月,南关岭、大连湾两个会划归金州管辖。1945年,日本战败投降,随之废除。 (28)教谕:学官名。宋朝始置,元明清在县学中皆沿袭,主要掌管文庙祭祀、教育所属生员。《明史·职官志》:"儒学府教授一人,训导四人;州学正一人,训导三人;县教谕一人,训导二人。教授、学正、教谕,掌教诲所属生员,训导佐之。" (29)畑(tián 音田):日本字,旱地。 (30)坪(píng 音平):日本度量单位,1坪=3.3平方米。

四　唐王殿（石鼓寺）

1. 捐建唐王殿碑志

清·道光十年（1830）

【碑文】

金州大赫山群峰之中，石墙一路，土 名⁽¹⁾ 唐王殿，原立 』佛堂⁽²⁾，曰：石鼓寺，不知肇⁽³⁾ 自何时，乾隆五十 年⁽⁴⁾，汉军正黄旗人鞠行全，募化⁽⁵⁾ 本郡， 补葺残缺，奉事者⁽⁶⁾ 』火后病故，无人看守，遂致墙屋倾颓，神像剥损。至嘉庆十 七年⁽⁷⁾，有民人韩希顺，法名善春，慈 心捨⁽⁸⁾ 身，奉事香火，随带捐修银二百 两；又有汉军正黄旗人韩邦知，于嘉庆十九年⁽⁹⁾ 亦出心』捨身，奉事香火，随带捐修银二百两；又有韩希顺、胞弟希德于道光九年⁽¹⁰⁾ 入寺，亦随带捐修』银二百两，以附其尾。会末王_{义章}_珠共捐 银一百两，以备后日之需；又有张元春、韩邦淑各捐银』二十两，共成盛事；又会末李起等共 捐银三十两，以立碑记，永垂芳名，行见庙宇辉煌，享祀』丰洁，庶⁽¹¹⁾ 获福无疆矣。是为志。』

大清道光十年四月初八日⁽¹²⁾

| 姜希仁 | 沙希孟 | 苏元明 | 李成文 |』
| 王　训 | 李致仁 | 丁德伸 | 刘世课 |』
| 王　庆 | 王　茂 | 王积瑶 | 刘世贵 |
会末⁽¹³⁾| 王　礼 | 王　福 | 崔盛发 | 李成贵 |
| 王　恒 | 王　仁 | 毕　福 | 刘世会 |
| | 高　福 | | |』
| 郭　贵 | 李成发 | 王口坚 | |』

石工人王恒作』

【碑考】

　　碑题为笔者所加。此碑立于清道光十年（1830）。为含燧石颗粒灰质岩，碑呈长方形，上端略抹两角，现仅存上半截，下半截已失，所缺失之碑文根据前人记载补加。碑残高60厘米、宽57厘米、厚15厘米，碑额横题"永垂不朽"四字，阴刻正书；碑文竖15行、满行37字，现最多仅存16字，阴刻正书，碑四周饰以回纹。碑阴无字。

　　此碑文章开始部分有"石墙"的记载，指的是大黑山山城。大黑山山城，又名大和尚山城，隋朝称卑奢城、毕奢城，唐朝称卑沙城。该山城纯用山石石块筑成，城墙随大黑山山脊垒筑。小时候，常常听老人讲述有关石墙的神话传说。相传石墙是唐王李世民收复辽东时泥鳅精为唐王修筑的行宫。当时，金州西海泥鳅精想当龙王，听说唐王正在大黑山山下驻扎，便欲向唐王敕封"龙王"，唐王心想："小小泥鳅有何本事，竟敢当龙王？"本欲不答应，但转念一想，若不答应，泥鳅精果真有一些本事，前来兴妖作怪，自己会陷入被动，于是就想出一条计策，欲难住泥鳅精以应付了事。唐王回头指了指大黑山，转身对泥鳅精说："倘若你在一夜之间为朕在山上修一座城池作为朕的行宫，就敕封你为龙王。若不能筑成，以后莫提此事！"泥鳅精信以为真，当夜趁月色深黑时调动鱼蚌、虾兵蟹将等精前来协助，合力筑城，期讨皇封。半夜，唐王被营外嘈杂声惊醒,知道是泥鳅精在筑城,眼看工程过半,暗中叫来爱将张士贵到山下村庄效仿鸡鸣。泥鳅精听到鸡叫,误以为天亮了,城却未建完,急忙钻入海中,再也不敢提讨封之事了。黎明,唐王出来查视,见城垣半就,周围十里有余。城垣纯用巨石,大者几丈,小者也有一尺多。在石上还能依稀看到蛤蛎壳等物附其上。其实,上述传说不可信。大黑山山城约建于公元四至五世纪高句丽占据辽东时期修筑的防御工事,战时上山,避于山城中,平时在山下村庄耕作。隋唐两朝收复辽东时双方在此进行过激烈大战。据《资治通鉴》卷一八二:隋大业十年(614)"秋七月,⋯⋯来护儿值毕奢城,高(句)丽举兵逆战,护儿击破之⋯⋯"。又据《资治通鉴》卷一九七载:唐贞观十九年(645)"张亮帅舟师自东莱渡海,袭卑沙城,其城四面悬绝,惟西门可上。程名振引兵夜至,副总管王大度先登,五月己巳,拔之,获男女八千口。"至于前文提及的山城石墙上看到的并不是蛤蛎壳等物,而是地藓等低级植物,地藓在云雾雨天气里呈现一片葱绿,在平时阳光明媚的日子里,由于日光照射而使葱绿的地藓干枯晒成白色,远看还真有点像蛤蛎壳等海中之物呢!在唐王殿周围和山城内有多处名胜古迹,如搬倒井、点将台、养病床、滴水罐(hú 音壶)等。

逶迤雄伟的大黑山山城

碑文开篇,还提到唐王殿中佛堂叫石鼓寺,说明当时佛寺的名称为唐王殿,石鼓寺为唐王殿其中一个大殿的名称而已,但并没有明确说明石鼓寺名称的来历。综观此碑碑文内容,叙述了自清乾隆五十年(1785)汉军正黄旗人鞠行全重建石鼓寺以来,其后鞠病故,无人看管,文章的重点是记述了从嘉庆十七年(1812)以后民人韩希顺、嘉庆十九年(1814)汉军正黄旗人韩邦知、道光九年(1829)韩希顺、胞弟韩希德等捐修并在此出家以及其他人等捐助"共成盛事"之事,碑文朴实无华,脉络清晰,短小精悍,简单明了。碑中提及的鞠行全,是金州城西小磨子村人,又名鞠朝桢,清乾隆年间由鞍山千山学道归来后就入住大黑山唐王殿,此人很有道法,能祈雨。有一年,金州大旱,县官请他祈雨,鞠行全设坛于金州城西海岸,坛上设一案,旁插五色旗,童子侍立左右,官民斋宿其下,鞠于坛上日夜诵经,三日后,忽有黑云少许,由海上陡起,鞠立即用绳引之,不久,雷声大作,大雨瓢泼如注。鞠多次询问雨水是否够用,待坛下官民答足用,鞠再次诵经,其雨嘎然而止。县令欲赐之城北泡子荒田,力辞不受,仅受本村西海岸沙碛地,以备修风神庙之用地。又有一年,也是大旱年,在金州大泉眼的地方,

唐王殿山门旧影

设坛祈雨,但附近百姓不到坛下斋宿者无雨,村民莫不称奇。韩希顺、韩希德是韩云阶的六世先祖,在《大赫山韩氏先德修建石鼓寺碑》中有所交代,故在此不再赘述。该碑文在《奉天通志·金石志》、日人增田道义殿《金州管内古迹志》手抄本中均有著录。

【碑文注释】

　　(1)土名:民间的称呼。　　(2)佛堂:原为佛居住的殿堂,后指供奉佛像的处所。　　(3)肇:创建,初始。(4)乾隆五十年:1785 年。　　(5)募化:亦称化缘,僧、尼或道士等出家人向人乞求布施。　　(6)奉事者:信奉佛事的人。这里指出家。　　(7)嘉庆十七年:1812 年。　　(8)捨:同"舍"字。　　(9)嘉庆十九年:1814年。　　(10)道光九年:1829 年。　　(11)庶:幸,希冀之词。《诗·大雅·生民》:"庶无罪悔,以迄于今。"(12))道光十年四月初八日:1830 年 4 月 30 日。　　(13)会末:人或事物排列至最末尾。

2. 大赫山韩氏先德修建石鼓寺碑

民国甲戌年(1934)

【碑阳】

大赫山[1]韩氏先德[2]修建石鼓寺碑』

大赫,金州最高峰也。峰颠有石鼓寺,又名唐王殿,艸刜[3]简陋,茆[4]屋一椽而已。初,无所谓□□,邑人韩公讳希顺者,生有慧根[5],幼』助□身兹寺,法名善春,志愿坚定,每思闳其规[6],制斋银二百两出家,什方募化,于清嘉庆十七年[7],迺[8]另建寺宇,山门、殿庑咸备。』道光九年[9],其弟希德者,复随兄修道于此。道光十四年[10],□赍出家银二百两,与其募缘所得,重加修葺,涂饰一新,规模□□□』矣。寺前曰果沙□□□□树一,皆二韩公手植,今郁郁葱葱,翠横天半。近岁以来,遂为金州胜地,远近来游者登高凭弔[11],莫不』欢,韩公伯仲数十年,手胼足胝[12]之所留遗也。山西北角建一石塔,希德公尝曰:"予死后,家人见塔一如见予。"是何言之悲壮也!』寺□恒产,□韩公均清修苦节,以垦地刈艸[13]自食,昕夕则诵经嘿[14]坐,家人往际[15],或遗[16]服持,皆拒而弗纳。晚年湛然[17]有得,能知人』问未卜休咎[18],乡人□与不识,皆尊而不名,唯以"韩公道"称之。希顺公七十三岁怛化[19],葬寺东墓地,为生前自定;希德公九十四』岁怛化,葬于榆树山。癸酉[20],黑龙江省长韩尹云阶,挂冠归里[21],登览斯寺,见旧碑澌灭殆尽,文字几不可辨,畅然忧之,其乡父老』亦以另建一碑为言,盖希德公为云阶太高祖[22],希顺公其太高伯祖也。云阶乞记于予,记矣。后缀以讠[23],讠曰:』金州□山,大赫为宗。山既崱屴[24],寺尤幽邃。创建何人,韩氏先德。兄先弟后,经营不息。窔堵波高[25],上蠹青霄[26]。水木明瑟[27],云海涵包[28]。』石鼓不存,古迹犹识。昏烁[29]佳日,游人如织。云阶贤者,先泽不忘。丰碑屹立,以诏茫茫。』

前黑龙江省长□县于驷兴[30]拜撰』江省屯垦局长夔门张朝墉书丹　　　甲戌[31]秋八月玄孙云阶敬立』

【碑阴】

宿石鼓寺』

一鸰[32]破谿烟[33],群峰近暮天[34]。石床[35]犹可』坐,银杏[36]不知年。

野寺秋寒重,澂空[37]海气』鲜。唐王渺何许[38],望古意茫然[39]。朝墉』

【碑考】

　　刻于甲戌年(1934),由当时任伪满洲国黑龙江省长韩云阶为纪念其先祖韩希德、韩希顺而立。韩云阶(1894~1982),原名乐升,字云阶,金州城人。少年入金州公学堂南金书院,后入日本名古屋高等商业学校,1916年毕业回国,初在铁岭设贸易公司,不久在哈尔滨、海伦、绥化等地开设分店,历任山城镇裕华电气公司经理、东亚实业公司总经理、亚细亚制粉公司总办等职务,1922年任南北满特产联合大会总代,1924年作为南北满实业家代表赴西欧、俄国考察经济。1931年"九一八"事变后,因与日本关东军参谋板垣征四郎劝降马占山到沈阳筹开伪满洲建国大会有功而步入政坛,青云直上,先后任伪黑龙江省政府参议,警备司令部高等顾问、实业厅厅长、黑龙江省长、伪满洲国新京特别市(今长春)市长、伪满洲国经济部大臣。1940年改任电业株式会社理事长,1945年7月任战力监察使,同年8月9日苏联对日宣战,韩云阶逃回金州,称病假死,以金蝉脱壳计逃至台湾,后转到美国,1982年病死于加利福尼亚。

　　该碑为汉白玉石质,碑首已缺,仅存碑身,长方形,高165厘米、宽64厘米、厚15厘米,阴刻隶书兼小篆体。碑文竖14行、满行48字,张朝墉书。碑文两侧饰以暗八仙图案,上端为双龙戏珠、下部为海水江涯图。碑为须弥座,高30厘米、横95厘米、纵65厘米。

　　如果说《捐建唐王殿碑志》[清道光十年(1830)碑]简单概括了韩氏二兄弟等人出家捐资修建唐王殿的情况,那么,该碑是其续集,且比前碑叙述得更加具体、详细,有血有肉,富有生活故事情节。该碑文详细地追述了韩云阶六世祖韩希德、韩希顺哥俩出家在此，并为重振石鼓寺而励精图治、奋斗一生的事迹。韩氏二兄弟不仅建造了寺宇、山门、殿庑、石塔等主要建筑，还植树造林，美化了石鼓寺的环境，终于使石鼓寺由一茅草屋变为当时较有名气的名胜。碑文中还对韩氏兄弟的生活细节作了一些描写，很有趣味。因而，该碑也是一通韩云阶对韩氏先祖的歌功颂德碑。

【碑阴诗碑赏析】

《大赫山韩氏先德修建石鼓寺碑》的碑阴为张朝墉写的《宿石鼓寺》诗，这首五言古诗是诗人游览石鼓寺时有感而发。

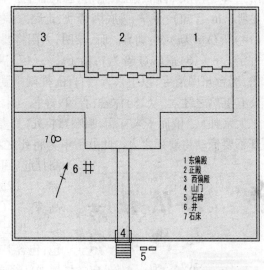

唐王殿平面示意图

石鼓寺，又名唐王殿，地处大黑山主峰下南侧。相传唐太宗李世民收复辽东时曾驻跸于此，故名唐王殿。在寺中及周围，存有很多唐王和其将士的遗迹及传说，如唐王点将台、养病床、搬倒井、滴水罐、饮马湾等，都给唐王殿蒙上了一层神秘色彩。其实，据历史考证，唐王李世民并未到达金州地区，只有张亮到达此地。《旧唐书》卷六十九载：贞观十八年(644)，"以亮(指张亮)为沧海道行军大总管，率舟师自东莱渡海，袭卑沙城(即大黑山山城)，破之，俘男女数千口。"当年，唐王李世民收复辽东时，最南边才至盖州。造成误传的原因，推测可能是当时当地人见到唐朝的军队，就误以为是唐王所至，故未加思索而以讹传讹所致。

这是一篇怀古之诗。诗文写作的时间当为1934年农历八月的一个傍晚，张朝墉利用为韩云阶先祖写碑文时机游览石鼓寺，并在此过夜，自然会滋生出对唐王殿遗迹流连的情趣。这首小诗，笔法简洁而富蕴意，写法上很有特色。诗人通过对唐王殿周围山峰、历史古迹等景物的描写，创造了一种幽美、寂静的氛围，有一种不事雕琢的自然美，又体现了诗人对古人的怀恋而又迷蒙的境界。虽然全诗体现了一个"静"字，但又有"动"的描写，开篇"一雁破豁烟"的"破"字，就很好地突现"静中有动"的意境，一只大雁在山谷中飞翔，打破了山谷里的云烟和宁静，时令正值秋季的傍晚，"暮天"，凉气侵人，"野寺秋寒重"，面对众多唐王古迹，又徜徉在大自然的名胜中，怎能不使人产生对唐朝古迹已成过眼云烟的感叹，又怎能不使人感慨人生如朝露的感慨！"对酒当歌，人生几何？"

张朝墉(1860～1942)，字北墙、白翔，号半园，四川省奉节县人，少有"夔门才子"之誉。清光绪末年，来黑龙江，入程德全幕府作幕僚。辛亥革命后，回乡闲居。民国初年，又至齐齐哈尔，入黑龙江都督宋小濂幕府，任省公署总务处科长，不久，任黑龙江省局纂修。民国五年(1916)，离开黑龙江，任国民馆誊录等职务。民国十七年(1928)前后，又游黑龙江，曾发起或参加"龙城诗社"、"遁园诗社"等活动，1942年卒于北京。著有《半园诗稿》等。善诗词，工书法。此诗是张朝墉晚年担任伪满洲国江省屯垦局长之作，是张朝墉的代表作之一，多少有点惆怅之感，说明当时诗人情致不是很高，但比较隐含，不容易看出来罢了。

该诗文竖四行，满行14字，阴刻行楷，碑边卷草蔓叶纹。诗分别被孙宝田收录在《旅大文献征存》和吴青云的《大连历代诗选注》中，不过书中题目改为《唐王殿有感》。

【碑文注释】

(1)大赫山：又称大黑山，大和尚山，位于金州城东十里，主峰海拔663米，为大连南部最高峰。(2)先德：祖先的德行。此处泛指对祖先的敬称。 (3)艸(cǎo)："草"字的异体字。翀，"创"字的异体字。(4)茆(mǎo)：同"茅"字。 (5)慧根：佛教用语，五根之一(五根指佛教"信、精进、念、定、慧")中的"慧"而言，它能破除迷惑，认识真理。慧能生道，故名根。 (6)规：即"规"字。 (7)嘉庆十七年：1812年。(8)迺："乃"字古字。 (9)道光九年：1829年。 (10)道光十四年：1834年。 (11)冯弔(píng diào 音评吊）：即"凭吊"，怀旧，触景生情，思念往昔。冯，"凭"字的古字。弔，同"吊"字。 （12）手胼（pián 音骈）足胝（zhī 音知）：手掌、脚底因劳动、走路摩擦而生成老茧。 （13）刈（yì 音意）艸：割草，铲草。刈：割取。（14）昕（xīn 新）夕：朝暮。昕，黎明，太阳将要出来时。 嘿（mò）：同"默"字。 （15）徍际：即"往视"的古字。 （16）遗（wèi 音为）：给予。 （17）湛（zhàn 音站）然：人名，公元711~782年，唐代佛教天台宗高僧，居台州国清寺，以中兴天台自任，推阐隋朝智颛之说，后人称为天台六祖，谥圆通尊者。这里暗指二韩公有湛然之才。 （18）休咎：吉凶、善恶。休，吉庆、福禄。咎，灾祸，凶险。 （19）怛（dá）化：语自《庄子·大宗师》"俄而子来有病，喘喘然将死，其妻子环而泣之，子犁王问之，曰：'叱！避，无怛化。'"意思是躲开不要惊动将要死之人。此处引申为将死之意。 （20）癸酉：1933年。 （21）挂冠归里：把戴的官帽高高挂起，回到家乡。指辞官回家。 （22）太高：祖先，对祖父以上的通称。 （23）辤："诗"字的古字。 （24）崱屴（zè lì 音仄立）：山势高峻、高竦。 （25）窣（sù 音素）堵波：梵语，佛塔之意。此处指韩希德建造的石塔，现已被毁。 （26）青霄：谓高空。 （27）明瑟：莹净。 （28）涵包：包容。 （29）旾烁：即"春秋"的本字。（30）于驷兴：字振甫，早年为黑龙江将军寿山的幕僚。历任黑龙江铁路交涉总局总办，黑龙江省内务司司长，绥兰道尹，黑龙江省政务厅长，教育厅厅长，黑龙江督军府秘书长，黑龙江省代理省长，省长等职，是卜奎（今黑龙江省齐齐哈尔市）著名的藏书家。 （31）甲戌：公元1934年。 （32）鴈（yàn 音燕）：鹅。清段玉裁《说文解字注》谓"鴈"为鹅，"雁"为鸿雁。这里"鴈、雁"通用，为鸿雁之意。 （33）破：打破，毁坏。此处引申为冲散、冲淡之意。谿烟：山谷里的云雾。谿，同"溪"字。 （34）近：接近，靠近。这里用来形容山峰高耸。暮天：傍晚的天空。 （35）石床：指唐王殿中类似于床的大石板，传说唐王李世民在此床上养过病。 （36）银杏：指唐王殿院中的白果树，树龄估计有数百年，现已经枯死，仅剩枯枝干。 （37）澂（chēng 音成）空：晴朗的天空。澂，同"澄"字。 （38）何许：何处，什么地方。（39）茫然：失意惆怅的样子。

附：

张朝墉书《石鼓寺》诗墨迹

石鼓寺』

秋老霜寒棠塈衰，衔芦渡』海雁初来。贞观古迹无人』识，夕照犹红点将台。』半园老人张朝墉』

该诗也是张朝墉描述石鼓寺的力作之一，作品虽然没有标明写作的时间，但从其内容和风格上来看，估计与《宿石鼓寺》诗是同期的作品，二者有异曲同工之妙。此诗原为墨迹，保存在金州博物馆中。1989年修复石鼓寺时，将其作品刻成诗碑。该碑为汉白玉石质，呈长方形，上端抹两角，高190厘米、宽74厘米、厚18厘米。诗碑内容分为竖五行，满行10字，阴刻行书，碑边无纹饰。该诗碑是用阎福升故居中保存卜米的碑材精刻而成。

五　金州孔庙

1. 金复州儒学碑

元·至正十年(1350)

【碑阳】

……武校尉辽阳路[(1)]……』……莱州乡贡[(2)]……』……君子定道□然而日彰……』……离非道也』……以崇儒术□君臣之义父子之……』……屋为善』……岂无诉□□心哉故辽阳金州军……』……至圣文□□庙建学立师使官属……』……□事拔后□者以备擢用』……夫意未□□□数也使府万夫长伯使……』……春秋祭祀□生廪饎[(3)]噫万夫长伯□……』……府藉人益姓名聚者恃强暴之恶行□……』……都人学正[(4)]徐复初明善者慨然而叹……』……□思易奉政等论之曰凡人之为人……』……之化』……而处五常[(5)]之德强者当前之弱者……』……于市以文照藏于金州学移文于……』……所分信乎昭昭然也欤……』……岂至正十季[(6)]岁在庚[寅]……』……金复州儒学……』……金复州新附军万户府[(7)]提……』……将仕郎[(8)]金复州新附军万……』……事郎金复州新附军万……』……将军金复州新附军万……』……将军金复州新附军万……』……将军金复州新附军……』……□管军[(9)]千户所……』

【碑阴】

……(此行不清)……』……□善　朱荣用……』……杨清□　徐安道……』……汤太亨　孟仲良……』……王□成　支善用……』……戴……』……宝……』……(此处约有八行剥落不清)……』……管军千户所千户□粕颜……』……管军千户所千户□显忠……』……尉军军千户所千户唐世贤……』……尉管军千户所达鲁花赤[(10)]脱脱木……』……军管军千户所达鲁花赤黄头……』……校尉管军千户所千户孙仲一……』……□军管军千户所……显校尉管军中千户所千户韩闰驴……』……将军管军中千户所达鲁花赤□儿直……』……德将军管军中千户所达鲁花赤□失海牙……』……□显校尉管军上千户所千户金塔失……』……武略将军管军上千户所千……』……武德将军管军上千户所达鲁花赤……』……忠显校尉管军中千户……』

【碑考】

元朝是继辽、金之后,又一个兴起于北方、由少数民族统治的政权。1206 年,蒙古贵族铁木真统一蒙古,被尊为成吉思汗。1260 年成吉思汗四子拖雷的第四个儿子忽必烈自立为汗,十一年后建立元朝,八年后灭了南宋,结束了宋、辽、金长期分裂的局面,使多民族的中国又重归统一。在统一中国和管理国家的过程中,元朝统治者不断注意汲取辽、金统治的经验和优越的唐宋文教制度,特别是重用儒臣,尊崇孔教,建立学校,在其广大地区实行"汉化"(即儒教)教育的统治方式,这些都为巩固元朝统治打下了良好的基础。

综观有元一代,从元初至元末,儒家的纲常已经作为元朝统治阶级的政治思想的基石,儒教的重视程度超过以往历代。太宗五年(1233)六月下诏封孔子五十一世孙孔元措为衍圣公,并在同年十二月敕修孔庙。忽必烈继承汗位和皇位,成就大业,儒臣发挥了重要作用,功不可没。成宗即位(1294),下诏崇奉孔子,任命儒臣王恢等为翰林学士,优加礼遇。1298 年又在京师建孔子庙学。成宗"恪守成宪",尊孔崇儒,争取蒙、汉儒臣的拥戴,以巩固其统治。武宗加封孔子为"大成至圣文宣王"。仁宗即位后,命子祭酒刘赓到曲阜,以太牢(牛牲)祭孔子。1313 年 6 月,又以宋儒周敦颐、程颢、程颐、张载、邵雍、司马光、朱熹、张栻、吕祖谦及元儒许衡等从祀孔子庙廷。1314 年,敕中书省议,孔子五十三代孙袭封衍圣公。仁宗对臣下说:"所重乎儒者,为其握持纲常如此其固也。"又说:"儒者可尚,以能维持三纲五常之道也。"一再表明以儒家的纲常之道作为元朝的政治统治思想。文宗天历二年(1329)二月,在大都建奎章阁学士院。

元朝在全国各州县都照例设有学官,教授儒生。主要有路、府、州、县学,忽必烈在中统二年(1261)下诏曰："诸路学校久废,无以作成人才,今拟选博学洽闻之士以教之,凡诸生进修者,仍选商业儒生教授,严加训诲,务使成才,以便他日选擢之用。"至元六年(1269)设提举学校和教授官(《新元史·选举志》)。

地处东北的辽阳行省儒学设置比全国其他地区较晚。这可能与辽阳行省地广人稀有关。《元史·本纪》:仁宗皇庆"二年(1313)春正月,置辽阳行省儒学提举司",这一时期已经是元朝后期了。而归辽阳路管辖的金州地区儒学情况史料无记载,现在只有这通至正十年(1350)残碑多少可以反映当年的一点点情况。

元朝时期,金复州地区同样人烟稀少,据《元史·兵制》载:至元二十一年(1284)五月,元朝在此设置金复州万户府,发新附军一千二百八十一户置立屯田。二十六年(1289)分京师应役新附军一千人(应为一千户)屯田哈思罕关东荒地,三十年(1293)以玉龙帖木儿、塔失海牙两万户新附军一千三百六十户并入金复州立屯耕作,为户三千六百四十一,为田二千五百二十三顷。也就是说,截止至元三十年(1293)金复州共有人户三千六百四十一,平均每户按四人计算,也不过区区一万余人左右,经过半个多世纪的发展,到顺帝时人口有所增加,但顺帝时元朝朝廷内部以伯颜为首的一部分草原贵族仇视汉人官员,极力阻止"汉化",加之朝廷的腐败,因而引起全国各地起义不断,"聚者恃强暴之"(见碑文),在此形势下兴办儒学以挽救元朝岌岌可危的统治就被推上议事日程。

元朝的金州儒学学址到底在金州城哪儿呢?现在已无从可考。该碑在1988年出土于向应广场东(今金州第一汽车站附近),估计金州儒学离此不远。碑为辉绿岩质,残高40厘米、宽80厘米、厚14厘米。碑阳阴文楷书,27行,现存行字数最多仅有15字,最少3字。文章分为两部分,即碑文和落款部分,由于残损严重,碑文已不可读。碑边为线刻行云流水纹。碑阴记载当时修建金州儒学的人员、官员名单,能辨认清楚的只有20行。当时出土后被误认为是大德十年(1306)碑,现加以更正。

金州儒学的修建,终归没能挡住元末起义军的进攻。据《金县志·大事记》载:至正十一年(1351)即金州儒学修建后的第二年,淮安陈佑率领红巾军自登州渡海攻陷金州,金州儒学在那次农民起义中不同程度地受到损坏。至正十九年(1359)夏四月,红巾军头目关先生、破头潘、董太岁、沙刘儿引兵再次攻陷金州,"所过杀掠,逃窜殆尽"(《全辽志·卷六·史考》)。可以断定,刚刚兴建没有几年的金州儒学在这次浩劫中遭到彻底摧毁,没有给后人留下多少痕迹,以至于后人多把金州儒学创建的年代定在明朝洪武十七年(1384)。该碑的出土,可以纠正前人的错误判断。

元朝的碑刻目前在金州地区只存两通,除了元朝张成墓碑外,只有这通碑了,而该碑是辽宁省内文庙年代最早的碑刻。

【碑文注释】

(1)辽阳路:治辽阳,今之辽宁辽阳。金代称之为东京路辽阳府,元代改设辽阳路。 (2)乡贡:唐朝取士之法,选自州县的叫乡贡。宋朝以方州贡士,元朝以后以行省选贡士,通称乡贡。 (3)廪饩:亦作"廪饎",中国古代官学学生的伙食津贴。自汉朝开始,朝廷即有对官学学生赐给钱帛、米粮之事,但多为临时性的赏赐。明清时,府、州、县学有固定名额的"廪膳生员",每月给米6升,官府还定时配给鱼肉。 (4)都人:都市中人。学正:官名,宋朝国子监置学录、学正,掌管学规,考教训导。后历代沿置。各州儒学教官也称学正。 (5)五常:即五伦,封建礼教称君臣、父子、兄弟、夫妇、朋友之间的五种关系,也称五常。 (6)至正十季:公元1350年。季,同"年"字。 (7)万户府:元朝军制,总领于中央枢密院,驻于各路者则分隶行省。万户府统领千户所,统兵七千以上为上万户府,五千以上为中万户府,三千以上为下万户府。 (7)将仕郎:散官名,隋朝始置,为从九品文官阶。 (8)管军:掌管军事。 (9)达鲁花赤:蒙古语"镇守者"的音译,在汉籍中也称为"宣差"或"监临官",最初是指蒙古征服各地以后在该地设立的最高监治长官。蒙古人对被征服地区无力单独进行统治,一般都要委托当地上层人物治理,同时派出达鲁花赤监临,位在当地官员之上,掌握最后裁定权力,以保障蒙古大汗的统治。达鲁花赤一律由蒙古人担任。1265年开始在全国普遍推行,"以蒙古人充各路达鲁花赤,汉人充总管,回回人充同知,永为定制"。

2. 辽东金州先师庙碑

明·万历三十五年（1607）

【碑阳】

辽东金州先师[(1)]庙碑』

我『国家敦上儒术[(2)]，建学立庙，诸凡典制，所为崇重[(3)]先师者，视往朝独备[(4)]。薄[(5)]海内外，遍置频宫[(6)]，盖瞽宗立极[(7)]，四远[(8)]咸取则焉。辽东之金州有学，旧[(9)]矣。岁久告『圯[(10)]，赤白错渝[(11)]，函圜闉阇之不巂餶[(12)]，而群萃都肆[(13)]之所，几化为蒿莱[(14)]也。兴起人文之谓何[(15)]？余门人[(16)]卢氏王汝用，以济南郡相防海于辽，金州实其辖 略 [(17)]，慨『然奏记当涂[(18)]，呫嗟[(19)]报允，凡历三时[(20)]，而鸠僝[(21)]具工以讫[(22)]。闻堂埠饬[(23)]矣，宗廇 栜 栺[(24)]新矣，罦罳藻井煌煌[(25)]矣，旅树幅如[(26)]矣，楗桯[(27)]翼如矣，而后金州岿然[(28)]，称有『尼父[(29)]之宫，几筵滕爵庭[(30)]且万焉。尼父南

旧照

向当坐，配祀秩然，博士弟子[(31)]肄习显达，获以处所，则如用之 能 急当务也。惟是辽阳为京师左辅[(32)]，女直[(33)]、毛邻[(34)]距其东北，朵颜、福余[(35)]距其西北，盖控弦鸣镝[(36)]地， 汉 季公孙氏[(37)]有众一旅， 能 株守疆圉[(38)]；管幼安[(39)]至，弃中原往依[(40)]之； 闳 代[(41)]驱逐南北，遂藉为犄角[(42)]，不费一『矢，向其樊夫[(43)]非强国欤，而今之辽阳何多故也！倭奴[(44)]犯与国[(45)]，縻[(46)]『国家钱谷数百万，碧蹄云黯[(47)]，鸭绿波腥，仅仅束甲鸣剑去[(47)]，而高句丽之元气已羸耗不能支，此震于隣[(48)]也。大将军建旌旄出塞，鼓声不起，全军覆没[(49)]，屋『瓦皆振，汹汹累卵[(50)]，危矣，此震于躬[(51)]也。 蝇 营之使[(52)]吮血吸髓，狼蛃[(53)]横驰，人葰[(54)]、鼠魋[(55)]，青海长山之利，童木竭川[(56)]而不 能 供剥于肤矣。夫弹丸之地，一震于『邻，再震于躬，至于剥肤而重阴积晦之为，可慭然[(57)]念焉。然而商[(58)]不易途，市不易肆[(59)]，介胄[(60)]之士、荷戈之夫甘为鱼肉，沁沁焉而不敢越厥志，固『主上之威灵赫奕[(61)]，实吾尼父道光二曜[(62)]，用以维之之效也。金州于辽阳最重，岂以控弦鸣镝之地独重兵哉！古者"春夏学干戈，秋冬学羽钥[(63)]，胥 以东 序[(64)]"，『良非无以。夫金州尚干戈，而羽钥亦曷可舍旃[(65)]！若汝用者真 能 急当务者也，于时当涂督抚则用吾赵公[(66)]、直指[(67)]则骧 汉 康公[(68)]、念野萧公[(69)]、兵使则云□『张公[(70)]、锦溪杨公[(71)]皆主其议，而捐俸乐成者，法得书记，已而系[(72)]之辞，辞曰：『洙泗[(73)]兴业，虞周无前[(74)]。雷雨徒盈，宁坤清乾。辽海之区，矢尽匦[(75)]横。仁义在国，如线不倾。金起于镕，水实因冰。血气可通，縻[(76)]不风起。堂埠俎豆[(77)]， 尸 祝仪刑[(78)]。『象教[(79)]殚明，菁莪化行[(80)]。厥目所注，厥心所之。观感奋发，郊遂[(81)]不移。礜射有鸹[(82)]，如战示旗。怀仁景集，抱智麕生[(83)]。胶樗[(84)]列采，频水生文。勒名贞石，永范□□。』

赐同进士出身资政大夫[(85)]南京吏部尚书[(86)]前刑部尚书[(87)]吏部左侍郎[(88)]督察院[(89)]左佥都御史[(90)]东莱赵焕[(91)]撰』

万历叁拾伍年岁次丁未仲夏月[(92)]吉旦立』

【碑阴】

金州卫建修庙学碑记』

万历甲辰岁[(1)]，余以海防莅金州，谒『先师毕，进诸生，讲于明伦堂[(2)]，门、殿宇蔽漏，两庑[(3)]倾圮[(4)]，敬一亭、启圣[(5)]、文昌[(6)]、名宦乡贤诸祠[(7)]仅有旧址，尽成瓦砾，明伦堂亦不堪蔽风『雨，周围墙垣、泮池及门窗[(8)]尽皆颓坏，余骇愕久之，请『两院及本道，俱允所议，遴武弁[(9)]中之才者，每分委一员，给以材木、砖石、匠役，余不惜钝弩，区划调度，朝夕罔敢懈，盖无一木一『瓦，非新自造制者。肇工于三十三年七月，落成于次年三

月,一切殿宇、祠垣、泮池、影壁,俱奂丽改观,请记于掖县吉亭赵公、两『院』,用吾赵公⁽¹⁰⁾俱详其事而镌之石矣。王子⁽¹¹⁾曰:余因是而知圣人之道之大也。金州在海陬穷徼,其孔庙儒学建自『国初⁽¹²⁾,迄于今二百年余方再建修厥,工甚钜,而所费初亦虑其难继也。余仅捐俸半载,能济几何? 所赖院道有助,卫所有助,乡宦士『民有助,仅可以易材置料,给诸匠之赏矣。夫役日用尤苦,无所出,于罪人之应,答者量易以米及别事设处,计四百五十有余,『石人⁽¹³⁾无悗⁽¹⁴⁾难,亦不疑议。盖施者乐输,而役者忘劳,故不一载而完,兹圣道之流行,通于人心者,辰⁽¹⁵⁾然不容已也。金州士本来质『行,后有稍漓⁽¹⁶⁾于俗者,今释回而循矩矱⁽¹⁷⁾,日且执经问难,以他山之石就于余者,半百彬彬,济济无异。曩昔⁽¹⁸⁾士风而伟人峻业,公『有应运崛起者,孰谓非圣道之陶镕,以有所感发而兴起之。与《诗》⁽¹⁹⁾云:"高山仰止,景行行止⁽²⁰⁾。"《语》云:"百工居肆,以成其事。"君子学以『致其道,诸士出入闽奥⁽²¹⁾,日瞻依⁽²²⁾而景仰之,岂□无希贤希圣⁽²³⁾之思? 然必致于道,知圣贤可学而至也。庙学之修,盖不在区区观『示间也,诸士念之哉。余不揣,借⁽²⁴⁾妄敢附之碑阴以记。』

万历戊申仲春⁽²⁵⁾之吉『奉政大夫⁽²⁶⁾山东济南府同知驻劄⁽²⁷⁾金州海防中州后学⁽²⁸⁾王邦才谨识』

【碑考】

《礼》曰:"建国君民,教学为先,致治之道,此为要矣。"自西汉儒家学者董仲舒在建元元年(前140)向汉武帝提出"独尊儒术、罢黜百家"的建议并被汉武帝采纳以来,儒家思想就逐渐成为中国封建社会两千多年来的正统,历代封建统治者一直把他奉为圣人,修建孔庙、兴办儒学之风,历朝历代都没有停止过。按照中国封建社会的惯例,"凡始立学者,必先释奠先圣先师(即孔子)。"至明代,崇尚儒学、兴办学校之风气尤甚。明初洪武二年(1369),朱元璋下召全国各州府县兴学,辽东各地儒学亦兴于此。《明一统志》:洪武八年(1375)建海州(今海城)卫学,十四年(1381)建辽阳都司学,十六年(1383)建盖州卫学,十七年(1384)建金州卫学,十八年(1385)建复州卫学。

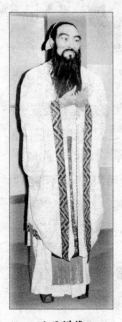

孔子蜡像

说到先师庙,其实就是孔庙,或称文庙,是纪念和祭祀孔子的地方。提起孔子,许多人脑海中浮现出一个不苟言笑、被历代统治者供奉为"圣人"的古代老头。那么孔子到底是怎样的一个人呢? 历史上的孔子本身是个有血有肉、执著勤奋、经历坎坷的人。孔子,名丘,字仲尼,中国古代伟大的思想家、政治家、教育家,儒家学派的创始者,公元前551年生于鲁国陬邑(今山东曲阜东南)。成年后开始收徒讲学,渐有名气。他希望从政施展自己的抱负,却迟至51岁那年才步入仕途,先后当过鲁国的中都宰、司空、司寇。但没过几年,便因与当权者政见不合,去职离国,率弟子游说卫、宋、陈、楚等国。其间,虽然时时似有希望,结果却一再失望,甚至颠簸流离。68岁时,他结束了10多年的流亡生涯,返回鲁国,专心教授学生,整理《诗》、《书》等古籍,编纂《春秋》,开始了对中华文明最有贡献的工作。公元前479年,孔子去世,享年73岁。

相传孔子一生有弟子三千,其中著名的有七十余人。自西汉末年平帝时期始加谥孔子为褒成宣尼公后,北魏太和改谥文圣尼父、唐太宗贞观年尊为宣父、高宗朝追赠封为太师嗣圣、宣宗开元年间谥为文宣王、宋真宗大中祥符年追谥为孔圣文宣王,后又改至圣文宣王、元朝武宗至大年间加号大成至圣文宣王、明世宗嘉靖九年(1530)尊为至圣先师孔子、清顺治二年(1645)定为大成至圣先师孔子,地位极其显赫,已经成为"万世人表",被推崇为"文圣人"。

明代的金州卫学创建于明洪武十七年(1384)当属事实,《明实录》载:洪武十七年"冬闰十月,置辽东都指挥司儒学,设教授一员,训导四员,金(金州)、复(复州)、海(海城)、盖(盖州)四州儒学学正各一员,训导各四员,教武官子弟。复命皆立孔子庙,给祭器、乐器以供祀事。"在此之前的历朝各代,金州儒学的发展,缺乏明确的文献记载,只有此通碑中提到的东汉末年公孙氏统治辽东时期,管宁避乱来辽东讲学的历史事实。明朝儒学,其学址和庙址俱在金州城西南。洪武二十八年(1395)废除州制,实行卫制,金州儒学遂改称金州卫儒学。正统二年(1437)卫指挥左让迁于城东南隅。自此,金州儒学和孔庙一直在此。明代中后期,金州儒学和孔庙逐渐荒废,特别是万历二十年日本丰臣秀吉发动的壬辰侵朝战争(又称文禄之役),造成碑中所说的"人习战争,惟知干戈,莫识俎豆。"为了扭转这种局面,兴建孔庙和儒学就显得非常必要。《辽东金州先师庙碑》正是反映了当时辽东的形势。碑中援引了明朝大将军李成梁长子李如松出兵援朝,兵败碧蹄馆及其在清剿辽东土蛮人战役中战败而亡等血的教训来说明重振儒学已经是刻不容缓,"急当务也"。李如松(1549~1598),字子茂,号仰城,辽宁铁岭人。一代名将李成梁之长子。少年时从父熟悉军事,由武进士承父荫授部指挥同知,充宁远伯勋卫。他骁勇善战,屡立战功,再迁署都督佥事,为神机营右副将。万历十一年(1583),升山西总兵官。万历二十年(1592)率军平定宁夏哱拜叛乱,进都督,世荫锦衣指挥同知。同年,日本入侵朝鲜,奉命为东征提督,援朝抗倭,次年正月,获平壤大捷,克开城。所失黄海、平安、京畿、江源四道并复。二十七日再进师,查大受轻敌冒进,所部三千人被数万日军围困在汉城西北部的碧蹄馆,如松闻讯率轻骑驰援,与日军黑田长政、小早川隆景等部激战,救出友军,并迫敌退守王京,但李如松所率的明军之精锐伤亡殆尽,时兵部尚书石星力主封贡,议撤兵,独留刘𬭚拒守。如松乃以十二月班师。论功,加太子太保、中军都督府左都督,增岁禄百石。万历二十六年(1598)四月,土蛮寇犯辽东。如松率轻骑远出捣巢,在抚顺浑河一带中伏阵亡,卒年五十。帝痛悼,令具衣冠归葬,赠少保、宁远伯,立祠,谥忠烈。

金州孔庙和儒学,就是在上述这一错综复杂的政治背景下重修的,当然也受到了朝廷高官的关注。碑中引用汉末儒学家管宁来辽东避乱讲学的历史典故,着重阐述"敦上儒术,建学立庙"的重要性。同时,碑中用很大的篇幅无情地揭露了日本权臣丰臣秀吉给明朝的藩属国朝鲜及明朝边疆辽东人民造成的危害。因此,该碑不仅具有重要的史料价值,对于今天爱好和平的人们仍具有一定的现实意义。

《辽东金州先师庙碑》立于明万历三十五年(1607),由"赐同进士出身资政大夫、南京吏部尚书、前刑部尚书、吏部左侍郎、都察院左佥都御史赵焕撰"。赵焕(1540~1619),字文光,号吉亭,掖城人,嘉靖四十四年(1565)进士,授乌程知县,后调任工部主事,再改任御史。时首辅张居正擅权,其父死,按例应归家守丧,其他言官均趋炎附势,上奏章请求挽留张居正继续在朝任职,惟独赵焕不署名。后赵焕升任顺天府丞,改任左佥都御史。万历十四年(1586)三月,应皇上求言诏,赵焕进言,"请恢圣度,纳忠言,谨频笑,信政令,……务求民瘼(百姓的疾苦)","帝嘉纳焉"。不久改任工部右侍郎,进吏部左侍郎,获准离职还乡。后任命为南京右都御史,他以"亲老(双亲年纪大了)"的理由婉拒。其兄赵耀时任辽东巡抚佥都御史,亦请求归乡。吏部以赵耀为长子、封疆久而准其归,催赵焕就职,不久召为刑部尚书,因失帝意再次称病归乡。后任命他为南京右都御史,改吏部尚书,皆不赴任,家居16年。后召拜为刑部尚书,不久又兼兵部尚书,四十三年二月改兼吏部尚书。时神宗怠于政事,曹署多空,"六卿止一焕在",身兼二任,户、礼、工三部只一侍郎,兵部连侍郎也没有。都察院已八年无正官,按旧例应设给事中50人,御史110人,此时均不过10人。赵焕多次上疏要求增补官员,神宗皆留中不报。是年八月,神宗用赵焕为吏部尚书,采纳赵焕的意见,各部各任命侍郎4人,又考选补充给事中17人,御史50人,言路称盛。但赵焕与东林党的主张相悖,上任不久多次被劾。赵焕屡次上疏请求去职还乡,神宗皆优诏抚慰挽留。九月,赵焕叩道阙前请求去职还乡并出城待命,神宗仍下诏挽留。给事中李成名再劾赵焕"党同伐异",赵焕于是称疾不出。一个多月后,神宗才接受赵焕的请求,赐赵焕乘专车归乡。四十六年,赵焕复任吏部尚书。翌年七月,辽东告警。赵焕亲率群臣至文华门,"九卿伏阙",坚请神宗临朝。直到傍晚,神宗才遣中官传旨:"退。"军机要务仍废置如初。赵焕再次上疏催请道:"他日蓟门蹂躏,敌人叩阍,陛下能高枕深宫称疾谢却之乎!"为神宗所恶。其一部属满考当加官,赵焕上疏请准,神宗未予理睬。十一月,赵焕卒,年78岁,恤典亦停。光宗立,恢复其恤典,熹宗初赠太子太保。碑首原为双龙戏珠,现仅存碑身,高212厘米、宽90厘米、厚27厘米。碑阳阴刻楷书,字体端庄俊美,奔放畅达而又不失平正,堪称辽南第一碑。碑文18行,满行57字,碑身两侧饰以线刻"S"纹。碑阴标题为"金州建修庙学碑记",刻于明万历三十六年(1608),比碑阳晚一年。碑文16行,满行49字,阴刻楷书,周边无纹饰。该碑碑阴记载了王邦才建修金州孔庙儒学的具体经过及其规模等。由资政大夫山东济南府同知驻扎金州海防王邦才本人撰。

从此碑的碑阳、碑阴文章来看,碑阳多分析了当时辽东的形势,并结合日本侵略者给中朝两国人民造成的灾难性后果来阐述此次重修孔庙的意义;碑阴则侧重于此次重修孔庙和儒学的过程,二者相辅相成,对研究明代辽东、金州地方史具有重要史料价值。《满洲金石志》、《满洲金石志稿》、《奉天通志》、《金州志纂修稿》、孙宝田《旅大文献征存》、《辽宁文物志》均有著录,日人岩间德也也对此碑作了考证。碑座现为水泥座,横103厘米、纵65厘米、高30厘米。此碑原立在金州孔庙院内大成殿前右旁,1986年移于金州响水观碑林中。

【碑阳注释】

(1)先师:古时指可以师法的人物。汉代以后,儒家思想渐成正统,历代封建王朝都祭祀孔子。魏正始年间(241~249)规定入学行祭礼,以孔子为先圣,配颜渊为先师。此处特指孔子。 (2)敦上:注重和崇尚。上,同"尚"。儒术:儒家学术思想。 (3)崇重:尊敬推重。 (4)独备:单独具备。 (5)薄:逼近,靠近。 (6)頖(pàn 音判)宫:古代称诸侯学校之名。《礼·王制》:"天子曰辟雍,诸侯曰頖宫。"注:"頖之言班也,所以班政教也。"也作"泮宫",始于西周时期鲁国建宫室于泮水之畔,作为习射、讲学和举行典礼的场所,其建筑物东、西门以南临水,形状如半个环形。虽然二者意思不一,但都是地方性质的学校,故后人都把"頖宫"、"泮宫"作为地方官学的别称。 (7)瞽(gǔ 音鼓)宗立极:瞽宗,殷代乐人的宗庙和学校。《周礼·春官·宗伯》:"凡有道者、有德者使教焉,死则以为乐祖,祭于瞽宗。"注:"《明堂位》曰:'瞽宗,殷学也,泮宫,周学也。'以此观之,祭于学宫中。"这里指孔庙中学宫。立极:古指王朝树立纲纪的最高标准,确立统治人民的行为准则。这里是指"瞽宗"为当时最高的学宫标准。 (8)四远:四方边远之地。(9)旧:通"久"字,古老。 (10)圮(pǐ 音匹):毁坏殆尽。圮,毁坏。 (11)赤白错渝:红色和白色交错相间。金州孔庙院墙为红色,因年久失修,红色一部分脱落,露出白地底色,因而说赤白错渝。渝,变更,违背,此处为交错之意。 (12)函闉(yuán 音圆):指孔庙外围墙壁。阊阖(chāng hé 音昌何):天门。屈原《离骚》:"吾令帝阍开关兮,倚阊阖而望予。"这里指孔庙棂星门。饬:整治。 (13)群萃:人群聚集。萃,聚集。都肄:总阅演习武备。都,试;肄,习。 (14)蒿(hāo 音嚆)莱:杂草,野草。 (15)谓何:如何,为何,怎么样。 (16)门人:生徒,徒弟,弟子。 (17)略:境界,疆域。 (18)奏记:把上陈的事件写在简牍上,相当于后来的说帖。当涂:当仕途,指职掌权力的人。《汉书·董仲舒传》:"宇文之君,当涂之士。"(19)咄嗟(duōjiē 音多接):犹言出口即至,表示很快、迅速。 (20)三时:即三个季节,此处指春夏秋季节。(21)鸠僝(zhàn 音站):聚集表现。僝,显现。 (22)讫(qì 音气):终结,完工。 (23)堂埠:宽阔的殿堂。埠,通"皇"字。饬:整治。 (24)宋廇(máng liù 音芒溜):屋顶上的大梁。出自于《尔雅·释宫》:"宋廇谓之梁。"注:"屋大梁也。"柍桭(yáng zhēn 音羊真):屋端。柍,中央;桭,屋檐。 (25)罘罳(fú sì 音夫四):亦作"罘罳"、"浮思"、"罦思",设在大殿上交疏透孔的窗棂。宋朝程大昌《雍录》:"罘罳者,镂木为之,其中疏通,可以透明,或为方孔,或为连锁,其状扶疏,故曰罘罳。"藻井:绘有文彩状如井杆形的天花板,有荷菱图案形。煌煌:光彩明亮。 (26)旅树:门内道上设立的屏风。幅如:高大的样子。如,然。(27)楗枑(bì hù 音毕互):也作"楗捆",用木条交叉制作的栅栏,一般放在重要的场所,以截人马,又称"行马"。 (28)岿然:高大屹立的样子。 (29)尼父:指孔子。孔子,名丘,字仲尼,故有此称呼。父,通"甫",古代对男子的美称。 (30)几筵:桌登。几,矮小的桌子;筵,古人坐具,引申为凳子。媵(yìng 音硬)爵:古代一种献酒的礼节。燕礼节献酬礼毕,命年长的大夫再给诸侯献酒称媵爵。《礼仪·燕礼》:"小臣自阼阶下,请媵爵者,公命长。"爵,一种酒器。庭:挺伸,笔直。《诗·小雅·大田》:"播厥百谷,既庭且硕。"传:"庭,直也。" (31)博士:官名。战国时期就有博士,主要职责是利用其知识专长参与议政和为君主解疑排难,不负责日常性行政事务,官方的文献典籍也由其掌管。秦汉两代沿袭,诸子、诗赋、术数、方技,都设博士,而以汉元帝建元五年(前136)专设的五经博士成为孔孟及儒家诸族的世袭官,后为博士设置弟子员,从事教学活动就是博士经常性的活动。弟子:旧时学生的旧称,与先生相对应,学生视教师如父兄,故称弟子。 (32)左辅:辅,京畿附近地区称辅,即京城所管辖的地区;东方为左,辽阳在京师的东部,故称。 (33)女直:既"女真"族,我国古代少数民族满族的族先,辽天庆四年(1114)因避讳辽主耶律真宗讳,改称女直,明代沿袭此称呼。 (34)毛怜:指明代女真人毛怜部。明永乐三年(1405)十二月置卫,称毛怜卫。位于黑龙江省图们江口北一带,因该部女真曾居住于毛怜河,故名。《辽东志》卷九记载:"自汤站抵开原,此其处皆有室庐居止之。"其中,毛怜主要集中在旧开原南。永乐后期,迁至鸭绿江西、佟家江地面,渐成建州卫之一部。到明末,演化成建州五部之一,后被清太祖努尔哈赤兼并。 (35)朵颜、福余:此二部落均属明朝时期蒙古族兀良哈人。明初朱元璋于洪武年间置卫。朵颜卫,治所在洮儿河上源;福余卫治所设在齐齐哈尔附近。《全辽志备考》卷上:福余卫,"其地西自广宁白云山起东至开原止。明洪武二十一年(1388)置卫,以故元惠宁王海撒男答奚为指挥同知,岁再贡马。正统间,也先入寇,不得利,反为也先所掠,后遂衰。"福余,也作福馀。朵颜卫,"其地自开原起至山海关止。明洪武二十二年(1389)置卫,以朵颜元帅脱鲁忽察儿为指挥同知。岁再贡马,后乃阳颙阴逆,每导鞑靼入犯。至启祯间,三十六家之长哈喇慎部、布颜台、吉台布地等遂为本朝外藩。"十六世纪中叶后逐渐被蒙古所并。 (36)控弦:拉弓。鸣镝:响箭,古又称嚆矢。 (37)公孙氏:指东汉末年占据辽东的公孙度,并建立政权。旅:古时军队的编制单位,五百人为一旅。 (38)株守:此语出自《韩非子·五蠹》中"守株待兔"的寓言故事,比喻拘泥守旧不知变通。疆圉(yǔ 音宇):疆土边境。圉,边境。 (39)管幼安:指管宁(158~241)。三国时期魏国北海朱虚(今山东临朐东南)人,字幼安。东汉末年,与邴原王烈避乱金州。公孙度拜见之,管宁"惟经典不及世事",遂"讲诗书,陈俎豆,明礼让,饬威仪,非学者不见。"曾经邻居家的牛践踏管宁田地,宁把牛牵到阴凉处,并把牛喂饱。牛主非常羞愧,由是礼让之风盛行。公孙度的儿子公孙康欲封官,但由于敬畏管宁,始终不敢说。迨魏文帝继位,要求管宁还,此时公孙康已死,不立嫡子而立弟恭,管宁曰:废嫡立庶,人有异心,必有大乱,乃归。不久,公孙渊果然夺恭王位,为司马懿所灭。魏文帝拜为太中大夫,明帝又拜为光禄勋,皆辞不就。著有《氏姓论》。 (40)往依:投靠。依,依靠。 (41)闳(hóng 音红)代:即大代,指十六国时期鲜卑族拓跋部所建立的政权。东汉末年,拓跋部从漠北南迁,定居盛乐(今内蒙古和林格尔北)。晋愍帝建兴三年(315年)封拓跋猗卢为代王,建立代国。376年被前秦符坚所灭,凡六十一年。淝水之战后,前秦瓦解。386年拓跋珪乘机复国,改称魏国,史称北魏。闳,大。 (42)犄角:同"掎角",作战时分出一部分兵力,以牵制敌人或互相支持。 (43)樊夫:平凡的人,樊。通"凡"。 (44)倭奴:古代对日本国的贬称。《新唐书·东夷传》:"日本,古倭奴也,……使者自言国近日所出,以为名。" (45)与国:结盟的国家。这里指朝鲜,当时为明朝的属国。 (46)糜(mí 音迷):同"靡",浪费。这里指损失、消耗之意。 (47)碧蹄云黯(àn 音暗)鸭绿波腥,仅仅束甲鸣剑去:指朝鲜壬辰卫国战争中碧蹄馆战役。1592年(壬辰年)日本丰臣秀吉发动了对朝鲜的侵略战争。朝鲜向明朝求援,于1593年派大将李如松率军进击,很快收复平壤等地。由于明军连捷,产生轻敌之心,在距京城(今汉城)以北的碧蹄馆,明军遭遇日军包围伏击,明军主力丧失殆尽,李如松仅以身免,明军元气大伤。同年12月,不得不同日军议和,班师回朝。 (48)隣:同"邻"字。指明朝的藩属国朝鲜。 (49)大将军建旄旄(máo 音毛)出塞,鼓声不起,全军覆没:指李如松战死之事。《朝鲜宣祖实录》载:万历二十六年(1598)"达虏不知几万来犯辽阳,过海州,入广宁之境,李提督只领兵马六千御之,以众寡不相当,为达贼所围逼,大败而死。"建,同"键",卷起。大将军:指李如松。李如松,字子茂,李成梁长子(李如松简介见碑考)。 (50)汹汹累卵:汹汹,动荡不安。累卵,堆迭起来的蛋,极易倾倒破碎,极其危险。这里用来比喻当时辽东的形势危急。 (51)躬:身体。引申为自身,指明廷自身。 (52)蝇营之使:比喻日本侵略者。蝇营,像苍蝇一样飞来飞去,到处害人。 (53)狼域(yù 音狱):类似狗一样的食肉动物,性凶残。域,古代传说一种能含沙射人、使人发病的动物。常用此二种动物比喻凶恶阴险的人。这里指侵朝的日军。 (54)人葠(shēn 音申):即人参。葠,同"参"。 (55)鼠貂:属于貂鼠类的一种,其毛皮轻软,比较珍贵,是东北三宝之一。貂,音不详。 (56)童木竭川:小树、山川都枯竭。这里是指山川所产资源皆因战争而消耗殆尽。 (57)懋(mǐn)然:忧心的样子。懋,同"敏"字,这里是作者笔误,应为"愍"字。 (58)商:即"商"字,作者笔误。 (59)肆:商庄,店铺。 (60)介胄(jiǎ zhòu 音甲昼):犹甲胄,这里作动词用,披甲戴盔。 (61)威灵:庄严的神灵。赫奕:显耀盛大。 (62)道光:道德的光辉。二曜(yào 音要):再次照耀。二,再。 (63)春夏学干戈,秋冬学羽钥(yuè 音月):出自于《礼记·文王世子》。意思是春季夏季教授以干戈为舞具的武舞,秋季冬季教授以羽钥为舞具的文舞。干戈,武器。古人以干戈为舞具的武舞。羽,指翟羽,即野鸡的羽毛。钥,乐器名,似排箫。 (64)胥:皆,都。 东序:泛指学校。西周时称学校为东序,传说起源于夏代。《礼记·王制》:"夏后氏养国老于东序,养庶老于西序。"汉郑玄注:以东序为大学,西序为小学;一说东序、西序都是大学,仅有楹东、楹西之别。 (65)旃(zhān 音沾):犹"之"字,代指金州。《诗·唐风·采苓》中有:"舍旃! 舍旃!"郑玄笺:"旃之言'焉'也。" (66)赵公:指赵楫。赵楫,浙江山阴人,顺天大兴民籍。明隆庆辛未(1571)进士。万历二十八年(1600)由陕西右布政使兼副使、榆林中路兵备升为都察院右佥都御史,巡抚辽东。三十年(1602)升右副都御史。三十三年(1605)为兵部右侍郎,照旧巡抚。三十四年(1606)八月,因招徕宽甸等城堡民人,进右都御史。 (67)直指:官名。朝廷直接派往地方处理问题的官员,也称直指使者。汉武帝时置,主要职责为出讨奸猾、治大狱等,犹今之警察之职,其本意为"指事而行无阿私。" (68)康公:指康丕扬。康丕扬,山东陵县人,万历壬辰(1592)进士。万历三十三年(1605)为巡按辽东御史。 (69)萧公:指萧淳。萧淳,北京燕山右卫军籍,山西繁峙人,万历壬辰(1592)进士。万历三十五年(1607)接替康丕扬为巡按辽东御史。 (70)张公:指张中鸿。张中鸿,山东滕县人,万历庚辰(1590)进士。原任河南知府,万历二十五年(1597年)为山东副使,管辽东苑马寺。二十七年(1599)八月升右参政,三十三年升右布政使,分巡海盖,又改分巡辽海东宁道等多处。 (71)杨公:指杨位。杨位,河南洛阳人,万历庚辰(1590)进士。仪卫司籍;一作汝宁府仪卫司军籍,仪卫司王府属官。万历三十一年(1603)由宁前兵备道右参议升为山东副使,辽东开原道副使。万历三十三年(1605)升为辽东海盖道参政,三十七年(1609)告老休致。 (72)已而:随即,不久。系(xì 音戏):词、赋末尾结束全文之词称系。《文选·张衡〈思玄赋〉》"系曰。"李善引旧注:"言系——赋之前意也。" (73)洙泗(zhū sì 音朱四):河流名,即洙水、泗水,位于今山东北泗水县。两河自北合流西下,经过曲阜北,又分为二水,洙水在北,泗水在南。春秋时属于鲁国地盘,孔子居住在洙泗间,教授弟子。后人多因此而作为儒家的代称。 (74)虞周:虞,指传说中远古部落名,即有虞氏,舜为其部落首领。周,指周朝。 无前:没有先例。 (75)虺(huǐ 音悔):毒蛇。 (76)靡:同"靡"字,无。 (77)俎(zǔ 音阻)豆:古时祭礼用的礼器。俎,长方形的木盘,有四条腿。豆,盛汤汁一类食物的器皿。 (78)尸祝:古代祭祀时任尸和祝之人。尸,代表鬼神享受祭祀的人;祝,传告鬼神言辞的人。仪刑:也作"仪形",犹言法式,作为典范、模范、效法之意。《诗·大雅·文王》:"仪刑文王,万邦作孚。" (79)象教:即佛教。 (80)菁莪(jīng é 音晶厄):出自于《诗·小雅》中《菁菁者莪》篇名的简称。后引用"菁莪"典故来比喻教育人才。化行:改变人心风俗的行为规范。化,转移人心风俗的习惯。 (81)郊遂:古代都城以外百里为郊,郊外百里为遂。泛指郊区之地区。 (82)有鹄(gǔ 音骨):有,助词,无意。一字不成词时,则用"有"字配之,一般置于名词前。鹄,箭靶的中心。《礼·射仪》:"故射者,名射己之鹄。" (83)怀仁景集,抱智麇生:作者引用南宋颜延年《皇太子释奠会作》诗中的语句。原句为"怀仁憬集,抱智麇生"。怀仁,怀想仁人,这里指孔子。景,觉悟。麇,通"群"。 (84)胶榜(mián 音棉):学宫的房屋。胶,周朝大学称"胶";榜,指房檐板。 (85)资政大夫:文散官,金朝时置。秩为正三品。元明时,改为正二品。 (86)吏部尚书:官名。自魏晋至明清皆置之,为吏部最高长官。明代因其职掌全国官吏任免、考课、升除、调动等事物,把持朝政,固位居六部之首。官阶唐宋为正三品,明代升为正二品,清代又升为从一品。 (87)刑部尚书:官名。隋始置,为刑部最高长官,主断狱事。唐代曾一度改称司刑太常伯或秋官尚书、宪部尚书等,清末废除。 (88)侍郎:尚书的属官。东汉始置。唐以后,中书、门下二省和尚书省所属各部均以侍郎为长官之副,至明清升至正二品,与尚书同为各部堂官。 (89)都察院:官署名。明代由改御史台而来。总领各道监察御史,掌规谏皇帝、评论政务、纠弹百官之职。 (90)佥(qián 音前)都御史:官名。明代在都察院设置,位仅次副都御史。 (91)赵焕(1540~1619):字文光,山东掖县人。详见《碑考》。 (92)万历叁拾伍年:1607年。仲夏月:夏季的第二个月,即农历五月。

【碑阴注释】

(1)万历甲辰岁:万历三十二年(1604)。 (2)明伦堂:见李西碑。 (3)庑:堂下周围的走廊或廊屋。

(4)倾圮:倒塌毁坏。　　(5)启圣:即启圣殿,是祭祀孔子先人之殿。与孔子同庙合祭。　　(6)文昌:星宫名,斗魁上六星的总称。六星为:上将、次将、贵相、司命、司中、司禄。文昌属紫微垣,又称文曲星,旧时传说为主文运的星宿,多为读书人所崇祀。　　(7)乡贤祠:东汉孔融为北海相时,始置,以后历代沿袭。明清时凡有品学德高望重并为地方所推重者,死后又大吏题请祀于其乡,入乡贤祠,春秋致祭。　　(8)窻:即"窗"字。　　(9)遴(lín 音林):审慎选择。武弁:旧时对武官的统称。　　(10)用吾赵公:指赵楫。见上注释(66)。　　(11)王子:贵族子弟的泛称。　　(12)孔庙儒学建自国初:据《辽东志》卷二载:洪武十七年(1384)创建于卫治西南,正统二年(1437)指挥左让迁于城东南隅。国初,指明初洪武十七年。　　(13)石人:指石匠。　　(14)悋(lìn 音吝):同"恡"、"吝"。　　(15)孛(bó):同"勃"字。　　(16)溷(hùn 音混):混乱不堪。　　(17)矱(huò 音祸):规矩法度。　　(18)曩(nǎng 音饢)昔:从前。　　(19)诗:指《诗经》一书。　　(20)高山仰止,景行(háng 音杭)行止:出自于《诗·小雅》,意思是:像高山,令人敬仰;像大路,可让人遵循。景,大;行,道路。　　(21)阃(kùn 音困)奥:殿内深处。　　(22)瞻依:尊仰而亲近。语出自《诗·小雅·小弁》:"靡瞻匪父,靡依匪母。"　　(23)希贤希圣:希望达到贤人、圣人的境界。　　(24)偖(tiè 音帖):见《榆林胜水寺重修记》碑注释(16)。　　(25)万历戊申:万历三十六年(1608)。仲春,春季的第二个月,农历二月。　　(26)奉政大夫:官名。金代始置,为文职正六品。元代为正五品,明为正五品升授之阶,至清代时,犯正五品一律为奉政大夫。　　(27)劄(zhā 音乍):同"扎"字。　　(28)中州:古地区名。指今河南省一带,因其地位于古九州之中而得名。后学:谓后辈学生,这里是对前辈自称的谦词。

3. 宁海县之学记

清·乾隆十八年(1753)

【碑文】

宁海县(1)之学记』

宁于奉(2)属独僻,建学亦最后。盖其先本前明金州卫治学(3),隶山东。末年兵燹(4)民遁,学址仅有。我』朝定鼎(5),仍金州置尉备御,今招徕,雍正五年设巡检(6),居民渐蕃(7),十二年更设县治,议建学宫。今』上御极(8),』特允 尹学臣清雷(9)正赋,为建盖费。尊圣道、重师儒,其盛典也。缘此地僻处海隅,百工不聚,土木料物,厐』购(10)维艰,又因初估,率略(11)遗漏计五之一(12)。是以官(13)斯土者三易人(14)而未兴工,虽□□频催,率□□展转莫应(15)。戊辰秋仲(16),余服阕(17),补令(18)兹邑,披卷(19)履迹,而忾然(20)曰:"明伦教稼,政治相须(21)。今设治已十』余载,弟子(22)员将满百,甲第明经(23)蔚然鹊起,而青衿紫袍(24)者,曾不知尊礼跪拜之何所,其何以祛』式(25)多士而佑启(26)后人乎?"爰捧檄(27)而力任之。取材鸠工,勿问远迩(28),补漏葺续,惟图完善,经画有日,』诸渐就绪,廼(29)兴举于辛未(30)四月,竣事于癸酉(31)八月,历若干岁时(32),而后落成焉。今也自』大殿(33)、而两庑、而崇圣(34)、而明伦(35)、而戟门棂星(36)、而桥、而池(37)、而学署、而红墙(38),胥(39)巍然焕然。入其门者,仰』宫殿之嵯峨(40),睹芹藻(41)之葱郁,莫不蒸之、兴希圣希贤(42)之恩,以为作忠作孝之本,将见哲士□□□』名贤接踵(43),则僻地兴盛地,媲美后进于先进,并耀其于』圣天子右文(44)之殷,怀列大宪作人(45)之雅意。庶几(46),少酬万一,是则余之所厚望焉,因濡笔(47)而为之记。』

　　赐进士出身文林郎知奉天府宁海县事升衔留任加三级记录八次前知山东潍县 [赖光表]』　乾隆十八年癸酉岁(48)中秋月之吉日』

【碑文简介】

　　该碑原立于金州文庙大成门右旁,现碑早已不存,碑文录自日人龟井兹明《日清战争从军写真帖》。原碑文署名"赖光表"三字为空白,其姓名根据《金州志纂修稿》记载而补充。据碑文所知,赖光表于乾隆戊辰年,即乾隆十三年(1748)从山东潍县调任宁海(今金州)县令,辛未年(1751)即乾隆十六年四月开工修建金州县学,癸酉年(1753)即乾隆十八年八月竣工,历时三年。其项目有大成殿、两庑、崇圣殿、明伦堂、戟门、棂星门、泮桥、泮池、学署和红墙等。

金州儒学建自元朝,历经明代有较大的发展外,至明末逐渐走向衰落,奴尔哈赤后金军占领金州后,当地百姓纷纷逃离金州,大部分到山东避难,金州儒学随之迁至山东莱州。清朝初年,仍然按照明朝的老办法实行"置教职一员"。康熙五年(1665)清廷题准客籍山东的辽人学子归并山东各学应试,金州学子归山东莱州府卫学。雍正年间,随着金州人口的增加,金州儒学重新回归奉天府管辖的趋势已经势在必行,雍正五年(1727)覆准山东愿意居留在山东的辽人,入山东莱州民籍入学应试,但金州儒学归并奉天府府丞。雍正十二年(1734)金州成立宁海县,最终为金州儒学的修建铺平了道路。然而,好事多磨,自宁海县成立以来,正如碑文中所说的"官斯土者三易人而未兴工",这不能不说是个遗憾。此次县学的建成,结束了自清朝定鼎以来金州没有县学学府的历史。关于此碑的撰文者宁海县县令赖光表,文献史料无记载,《金州志纂修稿》虽然有其姓名的记载,但此书的记载也是根据此碑碑文记录而来,因而此碑就成了解清朝前期金州地方史的很重要资料。另,同年,金州父老为了纪念此次赖光表修建县学,在金州孔庙内又立了一通《赖侯德政碑》,该碑是对本《宁海县之学记》碑的一个补充(内容详见该碑)。碑文除了日人龟井兹明《日清战争从军写真帖》外,日人增田道义殿在《金州管内古迹志》手抄本中也有著录。

【碑文注释】

(1)宁海县:今大连金州,清朝雍正十二年(1734)置县,名为宁海。道光二十三年(1843)改为金州厅。(2)宁、奉:宁,指宁海县,见注释(1);奉,指奉天府,清朝时置,今之辽宁省。 (3)金州卫治学:指明朝时期金州卫儒学,创建于明洪武十七年(1384),其学址和庙址俱在金州城西南。洪武二十八年(1395)废除州制,实行卫制,金州儒学遂改称金州卫儒学。正统二年(1437年)指挥左让迁于城东南隅。万历三十五年(1607)重修。 (4)兵燹(xiǎn 音险):指因战乱而造成的焚烧、破坏等。燹,兵火。这里指明末满洲后金军队对此地进行的战争。 (5)定鼎:定都或建立王朝称为定鼎。 (6)雍正五年设训检:据《金县志》记载,金州训检设立于顺治十八年(1661),隶海城县,康熙三年(1664)改隶盖平县。现碑文载为雍正五年,可能有误。"训检"一词解释见《重修朝阳寺碑记》注释(48)。 (7)蕃:众多。 (8)御极:帝王登位。(9)畱:"留"字的异体字。 (10)庀(pǐ 音匹)购:具备购买的条件,开始购买。 (11)率略:直率而不拘小节。这里是粗略、大略之意。 (12)五之一:五分之一。 (13)官:官职,授予官职。此处当动词用,作官之意。 (14)三易人:据史料记载,金州自雍正十二年(1734)设县治以来,至赖光表乾隆十三年(1748)止,共有四人任宁海县县令(金州),他们分别为雍正十二年的首任蔡昌炽、乾隆七年(1742)的黄永耀和崇伦永、乾隆十一年(1746)的江文采,其中黄永耀任职时间较短,碑文作者没有将其计算在内。 (15)应:即"应"字。 (16)戊辰:乾隆十三年(1748)。秋仲:即仲秋,农历八月。 (17)服阕(què 音却):旧时中国古丧礼的规定,父母死后要服丧三年,期满除服,称为服阕。阕,终了。 (18)补令:补充县令缺额。令,县令。 (19)披卷:开卷,看书。 (20)怃(wǔ 音五)然:茫然自失。出自《论语·微子》:"夫子怃然曰:'鸟兽不可以同群,吾非斯人之徒与而谁与?'" (21)相须:互相配合,互相依存。 (22)弟子:旧时学生的旧称,与先生相对应,学生视教师如父兄,故称弟子。 (23)甲第明经:科举考试得第一名的贡生。明经,对贡生的敬称。 (24)青衿紫袍:豪门贵族的少年。青衿,出自于《诗·郑风·子衿》:"青青子衿,悠悠我心。"后称士子为青衿,此处指少年。衿,通"襟",衣领。 (25)矜(jīn 音今)式:尊重效法。 (26)佑启:帮助启发。佑,助;启,开。 (27)捧檄:奉命就任。檄,官符,犹后来的委任状。 (28)远迩(ěr 音耳):远近。迩,近。 (29)廼(nǎi 音奶):同"乃"字。 (30)辛未:乾隆十六年(1751)。 (31)癸酉:乾隆十八年(1753) (32)岁时:岁,指年;时,指春夏秋冬四季。 (33)大殿:指孔庙大成殿。 (34)崇圣:祭祀孔子先人之殿。原名为启圣殿,因清雍正元年(1723)追封孔子祖先五代为王爵而改名为崇圣殿。崇圣殿仍在孔庙中,合庙祭祀。 (35)明伦:即明伦堂,是旧时人们学习人文伦理关系的学堂。《孟子·滕文公上》:

"夏曰校,殷说序,周曰庠;学则三代共之,皆所以明人伦也。"人伦,指五常,为封建社会中所规定的人与人相处之关系。 (36)戟门:见李西《重修金州圣庙记》注释(25)。棂星:即棂星门,见《辽东金州先师庙碑》注释(27)。 (37)池:即泮池。 (38)红墙:即孔庙院墙,因其墙涂红色而名。 (39)胥:皆,都。(40)嵯峨:山高险峻。这里形容孔庙建筑群雄伟高大。 (41)芹藻:语出自于《诗·鲁颂·泮水》:"思乐泮水,薄采其芹。……思乐泮水,薄采其藻。"泮水为水名,当初鲁国的教化处所泮宫位于泮水流域,后以芹藻来比喻有才学之士。 (42)希圣希贤:希望达到圣贤的境界。 (43)接踵:连续不断之意。 (44)右文:崇尚文治。 (45)作人:培育人才。语出自于《诗·大雅·木朴》:"周王寿考,遐不作人?"作,培养,造就。 (46)庶几:希望或推测之词,也许可以。 (47)濡(rǔ 音儒)笔:用笔蘸墨,指写作。 (48)癸酉岁:乾隆十八年(1753)。

4. 重修宁海县学宫记

清·嘉庆二十年(1815)

【碑文】

重修宁海县学宫记』

宁邑频(1)于海,雍正十二年始置县(2)。海上之民安于耕凿,其秀者,挟(3)诗书勤讲习,骎骎(4)乎沐浴于』圣天子崇文之治,渐矣。乾隆十八年(5)始建学宫,邑令赖侯(6)司其事,邑之人感之,勒诸石以志,勿谖(7)。迄今六十星霜,而飘摇非昔比矣。事患』弗克刱(8),亦患弗克继耳。迩年,宰是邑者,未尝不欲继之重为修理,乃簿书鞅掌(9),不逮及于斯。嘉庆十八年岁次癸酉冬之仲(10),窦公长』山(11)摄邑篆(12),瞻拜』文庙,见栋宇渐就颓圮,丹垩剥落,桥断池平,帏幔豆笾(13)未悉具,怃(14)如不能以安谋于邑之。司训出所储木材,捐廉鸠工为之,计』启圣宫(15)三间、』大成殿三间、东西庑共六间、戟门(16)三门、棂星门(17)三门、泮水(18)环桥,次第开工,皆仍当日旧式。长山又以』文昌入于祀典,因移建』文昌宫(19)于学之尊经阁(20)前,即以尊经阁为』文昌后宫,以向之』文昌宫为明伦堂(21),即其堂课士兼以藏书,此今日更定规模也。由是,乐歌礼盥(22),备物有容,可以肃观瞻,可以致尊礼,是举也。赞成之者』城守尉东公曙斋(23),任其劳者司训王公端甫、捕厅旷巨川、署捕厅官席珍及邑之绅士,响风慕义,捐工佽费(24),咸欣欣然。始于正月,至』八月丁祭前,工告竣。四方之怀仁抱智(25)而至者,靡不式图仰镜焉,以视前贤之肇斯学者,岂不后先相辉映哉。澍钦奉』简命(26),校课海陬念学,为士之归,士为民之望。庠序(27)多笃学之士,即地方少滋事之民,礼让大行,争讼自息,修整学宫,端士习,以为民先致』治之本也。区区此心,所日夜望之于贤有司者。春二月,窦长山以公事来沈阳,为余言,宁邑东西约五百里,村市相间,户口殷繁,其』俗士好礼而民乐业,与官斯土者相安于无事。及岁试(28),王端甫来谒余,询之,如窦公言,又述其重修学宫一事,并丐(29)予言纪其始末,』余惟窦公知致治之本,又同事,皆君子,宜其官于宁邑,与士民相安于无事也。上体』圣主尊』师重道之至意,下为地方化民成俗之大原,宁邑之游于学者,勉乎哉!其争自濯磨,禀雅横经,以仰副』盛世。菁莪(30)作人之雅化焉。澍不胜欣忭(31)企望之甚,是为记。』

赐进士出身中宪大夫(32)奉天府府丞提督学政铜仁徐如澍敬(33)撰』例授文林郎拣选(34)知县丁卯科举人邑人孔毓连(35)敬书』

大清嘉庆二十年(36)岁次己亥仲秋吉日立石』

【碑考】

明末清初,金州地区由于长年战乱,百姓流离失所,饿殍遍野,出现了百里无人烟的悲凉惨象。迨清朝定鼎北京,兵戈既息,发布了《辽东招民开垦定例》,人口渐兴,开始留心文教,"始因故明学制之旧,诏谕兴学"。盛京定为陪都,为根本之地,振兴教育,培养人才成为清朝政府大计。金州历经康雍乾嘉四朝,人口殷繁,重建文庙、提倡文教便提上日事议程。乾隆元年(1736)重修文庙,十六年(1751)时任宁海县知县赖光表在文庙内兴建学宫,十八年(1753)完工,"使生童咸得观其礼而风化丕变"(见《赖光表德政碑》),文庙略成规模,读书之士渐靡,文化蒸蒸日上。然而经过六十年的沧桑,原学宫已经破旧不堪,因而便有了此次嘉庆十八年(1813)的重修宁海县学宫之事。此碑记述了宁海县知县窦长山会合当地主要官员城守尉东明、司训王端甫、捕厅旷巨川、席珍等以及地方乡绅捐助建修文庙的盛况。此次工程浩大,前所未有,重修的项目除了大成殿三间、东西两庑各三间、戟门三门、棂星门三门仍为乾隆十八年(1753)赖公修建样式外,对局部做了整改和调整。移文昌宫于尊经阁前,尊经阁为后宫,原文昌宫作为明伦堂,这比以前布局更具合理性。文庙的重修,使金州"礼让大行,争讼自息"。

该碑立于清嘉庆二十年(1815),灰绿夹砂岩,碑首为群龙盘错交尾,现已失,仅存碑身,高200厘米、宽96厘米、厚28厘米,碑阴无字。碑文23行,满行52字,阴刻楷书,由"赐进士出身中宪大夫奉天府丞提督学政徐如澍"撰文,金州城举人孔毓连书写。徐如澍,字雨芃(一说为郁南),号春帆,贵州铜仁人,乾隆四十年乙未(1775)进士,授编修,后又授御史。嘉庆十八年八月(1813)特旨授顺天府府丞,同年八月,调补奉天府府丞兼提督学政,二十一年(1816)撰《喻士说》、《喻民说》,八月迁鸿胪寺卿。二十二年(1817)授通政司副使,二十四年(1819)致仕。道光十一年(1831)卒,享年82岁,著有《宝砚山房诗文集》。孔毓连,金州城人,嘉庆十二年(1807)丁卯科举人,道光三年(1823)任河北省乐亭县训导。碑文两边线刻行云流水纹。碑座为灰绿石,长方体,横90厘米、纵105厘米、高50厘米,座左侧面刻有两个凹形槽。此碑原立于金州城孔庙院内大成门前右旁,1986年移立于金州响水观碑林中。《金州志纂修稿》、孙宝田《旅大文献征存》均有著录。

【碑文注释】

(1)频(bīn 音宾):水边地。此处为动词,紧靠,临近之意。　(2)宁海县:清雍正十二年(1734)置,指金州。《清实录》记载,雍正十一年"七月甲午,吏部议,覆升任奉天府府尹杨超会条奏,设官分理事宜。……金州请改为县,裁原巡检缺,添设知县一员,典史一员。寻定金州新改县曰"宁海"。十二年宁海县隶奉天府。"　(3)挟(xié 音斜):怀藏。　(4)骎骎(qīn 音侵):马行疾。这里比喻时光过得很快。　(5)乾隆十八年:1753年。　(6)赖侯:指赖光表。乾隆十三年(1748)出任宁海县知县,在此之前任山东莱州府潍县(今潍坊)知县。　(7)谖(xuān 音宣):忘记。　(8)刱(chuàng):同"创"字。　(9)簿书鞅掌:为官署文牍之事而忙碌。鞅掌:烦劳。这里指职事忙。　(10)嘉庆十八年岁次癸酉冬之仲:1813年农历11月。冬之仲,即仲冬,冬季的第二个月,农历11月。　(11)窦公长山:指窦心传,字长山。嘉庆十八年(1813)任宁海县知县,余不详。　(12)篆:官印。　(13)笾(biān 音边)豆:祭祀的礼器。笾,盛果脯等竹编食器,形状如豆,有盖,用于祭祀;豆,古代食器,形似高足盘,后多用于祭祀。　(14)怒(nì 音逆):担忧。　(15)启圣宫:见明万历三十六年《金州建修庙学碑记》注释(5)。　(16)戟门:以戟为门。又称"棘门"。从唐代始置,唐制规定:"官、阶、勋俱三品得立戟于门",故称显贵之家为戟门。后来,戟门被移入孔庙中,以显尊贵。戟,古代一种兵器,合戈矛为一体,可以直刺和横击。　(17)戟门:见李西《重修金州圣庙记》注释(25)。(18)泮水:参阅《辽东金州先师庙碑》注释(6)。　(19)文昌宫:参见明万历三十六年《金州建修庙学碑记》注释(6)。　(20)尊经阁:旧时学宫藏书的地方。旧学以经为重,故称。尊经,这里指对儒家经典书籍的敬称。　(21)明伦堂:参阅《辽东金州先师庙碑》注释(29)。　(22)盥:通"灌",祭名,酌酒浇地。古时祭祀开始时,第一次献酒的一种仪式。　(23)东公:指东明,字曙斋。嘉庆十八年任金州城守尉,二十三年(1818)九月升锦州副都统,道光四年(1824年)五月年迈休致。　(24)佽(cì 音次):帮助,捐助。(25)怀仁抱智:怀想仁人胸怀大智的人。　(26)简命:选拔任命。　(27)庠序:古代地方所设的学校的总称,与帝王的辟雍、诸侯的泮宫等大学相对而言。　(28)岁试:又称"岁考"。明代提学官和清代学政,对所属府、州、县学生员举行的考试。至清代,考试生员,三年一次,称"岁试"。　(29)丐:乞求。　(30)菁莪(jīng è 音晶厄):出自《诗·小雅》中《菁菁者莪》篇的简称。此处比喻教书育人。　(31)忭(biàn 音变):喜乐。 （32）中宪大夫:官名。金代置,后代沿用,为文职正五品,元代升为正四品,明清沿袭。（33）徐如澍:详见碑文考。 （34）拣选:清制。凡举人会试三科不中者准予铨补知县,一科不中者改就教职,以州学正、县教谕录用,称为拣选,乾隆以后,仅存虚名。 （35）孔毓连:详见碑文考。 （36）嘉庆二十年:1815 年。

5. 南金书院记

清·光绪十二年(1886)

【碑阳】

原夫文运⁽¹⁾出于天,文才⁽²⁾产于地,文学⁽³⁾成于人。朝廷崇儒重道、稽古⁽⁴⁾右文⁽⁵⁾,胥⁽⁶⁾郡县立之学校,教而育之;又胥郡县立之书院,辅而行之。迩来,书院之举,历见邸钞⁽⁷⁾,或开拓其旧基,或增益其经费,或添购其书籍,或嘉奖其师儒。文教诞敷于斯为盛要,皆赖搢绅⁽⁸⁾先生提倡,风雅都人士⁽⁹⁾亦振兴鼓舞于其间,此事之所以克底于成欤! 金州向⁽¹⁰⁾有书院,其地即在儒学之署。嘉庆二十年⁽¹¹⁾改其地为明伦堂,而书院遂废。同治八年⁽¹²⁾,余权篆⁽¹³⁾斯郡,维时秉铎⁽¹⁴⁾者,范云波广文⁽¹⁵⁾也;佐治⁽¹⁶⁾者,王尚之少府⁽¹⁷⁾也;整军经武⁽¹⁸⁾者,安棣堂都护⁽¹⁹⁾书鉴泉协君也,金⁽²⁰⁾慨然于书院之废,欲创建而兴修之。适⁽²¹⁾与余心如出一辙⁽²²⁾。由是,各分廉泉⁽²³⁾之水,用注学海之波。一时城乡绅董、海岛商民,以及满汉水师各旗,莫不踊跃捐输⁽²⁴⁾,争先恐后。嘻!腋⁽²⁵⁾已集矣,厦可支矣。遂择泮宫东偏地,经董事诸君子,不惮烦、不惜力,登凭交集,昕夕⁽²⁶⁾从公,阅⁽²⁷⁾数月,而南金书院告厥成功焉。后经历任诸公,襄⁽²⁸⁾斯盛举⁽²⁹⁾,不遗余力⁽³⁰⁾,统计捐赀,除用外,储集市钱壹万有奇⁽³¹⁾,每年获息千余吊,又捐有房园地亩,每年获租粮二十石,岁定生童⁽³²⁾课,分官斋⁽³³⁾各八,每课奖赏需钱三十三吊,薪水如之,此皆量入以为出焉者也! 回忆经始⁽³⁴⁾之时,迄今已阅十六年矣。余去⁽³⁵⁾金州任,亦逾十五寒暑矣,其间或值多事之秋,虽梯冲⁽³⁶⁾昼舞,烽火⁽³⁷⁾宵讧,而月课如故焉。或遇不登⁽³⁸⁾之岁,虽田成泽国,旱至蕴隆⁽³⁹⁾,而课奖如故也,非诸君子之守不失坠,曷⁽⁴⁰⁾克臻此。虽然善作者亦必善成,善始者亦必善终,倘后之人,抑犹是卜之天时,揆⁽⁴¹⁾之地理,继起而廓充焉,则有志之士,不更修其在人者哉! 兹余承乏⁽⁴²⁾省垣⁽⁴³⁾,适南金书院诸绅特来,属记于余,盖揆厥所元有如此,而终都攸芋,又岂有涯乎! 爰次颠末⁽⁴⁴⁾而书之,以志前同城惓惓⁽⁴⁵⁾爱士之诚,以彰乡人士殷殷⁽⁴⁶⁾崇学之笃⁽⁴⁷⁾,且以卜我国家骎骎⁽⁴⁸⁾得士之盛也。是为记。

赐进士出身前署金州厅海防同知现知承德县事汉军 谈广庆 撰文 大清光绪十二年吉月谷旦立

【碑阴】

南金书院董事』

壬子科举人周学程』从九品矫润』附贡生恒龄』监生曲东瓒』贡生韩梦弼』候选知县署昌图府教授姜方谟』丙子科举人徐荣甲』监生孙奉典』户部郎中阎邦鼎』邑庠生倪宗程敬书』石 工 侯 登 儒镌』

【碑文介绍】

　　书院是中国古代特有的一种教育组织和学术研究机构,有别于官学,是以私人创办和主持为主,将图书的收藏与校对、教学与研究合为一体,它是相对于官学之外的民间性学术研究和教育机构。书院的出现肇始于唐朝中叶,源出于唐代私人治学的书斋与官府整理典籍的衙门,是中国知识分子享受新的印刷技术,在儒佛道融合的文化背景下,新创立的一种文化教育组织。书院的出现,是书籍大量流传于社会之后,中国读书人围绕著书,开展包括藏书、校书、修书、著书、刻书、读书、教书等活动进行文化研究、积累、创造、传播的必然结果。唐玄宗开元十一年(723)建立的丽正书院和集贤殿书院等,正是它兼有个人读书治学和授徒讲学的职能集中体现。但当时尚未普及,未形成定制。

北宋时期,朝廷重视文治,褒奖文事,但由于财力有限,无力广设州县学校,故而由私人创办的学校纷纷兴起,书院由此进入兴盛阶段,涌现出著名八大书院,如白鹿洞书院、岳麓书院、睢阳书院、嵩阳书院、石鼓书院、茅山书院、华林书院、雷塘书院等。宋代的书院体制比较完备,趋于定型,并为以后历朝书院所沿袭,构成中国古代完整的书院教育模式。其主要有以下特点:

1. 书院实行教学和行政合一的体制。书院最高行政首脑称"洞主"、"山长",又是主要的讲席教师,大多由当时著名的学者担任。如范仲淹曾为睢阳书院山长;朱熹先后主持岳麓书院、白鹿洞书院的教务等等,举不胜举,因而其教学水平高于一般官学,并往往成为某一学派的渊薮之地,具有教学与学术研究的双重功能。

2. 书院的经费大多采用学田供养制。书院除了讲学和藏书之外,也供奉先圣、先师、先贤,并制订出严格的学规。祭祀在为生徒树为榜样的同时,又传递着学术最新研究信息,反映当地的学风和各个时代的精神。

3. 书院不仅是一个教育机构,它还是一个文化组织。讲学、藏书、祭祀作为书院的三大事业,历来受到重视。但以往的注意力主要集中在教学,多以其教育而将其定位于服从教学的活动。

书院是中国士人的文化教育组织。读书人在其中开展藏书、读书、教书、讲书、校书、修书、著书、刻书等各种活动,进行着文化积累、研究、创造与传播事业,因此,教育、教学不能含括其所有功能,而只能视作其最主要的功能之一。从整体上讲,其教育功能源出于文化传播,服务于文化积累、研究与创造,或者说,书院教学是文化积累、研究、创造基础之上形成的文化知识的传播形式之一,是文化发展链的一个环节。这种功能的重要性,以及其他功能都难于表现其具有内在性,都使得我们有可能只看到前台的教学活动,而忽视其他功能的存在。讲学虽然多为学术交流与传承,但是文化研究、创造的成分更大,且藏书是一种文化积累,师生借阅是图书流通,属于文化的传播,如果用以著书立说,则又有了研究、创造的因素。那种认为书院只是教育机构,而将历史上很多不具学校性质的书院排除在书院范畴之外的偏差,应予以纠正。

中国古代书院从唐代开始出现,历经五代、宋、元、明、清的发展,神州大地先后出现过 7000 余所书院,成为读书人文化精神生活中不可或缺的组成部分。到光绪二十七年(1901),诏令改书院为学堂,他走过了千余年漫漫的发展历程。

自唐朝出现的书院,直到清朝乾隆年间才在金州出现。起源于清朝乾隆年间的金州书院,其名为"南金书院"。南金书院因规模较小,不专设山长,由金州地方学官兼理,其讲学的成分更大一些,学术性相对较弱。乾隆三十八年(1773)时任宁海县知县雅尔善在孔庙学宫内创建,"拨学田一千亩,征银七十两。(《奉天通志·教育志》)",这是金州首个书院。后由进士丁日功监修,并筹办学田。嘉庆二十年(1815)将南金书院改为明伦堂,维持了四十二年书院遂废。该碑详细记述了谈广庆在同治八年(1869)任金州海防同知期间重建南金书院的经过及十六年后才撰写该碑文的原因。

南金书院就其教学形式而言,应属于考课式书院,以训练写八股文、参加科举考试为办学目的的书院。在南金书院就读的童生,以攻读四书五经、八股文为主,称为"童生常课",生员(秀才)在书院是定期听讲,批改文章和诗词歌赋,以应对三年一度的乡试,称"文生月课"。生员的考试成绩分为特等、超等、一等三个等级,特等、超等各一名、一等若干名;文童的成绩分上取、中取、次取。生员超等以上,由书院发给"膏火费"(生活补贴),其数额是:生员超等 6 吊(1 吊为铜钱 160 文),特等 3 吊;文童是取第一 4 吊,第二 3 吊;中取第一 2 吊,第二 1 吊。南金书院是辽南地区最为出名的"课考生继,培养人才"基地,对金州地区的教育有着深刻影响。该碑对研究金州书院教育史具有极高的史料价值。自 1900 年沙俄军队占领了金州城后,南金书院经历了磨难,沙俄不仅废除了南金书院,而且还拆除了书院的房屋,并用其建筑材料在东门外偏北(今 403 部队院内)的地方建立了俄清学校,以进行殖民教育。日俄战争期间,日军占领金州城后,于该年 10 月由李心田、李义田、阎培昌等金州乡绅借成立"南金书院校友会"的名义筹措资金 5 930 元,立即在俄清学校开办"南金书院民立小学堂",并在 12 月 1 日开学。1905 年南金书院民立小学堂被日本殖民当局把持,委派日本人岩间德也为总教司,并且改名"关东州公学堂南金书院",南金书院遂成为日本帝国主义奴化中国人民的场所,开创了日本在大连地区进行奴化教育的先河,直至 1945 年日本帝国主义宣告投降,关东州公学堂南金书院才被解散。录入此碑文的著作有《金州志纂修稿》、孙宝田《旅大文献征存》、增田道义殿《金州管内古迹志》手抄本等。

【碑文注释】

(1)文运:文学盛衰之运会。 (2)文才:文学写作的才能。 (3)文学:指文章博学,为孔门四科之一。 (4)稽古:语出自于《书》中《尧典》、《大禹谟》、《舜典》、《皋陶谟》诸篇中开端"曰若稽古",即稽考古事,自今述古之称。 (5)右文:崇尚文治。 (6)胥:观察,考察。 (7)邸(dǐ 音底)钞:即"邸报"。汉唐时期地方长官于京师设立官邸,在邸中传抄诏令奏章等,以报于诸藩,故称。后世因称朝廷官报为邸抄。(8)搢绅:插笏于带间。古时仕宦者垂绅搢笏,因称士大夫为搢绅,又作"缙绅"、"荐绅"。搢,插;绅,束腰的大带。 (9)都(dū 音读)人士:现指居住于京师有品行的人。《诗·小雅·都人士》:"彼都人士,狐裘黄黄。"这里指住在金州城里的有品行的人士。都人,美人;士,先生。 (10)向:旧时,往昔。 (11)嘉庆二十年:1815年。 (12)同治八年:1869年。 (13)权篆:掌权。篆,官印。 (14)秉铎:指作教官,因以其执铎而宣教令,故称。铎,古代乐器,形如大铃,宣教政令时,用以警众者,文事用木铃,金铃木舌;武事亦用金铃,金铃铁舌。 (15)广文:学官名。唐朝天宝九年(750)在国子监增开广文馆,设立博士、助教等职务。明清以后,泛指儒学教官。 (16)佐治:辅佐管理。 (17)少府:县尉的别称。因县令称明府,县尉职位低于县令,故称少府。 (18)整军经武:整顿军备,致力武事。 (19)都护:官名。汉武帝时设西域都护,原为加官,东汉、魏、晋又设都护将军,唐朝时改为实官,元代设有大都护府。 (20)佥:都,皆。 (21)适:正好,恰好。余:我。 (22)如出一辙:好像同出于一个车辙。辙,车轮压出的痕迹。形容多个事情或言论非常相象、相似。 (23)廉泉:泉名。在江西赣州市内,相传南朝时期宋元嘉中,一夜暴雷雨,忽然涌地成泉,当时郡守有廉名,因名廉泉。这里用作谦辞,表示自己的薪水。 (24)捐输:捐献财物。 (25)腋(yè 音业):胳肢窝的通称,本指狐狸腋下的皮,纯白珍美。此处表示捐输的钱物虽少,但很宝贵。 (26)昕(xīn 音新)夕:朝暮。昕,日将出时,黎明。 (27)阅:经历。 (28)襄(xiāng 音乡):成,完成,成就。 (29)盛举:重大的举措。 (30)不遗余力:毫无保留地使出自己的全部力量。遗,留存;余,剩余。 (30)奇(jī 音鸡):零头,余数。 (32)生童:科举时代的生员和童生。 (33)官斋:官家的房舍。 (34)经始:开始规划营造。《诗·大雅·灵台》:"经始灵台,经之营之。" (35)去:离开。 (36)梯冲:云梯和冲车,皆为攻城工具。 (37)烽火:这里指战争、战乱。 (38)不登:歉收。《汉书·文帝纪》:"间者数年比不登,又有水旱疾疫之灾。" (39)蕴隆:热气熏蒸。《诗·大雅·云汉》:"旱既大甚,蕴隆虫虫。"蕴,通"煴",闷热;隆,盛。 (40)曷(hé 音禾):通"何",何故。 (41)揆(kuí 音奎):测量,度量。 (42)承乏:谦辞,表示所任职务一时无适当人选,暂且由自己充当。 (43)省垣:省会周围地区。这里指省城。 (44)次:顺序。颠末:本末,事情的前后始末情况。 (45)惓惓(quán 音拳):恳切的样子。 (46)殷殷:恳切诚实。(47)笃:真诚纯一。 (48)骎骎(qīn 音亲):马飞跑的样子。《诗·小雅·四牡》:"驾彼四骆,载骤骎骎。"此处指急迫,疾速。

6. 重修金州圣庙记

民国十八年(1929)

【碑阳】

重修金州圣庙记』

圣德(1)为人伦师表(2),圣庙系文化渊源,金州自戊戌被俄蹂躏(3),辟庙中隙地(4),植果瓜类园圃,地方之不静,』久矣。至庚子(5),而庙祀中斩(6)越数载。甲辰(7)日俄战后,金州隶日治,每岁值仲春(8)秋二丁致祭。

然祭器半归散』失,备用仅余数椽,识者已心⁽⁹⁾焉,惜之。迨甲子⁽¹⁰⁾仲夏,西山公莅⁽¹¹⁾民政署长任,目击庙貌倾颓,与绅商议,俱表』赞同。未几,公亦擢迁,川合公继任,年余又奉调归厅,乾公步后尘,向关东长官陈情,蒙准补助,复向南满』洲铁道株式会社⁽¹²⁾长募捐,又蒙钜款补助。繇是⁽¹³⁾,各会绅商学界闻风兴起,踊跃输将⁽¹⁴⁾重修之表决。于是乎,』始旋请燕京⁽¹⁵⁾,斯界权威荒木君⁽¹⁶⁾绘图。戊辰⁽¹⁷⁾秋,图成。乃鸠工庀材⁽¹⁸⁾,大兴土木,选故家忱恂廉介者⁽¹⁹⁾,蕆⁽²⁰⁾其事,经』年余工程竣。周瞰⁽²¹⁾建设规模,需地近三十亩,环墙涂丹腰⁽²²⁾,大成殿⁽²³⁾居中,崇圣殿⁽²⁴⁾列后,前则两庑,又前』则戟门⁽²⁵⁾、频池⁽²⁶⁾、棂星⁽²⁷⁾,胥⁽²⁸⁾复原状。东为文昌殿、乡贤节孝祠在焉,西为明伦堂⁽²⁹⁾、神器库属⁽³⁰⁾焉。仰瞻殿宇,俯视』几莚⁽³¹⁾,美哉轮美哉奂⁽³²⁾,观止矣!今昔之形势,新旧顿殊,沧桑变幻,其兴感有自来矣。闻之东方有四大⁽³³⁾,人之』大为孔子,当此。恩⁽³⁴⁾想界潮流变动,幸得大而化之之圣,永作模范,维世道启民心,同文同种,共祀共荣,资』东方之大人,宣东亚之道德,世局兆和平,大同副凤愿,安知亲善之效果不于此举,鸣其嚆矢⁽³⁵⁾也乎。爰勒』石以志。』

清光绪甲午科举人邑人江萧先敬撰　清翰林院待诏⁽³⁶⁾邑人李西⁽³⁷⁾拜书并篆额。』邑人张文海⁽³⁸⁾勾勒上石。』

【碑阴】

金州圣庙重修捐款开列于左』

关东厅补助金壹万圆	普兰店商务会捐银叁百五拾贰圆	普兰店管内各会捐银五百叁拾八圆』
南满洲铁道株式会社寄附金贰万圆	大连管内各会捐银四百六拾圆	魏子窝管内各会捐金五百叁拾九圆』
大连华商公议会捐银四千圆	旅顺管内各会捐金叁百八拾八圆	旅顺管内各学堂职员生徒捐金贰百七拾四圆』
大连小岗子华商公议会捐银贰千圆	金州管内各会捐银七千叁百圆	普兰店管内各学堂职员生徒捐金四拾七圆』
旅顺华商公议会捐金六百贰拾五圆	金州会绅商捐银五千四百零六圆	大连管内各学堂职员生徒捐金五拾壹圆』

合计捐金叁万壹千九百贰拾四圆银壹万九千七百五拾六圆』

金州圣庙复兴委员会役员』

委员（以下□□顺）	评议员	井上信翁	李升海	曹正业	松冈洋右	木村通		
顾问伯爵儿玉秀雄	岩间德也	曹世科	庞睦堂	王贵臣	宋居春	藤田俱次郎	鞠世德	干事泉柳治郎　向井友次郎』
山本条太郎	本庄宗三	那贺郡平	西山左内	神田纯一	筑岛信司	藤原铁太郎	水谷秀雄	富田启吉　国岛四郎』
王永江	赵永正	天野作藏	张本政	横佩章吉	津田元德	阎之如	周子扬	奥村春吉　柳氏勘次郎』
委员长（前）乾武	郭光甲	曲作楷	李义甲	田中千吉	中岛比多吉	安藤明道	广濑直干	渡部喜兵卫　松尾为作』
（前）森重千夫	霍官德	峰岸安太郎	刘逢明	田中直通	久保丰四郎	佐藤至诚	平石氏人	河野占男　松木勘十郎』
池田公雄	米内山震作	邵尚俭	刘仙洲	竹内德亥	山崎元干	蔡长春	衫野耕三郎监修霍官德	曹世科』

昭和四年		九月		木工　孙传璋
民国十八年	岁在己巳	八月	谷旦 敬立	瓦工　邢瑞成
				石工　李永安』

【碑考】

1894 年的甲午战争,金州地区遭到严重破坏,金州儒学也受到摧残。之后,金州又沦为沙俄的租借地,金州孔庙荒废。1900 年沙俄占领金州城后,拆除孔庙内南金书院房舍,用其建筑材料,挪建"俄清学校"(今金州东门外四零三部队图书馆),意在推行其殖民教育,为其"黄俄罗斯化"服务。金州的儒学宣告停止,孔庙祭祀活动被禁止,"庙中隙地植果瓜类园圃"(见碑文)。1905 年日俄战争结束后,日本统治大连地区,在其以后的二十余年时间里,日本占领者一直忙于推行奴化教育,大力扶持官办学校,最为典型的是将"俄清学校"改名为关东州公学堂,这里是其实行奴化教育重要的场所,加之当时已经废除科举制度,实行新学,儒学已成为历史的旧名词,孔庙等教育祭祀活动已淡出历史舞台。但对有着千年儒家文化传统的中国人来说,儒家教育仍具有相当大的吸引力。至民国初年,康有为提出了孔教说,试图通过儒学的宗教化来改造儒学,推行维新变法,挽救国家和民族的危亡。孔教活动引发了当时社会方方面面的不同反应和激烈的争论,焦点是孔教的兴废,孔教是教还是非教。孔教活动中的尊孔是当时与政治复辟并行的思想上的复古倒退。随着国际形势的变化,这种尊孔的复古残渣得到外国的利用和支持,特别是日本帝国主义为强化殖民教育,笼络中国人民的心理,以达到"中日亲善"的目的,重修荒置二十余年的孔庙也就成为其实行殖民统治的一种工具。正是在这种背景下修复了孔庙。

金州孔庙的祭孔仪式

该碑记述了1928年修复孔庙的经过、规模,俱为恢复原状。其修复共有大成殿、崇圣殿、东西两庑、戟门、泮池、棂星门、文昌殿、乡贤节孝祠、明伦堂、神器库等。最后是对此次修复孔庙"大加歌颂",对中日亲善赞美之词溢于言表。碑阴为此次修建孔庙的捐款单位(共计15家单位)、修建孔庙委员会委员名单等。

此碑立于民国十八年(1929),为汉白玉石质。碑头已失,碑身高223厘米、宽95厘米、厚30.5厘米,由江翯先撰文,当时著名书法篆刻家李西书丹并篆额,额已不存,李文海勾勒上石。注:江翯先(1859~?),字翯臣,金州旅顺三涧堡人,光绪十八年(1892)移居金州城内。幼入私塾勤学苦读。二十七岁应奉天省试,补秀才;三十五岁,赴北京乡试,中甲午科举人。未久,中日甲午战争爆发,返回北京,寄寓天津。战后,回到金州,任金州羊头洼盐务税捐司事,在职两年,辞职在家静养十载。日俄战后,任金州军政署参事员,被旅顺要塞司令部聘任副通译官,不久辞归,之后任金州公议会顾问等职务。李西(1879~1933),字东园,又名耿昌,号石竹山人,又号东西南北散人,祖籍山东,后迁居金州三十里堡,著名书画家、金石学家。清末以国学生选翰林院待诏,入宫镌玉玺而名声大振。晚年悉心作画,善画梅、兰、竹。1923年在奉天北陵建宅居住,名曰"东园"、匾额曰"瞻云"。李西一生甘做布衣居士,不求闻达,其作品在民间流传很广,金州博物馆藏有《石竹山房百寿印图》和多幅书法作品。张文海(1892~1947),字伯川、金民,号静远、待青。出生金州城西门外,工楷书,善山水,画蝶尤为精妙。山水从师于金州绅士刘伯良,兼精篆刻。幼年私塾,后至奉天中学就读,旋以病归,就学于大连公学堂,移居大连,历任周水子小学堂教员、大连小岗子华商公议会书记,新闻记者,从大连商会经理济善堂引退。1932年加入北京湖社,曾在《湖社月刊》发表作品。该碑碑阳阴刻隶书,字体端庄、平正,书法风格近似《史晨碑》,并融入篆意,遒厚凝重,有界格。碑文14行、满行40字。碑阴为楷书,雕刻的图案非常细腻、精湛,碑阳四周雕刻双龙戏珠图案,碑阴上下两端为"四艺"图,其中上为琴棋下为书画,两侧为暗八仙图,可以算得上碑中之精品。碑座现为水泥座,横161厘米、纵100厘米、高20厘米,原立于金州城孔庙院内大成殿前左旁墙边,1986年移于金州响水观碑林中。

当年铸造的金州圣庙复兴纪念铜牌

【碑外之语】

金州文庙崇祀的人物

有关金州圣庙内供奉情况自元朝始至清末虽然大同小异,但其内部供奉圣贤情况历史文献并无多少记载。但几经变化,在此次修复圣庙中最终确定,《金州志纂修稿》作了详尽记录,现仅录其姓名。当然,文庙崇祀的中心人物是孔子,供奉大成殿正中,尊为"大成至圣先师",供奉孔子牌位,牌位南向。其他具体为:大成殿内东配二位:复圣颜子(名回,字子渊)、宗圣曾子(名参,字子舆);西配二位:述圣子思子(名伋,字子思)、亚圣孟子(名轲,字子舆);东哲六位:先贤闵子(名损,字子骞)、先贤冉子(名雍,字仲弓)、先贤端木子(名赐,字子贡)、先贤仲子(名由,字子路)、先贤卜子(名商,字子夏)、先贤有子(名若,字子若);西哲六位:先贤冉子(名耕,字伯牛)、先贤宰子(名予,字子我)、先贤冉子(名求,字子有)、先贤言子(名偃,字子游)、先贤颛孙子(名师,字子张)、先贤朱子(名熹,字元晦)。

　　东庑西庑供奉先贤先儒。先贤是指古代的贤人,先儒是历代阐述儒家经典或尊奉儒家学说的著名学者。东庑先贤四十位:他们分别是先贤公孙子(名侨,字子产)、先贤林放(名放,字子邱)、先贤原宪(名宪,字子思)、先贤南宫子(名绍,字子容)、先贤商子(名瞿,字子木)、先贤漆雕子(名开,字子若)、先贤司马子(名畔,字子牛)、先贤梁子(名鳣,字叔鱼)、先贤冉子(名儒,字子鲁)、先贤伯子(名虔,字子楷)、先贤冉子(名季,字子产)、先贤漆雕子(名徒父,字子有)、先贤漆雕子(名哆,字子敛)、先贤公西子(名赤,字子华)、先贤任子(名不齐,字子选)、先贤公良子(名儒,字子正)、先贤公肩子(名定,字子中)、先贤邽子(名单,字子家)、先贤罕父子(名索,字子黑)、先贤荣子(名旗,字子祺)、先贤左子(名人郢,字行)、先贤郑子(名国,字子徒)、先贤原子(名亢,字子籍)、先贤廉子(名洁,字子庸)、先贤叔仲子(名会,字子期)、先贤公西子(名舆如,字子上)、先贤邽子(名巽,字子钦)、先贤陈子(名元,字子禽)、先贤琴子(名罕,字子开)、先贤步叔子(名乘,字子车)、先贤秦子(名非,字子之)、先贤颜子(名哙,字子声)、先贤颜子(名何,字子冉)、先贤县子(名亶,字子象)、先贤枚子(名皮年,字里居)、先贤乐正子(名克)、先贤万子(名章)、先贤周子(名敦颐,字茂叔)、先贤程子(名颢,字伯淳)、先贤邵子(名雍,字尧夫);西庑供奉三十九位先贤:先贤蘧子(名瑷,字伯玉)、先贤澹台子(名灭明,字子羽)、先贤宓子(名不齐,字子贱)、先贤公冶子(名长,字子长)、先贤公皙子(名哀,字季次)、先贤高子(名柴,字子羔)、先贤樊子(名须,字子迟)、先贤商子(名泽,字子秀)、先贤巫马子(名施,字子期)、先贤颜子(名率,字子柳)、先贤曹恤子(名恤,字子遁)、先贤公孙子(名龙,字子石)、先贤秦子(名商,字子丕)、先贤颜子(名高,字子骄)、先贤壤驷子(名赤,字子徒)、先贤石子(名作蜀,字子明)、先贤公夏子(名守,字子乘)、先贤后子(名处,字子里)、先贤奚容子(名葴,字子哲)、先贤颜子(名祖,字子襄)、先贤句子(名井疆,字子界)、先贤秦子(名祖,字子南)先贤县子(名成,字祺)、先贤公祖子(名句兹,字子之)、先贤燕子(名伋,字子思)、先贤乐子(名颏,字子声)、先贤狄子(名黑,字晢之)、先贤孔忠子(名忠,字子蔑)、先贤公西子(名葴,字子上)、先贤颜子(名仆,字子叔)、先贤施子(名之常,字子恒)、先贤申子(名枨,字子周)、先贤左子(名邱明)、先贤秦子(名冉,字子开)、先贤公明子(名仪)、先贤公都子、先贤公孙子(名仇)、先贤张子(名载,字子厚)、先贤程子(名颐,字正叔);东庑先儒:先儒公羊子(名高)、先儒伏子(名胜,字子贱)、先儒毛子(名亨)、先儒孔国子(名安国,字国子)、先儒后子(名苍,字近君)、先儒郑子(名玄,字康成)、先儒范子(名宁,字武子)、先儒陆子(名贽,字敬舆)、先儒范子(名仲淹,字希文)、先儒欧阳子(名修,字永叔)、先儒司马子(名光,字君实)、先儒谢子(名良佐,字显道)、先儒罗子(名从颜,字仲素)、先儒李子(名纲,字伯纪)、先儒张子(名栻,字敬夫)、先儒陆子(名九渊,字子静)、先儒陈子(名淳,字安卿)、先儒真子(名德秀,字希元)、先儒何子(名基,字子恭)、先儒文子(名天祥,字履善)、先儒赵子(名复,字仁甫)、先儒金子(名履祥,字吉父)、先儒陈子(名澔,字克大)、先儒方子(名孝儒,字希直)、先儒薛子(名瑄,字德温)、先儒胡子(名居仁,字叔心)、先儒罗子(名钦顺,字允升)、先儒吕子(名柟,字仲木)、先儒刘子(名宗周,字起东)、先儒孙子(名奇逢,字钟元)、先儒张子(名履祥,字考夫)\先儒陆子(名陇其,字稼书)、先儒张子(名伯行,字孝先);西庑先儒:先儒谷梁子(名赤,字符始)、先儒高堂子(名生)、先儒董子(名仲舒,字宽夫)、先儒刘子(名德汉)、先儒毛子(名苌,字子长)、先儒杜子(名子春,字时元)、先儒许子(名慎,字叔重)、先儒诸葛子(名亮,字孔明)、先儒王子(名通,字仲淹)、先儒韩子(名愈,退之)、先儒胡子(名瑷,字翼之)、先儒韩子(名琦,字稚圭)、先儒杨子(名时,字中立)、先儒尹子(名焞,字颜明)、先儒胡子(名安国,字康侯)、先儒李子(名侗,字愿中)、先儒吕子(名祖谦,字伯恭)、先儒袁子(名燮,字叔和)、先儒黄子(名干,字直卿)、先儒辅子(名广,字汉卿)、先儒蔡子(名沈,字仲默)、先儒魏子(名了翁,字华父)、先儒王子(名柏,字会之)、先儒陆子(名秀夫,字君实)、先儒许子(名衡,字仲平)、先儒游子(名酢,字定夫)、先儒吴子(名澄,字幼清)、先儒许子(名谦,字益之)、先儒曹子(名端,字正夫)、先儒陈子(名献章,字公甫)、先儒蔡子(名清,字介夫)、先儒王子(名守仁,字伯安)、先儒吕子(名坤,字叔简)、先儒黄子(名道周,字幼平)、先儒陆子(名世仪,字道威)、先儒汤子(名斌,字孔伯)、先儒刘子(名因,字梦吉)、先儒李子(名塨,字刚主)、先儒颜子(名元,字易直)、先儒黄子(名宗羲,字太冲)、先儒王子(名夫之,字而农)、先儒顾子(名炎武,字宁人);崇圣殿为:正位是肇圣王木金父(居中)、裕圣王祈父公(左)、诒圣王防叔公(右)、昌圣王伯夏公(次左)、启圣王叔梁公(次右);祠东配先贤孔孟皮、颜无繇、孔鲤;祠西配先贤鲁点、孟孙激;祠东序:先儒周辅成、程伯温、蔡元定;祠西序:张迪,朱松。

【碑文注释】

(1)圣德:圣人的伦理德行。圣人,此处指孔子。 (2)师表:表率,学习的榜样。 (3)金州自戊戌被俄蹂躏:指1898年金州地区租与俄国。根据《旅大租地条约》和《续订旅大租地条约》,金州地区租期为25年。戊戌,1898年。 (4)隙地:空闲地。 (5)庚子:1900年。 (6)中斩:中断。斩,断绝。 (7)甲辰:公元1904年。 (8)仲春:春季的第二个月,即农历二月。 (9)心:心寒,心酸。 (10)甲子:1924年。 (11)西山公:指西山茂。1924年任金州民政支署长关东厅事务官,见《新修大和尚山官道记》碑文。 莅:到,临。这里就职之意。 (12)南满洲铁道株式会社:见《新修大和尚山官道记》解释(20)。 (13)繇是:自此,从此。繇,通"由"。 (14)输将:运送。此处引申为捐献。 (15)燕京:指今北京。辽代时北京称燕京,因其地处燕山之北而得名。 (16)荒木君:指荒木清三,日本著名的建筑师,在中国生活多年,对中国古建多有研究,收集了一些清朝宫廷内流散出来的工部则例抄本。 (17)戊辰:公元1928年。 (18)庀(pǐ 音痞)材:备好建筑材料。庀,具备。 (19)故家:泛指做官的人家。忠恂:忠诚通达之人。廉介者:清廉不苟取的人。 (20)蒇(chǎn 音产):解决。《左传·文十七年》:"十四年七月,寡君又朝,以蒇其事。" (21)瞰(kàn 音看):俯视。 (22)丹腹(huò 音或):红色油漆颜料。 (23)大成殿:孔庙大殿名。亦称先师殿,是供奉孔子及四配十二哲的正殿。其称为"大成",是指孔子的道德,谓"孔子集先圣之大道,以成已之圣德者也"。《宋史·礼制八》:"崇宁初……诏辟雍文宣王殿以大成为名。"文宣王,孔子的封号。宋代尊孔子为"大成至圣",故以"大成"为孔庙的殿名。 (24)崇圣殿:祭祀孔子先人之殿。原名为启圣殿,因清雍正元年(1723)追封孔子祖先五代为王爵而改名为崇圣殿。崇圣殿仍在孔庙中,合庙祭祀。 (25)棂星:即"灵星",天上的天田星。汉高祖刘邦在位时,下令凡祭天必先祭灵星。至宋朝仁宗赵祯天圣六年(1028)时,置灵星门。不久,又把灵星门移入孔庙中,本以尊天者尊孔。后人以汉代祭祀灵星与孔庙无区别,又以见门形像窗棂,遂改"灵"为"棂"。 (26)頖(pàn 音判)池:頖,同"泮"。本为春秋时期鲁国的河流名。鲁僖公在位时,曾在此建有宫殿,并于其中饮酒。后来的诗人学者张大其辞,称赞僖公重视教育,故将其宫为泮宫,泮宫之前有水池,为半月形,以其半于辟雍(天子之学宫),故将此池称为泮池。 (27)戟门:以戟为门。又称"棘门"。详见《重修宁海县学宫记》(1815年)注释(16)。 (28)胥:通"与"。皆,都,相与。 (29)明伦堂:孔庙内大殿,是旧时人们学习人文伦理关系的学堂。明伦堂的含义出自《孟子·滕文公上》:"夏曰校,殷说序,周曰庠;学则三代共之,皆所以明人伦也。"人伦,指五常,为封建社会中所规定的人与人相处之关系。 (30)属(zhǔ 音主):连接。 (31)几莚(yán 音炎):桌凳。几,矮而小的桌子。莚,为"筵"字,书者笔误。因古人席地而坐,用筵作坐具,因而称坐位为筵,这里引申为凳子。 (32)美哉轮美哉奂:简称"美轮美奂",形容高大美观,宏伟壮丽。多用赞美新房。轮,轮囷(qūn 音逡),古代圆形谷仓,形容高大。奂,形容众多。 (33)东方四大:指中国道家称道、天、地、人为"四大"。 (34)恖:"思"字古字。 (35)嚆(hāo 音蒿)矢:响箭。因射箭时声音比箭先到,因此用来比喻事物的开端或先行者。 (36)翰林院:官署名。唐玄宗开元初年始置。本为各种文学艺术医技等内廷供奉之处,后各朝皆沿用此名,但均有不少改变。至清代,翰林院掌管编修国史、记载皇帝言行的起居注、讲解经史、草拟有关典礼制诰等文件。待诏:诏,皇帝诏书。待诏,意谓等待候命。汉朝始置。唐初年,凡文辞经学之士及医卜等有专长者,均置于翰林院,以备待诏。以后,各朝皆沿之司。明清翰林院属官有待诏,地位低微,秩从九品,掌校对章疏文史。 (37)李西(1879~1933):字东园,又名耿昌,号石竹山人,又号东西南北散人,见碑简介。 (38)张文海(1892~1947):字伯川,号静远。详见碑简介。

六　龙　王　庙

1. 重修龙王庙碑记

清·道光二十年（1840）

【碑阳】

重修龙王庙碑记』

金城[1]之西，距海三里，海滨故[2]多岭岫[3]，其耸然特秀|者|，号为"西山"，山之岭有』龙王庙，由来久矣。□□□舞雩[4]，亦时获甘霖[5]，叠沛之应|满|栏，遥瞩海天一色，迹其波涛不惊，风帆顺利，可以想见。』国朝定鼎[6]，□□□□□□□验焉。固非独犀燃牛|渚|带、镇金山[7]，仅传为一时之胜概已也。其东北则望衡对宇[8]，鸡犬相闻，其……』□□□□□□□□□□□□阙，海市蜃楼，莫|不|有变幻之奇观，以隐现于兹山之下，即莫不有往来之灵气，以贯注于……』□□以任其□□□□□□□□□□乎！宗室宝公来守是城，既逾年，百度惟贞[9]，庶事[10]毕举，公余，仰止慨然，动修葺之念，……』成公下[11]车伊始，即欣|然|□□□□□□□其间，以|共|成宝公[12]之志。一时善人君子闻风慕义，咸有同心。于是量力捐赀，鸠……』拓基址，除院落上栋□□焕然一新，□□□，事久而就湮，乃刊石[13]以志其年月，俾得垂诸奕世[14]。庙貌常昭于以崇祀，事以肃……』岂直如郭林宗、张希□之竞竞于逆旅[15]传舍[16]已哉。住持者谁？山僧性广也；监工者谁？禅师来观也。亦庶几[17]乎，栖迟精舍[18]而永……』云尔。是为记。』

金州城守尉[19]加一级纪录四次宗室　　　　　|宝　山|
署金州城守尉水师营协领加三级纪录六十二次德特贺
岫岩凤凰城海防分府　　　　　　　　　　　　　锡　龄[20]
奉天府宁海县知事加五级纪录十次　　成章瓒　儒　生　刘乾撰
　　　　　　　　　　　　　　　　　　　　　　邑庠生 |姜方谟|[21]书

大清道光二十年六月谷旦　　　　　　　　　　　　　敬立

【碑阴】

本城店当客商绅士□等	隆太号	东德源	世增铺	曲木铺	张朝佐	汪□贵	苏智赏	袁世昌	范义美	王国显	吴克成	孙	□……
永丰店	广盛号	益兴号	广德号	嵩山堂	大成铺	孙粮房	刘	铎	□□荣	苏智科	金茂声战	英战	月刘文秀	王	□……
增盛店	元增号	宜春栈	德盛栈	成盛号	姜粮房	三元店	杨遇□	□君明	苏智垁金	元	田国福	战会顺	张廷有	工	宫……
宝泰号	德兴号	天□号	德盛馆	和兴店	林粮房	万和馆	刘□龄	姜	发王	来	金茂功	田福臣	战会元	刘文升	柳	亮……
云集店	万源号	瑞兴号	仁盛铺	协成号	翠升园	马家炉	洪德福	张廷谟	夏世荣	杜永太	徐德太	田国祥	房守仁	李	洲……
永盛店	广和号	增兴□	永来号	栾家炉	广盛栈	恒茂栈	杨丽清薛	琛	夏世楷	高乃福	姜成德	王常有	钟希广	孙	刚……
新盛店	利顺号	恒兴馆	利成号	恒春炉	同升号	□□号	杨运清薛	瑛	夏恒占	宋	镇	陈元太	孙长发	李文春	张	泔……
益庆当	仁记栈	利兴号	西丰隆	永源铺	永昌铺	新兴号	贵玉瑚薛	璟	夏世福	赵启缙	于德明	林毓升	谷文奎	张	冉……
北吉盛	广生号	永太号	利元号	仁术堂	益□□	三合号	闫邦珍薛	璞	赵进祥	韩君仁	季美东	安淇瞻	谷文有	张	杰……
南吉盛	协和号	同和号	复聚炉	于磨房	□□□	永顺号	闫邦荣	宫德昌	赵振文	张	启	于百龄	周国福	谷兰若	张	学……
吉盛馆	广顺号	兴大□	□□号	公聚号	□□□	恒裕丰	闫邦珠	赵廷才	韩成仁	赵世泰	于克宽	赵进禄	王文彩	赵	永……
广兴店	德顺号	中□□	□□□	□□□	二合成	闫士祯	姜成明	王	华	刘文发	冷日贵	曲万昌	韩士有	王	九……
永利号	永源号	恒□□	□□□	兴源号	同心协	闫士祥	衣云烂	闫士祥	张文彩	石徒礼	佟	祥	宋希文	李	福……
官斗房	恒丰号	□□□	兴顺号	天德号	同心昌	闫士喜	苏智美	林毓俊	卫朝显	石徒训	佟	魁	李永顺	刘	真……
利昌号	锦昌号	福恒号	天福园	隆太店	益□□	泰和贞	孟成仁	杨芳皋	卫士彩	高继述	苏智太	王有魁	卫朝佑	赵	顺……

和顺号 永来店 泰兴号 兴利号 德源栈 吉盛□ 永丰魁 戴　华 王郁茂 于文宝 吴长彩 苏智生 王有明 杨贵祥 唐　贵……』

顺兴号 富鲜馆 协盛号 大有号 裕兴号 福祥□ 大成窑 王天作 李元发 吕福魁 闫邦喜 姜德茂 王全礼 朱天尧 于　登……』

集兴号 顺成号 □亨号 利和号 福兴馆 万增号 长兴窑 冷永发 刘永昌 王致远 闫邦连 李元魁 卫福仁 许文发 于　伟……』

元顺号 广意号 □盛号 永茂号 恒太铺 天盛斋 □成窑 田成选 王圣基 李永保 苏福普 闫士章 卫朝祥 姜廷章 于　□……』

生盛号 兴和号 恒□□ 二合馆 周皮铺 万通号 石灰窑 张永福 于化鹏 汪继德 苏智周 田　秀 范义庆 王建魁 于　□……』

【碑考】

磴危径曲点苍苔，海角龙宫到顶开。庭豁秋空吞岛屿，室绕画壁隐云雷。
俯窥蜃气凌风袅，坐待潮声送月来。流赏莫嫌归路晚，人言此地近蓬莱。

—— 清·林世兴《游龙王庙诗》

古人云："山不在高，有仙则名；水不在深，有龙则灵。"在金州城西海边，有一座临海小山包，名曰龙王岛，满山苍翠欲滴，宛若碧玉浮海。山顶上有座气势雄伟的建筑，这就是龙王庙。龙王庙景色宜人，西眺远望，海风习习，烟波浩淼，波光粼粼，海鸥成群盘旋于周围沙滩海天，发出欢快和鸣的叫声，海天一色，心开目朗，令人叹为观止，古有"咫尺蓬莱"之美誉，即使在龙王庙静室里，洞开户牖，波涛上下，风帆往来，一览无余，金州古八景之一 ——"龙岛归帆"即指于此。

金州古八景之一——"龙岛归帆"

龙王庙始建于明代，在明朝《辽东志·金州卫山川地理图》和《全辽志·金州卫境图》书中都明确标有"龙王庙"的庙名，这大概是龙王庙最早的记载。龙王庙内供奉着龙王、雷公、电母、风伯、雨师、赶海郎、文神、海夜叉等，殿后，有一圆形土丘，高约丈余，这就是"龙子坟"。在前院，矗立着清代石碑三通，均为清代道光二十年重修龙王庙时所刻。

有关龙王庙的碑刻资料，前人无任何记载。据史料记载，龙王庙在中日甲午战争中毁于兵燹，由此推测，此三通碑是在那时被摧毁并遗弃到庙山崖下海湾中的。1986年金州博物馆主持修复龙王庙时，当地村民从庙下海中淤泥里挖出此三通碑，已经断为多块，大多残缺不全，其中此通断为五块的碑经过拼合还算保存较完整，因而显得格外珍贵。

《重修龙王庙碑记》立于清道光二十年（1840）六月，碑呈长方形，石灰石质，残高161厘米、宽70厘米、厚18厘米，碑下端略缺。碑阳16行，现存满行49字，阴刻楷书。碑文除了对龙王庙周边海景、村庄等绚丽多彩的风光作了描述，还用"犀燃牛渚"、"镇金山"等神话传说加以渲染。"犀燃牛渚"，这里作者笔误，应为"燃犀牛渚"，指温峤燃犀角照水妖事。语出自于《晋书·温峤传》："（峤）至牛渚矶，水深不可测，人云其下多怪物。峤遂燃（焚烧）犀角而照之。须臾，见水族覆火，奇形异状，或乘马车着赤衣者。"而"镇金山"之神话取自于《白娘子永镇雷锋塔》（即《白蛇传》）故事："西湖里的白蛇吞了南极仙翁的药丸，变成了美丽的仙女同许仙结为夫妇，生活十分美满，金山寺和尚法海识出白娘子是白蛇所变，施展法术要拆散这对恩爱的夫妻。青蛇变的小青同白蛇一道和法海斗

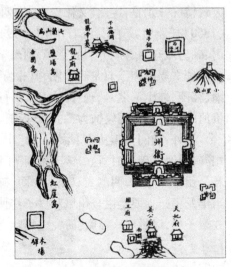

明《辽东志 金州卫山川地理图》
标明的龙王庙

法，未被收复，后来，白娘子生了孩子刚满月，法海又追到杭州来，用妖术把白娘子收入金钵，压在雷锋塔下。若干年后，小青经过苦练，武艺高强，下山找法海报仇，她砍倒雷锋塔，救出了白娘子，共同把法海斗败。"这些神话和传说都给龙王庙披上了神秘的奇异色彩，增强了龙王庙的灵秀。然而碑文着重记述的是金州城守尉宝山与宁海县（金州）知县成章瓒于道光十九年（1839）上任之初重修龙王庙的事情。

龙是中华民族的象征,早在史前原始社会,就已经成为人们崇拜的对象。龙也是中国古代神话的四灵之一。佛教传入中国后,便有龙王之称。龙王是经过古代劳动人民几千年来的锤炼、创造和不断神化创造出来的合成生物,它撷取了各种动物既有威力又有美感的器官于一身,成为中华民族心目中至高无上的神物。

龙有一种特大本事,就是能兴云布雨。故此,自汉代起,人们就有了向龙王祈雨之俗。旧时专门供奉龙王之庙宇,几乎与城隍、土地之庙宇同样普遍。每逢风雨失调,久旱不雨,或久雨不止时,民众都要到龙王庙烧香祈愿,以求龙王治水,风调雨顺。

正因为龙王有职司该地水旱丰歉的功能,因而在中国封建社会中,一时间,大江南北,龙王庙随处可见,也受到封建政府官员的重视和崇拜,无论江河湖海、渊潭塘井,莫不驻有龙王,它保佑该地百姓风调雨顺、农业收成的好坏,难怪金州两大地方要员宝山和成章瓒一上任就修建龙王庙,其壮举亦就见怪不怪了。金州地区古时祈雨仪式非常隆重,每逢天旱如三日不雨时,乡人民众奔走相告,齐集龙王庙前,均以柳条编圈为帽,面朝庙殿行"跪香"之礼,祈求龙王降雨。或抬龙王塑像、神牌出行,乡人赤足执旗,鸣鼓随行。每当经过庙宇或井泉时,焚香跪拜。有的人家门前以桶盛水,泼洒人群。求雨当日禁宰杀、禁烟酒、禁撑伞。城镇祈雨,寺庙鸣钟诵经。如求雨期间降雨,则宰牲谢神,唱大戏,名为"谢降"等等。如果久旱不雨,有的地区乡民将铁钩或铡刀穿透肩臂肌骨,以淌血献祭龙王,俗称"恶求雨",以显示祈雨的忠诚,这些求雨的民俗在金州各地大同小异,十分普遍。据统计,金州原有龙王庙不下十余座,可见当时求雨习俗的普及程度了。在金州龙王庙东侧山半腰,有一块巨石叫关老爷刀,虽然流传着关老爷大战蛤蟆精的传说,但也与祈求龙王降雨不无关系。在民间传说五月十三日这天是制造旱灾的怪物旱魃经过的日子,所以祀关帝求他显灵,驱邪避灾,普降雨水,保护农田。如果有雨,就叫关帝磨刀雨,人们相约那天不动菜刀。每年的农历五月十三日,即所谓的"关老爷磨刀"日定为"雨节"。俗语说"大旱不过五月十三",渴望当日普降甘霖。清乾隆年间大黑山唐王殿道士鞠朝桢曾设坛于金州城西海龙王岛祈雨,三日后,大雨瓢泼而至。虽然有点神话色彩,但也由此可见,当年虔诚崇拜龙王祈雨之风是多么的兴盛。

目前就有关宝山和成章瓒这两位官员个人情况不是很多,碑中没有介绍,地方文献也只有片言碎语,大致情况分别是:宝山,又作保山,清朝宗室,满洲正黄旗人,道光十九年(1839)出任金州城守尉,三十年(1850)任凤凰城守尉、咸丰九年(1859)至同治二年(1863)任盛京副都统、同治四年(1865)后任复州城守尉、岫岩城守尉等职务。成章瓒,湖南宁乡人,道光丙戌(1826)进士,道光十九年(1839)任宁海县知县。

碑文周边饰以双龙戏珠图,其中穿插着古钱、鹿、鹤、蝙蝠、莲花、菊花等图案。碑阴为当时金州城店铺、客商、绅士等名录,现存15列、20行,共计286家商号和人名,为研究金州地区清朝的商业提供了很有价值的资料。四周纹饰为二龙戏珠图。碑座为长方体,浅黄色板岩,纵50厘米、横85厘米、高25厘米。

另外,随同当年从庙下淤泥中挖出的还有一块半截残碑(碑文见附录),碑名也与上述碑同名,且年月相同,说明二碑同时所立,该碑残高74厘米、宽66.5厘米、厚18厘米,碑阳所刻为当时地方八旗官员名单及金州十二旗,碑两侧为双龙戏珠图,碑阴为皮子窝(清朝时皮子窝属于金州管辖)号商和捐助人名,说明当年龙王庙主要是由金州城和皮子窝两大地方的商号捐建的。碑文两侧是八宝纹。此碑应为功德碑,一并附于后,以供后人参阅、研究之用。

【碑文注释】

(1)金城:即金州城。 (2)故:本来。 (3)岭岫:山岭峰峦。岫,峰峦。 (4)雩(yú 音鱼):古代求雨时为此而举行的祭祀仪式。 (5)甘霖:甘雨,及时雨。 (6)国朝:本朝。定鼎:参阅《重修铜像关圣帝君庙碑记》碑阳注释(7)。 (7)犀燃牛渚带、镇金山:见碑简介。 (8)望衡对宇:衡,用衡木作门,引申为门;宇,屋檐下,引申为屋。形容住处很近,可以相互看见。 (9)百度惟贞:处理百事适当。百度,犹言百事。贞,正,适当。语出自于《书·旅獒(háo 音豪)》:"不役耳目,百度惟贞。" (10)庶事:众事,诸事。(11)下车:旧时称新官初即位或到任为下车。《后汉书·儒林传序》:"及光武中兴,爱好经术,未及下车而先访儒素。" (12)宝公:宝山,详见碑简介。 (13)刊石:刻在石上。 (14)奕世:累世,一代接一代。

《后汉书·杨震传》附杨秉上疏:"臣奕世收恩,得备纳言。" (15)逆旅:客舍,迎止宾客之处。 (16)传舍:古时供来往行人休止住宿的处所。 (17)庶几:指好学而可以成材的人。《易·系辞下》:"颜氏之子,其殆庶几乎!" (18)栖迟:游息,淹留。《诗·陈风·衡门》:"衡门之下,可以栖迟。"精舍:道士、僧人修炼居住之所。 (19)金州城守尉:金州城守尉是在清康熙十九年(1680)设立的金州协领的基础上于康熙二十六年(1687)经过变更而设立的,兵额数为862人。官署在今金州城内东街副都统衙门所在地。1843年,金州城守尉移至盖州,改名盖州城守尉,金州城守尉由此结束了它的历史使命。 (20)锡龄:清朝宗室,镶兰旗人,道光年间进士。道光十五年(1835)任岫岩通判,咸丰初年,任光禄寺卿,咸丰六年(1856)七月任盛京工部侍郎,十月卒。 (21)姜方谟:金州人,字宝廷,道光三十年(1850)恩贡生,候选知县。光绪年间任南金书院董事,后署昌图府教授。

附:

【碑阳】

重修龙王庙碑记」

盖州防守尉	福禄	特授江苏太仓州知州邑人……」	宁海县教谕	王调元	金州户部税局经书……」
宁海县典史	楚江	满厢黄旗领催兵等 ……」	金州仓官	阿常阿	正黄旗领催兵等 ……」
巴尔虎旗 佐领	吉勒他珲	正白旗领催兵等 ……」	巴尔虎旗骁骑校	那明阿	正红旗领催兵等 ……」
满厢黄旗防御	依常阿	厢白旗领催兵等 ……」	正红旗骁骑校	富深	厢红旗领催兵等 ……」
厢白旗骁骑校	秀恒	正蓝旗领催兵等 ……」	正黄旗骁骑校	海龄	厢蓝旗领催兵等 ……」
正蓝旗防御	乌凌阿	巴尔虎旗领催兵等 ……」	正蓝旗骁骑校	武什杭阿	汉厢黄旗领催兵等 ……」
汉正黄旗佐领	王廷玺	正黄旗领催兵等 ……」	正黄旗骁骑校	赵进冉	正白旗领催兵等 ……」
汉厢黄旗佐领	王安广	陈润棠等 ……」	厢黄旗骁骑校	王日明	黄元明 陈在廷 ……」
原任满厢白旗防御	斐杨阿	赵文光 ……」	原任汉厢黄旗佐领	闫德安	左廷真 符锦堂 ……」

大清道光二十年六月谷旦」

【碑阴】

皮子窝众号商		赵进谦	……」	永德当	恒发号	兴裕号	郭成海	……」
广增当	乾昌号	振丰号	郭成广 ……」	鸿升号	恒兴号	关琚	韩君福	……」
乾元号	长顺号	四屯众信士	张文兴 叶……」	常远号	西广兴	关仁德 辛礼	盛官 邹	……」
德增号	恒新号	庞日怀 潘成发 陈太和	叶……」	利顺号	常盛号	杜木铺 刘升	李仲德 刘	……」
富有号	福记	高平安 孙发 闫邦玉	刘……」	永聚号	同福号	司贵 夏光增	李作霖	……」
东新盛	宏兴号	周玉成 户伟发 郝连魁	……」	益茂号	正兴号	吉长发 朱明吉	崔连科	……」
肇祥号	元顺号	崔连德 张荣 王振基	……」	同德号	福兴号	崔连福 陶宽	盛国君	……」
履太号	利昌号	崔连盛 迟永昌 王长霖	薛……」	公源号	恒隆号	崔连登 李克祥	李汝辉 李	……」
瑞记号	太生号	崔连增 刘作 汪国兴	李……」	大兴号	福祥号	崔连丰 张继升	李学光 耿	……」
谦益号	大来号	崔连方 张天化 肖伟	吕……」	吉盛号	益太号	王福 刘安	穆文发 韩君	……」

2. 龙王庙重修记

1987 年

【碑阳】

金州龙王岛,系金州古八景「龙岛归帆」所在。登临此地,「陡觉天高远,惊知海气咸」」海阔天空,心扉豁然。故自古以来,游人不绝。岛上有龙王庙,未知创建于何代。现仅」见有元明时代之建筑构件和清代残碑。清代建筑,毁于甲午兵燹。民国初年曾重修。十」年动乱,殿堂未能免于厄运。如今,政通人和,百废俱兴。为发展旅游事业,宏扬中华」文化,金州区龙王庙村民筹金倡修此庙,一九八七年五月十六日开工,历四阅月告竣。」主要工程项目为修缮殿堂、禅房,重塑神像,重建山门,并于山下新筑牌楼和公园。自」此,龙王古刹,重放异彩。兹将捐款单位与个人的芳名,镌于碑阴,以传久远。是为记。」

岁在丁卯长夏公元一九八七年八月吉旦』

【碑阴】

吕忠来	张成录	赵振升	赵翠莲	吕忠朋	胡德兴	大连龙王职工疗养院』
捐参佰元	王永来	赵振明	吕桂苓	张文臣	柳德民	捐贰仟元』
王秀春	邢作文	赵迁逊	刘秀华	铉克荣		金州龙王红砖厂』
张卫平	刘文洋	王建新	王荣山	于希强		捐贰仟元』
张宇秀	张玉贞	王荣魁	王荣恕	洪仁有		金州龙王大理石厂』
张积福	李风阁	王荣芳	张成千	李学君		捐壹仟元』
邹洪寿	柳相年	王新玉	原寿福	洪智纯		金州龙王石矿』
康玉全	董文增	董玉兰	柳德山	徐建国		金州龙王水泥厂』
	汤受家	王荣潮	王建义	于长令		捐叁仟元』
捐贰佰元	吕桂英	柳勤治	马福升	龙王供销社		捐壹伯元 』

【碑文介绍】

　　该碑立于1987年,由碑头、碑身、和碑座组成,均为抛光汉白玉板组装拼接而成。碑头为二龙戏珠图

1987年修复的龙王庙全景

案,高61.5厘米、宽59厘米、厚12厘米;碑身高135厘米、宽42厘米、厚11.5厘米;座横60厘米、纵60厘米、高13厘米。碑坐落在横105厘米、纵105厘米、高40厘米的水泥基座上。该碑文8行、满行38字,阴文楷书,有标点,详细记录了龙王庙的风景、历史及此次重修龙王庙的目的、时间、项目和规模等情况。

　　金州区龙王庙重修于1987年,当时原金县文化局委托金县博物馆与龙王庙大队第六生产队达成协议,金州博物馆对龙王庙提供技术资料,时任队长吕忠来主持修复,恢复的项目为龙王殿内的塑像、凉亭、山门、

小路。1993年9月,吕忠朋每年向村里交管理费的形式承担着龙王庙的日常管理工作。吕忠朋又进行一些其他项目的改建、扩建。

七　古　佛　洞

1. 黄 仕 林 功 德 碑

清·光绪十三年(1887)

【碑阳】

碑额:千古不朽

黄……』　　　　光绪……』

【碑阴】

盖闻乐善不倦, 天爵[1]之。所以修有善, 必扬人心之。所以公自乐善者,甚鲜于斯世,而扬善有欲扬之而

无可扬。兹有淮军□黄公松亭,乃江西丰城县人也,夙称"吴营[2]总统",于光绪十年春统军至金州,驻扎城南。军声虽严而慈心特厚,一时之鳏寡孤独[3],因饥寒而蒙泽恩者,诚哉多多。既而,移军旅顺,士民攀辕[4]莫遂挽留之志焉。旅顺一带贫者死无所归,公则不忍尸骸暴露,施与棺木,雇人葬埋;至寒授衣,饥则授食,其体恤小民更有加于从前者,所至辄有仁恩,如所谓阳春有脚[5]者,是耶? 非耶! 但金州城北屏山,古有佛洞,公闻其庙宇不堪,捐资建修佛殿,所谓有其举之莫敢废者,公其有焉,公诚乐善矣。以身等庸俗耳目,其所见于公、所闻于公者,以蠡而测海[6],敢自附于扬善之列乎? 特秉彝[7]攸好,斯人所同,故略表之,以俟夫后之览者,亦有感于公之意,而流连叹赏之不置[8]云。

李砚田　金纯义　……」　柳春富　金纯一　……」　王得宽　张恒常　……」　张景海　张恒足　……」
张启谟　柳春荣　……」　刘德顺　柳春元　……」　李丰义　柳春太　……」　王逢显　潘建成　……」
赵广义　王世德　张…」　吴廷臣　李茂祥　张…」

【碑考】

　　该碑于 2004 年秋冬季清理古佛洞禅房时在山崖下被发现,仅存残段。此碑残高 40 厘米、宽 57.5 厘米、厚 13 厘米,黄白色石质。碑文根据增田道义撰《金州管内古迹志》书所录补齐。碑文内容分两部分,前半部分记述黄仕林率军驻防金州、旅顺期间赈济鳏寡孤独等穷苦百姓,行善于民的事迹,后半部分为黄仕林捐资修建古佛洞之事。

　　碑文中提及的黄仕林为"吴营总统",即吴长庆军中的总管。吴长庆(1833~1884),字筱轩,庐江南乡沙湖山人。历任正定镇总兵、浙江提督、广东水师提督等职。而碑文中有黄仕林"于光绪十年春统军至金州,驻扎城南。"那么,黄的军队从哪儿开拔来的呢? 事情的经过还得从十九世纪七八十年代日本侵略朝鲜说起。

　　1868 年,日本通过"明治维新",迅速发展成为一个穷兵黩武的军事封建的资本主义国家,奉行对外侵略扩张政策,声言"开拓万里波涛,布国威于四方",朝鲜便成为首个侵略的对象。1875 年日本动用武力迫使朝鲜政府签定了第一个不平等条约——朝日《江华条约》。该条约否定了清朝政府与朝鲜历史上的宗属关系,获得了派驻公使、开放通商口岸、准许日本测量朝鲜海岸、享有领事裁判权等权利,这成为日本侵略朝鲜的开端。此后,日本在朝鲜不断进行野蛮扩张和掠夺,干涉朝鲜内政,引起朝鲜人民的强烈不满,同时,日本通过扶持失意官僚、朝鲜政府的反对派,也激化了朝鲜统治集团内部的矛盾。光绪八年(1882),由于执政的闵妃外戚有贪官克扣军饷,汉城禁军士兵犯王宫,杀大臣,烧日本使馆,闵妃化装成宫女出逃。日本发兵出动七艘军舰驶至朝鲜,分兵屯汉城南门外,日要要朝鲜政府交出乱兵首领、索取赔偿、气势十分嚣张,朝鲜受到日本威胁。闵妃应邀清政府出兵,清政府派吴长庆率师三千人东渡,以轮舶济师直抵汉城,日兵遁回仁川。吴长庆命所部据险为营,自率大队进入汉城,以计擒乱首送中国,后击散乱党,复迎闵妃。未过旬日,祸乱悉平,人心大定,闵妃外戚集团重新掌权。日本起初想借故多所要挟,见事已定,又感自己兵少势孤,深悔出京失计,无可奈何,为之沮丧。吴长庆平息兵成后,留镇汉城,帮助朝鲜建立军队,巩固和加强防御,修治道途,救灾恤民。从此日本和清朝均在朝鲜驻军,朝鲜的贵族也分化成要求与日本合作,以实现"民族独立"的"开化派"和以闵妃为首的"守旧派"。这就是朝鲜历史上的"壬午之变"。"壬午之变"平定后,有"江南才子"之称的张謇代吴长庆起草的《朝鲜善后六策》上疏给李鸿章,由此吴长庆与李鸿章产生矛盾。光绪十年(1884)正值中法开战,清政府也顾虑到京畿门户的安全,李鸿章遂以此为借口,命吴长庆率领部分"庆"字营回防金州,另一部分由袁世凯统领,继续驻守朝鲜。六月四日因失宠于李鸿章而受到排挤的吴长庆率三营乘兵舰抵达金州海口驻扎,不久,因愤闷而卒于金州,时年五十五岁。吴死后,有"吴营总统"之称的黄仕林统领此部分军队,这就是碑文中提到的黄仕林"于光绪十年春统军至金州,驻扎城南。"之事。碑文中又提到黄仕林"既而,移军旅顺,"这其中又发生了什么变故呢?

事情还得从朝鲜发生的政变说起。1884 年 12 月 4 日,开化派和日本公使一起策划,依靠日本军队发动政变,杀死守旧派官员,宣布和清政府断绝关系。这个事件,史称为"甲申事变",清军应守旧派要求,于 6 日开进王宫,击败日军,杀死开化派首领,部分开化派首领逃往日本,守旧派重新掌权。

1885 年,不甘心失败的日本政府,就此事件同清政府谈判,4 月 18 日,双方签订了《天津条约》,条约中有一条规定:双方撤走各自驻朝鲜的军队,四个月为期限,各自尽数撤完。为防止两国发生开端,中国军队自马浦山撤出,日本军队自仁川港撤出。清政府考虑到旅顺口修筑炮台无人驻防,于是,下令驻防朝鲜的"庆"字军悉数撤往旅顺,当然,驻防金州的黄仕林的"庆"字军也一同随往,这也是碑文中出现的"移军旅顺"的原因所在。

碑中载:清光绪十三年(1887)黄仕林曾捐资修建佛殿之事,再根据下文的王永江撰碑载,在修建过程中将"梦真窟"三字铲掉。为什么要铲掉这三个字呢?这里流传着黄仕林修建古佛洞的笑话。清朝光绪十年(1884)淮军统领黄仕林率军来金州,黄见金州城北平山地势险要,便领兵一部驻扎在古佛洞,并在山上修筑防御工事。一天,在视察古佛洞时,猛然看见洞口崖壁上刻有"梦真窟"三个字,黄仕林非常迷信,他想:"梦"字岂不是南柯一梦?"窟"字不就是洞吗?感觉不吉利。于是命令士兵架起梯子将此三字铲掉,但费了很大的气力,"梦真窟"仍依稀可见,没办法,黄只好在洞外盖了精舍,把"梦真窟"三字挡在里面。从此以后,梦真窟便改为别名了。根据此碑,我们认为此笑话并不可信,这主要是在光绪十三年(1887)时,黄已经驻防旅顺,不在金州驻防,黄身居要职,不可能到梦真窟亲自到现场监工,更没有领兵驻扎在梦真窟,只是捐资,但授意将"梦真窟"三字铲去倒是有可能的,"公闻其庙宇不堪,捐资建修佛殿"句中的"闻"字是"听说"之意,就昭示了这一谜底。

据此碑载:黄仕林,字松亭,江西丰城县人,这可以纠正前人记载之误,前人误为安徽合肥庐江人。黄于光绪十年(1884)春统军至金州,驻扎在城南,曾救助鳏寡孤独之贫民。不久,移师旅顺后,又特发慈心,"施与棺木",雇人埋葬"死无所归"的尸骸。但就是这位有着菩萨心肠的黄仕林,却是一个贪生怕死之辈,在中日甲午战争中,黄驻守的旅顺黄金山炮台未作任何抵抗,临阵脱逃,在战事处于紧急时刻,黄仕林率先由老牸嘴海岸炮台易服逃走。他逃走后,为掩人耳目,"尚请人代电报战状"。逃至中途,舟倾落水,险些淹死,被轮船救出得生。李鸿章电奏清廷,请旨将黄仕林"即行革职,永不叙用,以示惩儆"。旋以临阵逃脱罪被逮捕,定斩监候,入狱。后以银三万两馈荣禄,获开释,官复原衔,授武卫军统领,行卒。看来,老佛爷并没有保佑黄仕林,反而成为万人唾骂的民族败类。该碑碑文可纠正后之学者对黄仕林 些错误认识.

一是现代版本都认为黄仕林为安徽合肥人,此碑写为江西丰城县人,当以此碑为准。

二是地方文献中均认为黄仕林归属于"铭"字军,当以此碑文中的"庆"字军为正。

三是地方文献中认为黄仕林并没有修复梦真窟,而是在此驻军并把庙堂改建为营房,这种说法也是不准确的,也以碑文为准。该碑原立在金州城北平山佛爷洞。《金州管内古迹志》有著录。

【碑文注释】

(1)天爵:自然爵位。《孟子·告子上》:"仁、义、忠、信,乐善不倦,此天爵也;公卿大夫,此人爵也。"
(2)吴营:指吴长庆的"庆"字营。咸丰十一年(1861)创建淮军时,吴长庆以所部 500 人组建"庆"字营。
(3)鳏寡孤独:没有依靠年老体弱的老人。《孟子·梁惠王下》:"老而无妻,曰鳏;老而无夫,曰寡;老而无子,曰独;幼而无父,曰孤,此四者,天下之穷民而无告者。" (4)攀辕:牵挽车辕,多用来表示称颂地方长官之语。 (5)阳春有脚：旧时用来表示对能够体恤民情施行德政官吏的赞美。阳春，温暖的春天。
(6)以蠡测海：比喻以浅见揣度，了解问题片面。蠡，贝壳做的瓢。 (7)秉彝：做人的常理。《诗·大雅·烝民》："民之秉彝，好是懿德。"秉，禀赋；彝，常理。 (8)不置：不停，不止。

2. 重修梦真窟碑

民国十五年(1926)

【碑阳】

刘禹锡(1)《陋室铭》(2)曰："山不在高，有仙则名。"非山之必有仙也。有冲虚抱一(3)之士者，居之侧山，以人名耳。若夫峨嵋(4)、少室(5)、终南(6)、泰岳(7)，虽以嵯峨吐』符(8)、槃郁含灵(9)，足以动诗词(10)而壮名迹。然洞天丹鼎、福地(11)禅林(12)，虽一丘一壑，亦唯高人逸士(13)凿幽(14)探胜，而灵迹(15)乃为益彰矣。不独岿巉摩天窅(16)』深，窟鬼乃成名胜，正《陋室铭》所谓"山不在高者也"。金邑城北十里许(17)有屏山(18)，山固不高，而中峰平迤(19)，西北悬崖有石岩，若龛，中一石佛，外悬』石灯二，其东南一洞，容人行半里许，窈然(20)难测，而石佛之侧，若石磬、石鼓，叩之声相似，唐时故物。且峦壑皆无水，独近洞有泉清冽，足洞中』居者用。洞外有"梦真窟"擘窠(21)大字三，深刻峭壁，清光绪十三年，驻邑淮军统领黄仕林者(22)，于洞外建精舍(23)，揾三字划(24)去，惜哉！至今仅模糊，略』辨耳。夫此山古迹为何代何年，志乘(25)弗存，固无可攷(26)，而山之名于古也，盖即此可证矣。迨清光绪甲午之役，并黄仕林所建精舍亦毁之。游』此山者，但见残瓦颓垣及断碑，卧荒烟蔓草中，不胜兴废之感而已。抑又闻之甲午之前，有道士跣跼(27)洞中，不知为何许人，增衣度暑，赤脚』行冰，若不知有寒热岁月者。一日，忽于洞中火化，岂厌此尘垢(28)而解脱欤，几二十年遂无人问津焉。前年三里庄、大魏家屯二会好义者，出』而集资，鸠工庀(29)材，仍建佛舍于洞外，又三楹在东壁下，为道士居；又建钟楼一座，迄民国十三年(30)九月工竣，且勒石焉。于是圮(31)者复起，荒者』复完，佛大欢喜，亦免山灵腾笑(32)矣。夫人心日驰(33)于尘壒，冲虚抱一之士固不可多得，抑安知不有高人逸士托躅(34)其间，以属(35)此山之名，而与』辽东名胜医巫闾(36)、千山(37)相辉映乎！余适(38)家，居邑绅来丐(39)碑，纪于余，是以叙其概略(40)云尔。』

特任奉天省长王永江拜撰』前清生员张春生敬书』住持道 刘圆祥 高明玄　石工王永涛　夏学双』

中华民国十五年四月初八日(41)』

【碑阴】

兹将众善士捐款钱数芳名开列于后

发起人 庞志顺 王锡五 徐廷斌 王集祥	福顺义油坊叁百圆	曹世科拾圆王克谦五圆刘万福三圆王全和二圆王傅道二圆王図洪二圆王锡年汪鹏翘王家邦林孝先唐克礼于正贵金李堂利增长程远…」
	怡顺东油坊叁百圆	曹正业拾圆霍官德五圆孙源海三圆王锡谟二圆王傅海二圆王春长永二圆王锡均刘秉兰郎广文田永贵唐克顺孙源兰于连财富贵堂庆盛…」
	天兴福油坊贰百圆	董学富拾圆复兴圆五圆王傅纶三圆王士超二圆王傅贵二圆王裕昌源二圆王士学魏景兄白连云王傅贤赵连升孙源茂金李明徐□清李德…」
		阎家丞拾圆 金州天兴福五圆唐克君三圆王士经二圆唐世崑二圆荣盛园二圆王士英汪凤英高连英庞德财孙廷相孙祥山鞠丕善卢　毅刘长…」
	成顺和油坊壹百圆	阎家相拾圆燕翼堂五圆孙源和三圆王士纶三圆赵姚氏二圆王庆源盛二圆王士绅刘秉业孙殿会慕恩奎赵德升周万和曲安发陶文清図…」
		广增盛拾圆李冠廷五圆孙源福三圆王士臣二圆吴成章二圆福和堂二圆王士文丛述善吴宝真高福昌王殿发李　全曲长庚孙配贞许…」
	泰来油坊壹百圆	林厚德拾圆怡顺成五圆孙源太三圆王士荣二圆卫长安二圆夏尊序二圆毕善明刘明礼吴王氏高明信王振宽朱　桂曲长太新盛涌毕…」
		孙源春拾圆卢元经五圆孙源庆三圆裴世臣二圆王守成二圆王立友二圆金学深刘秉耿锡章裴兆祥张克成李振太于殿士吉図和邹…」
	顺兴工厂壹百圆	薛万山八円广成和五圆孙源常三圆裴世国二圆李永田二圆王天図东二圆周永贞刘玉芝郎万忠裴文仪白祥太李振升于士忠阎家治周…」
		卜庆槐七円王锡九五円徐维礼三円裴世芳二円郭长図二円成聚盛二円葛连和刘秉彝陶盛世慕永升吴明姚德高于士发中和居…」
	福　顺　厚壹百圆	吕永芳六円孙德贵五円孙治安三円裴世禄二円孙源丰二円聚泰成二円李懋祥刘秉杰刘李文王傅珠唐世平姚宝玉洪万禄刘殿□…」
		万口架六円郝维礼五円孙宗庚三円王贵先二円孙富宽二円益昌凝二円吴万发刘秉炎于应君盛太兴孙安义唐克祥王有宽王元□…」
	安　惠　堂壹百圆	阜增德六円王集祥五円王福贵三円魏秉德二円李振芳二円王德成永二円李懋树刘玉王士选于安常白尚德周茂仪王福利成泰…」
		阜顺公六円林有翰五円王萧先三円刘秉林二円李明喜二円李向仁二円李式春王図慕永期王作夺崔乜魁王成富王福安新□□…」
	苏　周　氏壹百圆	张大中六円李长发五円石廷年三円刘忠太二円苏文发二円林方行二円王贵清刘秉运陶　广裴文信卫玉芳徐维治刘长生…」
		刘秉钺六円滕元铭五円万盛架三円刘玉二円王长富二円佟振铎二円李世恩刘秉和白永贵裴兆君王锡和徐宗芝刘茂槐…」
	王　锡　五壹百圆	吕行云六円郝维城五円义図盛三円刘玉来二円许连春二円纪庆福二円魏善善刘秉正白全有王福忠卫玉太徐维平孙玉□…」
		刘中琛五円杨仁朴五円毕永庆三円白连山二円徐廷荣二円阎传芳二円王宫志贞吕德云白永裕裴兆崔占魁徐维慎徐瑞□…」
		高顺财五円董亭鉴五円郑万庆三円孙殿福二円于殿元二円张良忠二円魏毓庚孙源荣刘维忠王傅一吴孝义徐经毕殿…」
	忠盛和油坊五十圆	王锡仁五円于　涌五円文福升三円白连相二円王福纯二円李　裕二円王葛连洞庞忠仁杨有芳薛世良白文国徐廷和康德□…」
		王士福五円于　澄五円王连财三円白永和二円姜盛业二円寅全福一円五李懋刚魏景礼王锡财吕岱云刘玉顺徐维□阎家□…」
	忠兴福油坊五十圆	裴世喜五円王忠诚五円广德盛三円孙永禄二円王永珠二円王丰盛德一円五李世盛丛述增王锡庚王傅和崔士魁徐维显曹□□…」
		裴世财五円王士铎四円聚顺盛三円白连俸二円尹纪恩二円镇兴靴店一円五李懋升魏景仁王锡有吕永福崔玉平鞠德丰英□□…」
	政记公司五十圆	孙源礼五円王福锡四円洪兴德三円苏兆元二円刘人义二円吕永富一円五李向阳魏天盛王德昌王福德卫茂林董万成石□□…」
		李　春五円王锡芝四円广盛义三円王士选二円张英中二円王庆发永一円五魏秉选刘秉阳王贵和刘长太张克纯徐宗云永□□…」
	益　和　号五十圆	曲治家五円韩云阶四円兴发成三円杨有运三円王晋顺东二円王宝聚兴一円五吴殿发刘秉江王贵温王傅令卫茂赏徐宗藩□□…」
		姚振麟五円德裕昌四円同德公三円于忠官二円金培德二円广增永一円五吴廷贵刘玉殿杨有胜王傅真白尚和徐治高□□□…」
		张滋生五円金生利四円张绍文三円王凤斌二円运记烟局二円正顺德一円五吴殿臣刘玉海杨有义王傅本王玉田金万□…」
		曲江滨五円洪顺玉四円邢长令三円王荣麟二円陈永声二円曲家祯一円五魏永恩魏景喜王广麟王傅富白文禄金李□…」
	刘　心　田叁十圆	石永年五円王永贵四円徐傅生三円王士田二円恒顺德一円福盛长一円五魏毓珍魏天荣王凤江王傅上王玉丰…」
		卜庆云五円王永成益四円吴美和三円于宗连二円王洪図玉二円张景波一円曲常新白永芝王玉麟王傅庆白文举…」
	阎　传　绂叁十圆	于正昆五円永远兴四円青木利继三円于成德二円植成益一円柳成章一円曲常廣魏景亮王凤昆王傅高白文章…」
		于正仑五円于长治四円桥本市藏三円高福盛二円和生成二円王令云一円刘玉财王汝喜王凤浩王傅図白文升…」
	徐　人　斌贰十圆	邱玉阶五円吕连有三円四有马健藏三円高福顺二円天聚昌二円王徐维绅一円魏永盛吴宝善王锡坤赵永奎许长春…」
	王　文　川贰十圆	乐天堂五円吕连庆三円五董福亭二円五刘毓琛二円孙源永二円曲士祯一円房文财刘李升范先阁于明盛张连坛…」
		万和号五円吕文明三円五阎家祥二円四吕永顺二円增福二円朱永丰一円魏景隆于治太田德五刘长福孙源□…」
	丛　仁　纲拾五圆	福成顺五円毛天福三円阎家吉二円四赵永思二円德记药房二円孙玉太一円魏景刘李兴孙源奎于明福许太□…」
		大德丰五円陈万芝三円魏秉富二円唐世明二円永成栈二円孙玉高二円李长江白连贵范傅福于明发王□□…」
		丛春田五円刘秉恒三円魏秉贵二円王傅礼二円福顺德二円高长春一円魏景奎范永德王锡官唐克忠□□□…」
		于文和五丹…

【碑考】

　　刻于民国十五年(1926)。碑首已失,石灰石质,现仅存碑之上半截,残高132厘米、宽68厘米、厚21厘米,王永江撰。该碑文前人有抄录,现据前人抄录补齐下半截碑文。碑文16行、满行53字,阴刻楷书。碑文前半部分记述了古佛洞的神秘和周边自然风景,并对古佛洞作了简单的考证,后半部分回顾了清朝光绪年间淮军统领黄仕林在古佛洞外捐建精舍,并将刻在洞口外石壁上"梦真窟"三字铲除之事以及原佛洞赤脚道士怪异行为,但对民国十三年重建古佛洞的情况叙述较为简略,只有"建佛舍于洞外,又三楹在东壁下,为道士居,又建钟楼一座"寥寥数字。碑文边为双龙戏珠图案;碑阴为捐款厂家、人名和钱数,现存计513人、12个厂家,对研究民国时期金州乃至大连地区工商业经济的发展史有一定参考价值。

洞中大佛(旧照)

赤脚大仙旧影

古佛洞,原名"梦真窟",其名称来历不详,又称"佛爷洞",明朝时称为平山佛洞,在明朝《辽东志·金州卫山川地理图》和《全辽志·金州卫境图》书中就明确标有"平山佛洞"的地名(详见龙王庙一文插图),它位于金州城北平山主峰南侧,由一天然溶洞开凿而成。洞口上方悬挂一50×120厘米雪花石匾额,上书行楷"古佛洞"三个大字,为山东信徒杨永升于1943年所敬献。其洞开凿的年代,据目前所知,最早为南北朝时期,在金州博物馆保存一尊古佛洞的文殊菩萨石像,石像身后刻有发愿文,刻文为"大齐天宝三年四月九日弟子李合进佛",大齐天宝三年为公元552年,距今已有一千四百多年的历史。以后历代重修,唐朝时期,碑中有"石佛之侧,若石磬石鼓,叩之,声相似,唐时故物"为证,金州博物馆内还保存有多尊原古佛洞内供奉的唐朝时期菩萨石刻塑像,均可为佐证。在溶洞内北壁上,刻有释迦牟尼坐像,此像是就原有之石凿成的,半属天然,据专家考证,此为辽金时期雕塑,惜佛像破损不堪,原先圆形面庞、两耳垂肩、双目微睁、口角上翘、右手当胸竖起、左手着膝、意态安详、袒胸端坐于莲座之上的佛像形象早已不见了,面部细节、手臂、莲座已不存,仅见一轮廓而已。佛像上方原有大鹏金翅鸟,惜现已不存。古佛洞元明清时期均重修过,博物馆都有这一时期的不同遗物。该洞是目前所知大连地区所存年代最早的佛教洞窟。

碑中还记载,古佛洞"峦壑皆无水,独近洞有泉清冽,足洞中居者用",这就是位于洞口附近不远处的一眼井,井不太深,清澈见底,井边北有一洗心池,呈心状,利用一天然石灰岩凿成。可惜的是,洗心池今依在,井中清澈的泉水再也看不到了,该井在上世纪60年代时期,当地百姓看见井浅,就往下深凿,欲多出水,哪成想,井水不但没有哗哗流出,反而泉水顺着地下缝隙渗漏下去了,这样,枯井现已经没有利用的价值了。

据说,古佛洞有两奇:一奇是碑文中提及赤脚老道,是一个行踪诡秘的人,一年五冬六夏光脚走路,从不穿鞋,暑热夏季穿着厚厚的衣服,"增衣度暑,赤脚行冰",因而在当地有"赤脚大仙"之美誉;二奇是古佛洞本是佛教场所,却被道士占据,"建佛舍于洞外,又三楹在东壁下,为道士居",不知是何缘故。

行踪诡秘的"赤脚大仙",姓孙,金州人称孙道士,医术高明,治愈很多病人。夜里静坐在石室中,若有客人到访,宿在道士旁,山中猛兽见此,也不会伤害他。中日甲午战争中,古佛洞塞满了避难的人,孙道士乃腾出地方,让给避难的人,自己东走十三里洼子村,孙道士见众人施礼。该村恰巧有日军驻此,见孙道士模样,俱惊异不已,用刺刀割其发髻,鲜血如注,日军怀疑为妖将,拟将其杀之。村中父老都知孙道士做过不少好事,求情赦免他,说孙道士乃方外修炼之人,当时双方言语不通,辄以文字通达,得以免遭杀身之祸。孙道士返回洞中,又住了十余年。一日,孙道士对徒弟说:"你们记住,如果有一天,院中着火之时,就是我羽化之时。"果然,有一天,西厢房失火,众人皆救

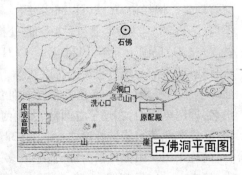

古佛洞平面图

火,待火熄灭后,见孙道士趺坐而逝。孙道士之异事被孙宝田收录在《旅大文献征存·续编》中。

古佛洞又是金州久负盛名的古八景之一"佛洞滴泉"所在地,民国时期金州著名诗人郑有仁诗兴大发,特地为此抒词一首《唐多令·佛洞滴泉》,词中写道:

十里路萦湾,屏山古洞环。有如来,石像庄严。翘鸟翩翩疑解舞,谁又说,石顽坚?

泉滴俗尘删,仙音出壁间。鼓敲残,磬击娴娴。一抹水痕肩湿处,欣照彻,夕阳殷。

碑文是王永江因反对张作霖用兵关内而辞职归里不久所作,是王永江生前留下的唯一碑文。《金州志纂修稿》有著录。王永江简历见《王永江墓志》。该碑六十年代被推下古佛洞外山崖下,断为数截,现卧于古佛洞外山崖下乱石杂草中。

【碑文注释】

(1)刘禹锡(772～842):字梦得,唐代文学家、哲学家,洛阳人,贞元进士。文学著作有《刘梦得文集》,哲学著作有《天伦》等。　(2)陋室铭:刘禹锡为其居室所作的一篇散文,全篇通过写陋室,表达了作者安贫乐道的生活情趣和孤高清俊的情操,是一篇短小精悍、脍炙人口、韵味无穷的佳作,为历代所传颂。(3)冲虚抱一:冲虚,淡泊虚静。夏侯湛《抵疑》:"玄曰冲虚,仡尔养真"。抱一,谓守道弗失;一,指道。《老子》:"是以圣人抱一为天下式"。　(4)峨嵋:山名,即指峨眉山。在今四川峨眉县西南,因有山峰相对如峨眉,故名。与五台山、普陀山、九华山合称中国佛教四大名山。　(5)少(shào 音劭)室:山名,即少室山,在河南登封县北,山北麓五乳峰下有少林寺,以传授少林派武术著称。　(6)终南:山名,即终南山,在陕西省西安市南,相传道教全真道创始人王重阳、北五祖中的钟离权、吕洞宾、刘海蟾曾修道于此。　(7)泰岳:山名,即泰山,古称东岳,故称。在山东省东部。　(8)嵯峨:山高险峻的样子。吐符:吐,为吐纳,是中国古代的一种养生方法,即用深呼吸呼出肺中浊气,吸进清新空气,以达到养生的目的,后道教也承袭这一方法,认为通过吐纳可以吸取"生气",吐出"死气",达到长生;符,即符箓,道士使用的一种文书形式,以达到"驱鬼召神"、"治病延年"的目的。　(9)槃郁:曲折幽深。槃,同"盘"字。含灵:指人类。人为万物之灵,故称。　(10)讴:"歌"的异体字。　(11)洞天福地:道教传说神仙所居的名山胜境。洞天,即洞府,意谓洞中别有天地。　(12)禅林:佛教寺院的代称。因寺院多建在山林之中,故名。　(13)高人:品德高尚不慕名利的人。这里指隐士。逸士:遁世隐居之士。　(14)凿幽:打通深奥隐秘之地。　(15)灵迹:仙人踪迹。(16)峗嶻(kuī jié 音亏杰):山高大险峻的样子。摩天:形容极高。窅(yǎo 音杳)深:深远,深邃。(17)许:约计的数量。　(18)平山:又名"屏山",位于金州城北,是金州城北的天然屏障,故而又称"北屏山"。　(19)迤(yǐ 音乙):也作"迆",延伸,往。　(20)窈然:深远幽静。　(21)擘窠(bò kē 音檗科):古时写碑文划界大书,叫"擘窠"。《通雅·器用·书法》:"擘窠,言擘书窠分也。"擘,划分;窠,框格。(22)黄仕林:见碑文简介。　(23)精舍:道士、僧人居住修炼之所。　(24)划:同"铲"字,铲除。　(25)志乘:地方志书,记载地方的疆域、沿革、人物、山川、物产、风俗等方面的书籍,统称"志乘"。　(26)攷:"考"字的异体字。考证,考察。　(27)跏趺(jiā fū 音加肤):"结跏趺座"的略称。佛教修禅者的坐法,即双足交叠而坐。佛经说,跏趺可以减少妄念,集中思想。白居易《在家出家》诗:"中宵入定跏趺座,女唤妻呼多不应。"(28)尘垢:尘土和污垢。此处指尘世、人世。　(29)庀(pǐ 音疲)材:准备好木料。庀,准备,具备。　(30)民国十三年:1924年。　(31)圮(pǐ 音疲):毁坏,坍塌。　(32)腾笑:大笑,嘲笑。　(33)人心日弛:谓人的心地思想每天都在松懈,不思进取。　(34)尘壒(ài 音爱):即尘埃。壒,同"堨"。比喻污浊。　(35)托躅(zhuó 音苗):假托神仙的足迹。躅,足迹。　(36)属:同"嘱"字,寄托。　(37)医巫闾山:山名,即医巫闾山,在辽宁省西部、大凌河以东。主峰在北镇县境内,海拔867米,山上名胜古迹、摩崖题刻众多,是东北著名旅游胜地之一。　(38)千山:在辽宁省鞍山市东南,全称千华山,是千山和华表山的合称,简称千山。山上风景秀丽,庙宇众多,为全国重点风景名胜之一。　(39)适:正,恰好。　(40)丐:乞求,请求。　(41)概略:大略,梗概。　(42)民国十五年四月初八日:1926年5月19日。

八　亮甲店真武庙

1. 得胜庙记

明·正德元年（1506）

【碑阳】

山镇海堝实地利之优□□□□『鸿达就古刹之方□也□□□□□秀气□□峰仪井□之□□之皆降也州今』
天地开泰之时而金城□烽□□□但不若斯地之清丽也彼于先』帝洪武岁始则筑□□□名□□□□望海
堝基址□□烧□□久□□于永乐岁□□泽□北通□□□』交足携弓担枪乃各驾大航自东境而□徂宫
□□□落辈出□□□道途□泣□望达□□□□』参致乡邦无由而稔其生产之劳嗟声悲痛无
□□□但有□□□□□□□□□之□□』以保商民又何得以抚人乎盖惟仰慕』宏仁征虏
忠武前将军都督刘公江防御于斯□王□金□□□横野之□□□□之则□□□□□□』际倭阵潜出
蛇蝎纵莫不山呼载道驱众郊□之之□□横□遂起□□□□□□□□□□□□□』麾下令千兵姜公
焚烧其船□□□□去而□情□□是时已因境□□□□□□□□□□□□□』而曰得胜之基迹也
旧□□治数千兵□□□□宝发盛□□□起造之砲为际比之旧式其□□□□□』欲恒久于斯续□其事禅
僧满堂□因其□□□□于□哉□体□□□心广□乎□□□□□□□□』玄帝伤欤尊亦欲恒接是时之
□会就乡方善□□等同结良缘□扬万年之运诚现于际□□船□□□□□』时哉是为碑　题倭犯　倭
□□□永乐海□□密新□船惊慌野□干戈剿□□□□□□□□』遇 旌旗炫日月长扬□皷砸山川
□□□□溽暑助阵□□□□边□□□忠武□□□□□□□』忠武将军[1]□远□□无□阵□□州
□□□□□□待来卒砲还车马休不□□□起□勒□□□□□□□□』□□□□□分守兵守
□□□□□□□然□舍清碑立庙前福□□□千□□□□□□』建边功崇□□□□□□宽
□□□□□□仁□□……』

大明正德元年岁次丙寅季春[2]月立榆林[3]后学[4]王杰撰』

【碑阴】

		□□		顾□	
		张□		□□	
公子佘□僧人		□□		□□	
公子王□		刘□室人□氏□□	李久		
守备望海堝舍碑 千户佘 㦻 夫人胡氏		□□	王□	佘忠 高	
守备望海堝指挥佥事陶勋		张滔	王□	□□刘氏	
掌卫指挥佥事蒋鉴		□□	王宝	□人李氏	
		□□	王真	□人李氏	
御备都指挥佥事鲁勋[5]	众信道友 作 福	吴俊	□□	黄 强	
		李惠	□□	李英第	
卫经历[6] 司张玺		李□	李□	山西□人 郭子…	
卫镇抚□□ 李登		徐庆	周俊	刘□	空人李氏
致仕[7]父佘忠 故母杨氏 满澄弟张才 陈 宜 氏 人	李雄□□	助工刘戌 □人叶氏	男刘□ 刘月		
母赵氏 心□圣像□僧	张信李氏	徐龙	许泰	母刘氏大二姐 三姐	
	□遁孙氏	王海	李文	□氏	
建官镇抚王亮	徐忠	王宽	□住	徐氏	
	□广	□太	空人 道婆	□氏	
庙祝[8] 江 仲 良			□氏		
匠作僧人法海	助工道人徒官王□宽	室人[9]秦氏			

【碑文简介】

立于明朝正德元年(1506),碑碣为辉绿岩质,碑呈长方形,圆首,龟趺座,龟趺座已失,仅剩碑。碑高140厘米、宽56厘米、厚25厘米,阴刻正书。碑阳文19行、满行43字;碑额上孙宝田云刻有"得胜庙记"四字,篆书,今细查之,没有任何此四字的痕迹,可能是误记,也可能是年久,已经磨平。碑阴为金州卫地方官员、守备望海埚堡官员、庙中道士及众信徒名单。

此碑原立于金州亮甲店镇赵王屯东北的金顶山真武庙院内,六十年代,庙被毁,该碑一度曾被运至金州博物馆保存。2003年修复真武庙时,碑重新立在庙院内。

由于年久,碑文漫漶过半,时断时续,几不可读,但仔细研读,还可以大略看出碑文的意思。前半部分记述望海埚的战略地位和砌筑的年代;中间部分转述倭寇给当地百姓造成的危害;后半部分叙述忠武将军都督刘江在此歼灭倭寇的经过。但由于碑文过于模糊,具体详细的内容已不可能十分清楚,因而碑文没有加标点。我们只能借助史书来论述明朝初年金州倭乱和望海埚大战的经过情况,以加深对此碑文的理解。

【历史背景】

倭,是古代文献对日本列岛上出现的诸小国和强邦的称呼,最早见于《汉书》。唐朝咸亨初年改名日本,"以近东海日出而名"。倭寇是元末明初时在我国沿海和朝鲜沿海地区进行抢掠的日本海盗。倭寇的出现是与当时日本国内正处于南北朝分裂混战有关,封建诸侯割据,互相攻伐,兵戎相见。混战中,不少溃兵败将和逃避征敛或失去谋生手段的人,多逃遁海中,聚集岛上,勾结不法商人,到中国沿海地区进行武装走私和抢劫烧杀活动,当时称这些人为倭寇。倭乱的出现,给明朝政府带来了严重的隐患。有明一朝,倭乱自始至终是明廷的心腹大患,从明洪武初年至明朝灭亡,倭乱始终没有从根本上彻底平息。其侵扰范围"北自辽海、山东,南抵闽、浙、东粤,频海之区,无岁不被其害(《明史纪事本末·沿海倭乱》)。"

明朝初年,金州地区是倭乱的重灾区。洪武、永乐年间,倭寇多次骚扰此地,史书载,洪武二十七年(1394)冬十月,"辽东有倭夷寇金州,卒入新市,烧屯营粮饷,杀掠军士而去(《明实录·太宗实录》卷235)金州新市,具体地址不详,据张本义先生考证,新市应在金州城附近,或在城东,或在城北";永乐九年(1411)"海寇入寨,杀边军(《明史纪事本末》卷55)";永乐十三年(1415)"倭贼入旅顺口(《明实录·太宗实录》卷171)";永乐十七年(1419)六月倭寇犯金州望海埚。

为了加强金州防务,明廷从洪武初年就派都督耿忠在金州备倭。永乐八年(1410)明成祖朱棣派最得力干将中军都督刘江到金州防倭。

刘江塑像(旧照)

刘江,明朝邳州宿迁(今江苏省宿迁县)人,本名刘荣,刘江是其父亲名,刘荣冒父名从军。初,跟从魏国公徐达战于灰山、黑松林,后因足智多谋,被燕王朱棣授予北平(今北京)密云卫百户。1399年"靖难之役"跟随燕王朱棣东征西讨,立下赫赫战功,成为朱棣手下一名爱将。在山东,与朱荣夜袭南军(建文帝明廷军队)因功授都指挥佥事;在河北,战滹沱河,夺浮桥,入山东,掠馆陶、曹州;还军救北平,途中路过永平,打败杨文南军,擢升都指挥使。永乐八年(1410)与永乐十二年(1414)两次跟随成祖朱棣北征,战鞑靼阿鲁台部和蒙古瓦剌部,均有所建树。其中第一次北征回师时镇守辽东,九年(1411)继续镇守辽东。第二次北征后因功以总兵官身份,再次镇守辽东。

综观刘江镇守辽东初期,对倭寇防守的经验不足,因防倭不力而被明成祖朱棣多次训斥。这方面的事例屡见不鲜,如,永乐九年三月"中军都督刘江守辽东,不谨斥候,海寇入寨,杀边军,上怒,遣人斩江首。既而宥之,使图后效(《明史纪事本末》卷55)";永乐十三年(1415),倭寇侵扰旅顺口时,"都督刘江领军至金州卫,相去甚近不策应,及明日调兵至,而贼已遁。"朱棣以"姑记其过,使图后效"(《明实录·太宗实录》卷171)了事。为了使刘江对防倭的重视,明成祖朱棣于永乐十四年(1416)夏五月,告诫刘江要防备倭寇,相机剿捕,并于永乐十七年(1419)

夏四月把近期全国倭寇的情况、动向传达给刘江，"今朝鲜报，倭寇饥困已极，欲寇边。宜令缘海诸卫严谨备之，如有机可乘即尽力剿捕，无遗民患（《明实录·太宗实录》卷211）。"

防倭的失利和明成祖的多次训斥，使刘江不敢懈怠。永乐十四年（1416）十二月，刘江在金州、旅顺地区设置望海埚、左眼、右眼、三手山、西沙洲、山头、爪牙山七所敌台。永乐十六年（1418），刘江巡视倭寇经常出没的各岛，了解了倭寇活动规律和情况，从当地百姓口中得知，凡有倭寇至必先经过望海埚，是滨海咽喉之地，因而刘江最终选择在望海埚用石垒堡筑城，置烟墩瞭望，同年八月完工，以此加强防倭。望海埚城堡呈椭圆形，周围二百余米，东西走向，北窄南宽，城北面有烽火台，烽火台（即烟墩）与城堡相连，南面有缺口，当为城门（如图所示）。望海埚地势高阔险峻，四野瞭望，东南是茫茫大海，西北屹立着小黑山，大黑山雄峙西南，青云河和登沙河在东西两面流入大海，是明朝重要的边防要塞，可驻兵千余。据史书载，明初洪武年间都督耿忠曾经在望海埚筑堡备倭，永乐七年（1409）置望海埚堡，此次修建望海埚城堡应为刘江在洪武年间都督耿忠修筑的基础上增筑。

【战事经过回放】

有关望海埚大战的详细情况，史书均有记载。例如，《明史》、《明实录·太宗实录》、《明史稿》、《通鉴明纪》、《国榷》、《皇明四夷考》、《辽东志》、《盛京疆域考》、《明史纪事本末》、《明通鉴》等。不过，每家记载详略各有不同。目前，《明史记事本末·沿海倭乱》一章中对望海埚大战的经过记述颇为详尽，综合各家，其战事梗概如下：

永乐十七年（1419）夏六月的一天，瞭望敌情的人说："东南方向海岛中夜里举起烽火报警。"刘江估计是倭寇将至，迅速集结，率领马兵、步兵到望海埚城堡上进行布防。刘江在山下设下埋伏，下令犒劳军队，喂饱战马，显得不以为然的样子。后以都指挥徐刚伏兵于山下，兵分两翼，百户姜（江）隆率领壮士潜伏绕回贼船，烧掉倭船，以断绝倭寇回去的路，并约定：旗举伏起，鸣炮奋击，不奋力拼命者，以军法从事。第二天，倭寇近2000人乘船30余只停泊在马雄岛登岸，鱼贯而行，一贼头目相貌丑陋，指挥众倭寇，气势汹汹，排成蛇形阵直逼望海埚城下。不久，刘江见倭寇至埚下，乃披发，举

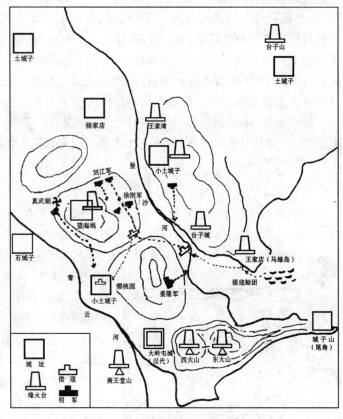

望海埚战役示意图

起旗子命令鸣炮，伏兵奋起，继而两翼并头进击，倭寇大乱，死伤无数，战斗从辰时（七点钟至九点）持续到酉时（十七点至十九点钟），大败倭寇。剩下的逃亡樱桃园（今柳树园）空堡中。官兵追击包围了樱桃园空堡，请求进入空堡中剿杀倭寇。刘江不许进去，在外面包围北、东、南三面，故意让出西面以放走倭寇，兵分两翼进行夹击，结果是彻底、干净地把倭寇全部消灭，这期间，姜隆已经胜利完成使命，火烧倭船，并在返回途中抓缚了逃跑的倭寇。此次战役，无一人漏网，活捉857人，斩首742人。

战斗胜利凯还，将士请教刘江："将军见敌人将至，心平气和，表情安静，只是让士兵吃饱饭喂饱战马。快要临近阵地，装作真武披发的样子。等到倭寇进入空堡，不杀他们而放纵他们出逃，这又是为什么？"刘江说："倭寇远来，肯定疲劳，而且饥饿。我们以逸待劳，以饱待饥，当然是治敌制胜之道。倭寇开始登岸鱼贯而行，摆成蛇形阵，因此用披头散发装作这个样子来镇服敌人，这也是用来愚弄士兵的耳目，振作士兵的

锐气。倭寇已经进入空堡中,有死之心,我大军攻击,他们一定誓死抵抗,我军与之对抗,未必没有伤亡。放倭寇出来,给他们一条生路,此乃兵书战法'围师必缺'之计,所以诸君没有觉察罢了。"

望海埚大捷充分表现了刘江卓越的军事才能和出色的驾驭战场的能力。其表现为:一是善于利用望海埚居高临下、易守难攻的险要地势,构筑城堡,作了充分的歼敌准备。二是用兵得当,指挥得法,先部署伏兵,烧敌战船,断敌归路;后又引敌入伏,歼其主力;又用"围师必阙(缺)"之法,网开一面,纵敌从樱桃园空堡中向西逃窜,进而两面夹击,将其全歼。

明成祖闻望海埚大捷之事,于当年农历九月份诏封刘江广宁伯,禄1200石,赏铁券,子孙世袭,并分别奖赏有功将士。此战是我国明代前期歼灭倭寇来犯的一次比较成功的海岸防御战。

第二年四月,刘江不幸死去,追封奉天靖难推诚宣力武臣,特进荣禄大夫、柱国,赠为侯,谥忠武。

望海埚抗倭大捷,是明初诸多抗倭战役中最大、最为漂亮的一次战役,它不仅沉重地打击了倭寇的气焰,使倭寇再也不敢至金州地区来骚扰,金州百姓安居乐业,而且一举扭转了整个明廷辽东及明廷北方抗倭的被动局面,使倭寇对沿海地区骚扰大为收敛,倭寇侵扰的次数也明显下降。从此使得倭寇大受镇慑,"自此不敢犯辽",有力地保卫了辽东沿海,对辽东的繁荣起到了巨大的作用,老百姓不再担心倭寇的侵扰,当地百姓对刘江感恩戴德,在时隔87年之后,即在明正德元年(1506),金州百姓在距望海埚西面不远处的金顶山上修建了真武庙(真武是传说中的勇力无比的神),在庙内塑造了刘江像,树碑立传,把刘江塑成真武大帝的样子,年年前来烧香祭奠,纪念这段刘江抗倭历史。在"十年动乱"中,刘江祠(得胜庙)被毁掉了,只有这通正德元年间的石碑被金州博物馆保护了下来。

碑中提及"姜公烧其船"等语,"姜公"指的是百户姜隆,《奉天通志·乡宦表一》卷一百九十四:"姜隆,金州卫人,为本卫千户。"而《明史纪事本末·沿海倭乱》中记载,姜隆为百户,可能是望海埚大捷后其官职由百户升为千户。

【目前争议】

望海埚城址由于当地百姓采石,今天已经荡然无存。不过,当今的人们对望海埚却发生了争议,其争议有两个,一是望海埚的名称问题,二是望海埚的位置问题。

关于望海埚的名称,过去从来没有发生疑义,无论是明朝众多史书还是庙中的碑文,均写作"望海埚",但近年以来,认为"望海埚(guō 音锅)"应称为"望海崌(tuó 音砣)",其依据有二,是该山当地人称为坨子山,"坨"字与"崌"字音相同,加之"埚"字字形与"崌"字字形相似,故而认为是古人笔误所致;二是在上海辞书出版社1989年出版的《辞海》中册第3180页中,也把"望海埚"写成"望海崌",其词义为"古要塞名。在今辽宁大连市金州区东。地高临海,形势险要。明洪武初,耿忠于此筑堡备倭。永乐间倭寇来侵,为总兵刘江所歼。"其说有了《辞海》权威的认证,更增加了可信度。

明《辽东志》载望海埚城示意图

本人认为,上述说法是对望海埚名称的误解。其实,我们看一看望海埚城堡的平面示意图就可以了解古人所以起名为望海埚而不是望海崌的原因。埚,《辞源》对其解释是:甘埚,熔炼金银之器皿。今作"坩埚"。古时坩埚多为上大下小的圆台体形状,在金州博物馆所存的《望海埚遗址档案》中有上世纪60年代的调查报告,报告中有这样的描述:北窄小南宽大,形似瓮状。我们认为,此瓮状的城堡就像盛装金属熔炼之容器的坩埚,加之望海埚北面紧连着烟墩(即烽火台),烟墩很像坩埚的把手,这就成为古时完整的坩埚形状。明人所著《辽东志》所附金州卫图中望海埚平面图也是一个坩埚的形状。总之,望海埚名字的来历,是古人根据望海埚城堡的平面示意图和坩埚相象有关而起名的,加之众多的史书和碑文以及包括明朝档案资料在内的文书都写作"望海埚",就是现在国家正式出版的有关明朝军事史方面书籍也写为"埚"字,而不是"崂"字。如果有疑义,不可能都众口一词,现在本人没有看到有一本史书或碑文中写成"望海崂"的,因而,近人的说法只是牵强附会,没有根据,应予以矫正。

望海埚城堡的位置,一说在亮甲店石城子,一说在亮甲店赵王屯附近的金顶山,一说在城山头。《明实录》载:"金州卫金线岛西北望海埚上,其地特高,可望老鸟嘴、金线、马雄诸岛。"《明史纪事本末·沿海倭乱》、《明史·刘江传》等史书都与上述写法一致,只有《方舆纪要》载:"望海埚在卫东南七十余里。"这比《明实录》记载更为粗略,因此,只有考证金线、马雄岛的方位才能了解望海埚的大概位置。《辽东志·地理》:"金线岛,城东七十里;马雄岛,城东九十里。"文字虽然含糊,但在《辽东志·金州卫山川地理图》和《全辽志·金州卫境图》中,标有"马雄岛墩",马雄岛墩南面标有"海青岛墩",那么,海青岛墩所在的岛屿就是今天的海青岛、大孤山、鲇鱼湾所在的岛屿,岛屿名称至今没有改变。由此推断,马雄岛即为今大李家镇所在的半岛。金线岛与马雄岛都在城东,表明二者相连,由于金线岛比马雄岛距离金州卫城近,根据地图可知,金线岛,只有今天的大连开发区金石滩街道所在岛屿与之相符合,再一个佐证是,在临近的得胜镇,清朝时期,这里有两个村,一个为东金线岛村,一个为西金线岛村,即今天的东金村和西金村,说明二村所在位置包含在金线岛内。确定了金线岛的方位后,金线岛西北方向只有两个地方与史书记载相符,这就是金顶山和石城子,大李家镇城山头无论从其方位还是周围地形来勘察,都明显与史书上描述的方位不符,可以否定。金顶山之说和石城子之说,看似没有什么疑义,其实,均为错误的。在确定了真武刘江庙的具体位置就可以一目了然。金顶山位于亮甲店东赵王屯北,山顶上根本没有城址,只有当时人们为纪念海埚大捷而修建祭祀刘江的真武庙,金顶山是刘江庙所在地,而不是望海埚城堡的所在地,它肯定距离刘江庙不远。据《金州志纂修稿》:"望海埚在治城东五六十里,金顶山东丘陵上,怪石嶙峋,形若城堞,至今巍然尚存。明永乐中年刘江败倭于此。"《金州志纂修稿》说得很明白,望海埚城堡在"金顶山东丘陵上",这个"东丘陵"就是距金顶山不到一里的坨子山,虽然该地在20世纪80年代已被百姓辟为采石场,城堡不存,但在采石以前,这里的的确确还存在着一个城堡遗址,当地老人还能说出一二来。博物馆还展出过望海埚城堡的城墙砖。石城子位于亮甲店镇石城子村,这里地势不高,是一片平地,离金顶山刘江真武庙太远,从距离上和地势上已经被否定,因而只有位于今金州亮甲店镇金顶山村赵王屯东坨子山上的城址才是望海埚的真正位置所在。

收录该碑文的文献有《满洲金石志》、孙宝田《旅大文献征存》、《辽宁省文物志》、《满洲旧迹志》等。

【碑文注释】

(1)忠武将军:指刘江,因刘江死后,谥忠武。 (2)季春:春末,春季的第三个月,即农历三月。
(3)榆林:指金州。明朝时,金州又称榆林,见嘉靖六年《榆林胜水寺重修记》碑简介。 (4)后学:谓后辈学生,这里是对前辈自称的谦词。 (5)鲁勋:《辽东志·卷五·官师》:"鲁勋,沈阳中卫人,都指挥佥事金书。"本碑记载,鲁勋,正德元年(1506)任御备都指挥佥事,又据辽宁省档案馆、辽宁社会科学院历史研究所编《明代辽东档案汇编》(上)《各卫所呈送官员印信清册[嘉靖二十二年(1543)]》载:"鲁勋,年四十一岁,系辽阳金州哈思关人,嘉靖二十二年(1543)八月二十一日到任。现掌印,兼调马队。"此说较为可信。
(6)经历:官名。金朝于枢密院、都元帅府始置经历,元朝沿用,明朝设置经历司,置经历一人,知事一人,其主要职能是掌管文移、出纳等事。 (7)致仕:辞官归居。《公羊传·宣》元年:"古之道不即人心,退而致仕。"注:"致仕。还禄位于君。" (8)庙祝:庙中管理香火的人。 (9)室人:指妻子或妾。

2. 重修真武行祠以崇得胜庙碑记

明·万历十七年(1589)

【碑文】

碑旧照

重修真武行祠以崇得胜庙[1]碑记』
尝闻玄天上帝尊神,垂今万余禩[2],精气英英[3],灵光灼灼[4],降妖驱邪,辅国安邦。我朝崇祀,封镇于此,方寇尘远遯[5],遏边塞[6],清平皇』图,巩固帝道,遏昌安攘佑祜[7],悉纪何遑[8]!永乐[9]时,倭寇驾船捌百艘,掳掠沿海,居民乘航奔望海堝[10]焉。都督刘江[11]守御榆林[12],遂统』兵攻击,锋利难敌,阵势犹蛇形,人望而畏。刘都公画谋,都指挥徐公刚[13]辈传令官军,披头杖剑,俨若真武神状。壹鼓而攻,群倭』奔败丧胆,尽剿无遗[14],船艘焚灭,厥功伟哉!忆此奇功若或使之,当时官军纪称"得胜",而立此真武神像,故云"得胜庙"矣。以后承』平乐利,物阜民安,莫可胜言。逮百年后,风雨浸淫,堂宇渐隳,以致雨暘[15]不时,瘟疫益炽,官不进于崇[16],职民[17]不得其太平,年复壹』年,彫残殆尽。迨万历丁亥孟冬[18]抚按会委指挥使董公[19]应允管理兹堡,公思曰:事[20]神,治民[21]分内事也。是日晨,至得胜庙谒焉。观』此庙宇,倾隳[22],止遗神像暴露,心甚悚恻[23],有崇兴之念,但治事未举,姑徐竢[24]之。至己丑[25]春夏,坑阳[26]不雨,苗禾枯槁,上分行各处,祈』祷雨泽,惟董公虔沐恳祷于真武祠基,应期雨降,乃神力也。董公偕诸耆老[27]李用、薛凌□、李典、汪世亨等辈共发初愿,捐资于』柒月初旬,崇兴真武行祠,廪[28]呈道府动调[29]人夫车牛,修盖正殿三间,拜殿贰间,东西两廊□五间,山门叁间,仍命□□□□□』□塑,增神像于两廊,添设钟鼓,凛然武当山[30]气象,复兴得胜规模,自□□□神佑,无□□□有□□□』□□□;商贾得胜,百倍利益;黎民得胜,五谷丰登。此□□宁而崇兴得胜,岂小□□□□为后,□以略纪之。是为记。』

守望海堝堡□□□　金州卫指挥……』万历拾柒年岁在己丑孟冬月……』

【碑文简介】

　　该碑已佚,碑文根据日《满蒙》杂志昭和十年(1935)一月号岩间德也著《关东州に于ける倭寇》一文中照片而录。碑为螭首龟趺座,碑文14行,满行48字,阴刻正书,碑边为线刻"S"形纹。据《满洲金石志稿》记载,碑高六尺七寸、宽二尺七寸。

　　碑文分为两部分,前半部分简略记述了永乐年间刘江在望海堝打败倭寇入侵的经过,同时交代了得胜庙的来历,刘江"披头杖剑,俨若真武神状。壹鼓而攻,群倭奔败丧胆,尽剿无遗,船艘焚灭","当时官军纪称'得胜'而立此真武神像,故云'得胜庙'矣。"由于刘江在与倭寇激战时,扮成真武神的样子,故后来又把此庙称真武庙。后半部分则叙述了万历十七年因春旱祈雨而重修得胜庙的过程及规模情况。刘江、望海堝等考证参阅《明正德元年得胜庙记》一文。

　　收录该碑碑文的文献有《满洲金石志》、孙宝田《旅大文献征存》、《金县志》、《满洲旧迹志》、岩间德也《关东州に于ける倭寇》等。

　　亮甲店真武庙原庙东西23米、南北34米,有正殿、东西偏殿、西厢房和山门组成,正殿房为硬山式,砖石结构,屋脊饰鸱尾、剑把及走兽,庙供奉真武大帝像一尊、生像二尊、侍者八尊、石钟楼一、铁钟一,匾额有王永江立匾一、徐家槐立匾三块,石碑十通、石佛十二尊。惜该庙在那动乱的20世纪60年代被毁,除了明朝正德元年碑、无头石像等以外,其余都已经荡然无存了,其中前人有碑文记录仅仅只有明朝正德元年、万历十七年这两通碑,除此以外,其余八通碑文可能永远是个谜了,根据 1956 年陈忠远先生等对真武庙当时的文物调查记录可知,真武庙还有清朝乾隆二十五年、道光四年、光绪四年、伪康德三年等重修碑,所有这些,现在已经是图纸上的一个符号了,这实在是令人剜心裂胆!

真武庙旧照

【碑文注释】

(1)真武:即称"玄武",宋真宗时,尊为"镇天真武灵应祐圣帝君",简称"真武帝君"。传说中为北方之神,本为北方七宿之名。七宿中虚危两宿,形似龟蛇,故称。玄,龟;武,蛇。得胜庙:指亮甲店金顶山上的真武庙,真武庙原名得胜庙,后改称真武庙。 (2)玄天上帝:指真武。玄天,北方之天。垂:将近,将及。禩(sì 音四):同"祀"字。 (3)精气:阴阳元气。英英:云起的样子。 (4)灼灼:鲜明、光盛的样子。 (5)远遯(dùn 音盾):远远地逃遁。遯,"遁"本字,逃遁。 (6)遐(xiá 音辖):远去。边塞:边疆设防的地方。 清平:太平。 (7)遐昌:长久繁荣昌盛。佑祜(hù 音互):旧指神明保佑、祝福。祜,福气。 (8)何遑(huáng 音黄):多么自在、悠闲。遑,闲暇,悠闲。 (9)永乐:明朝成祖朱棣年号。 (10)望海堝(guō 音锅):明朝时期城堡名,位于今金州亮甲店东赵王屯北坨子山上,城堡周长 0.5 公里,系石筑墙,呈椭圆形,南开一门,现已毁。 (11)刘江:见正德元年碑。 (12)榆林:明朝时称金州为榆林。 (13)徐刚:金州卫人,都指挥同知,永乐十年(1412)筑旅顺口南北二城备倭,永乐十三年(1415)十二月时曾因捕倭畏怯而被罚戍边,十七年(1419)在望海堝下败倭寇。 (14)无遗:没有一点遗漏。遗,遗漏。 (15)雨旸(yáng 音扬):阴天和晴天。雨,阴天;旸,晴天,出太阳。《书·洪范》:"曰雨、曰旸。"汉·王充《论衡·寒温》"夫雨者阴,旸者阳也。" (16)崇:崇拜,祭祀。 (17)职民:有职位的人。 (18)旹(shí 音识):"时"字的古字。丁亥:万历十五年(1587)。孟冬:冬季第一个月,旧指农历十月。 (19)抚按:永乐年间设,兼提督学政。董公:人名不详,史书无记载。 (20)事:侍奉。这里指尊敬之意。 (21)治民:管辖范围内的百姓。 (22)隳(huī 音辉):毁坏,破损。 (23)悚恻(sǒng cè 音耸册):恭敬和忧伤,悚,同"竦"字。 (24)徐竢(sì 音四):慢慢等待。竢,同"俟"字。 (25)己丑:万历十七年(1589)。 (26)坑阳:坑,作者笔误,应为"亢"字。指阳光炽烈,久旱不雨,故天旱又称亢阳。 (27)耆老:老人。《国语·吴》:"有父母耆老而无昆弟者以告。"注:"六十曰耆,七十曰老。"此处特指受当地人尊敬的老者。 (28)凛(lǐn 音凛):态度严肃,令人敬畏,即庄重。 (29)动调:作者笔误,应为"调动"。 (30)武当山:位于湖北西北部,著名道教圣地。明朝时武当山最盛。相传真武帝君在此修炼四十二年得道。

3. 真武庙重建碑记

2002 年

【碑阳】

真武庙重建碑记 吴青云 撰』

古者建寺以祀佛,立观以祀道。今雄峙于金顶山之真武庙,乃为纪念明辽东抗倭明(1)将刘江而重』建。刘江者,邳州宿迁人也,本名荣,因替父从军而充父名。永乐初年,倭寇辽东,钦命刘江御之。江至辽地,』相地形势于金州卫沿海之望海埚,筑建城堡、墩台。十七年六月,警报倭贼数千,乘舟自埚下登岸,江先『任其鱼贯而行,既而伏兵山下,焚烧敌船,断其归路后,两翼夹击,斩首七百四十二,生擒八百五十七,登『岸者无一逃脱,自此倭寇不敢窥辽东,江因之威名大振,封广宁伯。是时,上自仁人志士,下逮百姓黎庶,『无不顶礼膜拜,以其临阵作披发状,镇服敌之蛇阵,而视其为真武之现。真武者,玄武也,北方之神,披发『杖剑,威镇北极,于是天人合一,祀江如神,真武庙成矣。此庙曾经明正德、清及民国历代重修后,不幸毁『于二十世纪六十年代,今值风调雨顺,国泰民安,亮甲店镇政府顺应民意,谋于金顶山重建真武庙,市『区文博部门鼎力相助,村民踊跃捐资,遂成立重建委员会,统筹规划,鸠工市材,访诸野老,以求庙之原『貌,寻探旧基,以证庙之规模。众人齐心协力,不惮劳苦,创始于两千零一年七月,翌年四月落成。依山势『自上而下,建山门一座、前后殿各一楹、后殿左右各建配殿三间,西设殿堂五间,建钟鼓二楼,庙之四周『绕以墙垣,告成之日,镇政府请予纪其事,以图不朽。是为记。』

公元二千零二年壬午四月吉日　立』

【碑阴】

真武庙重建顾问委员会』
名誉主任洪文成』主　　任肖盛峰』委员郎连和　李本政　姜　　州　吴青云　张本义　徐德衍[2]』
　真武庙重建筹备委员会』主　　　任　曲寿贤[3] 副主任王义宝[4] 杨新洪』真武庙重建筹备办公室』
主　　　任　徐长春[5] 副主任崔世斌　李绍满　林茂辰　梁兆本』公元二千零二年壬午夏日吉日』

【碑文简介】

2003年真武庙全貌

亮甲店真武庙旧称得胜庙,又名刘江庙、金顶山庙,位于亮甲店镇望海埚金顶山上,"文革"期间被毁。2001年4月至2002年4月重新修复。在此背景下大连文物管理委员会办公室主任吴青云由此而有所感发,一蹴而就。吴青云,1954年5月8日生于旅大市金县(今大连市金州区)。1971年参加工作。1987年12月加入中国农工民主党,1993年6月加入中国共产党。文博专业研究员职称,农工党大连市委委员、支部主任。现任大连市文管办主任兼市文化局文物处处长、大连市文物鉴定委员会主任等职务,有《大嘴子——青铜时代遗址1987年发掘报告》、《大连历代诗选注》、《甲午旅大文献征存》等学术著作。《真武庙重建碑记》碑呈长方形,白色花岗岩,高200厘米、宽60厘米、厚20.5厘米。碑文14行、满行40字,阴刻楷书,详细叙述了刘江抗倭的经过和此次重修此庙的始末。碑边无纹饰。碑阴9行,阴刻楷书,镌刻着金州区政府、亮甲店政府主要官员及与其有关的社会名流,共计16人。

【修复经过】

亮甲店金顶山上真武庙在"文革"中遭到了严重毁坏,仅留有基趾。为了弘扬民族精神,对人民进行爱国主义教育,2002年由亮甲店镇政府、大连市文物管理委员会、金州区文化局共同发起,附近城乡各界捐助,并成立真武庙筹建委员会共集资100余万元建成。

【庙概况】

真武庙建在金顶山山顶上,气势雄伟,景象壮观。整个庙用一红墙大院环绕而成,共分两部分,一部分为主体建筑——庙,另一部分是其附属建筑,即庙外厨房(位于庙山门前右侧)、值班房(山门前左侧)、壁照(正对山门前约20米)。

主体建筑——庙院情况:

庙院可分两部分,即前院与后院。

前院由山门和碑林组成。山门外门上为石刻匾额"真武庙"三字,楹联为"郡东襄昔见真武,辽海至今歌广宁",为张本义先生手书。前院中树立的碑有八通:1.金州博物馆收藏的明正德元年碑;2.吴青云先生撰写《真武庙重建碑记》;3.崔世斌、曲宝义撰《真武庙感怀》诗碑;4.薛继明功德碑 5.徐世友功德碑 6.梁德宝功德碑;7.关国强功德碑;8.集体捐款功德碑。钟鼓楼(实为亭子),西为鼓楼东为钟楼。

刘江塑像

后院广宁伯祠内正中供奉古铜色刘荣坐姿塑像,颇显威严。旁边摆放望海埚古战场沙盘等,墙壁上绘着刘荣抗倭壁画。主要有:东墙为替父从军、临危受命、执掌辽东、众志成城、操练精兵、严阵以待、瞭报敌情、贼逞凶顽、火烧贼船等;西墙为威镇敌胆、首尾夹击、望海大捷、得胜回朝、世代扬名等。后院由真武宝殿(正殿)及东西配殿、西厢房和火池组成。

真武宝殿正中供奉真武大帝,左为斗母娘娘右为海神娘娘,壁画为山水画。东配殿供奉弥勒佛,壁画为《西游记》故事。西配殿供奉观音等,屋内一角还堆放着旧基中挖出的残碑(碑头一、残碑断块二)与残石像(10个无头石人一个石人残头)等。西厢房现暂作为禅房之用。

【碑文注释】

(1)明:作者笔误,应为"名"字。 (2)徐德衍:男,汉族,1947年11出生,1968年10月参加工作,大专学历,1982年10月加入中国共产党,辽宁大学汉语言文学。现任政协党组成员、秘书长。 (3)曲寿贤:男,汉族,1952年7月出生,籍贯金州区,1971年10月参加工作,省委党校大专学历,现任拥政街道党工委书记。 (4)王义宝:男,汉族,1960年3月出生,1985年6月加入中国共产党,1981年8月参加工作,籍贯金州区,大学学历,现任亮甲店镇党委书记、人大主席(正局)。(5)徐长春:男,汉族,1970年8月出生,籍贯吉林省,1992年1月加入中国共产党,1993年7月参加工作,大学学历,学士学位,延边农学院畜牧专业。现任亮甲店镇副镇长。

4. 重修真武庙感怀诗碑

2002年

【碑阳】

重修真武庙感怀　　崔世斌 曲寿贤 王义宝 撰』

五百余载	洪武辽东	旗举炮鸣	不幸毁之	亮甲儿女	文化遗产』
岁月沧桑	倭寇猖狂	剑影刀光	痛心断肠	热血满腔	源远流长』
自古亮甲	烧杀劫掠	一举全歼	修复真武	同奏劲曲	爱国主义』
历史辉煌	百姓遭殃	海埚战场	何时有望	戍事有望	代代宏扬』
民族英雄	永乐十七	百年壮举	盛世之贤	今日真武』	
明代刘江	倭寇扫荡	不朽篇章	为民所想	气宇轩昂』	
抗倭大捷	总兵将士	朝廷立祠	幸己之年	宏伟壮观』	
天下名扬	奋击抵抗	万世流芳	破土上梁	金碧辉煌』	
壬午季春立	二千零二年农历四月十八日』				

【碑阴】

募捐单位		组织募捐单位			
大连市文物管理委员会	三十万元	皇庄村	一万七千三百零七元』	亮甲店镇中心小学	一千二百元』
金州区文化局	三十万元	石磊村	一万零五百元	亮甲村	八百三十七元』
亮甲店镇政府	五十万元	金顶村	五千六百五十元	石城村	六百元』
亮甲村	一万四千元	政府机关	五千七百五十元	大连一○四中学	五百四十五元』
亮甲店信用社	六千六百五十元	花岗石厂	一千八百三十五元	葛麻村	四百元』
亮甲店粮库	四千元	红亮村	一千六百元	旭升村	一百九十四元六角』
梅屯宏发园林绿化有限公司	一千元	署光绝缘材料厂	一千六百元』		
大连信连食品有限公司	一千元	永锋村	一千四百元』		

亮甲店真武庙修复筹建委员会公元二千零二年农历壬午年孟夏立』

【诗碑简介】

2001 年 4 月至 2002 年 4 月重修亮甲店真武庙时,崔世斌、曲寿贤、王义宝等负责真武庙重建的官员由此而感,即兴赋诗而作,并发表在常万生编著的《刘江与真武庙》小册子附录中。碑呈长方形,白色花岗岩,高 200 厘米、宽 60 厘米、厚 20 厘米。诗文的顺序是按列从上往下读。

九　大李家永清寺

1. 重修永清寺钟楼碑记

民国二十二年(1933)

【碑阳】

盖闻事能转败[1],物有损坏,尽在人力而为之。兹因永清寺庙原有旧钟一『口,岁月既深[2],风雨吹残[3],不堪[4]重用。乃[5]住持僧性法,邀请同志[6]诸公,共捐资『费,另铸新钟一口,新竖立钟楼一座,以流芳万世。各户芳名[7],勒碑[8]以志。』

韩东升	捐洋壹百元	王富田	于连洋	白长江	李绍田	邱连盛　壹元六』
白连云	拾元	郭长富	于德永	白玉林	邱永智	王庆仁　壹元四』
刘义厚	拾元	傅廷武	王懋仁	李元善	王汝资	张大士　壹元四』
张振芳	拾元	郭仝邦		王成春	张大仟	张树奎　壹元四』
刘明有	拾元	以下仝二元		薛维仁	吴承田	孙喜仁　壹元四』
薛谦	伍元	南永新		李成茂	南永凤	曹士忠　壹元二』
王永芳	四元	王宝智		吴邦宪	王世良	王平祥　壹元二』
张福田	四元	王丰吉		林忠茂	会长白长隆	吴邦鼎　王永旭』
江玉祥	四元	王德顺		郭长海	村长曹玉升	李绍田　南永山』
滕运吉	以下仝三元	王选令		王永旭	发起人 王世良	南永新业　吴承田撰』
李德喜		滕叙义		曹玉升	滕叙义	吴承田儒[9]　李永春书』
张元修		白玉有		曹玉宽	李德琳	王汝资　李永安 石工』

住持僧 性法 徒空震 侄空徽』

民国二十二年四月二十八日[10]立』

【碑阴】

张大祥[捐洋]	壹元贰	南永昌	梁世忠	于本年	林忠贵	李万才	张大宰	滕运政
宫春发	壹元贰	南文魁	李世兴	于本有	林世荣	萧吉春	宫春玉	[刘]士允
宫德丰	壹元贰	南文清	滕运绍	于本元	郭全敏	胡长贵	侯玉喜	[刘]士发
许云祥	壹元贰	南永顺	王忠元	祁长荣	林世安	邱连芳	衣元芳	滕叙传
以下捐洋壹元	南永春	南永成	王道宝	冷万发	林雨庆	邱永述	张福兴	吴邦新
武长盛	于东洋	南永山	李成水	薛升	滕运善	焉德玉	张吉顺	
武长发	孙学东	南国振	王永喜	于德成	王福海	宋连顺	孙喜发	
武长贵	王宝仁	[刘]振厚	宋大同	张元成	王振昌	焉德元	谷万新	
武协容	于德兴	滕叙成	李日顺	张元明	王永庆	邱连生	王逢太	
苗青旸	张树有	李万荣	白连芳	张元德	王云田	王汝让	曹士安	
于长海	张福达	滕运通	徐传典	王作天	丛向阳	曲尚忠	张吉英	
张福顺	王德喜	王丰武	吕丰春	王永田	王永凯	李纪武	丛德荣	
孙学忠	南永盛	王丰安	邱连庆	谷官田	王永成	李保武	王新盛	
王懋谦	三合兴炉	王忠盛	白恒全	吴邦禄	王庆发	牟金福	王德良	
王懋邦	南永福	刘士庆	白长修	吴邦绅	姜德麟	邱世盛	滕运阳	
王泽功	南永仁	刘士荣	李元陸	吴邦治	丛德信	李安家	滕叙贤	
于德昌	南永万	王新德	李元恺	吴邦连	丛显阳	丛朝阳	滕运五	
邹金令	南永吉	王汝德	李元士	吴永成	成润东	丛德贵	徐瑞文	

【碑考】

　　大李家永清寺钟楼位于大李家永清寺院内,是金州地区目前保存最为完整的一座石钟楼。它建于民国二十一年(1932),钟楼石柱上刻有一副对联,上书"暮鼓晨钟惊醒红尘名利客,佛号经声唤回苦海梦中人",阴文楷书。匾额也为石质,上书"钟声威远"四个大字,大字右旁竖刻有"民国二十一年冬月敬立",均为阴文楷书。同时与石匾额连为一体的额枋上刻有会长、村长、发起人、石工人等主要人名,右侧刻有"会长白长隆、村长王世良、曹玉升、滕叙义、李绍田、吴邦鼎、李德琳、南永新"字样,匾额左侧刻有"发起人吴承田、王汝资、王永旭、南永山、住持僧性法徒空震、石工人孙积良"字样。石钟楼其实为石亭子,与其相类似的石亭子还有小黑山青石观的石亭子,为民国二十年所建,石工人为同一人所建,即孙积良,两个亭子无论是在外观样式上还是在材质上均大同小异,年代仅仅相隔一年。大李家永清寺民国二十二年(1933)《新修钟楼》碑叙述了此次修建钟楼的经过及捐资人名录。该碑立于永清寺院内。碑呈长方形,两端略抹角,高95厘米、宽50厘米、厚15厘米,黄色泥质岩。碑阳额头横刻"新修钟楼"四字,阴文楷书,下为碑文,碑文分为三部分,第一部分为碑文,三行,满行28字,阴文楷书;第二部分是发起人、捐资主要人物等名单;第三部分为立碑时间。碑周边是一随碑形而刻的框。碑阴额头横刻"万善同归"四字,阴文楷书;下为捐款人名录,9列18行,共计148人。纹饰与碑阳同。该碑是金州地区保存完整的唯一钟楼碑。

1933年修建的钟楼

【碑文注释】

　　(1)败:衰落、雕残、破旧。　(2)深:历时久远。　(3)吹残:即"摧残",为刻者笔误,损坏,毁坏。(4)堪:可,能。　(5)乃:于是。　(6)同志:志趣相同的人。这里指理想相同的人。　(7)芳名:美名。芳,比喻有贤德之人。这里指捐资之人。　(8)勒碑:刻碑。勒,刻。　(9)业儒:以学者为职业的人,指有学问的人。　(10)民国二十二年四月二十八日:1933年5月16日。

2. 重修永清寺碑记

伪康德三年(1936)

【碑阳】

盖⁽¹⁾闻正明寺会庙儿沟屯有永清寺,至大海,枕⁽²⁾其北有汪洋之浸⁽³⁾,群山翳蔚⁽⁴⁾于东南,沛云雨之孕育。西有大岭,翼然⁽⁵⁾峙』对,为一方之镇,此古刹之所以昭显⁽⁶⁾也。父老相传,兹庙建肇⁽⁷⁾自有明⁽⁸⁾,迨乾隆三年⁽⁹⁾,有普世禅师者遂卜⁽¹⁰⁾迁庙于山后,距』原地约二里许,为殿⁽¹¹⁾三楹,前殿一楹,上告更衣,历有年所⁽¹²⁾,迄今已二百余载矣。墙垣⁽¹³⁾倾圮,榱⁽¹⁴⁾栋崩折,殿堂哆剥⁽¹⁵⁾,甚至佛』像金身有风雨侵蚀,不称⁽¹⁶⁾一方人士瞻礼。现住持僧性法,与当地会长白长隆及村长等协议,合力以兴庙宇,又荷蒙⁽¹⁷⁾』上官允许,地方人士天和咸乐⁽¹⁸⁾赞助,爰于康德二年七月二十一日⁽¹⁹⁾鸠工,迄于康德三年六月初三日⁽²⁰⁾竣事。是役也,众』心同德,式廓旧规,殆赖佛灵,有以臻⁽²¹⁾此。于是,建佛殿三楹,以隆礼拜⁽²²⁾;前殿三楹,以壮观瞻;更衣天像,修筑煖⁽²³⁾宫一堂,』以安神灵;又建钟楼一座、火池一座,庙貌于以觕⁽²⁴⁾备,饬材庀役⁽²⁵⁾较前有加,非侈也。不如是⁽²⁶⁾,无以酬神庥⁽²⁷⁾,并无以安众意』也。庙既成,金⁽²⁸⁾曰:无以纪⁽²⁹⁾,何以示来禩⁽³⁰⁾,爰⁽³¹⁾书以为记⁽³²⁾。』

会长白长隆　李德邻　南永其　住持僧性法徒空震』

南永新　张振枝　丛朝阳　　　　　侄空徽』

发起人村长王世良　焉士昌　曹玉宽』

曹玉声　薛维振　王德顺　　　江苏丹徒癸卯⁽³³⁾进士杨韵村撰』

滕叙义　于德永　邱永致　　　　　　　王世良书』

李绍田　白长修』

康　德　三　年　　　　六　月　初　三　日　　　　谷　旦　敬　立』

【碑阴】(捐款村民人名略)

【碑文简介】

　　该碑为长方形,汉白玉,高160厘米、宽63.5厘米、厚15厘米,碑文15行、满行45字。碑两边为"四艺图(琴、围棋、书、画)"四艺图之间穿插卍纹,上端为朝日、云彩图案,下端为竹子图。碑文主要内容叙述了永清寺的地理位置、寺肇始年代及伪康德二年(1935)修建的经过和规模。根据碑文载,永清寺始建于明代,原建在距此地二里之遥的山后,清朝乾隆三年(1738)禅师普世卜迁于此,直至二百年后庙宇破损,住持僧性法与会长、村长和议,于伪康德二年(1935)重修,历时一年左右修复完毕。共建佛殿三楹、前殿三楹、暖宫、钟楼、火池各一。碑文落款为发起人名单,杨韵村撰、王世良书。碑阴为捐款人名单,28行,计500余人,均为当地村民人名录。碑座石灰石,长方体,横94厘米、纵67厘米、高40厘米。该碑现立于大李家庙儿沟永清寺院内。

【碑文注释】

　　(1)盖:发语词,无义。司马迁《史记·孝文本记》:"盖闻有虞氏之时,画衣冠异章服以为僇。"(2)枕:靠近,临近。　(3)浸:淹没,浸入。　(4)翳(yì 音意)蔚:像华盖那样挺拔。翳,华盖。　(5)翼然:像鸟的翅膀那样。　(6)昭显:彰明显扬。　(7)肇:创建,开创,初始。　(8)有明:有,作助词,无义。明,指明朝。　(9)乾隆三年:1738年。　(10)卜:占卜。　(11)为殿:为,造,制造。这里为修建之意。

(12)历有年所:历,经过;有,虚词,无义;所,通"许",约计之词。意思为经过一年左右。 （13）垣:矮墙。
(14)榱(cuī 音催):椽子。 （15）哆(duò 音堕)剥:哆,破败,沦落;剥,脱落。 （16）不称(chèn 音趁):
不适合,不相副。 （17）荷蒙:荷,敬辞,多表示感激敬意;蒙,谦辞,承让。 （18）咸乐:都愿意。
(19)伪康德二年七月二十一日:1935 年 8 月 19 日。 （20）伪康德三年六月初三日:1936 年 7 月 20 日。
(21)臻:至,到达。 （22）礼拜:佛教徒向佛或菩萨、上座大德顶礼膜拜,以示敬意。 （23）煖(nuǎn):同
"暖"字。 （24）觕(cū):"粗"字的异体字,粗略。 （25）饰材庀役:购备材料,准备劳作。 （26）不如
是:即"如不是",如果不这样。 （27）神庥(xiū 音修):神仙保佑。庥,庇荫。 （28）佥(qiān 音千):都,
皆。 （29）纪:同"记"字,记录,写。 （30）来禩(sì 音四):未来或将来祭祀。禩,同"祀"字。
(31)爰:于是,乃。 （32）记:古时一种文体,专记某一件事物的文章或书籍。 （33）江苏丹徒:今江苏镇
江。癸卯:光绪二十九年,1903 年。

十 二十里堡广宁寺

重修广宁寺碑记

伪康德三年（1936）

【碑阳】

□□□□□□□□□□□□□□□□□□不知经何朝代,建筑又不知经何人氏,创修历年已久,风雨
摧残,庙貌倾颓,几经修』□□□□□□□□□□□□心募化,另行重修,嗣(1)于光绪二十八
年俄人入境(2),胡匪猖狂,庙宇如燬,禅堂付之一炬,住』□□□□□□□□□□□于民国十八年,
复经住持侯(3)彻顺整理,旗杆亭立(4),皆因财弹力竭,究未完全竣事。近年以来,铁路(5)』
□□□□□□□□□□□贤之情,得无异乎？莫不曰:钟鼓二楼、庙貌庄严,何其独有钟楼而无鼓楼？诚属
阙如(6)是,则住持七旬有九,老』头陀(7)重托钵,窃幸十方诸檀越(8),肯助捐流于刹,那时间从今,钟鼓二楼
现已藏事(9),寺僧请书其事,勒诸金石,并缀(10)之以歌,歌曰:余虽不文』兮,勉从其事。信口吟讴,旷观斯
寺兮,佛境仙侜。山明水秀兮,地静景幽。前横玉带之水(11)兮,铁路建修后。拥白顶之山兮,翠松万稠。左
联赫』峰(12)兮,如苍龙之起伏。右蠹烽台(13)兮,若白虎而安猷。幸有十方诸檀越兮,愿助捐流。地方靖安
兮,赖圣恩之默佑。仰佛光普照兮,永远不休。』

董廷鉴五拾元	赵治清拾 元	监修人会 长董廷鉴	前代理江省漠河县长丛殿相 拜书	
佟振铎二十元	麻振鹭五 元	监修人前会长佟振铎	刘家店会赵家屯教员赵治清 书丹	
发起人董廷堦拾 元	丛殿相五 元	监修人协议员董廷堦	住持僧彻顺率曾孙境林	
文德义拾 元	郭士成五 元			
郭士顺拾 元				
康德 三 年(14) 四 月 二 十□ 日			敬立	

【碑阴】

大石桥驲								
张香九 拾圆	李作舟	兴顺福四元	长发公司	海兴涌	源盛和	赵□□	□□□	□□□」
王玉阶 全	汪长清	九重公司	以上各施二元	王赞周	润发祥	以上各□□□	□□□	□聚汇」
杨俊山 八圆	伦福庭	庆有泉	福兴德一元	利德公司	吉泰厚	聚发□□	□□五玩广生玉」
孙雨亭 四圆	王玉堂	福成厚	牛庄商务会十元以上各施二元	庆昌永	同春	广□	同德茂」
崔蕴章 全	王余三	涌源德	李梓芳五元	鸿发合	陈俊卿	德盛东一元	蒋□臣	广聚兴」
周东坡 全	陈振民	东发和	海兴泉四元	荣生福 以上各施一元	庆源长全	发长凤	庆源祥」
什良忱 全	高粮耕	庆余昌	李春泉四元	庆生福 南台驲	商务会六元	德升益全	吴秀□	明记栈」
□□昌全	曲慎斋	长记粮栈	汲殿一四元	公聚昌	信义德	公兴福全	李书元	公兴合」
□□□以上各施四元	永顺源	村公所四元	德泰顺	铭成泉	天宝泰全	广兴益	公和栈」
□□□务会六十元	德聚昌	东兴永三元	协昌利	兴茂长 腾熬堡	永盛聚二元	以上各施二元」
□□□□□□十元	兴顺厚	同发合	大生涌	东生茂	信义□全」
□□□□ □□□	□□□	唐述古	义顺福	庆升和	和聚□全	石工 李维宝 史庆志 敬镌」
□□□□ □□□ □□	□祝三	东升长	郑占一			

【碑文简介】

　　广宁寺位于金州二十里堡镇广宁寺村广宁寺屯,是一座佛寺。广宁寺的名称可能来自明朝永乐十七年(1419)年刘江(荣)在金州亮甲店望海埚全歼倭寇后被朝廷封为广宁伯,由此为纪念刘江而命名的。但据《金县志》记载,广宁寺始建于元代,响水寺碑林中还保存有元朝坐姿石佛一尊,为其佐证。文革动乱中,该庙被拆毁。目前,除了石佛外,只有这通碑,仅此而已,二者均存放在响水寺碑林中。该碑为石灰石,碑头已佚,仅存碑身。碑身断为两截,其右上角和左下角缺失。碑高180厘米、宽67厘米、厚18厘米。碑文分为三部分,第一部分是碑正文,7行、满行52字,回顾了该庙的历史状况及民国十八年(1929)以来79岁的住持僧彻顺募化重修广宁寺的情况,并附之以歌。第二部分为发起人、监修人及撰者、书者等共计十六人。第三部分是立碑时间。三部分均为阴文楷书,碑文两侧刻有瓶插荷花、梅花、竹子、松树、菊花、牡丹等图案,在两侧图案中间各有一菱形盘长图;上边为龙凤朝阳图,下边是荷花瓣图。

　　广宁寺碑除此碑外,还有时任洮安巡检毕序昭撰文之碑,可惜该碑已不存。

【碑文注释】

　　(1)嗣:接续。　(2)光绪二十八年俄人入境:指光绪二十六年(1900)始沙俄军队以“剿灭义和团”为借口,出兵占领东北,给当地百姓造成深重灾难。光绪二十八年(1902)中俄签订《交收东三省条约》,才陆续撤兵。　(3)侯:为“僧”字笔误。　(4)皋立:“亭亭玉立”的简称,形容物体挺拔匀称。　(5)铁路:指金城铁路。原名金福铁路。起自金州南站途经金州东站、牛角山、广宁寺、亮甲店、登沙河、杏树屯至城子坦,全长102公里,起初由日本私人修建,1927年竣工,1939年被满铁买下,改名为金城铁路。此路在上世纪末已延长至庄河。　(6)阙如:缺而不言之意。后常用来表示欠缺之意。《论语·子路》:“君子于其所不知,盖阙如也。”　(7)头陀:梵语对僧人的称呼,意为抖擞。佛教认为,僧人应少欲知足,去离烦恼,如衣服抖擞,能去尘垢,故名。也有作“头陁”、“杜多”,多为音义,　(8)檀越:施主之意,梵语“陀那钵底”的译音。(9)蒇(chǎn 音产)事:事情已经完成办好,故称。　(10)缀:连结。此处为写作的意思。　(11)玉带之水:指流经此村的广宁寺河。　(12)赫峰:指大黑山山峰。大黑山,又称大赫山,故称赫峰。　(13)烽台:指二十里堡烽火台。　(14)伪康德三年:1936年。

十一 石河莲花庙

1. 莲花庙重修碑志

清·光绪七年(1881)

【碑文】

尝闻莲花山⁽¹⁾之庙,由于自古。曩时⁽²⁾区区⁽³⁾草庵,何人刱⁽⁴⁾始,建于何年,固无可考矣。然庙宇虽小,神通四达,水旱疾疫,有祷必应,百』姓被⁽⁵⁾德,六畜沾恩,荫庇⁽⁶⁾默佑,遐迩⁽⁷⁾咸仰,信乎! 佛德无疆,仁民爱物之至矣。由是更立殿宇,神像增新,又为之修门、筑』墙、铸钟修楼,鸠工庇材,前人之功备矣。但未知其谁何,谅非一二人所能督厥此事,只知有管尊⁽⁸⁾弟子姜学文,殿壁有古稽可』征焉。其后,继志述事者整理,圣会宜时补葺,以之道光十四年⁽⁹⁾间,神像更衣,功事⁽¹⁰⁾浩大,四方募化。督厥事者,则汤绅⁽¹¹⁾也,』其时帮办⁽¹²⁾者,亦有五六人焉。于是会事如天地间流口者,过后者绪以迄今日,继述事者有七八人焉。葺造功事,较之往古⁽¹³⁾,』今为尤盛,诸工告竣,复立碑于殿前,业叙兴作之事,若遂列捐施之名于左,共嘱余为之撰记,奈余学疏浅,文不成章,』辞不达意,谨约大旨,略陈其一二,勒诸贞珉,以志焉云尔⁽¹⁴⁾。

金郡厢蓝旗人 弟子 王尚志撰并书』

会末
奚廷良 奚廷安 汤文炳 范廷会 奚廷相 奚连增 汤文礼 孙孝功 王国良 刘玉发 石 工 曲有贵』
范文斗 奚廷才 刘文汗 王尚愈 奚廷智 赵国宾 汤 镐 孙孝孔 曲有顺 金万德 杨 瑞 杨修荣』
汤文学 迟 德 范廷孝 王尚宪 奚廷德 孟德秀 汤德宗 孙孝太 曲有成 范廷有 杨 均 杨 春』
王文德 高 仑 汤 义 奚廷江 奚连芳 迟 隆 高福元 孙孝曾 刘国田 王世保 杨 芳 杨福德』

大清 光绪柒年⁽¹⁵⁾八月上浣⁽¹⁶⁾谷旦 高 祥 孙孝礼 孙长春 刘玉口 周 增 杨修已 曲有庆』

【碑考】

　　莲化寺在金州石河镇东二十余里东沟村的莲花山之阳,又名大寺庙,虽然名为大寺庙,其实庙宇并不大。大寺庙不知创自何代,碑文载最早的年代,为道光十四年(1834)曾重修。全国著名的文博研究员张本义先生根据庙中出土的石佛残像、碑首和残石座,推断该庙建自明朝初期。现在,因大寺庙处于莲花山下,在2003年重修时改名为"九莲寺"。大寺庙碑刻于清朝光绪柒年(1881),立在原大雄宝殿前,虽然断为四块,但经过组合,有幸基本保持完整。此碑为石灰岩,通高180厘米,碑首与碑身联为一体,碑首为二龙交尾,上有四圆孔和一个三角形孔,龙纹正下方刻有"恩普"二字,阴文楷书,其左右各有一菱形盘长图案。碑首的宽度和厚度都比碑身略为大,高65厘米、宽62厘米、厚16厘米;碑身高115厘米、宽57厘米、厚15.5厘米;座为长方体青石,横80厘米、纵60厘米、高28厘米,无纹饰。碑文分为两部分——正文和捐款芳名。正文7行,每行46字至49字不等,阴文楷书;捐款芳名12列、5行,共计55人。碑文两侧为双龙戏珠图案。碑阴无字。

【碑文注释】

　　(1)莲花山:位于金州石河镇东二十余里东沟村北,是石河镇与普兰店太平乡界山,南与小黑山相对,呈东西弯钩状走向,山共有九座山峰,势若星拱,素有"九顶莲花山"之称,主峰海拔307米。大寺庙就处于该主峰南坡,今因其名山改称"九莲寺"。 (2)曩(nǎng 音囊)时:昔时,过去。 (3)区区:表示很小。(4)刱:"创"字的异体字。 (5)被:覆盖。 (6)荫(yìn 音印)庇:庇护。 (7)遐迩(xiá ěr 音瑕尔):远近。 (8)管尊:管事的长辈。 (9)道光十四年:1834 年。 (10)功事:即"工事",功,刻者笔误。 (11)汤绅:姓汤的绅士,具体人名失考。 (12)帮办:从旁出力协助的人,犹"帮手"之意。 (13)往古:古昔。 (14)云尔:语末助词,犹"如此而已"之意。 (15)光绪柒年:1881 年。 (16)上浣:每月上旬。

2. 重修九莲寺记

2003 年

【碑文】

重修九莲寺记』

石河东十里许有九莲山在焉,迤俪葱』茏,九峰并峙,嶙岏[1]奇秀,极山林之俊美,』清幽寂阒[2],恰人心之所安。此地云烟舒』敛,足资清养。风木摇曳,更供感兴,洵一』方胜境也。山之阳有古寺,寺以山名,未』知创

2003 年修建的大雄宝殿

自何代,今仅见明初石佛及碑首。』院中有树,识者谓已数百树龄。又有前』清道光重修碑,遥知当年香烛之盛。野』老[3]云:十年动乱,庙虽被毁,众信来朝不』绝于道,足征其庙灵光有自矣。今兹改』革开放,国运大昌,经济发展,百废俱兴,』乃有癸未重修之议。全国著名企业大』连华农集团李董事长广富先生,慨然』决定捐资二百万圆,重光此刹,不特收』发展旅游经济之效,更有弘扬传统教』化之功,其情何殷也! 于是,庀工鸠材,官』民协力,六月破土,九月告成。新筑山门、』大雄宝殿、观音、地藏、天王护法殿,塑佛』像、制联匾,复捐资数十万圆修葺道路,』以便观瞻。至是丹垩金碧,美轮美奂,壮』严国土,殿宇巍然,曷其无量功德也。《易》』云:"圣人久于其道而天下化成[4]。"此古圣』先贤之正人心、美风俗之要义,想亦广』富先生等重光此刹之本愿也。安得今』日天下之方正贤良,闻风而起,向善化』俗,则吾知人心正、风俗美、民德归,厚期』不远矣。爰以为记。』

二千零三年岁次癸未九月吉旦』松石居士金州张本义撰文并书』张本平镌字』

【碑文简介】

　九莲寺原名大寺庙,为金州石河镇一座小庙,1992 年镇政府曾经重修,重塑神像,大雄宝殿内塑有释迦牟尼、观音菩萨、文殊菩萨、普贤菩萨、地藏菩萨及托塔李天王、眼光娘娘、韦托、送子娘娘等,庙前还塑有金身大肚弥勒佛。十年后,大连华农集团投巨资对该庙进行了大规模的扩建,新筑山门,在原大雄宝殿后身重建了更加雄伟高大的大雄宝殿、原大雄宝殿改为天王殿,天王殿东为观音殿、西为地藏殿,现在的大雄宝殿正座供奉释迦牟尼、阿弥陀佛、药师佛,此三佛均为名贵的紫檀木所雕刻,高雅华贵;东偏座供奉文殊菩萨、观音菩萨;西偏座供奉普贤菩萨和伽蓝菩萨(关羽)。九莲寺最为出名的要算匾额楹联了,这里集中了金州地区乃至全国著名书法家的墨迹,总数共有十余幅之多,为此庙一大亮点。经过此番修葺扩建,九莲寺由过去的一小庙一跃成为金州地区有名的寺院了。此外,华农集团又投资数十万元,对通往九莲寺的道路进行整治,铺设柏油马路,并在路边树立路碑一通(碑文见附录),这为发展石河的旅游业奠定了基础。张本义先生专门撰写了此碑以此称赞华农集团董事长李广富先生的壮举及其扩建九莲寺的意义。李广富,1952 年 4 月 18 日生于金县华家屯,大专学历,历任金州石河镇高房身村党支部书记、石河镇办公室主

任兼石河镇企业总公司副总经理、金州油脂厂厂长、大连华农食品工业有限公司副总经理、总经理、华农集团董事局主席兼总裁、华农集团党委书记等职务。曾荣获全国劳动模范、中国乡镇企业十大新闻人物、全国食品工业优秀企业家、大连市特等劳动模范等称号。该碑由张本义先生亲自撰文书写,张本义,字子和,别署松石,松月斋,三亩草堂主人,兰坡居士,1950 年生。现为中国书法家协会理事、学术委员会委员、中国书法家协会出版编辑委员会委员、中国书协书法培训中心教授、中国书协大连创作中心主任、中国古代文献研究会理事、中华诗词学会理事、东北地区中日关系史研究会副理事长、辽宁省政协委员、辽宁省诗词学会副会长、大连市书法家协会主席、大连市图书馆学会理事长、大连图书馆馆长、研究员。张本义八岁始随家父写仿,九岁起在宿儒毕维藩先生指导下读经和习书,十四岁时即获大连市少儿书法展一等奖。及至而立之年起从著名学者、书家于植元先生学习文史、书法凡二十余年。长于行草、尤精小字,追求古朴典雅、画卷气。作品多次入选国展及中、日、韩、泰等重要展览,多次赴国外展出,并被国内外多家机构收藏。书学论文入选全国第六届书学理论研讨会。另在文史等方面亦有建树,主编有《罗雪堂合集》、《大连图书馆藏明清小说丛刊》、《甲午旅大文献》、《白云论坛》。著有《辽海征声集》等,并有数十篇学术论文。碑由张本平镌刻,张本平,1960 年生于金州,字子镇,号仓坞草堂主人。中国书法家协会会员,大连市美术家协会会员。长于书法篆刻和刻字艺术,于中国画和古建筑艺术也有相当造诣。碑身为黑色抛光大理石,高80 厘米、宽160 厘米、厚11 厘米,碑文33 行、满行15 字,阴文楷书,碑阴无字;碑座为石灰石,高90 厘米、横200 厘米、纵60 厘米,须弥座。该碑无论是从书法上还是从刻工上,均精美细腻,堪称一绝。

【碑文注释】

　　(1)嶙岏(cuán wán 音攒丸):峻峭的山峰。　　(2)寂阒(qù 音去):也作"阒寂",寂静。　　(3)野老:乡村老人。　　(4)圣人久于其道而天下化成:出自《周易·第三十二卦恒》,意思是圣人长久坚持正道就能达到治理天下的目的。

附:

【碑阳】

华 农 三 号 路

【碑阴】

华农三号路简介

　　由大连华农豆业集团投资建设的华农三号路,位于石河‖满族镇东沟村。动工于 2003 年 9 月 1 日‖全线完工,公路全长 1.7km。总面积 8 600m²,总造价 60 万元。‖华农集团诞生成长于石河满族镇,为感谢家乡父老的厚‖爱,报答百姓的深情厚意,特投资修路,用"富而思源,富不‖忘本,富不忘民"的实际行动展示华农集团"创造利润、服务需‖求、报效国家、回报社会"的企业宗旨!‖石河满族镇东沟村村民会‖2003 年 9 月 28 日‖

【碑文简介】

　　华农三号路碑为黑色抛光大理石,长方形,高80 厘米、宽170 厘米、厚16 厘米。碑阳为路碑碑铭,"华农三号路"五个金色楷书大字;碑阴为三号路碑文简介,碑文为简体,有标点符号,10 行、满行26 字,阴文楷书金字。碑文中除了简述此次修路的规模外,着重阐述了华农豆业集团富裕起来后"富而思源,富不忘本,富不忘民"的思想,这其中"富"字也暗含着华农董事长李广富先生的名字。碑底座为两层台阶状,横210 厘米、纵47 厘米、高44 厘米。

十二　金州城忠义寺

重修铜像关圣帝君庙碑记

清·光绪二十年(1894)

【碑阳】

重修铜像关圣帝君庙碑记』

窃[1]维神之明也,有感而始通德之立也。无远而弗届[2],是知铁甲腾空,梦中际遇,金身呈相,寤寐[3]感应。自来神、人相与之际,未 有无 』缘而作之合者也。金郡『关圣帝君庙,溯其创建也,始于明世万历初元[4],重修于正德、天启二季[5]。泊[6]『国朝定鼎[7],因其地而扩充之,更新三次,碑碣屹立,一则曰海疆重镇、灵异昭垂;一则曰风水攸关,民赖康泰。鸟革翚飞于焉,壮 观矣 ,『神圣"仁勇叠膺"徽号[8]矣。夫朝廷之祀典优隆,士民之尊崇倍至,固也。惟计自重修及今,神像渐就剥落,寺宇日见颓唐,会 商等 』捐建有心,醵金[9]无力,工费繁剧,空唤奈何。欣值 头品顶戴花翎都统[10]衔镇守金州等处副都统[11]连公[12]来莅兹土,威洽军民,化成五月,恩及禽兽,最报三年。每朔望[13]谒庙,触目 惊心 ,』惟恐莺迁[14]莫伸,鸿愿因心神萦结,梦寐元通,急命工师庄严[15]圣像,而圣帝有灵,竟显铜身元相[16],公喜出望外,绅民更舞蹈 不禁 ,』尤幸鸠工之际,公适奉旨慰留,天假[17]之缘成兹盛事,遂首倡捐廉,督工修建,像塑金身,龙盘神路,供三代于后殿,列行 宫于 』西偏,画梁雕栋,金碧辉煌,残者整之,朽者新之,旗竿矗立,铜顶增光,卤薄[18]重装,旗帜耀日,凡诸庙貌之大观,无不加工而珍 重 。』公之不惜费、不惮劳,拨冗躬亲,日不暇给,粲然美备,未数月而告厥成功焉。噫!公为金钦使之介弟[19]也,转战数省,功绩昭 著 ,』朝廷倚为干城[20],畀[21]以海疆重寄[22]。公平生乐善,性好施与,下车[23]雨沛,持节风清,旗务之整饬,群钦位育士民之爱戴,共荷[24] 生 成 。 自 』非德泽及人,奚足以感天地而动神明?然此铜像也,设自何时,无可考问,诸庙祝[25]而不知胡为乎!三百余年忽显耀于今日 哉 , 可 』知圣帝之英灵充乎天地,义气炳于日星,菩提[26]元身,非轻易以现相,而独现相于今日者。帝之灵,固足以感公之心,而 公 』之德,适足以邀帝之遇耳。机缘凑合,事岂偶然也乎。回忆明季,此郡人民荡析[27],海水漫溢,谓之重镇也,宜迨国朝,增城 建池 ,』居民爱处谓之风水也,亦宜;爰不揣固陋,纪其颠末[28],勒诸贞珉,用[29]垂不朽也,尤宜。』

【碑阴】

重修铜像关圣帝君捐银钱数目』

头品顶戴双眼花翎总统铭字马步水陆等军 遇缺题奏提督军门[1]河南河北总镇法克精阿巴图鲁[2] 加五级纪录五次[3]刘盛休[4]捐银壹佰伍拾两』

头品顶戴总理铭字全军营务处 兼统右军正前右等营新统怀字全军提督军门 加三级纪录五次雄勇巴图鲁赵怀业[5]捐夹 杆 石 贰 对』

钦加提督衔统带铭字先锋马队升用总兵尽先补用副将东河右营游击额勒珲巴图鲁马金叙[6]捐银 三 拾两』

统领铭字左军左营洋炮等营兼带左军后营提督衔记名简放总镇龚元有捐神路石 壹 座』

管带铭字左军后营两江督标补用副将 世 袭 云 骑 尉[7] 刘朝泰捐银 伍 拾 两』

赏戴蓝翎金州协领 加 六级 纪录 一 百 叁 拾 四 次 佛尔精阿捐银 拾 两』

花翎候补府正堂[8]金州厅海防分府加七级随带加二级纪录 七 次 谈广庆[9] 捐银 拾 两』

金 州 各 旗 官 员 捐钱 壹百捌拾吊』

金 州 各 旗领催(10)兵等捐钱 贰 仟 吊』

邑 人王正春捐旗杆 壹 对』

监工人 景安 德邻 阎传禄 李扬玉 金州阖会敬 立』
德增 李尊 夏目珠

监 生(11)孙奉典(12)拜 撰』

恩 贡(13) 生邱宜祥(14)敬 书』

大 清 光 绪 贰 拾 年 甲 午八月吉日

住持戒衲僧正司(15)僧 正(16)遅性远』

石工李毓增 易德兴拜镌』

【碑考】

立于清光绪二十年(1894)八月,中日甲午战争爆发前夕。碑为石灰石质,碑头已失,仅存碑身。碑身高150厘米,宽71厘米,厚19厘米,碑身下端稍缺,平均每行缺2字左右。碑阳17行,满行50字。碑文两侧饰以暗八仙图案,碑阴刻有捐款数目人员名单,均为当时清防军驻防金州的官员和金州地方官绅重要人物,两侧边刻卷叶纹,由监生孙奉典撰文,邱宜祥书丹。座现为龟趺座,首尾长190厘米,最宽处为80厘米,高55厘米。

关圣帝君,指三国时期蜀汉大将关羽。关羽,字云长,生于公元160年,卒于公元219年,为河东解人(今山西省运城市常平乡常平村人),俗称"关公"、"关老爷","桃园三结义"等故事在民间广泛流传,是一位义薄云天、忠臣不贰的英雄好汉,集"忠孝节义"于一身,历代帝王对关公都有敕封,以表彰其护国佑民的功德,在其去世51年后,后蜀追谥为"壮缪侯"。从南北朝开始,直到清朝末年,关羽受历代封建帝王的崇封有增无减,"侯而王,王而帝,帝而圣,圣而天",褒封不尽,庙祀无垠,关羽名扬海内外,成为历史上最受崇拜的神圣偶像之一,与孔夫子齐名,并称"文武二圣"。隋朝敕封"忠惠公";唐朝封伽蓝神;宋朝四次加封为"忠惠王"、"崇宁真君"、"武安王"、"义勇武安王";元朝加封为"武安英济王"、"辅正利济昭忠侯";明朝开始封关羽为帝,加封为"三界伏魔大帝"、"神威远震天尊"、"关圣帝君";清朝封为"忠义

关羽画像

神武关圣大帝"、"山西夫子"等,清道光皇帝对关公更是敕封有加,从"忠义神武灵佑仁勇威显关圣大帝"到"仁勇威显护国保民精诚绥靖羽赞宣德忠义神武关圣大帝"的封号,达24字之多,比之历代表彰尤著,可以说达到登峰造极的地步。同时关公在民间也被广泛崇拜,据统计,清代全国的关公庙宇竟达三十余万座,关公庙的数量竟是孔子庙数的一百倍。无怪乎,早在明代,王世贞就惊呼:"故前将军汉寿亭侯关公祠庙遍天下,祠庙几与学宫、浮屠等。"地位极其显赫,俨然超过了"文圣"孔子。

关羽是以忠贞、守义、勇猛和武艺高强著称于世。历代封建统治者都需要这样的典型人物来作为维护其统治的守护神,因而无比地夸张、渲染其忠、义、勇、武的品格操守,希望有更多的文臣武将能像关羽那样尽忠义于君王,献勇武于社稷,因而关羽被神化是很自然的事情。宋元明之后,清朝崇拜关帝发展到极致。清朝建立后,为了稳固满族在汉族地区的统治,根据政治形势的需要,将以忠义神勇著称的关羽在汉族中广泛提倡,并加以发扬广大,使关羽被推到一个至高无上的地位。清朝的每位皇帝几乎极力推崇,这使关帝崇拜在民间也迅速开展起来,对关羽更是顶礼膜拜。因此,清代把关公看作护国神,全国上下普遍建有关帝庙。在金州地区,庙宇最多的就属关帝庙,资料记载的不下十余处,主要有金州城中央忠义寺、三楞瓦小庙、金州城内西北隅三义寺、金州城内东街道北的小关帝庙、大孤山马桥子村西赵家屯关帝庙、得胜东金村盐场屯老爷庙、向应乡城西村土城子屯老爷庙、杏树屯镇柳家村柳家屯老爷庙、杏树屯镇沙家村兴隆屯关帝庙、华家屯高家炉村杜家屯老爷庙、华家屯牟家村牟家屯老爷庙、四十里堡老爷庙村老爷庙屯老爷庙、卫国乡马圈子村西马圈子屯(今隶属于三十里堡镇)关帝庙等,其他不在册的就更不知有多少了。在民间,供奉关羽神像之风更甚,几乎家家

都供奉关羽。不过，现在所存关帝庙已寥寥无几，大部分是在"文革"时期被毁。

考证金州城内正中心的关帝庙，它又称忠义寺，位于金州古城中心，即南北街与东西街交汇处，今称之为民主广场，上世纪五十年代被拆毁。至于金州关帝庙创建的年代，史料文献均无可靠记载，据此碑文载："重修于正德天启二季"。根据目前所知道的最早碑文为明朝正德十五年(1520)《重修武安庙记》碑，碑中

金州城中心的关帝庙旧影

叙述了正德九年(1514)管公重修与正德十五年(1520)俞公第二次续修之事，明天启年间重修之碑文未见。但金州城中心的关帝庙究竟始建于何年，仍然是一头雾水，我们只能从考古资料中去寻找。过去在金州百姓流传着这样一句顺口溜：先有老爷庙(指关帝庙)，后有金州城。此说经过考证，还是有一定依据。根据史料，金州城始建于辽代兴宗年间(1031～1055)，关帝庙最晚也不会晚于辽代兴宗年间。1995年春天，在关帝庙遗址地基中，出土了典型的辽代沟纹砖和金元时期琉璃瓦当、滴水等建筑构件，说明金州城的关帝庙起码建于辽代，金元时期重修。按：碑文中有"始于明世万历初元，重修于正德天启二季"，"万历"与"正德"朝代时间顺序上有误。

有关"先有老爷庙(指关帝庙)，后有金州城"顺口溜还有一段娓娓动听的传说：金州古城地处渤海岸，相传古时金州城尚未建立时，由海潮滚来一尊铜像。待海潮退去，村人走近查看，始知是关帝像。大伙儿商议抬像进村修庙，以保民福。众人同意，便向关帝像顶礼膜拜后，由八人抬像至村边井口前，抬夫因口渴饮水，放置关帝像于井沿边。待喝完水再抬铜像，即使百人亦不能使关帝像挪动一步。于是，人们都说这是关帝大神显灵，便随地而安，即地募捐修庙，神座在井沿边。竣工后，夜梦见神显灵曰："吾借此一箭之地，可保黎民平安幸福，但夜间不许打五更。倘若不遵守吾言，尔等咸葬鱼腹矣，慎之戒之。"其后，城修成后，名曰"宁海"。某朝有一县官，不信不打五更之戒，逼迫更夫打五更，天尚未亮，潮水大涨，眼看将金州城淹没，百姓痛苦不堪，县官无奈，焚香祝祷，将"宁海"之匾额投入海水中，大水才退。因而，金州城古时不打五更之说，由此而来。上述虽然是传说，但至少说明两点，一是关帝庙早于金州城，二是金州城是以关帝庙为中心进行布局而建成的。

《重修铜像关圣帝君庙碑记》碑文记述了金州副都统连顺重修关帝庙之事，文中引用大量的篇幅歌颂了连顺任金州副都统期间修军整武、整饰旗务的功绩，具有重要的史料价值。连顺，字捷庵，吉林人，姓伊尔根觉罗氏，满洲镶蓝旗人，金顺之弟。自同治九年(1870)跟随其兄金顺在宁夏征剿回民叛乱，战功卓著，积功升至金州副都统〔光绪十四年(1888)任〕，任职期间，以身作则，提倡为官清廉，消除贪风；爱护农民，守土耕种，增加收入，改善生活；连顺为人谦逊谨慎，倡导官民一体，关心百姓生活；与驻境的客军搞好关系，友好合作；诱导百姓忠孝仁义，邻里和谐，民生安定，民情淳朴，深得百姓爱戴。1890年，金复旗民绅商为他树立"连公德政碑"，记述和表彰他的德政伟业。光绪二十年因中日甲午战争，金州战事失利而被解职。二十二年(1896)授库仑办事大臣，二十四年(1898)改任定边左副都御史，三十年(1904)奉召回京。连顺重修关帝庙的年月，恰逢中日甲午战争开战之前夕，风云突变，中日双方交战的气氛迫在眉睫，因此，此时重修关帝庙的意义非同一般，有其特殊的背景和用意，用"武圣人"关羽来激励清军将士，以壮军威，这大概是其重修关帝庙原因之所在吧！

该碑原立于关帝庙大殿前左旁，庙于1953年被拆毁后，埋入金州房产公司院内，2000年被发现，移于金州博物馆院内，现立于金州副都统后院。增田道义殿《金州管内古迹志》手稿本有著录。

【碑阳注释】

(1)窃：私下，旧时常用作表示个人意见的谦词。　(2)屆："届"的异体字，到。　(3)寤寐(wù mèi 音

务妹):醒时与睡时。这里指似醒非醒、似睡非睡状态。寤,睡醒。寐,入睡。 (4)万历:明朝神宗朱立钧年号(1573～1620)。初元:皇帝登位之初,改元纪年,元年称初元。 (5)正德:明朝武宗朱厚照的年号(1506～1521)。天启,明朝熹宗朱由校年号(1621～1627)。季,末,此处指一个朝代的末期。 (6)洎:等到,及。 (7)定鼎:定都或建立王朝称之为定鼎。 (8)徽号:美好的称号。旧时用于皇帝死后尊号上歌功颂德的套语。 (9)醵(jù 音巨)金:集资。 (10)都统:官名,始于晋朝。清朝八旗中设置都统,为八旗的最高统帅,满语为固山额真,秩一品。 (11)金州副都统:道光二十三年(1843)把原熊岳副都统移至金州,遂改今名。详见《重修朝阳寺碑记》注释(38)。 (12)连公:指连顺。 (13)朔望:农历每月一日或十五日。 (14)莺迁:旧时祝贺人升官、迁居的颂词。 (15)庄严:这里指装饰、装修之意。 (16)元相:本相,真相。 (17)天假:老天所授与。 (18)卤簿:古代帝王出行时跟随前后的仪仗队。自汉以后,后妃、太子、王公大臣皆用之,但各有定制,并非帝王专有。 (19)金钦使:指连顺之兄金顺。见篇后《人物简介》。介弟:对别人弟弟的尊称。介,大。 (20)干城:比喻捍卫者或御敌立功的将领。干,盾。城,城郭。二者都起捍卫防御的作用。 (21)畀(bì 音毕):给予,授予,寄与。 (22)重寄:重大的寄托。 (23)下车:初即位或新官到任为下车。 (24)荷:承担,承受。 (25)庙祝:庙中管理香火的人。 (26)菩提:指菩提树,又名摩诃菩提。传说释迦牟尼曾在此树下得菩提果而成佛。后以"菩提"来指明辨善恶,觉悟真理。 (27)荡析:动荡离散。 (28)颠末:事情的前后经过。 (29)用:通"永"字。

【碑阴注释】

(1)军门:统兵长官的尊称。清代为提督或总兵加提督衔者之尊称。 (2)巴图鲁:蒙语,意为勇士。 (3)加级、纪录:清代考核官吏的议叙制度,即官吏考核有功绩者,交有司核议,以定功赏之等级。议叙之法有二,一是加级,而为纪录。自纪录一次至纪录三次,其上为加一级;又自加一级纪录至二级,加二级纪录一次至加三级,凡十二等。 (4)刘盛休:见篇后《人物简介》。 (5)赵怀业:见篇后《人物简介》。 (6)马金叙:见篇后《人物简介》。 (7)云骑尉:官名。隋代始置,为武散官。唐、宋、明为勋官,清代改为世职,初称"拖沙拉哈番",是满语。至乾隆元年(1736年)改称汉名,品级为五品,比分等次。乾隆四十九年(1784年)前,只授给满洲八旗旗人和八旗籍的汉人;其后,汉人与旗人一体授予。云骑尉是世职末级,加一云骑尉,即加一级,反之,则降级。 (8)正堂:听政之堂,为古代官府别称。明清时改称知府、知县等地方正印官为正堂。 (9)谈广庆:见篇后《人物简介》。 (10)领催:官名,清朝八旗兵之制,每佐领下有领催数人,掌旗兵登记和俸饷支取。 (11)监生:明清时进入国子监就读的学生统称监生。 (12)孙奉典:人物情况不详。 (13)恩贡:明清科举考试制度,每年由府州县选送廪生入京师国子监肄业,称岁贡。如遇到皇帝登基或其他庆典颁布恩诏之年,加选一次,称恩贡。 (14)邱宜祥:见篇后《人物简介》。 (15)僧正司:僧官署名。唐初置,专管各州宗教事务。各代沿袭,管理全国宗教事务的称僧录司,府为僧纲司,州为僧正司,县为僧会司。 (16)僧正:管理众僧之官。宋、明、清每州置一员。

【碑中主要人物简介】

金顺,连顺之兄。字和甫,伊尔根觉罗氏,满洲镶蓝旗人,世居吉林。年青时,从戎征山东,授骁骑校,赐图尔格齐巴图鲁。同治二年(1863)始征讨陕西回民叛乱,授镶黄旗汉军副都统。五年(1866)调宁夏任都统。九年(1870)率领其弟连顺在宁夏平复回民叛乱,有功,升为乌里雅苏台将军,旋辅佐新疆军务。光绪初年,调任伊犁将军,七年(1881)上召回京,卒于肃州。赐太子太保,谥忠介。

刘盛休,字子征,安徽合肥人。同治元年(1862)随其叔父刘铭传办团练,创建铭字军。后历任河南、河北、南阳镇总兵,记名提督,授法克精阿巴图鲁,继刘铭传后统领铭字军,驻军于河北永平。光绪十三年(1887)三月统带12营铭字军调大连湾驻防,并负责修筑大连湾海防炮台工程。中日甲午战争爆发时,于1894年9月调赴丹东九连城一线阻击日军,被日军击败,后奉命南援金州失利,继而转战辽南战场,屡遭溃败。战后,被革职。

赵怀业,又名赵怀益,字少山,安徽合肥人,刘盛休的内弟。中日甲午战争初期,刘盛休奉调赴朝,赵接替刘盛休防守大连湾。当日军第二军从庄河花园口登陆进攻旅顺时，赵怀业无视徐邦道三次请兵援助的请求，勉强派出两哨人马应付。当金州城陷落后，赵竟弃守大连湾，逃到旅顺避难，拱手将大连湾让给日军。当日军进攻旅顺时，又弃旅顺而逃，时人讥称"赵不打"。战后被清廷革职查办。

马金叙，字丽生，安徽蒙城人。淮军将领，原隶铭军，从刘铭传镇压捻军，积功至总兵。1894年甲午战事，在鸭绿江防线阻击战的虎山、摩天岭战役中，以总兵任毅军分统，随四川提督宋庆防守鸭绿江一线，以勇敢著称。

谈广庆，字云浦，先世驻防广州，隶汉军镶白旗籍。以翻译进士改任知县，历任开原、承德（今沈阳）、广宁、新民、昌图、宁远、金州各厅县知县、同知等。在任三十年，清政廉洁，怜才若渴，断案如神，人称"谈青天"，盛京将军奏称"治行第一"。光绪甲午年（1894），时任金州厅海防同知的谈广庆，面临数万日军进攻金州城，率领所属捕盗营兵20名，登城守御。不久被流弹击中，昏迷不醒，被士兵背走。战后，清廷特旨敕免。子国楫、国桓。谈广庆善于书法，但被政绩所掩。时人称颂"化成三月"。

邱宜祥，字吉庵，金州城人。清光绪年间恩贡，候选直隶州州判。

十三　向应三官庙

重修三官庙碑志

清·同治三年（1864）

【碑阳】

夫谓继志述事，非惟尘俗中有之，即方外人[1]亦有之。吾观空羽公，则然耳。盖白石观[2]之胜迹，前辈名贤已有佳作，但由建修而来，』至于今百有三十余年。然而，久延岁月，有不坍塌渗漏者乎？故于道光三十年[3]重修两配殿，咸丰元年[4]春夏以来，大殿后檐、两楹』素朽[5]，大有倾败之患。会中等惊惶忧惧，历秋冬而复春也。始于二年[6]二月开工，至六月，工竣事。若难而移易，机似逆而转顺，岂非』三元笃贶[7]，神运斡旋？七年[8]重修山门、群墙、钟楼，数年之间，工概定矣。犹迟疑而未敢偷安者，从装塑而后，永未更衣，庙貌虽云[9]完固，金』身[10]皆属残缺。于是，不遑[11]自逸，思焦形劳，又于同治二年[12]，三殿更衣[13]，创修维艰在兹，守成不易，益在兹。无何[14]，而空羽公属余[15]，爰叙其』事，余讶然，谢曰："无勒铭之才，不独使山水无色，又恐致金石[16]抱憾矣。"空羽公曰："此赖四方善男信女[17]，喜舍布施，奚[18]可疏略而不纪』于碑？抑敷陈[19]直言，勿假雕虫！"余闻莫对，故列叙时人，录其所述，以志其不忘云。』

童生[20]		关廷桂	拜 撰 敬 书					
东至厢白旗地		于万年	王元福	安永仁	于万颢	许士美	安世焕	
西至山顶		王德盛	洪廷秀	于增礼	潘成玉	闫士礼	关廷奎	石工 李占云 侯登儒
计开三官庙四至		王庶吉	吕廷才	于天发	张敏	李文举	吕振声	
南至八眼房身		会末温广文	吴文东	关德盛	张德福	徐广盛	张世恺	杨翔
北至厢蓝旗地		赵兴安	吴顺年	李元祥	刘英	于万盛	李元良	杨贵 滕羽
								道士 浮 住持 空 徒初坐屿
		于淳	关廷治	贵玉连	姜春青	关廷楷	唐世才	徐喜 滕太
		杨丕新	姜方勤	温广顺	关廷栋	杨丕勇	赵鼎	徐乾

大 清 同 治 三 年 八 月 　吉日 　合会 　敬 立

【碑阴】

矿洞中 杨育春 姜毓清 刘玉祥 孔傅铨 太顺号 张世隆 张云卿 张文□ 张玉瑚 张成茂 王兆元 孙　令 吴世安 温　成 王朝仁 于天德 关　爽 邹
□ 乔明□ 』关　琳 尤廷芳 王　瑚 马孝礼 孔傅镶 隆兴成 杜福令 张翘璠 陈广盛 何　茂 于吉香 复盛号 王秀基 杨丕珏 周云福 李义发 郭孝

增 关廷寿 谭维平 高若□』王治永 何维禧 范廷孝 毕德贵 孔傅镆 曲文轩 孙永茂 张翘玨 陈广玉 郭玉令 张广福纯 陶成功 孙玉田 杨丕禄 于维忠 赵克成 张 利 关廷占 于振海 李汝翰』赵文发 王治亨 杨 惠 迟丰文 天成斋 尤成霖 陈广居 张翘玲 张广会 郭玉祥 仁义堂 梅连春 孙敏 杨升林 赵永清 管义才 张廷元 关廷忠 安永英 吴文秀』李元孝 薛明顺 周美元 迟丰年 永和号 荣则古 曲从智 张翘珠 张广寿 郭玉治 王崇喜 梅连芳 卻国仁 杨丕爽 郭连重 陈富贵 郑 泮 关 俭 蓝成荣 刘孝中』杨起林 江世柏 王世礼 李元太 何维丰 宋 恒 陈天恩 王治允 张广玉 郭玉刚 王廷太 梅连升 王锡修 杨丕和 李万玉 邢日信 姜尚曾吉 祥 姜方田 林文乔』关德仁 张德良 金悦新 林孝忠 何维屏 相中和 刘汝顺 王治德 奚连发 万庆太 于永和 王 臣 刘士裕 杨丕烈 林 彦 李元堂 王永贵 王治修 安永增 程孝盛』梁德先 苏君作 王德元 初元盛 何维嘉 相中士 王宿临 王廷礼 郑士柱 张琦祥 李茂隆 初 义 王锡富 杨福林 杨 瑞 滕贵元 郑浩富 赵国臣 赵明法 关 允』江 桐 陈广福 王永清 张德君 何维彭 董长春 王奎临 王治程 田凤来 万玉广 何令发 淳于寿令 卻吉祥 杨丕珍 王治礼 高 朋 郑 起 张 俊 王祯临 关 英』徐本礼 王守傅 王德顺 李春玉 李世钺 初丕成 李德和 王明诚 德盛义 万玉振 陶成隆 永吉号 刘 允 杨德林 王治云 关义福 郑浩仁 王日桐 兴利号 程 兴 温 瑶 赵庆云 王 凤 孙鹏飞 李文福 梁迺春 迟增福 唐世勋 张成祥 孟恒宽 陶成先 潘连邦 裘 和 杨永林 王乐洲 吴德法 郑裕 董廷茂 王鉴临 周世田』迟丰礼 陈广顺 安永可 公和号 李元修 牟景太 刘 纯 唐世俊 刘成才 黄文贵 马维卿 潘善邦 赵文焕 杨丕尧 杨永才 杨世兴 郑浩盛 吕延维 张士林 三余和』许士辉 殷克俭 关 瑶 袁兆典 李存义 张 增 曲殿有 唐世杰 李 增 黄文奎 关德盛 赵 祥 乔明珍 杨上林 金瑞新 蒋万顺 郑浩宽 林孝孟 许淳仁 程 亮』王日椿 王中岱 关 珏 赵智禄 李勤修 董长庆 曲从圣 广和号 王尚义 黄文发 宋丕吉 贾明珠 冯天民 杨丕珩 柳万春 刘德有 郑富启 张宏儒 王作肃 迟中元』张日明 孙布业 吴世信 张开本 姜同玉 董长发 王儒家 车安祥 付保清 王日新 单文全 单德清 沙希悦 温 远 徐 凤 张世昌 郑浩吉 林 玉 吴孔修 三合兴』滕乔令 林 泮 吴彭年 李永盛 姜永清 勇自孝 陈广太 元亨利 閏国智 姜 延 傅 僖 贾明琳 王锡男 马吉亨 杨 荵 谭 仁 关德信 王锡第 吴桂年 冯日和』薛丕和郭 珍 张显儒 宋 恺 姜芝 曲鹏飞 李宏远 东盛梁房 郭广安 姜凤梧 关永太 王锡珏 王中言 温广有 马维范 杨玉林 赵 璜 王锡九 吴世盛 姜克隆』王志和 李永福 郑旭焕 吴文祥 姜玉成 曲鹏池 刘振东 允吉店 付 □ 姜凤桐 关致中 尹日连 王锡桂 李万福 王世刚 张德法 王申傅 永昌号 高若崧 祁中舜』徐法 李天锡 兴盛号 滕玺令 刘汝成 曲鹏陆 陈广新 王彩源 郭玉臣 永益号 于广太 刘 新 张 和 张永聪 王世兴 刘福功 刘长吉 杨 春 姜克顺 祁永年』关廷玉 李天培 张德增 王国法 刘 钊 曲鹏展 陈广辉 关有亮 李发云 广顺号 鞠朝辅 刘 宽 苗 彩 徐 臣 王世有 孙鹏翔 夏恒发 安永傅 宁文翰 王士贤』赵玉升 李天祥 于天江 温广发 王治国 潘日安 张云河 邵君德 郑士发 福庆号 鞠朝清 王士兴 关廷□ 孙有田 许要发 祁致中 关文孝 姜福爽 閏武林 芦成林』周玉秀 李天吉 于天庆 温 魁 王万通 宋克敏 张云池 孙□兴 奚廷魁 张成涓 高福增 王全发 关廷□ 孙 清 李元□ 郎云兴 关 勤 胡 发 高尚辰 江 谟』赵玉全 李天兴 关廷和 温 恺 王万吉 宋 和 张云连 宋□峰 张玉富 张广文 付邦连 尤宁广 关廷聚 于 盛 李永成 张 文 关门郎氏 孙吉盛 孙述宗 张凤林』

【碑考】

　　立于清朝同治三年(1864)。该碑原立于金州向应乡大关家村西三官庙屯,庙已被彻底拆毁。石灰石制,碑头已失。碑身高185厘米、宽67厘米、厚18.5厘米。碑阳阴刻楷书,16行、满行51字。碑文分为两部分,正文部分记述了三官庙自道光三十年(1850)开始重修两个配殿,历经咸丰二年(1852)重修大殿后檐、两槅,咸丰七年(1857)重修山门、群墙、钟楼到同治二年(1863)重塑神像止,三官庙修建才逐渐彻底完工之事,历经十余年。碑文末尾是三官庙四至和主要人名名单及立碑时间等。碑中提到三官庙又名白石观,距当年立碑时间已有一百三十余年,由此推测此庙创建的年代当在清乾隆初年左右。碑文两侧饰以瓶插菊花、梅花、牡丹、莲花图案,花上下两端还分别穿插着琴、棋、书、画"四艺"图;碑上端刻的图案模糊不清,已不可辨别;下端为海水江崖图。碑阴为捐建三官庙的人名录,20列、23行,计460人。座为长方体,横98厘米、纵66厘米、高34厘米。

　　大家一提起三官,可能比较陌生,但是人们在年画和民俗画中看到一品大员的模样,身穿大红官服,龙袍玉带,手持如意,五绺长髯,慈眉悦目,一定很熟悉。对了,他就是"天官赐福"画。天官又常与员外郎(表官禄)和南极仙翁(表长寿)在一起,合称福禄寿三星。但这三星并不是三官,其中天官星是三官中的一位。三官具体是指天官、地官、水官,合称三官。天官赐福、地官赦罪、水官解厄。天官是紫微大帝,权限仅在玉皇大帝之下,地位极为崇高,能给人们赐福,故民间在他生辰正月十五上元节中举行拜祭。地官是清虚大帝,能给人们赦罪。据《道经》说:"七月十五日中元节,地官考救搜选众人,分别善恶,诸天圣众普谐宫中,简定劫数,人鬼籍录,饿鬼囚徒一时俱集,诸圣与众道士于是日夜讲诵典,十方大圣齐咏灵篇,饿鬼囚徒当时解脱,免于众苦。"故中元亦称"鬼节",民间用以祭祖。水官洞阴大帝,能给人们解厄。他是专监督人间的善恶直神,他下降时,审视人间善恶,除害灭灾,所以在十月十五下元这天,家家供奉,祈求平安。三官因与人的祸福荣辱密切相关,故受到广泛崇奉。因道教把一年的三个月(阴历一月、七月、十月)的十五分别称上元、中元、下元,而这三天分别是三官的出生日,故称三官大帝又称三元大帝。

三官信仰源于原始宗教中对天、地、水的自然崇拜,在早期的道教中,飒飒内官是十分显要的神明。

三官的来历有三种说法。一说三官原是周幽王时期的三位谏臣:唐宏、葛雍、周武,死后成神为三官;一说是龙王的三个公主同时爱上了美男子陈子梼,一起作了他的夫人,并各生一子,此三子后来被封为三官大帝;另一说是道书上称元始天尊(亦称玉皇大帝)分别在正月十五、七月十五、十月十五各吐出一婴儿,这三人就是后来的尧、舜、禹,天官尧帝爱民如子,禅让帝位,至仁感天;地官舜帝诚对双亲,开垦土地,至孝感天;水官禹帝治理黄河水灾,三过家门不入,至义感天。这三官大帝之祭祀,不祀神像而祀三界公炉。此三官的合称又被称为三界公。

清朝,在金州地区的众多庙宇中,三官庙的数量仅次于关帝庙、佛爷庙,位居第三,有的村屯名还以"三官庙"名字命名,可见其人们对三官大帝顶礼膜拜的程度。但是,由于"文革"那一段特殊时期,金州众多的三官庙被拆毁殆尽,连一座三官庙都没保存住,现在只有这唯一——通清同治三年(1864)的三官庙碑了,这已经算是不幸中之万幸!

该碑是于2000年在一百姓家院挖土时被发现的,现存立于金州副都统衙署后院。

【碑文注释】

(1)方外人:和尚、道士的别称。南朝宋·刘义庆《世说新语·任诞》:"阮方外之人,故不崇礼制。我辈俗中人,故以仇轨自给。" (2)白石观:从碑文中可知,白石观即指三官庙。 (3)道光三十年:1850年。(4)咸丰元年:1851年。 (5)素朽:开始腐朽。 (6)二年:指咸丰二年,1852年。 (7)三元:亦称"三官",指道教所信奉的天官、地官、水官三神。笃贶(dǔ kuàng 音堵况):厚赐。笃,深厚。贶,赐与。(8)七年:指咸丰七年,1857年。(9)云:说。 (10)金身:因庙内供奉的神像以金装饰,故称神像为金身。(11)不遑(huáng):来不及,没有空闲。 (12)同治二年:1863年。 (13)更衣:换衣服。这里指神像重新装饰。 (14)无何:不久。 (15)属余:属,同"嘱"嘱托。余,我。 (16)善男信女:佛家对信仰佛教男女的总称。这里借用道教。 (17)金石:这里指碑石。 (18)奚:疑问词,为何,如何,为什么。 (19)敷陈:铺叙,评价论述。 (20)童生:亦称文童、儒童。明清科举,士子应试而未入学,通称童生。童生,不论年龄老少,都要经过县试、府试和院试,合格者方能进学。

十四　营城子永兴寺

1. 重修永兴寺碑记

清·道光七年(1827)

【碑阳】

重修永兴寺碑记』

金州城西乡营城子,旧有永兴寺,不知建自何代,而神灵所集,法像(1)显赫,庇荫广众,若庙貌有阙,实左右屋(2)』民之责也。于乾隆年间重修如来佛大殿、二殿、关圣大帝殿及钟鼓二楼。嘉庆年间重修碧霞元君(3)』殿,其捐赀善士俱未暇(4)立碑列名,今因风雨剥落,又通加修理,会首(5)等买石刻碑于共勤(6)盛事者,留其芳名,以』劝将来,并欲于前次重修姓名,一体传后。惜前日缘薄已失,无可详稽矣。虽此番募化,亦强半系前二次之人,』而存亡去留,势不能齐,挂漏(7)断不能免,愿大众曲凉,勿以名之得列不得列为嫌,但念布施既实,功德自存,永期』事神之礼,久而不衰,斯无负于神衒(8)设教之义云尔(9)。』

```
                    斛    玲                          张朝佐    范贞元
                    王安广                    贡生    曹光□    刘重□
汉三旂佐领加三级 金国荣    骁骑校加二级□廷荣          姜曰□    刘世□
                    李万亨                          刘 □    于世富
                                                    刘 □    刘世伦
汉厢白旂防御加三级斐扬阿                          领袖 刘振国
宁海县正堂加三级 顾 璜                          刘 锉    刘云生
                                                张 锦    范立业
                    儒孛    王调元                  夏世珏    刘世惠
金匮县正堂加三级 徐家槐      徐 琨      斛兆泉    夏世楷    刘宗圣          与增
            佐领加三级 徐士斌      隋世显      斛国珣    刘 锋    宋守智    住持僧人彻 静
水师营协领加三级 恩 集 防御加三级      骁骑校加二级邓天元    刘宗武    姜 堂
            佐领加三级 金立纲      方 珍      王日旸 户吏 邹 魁    姜玉全
            笔 帖 式满 凌      周德爽      斛君忠 外郎 曹廷功
大 清 道 光 七 年 四 月 十 六 日(10) 敬 立
```

【碑文简介】

营城子永兴寺清朝时原为金州城西第一庙宇,现在已经并入大连甘井子辖区。该寺始建于唐朝,据《东北名胜古迹轶闻》载:"永兴寺寺院甚大,为金州城西第一庙宇。有如来大殿、弥勒殿、观音阁、关帝庙、天后宫等。院内松柏苍苍,古碑甚多,考其碑志,系唐时尉迟敬德饬工建筑。当初均系铜像,后因屡遭兵燹,以致部完,今则全易泥塑矣。"该庙在"文革"动乱中,又连遭破坏,仅存大殿、二殿和庙后古杏树外,余皆不存。1996 年,永兴寺重修,在清理庙院时,在地基下挖出古碑数通,其中该碑就是当时所出土碑中年代较早且完整的一通。

根据《大连营城子镇志》载:如来佛大殿为五楹,如来佛居中,左右为十八罗汉,护法神立两侧,如来佛背后有观音、普贤、文殊,姜太公面北而立;二殿为弥勒殿,前殿三楹,四大天王立于两侧;东殿为关帝殿,左右为关平、周仓;西殿为娘娘殿,供奉碧霞元君。

该碑为板岩,碑首和座已失,但碑身保存完整,长方形,碑高 174 厘米、宽 77 厘米、厚 18 厘米。碑文分为三部分,第一部分为碑的正文,6 行,满行 43 字,阴文楷书,叙述了乾隆年间、嘉庆年间及道光七年重修永兴寺而立碑的缘由,乾隆、嘉庆"其捐赀善士俱未暇立碑列名","今因风雨剥落,又通加修理,会首等买石刻碑于共勷盛事者,留其芳名以劝将来"。第二部分为当地包括金州城主要官员在内的人员名单。第三部分为立碑的时间。整个碑文周边饰以"回"纹。此碑现立在营城子永兴寺二殿室内,是目前该庙众多碑刻中保存年代较早且比较完整的碑。《大连营城子镇志》录有其碑文。(碑阴捐资人名从略)

【碑文注释】

(1)法像:佛像。 (2)屄:即"居"字。 (3)碧霞元君:即泰山娘娘,全称为"东岳泰山娘娘天仙玉女碧霞元君",传说为东岳大帝之女,专司使妇女多子,所以亦称她为"送子娘娘"。 (4)未暇:没有空闲。(5)会首:即会长。 (6)勷(ráng 音瓤):急迫。 (7)挂漏:谓举此而漏彼,犹遗漏。挂,钩住。 (8)衟(dào 音悼):"道"字古字。 (9)云尔:语末助词,相当于"如此而已"。 (10)道光七年四月十六日:1827 年 5 月 11 日。

2. 重修永兴寺碑记

清·同治六年（1867）

【碑阳】

重修永兴寺碑记』

尝谓天地无私，为善自然获福。作善，降之百祥；作不善，降之百殃[1]，是祸福之招，在善不善之间耳。自天子以至』于庶人[2]皆宜，惟善以为宝也。营城子永兴寺，古有佛殿三间、二殿三间、山门三间、圣母行宫、』关帝祠堂，建之数代，由来久矣，功成[3]浩大，创修维难，苟非好善者赞襄[4]于其间，能无摧折之虞[5]乎？兹为重修佛殿，募』化四方，善人君子乐助资财，共成盛事，因将善名勒诸碑记，以旌善人，以志不朽云。』

原任佐领前署水师营协领加三级纪录二次乔永杰		李志浤	刘宗文』	
署水师营协领事务佐领加三级纪录三次		穆国良	王世显	韩国玉』
佐领 加三级纪录三次		韩兴治	穆安理	丁肇生』
		王世宦	韩兴果	范贞焕』
防御 加三级纪录二次		韩兴广	金万丰 会	刘宪孔 震西姜成亮撰』
		侯素修	韩兴元 末	魁兴号 纯一刘宗思书』
		金广保		涌源号 滃 李得元』
防御记名骁骑校 加三级纪录二次		王汝昌		石 工 刘建行镌』
骁骑校		韩昆珊』		
水师营笔帖式即补主事		塔奇魁		住持交 雨徒彻 源』
委官		韩君霖』		

大 清 同 治 六 年 四 月 中 浣[6] 谷旦 敬立』

【碑阴】

□□□ 文复宽 王正珠 袁国义 丛朝珏 刘懋官 □□堂 张茂义 □兴□ 刘□□ 于 □ 刘□□ 刘宗业 刘宗□ □□□ ……』□□号 于发有 王明安 周振广 周振福 郭廷瑚 袁长盛 张茂强 薛有杰 黄积善 于 令 夏洪仁 姜顺卿 张茂刚 刘成元 ……』□□□ □玉德 金毓升 周培真 刘德明 王积荣 王明元 张茂勤 薛有能 韩兆有 于 显 金成美 刘德绪 刘成生 孙姜氏』万盛号 王正魁 金广利 蒋天基 隋世杰 刘成连 王天恩 杨宜福 王辉昌 朝兆惠 李志崇 宋守财 刘文举 刘洪治』益合号 文志德 韩道信 李春茂 王希宁 刘德喜 刘宗发 王辉亭 姜希圣 宋天广 刘文海 刘云沛 刘□顺』天盛号 文志林 □ 全 李得元 万镒号 韩兴志 刘宗翰 陈家桂 刘文郁 金立平 刘懋征 王辉仕 刘德辉』重兴馆 赵建功 乔有锦 邵有盛 段作肃 张振功 刘世赏 王辉英 刘文范 金立来 王文惠 金立基 刘洪宽』广源号 赵启幹 乔玉连 刘万经 新顺号 韩兴帝 刘宗幹 马世魁 刘云阶 刘宪儒 连文贵 王文福』王新连 张成瑚 乔有福 刘万春 邵国玺 韩国治 刘宗乾 马永新 王天成 刘宪英 连仲魁 世生堂』万丰号 于永瑞 乔玉宽 双兴炉 袁国显 张彦升 穆 伸 马纪英 王天相 刘宪章 连文章 孙维远』裕丰号 金成玉 郭廷珍 张洪发 王廷忠 广兴号 谢殿元 马图桂 杨作舟 刘宪发 连文斌 宋天祯』西□房 金成隆 郭廷贵 韩兴常 鞠运庆 万生号 谢殿发 刘德川 杨盛仕 金成信 连 兴 韩兆庆』益兴馆 赵进丰 郭廷珠 韩兴安 三盛馆 □昌炉 刘德清 刘德深 刘云岱 刘成顺 连仲举 刘文昌』天盛号 □□国 王玉山 韩兆宁 全兴号 乔有□ 韩兆德 宋万令 池廷玉 薛克俭 姜 魁 刘宗全』□兴馆 张洪祥 王元钊 韩道君 宏远号 由成方 韩兆业 徐成斌 池廷财 薛克功 昌洪顺 刘德有』泰生号 韩君福 刘宗岱 韩君亮 万兴号 刘连汉 董成学 杨宜荣 刘如川 薛克勤 宋天财 杨盛茂』徐元忠 韩君贵 姜 昌 穆国有 宏顺号 蒋天重 王恩升 刘宗孟 刘成富 张世禄 杨宜禄 王文德』李广玉 韩君玺 蒋天昌 周成文 裕顺号 杨吉昌 韩兆茂 刘宗孔 刘成文 刘成绪 于广生 王明善』周培□ 刘国林 刘馆 刘方运 永盛号 刘明桂 王希伯 刘洪运 刘宗清 薛有生 刘宗□ 刘德崇』韩兆信 周学熙 刘 钫 刘方春 于复隆 刘文仲 刘云庆 于继业 夏洪政 韩兆绩 于日德 徐世卿 周元礼』周学濂 周学邵 刘 镨 刘方新 石□□ 姜希增 刘文斗 于廷富 宋天元 韩兆崇 孙本昌 庞田玉 王 申』

【碑文简介】

　　该碑在1996年重修永兴寺清理庙院时，在地基下挖出。该碑为板岩，碑首及座已失，但碑身保存完整，长方形，碑高172厘米、宽76厘米、厚13.5厘米。碑文分为三部分，第一部分为碑的正文，4行，满行46字，阴文楷书，略叙了此次重修永兴寺的经过。第二部分为当地主要官员人员名单。第三部分为立碑的时间。碑上边和两侧饰以二龙戏珠图案，下边为翻江倒海图案。此碑现立在营城子永兴寺二殿室内。《大连营城子镇志》录有其碑文。

【碑文注释】

(1)作善,降之百祥;作不善,降之百殃:选自《尚书·伊训》中的句子。殃:灾祸。(2)庶人:平民百姓。(3)功成:即"工程",为作者笔误。 (4)赞襄:赞助。 (5)虞:忧虑,担心。 (6)大清同治六年四月中浣:1867年5月18日。中浣:中旬。

3. 永兴寺重修碑志

民国三年(1914)

【碑阳】

中华有圣人[1]焉,大道将普及于全球;西域[2]有圣人焉,宗教早诞敷[3]于东土[4]。凡以中庸[5]之道义,慈悲[6]之精神,有以正人心、扶世运[7]、觉颛蒙[8]而挽浩劫也,功德所被[9],人孰无情?故奉以为师,尊以为神者,莫不馨香尸祝[10],膜拜心倾,此岂有他道哉,示皈依耳。营城子旧有永兴寺,供奉如来佛祖、弥勒尊佛暨菩萨、罗汉诸佛之古刹也。『其寺不知创自何代,意者[11]唐征高丽,居民偕室以逃。洎[12]平定而后,凡百皆改[13],夷[14]为华建置之,始当在此时。盖唐重沙门[15],邻村之断碣残碑,迄今犹可拂拭[16]苔藓而识古迹』焉。五代时,半岛又弃于辽、金,元、明一统,复归内地,五六百年间,虽华夷君主号令递嬗[17],而佛教之尊崇如故也。明季,满洲军[18]南下,合郡难民航海奔山东

营城子永兴寺旧影

或栖止[19]各岛间,』自此人烟之断绝者垂三十余年。益[20]以前数年之兵乱,则何寺而不倾颓? 迨清初招垦[21],流氓麇集[22],因遗址而葺为草庵。至雍正建元[23],世际隆平,间闾丰富,好义之士提倡,『善男信女[24]规复古制,殿宇无不闳敞[25],结构有必庄严,人力夺天工,彼碑首颜[26]以"佛日增辉",不信然欤! 尤可异者,寺旁隙地耕得铜像若干尊,适与泥塑之形状一一相肖,』灵山[27]香火,抑何竟结古今之缘也? 于是,每经风雨剥蚀,则必相继补葺,若乾、嘉、道、同[28],累朝重修之碑志宛然在目,然内容具在,外观犹无难为力耳。不幸光绪甲午岁,清『日启衅[29],军队杂还,寄宿其中,殿庑堂壁、佛身神像悉付摧残,就中[30]二殿、山门及附属各祠坍毁尤甚,清净之地顿为瓦砾之场,董事诸公心焉忧之,乃募捐集赀,先于『关帝庙、元君殿、九圣祠与本殿山门依次整理,乃未及再兴钜工,忽又有日俄之役,复遭蹂躏,使于此而终辍焉,则情何以安? 故董事诸公及住持僧益复发愤捐助,邀』技师,鸠工役,内外修缮,务期完备精美,一复旧规而后已。爰于民国元年重塑二殿法像,二年重装大殿金身,三年重饰圣母仪容,附属各祠亦逐一修整。工将告竣,适』值北山石矿掘得异材,乃聚村众百余人舁[31]而归之,以作镌刻碑志之用。其事盖与创修伊始,相传东海浮来大木,其材悉中,栋梁相类。夫佛,西域之圣人也,觉颛蒙、『挽浩劫。观于吾乡人士素好慈善,每遭历代之兵燹[32],或逃避,或保聚,皆得幸免惨毒之祸,宗教之启牖,神灵之庇护,云何可忘? 若谓辉煌金碧,仅以壮观瞻备禳祷[33]也,将『祸福自求之谓何,亦大失馨香尸祝、膜拜心倾之本意矣。是为志。』

大连 安惠西栈	小岗子 公议会	旅 顺会长陶云山	金州民务长刘心田(34)	贡生王致叙	会务总理刘德深	马永昌	由□□	前清岁贡生芝三乔德秀(35)〔沐手拜撰〕
商务总理刘志恒(36)	会 长 牛作周(37)	三涧堡会长刘成上	江省警务长李德尊	生员霍桂芳(38)	张英才 刘宪惠 杨□□ 前清			生梦九刘洪龄(39)〔沐手拜书〕
副总理郭精一(40)	副会长 苏贵亭	水师营会长刘德峻	勅视宣德郎韩道观(41)	仝 刘成德	会 末 韩玉惠 丁国恩 金□□ 画工			孙惠武〕
从七位助五等石本鎌太郎	仝 徐香圃(42)	岔 沟会长周元德	己丑科举人李义田(43)	仝 李荣升	杨辅达 韩恒盛			王毓林〕
警察中西鎌太郎	前清佐领韩兴忠	营城子会长乔德本	前清骁骑校阎培和(44)	仝 李荣封	刘立生 刘洪范 石 工			李文贵同子永清〕
盐监零石小太郎	法部笔帖王长运	革镇会长范先德	李士德	仝 李作新	韩兴运 韩兴春			心 桐〕

中华民国三年岁次甲寅月建(45)己巳望日(46)乙未　　敬立

【碑侧对联】

右侧:如道性天金□佛法□施普渡慈□离苦海』　　左侧:来归净土须要禅宗悟彻拨开觉路入灵山』

碑阴人名从略。

【碑考】

该碑立于中华民国三年(1914)。碑为石灰石质,呈长方形,上端略抹两角。碑高270厘米、宽92厘米、厚24厘米,碑额横书"重修碑志"4字,阳刻行楷。下为碑文,20行,满行64字,阴刻楷书。碑体比较高大,碑边图案雕刻极其精美且繁多,分别有二龙戏珠、暗八仙、瓶插菊花、梅花、牡丹、荷花、松树、四艺(书册、古琴、围棋、画轴)及鹿鹤等图案综合而组成。碑侧刻有佛教对联,对联四周饰以卷叶纹等。碑阴为捐款者姓名,人数多达数百人(人名略)。

如果说此碑的内容是写营城子永兴寺的历史,倒不如说是叙述营城子的历史较为恰当,这对了解金州地区的历史也有一定的帮助。碑文从唐朝收复辽东说起,一直至民国三年(1914)止,前略后详。碑文开篇略写中国圣人孔子与西域圣人释迦牟尼,再介绍永兴寺供奉的神像,后笔锋一转,叙说历史。唐高宗总章元年(668)在此地建置。五代时期,金州半岛被辽、金占据;元明时期,重归一统。明末,后金军大举南下,金州百姓逃至山东或海岛避乱,以至于千里无人烟。迨清初颁布《招垦令》后,状况才略有好转。清初的永兴寺为草庵,雍正元年(1723)规复古制,乾、嘉、道、同历朝皆重修。不幸的是,清光绪甲午年,永兴寺毁于战火。战后重修,1905年又连遭日俄兵燹蹂躏,工程停顿下来,民国元年又继续重修,至民国三年(1914)永兴寺才断断续续告竣。碑文最后交代了这块巨大碑材的神奇来历。

值得一提的是,乔老先生在该碑文开篇中,把毫不相干的中国的儒教牵扯到佛教庙碑中,虽然有点牵强附会,但这与当时的社会背景是分不开的。十九世纪中叶以后,随着中国封建制度的开始解体,儒学也走向了衰落。清末民初,特别是自维新运动以来,以康有为为精神领袖改革派,对传统儒学进行宗教化改革,推动了变法运动的宗教文化思潮。康有为在进行维新运动的同时推动孔教活动,维新运动失败后还继续努力,并得到了越来越多的士绅的赞同和响应。在民国初年政治腐败、社会混乱、道德失范、信仰危机的情况下,他们把改良政治、挽救中华民族和中国传统文化危亡的事业系于孔子,并立孔子为教主,立孔教为国教,这在社会上产生了很大反响,引发了中国传统文化界的一场地震。我们从碑文的只字片语中,看出乔德秀是属于尊孔阵营的,同时,借用佛家之教义,认为儒家"中庸之道义"与佛家"慈悲之精神"二者在理论中所包含着的精华是一致的,并不互相排斥,都是"正人心、扶世运、觉颛蒙而挽浩劫。"从碑文中我们可以看出乔德秀思想上的一些端倪。碑末落款汇集了当时大连工商界主要实力人物、金州城以西各会会长当地社会名流。

碑文由晚清贡生乔德秀撰。乔德秀(1849~1916),字芝三,为营城子小磨村人,因在家乡创办金州私立公育两等小学校和编纂《南金乡土志》而闻名于辽东,是著名的教育家和历史学者,当地人称他为"三先生",他的著作还有《东北要塞鉴古录》、《营城子会土地沿革概略》、《三芝启蒙》、《女箴》等。在当地,经他之手撰写的碑文很多,而此碑文是乔德秀晚年力作。碑文由当地很有名气的书法家刘洪龄书丹,字体工整平逸,有欧体之风韵。刘洪龄(1871~1955),字梦九,营城子人。日本殖民统治时期,曾任营城子普通学堂堂长,在家乡办过私塾等。除此以外,1948年为旅顺书写"万忠墓"榜书大字,字体工整遒劲,为其范作。

该碑高大,因其精雕细刻,碑质上佳,加之出自于两位名人之手笔,可谓珠联璧合,是一件上乘之品。惜碑在六十年代永兴寺被拆毁,该碑被百姓挪用作门框下柱石之用,已断为三截。现已粘接,移立于永兴寺殿屋中,以作永久保存。该碑文《大连营城子镇志》、《辽东古邑——大连牧城驿》有著录。

【碑文注释】

(1)中华有圣人:指儒家创始人孔子。 (2)西域:有狭义和广义两种解释。狭义,专指我国葱岭以东地区。广义的西域,则包括亚洲中西部、印度半岛、欧洲东部和非洲北部等在内的广大地区。本文专指印度地区而言。 (3)诞敷:诞生且扩大。敷,发扬光大。 (4)东土:古代泛指我国陕西以东地区。这里用以代指中国。 (5)中庸:儒家伦理基本思想,认为处理事情不偏不倚,无过无不及的状态是其最高的道德标准,这已经作为道德修养和处理事物的基本原则和方法。中,中正,不偏不倚。庸,平常,常道。 (6)慈悲:大乘佛教以此修行的重要目标,谓对一切众生给予欢乐,拔除苦难。 (7)世运:世事盛衰更迭的变化。(8)颛(zhuān 音专)蒙:愚昧无知。 (9)被:覆盖。 (10)馨香尸祝:真诚地期待,受人崇拜。馨香,指烧香时发出的香气,此处引申为虔诚。尸祝,本为立尸而祝福祈祷之意,这里引申为崇拜的意思。 (11)意者:抑或,料想,表示推测之意。 (12)洎(jì 音记):等到,及。 (13)凡百皆改:所有的事物都改变了。凡,所有,一切。百,形容事物之多。 (14)夷:削平。这里指改建之意。 (15)沙门:梵语 Sramana(室罗摩拏)的音译,意译为"息心"或"勤息"、"修道"等,表示勤修善法,息火恶法之意,原为古印度各教派出家修道者的通称。佛教盛行后专指依照戒律出家修道的僧人。这里用以代指佛教。 (16)拂拭:打扫尘垢。拂,除去尘垢。 (17)递嬗(shàn 音善):更迭传递。递,顺次更迭。嬗,禅让。 (18)满洲军:指努尔哈赤后金军队。 (19)栖(qī 音妻)止:居住停留。 (20)益:副词,更,愈加。 (21)清初招垦:指清初顺治十年(1653)颁布的《辽东招民开垦则例》,简称《招垦条例》。明末清初,辽东由于战乱,人烟荒绝。清初,为了扭转辽东百里无人烟的状况,而特颁布此条例。条例规定:有招至百名者,文授知县,武授守备;六十名以上,文授州同、州判,武授千总;五十名以上,文授县丞、主簿,武授百总;招民数多者,每百名加一级,所招民每月给口粮一斗,每地一晌,给粮六升,每百名给牛二十只。这一措施的实施,很快促使辽东人口繁赜,加快了这一地区的开发。 (22)麇(qún 音群)集:聚集,群集。麇,成群。 (23)建元:每岁纪历的开始。这里指年号开始的年代。 (24)善男信女:佛家对信仰佛教男女的称呼。 (25)闳(hóng 音宏)敞:高大宽敞。 (26)颜:碑额。 (27)灵山:山名。佛家称灵鹫山为灵山,为佛教发祥地。 (28)乾、嘉、道、同:指乾隆、嘉庆、道光、同治朝。 (29)启衅:开战。 (30)就中:其中。 (31)舁(yú 音于):抬,扛,多人合力共同抬东西。说文:"舁,共举也。从臼从廾。" (32)兵燹(xiǎn 音鲜):因战争而造成的焚烧破坏等灾难。 (33)禳(ráng 音攘)祷:祭祷消除灾祸。禳,"去恶祥也。" (34)刘心田:生平见民国十三年阎宝琛撰《响水观捐资重修碑》主要人物简介。 (35)乔德秀:生平见碑文简介。 (36)刘志恒(1851~1936):又名刘肇亿,字子衡,山东福山县奇山所人。早年在大连开设"东兴杂货店",被选为烟台商会议董。1898年沙俄在大连建港开埠后,留在旅顺结识了沙俄翻译和俄籍华人纪凤台,与其合资开设瑞祥木厂,后又在大连开设顺发栈,承包各种工程,打入建筑领域,逐渐成为华商"八大家"之一。1900年刘志恒与另一实力派人物张德禄成立"洼口公议会",此为大连最早商会组织。公议会代管大连行政和社会治安,成为沙俄统治大连的代理机构。日俄战后,刘志恒被日军以通俄罪逮捕,后经全市商户请求获释。出狱后,刘将公议会更名"大连公议会",并被选为公议会总理。1907年设立宏济彩票局,1908年与郭学纯创办宏济善堂,同年11月创办《泰东日报》,任社长,后又发起筹建大连天后宫。1914年退出大连商界,将其所有产业交给亲侄刘仙洲管理,自己回烟台安度晚年,1936年病逝于乡里。 (37)牛作周:生平详见傅立鱼撰《重兴胜水寺记》注释(80)。 (38)霍桂芳:生于1848年,字同周,金州城内人。1874年庠生。1909年任金州城第三区区长,后兼日本赤十字社社员。1912年开设增盛号,经营集货商业。 (39)刘洪龄:见碑文简介。 (40)郭精一:又作郭精义,名郭学纯,生平见傅立鱼撰《重兴胜水寺记》注释(77)。 (41)宣德郎:官名。隋置,为散官。历代沿用。宋朝政和四年(1114年)因与宣德门名称相同,遂改称宣教郎。清朝制度:文官从六品、正七品由吏员出身的称为宣德郎。 (41)韩道观(1842~1927):字登怀,大连甘井子区后牧城驿人。清朝同治、光绪年间乡绅。韩道观秉性刚正,平时好报打不平,主持正义,热心于公益事业。

清朝同治十年金州地区遭受水灾,颗粒无收,韩道观代表百姓要求赈恤救灾,免除赋税,被拒绝,反遭诬陷逮捕入狱,后经同乡人工部主事乔有年入京申诉营救才得以平反昭雪,韩道观由此名声大振,一时传为美谈。 (42)徐香圃:生平见民国十三年阎宝琛撰文《捐资响水观碑文》主要人物简介。 (43)李义田:字在旃,号薑隐,1866年生于金州西营城子双台沟村。1889年中恩科举人,日本关东都督府统治期间曾挂名嘱托。一生以诗书为业,诗作较多,并同曹世科等人编纂《金州志纂修稿》。 (44)阎培和:字荣午,官名福合,金州城内人,1843年生。阎培和排行老四,长兄为阎福升,二兄为培厚,三兄为培昌,原籍系山西太原府徐沟县,因明末清初躲避李闯逆乱而迁居金州城内,入汉军镶黄旗籍。阎培和自幼入私塾就读,十九岁改文就武,光绪初年授正黄旗校政,后在奉天督署营务处任左翼长。甲午战争及日俄战争时,隐退在家,以耕读为业。日本统治金州期间,任公学堂评议员和赤十字社特别会员等。 (45)月建:古代以北斗星斗柄所指的不同方位配十二月,称斗建,也称月建。 (46)望日:农历每月十五日。中华民国三年岁次甲寅月建己巳望日乙未,即1914年5月9日。己巳望日乙未,当年农历四月十五日,即该庙庙会日。

十五 大魏家金龙观

1. 金家庙碑记

清·咸丰十年(1860)

【碑阳】

盖闻前人有作,后人有述,工未完者修而葺之,信徒理之所当然,亦分之所应尔也。况灵『地宝庵(1),『神圣攸居(2),祈祷所系。倘日久年湮,一任(3)其废驰,则不敬莫大焉。有朝阳观(4)者,昔原无基,因余『先人(5)有子,执殳(6)从戎,祈祷此地,获神锡福(7),遂建庙宇。嗣后,渐就缺残,不忍相视,请助邻友,『为之重理。前助之人,已有榜文(8)矣。及今墙垣未完,山门未立,欲重整理,力有不逮,更请邻『友以成其事,捐资之人,爰勒诸石,于是志之。』

		魏朝佐	德立	德阳	万春』
大清康熙三十八年	金维仁始建	曲文瑾	德音	德心	万福』
		鞠广意	德崇	德尊	万镒』
雍正四年	金世印重修会末徐士升	金德增	金德贵	金万发』
		徐廷秀	德基	德贸	万仓』
道光二十九年	金廷玥完善	徐廷凤	德焕	德成	万年』
		佟义仓	德畋	德庆	万荣』
咸丰十年 十一月	吉日				敬立』

【碑阴】

倭力布	庆荣	张继儒	他钦布	刘常福	张永喜	尼克唐阿	□□新	郑福』
逢恩	佛克唐阿	恒春	音者布	刘福隆	张明	吉尔图堪	□卫志	唐宽』
来奎	吉尔哈春	王得洋	张珍儒	徐士祥	刘升	赵廷富	张彦中	满日堂』
德克德尼	张学儒	振东阿	庆福	王天盛	张振禄	佛令	永升	魏连登』
王常连	东布东阿	乌隆阿	双禧	王岐	徐士□	韩兴魁	孙得谦	夏日辉』
阿令阿	吉合布	得力布	闫邦绅	李江	王得成	扎纶达	孙应秀	鞠秀先』
刘安修	依青阿	令太	闫邦经	葛文清	刘润	周文冬	张复万	赵玉令』
锡恩	连山	存禄	林万育	佟魁	徐士宽	□□□	袁兆绶	施富增』
福玉	他钦	刘廷相	胡兰芳	徐琏	付广	王治和	刘得铭	得永』

永 祥	永 庆	顺 喜	于化鹏	徐廷管	李万仓	李成玺	刘洪治	恒 盛
常 太	吴景新	庆 全	徐士有	徐廷栋	金维玉	陈作隆	薛丕瑚	吴连元
扎隆阿	吴廷选	恒 玉	于升江	徐士超	韩道遵	范一琳	赵廷芝	张玉璇
吴廷庆	永 安	发丰阿	卫继绪	刘常文	范一珏	裴世浩	赵廷辉	贾 福
王常久	乌彦保	王得化	鞠广太	孔传发	舒隆阿	王元利	李得瑶	袁兆槐
福 兴	刘国恩	庆 贵	鞠丛氏	贾元林	福生阿	金学孔	张积斌	尚安太

【碑考】

在金州乃至大连地区众多的庙宇中,以个人的姓氏作为庙名的大概就数金家庙了。金家庙,原名朝阳观,1994年重修时改名为金龙观,它位于大魏家镇金家村(现改名金龙村)庙山南坡上,这里负阴抱阳,即使在冬季,也温暖如春,朝阳观之名由此而来。碑文中记述了当地金家村先人金维仁的儿子"执殳从戎,祈祷此地,获神锡福"而在此山坡上"建庙宇"的故事以及请乡村邻友逐渐完善此庙的情况。碑文末尾落款处还对金家先人历次修建金家庙的具体详情作了披露:康熙三十八年(1699)金维仁始建,雍正四年(1726)金世印重修,道光二十九年(1849)金廷玥完缮,咸丰十年(1860)又继续修建。内容详实而完备,这是该碑的一大特色。金家庙碑立于咸丰十年(1860),页岩,黄白色,碑首刻有双龙戏珠图案,正面在珠下竖刻"金家庙"三字,阴刻楷书,阴面珠下竖刻2行"万古流芳",阴文楷书,每行均为2字;碑首高、宽各70厘米、厚19.5厘米。碑身高160厘米、宽63.5厘米、厚15厘米,14行、满行35字。碑四周图案上端为琴棋、下为书画"四艺图",两侧分别为荷花、梅花、牡丹和菊花。碑阴为此次捐建人员名单,9列15行,计135人,阴刻楷书,四边为回纹。

该碑对研究金州地方史特别是大魏家镇金家村史有一定参考价值。

金家庙在"文革"中曾遭到破坏,仅有房壳,房内神胎等俱毁灭无存,墙壁上残存有破损的壁画。金家庙碑于1986年曾移至金州响水观碑林中,1994年金家庙重修后,1995年7月8日,该碑又重新安放在金龙观院中,立于金龙观大殿前台阶下东旁。

【碑文注释】

(1)宝庵:佛寺。 (2)一任:听任,任凭。 (3)攸居:久住。攸,长远。 (4)朝阳观:即金家庙,详见碑文简介。 (5)先人:祖先。 (6)殳(shū 音束):古代一种棍棒类古老打击兵器,周朝发明,它是一根八棱形积竹杖,长约3米,两端套有铜帽和铜鐏,八棱而尖,也有在积竹杖顶端装有一个呈三棱矛状的殳头,也可以砸击。 (7)锡福:赐福。锡,与,赐给。《公羊传·庄公元年》"王使荣叔来锡桓公命。锡者何?赐也。" (8)榜文:张贴的告示。

2. 金龙观重修碑记

2003 年

【碑文】

史志朝阳观,又名金家庙,位于金龙山。修复启日,龙山显灵,古刹西侧渤海上┘空,现九龙戏水之壮观,为铭神龙呈祥之奇,故将宝庵更名谓金龙观。┘溯金龙观,历沧桑越坎坷,面目皆非,惨不忍睹。为保护历史文化遗产,弘扬民┘族精神,民众以资,首倡社会各界鼎诚竣晔,功德济世。┘

吴荣治

战余禄　　　　　张作礼　　　战余禄
　　　　　　　　　　　　　　撰文
吴永祯　　　　　刘永刚　　　徐治庆

筹建协会　吴荣发　技术指导王立昱
　　　　　吴旭云　　　　　　　　李洪川
　　　　　　　　　　　　　书刻
韩淑英　　　　　刘玉麟　　　　李延斌

丁桂英　　碑石捐助　　　　大魏家镇建筑公司八工区施工
金胜强
癸未年八月初吉日玄光道人敬立

【碑文简介】

金龙观，原名金家庙、朝阳观，坐落于金州大魏家金家村庙山南坡上，现因金龙观的修复而将此山改名金龙山。根据金龙观院中最早的咸丰十年（1860）碑和昭和十七年残碑记载，金龙观始建于清朝康熙三十八年（1699），历经雍正四年（1726）、道光二十九年（1849）、咸丰十年（1860）和日本殖民统治时期的昭和十七年（1942）四次维修，已经具备很大的规模。"文革"中，惨遭劫难，庙貌面目皆非，仅剩下房壳屋架。1993年经大连市文物管理委员会批准修复此庙。

修复金龙观是从1994年开始的。在修复金龙观过程中，发生了很多离奇怪诞的事情，这也是把朝阳观改名成金龙观的一个主要原因。1994年9月23日这一天，晴空万里，天上没有一丝云彩，看不出将要发生什么大的事情来。突然，正在施工的村民发现在庙西远处渤海湾畔的海面上升腾起一团黑云，骤时霹雷火闪，大雨倾盆而至。更为叫绝的是渤海湾上空出现九条巨龙戏水，持续四十分钟之久，景象极为壮观。此时村民们一时惊愕不已，不知所措。一个月后的上梁吉日，即10月23日上午八时许，成群的喜鹊自东南方向飞来，叽叽喳喳叫个不停，成双结对从庙上空飞过。半个月后，便在庙房屋后发现一条大蟒蛇，盘踞在地上。村民们马上联想到上次渤海湾上出现的九龙戏水情景，与眼前的蟒蛇联系起来，好像向人们在预示着什么似的。于是，大家似乎也明白了上天的预示，纷纷建议将此庙改名，"金龙观"之名由此诞生了。

修复后的金龙观占地面积约2 700平方米，分东西两院，东院是主院，西院比东院略小。这里景色宜人，放眼望去，山环水抱，瑞气蔼蔼，令人心旷神怡。这里的气候四季如春，即使在数九隆冬，也是阳光明媚，温暖惬意，不愧有"朝阳观"之称。

在金州的庙宇中，金龙观供奉的神像是最有特色的。这里既不是佛庙，也不是供奉着道家的"三清"，大部分是以民间神为主，除了主殿三圣殿供奉着慈航道人、关圣帝君和二郎真君以外，其他偏殿供奉的都是以山神、海神等为主要特征的神仙。如东偏殿，供奉的是真官土地、福禄财神、子神爷爷、子神奶奶、喉老神、耳光娘、十不全等；西偏殿供奉的是龙王、普德天尊（山神）、海神娘娘、万灵法王（虫王）、天医大圣、马王尊神、牛王尊神、丰粮天尊、金容大帝等。同时，在金龙观院西另辟一小院，供奉蟒仙、火德真君、判官尊神、王道大神（管各行各业之神）等。以上种种神仙的供奉，说明人们在祈祷儿孙满堂、健康平安、六畜兴旺、五谷丰登，祈求保佑庄稼免遭虫灾，有个好收成。金龙观反映的是一个有趣的十分丰富生动的民俗文化，也是当地百姓对原始的民间神仙的信仰崇拜。

该碑呈长方形，花岗岩，碑高160、宽70、厚15厘米。碑文分两部分，一部分是正文，4行、满行30字；另一部分为人名落款部分，记载筹建金龙观主要人名，计17人。碑边花纹：上半截为双龙戏珠，下半截为暗八仙。座为花岗岩，为长方体，横100、纵50、高26.5厘米，无花纹。碑立于庙东院台阶西旁。碑由现任金龙观道住持王真成于2003年立。王真成又名王大成，生于1971年12月31日，"玄光道人"是其道号，新疆博乐市人。少小出家，拜金山派王全林方丈为师，后拜武当三丰正宗自然派廿五代传人张本侠为师，参学于中岳嵩山、西岳华山、终南山，挂单于北京白云观、沈阳太清宫。1999年至金龙观，任住持。

十六　　金石滩寺儿沟潮阳寺

潮阳寺碑记

明·正德元年(1506)

【碑阳】

□□潮阳□□□

‥‥‥‥‥‥‥‥‥‥　　　　　卫‥‥‥(以下不清)　　　　　　　选

‥‥‥(以下不清)　　　　　　　　　郡　人　汤　伦　□

‥‥‥(此行不清)

　盖闻□□□自西域流□□征□□□旨□联□□二途门□祀□□拈舌道于入□□』

　□□□□□□遵□汉唐□□夹具□辽阳□自从』

明□□□□□天下度牒□□□□□□□□□□□之兹有郡城头一二十里□有此』

　□曰祖□□川秀□□木盘□□□□□□□□□□□□□日　红集物幽□顽』

　□□□□□其基致谦一□之□□□□□□□□□□□名果因自□出□□』

　□□三年延至此地北其□□□□□□□□□□知□□□拜□世□□』

　□同□思清议举石□□□□□□□□□□咸□功力或□□□不□□迄□』

　者其□同功德主钺得□□□□□□□□□□有□□□□□□门埔□』

　□遵□□□□□□□□□□地□□□□□□□□□□□□□□□□□』

　□□□□莫不美高皎谓□为文□□□□□□□□定性游乎遊□不务且□□』

　载不□戒行□佛力□□门□僧为而□□□□□□有□□恶□□□□旨』

　成□□□□可谓□□守□行□脱俗将善矣□想末无事□□□□祝』

　□□□□□俗日□常□□□攸俾郡□而共□众沾恩□□□定□□□□』

　□□□□此以志岁月云　　　　　众□寺□□永成』

潮阳□□□宗曰

　　　　　　　　　　　　　　　　　　僧人□□』　　惠都』　　　明□』

　　　　大明正德(以下不清)　　　　　　　　　　　　　　　石工□□

【碑阴】

□□□卫备御都指挥鲁勋』

金州卫指挥使宁宝　贾纯　张玠　□□　□镇　徐环　朱□』

　　李□张㤉　蒋鉴　徐钦　陶勋　郭住　张政　隔深』

　　千户佘忠　齐升　任凯　匡甫　蓼铎　□钦　□□』

　　造佛善人　□□　王谦　高洪　王宽　王亮　王□　王窦　王钊』

　□地　　王春　□福　　　舍□善人　□□□□端　□九　高林』

　　王玺　王克　贾龙　满寸　□贵　赵□　□海　邹宗　(以下不清)』

　　李秀　□□薛还　王富　王振　望祁　(以下不清)　孙宣』

　　周□　□林　杨山　庞兵　田贵　田付　王□　(以下不清)』

　　张俊　李□□玺　张才　王才　刘忠　胡(以下不清)』

　女善人杨氏(以下不清)　　李氏　　郭氏(以下不清)』

　　　居氏(以下不清)』

　　……（此行不清）……

　　汤氏（以下不清）』

道人张□ 徐（以下不清）』

山西人王□住持（以下不清）』

　　……（此行不清）……

舍财 （以下不清）』

李瑛（以下不清）』

【碑文简介】

　　潮阳寺是一座佛教寺院，位于今大连经济开发区金石滩什字村寺沟屯康坟山南坡沟里，是四合院式庙宇，正殿三楹，硬山式建筑，为明朝正德年间所建。惜七十年代庙宇被拆毁，庙内供奉的石像多被打碎，金州博物馆仅保存一尊供养人石像，是阿男佛童，方脸，头上扎两个小角，身穿左搭襟，大袖，双手捧物，双脚站立在座上。另有三尊石像保存在旅顺博物馆。院内原树立两通石碑，一通为明朝正德元年碑，一通为清朝雍正年间碑。上述碑文就是其中明朝正德元年碑。另一通被毁。该碑保存完整，为辉绿岩，圆首，其实称其为碑碣较为恰当。碑碣高123厘米、宽78厘米、厚17厘米，碑额上横书"法轮常转"，双线勾勒，但碑文模糊过甚，十不存一，碑文14行，满行35字，碑阴额横刻"碑碣"二字，下为明朝正德年间金州卫地方官员及施财信人等人名，但大多也是模糊不清。今仅录其文，以资研究之用。

十七　旅顺天妃庙

旅顺天妃庙记碑

明·永乐六年（1408）

【碑阳】

碑额：天妃庙记

　　……西淮程樗撰　干越白圭篆额　番易何谦书』

□□□□□□□依者，人也，神而依人，则足以显其灵而扬其威。人之所以』□□□□□□而事神，则足以赖其休而蒙其福。夫以神之与人，初未尝不』□依□相□也，使其相须而不相依，抑何足有以显其灵，而赖其福哉！此神』也之不可以无人，而人之不可以无神者，然也。金州之旅顺口，旧有』天妃圣母灵祠，岁久倾塌，不堪瞻仰。永乐丙戌春三月，』推诚宣力武臣保定侯，以巡边谒庙，睹其事，召其郡之耆旧，谓曰：』"天妃圣母，海道』救封之灵神也，克庇于人，食民之祭，往昔然也。今之渡鲸波而历海道者，莫敢』不致祭，敬于祠下，咸蒙其祐。兹欲重新创造，汝辈其效勤焉。"众曰："诺。"于是各』捐币输金，鸠工抡材，兴工于永乐丙戌之二月二十六日，毕工于永乐丁亥』之八月十五日，殿堂门庑，黝垩丹艧，妆塑庙貌，奂然一新，岂意久稽莫享，致』形梦寐，有不可为言者乎？于是遣官进礼于祠下而立石焉。嗟夫！世谓神依』人而灵，人依神而立，是仰盖有由者矣，于此见吾侯之心诚感乎，而神之所』以孚祐吾侯者，有不可为言者欤。于是乎，书。』

　　　　永乐六年岁次戊子夏四月吉日』奉天靖难推诚宣力武臣特进荣禄大夫柱国保定侯孟善立石』

【碑阴】

助福辽东都指挥徐刚　　镌石匠邹福海　刘旺』

立石定辽前卫千户段诚　木匠张福　泥水匠赵牌』

提调百户闫安　　　　　塑匠祁福名　邓智』

□□致仕千户郝方　　　画匠夏叔良　杨春　胡善　王智』

□□惠安』

【碑考】

旅顺天妃庙碑刻于明朝永乐六年（1408），原立于旅顺天后宫，现收藏于旅顺博物馆。碑呈长方形，圆首，高165厘米、宽79厘米、厚21.5厘米，辉绿岩，碑之左上角残缺，碑阳额题："天妃庙记"四字，双钩篆书，额下为碑文，碑文竖17行，满行29字，阴文楷书。碑文主要记述了奉天靖难推诚宣力武臣特进荣禄大夫保定侯孟善镇守辽东金州时巡视旅顺，见旅顺天妃庙"岁久倾塌，不堪瞻仰"，因而倡议重修。碑阴文5行，阴文楷书，记载当地主要官员名单和修庙工程人员等，共计15人。额题"福户"二字。

天妃，也称天后、天后圣母，福建、广东、台湾一带呼之为妈祖，民间常俗称为海神娘娘，而山东荣成地区又呼之为归山娘娘。这是我国沿海地区从南到北都崇信的一位海神女性神灵，相传她不仅能保佑航海捕鱼之人的平安，而且还兼有送子娘娘的职司。据文献记载，天妃姓林，名默，莆田人，生于北宋建隆元年（960）。由于林默生下来从来不啼哭，所以取名"默"字。她生长于海边，从小学会游泳。有一次遇大风船翻，她奋不顾身救起父亲，找回兄长尸体，此事颇为人们所称赞。她经常为老百姓行医看病。在海上抢救遇险的渔民。相传雍熙四年（987）九月她升天为神。宋徽宗宣和年间（1119～1125），给事中路允迪出使高丽，途中遇到风暴，因此神相救，才幸免于难，于是朝廷敕令立祠。南宋绍兴年间（1131～1162）封为灵惠夫人，后又进封为灵惠妃，元代加封为护国明著天妃，至清代康熙年间（1662～1722）进一步加封为"天后"。民间对此神的信奉尤为虔诚，旧时，在海上作业的船民与渔民中广泛流传着这样的说法，每当出海遭遇风浪危急时，只要向这位神灵号呼求救，她往往会派遣红灯或神鸟前来搭救，使人免遭海难。因此，人们纷纷建庙立祠，定期举行祭祀。自明清以来，天妃妈祖逐渐取代龙王的地位，独享了航海者的香火，对她的崇奉不仅在我国沿海地区长盛不衰，而且还传到南洋及海外的侨胞之中。

旅顺天妃庙始建年代不详，根据此碑载，明朝永乐四年重修旅顺天妃庙，可以推算该庙至少建于元朝，在今天大连地区，可以算是建造年代最早的一座天后宫。

明朝洪武年间，明朝对辽东的统治极其不稳固，元朝辽阳行省平章刘益投靠明朝，以金、复、海、盖四地降明，元朝残余势力仍然统治辽东大半部分，因此金州所属旅顺港口成为明廷向辽东提供粮饷最为主要的集散地，扫除盘踞在东北元朝顽固势力纳哈出是明初最主要的任务，大量的军需物资和军队的调配大部分停靠在旅顺口关，海路的顺畅与否是保障辽东稳定的基础。统一东北后，明朝在辽东金州实行卫所制，由于旅顺海路的重要性，明朝洪武年间在金州设立五所，即左、右、中、前和中左千户所，前四所设在金州城内，而把中左千户所设在旅顺，同时，在旅顺另筑一城，即旅顺北城。永乐时期由于辽东民贫土脊，所需粮饷仍然依赖海运，浩繁的边费几乎全靠海上运输，《全辽志·兵政》记载："辽东一镇，官军共计九万八千三百五十一员名。每旗军一名，月支米一石，岁支米一十二石；千户以下每官一员，岁支米二十四石；指挥以上，每官一员，月支米三石，岁支米三十六石。闰各照支，岁以上六月支米，下六月折银，每米一石，折银二钱五分。地方荒歉，加折或倍，后不为常。旗军月支外有年例，赏赐棉布四匹，棉花一斤八两，折银九钱。岁冬支给盐铁屯军俱同官员，月支外各照品级石数折钞，每米一石，钞银四分五厘，……守哨墩军出哨，夜不收，艰苦迥异，岁冬颁给衣鞋公差廪米，客兵粮料，各因其职务大小、戍守远近而为丰减之宜。操马七万三百一十八匹，春支料豆日计三升（千），小月则扣，冬支折色，每豆一斗，折银二分。自季冬朔至三月终，马各给草日支一束。"全国各地通往旅顺的海上运输线非常繁忙，在当时的历史条件下，海运比陆运危险得多，"天下之险，莫于海"，船工们需要一位海上保护神，凡海运平安抵达旅顺者，都要先至旅顺天妃庙祭拜，以感谢其海上护佑之德，正如碑文中所提到的"今之渡鲸波而历海道者，莫敢不致祭，敬于祠下，咸蒙其祐。"明廷在旅顺重修天妃庙供奉海神娘娘也是安定民心之举，正是在这一历史背景下保定侯孟善重修旅顺天妃庙。旅顺天妃庙原坐落于旅顺黄金山脚下，可惜的是，旅顺天妃庙在沙俄占领金州时期，沙俄在天妃庙一带建海军俱乐部，将天妃庙拆毁，现已不清楚明朝旅顺天妃庙的规模和样式了。

碑文还记载了孟善于"永乐丙戌春三月，推诚宣力武臣保定侯，以巡边谒庙。"大连史学家孙宝田研究认为"明永乐丙戌年（永乐四年）"是碑文误记，应是到乙酉年，即永乐三年（1405）。

保定侯孟善于永乐元年(1403)镇守辽东,《明实录》永乐元年"正月癸巳,命保定侯孟善镇辽东,节制辽东都司所属军卫。"孟善《明史·列传》中记载:"孟善,海丰人,仕元为山东枢密院同佥。明初归附,从大军北征,授定远卫百户。从平云南,进燕山中护卫千户。燕师起,攻松亭关,战白沟河,皆有功。已,守保定。南军数万攻城,城中兵才数千,善固守,城完。累迁右军都督同知,封保定侯,禄千二百石。永乐元年镇辽东。七年召还北京。须眉皓白,帝怜之,命致仕。十年六月卒,赠滕国公,谥忠勇。"《明实录》有"孟善为奉天靖难推诚宣力武臣,特进荣禄大夫、柱国、右军都督府都督同知,保定侯,食禄千二百石,子孙世世承袭。"这与碑文中的官衔相吻合。

碑阴则为当时当地主要官员辽东都指挥徐刚、定辽前卫千户段诚、提调百户闫安、千户郝方等人。该碑对于研究明朝初期金州地区的海运状况有着重要价值。

德政碑

1. 赖公（光表）德政碑

清·乾隆十八年（1753）

【碑文】

《语》云："河润[(1)]九里，佳谷非石田[(2)]所能育。"盖以源能厚，则衍之弥长；培既深，则振之斯茂。苟文』去其异物之害，而灌溉之，则谷必萎也，自信之矣，人皆信之矣。吾宁邑[(3)]侯[(4)]赖公，家世镇』平[(5)]，演忠贞之传制，行如浑金、如璞玉；胸之所罗，又如书仓[(6)]、如武库[(7)]，于戊辰[(8)]春，由简拔[(9)]授山』东莱州府潍邑宰[(10)]，作民牧钱谷，清词讼、理吏弊[(11)]、去民患。除[(12)]，潍之父老子弟戴德[(13)]不忘，建祠』□芳永垂无穷，继于戊午[(14)]春复授宁邑[宰]，公念辈弟[(15)]初辟，人民始集，为之保全之，教[论][(16)]』之，使邑子弟悉知学焉。且念宁邑初造，□方流□之徒，多携冒[老]之思，而□□峻为之，□』严为之。除使混徒不得逞其技，而文风具□，建』圣庙，□学校，使生童[(17)]咸得观其礼，而风化丕变[(18)]，□邑人等乃胥[(19)]为谋曰："吾□生我，信我，□』已五年于兹云，吾侪[(20)]乌能[(21)]忘之？夫民者，氓也；欲其情之，动也难；庶者，众[也]，□□之□□』又难，非育养[(22)]深教化[(23)]，人安能不约而倡？"□皆同契，讵以吾公引翼士类[(24)]，佑启[(25)]后人，使□』吾域者，惮埋输[(26)]之刚，托吾宇者，来贾父[(27)]之颂，□柱下[(28)]弗让乎！张北平莫不知名，无□□』张万福，自我公振[作]，而后士□□志，是源既厚矣，而流可知，培既深矣，而发可知□□，』吾侪信之，天下人信之，亿万世信之矣，岂虚语哉。敢为吾侯颂。』

大清乾隆十八年岁次癸酉春　　　合邑士庶人等敬立』

【碑考】

金州卫儒学经过明末战乱，仅存学址。清朝前期，清朝鼓励移民，金州地区正逐渐恢复往日的繁荣。雍正五年（1727）在金州设置巡检，十二年（1734）更设县治，裁金州巡检，置宁海县。随着人口渐多，却出现了"青衿紫袍者曾不知尊礼拜跪之何所"（见赖光表《宁海县之学记》）的现象。此时，在辽东大地上各县出现了兴建儒学的浪潮。《奉天通志》载：海城县儒学自清初顺治十一年（1654）起至雍正五年（1715），历经七十余载已基本建立完毕；盖平县儒学自康熙十一年（1672）起始建修，历经多次增建，至乾隆十三年（1748）已具备相当规模，复州儒学也起于雍正十二年（1734），乾隆十二年（1747）又进行了扩建，而金州地区的儒学迟迟未建，因此，兴建儒学已是当务之急。本碑是金州百姓歌颂赖公修建文庙的功绩，是歌功颂德性质的德政碑。碑中没有记载此次修建文庙的规模，但《奉天通志·教育》卷150却有记载："乾隆十八年（1753）始建圣殿三楹，东西庑各三楹，戟门三楹，棂星门三楹，明伦堂三楹，崇圣祠三楹，开凿泮池，增建缭垣。"赖公修建文庙，奠定了金州儒学的基础，使金州百姓有了接受教育的场所，"青衿献诗，趋迓弦诵，彬彬具见"蔚然成风。碑文中还对赖公任山东潍县（今潍坊）知县期间的功绩也用较多篇幅作了一番赞颂，"清词讼、理吏弊、去民患"等。赖公，指赖光表，河南镇平人，乾隆三年（1738）、十三年（1748）两度出任宁海县（今金州）知县，也曾任山东赖州潍县知县，《金州志纂修稿》有记载。

该碑原立于金州文庙院内，现已毁，仅存碑帖，纵125厘米、横64厘米。碑文阴刻楷书，碑边为行云流水纹，碑文14行、满行36字。此碑对研究金州地区清朝教育史具有一定的价值。

【碑文注释】

（1）河润：语出自于《庄子·列御寇》："河润九里,泽及三族。"谓恩泽及人,就像河水浸润土地一样。后比喻施恩于人为河润,称恩泽为河润。这里为其本意。 （2）石田：多石不可耕种之田地,意指贫瘠土地。 （3）宁邑：指宁海县,今之金州。清朝雍正十二年(1734),金州置县,名宁海县。宁邑由此而来。（4）侯：古时对士大夫的尊称,犹如"君"称。 （5）镇平：县名,在今河南省西南部。金末置。 （6）书仓：藏书的仓库。这里来比喻赖公知识渊博。 （7）武库：储藏武器的仓库。这里比喻赖公富有才干。（8）戊辰：即指乾隆十三年(1748)。此处为笔误,应为戊午年(1738)。 （9）简拔：选拔。 （10）潍邑：指山东潍县,即今之山东潍坊境内。宰,掌管一个地区的长官,称宰。 （11）獘：同"弊"字。 （12）除：辞去旧官就职新官。 （13）戴德：推崇品德。 （14）戊午：乾隆三年(1738),此处亦为笔误,与注释(8)颠倒。（15）弟：同"第"字。 （16）教谕：元明清三朝县学教官,掌文庙祭祀,训诲所属生员。 （17）生童：科举时代的生员和童生。 （18）丕(pī 音披)变：大变。丕,大。 （19）胥：相互。 （20）侪(chái 音柴)：辈。（21）乌能：怎么能够。乌,疑问助词。 （22）育养：生育培养。 （23）教化：教育感化。 （24）引翼：引导扶持。士类：指读书人。 （25）佑启：帮助启发。 （26）埋轮：埋车轮于地下,表示停留在此,坚决不离开。该语出自一个典故,东汉汉安元年(142),朝廷选派使节八人,巡视全国各地。其中一位名叫张纲的年轻人,职位最低,他到洛阳都亭,停下车来,把车轮拆下来埋在地里,说："豺狼当道,安问狐狸!"即上书弹劾当时掌握朝廷大权的大将军梁冀和其弟弟梁不疑,京师为之震动。 （27）贾(jiǎ 音甲)父：指贾彪。贾彪,东汉定陵人,字伟节。桓帝时,为新息(县名,在今河南息县东)长。时民间困穷,多不养子,彪严为其制。数年后,养子者千数,皆曰"贾父所长",生男为贾子,生女名为贾女。这里用"贾父"来比喻赖公(赖光表)。（28）柱下：即"柱下史",官名。相传老子曾为周朝柱下史,其相当于御史。《史记·张丞相列传》："苍,秦时为御史,立柱下方书。" （29）庶人：平民,百姓。

2. 素公德政碑

清·道光十八年（1838）

【碑阳】

道光十八年闰四月谷旦』素公德政碑⁽¹⁾』金州旗民绅士店当铺商十二旗领催兵丁等同立』

【碑阴】

感德⁽²⁾碑记』

金州城守尉宗室⁽³⁾素公⁽⁴⁾,莅任兹土,切事宜遵循旧章。凡有裨益于』地方者,无不孳孳⁽⁵⁾力行,处置尽善,其旗民交涉事件,会同』袁县尊⁽⁶⁾秉公办理,毫无偏袒。莅任以来,廉洁如水,清畏人知,是金州』旗民、商贾人等所仰望、庇佑者也。惜无缘常沾实惠,于道光十八年』三月初二日⁽⁷⁾弃世。阖邑旗民、绅士、店当、铺商、十二旗⁽⁸⁾领催兵丁等,不』胜思慕之至,公议谨勒廉洁德政碑,立于迎接官所⁽⁹⁾路旁,以便瞻望,』永志不忘,是为记。

石工 刘振平』

【碑考】

清道光十八年(1838)立,石灰石质,碑头失。碑身高148厘米、宽58厘米、厚23厘米。碑阳由碑名、立碑时间、立碑者等组成。碑名"素公德政碑"为颜体楷书大字,其余落款俱为阴文楷体。周边装饰纹繁缛,有喜鹊登梅、蝙蝠、吉庆如意、瓶插珊瑚、古钱、斗升三级、鹿鹤、如意等,表达了金州旗民对城守尉素公的美好祝愿。碑阴为碑文,记载了金州城守尉素公在任期间廉政清洁、秉公办事、最后死在任上之感人事迹。

素公,其具体名字,碑文没有介绍,文献史料方面目前只有《辽海丛书》中《旗军志》篇发现作者的署名为"奉天金德纯素公"的名字,在《旗军志》"题辞"中介绍素公为三韩人(指朝鲜),这与素公"宗室"的身份不相符,因此,二者是否为同一人,尚待十分有力的证据。

城守尉是后金政权在统一东北的过程中设置城守官的基础上逐步发展而来的,它是"以城为纲",军兵驻防在城堡里,以此种形式作为镇守各地的中心据点来达到实现全面统治的目的,城守官是管理该城市的最高级别的长官。清朝定鼎北京后,统一完善了这一制度,从都统(将军)、副都统、城守尉、防御、佐领到骁骑校等建立起一整套八旗驻防体系,其中城守尉在这一体系中仍然占据主导地位,除了将军(都统)、副都统等少数大城市由其驻防外,大部分城市是由城守尉这一层官职来实现其统治的。平时主要任务是管理旗地,征收旗租,缉捕盗贼,维持地方治安等,其官职"系宗室专缺,官阶同于官府"(《奉天通志》卷44第17页),形成了奉天地区独特的旗民两重制管理模式。

金州城守尉是在清初康熙十九年(1680)设立的金州协领的基础上于康熙二十六年(1687)经过变更而设立的,金州协领内原设立的协领一员、佐领二员、防御一员均改为城守尉其下设立的防御四人,又增设四人。二十八年(1689)金州城守尉设骁骑校八人,三十一年(1692)添设巴尔虎佐领、骁骑校各一员,五十年(1711)又增佐领、骁骑校各三员。乾隆二十九年(1764)拨金州防御一员调往新疆塔尔巴哈台地区。金州城守尉的体系基本形成。它统辖着金州地区满洲八旗、汉三旗(汉正黄旗、镶黄旗、正白旗)和巴尔虎旗等共计十二个旗的旗务,兵额数为862人。官署在今金州城内东街副都统衙门所在地。1843年,清政府考虑到金州地区在1840年鸦片战争期间也受到了英国殖民者的侵扰,京畿地区和清朝发祥地盛京(今沈阳)的安全受到威胁。为加强海防,将熊岳副都统、协领移于金州,至此金州城守尉移至盖州,金州城守尉由此结束了它的历史使命。

碑文中提到"旗民交涉事件,会同袁县尊秉公办理,毫无偏袒。"这是怎么回事呢?这得从清朝在奉天地区实行的旗民两重管理体制说起。

清初,奉天地区实行独特的旗民两重制管理方式,城守官与府州县官同驻一城,但各自独成体系,城守尉不干预民事,旗人不受府州县的管理,而是由当地的城守尉等旗官来负责。汉人即没有编入八旗的民人归府州县管理,编入社甲治理,奉天"设立里社,令民二、三十家或四、五十家聚居"(《康熙大清会典》卷20第37页)。在金州地区共划分五个社,有积金社、雨金社、堆金社、南金社、旅金社等。但遇到旗民交涉案件,由城守尉等旗官与州县官会审,因此有"会同袁县尊秉公办理"之说。

两官会审制也有弊端,日久容易导致"同一公牍,任意分歧,遂致守尉目中几无府尹","会办各员,未能和衷,彼此留难,案久悬搁(《光绪朝东华录》第一册,112~114页)"等事件,容易孳生吏治腐败。直至光绪元年(1875)崇实接任盛京将军后,对此进行了改革,禁止旗员干涉州县地方事务,"奉省地方一切案件,无论旗民,专归同(知)、通(判)、州县等官管理,其旗界大小各员,只准经理旗租,缉捕盗贼,此外不得丝毫干预。(《光绪朝东华录》第一册,112~114页)"这一实行了二百余年的会审制就此寿终就寝。碑文中还提到"袁县尊",指的是当时任宁海县(金州)知县袁振瀛。袁振瀛,山东沂水县人,道光己丑(1829)进士,历任宁海县(今金州)知县、承德县(今沈阳)知县、新民抚民同知、开原县知县等,余皆不详。碑阴文周边纹饰夔龙海藻纹饰,碑文8行,满行26字。座现为水泥座。

《素公德政碑》是目前保存唯一的一通城守尉德政碑,对研究清朝中期金州地区八旗驻防军事制度具有重要价值。碑原立于金州城北三里庄,上世纪80年代被金州博物馆发现,并移至响水观碑林中。日人增田道义殿在《金州管内古迹志》稿本有抄录。

【碑文注释】

(1)德政碑:碑刻的一种,专用于歌颂官吏政绩的碑。 (2)感德:感恩戴德。 (3)宗室:皇族。
(4)素公:见碑简介。 (5)孳:同"孜",勤勉。 (6)袁县尊:指袁振瀛,山东沂水县人。详见碑简介。
(7)道光十八年三月初二日:1838年3月27日。 (8)十二旗:指金州所在地的十二旗,它们分别是汉正白旗、汉镶黄旗、汉正黄旗、巴尔虎旗、正黄旗、镶黄旗、正蓝旗、镶蓝旗、正白旗、镶白旗、正红旗、镶红旗。
(9)官所:旧时官员到某地上任时的住所。素公官所在今三里村附近。

3. 魏公德政碑

清·光绪八年(1882)

【碑文】

从来君沛鸿[1]慈,四方戴德[2],民沾实惠,万世铭恩[3]。兹因光绪六年,为皇差一事,魏仁天[4]『自皮口[5]回城,小民恳恩,维[6]时魏仁天动恻隐之心,念雨金社民贫土瘠,不胜诛求[7],将皇『差全行蠲免[8]。惟我小民欢欣鼓舞,俨若[9]更生。爰勒诸贞珉于以永垂不朽云。『恭颂『钦加同知[10]衔署金州海防分府同知　魏公德政[11]。』

光绪八年二月初三日[12]合社敬立』

【碑考】

该碑刻于清光绪八年(1882),碑为长方形,青石,高125厘米、宽52厘米、厚11.5厘米,碑额横题阴刻楷书"万古流芳"4字,下为碑文,6行、满行34字,全篇只有寥寥127字。碑四边为"回"字纹。碑阴无字。该碑记述了当时任金州海防同知魏樾在光绪六年(1880)从皮口返回金州城途中路过雨金社时蠲免全社"皇差",雨金社百姓感恩戴德并立碑以此对魏公歌功颂德之事。《金州志纂修稿》载,魏公,即魏樾,字荫之(又作云芝),直隶赵州人,附贡,光绪五年(1879)至七年(1881)任金州海防同知,由此可知,该碑是在魏樾去任之后所立,属于遗爱碑(又称去思碑)。魏樾在光绪六年(1880)八月曾成功地破获了由氏丈夫王永贞杀妻案,受到百姓的拥戴。历任盖平县知县、广宁知县、怀仁知县、开原知县等职。

碑中最大的疑点是有关"雨金社"的记载。清朝时金州行政区划分为"五社",即堆金社、积金社、雨金社、南金社、旅安社等,《南金乡土志·城池志》中对此有明确的记载,"宁海县(金州)疆域……内分五社,由毕栗河(今碧流河)至沙河东岸为堆金社,由沙河西岸至石河驿为积金社,由石河驿西至海为雨金社,老黑山东为南金社,治城西为旅安社。"其中对"雨金社"和"积金社"的辖区范围从来没有提出疑义,并且这一说法已被史学界普遍接受,似乎成为定论。其实,这并不符合历史事实。《南金乡土志·城池志》载的雨金社的辖区为"石河驿至西海",相当于今天金州区石河镇、三十里堡、大魏家镇、七顶山乡及二十里堡一部等,但《魏公德政碑》原立于杏树屯镇庙上村粉皮墙庙,而此地在清朝时根据《南金乡土志·城池志》的记载是位于积金社的中心辖区范围,"沙河西岸至石河驿为积金社",相当于今天的普兰店市的普兰店、大刘家、大田镇、太平、花儿山、泡子乡及金州区的石河、杏树屯、登沙河、向应、华家乡面积的总和,这块碑有关雨金社的记载范围明显与史料记载有很大的出入,那么,这是否意味着此碑是从雨金社运到积金社的呢? 本人经过考证,答案是否定的。一是粉皮墙庙所属的杏树屯镇庙上村地理位置非常偏僻,靠近现在的杏树屯镇、华家屯和普兰店市交界处。这里山高路陡,不大可能把很沉重的碑石从很远的雨金社运到偏僻且比较封闭的只有十几户人家的小村;二是本人对粉皮墙庙进行更为细致的文物调查时,发现在粉皮墙庙院内有比此碑更早的清嘉庆十年(1805)石钟楼残石坊石刻,钟楼的额坊上刻有建钟楼捐款人员名单,其开篇中刻有"大清盛京奉天府宁海县雨金社七甲居住娘娘庙即今兴隆山太平宫"等字样(详见附录),说明粉皮墙庙在清嘉庆年间时名为太平宫,为宁海县(金州)雨金社所隶属,名为娘娘庙即今之"兴隆观",庙所在的山叫"兴隆山",现在此山还叫"兴隆山",村名也以"兴隆村"命名,碑可以从别的地方运来,但兴隆山和兴隆村不能改变,由此二碑可以断定,粉皮墙庙所在的村庄属于雨金社管辖,而不是属于积金社所辖,其中最大的可能是前人把"积金社"与"雨金社"相混淆所致。也有学者认为,清代时期金州五社的地界界线,目前没有更为详尽的历史文献记载,只有在乔德秀撰的《南金乡土志·城池志》才看到大致的划分范畴,至后来时,由于金州地区相继被沙俄和日本帝国主义侵占,他们重新对金州地区进行行政区划,造成社与社之间的地界已经很难分得十分清楚,现在看到的记载都是现代学者根据前人的简略记载大致所绘,错误是在所难免的,因此雨金社的范围应比前人所认可的还要大,至少应把兴隆村一带划入雨金社范围之内。根据此观点,假如把地图中位于积金社中心地带的兴隆村划入雨金社的话,那么,雨金社和积金社的区划图将变得不可思议,积金社区划范围不但将变得很狭小,而且与其他社的面积不能相比,在没有直接的证据可以证明《南金乡土志》记载的原雨金社就是积金社时,笔者认为二社名称相混淆的可能性最大或者作者书中"积"与"雨"字笔误所致,当然,类似的错误在该书中其他地方也有,在此,不一一例举。

现代学者绘积金社和雨金社图
与粉皮墙庙的位置

至于碑中"皇差一事"的记载,目前还不清楚"皇差"到底所指,根据前后文,有"民贫土瘠",可能是指赋税之类,这还有待于今后更多的研究和论证。

本碑引出的另一个问题是"皮口"的地名,根据现有文献资料,清朝时期皮口地名一直叫貔子窝,皮口名称是民国以后的事情了。不过,该碑清清楚楚的写明"皮口",在此也可以纠正前人之误和文献资料之不足。不管怎么说,该碑记载的有关清朝时期金州地方行政社区方面资料的碑文,对考证金州社区之间的界线和地名提供了重要依据。

【碑文注释】

(1)鸿:通"洪"字,大。 (2)戴德:推崇别人的品德。 (3)铭恩:永志不忘别人的恩情,感恩之意。(4)仁天:旧时百姓地方官为官清政的颂语,类似"青天"。 (5)皮口:镇名。在今大连市普兰店市东部沿海,由旧称貔子窝名称转化而来。 (6)维:助词,常用于句首。 (7)诛求:征求,责求。 (8)蠲(juān 音捐)免:免除(租税、罚款、徭役等)。 (9)俨若:宛然,好像。 (10)同知:官名。始于宋代,为辅佐人员的称谓。元明清沿用。清代府、州及盐运使均设同知。此为清廷分派专管地方之同知,与以上府同知等有所区别,是厅一级的最高行政长官,官秩正五品。 (11)德政:旧指好的政令或政绩。 (12)光绪八年二月初三日:公元1882年3月21日。

附:

大清盛京奉天府宁海县雨金社』 奉天府宁海县右堂徐』 赵国祥金焕文王君召』
七甲居住』 合会人等开列于左』 ……(48 行当地村民人名录,略)
娘娘庙即今兴隆山太平宫』 许成王贤高乃盛』 住持鲁体明……』
奉天府宁海县正堂西』 郑自富尹升贾西峰』 嘉庆十年岁次乙丑吉立』
奉天府宁海学正堂姚』

墓　碑

1. 元故敦武校尉管军上百户张成墓碑铭

元·至正八年(1348)

【碑阳】

皇元故敦武校尉管军上百户[1]张君墓碑铭』

东路蒙古侍卫亲军都指挥使司令 史 张克敬撰』

东武司史王继先书丹　　芝阳石匠作头[2]吴安道　镌刊』

张君讳成,蕲州[3]人氏,至元十二年内附[4]。十六年『诏选精锐军士起赴京师,充当侍卫。君应』诏选,时年已壮仕[5]矣,勤而有勇,蕲州路新附军[6]总管司撒[7]君权充百户。

张成墓碑出土时照片（旧照）

五月,蕲州路 招 讨[8]□□,复撒 君 □『侍卫军[9]百户,统军八十六名。暨妻挐[10]至京师侍宿卫。十八年,抠密院[11]撒君仍管新附 军百 户,率所』统埒[12]千户岳公瑈[13]往征倭。四月, 至 合浦[14],登海州,以六月六日至倭 之志 贺岛。夜将半,贼兵□□来袭, 君 』与所部据舰战,至晓,贼舟乃退。八日,贼遵陆迎来,君率缠[15]弓弩,先登岸迎敌,夺占其险要,贼弗能前。日 晡[16],贼军复集,又返败之。明日,倭大会兵来战,君统所部入阵奋战,贼不能支,杀伤过众,贼败去。』行中书赐赏有差,赐君币帛二。军还至一岐岛[17],六月晦[18],七月二日,贼舟两至,皆战败之,获 器 仗无 算 。二』十七日,移军至打可岛[19],贼舟复集。君整舰与所部日以继夜鏖战,至明,贼舟始退。八月 朔[20],海风作,船坏,』军还

至京。二十一年,君承命乾山伐木,运至京师,以为修茸之备。二十二年十二月,』 勑[21] 授 君敦武校尉管军上百户,』诏赐白金五十两、钞[22]二千五百缗[23]、币帛[24]二,命统所部军携妻、弩、轻[25]重,随千户岳公,隶宣慰使[26]都元帅阿八』赤[27],往水达达地面[28]屯田镇守。明年三月,至黑龙江之东北极边[29]而屯营焉。二十三年五月,诸王乃颜[30]叛,』从千户岳公,领军属以南,且战且行。七月二日至古州[31],敌障其前,不能进。议夜攻敌营,失其路,黎明迎』敌力战,敌败之,如是遇敌相战。踰四月,至高丽双城[32]。十月,回至辽阳。又起,镇咸平府[33]。二十五年,枢密』院檄仍侍宿卫。廿六年,隶右翼屯田万户府[34]。廿七年,调杨村[35]桃御河。五月,隶临清[36]运粮万户府。三十年,』

【碑阴】

诏领所统军,并为金复州新附军『万户府[37]屯田,镇守海隘。七月,至金州。君分屯于城之东北双山沙河之西,遂为恒业[38]而居焉,』三十一年四月六日卒,年六十有九。呜呼!皇元兴盛,武勇之士尽力效忠于时也。君由微[39]应』诏选,充侍卫、征日本、戍极边,二十余年,水陆奋战,何啻百十余阵,爵』授百夫长[40]而世袭焉。非君之忠于为『国,曷至于此哉!君之妻王氏,一子贵,未袭而先卒;君之孙二,人』尚幼。次,赛奴又

卒,几乎废矣。大德二年[41],长重孙袭祖戢[42],』敕授进义校尉[43],升敦武[44],加"忠翊[45]",返赠其考曰:忠显校尉[46]管军上百户。』母黄氏,妻刘氏,封恭人[47]。继妻王氏。男三人,长保保,室[48]刘氏;次众家,室汤氏;三拗驴,室姚氏;孙』狗儿、黑厮、歪头、八速、閙住、寨家奴,』女四人。以至正八年[49]三月朔日迁柩,葬于沙河东[50]而茔焉。铭曰』皇祚隆兴,是生孔武。君奋战威,从征伐□。』二十余年,忠勤不吐[51]。有子先终,几乎废功。』孙其承之,袭爵无穷。刻铭树石,并永』国[52]同。』

旹[53]至正八年戊子三月朔日忠翊校尉管军上百户张重孙等立石』

【碑考】

此碑立于元至正八年(1348),张克撰、王继先书,碑为青石,碑头、碑座均失,仅存碑身。碑身近似长方形,上端略窄下端略宽,高122厘米、上宽57.5厘米、下宽62.5厘米,厚18厘米。碑阳、碑阴合在一起是一篇完整的碑文,只不过碑文分别刻于碑石的两面而已。碑阳19行、满行39字;碑阴17行、满行35字。碑文阴刻楷书,并刻有碑题:"皇元故敦武校尉管军上百户张君墓碑铭",计17字。

碑文中记叙了张成东征西讨、南征北战、戎马一生的战绩。据碑文载:张成(1226~1294),蕲州(今湖北省蕲春县)人,至元十二年(1275)内附后,充任京师侍卫,至元十八年(1281),远征日本,回国后随千户岳琇、宣尉使都元帅阿八赤屯守水达达地面(今松花江下游、黑龙江下游和乌苏里江流域)和黑龙江东北极边地区(指奴儿干和库页岛)。二十三年(1286)平诸王乃颜叛乱,后镇守咸平府(今辽宁省开原北老城镇)。二十五年(1288)侍宿卫,二十六年(1289)隶属右翼屯田万户府,二十七年(1290)调杨村(今天津市武清县)桃(挑)御河,三十年(1293)至金复州新附军万户府屯田,居住在金州城东北双山沙河之西(今普兰店大潭镇双山一带),次年卒于此,享年六十九岁。张成的一生,正如碑中所评价:"充侍卫,征日本,戍极边,二十余年,水陆奋战,何啻百十余阵。"其中,张成在日本征战的情况最为详细。

除此以外,张成墓碑囊括了元初忽必烈统治时期东北所发生的重大历史事件的全貌,可以清晰地看到元朝对东北的统治政策的轨迹与走向,同时也能反映出张成本人的不平凡经历。

第一,加强对黑龙江及其周边地区的统治和开发。碑中有张成"随千户岳公,隶宣尉使阿八赤往水达达地面屯田镇守。明年3月,至黑龙江之东北极边而屯营焉。"水达达,又作"水韃靼",是元朝对黑龙江下游、乌苏里江流域以至朝鲜东北部沿海居住的以渔猎为生的部落、部族的泛称。水达达地面,则指上述部落居住的地区。元初,水达达属于开元路管辖,皇庆元年(1312)从开元路划出,专门设立水达达路。张成往水达达屯田时,还没有设立水达达路,因而只称"水达达地面"。"黑龙江之东北极边",指的是黑龙江奴儿干和库页岛地区,至元二十九年(1292)三月,元朝政府在奴儿干设立征东招讨司。张成墓碑是元朝政府致力于开发东北边疆地区的有力实证。碑中提及的"阿八赤",又称"来阿八赤",宁夏人,父亲术速忽里。在蒙哥继承汗位期间,父子俩都跟随蒙哥参加了对南宋的战争。1259年入川攻宋,在四川的钓鱼山(今四川合川县东)的战役中,阿八赤以勇猛著称。至元十四年(1277)授中顺大夫同知尚膳院事,十八年(1281)授通奉大夫益都等路宣尉使都元帅,监督开疏运河。运河开通后,任胶莱海道漕运使。二十一年(1284)调同佥宣徽院事,后由于辽左不宁,授征东招讨使,二十二年(1285)改征东宣尉使都元帅,旋授湖广等处行中书省右丞,二十四年(1287)改授湖广等处行尚书省右丞,跟随皇子镇南王脱欢(忽必烈之子)发兵征安南(今越南北部),中毒箭而亡。阿八赤管理东北的时间很短,只有从至元二十一年(1284年)至二十二年(1285),将近一年左右,其以后具体管理水达达地面事务由阿八赤的儿子寄僧来实现的。《元史·来阿八赤传》:来阿八赤"子,寄僧,为水达达屯田总管府达鲁花赤。乃颜叛,战于高丽双城(今朝鲜咸镜南道兴城),调万安军达鲁花赤。"因此,张成往水达达屯田和平定乃颜的叛乱,是隶属于阿八赤的儿子寄僧指挥,而不是阿八赤,此可矫碑文之误。

第二,平定诸王乃颜叛乱。乃颜(?~1287),元朝蒙古宗王,成吉思汗幼弟铁木哥斡赤斤玄孙。成吉思汗分封子弟,斡赤斤所得分民最多,其分地在蒙古最东境,以哈剌哈河(今哈尔哈河)流域为中心,并不断向哈剌温山(今大兴安岭)以东扩展,占据辽东大部分地区。因其祖父塔察尔曾以东道诸王之长率先拥戴忽必烈为汗,因而特受尊崇。乃颜继其父阿术鲁为斡赤斤分地之主。至元二十三年(1286),西北诸王海都、笃哇反叛,进攻按台山,元朝以重兵防御西境,东北兵力空虚。乃颜见有机可乘,自恃军队众多,封土广大,谋兵响应海都,对忽必烈进行东西夹击。忽必烈得到辽东道宣尉使关于乃颜"有异志,必反"的报告,将设立东京行省移于辽阳,控制辽东。乃颜见此,于二十四年(1287)与哈撒儿(成吉思汗弟)后王势都儿、合赤温(成吉思汗弟)后裔胜纳哈儿、哈丹秃鲁干等结盟,举兵叛乱,南逼潢河(今辽河上游西拉木伦河)流域,迫使元军退至豪州(治在今辽宁彰武)、懿州(今辽宁阜新东北)以西。五月,忽必烈以玉昔帖木儿率领蒙古军、李庭领汉军,从上都北进,亲征乃颜。六月,乃颜退至呼伦贝尔高原的不里古都伯塔哈(在哈尔哈河与诺木尔金河交汇处的三角地带),集结重兵,与元军决战,溃败后出逃,在失烈门林(今地不详)为追兵所获,被忽必烈处死。元军继续追击余党,到至元二十八年(1291)才陆续平定此次叛乱。碑文最后对张成的后人及其封爵情况也作了交代:

其中,张贵未袭职而卒,后张贵被追赠封为忠显校尉管军上百户;次孙张赛奴早亡;长孙张重孙于大德二年(1298)袭祖职,敕授进义校尉,升敦武,加忠翊;张贵妻子黄氏和张重孙的妻子封为恭人。

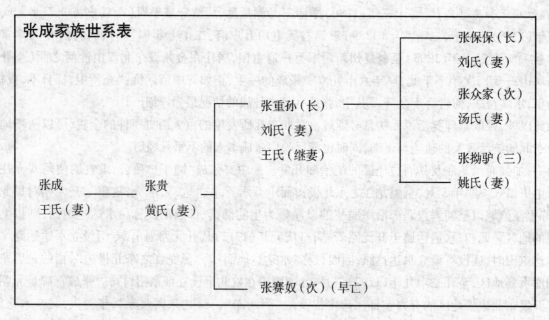

张成墓碑是日本学者岩间德也于1925年在金州北门外天齐庙内发现的,其发现的经过颇具戏剧性。据岩间德也在《元张百户墓碑考》文中载.出金州城北门,渡小石桥,往东北行约百步许,有天齐庙,不知创建何时,院内有明正德二年(1507)古碑,以此推之,则此寺创立于四百年以前……沿寺西庑北壁,有不足半亩的小菜地,菜地与西庑间,其北壁外侧有古碑横卧于土中,仅露出背面底部一角,人们未尝发掘,询问寺僧,亦不知为何碑。……当时,由于被冗务所累,没有调查发掘机会。本年(1925年5月21日)偶得少闲,遂发掘之,始知其为元张百户之墓碑。……询之寺僧,亦不知何时移来。该寺不但无意保存此碑,且愿人带走,余遂为之移于金州东南文庙内。

张成墓碑,原立于张成墓地,"迁柩葬于沙河东而茔焉","沙河东"指今普兰店境内大潭镇双山一带,那么,张成墓碑又为何现在金州城北门外天齐庙小菜地里呢?当时日本学者岩间德也对此也作了推测:张成后裔移居金州城,遂携带此碑以俱来,其后或许子孙断绝,弃碑于草野间,有心人恐其湮灭,因此寄托此寺,寺僧不知保护,亦弃置之。此为一说,笔者对此说持有异议。但其真实情况到底如何,恐怕也是一个永久之谜了。

目前,录入此碑文的著作有《满洲金石志》、《满洲金石志稿》、《奉天通志》、《金州志纂修稿》、孙宝田《旅大文献征存》、《金县志》、《辽宁省文物志》等;论文著作有岩间德也《元张百户墓碑考》、岛田贞彦《关于岩间德也氏发现元张百户墓碑》;王绵厚《张成墓碑与元代水达达路》;吴文衔、张泰湘《元管军上百户张成墓碑铭略考》;韩行芳《元敦武校尉管军上百户张成年谱》等。

碑阴　　　　　　　　　　　　　　　碑阳

敦武校尉管军上百户张成墓碑

【碑文注释】

(1)管军:掌管军事。上百户:官名。元代军制,分上下两等,上百户设蒙、汉各一员,下百户仅设一员。掌兵百人,官与兵多世袭。　(2)作(zuō 音平声)头:旧时的工头。　(3)蕲州路:指今湖北蕲春县蕲州镇,元代蕲州升为路,治所在蕲春。　(4)内附:归附。　(5)壮仕:见碑文简介。　(6)新附军:元朝灭南宋后,把收编的南宋降卒军队称为新附军。其地位在元朝的军种中最底,主要从事远征日本和爪哇;或在边陲之地从事屯田和工役造作。　(7)撤(qiào 音窍):这里为笔误,应为"檄(xí 音席)"字,下同。　(8)招讨:官名。掌招降讨叛等事。多以大臣、将帅或地方军政长官兼任。元朝在西藏、青海等地常设招讨使司。(9)侍卫军:指元朝的侍卫亲军,其职责是保卫京师及其临近地区。侍卫亲军始建于中统元年(1260),初称

"武卫军",人数约3万人左右。忽必烈即位后改称"侍卫亲军",分左右两翼。至元八年(1271)又改为右、左、中三卫。后来经过不断改编,人数高达20万~30万,成为元朝的主力部队,职责范围已经发生改变,如出征作战、屯田、工役造作、扈从皇帝行幸上京等。　(10)妻孥(nú 音奴):妻与子的合称。　(11)抠密院:"抠"字,笔误,应为"枢"字。唐置,元朝以前称为枢密使。《宋史·职官志》:"枢密使,知院事,佐天子,执兵政。"元朝的"枢密院",秩从一品,掌天下兵甲机密之务。忽必烈中统四年(1263年)置,是军政最高机关,但也兼掌军法审判的功能,凡是军官、军人重大犯罪,事归枢密院审断。明朝时废除。　(12)堦:"阶"的异体字,官的品级。　(13)岳琇:人物具体情况不详。　(14)合浦:今朝鲜半岛南端韩国境内的马山县,在釜山西北约45公里,元朝时又名骨浦。　(15)缠:绳索。　(16)晡(bū 音通):申时,即下午三点至五点钟。(17)一岐岛:又作"壹岐岛",位于日本福冈西对马海峡中。　(18)晦(huì 音彗):农历每月最后一日。(19)打可岛:亦作"达可岛",今日本长崎县属鹰岛。　(20)朔:初,开始。每月的初一。　(21)勅:同"敕"字。　(22)钞:元朝发行纸币的通称。宋朝称会子、交子;金代称交钞或宝泉等名。1236年,窝阔台开始下令发行,初,规定每年不超过万锭。以后钞作为元朝法定货币正式在全国通行使用。　(23)缗(mín 音民)币:一千文为一缗。缗,原指穿钱的绳子,亦指用绳子穿连成串的钱币。　(24)币帛:缯帛,古人用以馈赠或祭祀的礼品。　(25)轻:刻者笔误,应为"韬"字。　(26)宣尉使:官名。唐置。元朝设置宣尉使,主要掌管军民事务。分道掌管郡县,为行省和郡县间的承转机关。遇有边境军旅大事,则兼都元帅府或他官。(27)阿八赤:见碑文简介。　(28)水达达地面:见碑文简介。　(29)黑龙江之东北极边:详见碑文简介。(30)乃颜:详见碑文简介。　(31)古州:今宁古塔。　(32)高丽双城:在朝鲜境内,今咸镜南道兴城。(33)咸平府:指辽代的咸州,金元时期为咸平府,治在今辽宁开原县北。　(34)右翼屯田万户府:今河北霸县一带。　(35)杨村:今天津武清县政府所在地。　(36)临清:今山东临清县。　(37)金复州新附军万户府:指今大连市复州以南地区,包括复州、金州、大连市区和旅顺。《元史》载:至元二十一年(1284)五月发新附军一千二百八十一户在此屯田。二十六年又分京师应役新附军一千人屯田哈思罕关(在今大连湾镇,现早已荒废)东荒地,三十年以玉龙帖木儿、塔失海牙两万户新附军一千三百六十户并入金复州,立屯耕作,为户三千六百四十一,为田二千五百二十三顷。　(38)恒业:固定不变的职业。　(39)微:年少。(40)百夫长:官名。统率百人的卒长,又称卒帅。　(41)大德二年:公元1298年。　(42)耽:同"职"字。(43)进义校尉:秩正八品,在元代武散官三十四阶中名列第三十二阶。校,jiao 音教,同校,以下同。(44)敦武校尉:秩从七品,在元代武散官三十四阶中名列第三十阶。　(45)忠翊校尉:秩正七品,在元代武散官三十四阶中名列第二十八阶。　(46)忠显校尉:秩从六品,在元代武散官三十四阶中名列第二十六阶。　(47)恭人:命妇的封号。元朝六品官以上官员的母亲和妻子为恭人。《续通典·职官·内官》:"元一品封国夫人,二品封郡公夫人,三品封郡侯夫人,四品封郡君,五品封县君,六品封恭人,七品封宜人。"(48)室:为子娶的妻子称室。　(49)至正八年:公元1348年。　(50)沙河东:日本学者岩间德也考证为今普兰店境内大潭镇双山一带。　(51)不吐:不说。吐,说话。语出自《诗·大雅·烝民》:"维仲山甫,柔亦不茹,刚亦不吐。"　(52)国:同"国"字。　(53)旹:"时"古字。

2. 沙伦太满汉文墓碑

清·嘉庆十四年（1809）

【碑阳】

（碑阳为满文，与碑阴满汉对照，略）

【碑阴】

廂白旂卧海佐领下陈满洲[1]

祀男阕辅玉　孙关辅　法棠淑　曾孙□□ □□

慎终 皇清显[2]　考府君 讳沙伦太　 之墓
　　　　　妣孺人 季吴 氏 漆清

嘉庆拾肆年拾月初壹日[3] 庚 山甲 向[4] 吉立

【碑考】

　　此碑原立于金州向应乡大关家屯，刻于清朝嘉庆拾肆年（1809）。碑为黄色泥质岩，长方形，上端略抹两角。碑高137厘米、宽55厘米、厚15.5厘米。满文部分碑边纹饰为夔龙拱寿，汉文部分碑边饰为"回"纹。该碑是反映金州向应乡大关家屯关姓一家渊源关系的墓碑。

　　沙伦太的墓碑与无产阶级革命家，忠诚的共产主义战士，中国工农红军和八路军高级指挥员和卓越政治领导人、关向应同志有祖源关系。据金州博物馆保存的新修订的《关向应族宗枝派》谱记载，沙伦太一族今已改关姓，原属于陈满洲，原籍京城镶红旗扎栏卧善佐领下，世居长白山三道沟（长白山共有五道沟，每道沟各居住一姓），康熙二十六年（1687）"随龙出关"，拨至宁海县金州城东北小黑山附近（原隶属金州城巴尔虎旗界）卧海佐领下。

　　沙伦太的始祖为领催桑悟吉，但桑悟吉未拨至金州，是桑的妻子携带儿子托太来金州，桑悟吉此时已经故去，这就是金州向应大关家关氏始祖的来历。

　　据后人考证，桑妻携带儿子托太落户于金州小黑山附近的官家屯，后因托太的后世子孙改汉姓"关"字，故将官家屯改作关家屯，关家屯之名由此而来。自托太三世后，其子孙们渐渐向今小关家屯迁移，故又将原地称南关家屯，小关家屯称北关家屯。

　　据《关向应族宗枝派》谱书，托太在此繁衍，生六子，分别是郎头、恩格、三格、四格、五格、六格；次子恩格生巴牙拉、巴彦太、色黑力；色黑力生五子，色伦太、诺伦太、沙伦太、波伦太、货伦太，其中沙伦太为色黑力三子，妻子为季、吴二氏。至此，从始祖托太到沙伦太时，已经历经四世。

　　在金州众多的石刻中，该碑是金州地区所发现的两通满汉文碑中保存最好的一通，另一通为其哥哥墓碑（见附录），是研究金州地区满族文字的发展、文化的形成具有很重要的参考价值。满文，是明万历二十七年（1599）满族首领努尔哈赤命额尔德尼、噶盖在蒙文的基础上创制的一种文字，起初为无圈点文字。清太宗天聪六年〔明崇祯五年（1632）〕达海对此作了改进，在字母旁边加点加圈，并改变某些字母的形体，增加了一些新字母，使之成为圈点文字。前者称为"老满文"，后者称为"新满文"，后世流传的都是新满文。新满文有六个元音

沙伦太墓碑满文拓片

字母,十八个辅音字母,另外还有专为拼写汉语借词(即外来词)用的十个字母。其行款也是从左往右的竖写,属阿尔泰语系满——通古斯语族,满文不仅是满族的民族文字,也是清代的官方文字。有清一代,满族

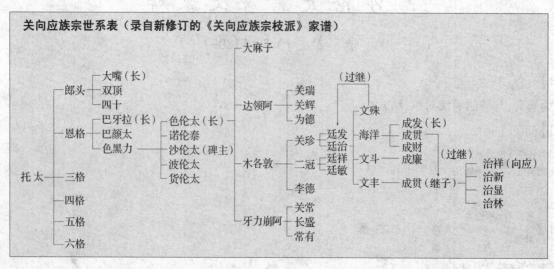

关向应族宗世系表(录自新修订的《关向应族宗枝派》家谱)

语言文字曾经盛行于东北各地,在有的地区一直使用到光绪年间。清朝统治者把"国语、骑射"作为满洲国粹,曾辉煌一时。乾隆中后期,关内人满为患,大批农民失去土地成为流民,他们纷纷冲破封禁进入东北种地谋生。其流民人口总数超过满族人口,流民除自己开荒种地外,也有很多人为八旗官兵佣耕,从而打破了旗民的界限,满文逐步被汉语文取代。从这通清嘉庆年间的沙伦太满汉文墓碑也可窥视一二,这也是该碑的一大特色。此碑原在金州博物馆后院保存,无碑座。2000年移入金州副都统后院西墙下,龟趺座。

录入此碑文的只有《大连市志·民族志》,书中抄录碑文的形式是按照该碑的文字和格式录入的。不过,在不到70字的碑文中,错字、漏字达十余处,如:"厢"字误写为"厢"字、"旂"字误写为"旗"字、"祀"字误写为"禮"字、"關"字误写为"関"字、"棠"字误写为"堂"字、"肆"字误写为"四"字、"壹"字误写为"一"字、"甲"字误写为"申"字。漏字中,除了模糊不清的四个字外,还有"漆清"二字。

【碑文注释】

(1)陈满洲:见《达尔当阿之妻夏氏节孝碑》注释(2)。 (2)慎终:对父母的丧事,办得谨慎得体。(3)嘉庆拾肆年拾月初壹日:1809年11月8日。 (4)庚山甲向:中国古老天干地支风水术,庚山甲向,座西朝东略微偏一点,大致为西南—东北向。

附:

【诺伦泰墓碑碑文】

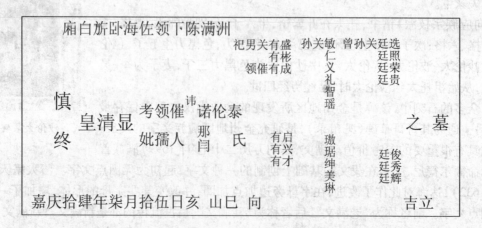

注:该碑高151厘米、宽61厘米、厚16厘米,碑阴满文部分因年久已模糊不清。碑的材质、样式、碑边的花纹等均与沙伦太墓碑完全相同。碑现存于金州向应镇望海村向阳屯。

3. 李廷荣墓志

清·光绪二年(1876)

【碑阳】

皇清诰封 昭武都尉(1) 考(2)李公讳廷荣 之墓志
恭 人(3) 祖 妣(2)苏 太君

光绪二年闰五月二十四日(4) 孙汉军正黄旗佐领李占云立

【碑阴】

李氏,原籍山左(5),世居登州(6)。自『国初移藉奉省(7),居金州东北之澄沙河(8)涯,奉』旨入汉军厢黄旗籍。至云之先祖讳廷荣、父讳元亨,始卜兆(9)于此。祖德宗功忠厚之渊源,久远。山『陬海澨(10),灵秀之钟毓(11)新奇,虽世业农桑,不废诗礼之培植,况旗习戎事,敢忘骑射之先声在!『占云材同樗栎(12),难望禄位(13)之滥叨,维『殿陛恩同帝天,不惜荣光(14)之下逮当。『文皇咸丰三年(15),捻匪(16)扬尘,烽烟延及连镇。『皇天震怒,经略(17)委任亲王(18),兵气消,日月之光已跑。红旗丙奏,绩苗顽归(19)。尧舜之化行,闻赤子(20)之『作歌。嗣后,计功行赏,班禄酬庸(21),云蒙参赞大臣(22)保奏,赏戴蓝翎,以骁骑校尽先补用。补缺之『后,旋升汉军正黄旗佐领。自愧凡庸(23)难报,『皇恩之优渥(24),追思原本,敢忘至德(25)于祖宗,敬述颠末,用勒贞珉,以颂『国恩,以志家庆云。』

治下(26)从九品王治遵 敬书『石工 孙毓昌 镌』

【碑考】

立于清光绪二年(1876)。虽为墓志,但其形状却为碑。碑为青石,碑首为双龙戏珠图案,高、宽均为74厘米、厚21.5厘米。碑首阳面额题"悠久无疆"4字,竖2行,行2字,阴刻楷书,阴面额题"善与人同"4字,竖2行,行2字,阴刻楷书。碑身高160厘米、宽66厘米、厚19.5厘米。碑阳刻死者墓志名称,碑文两边饰以八仙图案,上端为刀戟图,下为海水江涯图;碑阴为碑文,14行、满行38字,阴刻楷书。碑文两边图案为八吉祥图,上端为夔龙拱壁,下为海水江涯图。此碑是汉军正黄旗佐领李占云名为其祖父李荣廷树碑立传而为自已歌功颂德之碑。

碑阴分两部分,前半部分回顾李氏自清初迁居金州澄沙河入籍汉军镶黄旗,其"祖德宗功",由此引出后半部分,叙述李占云在清咸丰三年由于镇压"捻匪"有功而升至佐领,以报答祖宗之德,"以颂国恩"之事。清咸丰三年(1853)太平军北伐,捻军乘势而起,闻风而动,集结成军,二者合为一起,声势浩大,其中太平北伐军兵锋最北已达天津连镇,直接威胁清朝统治中心——北京,引起京城一片惊慌,达官贵族、皇亲国戚纷纷逃亡。咸丰皇帝"委任亲王"统帅大军兵出北京,拼力抵抗。这里"亲王",指惠亲王绵愉,《清实录》:咸丰三年"九月辛亥,上御乾清宫,授惠亲王奉命大将军印,御前大臣科尔沁郡王僧格林沁参赞大臣关防。"绵愉(1814~1865),清仁宗嘉庆帝第五子。道光帝即位,封惠郡王,道光十九年(1839)晋升亲王。咸丰三年(1853)拜为奉命大将军,防剿太平军和捻军,以不习兵事留守京师。同治二年(1863)太后命在宏德殿督责。其人性和易,不重威仪,重言诺,喜读书,著有《爱日斋随笔》。谥曰端。李占云就是在这危急的历史背景下参加了镇压太平军和捻军起义,并立功受赏,"蒙参赞大臣保奏,赏戴蓝翎,以骁骑校尽先补用……旋升汉军正黄旗佐领"。"参赞大臣"指的是僧格林沁。僧格林沁(?~1865),姓博尔济吉特氏,蒙古科尔沁旗人。道光五年(1825)承袭科尔沁扎萨克多罗郡王爵。道光十四年(1834)授御前大臣。咸丰三年(1853)

太平军北伐进逼畿辅,受命为参赞大臣偕奉命大将军惠亲王绵愉督师防御,五年(1855)在山东茌平打败太平军北伐军。九年(1859)在天津大沽口挫败英法联军的入侵。十年(1860)奉命镇压捻军,同治四年(1865)四月在山东菏泽县高楼寨追击捻军中伏,毙命于吴家店。谥曰忠。此碑是研究清政府镇压太平天国运动和捻军起义的重要资料。该碑2000年于金州华家屯杨家店村出土,后存放在金州博物馆后院,2001年移至金州副都统衙门后院。

【碑文注释】

(1)昭武都尉:官名。唐时有昭武校尉,为武教官。清代有昭武都尉,为武职正四品封阶。 (2)考妣:父称考,母称妣。后专用作称死去的父母为考妣。 (3)恭人:古代朝廷对妇人的封号。明清定制,四品以上官员之母与妻子封恭人。 (4)光绪二年闰五月二十四日:1876年7月15日。 (5)山左:指山东省,因其在太行山之左,故称。 (6)登州:位于山东半岛东端,治蓬莱,唐朝置州,明朝初年升为府,辖境今山东蓬莱、龙口、栖霞、海阳、招远、莱阳、莱西等地区。 (7)奉省:奉天省,民国时期改为辽宁省。 (8)澄沙河:今改为登沙河,发源于小黑山,自西北向东南流经向应乡、华家屯镇、登沙河镇注入黄海盐大澳,总长近26公里。因其雨季冲刷,大量呈蜂窝状小颗粒矿砂游泻于河中,矿砂含泥量低,河水清澈见底,故名澄沙河。 (9)卜兆:占卜。古代在龟板或兽骨上凿刻,再用火灼,看裂纹来定吉凶,叫卜,预示吉凶的裂纹叫兆。 (10)山陬(zōu 音邹)海澨(shì 音是):指遥远偏僻的地方。陬,角落。澨,水边。 (11)灵秀之钟毓:凝聚了天地间的灵气,孕育了优秀而有才华的人。钟,集中凝聚。毓,通“育”字,孕育。 (12)樗栎(chū lì 音出立):均指两种不同木材,这种木材不堪大用。比喻才能低下。这里用作谦辞。 (13)禄位:官职。 (14)荣光:彩色的云气。古时迷信,以为是吉祥之兆。 (15)文皇咸丰三年:1853年。文皇咸丰,指清朝文宗奕詝。 (16)捻匪:清政府对太平天国时期活动于北方的捻军农民起义军的蔑称。 (17)经略:筹划,治理。 (18)亲王:指惠亲王绵愉。参阅碑文简介。 (19)绩苗顽归:指苗沛林,字雨三,秀才出身,安徽凤台人。咸丰六年(1856)在家乡办团练,对抗捻军。1861年反叛清朝,被太平天国封为奏王。第二年暗投清军,诱捕太平天国英王陈玉成,1863年被杀。 (20)赤子:子民百姓。 (21)班禄:分爵禄等级。酬庸:以功劳酬谢。 (22)参赞大臣:指僧格林沁,参阅碑文简介。 (23)凡庸:平常,一般。(24)优渥(wò 音握):待遇丰厚优裕。 (25)至德:最高尚的道德。 (26)治下:旧时吏民对地方长官的自称。

4. 金贞妇仲氏墓阙铭

清·光绪二十四年(1898)

【碑文】

懿厥贞妇(1),雷精远苗。天禀刚质,素尚清标。』作嫔(2)于金,市井尘嚣(3)。所居巀巀(4),其节昭昭。』礼防自持,百炼不销。莲汙(5)弗染,兰熏自烧。』哀感行路,愤激薄浇。我铭章(6)之,光耀青瑶。』

光绪廿四季夏闰三月(7)长沙涂景涛书丹。』

【碑考】

此碑刻于清光绪二十四年(1898),是当时任金州海防同知的涂景涛为金家仲氏因“新台”之事自尽而写的一首四言古体诗。此碑早已被毁,现仅存碑帖。

孙宝田将此碑文录入在《旅大文献征存》书中,并简略地介绍了仲氏是因为“新台”之丑事而走向绝路的,此事在当时曾引起市民的广泛议论和哗然,“市井尘嚣”,使金家一度丢尽了脸面。涂景涛在仲氏墓前立墓阙,是对金家此种行为的一种抗议和对仲氏的同情,金家自然感到恐惧,但慑于涂景涛海防同知的身份而不敢发作。光绪二十五年（1899）涂景涛去职后，金家立即将此碑摧毁，以掩盖其"新台"之丑闻，但碑帖却得以保存。

"新台"一词出自于《诗经·风·新台》篇目，说的是春秋时期卫国国君卫宣公在位（前718～前700）时，卫宣公为儿子伋迎娶儿媳妇齐女，当卫宣公听说齐女非常漂亮，便在路过的一河上筑新台，把齐女拦截下来占为己有，受到卫国百姓的一片责骂声。金家发生的迎娶仲氏之风波，正与卫宣公借为儿子娶媳妇之名而将儿媳妇据为己有之事相仿，不一样的是仲氏却以死奋起抗争，齐女却逆来顺受，二者在结果上显然是不同的。至于"金家"与"仲氏"具体指谁，仲氏墓地在哪儿，现在已经无法考证。涂景涛个人情况参阅涂景涛游观音阁诗碑。

该碑有额，为"金贞妇仲氏墓阙铭"八字，阴刻篆书，竖写4行、每行2字，从右向左派列。碑文5行、满行16字，共计80字，阴刻颜体楷书大字，碑帖横35厘米、纵135厘米。

【碑文注释】

（1）懿：叹息声词，表示哀伤，通"噫"字。《诗·大雅·瞻仰》："懿厥哲妇，为枭为鸱。"贞妇：旧时称从一而终、夫死不再改嫁的妇女。 （2）嫔（pín 音贫）：古代帝王女儿出嫁称嫔。后用来对已死妻子的美称。（3）市井：市街。也指市民。尘嚣：世间纷扰、喧嚣。此处指仲氏因"新台"之丑闻而引起的纷纷议论。（4）欝欝：同"郁郁"，忧伤、沉闷。 （5）汙（wū 乌）：同"污"字。 （6）章：同"彰"字。 （7）光绪廿四季夏闰三月：1898 年 4～5 月。季，同"年"字。

5. 徐恕墓碣并铭

清·光绪二十四年（1898）

【碑文】

君姓徐氏，讳恕，字心如，广州香山[1]北岭乡人也。自‖泰西[2]电报行中国，业[3]此者，粤[4]人权舆[5]。君幼习电学，‖既成，派筦[6]大连湾官报。光绪廿有二年七月朔[7]，以‖疾卒，浮厝[8]海滨。越二年，俄人租地通商，开拓铁轨，‖坟墓为墟。其乡人马同寿、李锡祥不忍其骨之暴‖也，因与城北天齐庙住持心格乞一坏[9]之土，为迁‖葬焉，摄[10]金州分府涂景涛爱树之碣，而系以铭，曰：‖电通一线，速于置邮[11]。传命俄顷，历大九州。维君之‖生，忽焉如电。浮生[12]若梦，电光一现。旅榇[13]不归，改卜‖兹冈。形化孤鹤，魂依五羊[14]。‖

黄仁溥纂书，侯允举镌。‖

【碑文简介】

此碑已不存，现存拓本。帖纵77厘米、横43厘米。碑额阴刻隶书"徐君墓碣并铭"6字，竖3行，每行2字。下为碑文，阴刻行楷，竖行10行，每行均为19字，合计190字。帖边不见纹饰。

徐君，指墓主徐恕。据碑文介绍，徐恕，字心如，广州香山北岭乡人，"派管大连湾官报"，在当时来说电报行业是新兴行业，从事于此行业的徐恕算是一名高科技人才。大连湾电报的历史可上溯到光绪十年（1884），当时李鸿章奏请，清政府批准架设，起点自天津北塘，经山海关、营口到达大连湾、旅顺，为官办，主要用于军事通信，这是东北第一条电信线路。据碑文判断，徐恕是在甲午战争后"派管大连湾官报"的。光绪二十二年七月朔即公元 1896 年 8 月 9 日徐恕病逝，埋葬于大连湾海滨。光绪二十四年，根据《中俄秘约》、《旅大租地条约》和《续订旅大租地条约》的有关规定，俄国修筑一条贯穿东北三省的"丁"字形中东大铁路，其中支线从哈尔滨起，经过长春、沈阳，直达大连湾、旅顺。而徐恕墓的位置就位于在通过大连湾附近这条铁路线上，因而其乡人马同寿、李锡祥为其迁葬，天齐庙住持心格捐出"一坏之土"作为徐恕墓地，金州海防同知涂景涛为此树碑并系之铭，这对客死他乡的徐恕在阴间也只能算是一个极大的安慰吧！如今，徐恕之墓早已不知在何处,只有这一碑帖还留存于世。孙宝田《旅大文献征存》、《帝国主义侵略大连史丛书·大连近百年史文献》均有著录。

【碑文注释】

(1)香山:旧县名,今广州中山市。 (2)泰西:旧时用以称西方国家,一般指欧美各国。 (3)业:从事于,作动词用。 (4)粤:广东省的简称,因古代为百粤之地而得名。 (5)权舆:草木萌芽的状态。这里引申为开创、开始之意。 (6)筦(guǎn):"管"字的异体字。 (7)光绪廿有二年七月朔:1896 年 8 月 9 日。朔,农历每月初一。 (8)浮厝(cuò 音错):暂时埋葬。浮,暂时。厝,浅埋以待改葬。 (9)坏:"抔(póu 音掊)"字笔误。用手捧。 (10)摄:代理,署理。 (11)置邮:驿站。以马传递为置,以人传递为邮。(12)浮生:人生。《庄子·刻意》:"其生若浮,其死若休。"老、庄均认为人生在世,虚浮无定。 (13)旅榇(chèn 音趁):在旅居之处停放灵柩。榇,梧桐,古人以桐木为棺,因此亦以棺为榇。 (14)五羊:广州的别称。传说战国时此地属于楚国的境界,南海人高固任楚国丞相,有五只羊衔着谷穗来到其庭院,以为这是祥瑞,因以为地名;另还有一美丽传说:周朝时,广州连年灾荒,民不聊生。一天,南海天空飘来五朵彩色祥云,上有身穿五色彩衣、分骑五只毛色不同口衔稻穗的仙羊的五位仙人,降临广州。仙人把稻穗分赠给广州人民,并祝福此地永无饥荒。说完五位仙人欣然离去,留下五串金灿灿的谷穗和五只依恋人间的仙羊。人们把稻穗撒播大地,从此,这里年年五谷丰登。仙羊后来变为石头,好像永久地保佑着"楚庭"风调雨顺,幸福吉祥,故以此为名,此说流传较广。

6. 金州七顶山老虎山屯满氏家族墓碑

民国十二年(1923)

【碑阳】

　　　　中华民国十二年　阴历□□月□□日谷旦

皇清处士满公　　　讳查□□□　　　　之墓碑
　　　　　　　　　氏　□□君

　　　　　　　　　　合令珠著
　　　七世孙满玉　　　　　　敬立

【碑阴】

尝闻太上立德⁽¹⁾,其次立功,皆欲勒诸金石,以期永垂于不朽也。昔『我祖出燕京之赴金邑也,同胞兄扶老母,远旧地,历山河,籍列旗』族,受职行伍⁽²⁾,蒙恩元息,耕田教子,背井离乡,荒烟满目,此皆我祖』之辛苦备尝者也。于是,我祖卜居⁽³⁾老虎山,伯祖奉老母卜居东房』身⁽⁴⁾,先择吉地于台子山⁽⁵⁾阴,又择佳城⁽⁶⁾于南山之阳,安居乐业,以终』天年。于是乃安是土,乃宴⁽⁷⁾新居,幸得子孙绳绳,百世荣昌,瓜瓞緜』緜⁽⁸⁾,千载吉祥,谨修墓志,以慰泉壤幽冥⁽⁹⁾,虽隔情理,何殊我祖有灵,』向其来飨⁽¹⁰⁾。』择字二十,以备后辈名次选用,谨将二十字开列如左:』廷玉连治永　德明继世宗　运兴增鸿业　文士复元成』

【碑考】

　　该碑文录自瀛云萍先生《八旗源流》一书彩照和《大连市志·民族志》中。碑立于民国十二年(1923),位于金州七顶山乡老虎山村,为满氏家族墓碑,尺寸不详。碑文阴刻楷书,10 行,满行 25 字。碑文周边饰以"回"字纹。根据照片,碑断为两截。

据瀛云萍先生考证，满氏家族乃是巴尔虎蒙古人的后裔，是清朝康熙年间编入八旗拨至金州地区的。清朝初期至康熙年间，沙皇俄国屡次袭扰我东北黑龙江地区，康熙皇帝致力于肃清沙俄，特别是在康熙二十七年(1688)与沙皇《尼布楚条约》前后，着力整顿东北地区，以谋求长治久安，而对东北旗民实行三次大迁徙，以充实边疆和盛京重地是其主要措施之一。第一次迁徙在康熙十七年(1678)，将吉林和宁古塔编成的"新满洲"，一半移驻北京，一半内迁；第二次是在康熙三十一年(1892)对巴尔虎蒙古人的搬迁。第三次也是在同年，将锡伯、达斡尔和卦尔察人编旗迁徙。这三次大的迁徙奠定了东北地区旗人的布局，以后很少有大的变动。满氏祖先的迁徙就是在这一大的历史背景下而进行的，据碑文介绍，满氏"祖由燕京之赴金邑"，碑文没有交代满氏祖先迁居燕京之前的情况，大致的情况可能是清政府考虑到充实盛京地区的防务空虚状况又将满氏等拨至金州的。碑文最后列出了满氏家族的"排行范字"："廷玉连治永 德明继世宗 运兴增鸿业 文士复元成"。该碑是研究金州地区满族源流的重要见证。

【碑文注释】

(1)太上：太古，远古时代。立德：树立圣人之德。《左传·襄二四年》："太上有立德，其次有立功，其次有立言。" (2)行伍：古代军队编制，五人为伍，二十五人为行，后因而以"行伍"作为军队的代称。(3)卜居：用占卜选择定居之所。 (4)东房身：自然屯名，位于七顶山屯西南2.8公里。该地清代为房身地，又因地处老虎山屯东而得名。 (5)台子山：位于七顶山乡西部，海拔156米，为其境内最高山。(6)佳城：指墓地。 (7)宴：通"燕"字，休闲，安闲。 (8)瓜瓞(dié 音叠)：瓜一代接一代生长，比喻子孙繁盛。《诗·大雅·绵》："绵绵瓜瓞，民之初生。"疏："大者曰瓜，小者曰瓞。"緜，即"绵"字。 (9)泉壤：即泉下，地下。幽冥：指地下阴间。 (10)飨(xiǎng 音想)：祭献。

7. 金州孙镜堂之墓表

民国辛未年(1931)

【第一面】
清赠奉政大夫金州孙公镜堂之墓表
【第二面】
清故奉政大夫金州孙君墓表』
赐进士出身、福建清理财政副监理、官度支部(1)主事、丹徒(2)许汝棻撰文』
赐进士出身、国史馆(3)纂修、翰林院(4)编修、弼德院(5)参议、易州(6)陈云诰书丹』
孔子曰："君子谋道不谋食。"后之儒者，谓治生(7)为学者所当务，盖治生亦有道焉。古之治生者，祖白圭(8)，』而白圭必察夫人之智、仁、勇，验其所能，然后授之以术，非苟(9)焉已也。挽近(10)由此者，金州孙君镜堂，其』选(11)乎！君讳丽明，原名暾，镜堂其字也。祖先山东蓬莱人，世德忠厚，自其祖讳琢者以懋迁(12)渡辽，爰立』家室，占籍金州，其考(13)继之，迄于君，翼翼(14)奉持，早夜以思，冀更光大之悠久。以为商者，四民(15)之一，而』克践(16)乎道，立士之志，完士之行，弗戻(17)乎？士之道，则待(18)农而食，待工而成者，商皆有以通之。金州者，遵(19)』

【第三面】
海走陆，乌桓、濊貊(20)间一大廛市(21)也。知物(22)而任时，体常而达变，万货之情，无不可见。九十病本，二十病』末(23)，旱则资舟，潦则资车(24)，因天之宜，顺地之利，务完物，无息币(25)。农出(26)而不乏物，工出而不乏事，商出而』三宝(27)不绝，自然之验也，岂有政教发征期会(28)哉？昔者计然(29)之术，越(30)用之而霸国，今略袭之而富家。彼『仰机[31]，利逐什一者[32]，又岂得相伯仲哉？夫礼生于有而废于无[33]。以君之孝，于亲宗族称焉。颜、曾[34]之养不『在口体，然使脂膏瀚瀴[35]，不具而不疚于心，然耶？否耶！君好义，本乎性然，使仓廪不实，衣食不足，而欲『行君子行，施粥舍棺，得焉，否耶？子赣[36]废著鬻财[37]，孔子益以扬名。得势者，彰古今，同之君比于封君[38]子『列，胶庠[39]者三人。天之因材而笃，岂不然乎？夫其德所蕴，道所符书，所谓自求多福者，又岂不然乎？天『人之理，可以 观矣 。暮年衰老而听[40]子孙，子孙修业而安息[41]之，遂益昌炽。时值阳九[42]，以忧悸卒[43]，实光绪『

【第四面】

二十一年正月二日[44]也，生于嘉庆二十四年十月二十日[45]，春秋[46]七十有七，以济振功，膺[47]五品，赏阶『"奉政大夫"[48]，葬于金州东郊城照山[49]祖□之次[50]。配[51]蔡氏、杨氏；子七人，士魁、士祯、士材、士善、士升、士达、士『清；女四，适[52]李、适麻、适毕、适李；孙十四人，福祥、福庆、福谦、福基、福德、福履、福寿、福荫、福霖、福泽、福臻、福『田、福海、福合。今春，君孙福基等持其行述[53]，丏[54]其戚孙君宝田，抵余，愿得一言，表生平，示来者。余嘉其『意，泚笔[55]书之，既竟更告之日，今之匪彝慆淫[56]，以致家之肥者，岂少哉！卒颠隮[57]而快敌雠者，又何多也。『弗勤用明德[58]，亦曰殆哉！兹既勤敷，畜则惟其修勤垣墉[59]，标斯则惟其涂作。兄弟方来，惟子孙永保他『日冢，置万家室，祭奕世[60]，当有明哲[61]，君子著尚德之辞，旌有道[62]之阡者，余所称其滥觞[63]也。夫『

岁次昭阳协洽仲春[64]之月谷旦[65]吉立。『

【第三面下方碑文】

孙公镜堂以经商起家，裕国便『民，睦婣[66]恤邻，至今称之。传云：积『善之家必有余庆[67]。又云：名德[68]之『后有达人[69]，是以子孙鼎盛，称 于『乡里，世居金州，称望族[70]焉。爰为铭曰：『赐亿中、称贤人，蠲偫殖、为名臣。『懿我公、富经纶，济危困、颂里『邻。积阴德、大闾门，被文教、裕后『昆。述行事、勒贞珉，化永久、式千『春。

沈阳王光烈撰辞并书『

【碑考】

该墓表立于民国辛未年(1931)。原立于金州城东城照山(今东山)孙氏祠堂，1986 年移至金州响水观碑林中，祠堂已毁。墓表为大理石质，呈正方柱形，柱子高 246 厘米，每面宽 35 厘米，无纹饰。四面刻字，正面刻墓表名称"清赠奉政大夫金州孙公镜堂之墓表" 15 大字，阴文隶书，字体深刻，其余三面为碑文，楷体阴文，每面均为 8 行、满行 38 字。在柱子背面即第三面的下半部分还刻有王光烈书写的歌颂孙镜堂之铭，篆书，11 行、满行 12 字，在此之下还有朱汝珍书写的行书对联"启秀振华千载遗韵，安仁施义百世流芳"，阴文，分两行。朱汝珍，广东清远人，曾以县试冠军人读清远县学，22 岁时又凭优异成绩考入广雅书院，取列广州府闱第一。27 岁考取拔贡，以朝考一等钦点七品小京官，签分刑部江苏司行走，开始仕途生涯。抗日战争爆发后，在香港主持清远公会，组织募捐、义演等活动。香港沦陷后，他不惧日本人和汉奸的威逼利诱，拒绝与日本人合作。朱汝珍还发动组织归乡委员会，帮助因战乱流离失所的旅港难民，疏散回乡。1942年离开香港，内避北京，当年在北京病逝，享年 72 岁。朱汝珍的书法艺术响誉海内外，其书法兼具王、柳、欧风格而又自成一家，深受文人雅客的喜爱。柱顶呈覆盆形。除此而外，柱子两旁分别有碑阙，石灰岩，左碑阙缺失，仅剩下右碑阙，碑阙高 90 厘米、宽 31 厘米、厚 27 厘米，右碑阙正面刻有"光前裕后，袁 金凯 "阳文行楷，右侧上书两行篆书联"积善之家，必有余庆，夬庐许宝蘅"，阴文。许宝蘅(1875－1961)，字季湘，号巢云，又号鰲斋，浙江仁和人。光绪举人，任学部主事、军机章京。民国时先后任总统府秘书、国务院秘书长。1927 年任故宫博物院图书馆副馆长，兼管掌故部。新中国成立后，1956 年被周恩来总理聘为中央文史研究馆馆员，是我国著名学者、诗人、书法家。两碑阙和墓表柱子合为一体，共同镶嵌在一长方形石座中，座为花岗岩，横 130 厘米、纵 62 厘米、高 3.5 厘米。

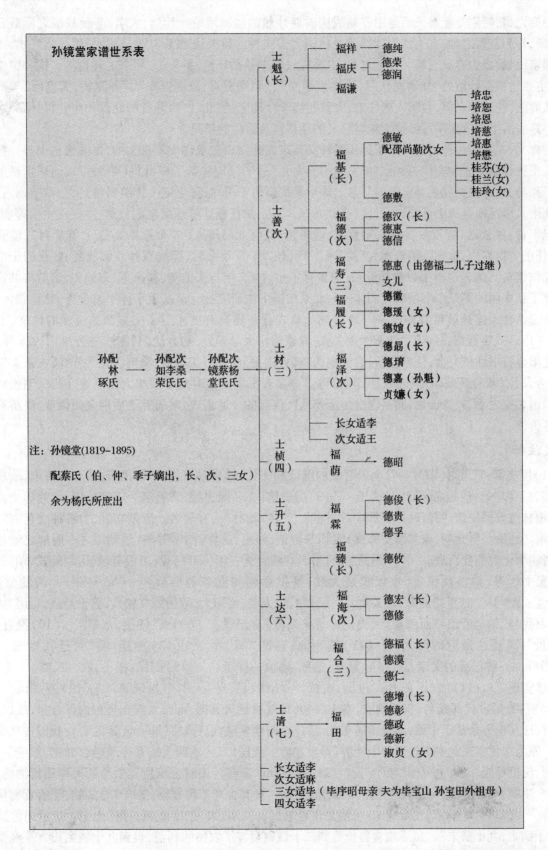

孙镜堂家谱世系表

注：孙镜堂(1819~1895)

配蔡氏（伯、仲、季子嫡出，长、次、三女）

余为杨氏所庶出

墓表介绍了孙镜堂一生经商行状。孙镜堂(1819~1895)，原名孙暾，字镜堂，祖籍山东蓬莱人，因其祖父孙琢乾隆年间经常到金州一带贩卖货物而占籍金州。孙镜堂年轻就弃学经商，受其祖父培养，练就了过硬的经商之道,特别是能够灵活运用春秋战国时期计然的经商理论。计然,人名,春秋战国之际蔡丘濮上人,名研,传为范蠡之师,有人认为计然就是越国大夫文种。曾游说越王勾践,勾践采用计然之术,很快使越国国富民强,成为春秋五霸。计然之术,主要有农业丰歉循环论、平籴论、积著之理论等。据孙镜堂墓表介绍,主要是根据计然的"知物而任时,体常而达变"、"旱则资舟,潦则资车"、"务完物,无息币"等商业原理而从商的,往返于乌桓、秽貊人居住地,大致相当于今辽宁、河北、山西等省的北部和东北吉林、黑龙江一部分。墓表后半部分简略写孙镜堂施财好义的品格以及后代的情况。

据碑文,本墓表由孙镜堂的孙子孙福基转交其亲戚孙宝田乞求许汝棻撰文的,由陈云诰书丹。孙宝田的三儿子孙械蔚老先生交代,孙镜堂碑文中的三女儿"适毕",即嫁给了毕世珙(字宝山),而毕世珙的次女嫁给了孙尚义,孙尚义就是孙宝田的父亲。许汝棻是模仿了司马迁《史记·货殖列传》部分章节而写成的,许汝棻个人情况根据碑文可知,为丹徒(今江苏镇江)人,曾任福建清理财政副监理、度支部主事等职务,其余情况不详;陈云诰(1877~1965),字紫纶,晚号蛰庐,河北易州人(河北易县首富,广有资财),清光绪进士,曾任国史馆纂修、翰林院编修、弼德院参议等职务。辛亥革命后,隐居京师。解放后,曾受聘于中央文史研究馆馆员。陈云诰楷书以颜体见长,但留存不多,1965年与张伯驹、郭风惠、郑诵先、萧劳等共同发起并创建了新中国的第一个书法研究团体——北京中国书法研究社。该墓表字体平整俊秀,颇显颜体风韵,也是陈云诰在大连地区留存的唯一一通碑刻。墓表背面还刻有王光烈篆文称颂孙镜堂的铭文,王光烈(1800~1953),字觐阳,号希哲,沈阳大南关人,北京清华大学毕业,初办沈阳《东三省公报》,1928年,发起组织沈阳金石书画研究会,任副会长,后任职伪满《大同报》编辑。工金石、篆刻、书法,著有《古泉文集联》、《印学今义》、《希哲庐藏印》、《希哲庐印谱》等。该墓表汇集了当时众多书法大家笔迹,碑文、笔迹均出自当时中国名家之手,较为珍贵,此墓表也是金州地区仅存的一通墓表,对研究清后期金州商业、经济有一定的参考价值。

【碑文注释】

(1)度支部:官署名,旧时掌管全国财赋的统计和支调,魏晋时始置,历朝沿袭,故名。清末,改户部为度支部。 (2)丹徒:地名,今江苏镇江。 (3)国史馆:亦名国史院,官署名。宋朝始置,掌修国史。元朝后,以翰林院兼国史馆,明清时并其职于翰林院。 (4)翰林院:官署名。唐朝初置,为各种文艺、技术、内廷、供奉之处所。至元朝,兼掌国史修撰,明朝掌制诰、修史、著作、图书等事,清朝因之。明清之翰林院实际由唐朝学士院演变而来。 (5)弼德院:官署名。清宣统三年(1911)设,下设有院长、副院长、顾问大臣、参议、秘书厅等,掌参预机密,审议洪疑大政,纂拟章制和庶务等事项。 (6)易州:今河北省易县。(7)治生:谋生计。这里指经商、做买卖。 (8)白圭:人名,洛阳人,战国魏文侯人,善于经商,运用"人弃我取、人取我与"的经营策略而致富。《史记·货殖列传》有记载。 (9)苟:随便,草率。 (10)挽近:亦作"挽近世",离现在最近的时代。 (11)选(suàn):同"算"字。 (12)懋迁:同"贸迁",贩运,买卖。(13)考(kǎo):称已死的父亲。 (14)翼翼:恭敬、谨慎的样子。 (15)四民:指士、农、工、商。 (16)克践:能够实现。 (17)戾(lì 音力):违反,违背。 (18)待:等待,引申为依靠。 (19)遵:沿着,遵循。(20)乌桓:我国古代部族名,东胡别支,秦末汉初,匈奴冒顿灭其国,部分人避走乌桓山以自保,故以此称。曹操时,迁乌桓万余部于中原,部分留居东北,后逐渐与他族融合。秽貊(huì mò 音汇磨):我国古代少数民族名。原为居住在东北中部地区两个族群,即秽和貊。战国以后,这两大族系逐渐融合分化,形成了夫余、高句丽、沃沮等族。秽,也写作"秽"字。 (21)廛(chán 音缠):旧时公家所建供给商人存储货物的房舍。《礼记·王制》"市,廛而不税。"郑玄注:"廛,市物邸舍,税其舍而不税其物。" (22)知物:了解货物何时为人所需。 (23)九十病本,二十病末:可能是作者笔误,将"本、末"二字颠倒。据《史记·货殖列传》载,应为"二十病本,九十病末"。每斗粮食售价贱到二十钱则损害了农民的利益,贵到九十钱则损害了经商者的利益。病,使动用法,"使本病"。本,指农业;末,指工商。 (24)旱则资舟,潦则资车:语出《国语·越语》,原句为"旱则资舟,水则资车。"意思是,天旱时,人们谁也不准备船,商人知道天旱以后又会多雨,所以在天旱时便积存船只,到下雨时好赚钱;天下雨时,人们不准备车辆,商人却积存车辆,等不下雨时好高价售出。资,积蓄,存下。潦:水淹,水涝,指暴雨后的大水。 (25)务完物,无息币:尽力把商品保存好,不要使资金积滞。务,尽力而为。无,通"毋"字。完物,使货物完好而牢固,使动用法。息,静止不动。币,指资金。 (26)出:出产,生产劳动。 (27)三宝:指食、事(器物)、财。 (28)政教:政令和教化。发征:即征发,向民间征集(人力、物力或财力)。期会:规定日期会集。 (29)昔者:从前的时候。计然:相传为春秋越国葵丘濮上人,姓辛氏,字文子,范蠡之师,著有《万物录》。越王勾践采用他的计策,遂称霸诸侯国。 (30)越:古国名。国君女姓,相传始祖为夏朝少康庶子无余,都会稽,疆域相当于今江苏北部运河以东地区及苏南、皖南、赣东和浙江北部。公元前355年被楚国所灭。 (31)仰机:即"仰给",依赖。 (32)利逐什一者:追逐获利十分之一的人。 (33)礼生于有而废于无:礼产生在富有而废弃于贫穷。 (34)颜曾:指孔子弟子颜回和曾子。颜回,字子渊,春秋鲁国人,好学,乐道安贫,后世儒家尊为"复圣"。曾子,字子与,名参,春秋鲁国人,以孝著称,后世尊为"宗圣"。 (35)滫瀡(xiǔ suǐ 音朽髓):古代烹调方法,用植物淀粉拌和食品,使其柔滑。 (36)子赣:即孔子的弟子子贡,能言善辩,治生有术,家累千金。子贡也有记作"子赣"。 (37)废著:围积居奇,买贱卖贵。废,物贵则卖出,废,有人认为是"发"字之误;著,谓物贱则买贮。鬻(yù 音育)财:出卖货物赚钱。 (38)封君:领受封邑的贵族,指有钱有势的人,这里指没有爵邑俸禄,而拥有与之可比的财富。 (39)胶庠:周朝时学校名。胶为周朝大学,在国中王宫之东;庠为小学,在国之西郊。 (40)听:听任。 (41)修业:经营业务。息:生息,增加财富。 (42)阳九:指灾荒年景和厄运。本文指光绪二十年中日甲午战火使其经商的基业全部毁于战火之中。 (43)忧悸:因忧惧而心惊胆战。卒,死。 (44)光绪二十一年正月二日:1895年1月27日。 (45)嘉庆二十四年十月二十日:1819年12月7日。 (46)春秋:年龄。 (47)膺(yīng 音应):接受,当。 (48)奉政大夫:官名,金置。为文职正六品的封阶。元朝升为正五品,明朝因袭之,清朝时,凡是正五品一概为奉政大夫。 (49)城照山:位于今金州城东,名为东山。 (50)次:泛指所在的处所。 (51)配:夫妇称配偶,谓妻为配。 (52)适:女子出嫁。 (53)行述:即行状,记述死者生平行事的文章。 (54)丐:乞求。 (55)泚(cǐ 音此)笔:用笔蘸墨。 (56)匪彝:不合常规的行为。 慆(tāo 音涛)淫:过度享乐。 (57)颠隮(jī 音积):颠覆。隮,坠落。 (58)明德:完美的德性。 (59)垣墉:即"墉垣",书者笔误,城墙之意。 (60)奕世:累世,一代接一代。 (61)明哲:犹言明智。 (62)有道:有道德、有才能的人。旧时书信中常用作对人的敬称。道,指多才多艺之人。 (63)滥觞:(làn shāng 音烂商):原意指江河发源地水极少,只能浮起酒杯。后用以指事物的起源。此处引申为开始之意。 (64)昭阳:天干癸的别称,用以纪年。《尔雅·释天》:太岁"在癸曰昭阳",即癸年;一说为天干"辛"的别称,《索隐》:"昭阳,辛也"。协洽:地支"未"的别称,《尔雅·释天》:"太岁……在未曰协洽。"仲春:农历二月。 (65)谷旦:吉辰良日。(66)媐:"姻"字的异体字。 (67)积善之家必有余庆:多做好事的人家子孙必有福佑,出自于《易经》。 (68)名德:德高望重之人。 (69)达人:显贵的人。 (70)望族:有声势的世家豪族。

8. 署理金州副都统阎福升神道碑

1937年

【碑文】

清故武显将军(1)署理金州副都统(2)阎公神道(3)碑　铁岭　谈国桓(4)撰文　长白　宝熙(5)书丹　辽阳　袁金铠(6)篆额』

泰山千仞(7)之高,其积之也厚(8);黄河九曲之润,其流之也长(8)。维岳降神,自天生德,膺期名世(9),自古然哉。满洲建国康德四年⁽¹⁰⁾，岁在丁丑，吉林省长阎公传绂⁽¹¹⁾，以皇考⁽¹²⁾锡三府君⁽¹³⁾，遗徽余烈⁽¹⁴⁾，自揆无似⁽¹⁵⁾不能显大，而墓碑』至今无辞以刻，以桓累世⁽¹⁶⁾通家函状来请为文，以勖其子孙而传于无穷。桓迫于平生之旧⁽¹⁷⁾，不敢以不文辞，谨撰次⁽¹⁸⁾。府君官世行治⁽¹⁹⁾始卒，序而铭焉。序曰：府君讳福升，字锡三，隶汉军镶黄旗，为金州望族⁽²⁰⁾。烈考⁽²¹⁾讳』邦鼎，户部山西司郎中⁽²²⁾，妣刘氏，子四，福升、培厚、培昌、培和，府君其长也。德配⁽²³⁾夫人夏氏，贤而无出，遵府君遗命，以培和公之子传绂，承继重宗祀⁽²⁴⁾也。户部公筮仕⁽²⁵⁾京师时，每年渐高，不便迎养，府君遂奉重闱⁽²⁶⁾两太』夫人，在籍侍奉，曲尽孝道，户部公得以壹意供职，无内顾忧。府君幼而歧嶷⁽²⁷⁾，天性肫笃⁽²⁸⁾，一门孝友⁽²⁹⁾，人无间言⁽³⁰⁾。既冠，英武迈群⁽³¹⁾，擅长骑射，以行伍起家，由校佐积功累迁至专阃。值叔世⁽³²⁾多难，尽瘁国事者，垂四十年，』遗大投艰⁽³³⁾，卓有树立。先是同治戊辰⁽³⁴⁾，桓先大夫荣禄公⁽³⁵⁾，以进士拣发⁽³⁶⁾奉天，权金州厅篆⁽³⁷⁾，时户部公方居珂里⁽³⁸⁾，冠盖相望⁽³⁹⁾，声名赫奕⁽⁴⁰⁾。府君诸昆季亦复翱翔云路⁽⁴¹⁾，济美⁽⁴²⁾凤毛，一时有"阎半城"之誉。先大夫与府君乔梓⁽⁴³⁾』订交，乃自此始。迨光绪庚寅⁽⁴⁴⁾，先大夫真除⁽⁴⁵⁾金州，重临旧治，府君方任金州佐领，军政民治，相得益彰。桓与先兄度支⁽⁴⁶⁾公楫，年方弱冠⁽⁴⁷⁾，随任侍读，府君偕诸昆季折节⁽⁴⁸⁾忘年，与桓兄弟结纪羣之契⁽⁴⁹⁾，而户部公已不及』见矣。高习恬⁽⁵⁰⁾者，水寇也，性剽悍，据貔子窝，纠众刦掠，为地方患。官军屡剿，弗能平大府⁽⁵¹⁾耳。府君能名檄往痛剿，府君性仁厚，恐玉石之俱焚也，乃单骑蹈贼穴，晓以大义。高匪惮府君威，率众诈降，乘间宵遁，余党』分别剿抚，不旬日告肃清，以功擢署金州水师营右翼协领。水师营为旅顺要塞，长城之寄，时人方之檀道济⁽⁵²⁾云。甲午之役，府君与先大夫共患难，危急时，羽书⁽⁵³⁾断绝，各防军⁽⁵⁴⁾皆散走。先大夫率先兄登城守陴⁽⁵⁵⁾，流』弹伤足，晕仆，誓以身殉。左右勉扶出，乃赴省，待罪。府君则慎固封守，扫难披艰，备历忧勤，心力俱瘁。乙未⁽⁵⁶⁾三月，和议告成，擢署金州左翼协领，兼摄十二旗佐领事，绸缪善后，兵民以安。丙申⁽⁵⁷⁾署理金州副都统，府』君以责任愈重，报称愈难，坐镇岩疆，力谋固圉⁽⁵⁸⁾。俄人觊觎⁽⁵⁹⁾旅大日久，于庚子年⁽⁶⁰⁾七月，假⁽⁶¹⁾租借口岸，画界纠纷寻衅，称兵拥府君以行幽于南山，继复由旅顺载往萨哈连岛⁽⁶²⁾禁锢，以逞其恫吓要挟之惯技。府君不』挠不屈，履险如夷⁽⁶³⁾，置生死于度外，俄人咸敬畏之。辛丑⁽⁶⁴⁾事解，获庆生还。其艰苦卓绝之操，足以风当世焉。呜呼，府君以珪璋⁽⁶⁵⁾特达之才，诞诗礼名门，孝于家、忠于国，恩谊周戚族，德惠徧⁽⁶⁶⁾闾阎，使遭际⁽⁶⁷⁾盛明，克抒伟』抱，其功业当未可量，乃天不厌乱，疆圉多故，祸变迭乘，府君蹈难履危，乘机应会，不畏义死，不荣幸生，临大节凛然而不可夺，所谓铁中铮铮者，非欤？！府君家素封⁽⁶⁸⁾，居恒里鄽⁽⁶⁹⁾之贫乏者，辄矜恤⁽⁷⁰⁾之，凶年⁽⁷¹⁾施济尤不』遗余力。乱后，饷源奇绌，拊循⁽⁷²⁾饥卒，恒捐廉或毁家以助，无德色⁽⁷³⁾无大言，宜乎？世德⁽⁷⁴⁾绵延，永永勿替，而父老妇孺，缅怀遗泽，犹啧啧称道⁽⁷⁵⁾，弗衰也。光绪三十三年丁未九月十三日⁽⁷⁶⁾以积劳卒官，享年六十有五，其年』十一月十五日⁽⁷⁷⁾归葬于金州北屏山之阳，宣统元年己酉三月二十四日⁽⁷⁸⁾夏夫人祔焉。嗣子⁽⁷⁹⁾传绂能读父书而世其家⁽⁸⁰⁾，方进用于时，其所以荣其亲者，正未知其止也。乃为铭，曰：』维斗⁽⁸¹⁾垂精，维枢⁽⁸¹⁾播灵。以挺英儁，应运而生。幼习鲤庭⁽⁸²⁾，兄弟既翕⁽⁸³⁾。壮裕龙韬，不可一世。柳营⁽⁸⁴⁾试马，挽百石强⁽⁸⁵⁾。弱冠知名，我武维扬。或神或专，屡值奇变。攻牢保危，大功克建。小丑跳梁，亲往贼巢。单骑奏绩，卒格有苗⁽⁸⁶⁾。』要塞驻屯，有为有守。以御外侮，大节不苟。强邻拘怨⁽⁸⁷⁾，危及厥躬。祸福不计，古大臣风。讲武修文，畏威怀德。一身兼之，是为后哲。凤鸣扬羽⁽⁸⁸⁾，龙升见鳞。功在岩邑⁽⁸⁹⁾，泽被里民。猗欤休哉，国人曰贤。惟善有后，于万斯年。』

石工金州李永安』

【碑考】

《清故武显将军署理金州副都统阎公神道碑》原立在金州城北平山麓阎福升墓地。阎福升死后三十年，即1937年由阎福升的继子当时任伪满洲国吉林省长阎传绂所立。五十年代，该碑与墓俱被毁，现仅存拓本。拓本纵145厘米、横45厘米，由谈国桓撰文，宝熙书丹，袁金凯篆额（额不存）。该碑文18行、满行80字，阴刻小楷。

据碑文介绍，阎福升（1841～1907），字锡三，本名培元，兄弟四人，父邦鼎，官至户部陕西郎中，隶汉军镶黄旗籍。夫人夏氏，无子，过继阎福升四弟培和之子传绂为后。阎氏家族，为金州名门望族，有"阎半城"之称。

阎福升擅长骑射，以行伍起家，早年为校佐，光绪庚寅（1890）任金州佐领，在剿灭高习恬起义中，因单骑赴敌营劝降，因功擢署金州水师营右翼协领。高希恬见注释(50)。金州甲午战争中，"慎固封守，扫难披艰，备历忧勤，心力俱瘁"。1895年署金州左翼协领兼摄十二旗佐领事。1896年署理金州副都统。此后不久，金州被沙俄租借，金州城成为孤城，且不得驻兵。1900年沙俄以剿义和团运动为借口，占领金州城，并把阎福升等官员劫往南山，后转移至旅顺，并由旅顺押至萨哈连岛（今库页岛），事后释放返回。碑中对阎福升经历的重大历史事件均作了详尽的叙述，就此并对其一生作了评价，"蹈难履危，乘机应会，不畏义死，不荣幸生，临大节凛然而不可夺，所谓铁中铮铮者。"碑中最后部分对阎福升仗义疏财、救困扶贫的事迹也进行了介绍。另外，碑中开始部分对撰文的作者谈国桓父亲谈广庆与阎氏家族成为累世之交的情况也作了一番交代。

阎福升的一生，经历了诸多苦难。清朝末期，金州地区内忧外患，山河破碎，作为在金州署理的最后一任副都统，阎福升亲身见证了高希恬起义、甲午战争、沙俄租借旅大、沙俄占领金州城等重大历史事件，这正是反映了那个不堪回首黑暗年代的缩影。

阎福升墨迹

以前，我们对阎福升的认识或是模棱两可或是一知半解，此碑可以说给予了我们清晰的印象，这对研究金州清末地方史乃至东北史都具有重要的参考价值。

但是碑中并没有说明阎福升被沙俄释放后的情况，这不能不说是个缺憾。据本人掌握点滴资料：由于金州城被沙俄占领，金州城"自治"已名存实亡，清朝把金州副都统迁至沈阳，以"金州副都统办事处"名义继续行使副都统的权力，因而，阎福升在释放后并没有回到金州城，而是在沈阳城内"办事处"上任，最后死在任上。金州博物馆藏有阎福升在奉天（今沈阳）官寓内写的唐朝诗人岑参墨迹诗，时间为乙巳年（1905）。

阎传绂（1894~1962）：字绋韬，号稻农，满族，金州城内人，伪满洲国大臣，出身宦官世家。祖父阎邦鼎为清朝户部郎中，父亲阎培和，任正黄旗骁骑校，养父阎福升任金州左翼协领兼摄十二旗佐领并署理金州副都统。阎传绂出生于1894年7月4日，1901年入家塾读书，1905年10月入金州公学堂南金书院，1911年入日本宫城县立仙台第一中学校，1917年9月入日本仙台第二高等学校第一部德法科，1920年9月入日本东京帝国大学经济部经济学科，1923年4月获经济学士称号。1923年5月在南满州铁道株式会社任调查职员，旋被聘任大连中华青年会副会长，1924年在满铁改任关东厅嘱托，1928年11月选为大连市会议员，1932年任伪奉天省政府咨议，不久任伪奉天商埠局总办，1935年任伪满滨江省长兼任伪满北满特别区行政长官，1937年改任伪满吉林省长，1942年任伪满司法部大臣，1945年被押入苏联境内赤塔囚禁，1950年押解回国，病死于抚顺战犯管理所。

附：

1.诗：

　　鸡鸣紫陌曙光寒，莺啭皇州春逐阑。金阙晓钟开万户，玉阶仙杖拥千官。

　　花迎剑佩星初落，柳拂旌旗露未干。独有凤凰池上客，阳春一曲和谐难。

　　少在乙巳桃月下澣书于奉天办公寓次以应馨廪仁兄大人雅正　金州都护屏山福升　[印]

这首诗的作者是唐朝诗人岑参所作的《奉和中书舍人贾至早朝大明宫》诗，翻译出来的意思是：

五更鸡鸣，京都路上曙光略带微寒；黄莺鸣啭，长安城里已是春意阑珊。望楼晓钟响过，宫殿千门都已打开；玉阶前仪仗林立，簇拥上朝的官员。启明星初落，花径迎来佩剑的侍卫；柳条轻拂着旌旗，一滴滴露珠未干。唯有凤池中书舍人贾至，写诗称赞；他的诗是曲阳春白雪，要和唱太难。

2. 阎福升故居：位于金州城拥政街道建民街，始建于清道光年间。三进院，房屋达 60 余间，除正门稍偏东外，整个建筑群以二道门为中轴，形成东西对称的布局。其故居由正厅、前厅、侧厅、厢房、套房、门房、影壁等组成，硬山式建筑格式，具有北方封建官邸的独特风格，是北方建筑的典型代表。民国时期，后院、花园改建，与第三进房屋隔开。1947 年辟为金州三八学校。2000 年，在金州旧城改造中，除前厅外，余皆拆毁，夷为平地。现存的前厅也已自 2006 年 6 月，重新修缮一新。

【碑文注释】

（1）武显将军：官名，金置。原称显武将军，元明沿袭，清改为武显，为武职，秩从二品封阶。　　（2）署理：清朝官吏制度，官府遇到官公出不久即回者，委任衔职相当的人代为办事，称为署理。由原属官员暂护官印代办，称为护理。金州副都统，参阅《重修朝阳寺碑记》碑注释（38）。　　（3）神道：墓道。　　（4）谈国桓：谈广庆之子。　　（5）宝熙：生卒年不详。字瑞臣，号沉庵，又号长白山人。满洲正蓝旗人，清宗室。光绪十八年（1892）进士。历任编修、侍读、国子监祭酒等。民国后，任总统府顾问。1930 年后，来大连卖字为业，1932 年伪满成立，先后任参议府参议、宫内顾问等职务。工书法，善诗。　　（6）袁金铠（1870～1947）：字洁珊，又字兆庸，晚号庸庐，辽阳人，沈阳萃生属员肆业。参阅《王永江墓志铭》简介。　　（7）仞（rèn 音刃）：古时长度单位，一仞合七尺，另一说合八尺。　　（8）积之厚，流之长：语出自于《大戴礼·礼三本》："所以别积厚者流泽光"之句，改句最后一字"光"而成，谓根基深厚，则影响长远。积，通"绩"字，功业。（9）应期：当时那个时期。应，实时。名世：闻名于当时。　　（10）伪康德四年：1937 年。伪康德，伪满洲国年号。　　（11）阎传绂（1894～1962）：字纫韬，号稻农，满族，金州城内人，参阅碑文简介。　　（12）皇考：对亡父的尊称。　　（13）府君：源自于汉魏时对太守的尊称。自唐代后，不论爵秩，碑板通称男性死者为府君。这里用以专指阎福升。　　（14）遗徽余烈：遗留下来的众多美好功业。　　（15）揆（kuí 音奎）：推测揣度。无似：无比。　　（16）累世：历代。　　（17）旧：故交。旧谊。　　（18）撰次：编集，编排的次序。　　（19）行治：地方官署所在地。行，官阶高而所理职低者称行。　　（20）望族：有声势的世家豪族。　　（21）烈考：对已故先人的美称。　　（22）户部郎中：官名，主管户口垦田等事务。　　（23）德配：德行堪与匹配。　　（24）承继：承接，承袭。宗祀：庙祭，这里用以对祭祀祖宗的统称。　　（25）筮（shì 音是）任：古人将出去作官，先占吉凶，称为筮任。后遂称入官为筮任。　　（26）重闱（chóng wéi 音虫韦）：指祖父母。　　（27）岐嶷（qí nì 音旗逆）：形容幼年聪慧。见《王永江墓志铭》解释。　　（28）肫（zhūn 音谆）笃：诚实厚道。　　（29）孝友：指孝顺父母与友爱兄弟。《诗·小雅·六月》："侯谁在矣，张仲孝友。"　　（30）间（xián 音弦）言：闲言碎语，说三道四。间，通"闲"字。　　（31）迈群：超众，不一般。迈，超过，超越。　　（32）叔世：衰乱的时代。　　（33）遗大投艰：赋予重大艰难之任。《书·大诰》："予造天役，遗大投艰于朕身。"　　（34）同治戊辰：同治七年，1868 年。（35）荣禄公：指谈广庆。介绍见《王永江墓志》。荣禄，官职和俸禄。先大夫：对已故而又作官的父亲或祖父的尊称。此处指父亲。　　（36）拣发：清制，各省督抚因本省人员不敷差遣，得奏请于候选人员中，拣选人地相宜者，分发若干员，归该省委用，谓之拣发。　　（37）权：唐代以后称代理，摄守官职为权。篆：官印。（38）珂（kē 音棵）里：对别人乡里的尊称。　　（39）冠盖相望：指官吏或仕宦的人，一路上前后不绝。冠，礼帽。盖，车盖，官吏的车乘，借指官吏。　　（40）赫奕：显赫，盛大。　　（41）云路：犹言青云之路，喻宦途。（42）济美：继承祖先或先人的业绩。　　（43）乔梓：古代用以代称父子。乔、梓，均为两种树木名。　　（44）光绪庚寅：光绪十六年（1890）　　（45）真除：古时官吏试守期满，拜授实职，称为真除。　　（46）度支：官名，掌管全国财赋的统计和支调，故名度支。汉魏时始置，历代因袭，清末改户部为度支部。　　（47）弱冠：二十岁成年男人。《礼·曲礼（上）》："二十曰弱，冠。"后用来称年少为弱冠。　　（48）昆季：兄弟，长者为昆，幼者为季。折节：屈己之下，降低身份。　　（49）纪群之契：亦称纪群之交，对累世之交的称呼。出自于《三国志·魏·陈群传》："鲁国孔融高才倨傲，年在纪群之间。先与纪友，后与群近交，更为纪拜，由是显名。"纪为陈群之父。契，投合。　　（50）高习恬：亦作"高希田"，貔子窝（今普兰店皮口）人，清朝同治初年，高习恬之父高进文被当地周姓土豪刺伤毙命，高习恬禀官不究，便聚众复仇，不久遂抗拒官府，扯起起义的大旗。后清廷调集奉天省旗兵和山东登州、旅顺战船，捕捉高习恬。高习恬从海洋岛逃亡大东沟，与宋三好等汇集，继续抗击清军。同治年间被镇压。　　（51）大府：高级官吏。　　（52）方：等同。檀道济（？～

436）：南朝时期宋将领，高平金乡（今山东境内）人。世居京口（今江苏镇江）。东晋末从刘裕攻后秦，为前锋。入洛阳，西进长安，屡立战功。元嘉八年（431）攻魏，粮尽退兵，敌人不敢追。未几，进司空，镇寻阳（今江西九江）。文帝时以其前朝重臣，诸子皆善战，忌而杀之。被杀时，他投帻于地，怒曰："乃坏汝万里长城！"　（53）羽书：军事文书，插鸟羽以示紧急。《后汉书·西羌传论》："烧陵园，剽城市，伤败踵系羽书日闻。"注"羽书，即檄书也。《魏武奏事》曰：'边有警急，即插羽以示急也。'"　（54）防军：清朝时在八旗兵、绿营兵外另行招募成营的军队，其士兵称"勇"，以与原有的"兵"有别。　（55）埤（pǐ 音啤）：女墙，即城墙上面呈凹凸形状的小墙。　（56）乙未：指光绪二十一年，公元1895年。　（57）丙申：指光绪二十二年（1896）　（58）固圉（yǔ 音宇）：稳固边境。圉，边境。　（59）觊觎（jì yú 音记余）：非分的冀希或希图。觊，希冀，希图。觎，希望得到（不应得到的东西），指非分之想。　（60）庚子年：1900年。　（61）假：借，租借。（62）萨哈连岛：亦称"萨哈林岛"，即今之库页岛。　（63）夷：平坦，平地。　（64）辛丑：1901年。（65）珪（guī 音圭）璋：珪与璋皆为古代大臣上朝时所执笏板，大多用玉、象牙制成，用于记事等，比较珍贵。这里比喻阎福升之美德。　（66）徧：同"遍"字。　（67）遭际：犹遭遇，指生活中的经历。　（68）素封：无官爵封邑而拥有资财的富人。《史记·货殖穿》："今有无秩禄之奉、爵邑之人，而乐与之比者，命曰'素封'。"素，空。　（69）居恒：平时，日常。里鄹（dǎng）：邻里。鄹，同"党"字。　（70）矜（jīn 音金）恤：怜惜。矜，怜悯。　（71）凶年：荒年。　（72）拊循：抚慰，安抚。　（73）德色：自以为有恩于人而形于颜色。(74)世德：世代留传的功德。　（75）啧啧称道：一片赞扬叫好的声音。啧啧，形容说话声。　（76）光绪三十三年丁未九月十三日：1907年10月19日。　（77）十一月十五日：12月19日。　（78）宣统元年己酉三月二十四日：1909年5月13日。　（79）嗣子：旧时无子而以他人之子为嗣，多以近支兄弟之子为之。（80）世其家：继承家业。世，继承。　（81）斗枢：星名，均指北斗星。枢，为北斗星中第一星。　（82）鲤庭：子承父训为鲤庭，出自于《论语·季氏》："（孔子）当独立，鲤趋而过庭，曰：'学诗乎？'对曰：'未也。''不学诗，无以言。'鲤退而学诗。"鲤，孔子之子。　（83）兄弟既翕（xī 音西）：兄弟之间感情都很融洽。既，尽，都。翕，聚，合，此处指和睦之意。　（84）柳营：即细柳营。西汉大将周亚夫屯兵处。周亚夫带兵以军纪严明著称。细柳营，古地名，今陕西咸阳西南。　（85）挽百石（dàn 音旦）强：拉一百石强弓。石，重量单位，一百二十斤为一石。　（86）苗：后代。　（87）构怨：结怨。　（88）凤鸣扬羽：比喻才能高的人得到施展机会。这里暗喻阎福升。　（89）岩邑：险要的都邑。

9. 王希忠墓碑

伪康德十一年（1944）

【碑阳】

康德十一年四月十二日百日　　　　　立

　　　　考　公　讳　讳　希　忠

故　显　　王　　　　　　　　之　墓

　　　妣　门　郑　妣　太　君

男⁽¹⁾国清　孙学士成　曾孙文福生　和文章　敬立

【碑阴】

夫处世以勤俭为本，辅之以和睦。理家以孝悌为先，继之以忠厚。人生若此，方不『愧为老成⁽²⁾奇伟人也。

吾乡有王公讳希忠者,生于前清同治庚午之夏五[3],殁[4]于满』洲康德甲申之春正[5]。其为人也,务农一生,克勤克俭,及其殁也,桂兰不谖[6]其德,嘱』予作序,以志其迹。吾尝稽其生平所为,洵[7]有可表彰而为后昆[8]法者,其少也,兢兢』业业,陇亩经行,祗晓勤俭以治家,未尝浪掷。孝友[9]本笃于天性,首重彝伦[10],室虽磬[11],』悬指囷[12]之念,恒有衣。虽鹑结麦舟[13]之助常存,以此桑梓[14]钦其诚笃[15],戚里羡其忠勤,』遂定婚于郑氏,同赞贤淑。知行出自天然,悉敦道范,其壮也,家道渐裕,既恤孤而』怜贫,解纷排难,既睦族而睦乡。其老也,金钱富有,囊橐[16]充裕,土地膏沃,阡陌[17]云连,』丹桂[18]承欢于膝下,芳兰含饴于堂前,晨昏点领,其乐昷极。讵知天理难测,人寿难』期,老成凋谢,同惜乔木之萎,贻厥嘉猷[19],咸叹椿树之凋,吾故述其陈迹,以为伊嗣』之法程[20],叙其功德,以作后昆之典式[21],勒诸贞珉,欲流芳于百世,刊于碣石,存祖豆』于千秋。是为序。』

【碑文简介】

伪康德十一年(1944)立,汉白玉。1994年出土于金州城内。碑呈长方形,上端略抹两角。高118厘米、宽49厘米、厚11厘米。碑阳由立碑时间、墓主姓名、立碑人等组成,竖三行,阴文楷书。边文饰为拂尘、龙头寿杖、如意、珊瑚等。碑阴为正文,12行、满行31字,阴刻楷书,无纹饰。该碑记述了王希忠(1870～1944)勤俭持家、忠厚老成、和睦乡邻及为乡亲排忧解难救助孤贫之事。碑名虽然为王希忠与其妻子郑太君之墓,但碑中内容主要叙述王希忠一生的功德,涉及到郑太君的内容并没有多少。该碑现存放在金州博物馆。

【碑文注释】

(1)男:儿子对父母的自称。 (2)老成:年高有德。这里指有声望。 (3)同治庚午:同治九年,公元1870年。夏五:农历五月。 (4)殁(mo 音磨):死,终。殁,同"歾"字。 (5)伪康德甲申:公元1944年。春正:农历正月。 (6)谖(xuān 音宣):忘记。 (7)洵(xún 音旬):实在,诚然。 (8)后昆:后代子孙。 (9)孝友:孝顺父母和友爱兄弟。 (10)彝伦:天地人之常道。 (11)磬(qìng 音庆):空;尽。磬,同"馨"字。 (12)指囷(tún 音屯):亦作"指困(qún 音群)",语出《三国志·吴·鲁肃传》:"周瑜为居巢长,将数百人故过候肃,并求资粮,肃家有两囷米,各三千斛。肃乃指一囷与周瑜。"后用来比喻慷慨资助朋友。囷、困,均为粮仓之意。 (13)鹑结:即"鹑衣百结"的简称,比喻衣服破旧。麦舟:语出惠洪《冷斋夜话》卷十载:"宋范仲淹之子纯仁从姑苏运麦,船过丹阳,遇石延年无钱归葬亲人,纯仁即以全船麦赠之。"后把"麦舟"代称赠物相助。 (14)桑梓:本为两种树木,旧时常常栽在房前屋后,后来以此来比喻故乡。(15)诚笃:忠厚老实。 (16)囊橐:富于才学的人称为囊橐。 (17)阡陌:田界。 (18)丹桂:旧时比喻科举及第的人。 (19)贻(yí 音遗)厥:也作"诒厥",语出《书·五子之歌》:"有典有则,贻厥子孙。"后以"贻厥"为子孙的代称。贻,遗留给。厥,犹"其"。猷:发语词,无意。 (20)法程:法则,法式。 (21)典式:范例,模范。

10. 金州城北三里庄塔碑文

民国年间

【碑文】

碑文』

金州城北三里庄[1],其西北山麓旧有古塔一座,迄今代远年湮[2],渐就』坍塌。乡人曰:"向传[3]《堪舆[4]》言'谓此塔能压除一方凶煞',吾辈宁可任其』圯毁[5]乎?"于斯,敛资重修,原系高僧之墓,週[7]视其观,惟一"记"字。然其磁[8]』甚古,而年代不传,亦一憾事也。惟经此一修,始悉曩昔之名称,乃以』讹传耳。今当工程告竣,睹形状虽无玲珑之式,宛具[9]巍峨之观。爰勒』贞珉,以表其镇压之麻[10],而志其默佑之灵云。』

　　李廷运撰』杜正卿书』发起人□□老尔 韩鸿家 王德盛 王 准』民国□□年八月谷旦』

【碑考】

　　该碑刻为蓝灰色石灰石,高 90 厘米、宽 35 厘米、厚 14 厘米,上端略抹两角。碑文 11 行、满行 26 字,阴文楷书,周边无纹饰。碑阴无字。碑文叙述了此次修复金州城北三里庄古塔的经过,同时对古塔进行了考证,为某高僧墓塔。该塔碑是 1986 年由金州博物馆刘长源同志从原地(今北三里第八中学校附近)托运回来的,当时人们称其塔为"古塔",但塔已毁,仅存该碑。碑左下角略缺。

　　在金州北三里庄过去有一镇妖塔,碑文中称"此塔能压除一方凶煞",说的就是此塔。但在孙宝田《旅大文献征存·名胜古迹》中有"狗塔"的记载并附以传说故事:

　　"在金州城西北五里义地旁,相传某岁清明节,有人携犬至坟祭扫,因疲睡于墓旁。值磷火燎原,延及身边。犬睹状,急向主人狂吠,而主人酣睡不醒。墓前有水一泓,犬跃水中,躯毛淋漓,跑至主人身边,以躯滚地,使泥草浸渍,冀免火厄,如是者数次。主人惊醒,犬劳力过剧,旋毙。主人感其义,瘗于此,筑以砖塔,土人呼为狗塔。"孙宝田记载中所说的"狗塔"与上述碑文所记载的"古塔"、"镇妖塔",是否就是指同一座塔呢? 答案是肯定的。根据有三:

　　一是孙宝田所说的"狗塔"在"金州城西北五里义地旁",而碑文中记录的位于"金州城北三里庄,其西北山麓",二者均指同一地方。"金州城西北五里"与"三里庄西北山麓"在方位上相同,且在里程上也大致差不多。该塔附近有很多古墓,与孙宝田所说的"义地旁"意思相同。二是在古金州城北附近包括三里庄在内的地区,仅存这一座小塔,没有其他别的塔存在。三是"狗塔"与"古塔"在读音上有惊人的相似,"狗"与"古"谐音。

　　根据碑文可知,该塔原系为高僧墓塔,当地百姓一直把它视为镇妖塔,因此,孙宝田"狗塔"仅仅是一个传说而已,与狗无关。那么,怎么会出现和尚的墓呢? 难道这里曾经有庙吗?

　　三里庄确确实实存在着一座庙,金州博物馆在六十年代曾进行过调查,具体位置在今原三里庄合作社,然而其名称、年代,可能是一个永久之谜了,当然,现在连古塔的形状也随之成为历史的谜团了。

【碑文注释】

　　(1)庄:即"庄"字。　(2)代远年湮:年代久远逐渐湮没。　(3)向传:过去相传。　(4)堪舆:天地的总名。这里指风水家。　(5)圮(qǐ 音乞)毁:毁坏,坍塌。圮,作者笔误,应为"圮(pǐ 音匹)"字。(6)于斯:于是。斯,刻者口误,"斯"与"是"不分,应为"是"字。　(7)週:同"周"字。　(8)磁:刻者笔误,应是"兹"字。　(9)宛具:好像具备。　(10)麻(xiū):树阴。此处有"保护"之意。

11. 王福清烈士碑文

1951 年

【碑阳】

特等功臣王福清烈士碑

【碑阴】

王福清烈士碑文』

中华民族优秀儿女王福清同志,金县十二区[1]后石灰』窑村人,原在本市粮食公司任汽车司机。为人敦厚,工作积』极。一九五〇年十月响应祖国号召,志愿赴朝,参加抗美』援朝运输工作。今年八月,又参加中国人民志愿军,十月申』请入党。福清同志一贯勇敢机智,忠于职责,发挥高度的』爱国主义与国际主义精神,克服重重困难,胜利完成安全』行走三万三千余公里运输任务,保证前线供给,荣获"特等"』功臣』称号。不幸于一九五一年十月三十一日在朝鲜安』州附近执行任务途中,遇敌机轰炸,壮烈牺牲,享年二十八』岁。依其生前愿望,部队党委追认福清同志为中国共产』党正式党员。噩耗传来,旅大人民同声哀悼,为志烈士』勋业,谨立此碑,以垂千古。』

一九五一年十一月十四日立』

【碑文简介】

王福清烈士墓碑立于金州城北烈士陵园中,碑为雪花石,高 240 厘米,其中碑身高 88 厘米、宽 67 厘米、厚 16.5 厘米。碑正面镌刻着"特等功臣王福清烈士碑"10 个大字,阴文宋体美术字,碑头为五边形,上雕刻着汽车模型,表明烈士的身份为汽车司机。碑阴额头为五角星,下为碑文,14 行、满行23 字,小楷阴文,镌刻烈士的生平和英雄业绩。碑座为阶梯式。

《金县志·人物》载:王福清(1922～1951),大魏家镇后石村唐家屯人。小学毕业后在大连关东街共和汽车修理厂当学徒,学习汽车修理技术,后专职汽车司机。解放后,先后在金县土产公司、金县粮食公司当汽车司机。1950 年 11 月 13 日,因抗美援朝战争爆发,他响应祖国号召,志愿赴朝参加抗美援朝战争的运输工作,第二年参加中国人民志愿军,担任白山汽车团后勤部汽车班长。战争中,他吃苦耐劳,勇挑重担,机智果断,多拉快跑。所驾驶的汽车被称为"夜夜飞",不管是运输枪支弹药还是运输伤兵员和粮食,从未遭受损失。在运送伤员时,处处小心翼翼,缓驶慢行,脱下大衣垫在伤员身下,以减轻伤员的痛苦,多次受到上级领导的表扬和嘉奖。行车途中遇到朝鲜兄弟部队汽车出了故障,主动帮助检修,经他的手帮助检修的汽车达 20 余台次,受到朝鲜部队的多次嘉奖。

王福清忠于职守,克服重重困难保证前线供给,安全行驶 3.3 万多公里,1951 年 7 月 1 日,王福清被授予"特等功臣"的光荣称号。

1951 年 10 月 31 日,王福清率领的车队在完成任务归途中,经过朝鲜安州附近遇到敌机轰炸,为掩护战友和车子,他不顾个人安危,迅速将全班 10 余台汽车隐蔽好,自己未来得及隐蔽,与助手毛振江同时阵亡,享年 29 岁。部队党委依其生前愿望,追认王福清为中国共产党正式党员。1951 年 11 月 14 日,旅大市抗美援朝分会为王福清举行追悼大会,所在部队政治处主任吴万里介绍了王福清生前英雄业绩,同日并将他的遗体安葬在金州烈士陵园内。

1989 年,为表达家乡人民对王福清烈士的怀念之情,大魏家镇政府特在其家乡后石村建设的公园命名为"福清公园",并在公园内树立起一座王福清驾驶汽车方向盘的花岗岩半身石雕像,石雕像底座上刻有著名作家魏巍的亲笔题词和王福清的简历(详见附录)。

王福清是大魏家人民的骄傲,也是金州人民的骄傲!《金县志·人物》、《大连英模谱》、《大连市志·人物志》等都刊载王福清英勇事迹。

【碑文注释】

(1)金县十二区:指当时金县的老虎山区,包括大魏家村、东田村、干岛村、前石灰窑村、石灰窑村、后海村、朱家村、大莲泡村、小莲泡村、荞麦山村、刘家村、七顶山村、徐家村、老虎山村、拉树山村、骚达村共计 16 个村屯。1950 年 8 月 19 日,经旅大市(今大连市)人民政府批准,将金县行政区改以数序称谓,即金州市、一区(南山区)、二区(孤山区)、三区(董家沟区)、四区(玉皇区)、五区(亮甲店区)、六区(登沙河区)、七区(杏树屯区)、八区(华家屯区)、九区(石河区)、十区(三十里堡区)、十一区(二十里堡区)、十二区(老虎山区)等,共计 1 市 12 区。

附：

福清公园半身石雕像座刻词

【碑阳】无私奉献的光荣战士『王福清烈士纪念碑』一九八九年夏　魏巍印』

【碑阴】王福清，生于一九二二年，大魏家镇后石村唐家屯人，『读小学和当汽车修理工时，他勤奋好学，乐于助人，为』邻里称道。一九五〇年底，他自愿报名参加抗美援朝，『翌年八月任白山汽车团后勤处汽车班长，在硝烟弥漫』的运输线上，他忘我抢运弹药，护送伤员，一九五一年』十月三十一日，于完成任务归途中，遇敌机轰炸，为掩』护全班战士而壮烈牺牲，被授予特等功臣，追认『为中共党员。』家乡人民为缅怀王福清之革命业绩，弘扬其』革命主义精神，踊跃集资，树此塑像，以志』后人。

后石村立』公元一九八九年八月』

12. 王天阶墓碑记

1992 年

【碑阳】

山东省蓬莱县大李家庄

故显考妣　王公讳天阶　母石郑太君　之墓

封德徽行术仁艺文

安江睦文疆侠剑

燕英蓉华海淑美杰莉娉阳飞梅月冬淑美晓媛媛波

驷骏骧聪骅

男良　孙慎　曾孙　修　王

【碑阴】

王公墓碑记『乡晚生张本义拜撰　杰贤书丹』

先生讳天阶，字仲生，号南溪，祖籍山东蓬莱，后迁至金州城东，遂占籍焉。先生幼而歧嶷，天性肫笃[1]，且敏而好学，涉猎『诸子百家，芳名超卓金城，为清光绪间贡生。精于书法，当其赴京科考之时，有"字压三省"之誉。先生之诗词，亦『为时人所推重，有诗集十数卷，惜未刊而流佚。先生一生业儒[2]，淡于名利，洵[3]有高士之风。清季，金州为俄人强租，『俄人横征暴敛，民不聊生，光绪戊戌腊月[4]，先生所居之沙家屯、刘家店、大刘家至华严寺、粉皮墙一带，数十『村上万群众起事，反俄抗捐，惨遭血腥镇压，震惊中外。当其时也，先生不顾生死，挺身而出，据理与俄人』交涉，遭俄人忌恨，遂禁锢之。其间，先生不挠不屈，无亏大节，后缘清廷出面，方得生还。其事迹炳彪青』史，至今犹为乡人

王天阶诗稿

称颂。卒于民国二十六年[5]春，归葬于沙家屯南。郑、石二太夫人祔之。越五十五年，政通人和，『百废俱兴，遂有为先生重立墓碑之举，属[6]余为文，是为记。』

公元一九九二年岁在壬申清明敬立』

【碑考】

王公墓即王天阶墓地位于杏树屯沙家与登沙河蔡家小王屯交界处蔡家一田地高丘之阳。这里是王家祖坟之所在。王天阶墓坐北朝南,1992 年重新修复,并立碑。碑为汉白玉,长方形,高 158 厘米、宽 68 厘米、厚 10 厘米,碑阳刻有墓主夫妇之名,上款为墓主祖籍地,落款为墓主后代子孙立碑的姓名等;碑阴是叙述王天阶一生行状碑文。碑座为青石,横 100.5 厘米、纵 59 厘米、高 15 厘米。

王天阶书法墨迹

王天阶,字仲生,号南溪,祖籍山东蓬莱,据考证,王天阶生于 1853 年。《奉天通志·选举五》(卷 158)载:"王天阶,金州厅人,光绪十四年(1888)戊子科优贡生。"当年,主考官在其考卷上评语为"字压三省!"王工书法,精于行、楷,用笔多中锋,结字工整端正,其书法作品在民间广泛流传。王也善诗文,著有大量诗集,可惜,大部分散失,现仅存有《浪吟诗稿》、《浪吟日志稿》、《浪吟日志稿续集》等流传于民间。光绪二十四年沙俄至杏树屯刘家店逼粮,与乡民不合,遂发生了马成魁率众反俄抗捐的斗争。乡绅王天阶见状,甚为不愤,挺身而出,自愿主动为百姓情愿,代表乡民与俄国税官交涉和减缓地税之事,结果被沙俄扣留,导致群情激变,发生流血惨案。《清季外交史料》卷 129 电文载:"二十四,俄员在刘家店追粮又拘民二十余名,二十五,又绑绅士王天阶,限七天收粮完竣。乡民上前哀求,俄带马队八十余名,开枪冲杀,追赶十余里,并枪毙妇女二人。二十六,查点被杀百余人。"惨案发生后,经清政府交涉,王天阶被释放。王天阶的义举,受到后人的交口称赞,名扬千古。

王天阶平时为人谦和,行为与常人不同,其幽默诙谐的故事在当地广泛流传。王天阶平时好穿棉衣戴草帽,南方人不服劲儿。这天来了一个南方才子,他和王天阶先生打了个照面,对王天阶先生说:"穿冬衣戴草帽,糊涂春秋。"天阶说:"住南方走北方,混游四方。"王天阶幽默的回答,使南方才子哑口无言。这位南方才子感慨地说:"哦哈哈。哦哈哈!王先生是真正的才子能人啊!"王天阶考上清朝优贡生,优贡生在清朝分等级,在当年优贡生当中排列第一名,当时清朝官服已经发下来了,准备赴任。但正值王天阶父亲刚刚去世,以孝义闻名辽南的王天阶没有赴任,在家乡为父亲守孝三年,在墓旁打个棚子,后来又为母亲守孝,也没有上任。天阶先生去逝时,官服也随葬。

王天阶的诗在辽南也占有非常重要的地位,著有上千首诗,其中《九日登金州城》被载入《大连历代诗选注》一书中,现载入如下:

九日登金州城

荆棘丛生雉堞荒,登临蒿日感沧桑。人烟萧索经兵燹,官廨倾颓作市场。

几树寒鸦秋色老,一声孤雁客心伤。苍凉晚景凭谁赏,枫叶飞红菊绽黄。

王天阶墓碑碑文 11 行,满行 43 ~ 39 字不等,阴文行草。碑文由中国著名书法家、现任大连图书馆馆长张本义先生撰文,全国著名书法家伦杰贤书丹,情文并茂,堪称一绝。伦杰贤,又名近贤、贤者,号祉兰轩主,祖籍大连金州北三里村人,1950 年 1 月 22 日生于大连市,国家高级美术师。现为中国书法家协会理事,中国书法家协会评审委员会委员,中国书协书法培训中心教授,辽宁书法家协会副主席兼评审主任。现供职于大连画院。

【碑文注释】

(1)肫笃:诚恳老实的样子。　(2)业儒:以学者为职业的人,指有学问的人。　(3)洵:确实,实在。(4)光绪戊戌腊月:公元 1899 年 1 ~ 2 月。光绪戊戌,1898 年。　(5)民国二十六年:公元 1937 年。

（6）属：同"嘱"字。

附：

以文人出身的王天阶，其后人不乏传承王天阶衣钵者，有的名声甚至超过王天阶本人。主要有以下几位：

王良骅　　　王良骅墨迹

王良骅（1910～1985年）：字南山，号佑服，是王天阶最小的儿子。自幼受家教启蒙，后入普兰店公学堂、旅顺师范学堂学习，毕业后任小学教员。1940年至1942年就学于日本东京大学。光复后历任金州于家屯小学、刘家店小学校长。1951年调大连市内学校任教，曾任小学教师培训班教员、大连第九中、二十四中、二十六中中学语文教员，擅长古汉语、佛学、日语、英语。1962年下放回家，1969年下乡回原籍，1979年回城，1984年恢复公职，为大连市第二十六中学离休干部。王良骅一生酷爱教育事业，70多岁时还在金州纺织厂教学，为工程师、干部教日语。王良骅的书法追随其父，父子同称"金州二王"。

王慎仁

王慎仁：1941年生于大连，1963年毕业于鲁迅美术学院，擅长油画创作，曾任本溪师范学校美术讲师，本溪油画协会副主席等职，中国美术家协会辽宁分会会员，后任王慎仁美术馆馆长。主要作品有《家园——1937》、《红绿灯》、《流淌的河》、《千里共婵娟》等，其名声响誉海内外，被编入《中国现代美术家名人大词典》，出版有《王慎仁油画作品精选》一书，并与妻子李健共同组建大连海王建筑设计装饰工程有限公司，任总经理，被授予"全国资深室内建筑师"称号。王慎仁既是油画家也是企业家，多次受到国家领导人的接见。

王慎文

王慎文：1947年9月8日出生于大连金州书香世家。在大连第六中学毕业后，曾在大连油漆厂、大连玻璃厂、大连开发区明星装饰公司工作，后转入大连海王装饰公司工作，2002年退休。王氏擅长诗文创作，与祖父王天阶一脉相承。其诗作很多，多次在期刊、报纸上发表。现选其中一首：

追思祖父（王天阶）大人

浮生正气品德良，一世清名桑梓芳。精湛楷书世罕见，字压三省美名扬。终身授教育学子，桃李飘香传八方。淡逸功名心广阔，教明子弟一秋棠。沙俄侵略占疆土，领导村民保我乡。俄寇骑兵屡闯院，怒呵俄寇硬如铁。五洲动荡风云怒，俄寇蚕食心意凉。怒发儒生愤咏赋，登高九日使人伤。马拖祖父俄兵狼，三里拖昏志气刚。惨受毒刑又火烤，山河保卫志高昂。羁押死狱怀家国，抗议俄人见艳阳。囹圄酷刑节不辱，名留青史万年长。盛京紫禁留书法，紫禁呈书档馆藏。沈阳东陵碑字撰，千秋再现楷书王。书法珍品藏博馆，墨宝诗词渡大洋。乡土志书书数笔，浪吟诗草韵芳香。

——王天阶诞辰150周年（2003年）吟作

王慎艺

王慎艺：1944年生于大连金州，著名油画家，中国美术家协会会员。王慎艺于1987年在鲁迅美术学院油画系研究生班毕业，后又参加法国当代著名画家克劳德·伊维尔油画研究班进修。擅长潜能绘画、油画，也从事雕塑和水墨画创作。曾在二十世纪六十至八十年代创作了一批反映纺织工人的系列油画作品，代表作有《纱厂乳曲》、《午餐》、《纺织姑娘》等，其中《纱厂乳曲》是王慎艺的成名作，获第六届全国美展优秀作品奖，被中国美术馆收藏，该作品曾两次到日本东京展出。1993年3月王慎艺在中国美术馆成功地举办了《王慎艺现代艺术油画展》，1994年参加中日佛教书画艺术首展，后在北京、大连等地先后举办六次个人画展。近年又创作一批西藏题材和潜能绘画的作品，代表作品有《雪域佛光》、《众生吉祥—佛手》、《祈盼》、《圣山净土》等。中央电视台、北京电视台、辽宁电视台、大连电视台等都进行了专题报道，其作品被中国美术馆、美国、日本，台湾等国内外收藏家收藏。

王慎行

王慎行：1930年11月8日生于原普兰店管内杏皮墙会，就读于粉皮墙会第一普通学堂、普兰店公学堂。以文人出身的王慎行一生经历坎坷，曾当过教师、养路工人、煤矿矿工、磷矿采矿工、电机厂工人等，在当养路工人期间，他的左眼因公失明。现退休在家。王慎行虽然眼睛有残疾，生活困苦，除每天耕作外，但仍念念不忘在家中写作，每天在昏暗的灯光下坚持写诗作赋，现诗作已达五千余首，有《浪吟小草》诗集手稿，惜无梓出版。除此以外，王慎行也擅长书法，继承祖父王天阶，以行楷见长。现选其中有关祭奠祖父王天阶的诗作摘录于下：

清 明 祭 祖

〇三癸未入季春,王氏祖墓碑皆存。思念先祖功德重,子孙后代早成荫。

老祖公迹载古今,精湛书法名乾坤。惜之有年多失礼,自恨忍怨未保存。

金乡民歌——浪吟草

忆念先祖当年劳,万卷诗集浪吟草。时至于今多流失,原本书联传世少。

今在花甲日多少,烦琐家务多心操。有心欲承先祖志,盲作金乡浪民草。

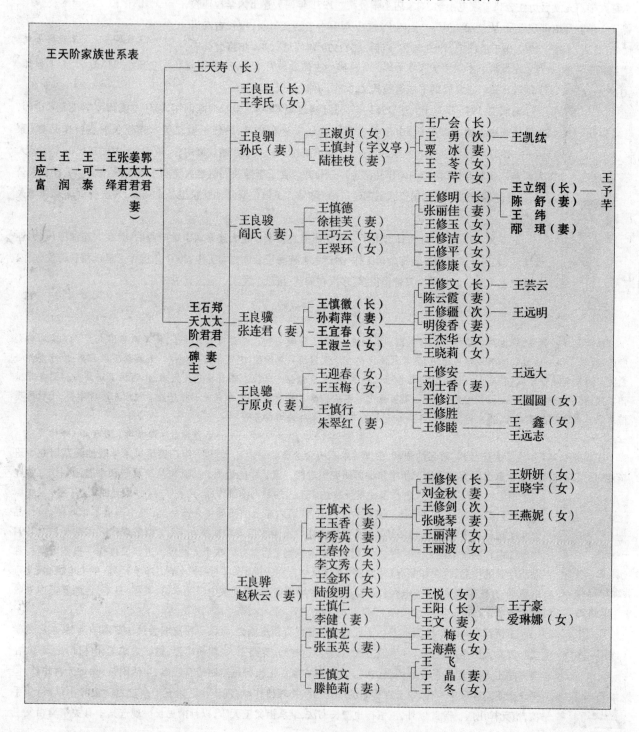

13. 旅顺万忠墓诸碑

1. 清·光绪二十二年(1896)

【碑阳】

　　光绪二十二年十月谷旦

　　　　万 忠 墓

　　　　　　太仓顾元勋题石

【碑阴】

碑额:永垂不朽

光绪甲午十月,日本败盟,旅顺不守,官兵、商民、男妇被难者计一万八百余名』口,忠骸火化,骨灰丛葬于此。

2. 民国十一年(1922 年)

【碑阳】

四明公所

　　中华民国十一年三月十二日

　　　　万 忠 墓 碑

　　　　　　旅顺华商公议会重建

3. 民国三十七年(1948)

【碑阳】

万 忠 墓

【碑阴】

重修万忠墓碑文』

旅顺白玉山东麓万忠墓,即中日甲午战争死难同胞之墓也。满清封建皇朝,专制腐败,招致日寇来侵。是年』十月十日占我金州,二十四日窜进旅顺城内。清军守将各怀异心,皆无斗志,其间英勇战士、抗日人民俱以』身殉。日寇大肆屠杀,历三昼夜,我同胞之死难者凡二万余人。白骨积山,碧血成河。后经孑遗者椑集掩埋,是』即今日之万忠墓。是墓至今已五十五年,当日寇蟠踞时,屡欲掘而平之,卒慑于我旅人民而未果。然而坟邱』颓圮,享殿倾蚀,弗敢葺修。今日寇已被苏军击溃,扫其腥膻解我桎梏,民主政府号召各界人士成立重修万』忠墓委员会,而驻旅苏军司令官,亦极力赞助,会诸委员堪量地势,重新修建。抚今追昔,敌友判然明矣。本年』十月初旬鸠材始工,至十一月下浣事藏工竣,凡死难者之事迹惨状咸刻碑碣永垂不朽。经费由公署拨款』之外,各界人士亦乐捐倘助,共襄盛举。于是,荒芜已久之万忠墓,今乃赫赫然屹于旅市,是墓之重建,不惟民』族之耻得雪,烈士之忠可表,而际兹美帝扶日力图再起之时,尤足警惕我关东人民巩固中苏友谊、确保远东之永久和平云。』

　　　　　　　　　重修万忠墓委员会』中华民国三十七年十一月下浣建修』

4. 1994 年碑文

甲午百年重修万忠墓碑记』

公元一八九四年,岁次甲午,日本挑起战端。十一月二十一日侵入旅顺口,随即开始持续四天之血腥』大屠杀,我无辜同胞罹难者约两万人,老病妇孺亦未能免。翌年春,日军为掩人耳目,将死难尸体集』中火化,丛葬于白玉山东麓。越明年,清官员顾元勋修筑享殿,题石立碑,始称万忠墓。日本殖民统治旅』大四十年间,万忠墓碑石被盗掘藏匿,墓园荒芜,祭扫活动屡遭禁制。直至一九四六年秋,解放桎梏之』旅顺人民方得以首次公祭先烈。一九四八年旅顺民主政府主持重修万忠墓。一九九四年为纪念甲』午战争一百周年,弘扬爱国主义精神,旅顺人民政府再次重修万忠墓。全区二十一万民众竞相捐资,』海内外各界热心助援。是年清明节,清理死难同胞遗骨遗物,隆重入殓移葬,继而修墓建馆,拓展陵园,』遂使当年屠城铁证昭然天下,先烈忠魂安息九泉。值兹百年大祭,刊石记之,以告慰英灵,并警示后人,』居安思危,勿忘国耻,强国富民,振兴中华。』

中国共产党大连市旅顺口区委员会』大连市旅顺口区人民政府』公元一九九四年十一月二十一日』

【碑考】

清光绪二十二年(1896)之碑,高140厘米、宽54厘米、厚16厘米,正面"万忠墓"三个大字,为双线勾勒,两侧阴刻立碑的时间和题石的名字。碑阴阴刻日军的暴行和旅顺大屠杀罹难中国同胞的人数等。该碑为江苏太仓人清廷候补直隶知州顾元勋亲书,旅顺死难同胞遇难二周年所立。

民国十一年(1922)碑,高144厘米、宽64.5厘米、厚16.5厘米,红褐色沙岩,正面阴刻"万忠墓碑"四个大字,两侧阴刻立碑的时间和立碑人小字,碑额阴刻"四明公所"四字,碑边平刻卷云纹。碑阴无字。该碑是当时任旅顺华商公议会会长陶旭亭、议员孟魁三等人发起,在墓前所树立,上书"万忠墓碑"四个大字,由该会文书金纯良(旅顺人,字弼臣)所书。

民国三十七年(1948)所立之碑,碑样设计者竟是日本籍工程师矢口浩,很有讽刺意味。"万忠墓"三字,阴刻楷书,为当地书法家刘洪龄(大连甘井子区营城子人,字梦九)所书,时任旅顺市文教局局长金纯泰撰写碑文,记述了旅顺大屠杀事件和重修万忠墓的经过。

1994年之碑为塔状,塔帽高40厘米、横130厘米、纵35厘米,碑身高200厘米、宽90厘米、厚25厘米,碑座为二层台,高68厘米。整个碑料为汉白玉。碑文由旅顺博物馆副馆长韩行芳撰文,彭过春书写。

【诸碑的由来】

旅顺万忠墓位于大连市旅顺口区白玉山东麓,九三路北侧,是1894年中日甲午战争中遭日军屠杀的旅顺人民丛葬墓地。一座墓地竟然立四通碑,各碑所立的时间各不相同,为什么会出现这种情况呢?事情还得从头说起。

1894年,日本趁朝鲜东学党起义,出兵侵略朝鲜,并于7月对清朝海陆军发动突然袭击,中日甲午战争爆发。9月清陆海军在平壤战役和黄海战役中受挫;10月日本分陆海两路进攻中国东北。10月24日,日军第二军在大连庄河境内花园口登陆,接连占领貔子窝、金州、大连湾,11月17日进犯旅顺。11月21日,驻守旅顺的清军败北,日军攻占旅顺,接着对旅顺人民进行了连续4天的大屠杀,可怜我2万多名手无寸铁无辜同胞死于日寇屠刀之下。这就是中国近代史上著名的"旅顺大屠杀"事件,这是日本对中国人民的第一次大屠杀事件。

1895年2月日军成立"军事善后委员会",捕抓中国人组成抬尸队,把中国死难同胞的尸体集中于岭南花沟等地焚化,日军将我两万余被害者尸体陆续集中起来,浇油焚烧,将残骨埋葬于白玉山东麓。日军将尸骨埋作三盔坟,为掩人耳目,以混淆视听,坟前立一木桩,上书"清国将士阵亡之墓",借以欺骗世人,掩饰屠杀焚烧包括妇女儿童在内的平民和俘房的罪行。然而,粉饰的坟墓岂能掩盖血染的事实,深知其情的中国人称其为"万人坑"或"万人坟",这就是后来的"万忠墓"。1895年11月,清政府委派直隶候补道员顾元勋接收旅顺后,就着手修建万忠墓。先将日本人所立木牌除去,就地挖掘墓圹,将骨灰重新落葬,墓穴覆以石条,四周砌以青砖,积成坟冢,并亲书"万忠墓"3字,刻石立碑于墓前,这就是第一通万忠墓的由来。

1905年,日本战胜沙俄后,二次侵入旅顺口。东山再起的日本侵略军,深知万忠墓之利害,唯恐它会激起中国人民的民族仇恨,妄图毁而废之。于是,暗中派人将"万忠墓"碑盗走,砌在一家医院的墙基里。从此,万忠墓失去了标志,成为一片荒野草地。然而,旅顺人民心中的墓碑并非人为地可以抹掉。1922年,旅顺华商公议会会长陶旭亭、议员孟魁三等人发起重修万忠墓的募捐活动。百姓有钱出钱,无钱出力,再次在万忠墓前树立起一块石碑,书"万忠墓碑"四字,并在已荒芜的墓地前建立起三间享殿,民间的祭奠活动又悄然兴起。墓碑的树立受到日本人的责难,旅顺警察署派人到华商公议会诘问:"四明公所"为何意?金纯良回答道:"一为士农工商公众死者埋葬地,二为四方人士皆知之地。"后因日本人的刁难,会长陶旭亭只好将"四明公所"四字用水泥涂盖。这就是第二通万忠墓碑的由来。

1931年"九一八"前夕,在日本侵占东三省的叫嚣中,日本旅顺民政署长坂东蠢蠢欲动,企图毁坟灭迹,未逞。但随着东三省的沦陷,坂东有恃无恐,催告旅顺商会会长潘修海,强行要求把万忠墓迁出市内。消息一经传出,各界反响强烈。商会公推潘修海等人为代表,从当年秋天至翌年春上,奔波于民政署,与坂东等人进行交涉。在旅顺各界的支持下,潘等人仗义执言:"万忠墓可移,而表忠塔(日本战胜沙俄侵占旅顺后修的纪念塔,现称白玉山塔)亦可移!""白玉山的纳骨祠(日本军人墓)搬不搬?纳骨祠不搬,万忠墓就不能搬!"慑于旅顺民众的强烈义愤,面对潘修海等人崇高的民族气节,坂东理屈词穷,时而敷衍,时而搪塞,只好作了让步。即便如此,一个名叫村上的日本人仍不甘心,他在万忠墓周围圈上了铁丝网,内栽果树,企图逐步占地毁墓,因民众多次抗议方才作罢。

1945年8月日本投降,苏军进驻旅顺。翌年10月25日,旅顺市各界人民在旅顺市政府组织下,于万忠墓前召开首次祭祀活动。1948年,一位苏军军官不谙中国习俗,只见万忠墓有幢闲房,想改为住宅,进入院中仔细察看,发现墓冢土丘已被掘平,露出石条,前立一石碑,立即报告政府。旅顺市政府决定重修万忠墓,并成立重修万忠墓委员会,由旅顺市市长孔祥林任主任委员,文教局长金纯泰、建设局副局长为副主任委员。驻地苏军司令官专门将军事用地划出400余平方米来作为万忠墓用地。在这次修建万忠墓过程中,在日本旅顺医院旧址找到了被日本藏匿的顾元勋所书光绪二十二年碑。1948年12月10日举行落成典礼,旅顺市政府和苏军司令官及市内各界人士和市内各区参加这一隆重典礼,关东公署也派员致祭,这是建万忠墓以来第一次盛大祭奠,并刻了第三通碑。这是民国三十七年碑的由来。

1994年,大连市旅顺口区委、旅顺口区人民政府为祭奠一百年前甲午战争中殉难同胞,经省、市政府批准,决定发动社会力量第四次重修万忠墓,重新安葬。工程于1994年3月破土动工,采取传统的起坟拣骨重新安葬的办法。为了勿忘历史,警示后人,墓前以中共旅顺口区委、区政府的名义立一座百年纪念碑,这是第四通碑的由来,并在万忠墓前建1000平方米的祭祀广场和2000平方米的万忠墓纪念馆,整座陵园面积达9200平方米。国务院总理李鹏为万忠墓纪念馆题写了馆名。1994年11月21日甲午战争旅顺殉难同胞百年祭日,旅顺1500名各界代表在万忠墓前举行了百年祭典仪式,市委书记曹伯纯、市长薄熙来、老领导宋黎等参加揭碑仪式,缅怀殉难同胞。万忠墓成为大连市爱国主义教育重要基地。

【旅顺大屠杀的暴行】

1894年11月21日日军攻陷旅顺后,在旅顺口进行了为时四天的野蛮大屠杀,杀害我无辜同胞约两万余人,其野蛮行径,令人发指,中日双方及西方目击者均有记述。

1. 关于屠城的记述

中方文献记载:

11月21日,日军占领旅顺口后,大屠杀便开始了。屠杀是从旅顺东部开始,并逐步向西部推移的。执行大屠杀命令的日军在旅顺口挨门挨户进行搜杀,逢人便杀。从城里到市郊,反复搜索,男人被枪杀、刀劈、火烧,女人被强奸、凌辱之后杀死,残暴的日军终于把旅顺口变成了一座地地道道的空城、死城、血城。偌大的一个旅顺口区仅逃出六七百人(孙宝田:《旅大文献征存》第3卷手抄本)。

12月5日,李鸿章又奏报日兵杀掠事:"据从旅顺后城逃出的张万祥称:贼马步实有万余人,商民被杀甚多。南省新旧街船坞局皆未烧。"(戚其章主编《中国近代史资料丛刊:中日战争》第1卷第662页)

日本文献记载(战地记者的报道):

日本《万朝报》新闻特派员杉山丰吉,在11月22日亲眼看到了旅顺市区内被日军屠杀后仅能看到几十名贫民的惨境,在写给该报的《旅顺通信》中指出,这里已经是"如我巡视的所见,市内仅看到六七十名贫民。"(《万朝报》1894年12月20日)

《大阪每日新闻》特派员相岛勘次郎《从军记》的报道详细描写了死者的身姿:22日一早,寒风袭人。进入旅顺市内而被击毙的敌兵(即停止抵抗的清军官兵和旅顺市民),不计其数,尸体堆积如山。有的俯伏在壕沟里还在呻吟,有的则横尸街头;有的被刺刀刺死在藏身的房内,有的则手握刀剑依石阶倒下;有的半个身子悬在石阶上,有的则仰天倒下死不瞑目;有的半倚着箱柜,有的则倒卧在门槛上;有的死在后院,有的被刀劈于门前。日本特派员以笔名枕戈生写的《旅顺杂报》中记载:"旅顺市内真正是尸山血河"(《国民新闻》,1894年12月2日)。日本特派员崛井卯之助写的《征清从军记》中记载:"敌兵往往试图抵抗,以至结局惨不忍睹者众。其尸堆积成山,其血流淌成河。街头巷尾,所到之处无不是敌之死尸。眼下,此地生存之清人已为数极少……"(《时事新报》1894年12月2日)日本特派员甲秀辅《第二军从军杂记》中记载:"旅顺街头,所到之处尸陈遍地。有的身首异处,有的则被砍去半个脑袋;有的脑浆溢出,有的则肠肚外露;有的眼球进出,还有的被砍去胳膊或被炸碎腿骨而倒毙在粘稠的血滩中。见之,令人毛骨悚然。若使翠帐红闺中的贵妇少女见之,则会当场骇死也未可知。"(《东京日日新闻》1894年12月7日)日本特派员以笔名铁严生写的《征行录》中记载:"死尸狼藉满街巷,但见敌人(指平民)或五六人或十余人头挨着头倒毙成一排,若从旁经过则腥气扑鼻。……吾未闻阿修罗之城,然则,如此凄惨之情状非想象所及。"(《日本》1894年12月8日)

日军刽子手信件载:

在23日进入旅顺的一名士官发回日本的信中清楚地记载道:"市内到处都是日本兵,除了死尸之外看不到支那人,这里的支那人几乎灭绝了。"(《中央新闻》1894年12月27日转载)日军上等兵伊东连之助是在22日傍晚进入旅顺的。翌年1月9日,经他确认之后报纸上刊登了他写给友人的信。"我认为,旅顺口战斗中敌兵的实际死亡人数要比报纸上报道的多。田野里、山中河海上,死尸累累、腥风刺鼻。旅顺街头的实际情形是,一时之间,街道上堆满了敌兵的尸体,行人须在死人堆中穿行。"(《国民新闻》1895年1月23日转载)1896年,伊东的友人将他的来信汇总成册,题为《征清奇谈从军见闻录》付梓上印。其中有这样的记述:"吾等于22日薄暮时分至旅顺,其时尸积如山。市区内外,尸横遍地,腥风刺鼻。碧血滑靴行路难,不得已踏尸而行。清兵狼狈不堪,投海溺死者不计其数。谓之血流漂杵,实乃言之妙极。"报纸上连载的第2联队第4中队的一名二等军曹写给其父亲的信中叙述自己所见及心情:"一边是造船所等气派非凡的建筑物,而另一边则是堆积在街头巷尾的尸山,真是痛快之极至也。"(《邮便报知新闻》1894年12月6日转载)

22日上午9时,高柳直所在连队在毅字军操练场集合待命,数小时之后接到命令向旅顺市内进发。高柳在其《从军实记》中,也记述了市内的惨状:"市街上,所到之处敌兵累累死尸横卧街头;室内也必有两三具敌尸,家具散乱;民心疑惧。其腥风惨状不由让人联想到爱新觉罗之末世,顿起怜悯之念。下午3时,进驻宿营地。营房原为当地民宅,共有十余户人家。余等将死尸收集起来虚以埋之,权当作大扫除。死尸达百余具,由此推知敌人死者之众。"

西方记者目睹:

一些西方目睹旅顺大屠杀的记者也都以不同方式进行了报道。美国《世界》记者克里曼从旅顺发回国内的一篇通讯,便是比较详尽记叙旅顺大屠杀真相的报道之一。克里曼1894年成为《世界》杂志战时特派员随日军行动到了中日甲午战争前线,他是与日本友善的外国记者,亲眼目睹了"旅顺大屠杀事件,写下了长篇报道",并于1894年12月20日在纽约的《世界》新闻,以两个整版的篇幅刊登出来。克里曼的报道中有吹捧欧美列强,美化日军,污蔑我国军民的言论,但在通讯中还是较真实地记录了日军在旅顺的大屠杀暴行。他写道:"旅顺全境人民尽为日人残杀。连日屠戮手无军器及非抗敌之居民多至无数,残体死尸堆满街衢。我目下执笔书此,仍闻枪弹之声……""日人夺去此坚固之地,不过死兵五十名,伤兵二百五十名。若以欧洲或美国之兵守之,非死万人不可。日人竟仍横恣,足见其国外具教化,内藏野性……我见一人跪于兵前,叩头求命,兵一手以枪尾刀插入其头于地上,一手以剑斩断其身首。有一人缩身于街头,日兵一队放枪弹碎其身。有一老人跪于街中,日兵斩之,几成两段。有一难民在屋脊上,亦被弹死。有一人由屋脊跌下街心,兵以枪尾刀刺插十余次。在我(住所)之下,亦有医所一间,悬挂红十字旗。但日兵见有无械在手之人出门外,亦即放枪。有一商人头戴皮帽,屈膝拱手乞命,兵放枪弹之,其人以手覆面上。次日,我见其尸已斩到不能辨认。"

2. 关于残杀俘虏

日军发动侵华战争是打着所谓"文明战争"的旗号,并将其侵略军队自诩为"王者之师",还自称是"按照战时国际法进行战争的",但是,就是在这些所谓"文明战争"、"王者之师"、"遵守国际公法"等华丽辞藻下,日军却在进行一场最野蛮、最残忍、践踏国际公法和违反人道主义原则的侵略战争。还需要指出的是,日军为了给大屠杀制造根据和否认屠杀,竟颠倒和歪曲事实真相,制造了一个杀人者总是有理、而被杀者理应该杀的强盗逻辑。明明是不管男女老幼,见人皆杀,却说没有杀害平民、杀害妇女儿童之行为,明明是残杀了放下武器、停止抵抗的清军士兵,却说杀的仅是脱下军服、换上老百姓衣服、坚持抵抗的清兵(陆奥外务大臣 1894 年 12 月 28 日给驻英、美、俄、法、德、意各公使函,《日本外交文书》第 945 号附件),同时,日军又为大屠杀制造了三个借口:

一是借口金州副都统连顺处死了罪有应得的日军三名军事谍报员而实行"报复"。钟崎三郎、山崎羔三郎和藤崎秀奉命装扮成中国农民摸样,刺探清军大量情报,为日军大肆进犯金州、旅顺提供了根据。连顺为根除后患,视其罪行,果断地将三人处死。

二是借口徐邦道等在土城子击毙来犯的日步兵小队长中万德次中尉以下 12 人,打伤浅川敏靖大尉等 43 人。

三是以清廷曾令旅顺驻防官兵要守到最后一个人,15 岁以上的男子皆须抵抗,民家藏有武器等为借口。

然而,日军的所谓"报复"、"报仇",不过是杀人藉口而已。对于日军屠杀放下武器、停止抵抗的清军暴行,无论日本方面怎样否认,通过研究、分析,还是能够发现大量的材料予以证明的。

日本记者和士兵日记、信件:

日军随军记者龟井兹明,在其所写《从日本出发至日军退出辽东半岛》的日记中也有屠杀俘虏的记载,"2 团刚一受命,立刻猛进冲锋,先屠杀潜伏在旅顺市街的敌兵,在这之前清将晓谕旅附近的居民、15 岁以上的男子都必须抵抗我军,所有民家每户几乎都多少藏有一些武器弹药。于是苟有抵抗我军者悉被杀戮,无一遗留。2 团 8 连的人员总计 230 人中,斩杀敌兵 15 人以上者 18 名,斩杀 30 人以上者两名,同时在 3 团的宿营地也斩杀 700 余人,由此可知其杀戮之多。"(龟井兹明撰、高永学译《血证——甲午战争亲历记》第 160 页)《东京日日新闻》于 1894 年 12 月 7 日登载甲秀辅特派记者手录里记载了如下内容:"海中死者无数,十一月二十一日午后我步兵第二联队攻向黄金山炮台,先欲扫荡旅顺市街,窥其院内,各户落锁悄然无声,当我兵毫无警戒,闯入时突然从墙壁间隙开始阻击。从此乱入家屋,蹂躏居室,搜索角落,俘获清兵七八名。这绝不是粗心大意的地方,随后捣毁每户门窗,搜寻潜藏者,遂俘三十余名敌逃兵,全部斩杀,暴尸街头。搜查越严,使他们无法隐藏,遂三三五五由海岸跳入海中,企图潜水逃遁,受我兵阻击,恣意杀戮,其数量多少不得即知。"

欲从海上逃离旅顺的士兵和居民乘坐的船,恐怕无一例外地受到了鱼雷艇的追击和来自岸上的枪击,有的沉没,有的触礁。这就是海上的情景。有的溺水而亡,有的则是船被击中后在海浪中挣扎的时候,被用枪击毙。所以,尸体的残破情状与市区没有差别。另外,海里的尸体有些并不是欲乘船逃跑的。因为在 21 日的进攻和随后的扫荡当中,有不少人被逼赶到了海里。这些人也成了日本兵的狙击对象,以至"悉遭屠戮,其数不知几何。"(《东京日日新闻》1894 年 12 月 7 日)

在 1894 年 12 月 9 日《日本》杂志上有一篇题为《俘囚入水》的报道,详细的描述了日军押解的清军俘虏,在跳进海里被日军在岸上射杀的情景:有卫兵押解 10 名俘囚偶尔从海边经过时,俘囚们相约突然跳进海里。然而,由于水太浅不能淹没身体,因此他们像马在水中游行一样以手扶地匍匐爬行,只有脑袋露出海面,卫兵不得已而以枪射杀之(大谷正《对旅顺屠杀事件的考察》)。

伊东连之助是第一师团的上等兵,他就曾把五六十名清兵追至双台沟,与十名同伙一起"毙其过半"。他在给友人的信中详细描写了当时的情形:"我有生以来首次尝试了杀人的滋味,第一次杀人时感到非常恐怖,二三次之后就非常熟练了。譬如第二次,一刀下去敌人身首异处,头向前飞出三尺余远,鲜血顿时向天空喷涌而出……我这才首次尝试了真正的击剑,从我的经验来看,杀人并无其他方法,只取决于胆力如何。因此,随着杀人次数的增加,手法越来越巧妙,以至无须胆力相助"。(井上晴树《旅顺虐杀事件》第187页,筑摩书房1995年版)

11月23日,这一天是日军的"新尝祭"节。而日军的疯狂屠杀并没有因为占领旅顺或因"新尝祭"这个节日而停止。在23日下午1时,日军第2军司令大山岩大将下达训令划分了各部队的辖区,命令各军守备营区,而就在这一天下午2时,第2军在造船所的船坞举行了攻占旅顺的所谓"祝捷宴会"。一大群将校以上军人、随军议员和国内外新闻记者都出席了这个宴会。而就在此时,士兵们还在疯狂进行屠杀。正如步兵第一联队所属的一名中尉在信中所说,"23日,在联队赶回旅顺市内宿营的途中,小生接到了参加战场扫除队的命令,对敌人残兵败将潜伏的村落进行了彻底的搜索。结果,搜出了20余人并将他们集中到一处惨加杀害。"(《读卖新闻》1894年12月12日)

西方记者:

在旅顺目睹日军屠杀平民和俘虏并剖腹挖心暴行的美国新闻记者克里曼记载:"剖腹剜心。次日,予与威利阿士至一处,看死尸一人。即见二兵曲身于一尸之旁,甚为诧异。一兵手持一刀,此二兵已将尸首剖腹,剜出其心。一见我等,即欲缩隐而回避。旅顺之战场所死者,(我亲见)华人(清兵)不逾百人,惟无军械在手之人被杀者至少二千人。虽则日军见其同侪一体被敌所杀,天性愤激亦可谓报仇。但既入教化之国,断无有如我在旅顺所亲见之残忍也。所有我所述之情状,非有英美随营员弁,即有柯文或威利阿士在场所见,此虽谓之战,惟不过野人之战而已。教化一国人,一代时候尚不足也。日本统帅与其分统,非不尽知连日屠杀。未得旅顺之前,无事可污日本之名,至既得旅顺后则大不然矣。"克里曼还亲眼看到"仅一条马路上就有227具尸体"。而在这些尸体中"至少有40名是被反绑着双手击毙的。"(克里曼:《倭寇残杀记》,见思复生编《中倭战争始末记》第2卷第24～26页)柯文也写道:"我看到一群俘虏被反绑着双手连成一串,五分钟之内被枪打得遍体弹孔,随后又被用刀砍得七零八落。""战争中,难免要有无辜者被杀害。只有这一点,我不去谴责日军。清兵扮成农夫形象手拿着武器化装隐蔽了起来,可能的时候他们就会发起攻击。因此,不论是否穿军服一定程度上允许把所有的清国人当成敌人。显然,在这一点上日军是正当的。然而,即使把清国人视为敌人,但杀人是不符合人道的。他们理应被活着俘虏。我看到,有数百人被抓住捆绑起来之后遭到杀害。也许这算不上是野蛮行为。无论如何,这就是真实情况。"(《泰晤士报》1895年1月8日)

3. 关于残杀平民

日军攻占旅顺后所进行的大屠杀,杀害最多的是手无寸铁的无辜平民。这在人类近代战争史上是十分罕见和骇人听闻的。

中方文献及证人口述载:

在旅顺,日军"不论士农工商,男女老幼,沿户搜杀,甚至医院之医师、护士,病人亦皆刃之,破腹穿胸,血流成渠。"(孙宝田:《旅大文献征存》第3卷)大屠杀时正值风雪交加,大街小巷响遍了枪声,炮声,杀声和嚎哭声,各处挤满了逃难的人群。日军挨门挨户的搜查,逢人便杀。

"马车夫王作春,被一群从南道上下来的日本兵发现了,他回头就跑,后面七八个鬼子尾追上来,被追得穷途无路,逃到傅士声房后一座草房里躲起来,鬼子随后就朝着傅士声家追来,一进门就开枪杀死了正在吃饭的傅学文的父亲和大爷,接着又转到前屋枪杀了唐、袁两家七口人。赵家河有家姓赵的也被日本兵杀死了全家。姜元财一家,当日本兵杀进来时,都逃到了外村去。二十二日他二哥提议往别处去避难,大哥说:不要紧,听说外边已经不杀了。大家略有些放心,可是,刚说完话,忽听外边门响,进来四个鬼子,吓得全家抖成一团,鬼子们不问青红皂白,上去就揪住他两个哥哥还有东院的父子三人,一块拉到大街上,只听得几声枪响,五个人就这样被枪杀了。当鬼子兵闯进旅顺,杀得最凶的时候,孙玉金全家老少都逃到艾子口。一天他们走到前大王村,看见祖父正站在村头迎着他们,心中充满了喜悦,可是还没等讲一句话,后面就一下围上来四五个日本兵恶狠狠地将他们的祖父按倒绑起来,说他是"勇兵",这时就有一些街坊跑过来跪下苦苦哀求,说他是庄稼人,不是"勇兵",鬼子一听不但不理,反而照头一刀砍死了。接着,鬼子又七手八脚地把他老祖父连拖带拉拽到一条沟边,将肚子用刺刀戳开,掏出血淋淋的肠子观看着,并狰狞地狂笑。日本兵就这样,在旅顺口连杀了数天,马路、通衢到处都是鲜血,通天街和四十八间房两条街道,几乎完全被尸体塞满了(也石:《旅顺人民的血泪仇》,《旅大人民日报》1951年4月7日)。

鲍绍武是在日军屠杀时因被抓去掩埋收尸、抬尸才得以幸存者之一,当时住在旅顺口太阳沟,全家9口人,除他以外,全部被日军残杀,后来在收尸、抬尸时,亲眼目睹了同胞被屠杀的惨状,他于1963年接受林基永调查时叙述了日军疯狂屠杀的暴行:"光绪二十年十月二十四日(1894年11月21日)日落后,日本兵已侵入市内。在上沟一带到处都可听到哭叫惊呼的声音,惨不忍闻。日本兵往西搜杀,到半夜已到达太阳沟西岔道附近。我家就住在这里,当时我家有九口人,日本兵踢开门就冲进屋里,见人就杀,我在天棚上藏了起来才得幸免。下来一看,全家人都被杀死了。我顾不得掩埋亲人的尸体就往外跑,走到将军石(现解放桥附近),又被鬼子给抓去了。当时,被抓到兵营里共有十几个人,日军把我们头上的辫子两个人一对结在一起,头发连着头发,牵着往外走。后来听到一个日本兵咕噜了几句,又把我们押了回来。我们十二个人被留在兵营里干活,挑水、砍柴、洗碗、清扫等。光绪二十一年二月(1895年3月),天气渐渐暖和,许多被害者的尸体还没有掩埋,有的尸体都开始腐烂了。日本鬼子怕引起传染病,就抓了八九十人去抬尸体,我也是被抓进抬尸队的。我们在收尸时,亲眼看到了同胞们被害的惨状。在上沟一家店铺里,被鬼子刺死的账房先生还伏在账桌前。更惨的是有一家炕上躺着一位母亲和四五个孩子的尸体,大的八九岁,小的才几个月,还在母亲怀中吃奶就被鬼子捅死了。许多人都死在自己家门口,他们都是在开门时被鬼子杀死的。死者大多数是老年人和妇女儿童。"(《旅顺口文史资料》第2辑第3~4页)

日军大屠杀中的幸存者苏万君,当时是个8岁的孩子,因日军占领旅顺时他正躲在附近赵家沟村姑姑家里,幸免于难。1977年91岁的苏万君老人接受周祥令调查时,用亲身经历愤怒控诉了日军的暴行:"甲午战争时我八岁,日本人打进旅顺那天,我正在旅顺赵家沟姑姑家里。头两天躲在家里没敢出门,不料第三天我姑夫也被日本兵用绳子绑起来带走了。我姑姑全家放声大哭,姑姑叫我跟去看看。我就和一个小孩儿一起去了,跑到小南山草地里趴着,看见大医院前(今后勤部门前),日本兵把抓到的许多人用绳子背手绑着,十几个人连成一串,拉到水泡子边上,用刀砍一个往水里推一个。不一会又牵来一群人,只见刀一闪一闪,一群人就没有了。我们俩看了一会,害怕了,就顺着山坡往家跑。半路上遇见逃离虎口的姑夫,我们俩就赶紧把我姑夫搀回家。可是由于受到惊吓,我姑父不久也就去世了。住刀(即停止杀人)后,我们俩到西大街(现得胜街),看见大坞北面机器磨房里尸体躺了一地,到处都是血。在一个小铺里,看见人都倒在地上。我走进几处住家,看见老的、小的都被日本兵砍死在炕上、地下。还看见一个小孩在炕上躺着,不知是怎么死的。我当时光着脚,回家一看脚底都沾满了鲜血。"(《旅顺口文史资料》第2辑第4~5页)

大连玻璃厂职工于国成的父亲于文江,旅顺龙塘人,生于1867年,1889年入旅顺船坞做木工,甲午战争时,目睹了日军对旅顺人民的血腥大屠杀。他的儿子于国成回忆父亲曾经亲口对他讲述的日军屠杀平民的暴行:"十月二十四日(11月21日)凌晨两点多钟,旅顺口周围就开始响起了炮声。根据当时清军在旅顺口的防务看,百姓们普遍认为,日本人围攻旅顺口没有几年是打不下来的,所以先父和工友们也不害怕,仍是照常上班,始终没有离开大坞。两军正在酣战中,卫汝成、黄仕林等统领又先后逃跑,于是日军就攻进了旅顺城内。……先父和工友们正准备吃饭时,忽听男女老少的惨叫声由远渐进。大家感到不好了,大难要临头了。出门一看,只见日本兵正向这边杀过来,大家慌忙退回屋内,爬上顶棚藏起来。但门没有关上,日本鬼子闯进屋里来,见地上有几个小板凳东倒西歪,柴草满地,锅里还冒着热气,门又没关,以为这家人已经逃散了。但他们仍四处搜寻,幸运的是没有上棚搜查,搜完房内就在门上贴了一张条(可能是表示已搜查过的标志),然后就向别处搜寻去了。先父等幸免于难。战争结束,先父回到大坞,但没有再见到那几

位工友。看来他们几个都惨遭不幸了。"（于国成《蒙难余生片断》,原载《大连文史资料》第4辑第64～65页）

旅顺大屠杀现场

家住在旅顺黄金山下的李长发,是从日军屠刀下侥幸乘船逃脱掉,他经历了日军在他家的房屋西院屠杀二三十名由旅顺街内逃到此避难的难民的恐怖之夜。1964年他在接受孙厚淳调查时叙述说:"我家当时住在黄金山下,十月二十四日（1894年11月21日）那天,日军打进旅顺口。晚上一群日本兵闯进俺西院一个空房子里,当时正好有二三十个山东人由街里逃到这里避难,不幸被日军发现劈开门,进去乱砍乱杀半个多钟头,房内传出一片惨叫声。我父亲听人说,把门窗打开可以免遭杀戮。于是赶紧把大门、房门都打开,全家人都躲在炕上。日本兵在西院杀完,就到俺院里站了一会,看到门大开,认为全跑了,就没进屋。当晚我们全家和西院死里逃生的两人一起,乘藏在草里的一只小船逃出虎口。"（《旅顺口文史资料》第2辑第14页）

日军的记述:

对于日军在旅顺屠杀平民的残暴行径,当年参与大屠杀的日军有的作了详细的记述。日军步兵洼田仲藏在《从军日记》中写道:"看见中国兵就杀,看到旅顺市内人皆屠杀,因此道路上满是死人,行走很不方便,在家里住的人也都被杀,一般人家也都有三人到五六人被杀,流出的血使人作呕。"（转引自陈舜臣《江河不再流·小说日清战争》下第194页,日本中央公论社1981）

西方人的记载:

英国海员詹姆斯·艾伦在旅顺大屠杀期间因故滞留旅顺,险遭日军杀害,几经辗转,侥幸逃出虎口。回国后,艾伦按捺不住心中的愤慨,如实记下了他在旅顺大屠杀期间亲眼看到的这场惨绝人寰大屠杀的一些真实情况。他写到:"我朝造船厂的方向往后逃,为的是迂回到城南,离日军正在进军的地方尽可能近些。我从未料到会有大屠杀,只想回旅店,呆到一切恢复平静为止。我欣慰地感到总算不必在这个被包围的城中长期呆下去了,因而起初我没注意人们正在四处乱跑。我想除了在日军得胜气焰平息之前应躲过他们,没有任何需逃难的理由。没过多久,我就恍然大悟了。致命的复仇和杀戮,使充满惊慌失色的人们拥向街道。我向前走时,传来了越来越大的步枪声、盛怒日军的喊叫声以及受害者临死前的尖叫声。我清楚,武装抵抗早已停止。而当这些恐怖之声有增无减时,我突然想到即将发生的事。我记得一个城市被武装占领后,往往会遭到何种命运。我记得对日军战俘施加的暴行,亦记得所有东方军人的共同特性。我停住脚步便考虑自己的处境。我已从船坞外的临河一侧绕了过来,拐入街道,沿着一条我极熟悉去东港的路线,直奔旅店。我四周皆是仓惶奔跑的难民。此刻,我第一次看到日军紧紧追赶逃难的人群,凶狠地用步枪和刺刀对付所有的难民,像恶魔一样刺杀和挥砍那些倒下的人们。……日军很快向全城各方推进,凡他们撞见的人都给射倒了。几乎在每条街上,人们开始被满地的尸体弄得寸步难行,而闯见一群群杀人魔鬼的危险每时每刻都在增加,一次又一次,我闯入这场屠杀的漩涡之中,而不时要遭到来自从狭窄街道射来子弹的夹攻……终于我回到了沈先生的旅店,发现刽子手已光临过了。屋里黑洞洞的,我从大门上摘下灯笼,上面用中文写着旅店和店主的名字,我点着灯笼后,就开始巡视。我看到的第一种东西是店主的尸体,直挺挺躺在有天棚的院子里。他的脑袋差点被割下来了,腹也破了。底层屋子的门都朝院子开着,一个女仆的尸体横躺在门栏上,被剐得无法形容。旅店里共有十至十二人,我发现其中大人被杀死在店内不同的地方,哪儿还有活着的人的影踪?旅店被彻底洗劫一空,凡值点钱的东西都被席卷走了。当我在巡视这凄惨屠杀的现场时,肺都快气炸了。"（詹姆斯·艾伦《在龙旗下》,《中日战争》第6册第395～408页）

美国纽约《世界》新闻记者克里曼对日军在旅顺屠杀平民的残暴行为十分震惊,他连续几天目睹了日军的屠杀:"次日,我经过各街,到处见尸体均残毁如野兽所啮。被杀之店铺生意人,堆积叠在道旁,眼中之泪,伤痕之血,都已冰结成块。甚至有知灵性之犬狗,见主人尸首之僵硬,不禁悲鸣于侧,其惨可知矣……"(罗浮山人译《倭寇残杀记》,思复生编《中倭战守始末记》第2卷第25页)

4.奸杀妇女,残杀儿童

日军占领旅顺后,在进行疯狂大屠杀同时,对妇女进行了灭绝人性的淫暴,不管是白发老妪,还是孕妇,或者是十几岁的少女,日军都不放过,许多妇女被施暴后又遭杀害。有的被蹂躏致死,有的在奸杀后还要恣意侮辱,其残暴狂虐程度,前所未闻。许多耳闻目睹日军兽行的中外人士,无不切齿痛恨,称其为"兽类集团"是名副其实。有关日军淫暴妇女、残杀儿童的暴行,木森在《旅顺大屠杀》一书中有详细的揭露:

11月22日晚9时,5名日军闯进家住四十八间房的张秀兰家。当时其丈夫外出做生意没回来,张秀兰抱着一个两岁的小孩,守着62岁的婆婆和两个小姑娘在家,两个小姑娘郑玉芬、郑玉花只有十二三岁。3名日军闯进来后,先将两岁的孩子夺过来投进水缸里溺死,然后一名日军将张秀兰摁到了炕上急欲强奸。此时张秀兰正赶上月经期,日兵强奸未成,随手先将刺刀插进她的阴道里,张秀兰昏死过去;随后日本兵又抽出军刀一下子将她的头砍下来。两个小姑娘吓得藏在祖母身后直哭,两名日本兵立即扑上去,老婆婆上前阻挡,日本兵不由分说,又一刀刺死了老太婆,然后将两个小姑娘轮奸达一个小时之久,发泄完兽欲后,又乱刀将两个小姑娘砍死。

第一旅团第一大队的几个日本兵,将三个漂亮的青年女子抓回军营,这三名姑娘三天中竟遭三百多名日军的轮奸,两名少佐也参加了轮奸,直至三名姑娘被奸至死。第一大队的军营和第一旅团长乃木希典少将的指挥所相隔不到200米,乃木任其军士们大施淫暴。

在一家裁缝店,十几名日军将两名女裁缝轮奸后,又拿打碎了口的酒瓶子扣在两人的乳房上用力拧动,乳房被划得不成样子,血与肉块从她们的身上掉下来,后来又将滴血的酒瓶子塞到两人的阴道里,直至折磨致死。

几乎所有被杀的女子都被强奸轮奸过,残暴的日军甚至连孕妇也不放过。在旅顺通天街,德来顺烧饼铺的掌柜黄世俭的妻子,怀孕才四五个月,日军进城后,就将黄世俭的妻子野蛮地轮奸后杀害,并将黄妻肚子里的胎儿挑出来,黄也被活活烧死,全家三口都被日军残暴地杀害了。(木森《旅顺大屠杀》第89~91页)

西方报道:

对于日军占领旅顺淫暴妇女、残杀儿童的罪行,连原来支持日本发动这场侵华战争的西方人士也难以为其辩护。英国知名的法学权威胡兰德博士就是这样一个从支持日本侵华,但在旅顺大屠杀惨案发生后,倍感难堪,为了避免使自己在国人面前名誉扫地,不得不作点表面文章的一个人。他不得不承认日军屠杀非战斗人员和妇女儿童的事实。他在自己撰写的《关于中日战争的国际公法》一书中写道:"当时日本官员的行动,确已越出常规……他们除了战胜的当天以外,从第二天起一连四天,野蛮地屠杀非战斗人员和妇女儿童。"(胡兰德《关于中日战争的国际公法》。见陆奥宗光《蹇蹇录》中译本第63~64页)

侵华日军在旅顺大屠杀中对中国军民的残杀手段极其卑劣、残忍,其暴虐兽行例不胜举,罄竹难书,包括射杀、砍头、剖腹、剜心、刀劈、斧剁、火烧、水淹、奸杀等,充分暴露了"兽类集团"的豺狼本性和反公法、反人道的罪恶行径。

5.旅顺大屠杀殉难者人数

关于旅顺大屠杀殉难者人数,在以上四通碑中,清光绪二十二年(1896)碑文中记载"官兵、商民、男妇被难者计一万八百余口";民国三十七年(1948)载"我同胞之死难者凡二万余人";1994年塔碑载"我无辜同胞罹难者约两万人",哪个数字比较准确呢?

孙宝田长时间实地考察,认为被杀者达1.9万人,其中抬尸队所记"实有一万八千三百余骨灰,……丛葬于白玉山东麓",另外有家人领走千余具尸体另行安葬"(孙宝田《旅大文献征存》手抄本)。中国的史学者孙克复、关捷编著《甲午中日陆战史》(黑龙江人民出版社1984年),据此主张牺牲者数为二万余人。韩行芳在其《甲午旅顺大屠杀有关问题浅探》一文中,考证为约两万人。

当时居住旅顺的人口约为二万余人。当时日军屠杀旅顺我同胞,幸存者仅留下三十六人,这三十六人,是为供埋葬其同胞死尸而被救残留者,其帽子上粘有"此人不可杀戮"的标记来保护。除此之外,孙宝田曾经调查过,"全市人民免于屠戮者仅逃在英国洋行内之百余人与和顺戏园演员八九十人及深夜由山道逃出者四五百人而已。"

日军在旅顺大屠杀中我遇难同胞的人数,由于日本政府和军方始终采取隐瞒、否认的态度,自然没有留下其屠杀人数的记载。而被屠杀的受害者中即使有人侥幸活下来,也因当时的恐怖环境无法搞清楚遇害者的准确数字。在旅顺的少数外国记者如克里曼、柯文、威利阿士等,虽然他们目睹了日军残杀的暴行,在他们的报道中也有关于屠杀人数的报道,但仅凭几个人的记载也是不全面的。因此,对于日军在旅顺屠杀中国军民的准确数字,计算起来困难相当大。根据孙氏的调查,加之战前从海上逃难一部分外,笔者认为旅顺口当时未被屠杀者最多不超过 1 000 人,日军屠杀人数在两万左右较为确切。

14. 董秋农烈士之墓碑

1998 年

【碑阳】

金 州 区 人 民 政 府 立

　　董 秋 农 烈 士 之 墓

　　　　　一九九八年四月五日

【碑阴】

董秋农　原名董万丰　一九一〇年生于金县二十里堡韩家村　少年时期曾』就读于二十里堡私小　旅顺第二中学　北京宏达中学　后渡海日本求学　　毕』业于神户商业大学经济系　一九三七年一月回国"七七"事变爆发后　他满怀抗日』救国激情三找八路军　后经周恩来同意　在山西五台县河头镇参加了八路军　』分配在八路军总部敌工部工作　一九三八年五月调任冀鲁边军区敌工部长　他』夜以继日地查询　搜集　翻译和整理日文资料　编写了大量瓦解敌军宣传品　』曾受朱德总司令称赞　一九三九年秋　他在山东陵县王举村同日军战斗中为获』取敌军文件冲锋时不幸中弹牺牲　享年仅有二十九岁』　为表达家乡人民对董秋农烈士的怀念之情　特将其遗骨从王举村迁葬至本』园　并立此碑以铭其忠贞报国之志　　董秋农烈士永垂不朽』

【碑文简介】

董秋农

董秋农烈士之墓原在山东陵县王举村,一九九八年金州区人民政府将其坟墓迁至金州烈士陵园,以供家乡人瞻仰,并在墓前立碑。董秋农基碑为抛光黑色大理石,高 237 厘米,碑头为三角形云朵状,上镶嵌熠熠发光的红色五角形,碑身高 128 厘米、宽 60 厘米、厚 23 厘米,正面镌刻着"董秋农烈士之墓",繁体字。上款题"金州区人民政府立",下款题"一九九八年四月五日"。碑阴是记述董秋农一生业绩简历的碑文,10 行、满行 34 字,阴文隶书。碑文是用简体字书写的,其中标点符号用空格替代。

董秋农(1910～1939),原名董万丰,出生于金州二十里堡韩家村人,《金县志·人物》载:董秋农在旅顺二中读书时,受"五·四"运动思潮的影响,积极参加反对日本校方虐待和无理开除中国学生的斗争,组织和领导学生罢课。后转入北京宏达中学就读,毕业考入日本神户商业大学经济系。1937 年 1 月毕业归国。当时正值中华民族进入全面抗战时期,董秋农为了救国救民,毅然与好友张有萱去太原,三次找到八路军办事处,要求参加八路军,表达报效祖国,愿意为民族的解放事业献出一切之决心。经周恩来同意,根据他的专长,分配到八路军总部敌工部工作,从事搜集、翻译日文资料和拟制对日宣传材料工作。由于他夜以继日地工作,及时准确地翻译整理出日文资料,为八路军分析敌情、部署战斗提供了正确的依据,受到朱德总司令的夸奖。

1938 年董秋农加入了中国共产党,同年 10 月,任八路军东进抗日挺进纵队政治部敌工部部长。任职期间,建议部队开展学喊"缴枪不杀"、"优待俘虏"等日语口号,使 9 名日兵投诚。同时教育改造数支土匪队伍走上了抗日道路。1939 年 10 月在山东陵县王举村同日军的战斗中,为缴获日军司令部保存的机密文件,不幸中弹,英勇献身,年仅 29 岁。1945 年 6 月,毛泽东主席在"中国革命烈士追悼大会"上表彰了董秋农是一位可歌可泣的战斗英雄、爱国留学生的典范。1998 年大连市人民政府在大连英雄纪念公园内塑像,以表彰他为争取民族解放英勇战斗的精神。董秋农的光辉事迹被收录在《大连市志·人物志》、《金县志·人物》、《大连英模谱》等书籍中。

【该碑存在的问题】

据孙械蔚教授考证,董秋农没有在"北京宏达中学"就读,后人曾专门到北京宏达中学调查过,没有董秋农的任何个人资料;二是董秋农"一九三八年五月调任冀鲁边军区敌工部长"应为"一九三八年九月调任冀鲁边区敌工部长";三是董秋农牺牲的地点,碑文上为"山东陵县王举村",《大连市志·人物志·董秋农》词条中董秋农牺牲地点为"山东陵县陶家一带",两个地点均指一个地方,只不过"王举村"是"陶家"的一个下属小村而已。

15. 阎世开墓碑

2001 年

【碑阳】

阎世闹先生之墓

【碑阴】

阎世开生平简介

阎世开(1857~1894)爱‖国塾师。字梅一,号绥廷,大连‖南关岭人。从事乡村私塾教育。‖1894 年甲午战争时,日寇践踏‖中国领土,屠杀我国同胞,同年‖11 月 9 日,阎世开被向旅顺进犯‖的日军抓住,许以重金,让其指‖明大连至旅顺的地形及进军路线。‖阎听后怒发冲冠,痛斥日寇,敌‖人就以战刀相逼,他却面无惧色,‖挥笔疾书,"宁做中华断头尸,‖勿做倭寇屈膝人",并顺手抓起‖石砚朝日寇砸去。于是,阎世开‖遭日寇剖腹而惨死。‖

1997 年 5 月 21 日,阎世开‖墓被列为大连市爱国主义教育基‖地,2001 年 3 月 25 日又被认定‖为市级文物保护单位,2001 年‖10 月 19 日市文物管理委员会批准‖迁移阎世开墓,2001 年 11 月 4 日‖阎世开墓迁移至大连乔山墓园。‖

【碑考】

阎世开墓原位于大连市甘井子区南关岭镇三道沟中沟村东北名为"三角地"的坡地上,1994 年适值甲午战争 100 周年,大连市文物管理部门重修此墓,2001 年 11 月 4 日移至甘井子区前牧城驿乔山墓园。墓碑为花岗岩石质,碑头平雕着松柏图案,碑身正面竖刻"阎世开先生之墓"大字,阴文行楷,背面是阎世开的生平简历和修复阎世开墓的情况,22行,满行14字,阴文楷书,横刻,碑文中有标点符号。

阎世开,字梅一,号绶廷,清金州厅南三十里堡(即南关岭)三道沟中沟村(现大连市甘井子区南关岭街道中沟村)人,是当时南关岭一带有名的私塾先生。阎世开生于咸丰年间,其父阎学典,为人耿直。

1894年爆发了中日甲午战争,日军兵分两路,一路渡过鸭绿江,攻打九连城;后又派兵在庄河花园口登陆,从后路抄袭金州、旅顺。当时清政府正忙于朝鲜战事,把驻守在金州、旅顺地区的主力调拨到朝鲜战场上,金州、旅顺地区只有少量和新招募的兵力驻守,形势对清政府非常不利,但清政府没有采取有效的措施来阻止日军的进犯,11月6、7两日,金州城、大连湾很快地被日军攻陷。稍作休整后,准备向清政府北洋海军基地——旅顺军港进攻。由于日军对旅顺的地形和清军驻防情况并无多大了解,派一部分兵力对旅顺方向侦察,并欲找个向导了解情况。南关岭(时称南三十里堡)位于金州至旅顺的中间,是攻打旅顺的必经之路。当日军侦察部队抵达南关岭时,途中抓到了阎世开。日酋急切想了解情况,先是以礼相待,后诱以重金,欲使其指出大连至旅顺的山川地理及进军路线,阎世开均不为所动。继而以战刀相威胁,阎世开怒骂斥之。日军言语不通,但文字相通,阎世开就用毛笔写,日酋见字恼羞成怒,就将阎世开拥至村西山麓以刺刀将其杀害。

有关阎世开被害情况,张本义在《三首甲午诗歌本事考证及其他》一文中作了详尽的考证,文章有几点与碑文略有出入,一是阎世开被害的时间。文章从战争的进程分析,11月9日,日军骑兵第一大队长秋山好古率部到达毛茔子,开始对旅顺方向的侦察。至13日止,日军已经完成了对营城子以东清军防务、山川地形和道路的侦察,阎世开在13日被害的可能性极小,有关对侦察情况的了解必在11月9、10两日。文章并没有对阎世开的被害时间作肯定,只是说在11月9日、10日最有可能,而碑文确定为11月9日。二是阎世开在写给日酋的字语到底是什么?碑文中为"宁做中华断头尸,勿做倭寇屈膝人",而张先生则认为,此句乃是后人拟作,在早期的文献中,均未见著录有"宁做中华断头尸,勿做倭寇屈膝人"这样的词句,他有三个论据:第一,成书于1959年10月的《旅大志略》,是这样记述阎世开事迹的:"……阎抱着'宁作中华的断头鬼,也不能作倭寇的屈膝人'的决心,誓死不去。日寇先以重金引诱他,阎坚决拒绝。日寇又以死相威胁,而阎则毫无所惧,并怒目大骂。因敌人不懂汉语,又以笔代舌,力斥敌人的野蛮残暴……"这当是"宁做中华断头鬼,勿为倭奴屈膝人"诗句的最先出处。而《旅大志略》的作者,只是引用了这么一句话,并没有说是阎世开所言。其次,1962年10月,周之风所著的《旅大小史》中的记述也只是:"……阎世开便写了许多文字痛骂日寇……"没有斥敌诗句。同年11月,《旅大日报》转载的《甲午旅大史话》则为"……不论金钱诱,还是威武吓,我心志已定:宁做中华断头尸,不做向倭寇屈膝的人……"。第三,至1963年《辽宁日报》所载《甲午战争旅顺抗日轶闻》中,则作"……我心志已定;宁作断头鬼,不作屈膝人……"。厥后,"宁做中华断头鬼(或作"断头尸"),勿为(或作"不为")倭奴屈膝人(或作"膝下人")的"斥敌诗句经常出现于各种出版物上,但均未明所本。由上可知,阎世开的这句斥敌诗句,当系后人拟作。文章得出结论,阎世开当时到底写出了哪些"忠愤之词"呢?想张之汉也不清楚,否则不会在《阎生笔歌》序中笼统带过。据旅顺博物馆周祥令先生介绍,早年他曾访问过知情者,也只说当时,在阎世开的遗体下,发现一些被鲜血染红了的笔谈纸片,上面有骂敌人的文字。阎梦飞介绍,她曾听到其姑母亲口所诉,世开写出的是"宁死不作狗奴"的话。从张本义先生以上的分析来看,我们认为,张先生的观点是有道理的。

文章还分析了阎世开被杀的地点。阎世开殉难之所,后人有几种说法。较有代表者,一为中沟村西山麓,一为通往旅顺的道上,即营城子以西。张先生认为,在这两种说法中,以第一种说法较为可信,因为阎世开被杀地点在中沟村的西北处。张本义先生还亲访阎世开的孙女阎梦飞女士,得知其祖父是在去南关岭私塾的路上遇到日军,而其他口碑材料也可证实这一点。中沟村去南关岭的故道犹存,张本义先生曾作过考察,其方位恰在中沟村西,而南关岭则在中沟村的北方。当时日军强掳世开以后,利诱威胁不成,且被阎大骂,恼羞成怒,故将其拥至附近杀害也在情理之中。张之汉《阎生笔歌》序中作"遽拥出"。"遽"者,当即之意。既是"遂即就推到",当不会去被掳之处太远。《金州志纂修稿·艺文》在《阎生笔歌》序上有批注曰"其遇难处,即在村之西山麓"。因《阎生笔歌》和《金州志纂修稿》都是早期的文献,洵为可信。

附:

阎 生 笔 歌(并序)
张之汉

生名士开(按,系世开之讹),字梅一,籍金州,振奇士也。甲午中东之役,州陷敌,民咸避兵去,生独落落戎马间,怀奇蓄愤,欲有所伸。敌军方窥旅顺,阻山险,募向导,谓生可。赂以金,不从,胁以刃,益怒骂。敌不解华语而文同。辄抽笔伸纸,所书皆忠愤之词。剑槊齐鸣,笔走不辍。敌怒,遽拥有山麓,剖心肝以死。噫! 阎生此笔,可以撑天地,泣鬼神矣! 因为作歌。其诗为:

在秦张良椎,在汉苏武节。奋椎难击搏浪沙,抗节直此胡天雪。非椎非节三寸毫,竟凭兔颖探虎穴! 千军直扫风雨惊,披肝沥血凝成铁。饮刃宁惜将军头,振笔直代常山舌。头可断,舌可抉,刃可蹈,笔可折,凛凛生气终不灭,吁嗟阎生古义烈! 阎生著籍辽海东,系心家国身蒿蓬。策卫喜读剑侠传,斩蛇恨无隆准公。海国无端腾战雾,天堑鸭江竟飞渡。席卷已下金州城,毡裘更觅阴平路。识途老马用阎生,冲冠义气岂能平! 直将易水悲歌词,激作渔阳挝鼓声。阎生发冲敌目笑,不通重译舌空掉。抽笔愤书忠义词,飞雪刀光迸出鞘! 刀边骂敌怒裂眦,掷笔甘就刀头死。心肝攫出泣鬼神,淋漓雪染山凹紫! 呜呼! 皇朝圣武开神皋,鼓鼙将帅思贤劳。九连城头将星落,秃军断后谁盘稍? 东南铜柱沉江涛,太阿倒柄凭人操。十万横磨岂不利,一割无用同铅刀。胡为乎! 刀围大帐笋锋密,挺然独立阎生笔!

题 阎 生 笔 歌
王季烈

本系同文兄弟国,阋墙衅启却何为? 堪怜碧血沙场上,都是忠臣义士尸。
高颧深目是天骄,陵轹全球祸未消。寄语从今东亚地,不宜同室更戈操。
多杀未为仁者师,赏功不及固其宜。阎生虽死应无撼,取义舍生敌国知。

题 阎 生 笔 歌
徐续生

常山太守舌尖血,金郡书生笔下刀。骂贼甘心拼一死,后先晖映两奇豪。
甲午迄今四十秋,清沙碧血迹仍留。强魂毅魄归何处,读罢笔歌泪欲流。

题 阎 生 笔 歌
孙宝田

疾风知劲草,板荡识忠臣。临危不屈挠,弥见浩气真。吾乡阎梅一,叱咤生风云。
读破书万卷,气足云梦吞。慨当甲午役,边地起烟尘。海隅失天险,王师不复振。
鸠据鹊之巢,压境慑强邻。强敌不识途,指南迫阎君。君性奋忠义,走笔骂敌军。
斧钺非所避,杀身以成仁。视彼守土吏,愧此陇亩民。关心世道者,载笔述清芬。
上书达史馆,风诗辑轩陈。我今读此歌,临风怀伊人。高躅荣枌榆,流风异代新。
河清会有日,为君泐贞珉。俾知辽海畔,尚有岁寒筠。

题 阎 生 笔 歌
罗继祖

岛夷狡逞陵种夏,儅师夜哭辽东野。廊庙无人铸此错,阎生阎生真健者。
撑天泣跪褫敌魄,饮刃如饴晏然也。我读张叟绝妙词,哀时热泪聊一洒。

16. 马成魁墓碑记

2002 年

【碑阳】

马公成魁先生之墓

【碑阴】

马公墓碑记』

马公,讳成魁,祖籍山东莱阳,后迁至金州城东杏树屯,人口渐麇[1],遂成今之马家沟屯。先』生于一八五一年出生于此。马公出身贫苦农家,幼承家教,为人正直善良,疾恶如仇,常于乡』间仗义执言,打抱不平,方圆数里多有美誉。清光绪年间,沙俄强租旅大,横征暴敛,人民如入』水火。戊戌腊月[2],俄兵在杏树屯一带强征民粮,立限甚迫,群众推举代表前去请愿,反遭枪杀。』马公秘密联络周围数十里万余人,手持农具、铁刀、长矛反俄抗捐,同沙俄洋枪马队,殊死相』拼,虽惨遭镇压失败,终使沙俄威风大灭,被迫让步。此举震惊中外,彪炳青史。甲辰日俄战后,』日本重占金州,惧马公爱国抗敌威名,遂将其秘密杀害,族人归葬于马家沟屯西。』壮哉! 一介布衣面对强敌屠刀,率众揭竿而起,不惜抛颅洒血,护我家国。铮铮抗敌铁骨,』耿耿爱国丹心,时人称颂,今人敬仰。戊戌壮举已越百年,斗转星移,今非昔比,东方巨狮,巍然』屹立。改革开放,国富民强,政通人和,岁稔时康。今为之重修墓地,且立碑以为记。』

大连市文物管理委员会办公室　金州区文物管理委员会办公室』

公元二千零二年岁在壬午十月敬立』

【碑考】

马公墓即马成魁之墓,位于金州区杏树屯镇牌坊村上马家沟屯西一小学校房后马家祖坟之次,过去俗称“马茔子”。马成魁之墓坐西朝东,墓丘为圆形,青砖砌筑,占地面积约 50 余平方米。上世纪 60 年代农村进行农田基本建设时,马成魁墓被毁。2002 年 10 月 15 日依马成魁后人所请,大连市文物管理委员会办公室批准,金州区文化体育局、区文物管理部门拨出一定费用,并重新修复了马成魁墓,金州博物馆馆长王明成为此碑撰写了碑文。2002 年 11 月 5 日落成,在此举行了隆重的揭幕仪式。

该碑坐落在马成魁墓前,碑文主要记述了马成魁 1899 年 2 月 5 日反抗沙俄抗税斗争之事。此碑为白色花岗岩,长方形,总高 240 厘米。有碑头,高 74 厘米、宽 80 厘米、厚 15.5 厘米,正、背两面各由两条相互盘绕的蟠龙组成,龙头向上身朝内,双龙肢前下撑,后爪与龙头共蹬一球,二龙头下有一竖长方形的凸起平面,阳面刻有“英名永存”四字,竖两行,楷书阴文;阴面刻字为“万世流芳”四字,格式与阳面同。碑身高 166 厘米、宽 70 厘米、厚 15.2 厘米,阳面刻有“马公成魁先生之墓”8 个隶书大字,碑身上端与两边为回纹,下端无纹。碑阴为《马公墓碑记》碑文,13 行、满行 36 字,阴文行楷,周边尢纹饰。

【事件回放】

一百多年前,沙俄因在甲午战争“还辽”有功,于 1898 年强迫清政府签订了《旅大租地条约》、《续订旅大租地条约》等一系列不平等条约,金州地区成为沙俄的租借地。沙俄殖民统治者刚进入大连地区后,就强行征税,当时无物不税,无税不苛,巧立名目,税收种类多如牛毛,且税率很高,其中地税就比清政府时期高出一倍多。如果拒交,就以武力枪杀拒绝交税的群众,因此被杀者无数。马成魁抗税事件就发生在这样的历史背景下。有关马成魁抗税事件的报道很多,其中《金州文史》(1990 年第三期)葛长升调查写成的《马成魁率众抗捐》较为详细,其事件过程如下:

1899 年 1 月,近 60 名俄军官兵和通事(翻译)窜至金州各地征税。刘家店按站(沙俄设置的税站)强令农民在春节前 7 天之内,缴纳全部捐税。“立限甚迫”,不堪承受。这一带农民便于农历腊月二十一日

(1899年2月3日),自发地聚集到老农马成魁家计议对策。年已六旬的马成魁,为人耿直,主持正义,不畏强暴,敢作敢为,曾因多次领导村民抗捐抗税,打过贪官污吏,颇受农民的信任和拥戴,被称之为"马大爷"。此时的马大爷,见众乡亲推举他去按站说理斗争,义无返顾,第二天便挺身而出,率众向按站慷慨陈辞,提出三条要求:一是地税要减,二是牲畜税要免,三是井不加盖加锁。沙俄按站官兵不仅不允,还在当天夜晚抓去附近村民二十多人投入牢房,以此威胁和要挟。

腊月二十三日(2月5日),马成魁率众向按站提出免收税捐、释放乡亲的要求被沙俄小头目强允并转告上司。在马成魁率众撤离按站时,通事张福盛唆使俄兵扣留了马成魁的儿子马文升(生)、孙子马景川。马成魁怒不可遏,打了沙俄的通事,拔出匕首逼迫其放人。沙俄见势不妙,只好将扣押的人释放。是夜,马成魁派人四出,以"传牌"向方圆五里十村送信,决心组织暴动,以武力与敌人一决雌雄。第二天一大早,数千村民涌向许莹山,肩扛各色大旗,手持砍刀、棍棒和扎枪,在马成魁的带领下,开始与敌人厮杀。战斗激烈时,沙俄从貔子窝调来二百余名骑兵进行镇压。马成魁临危不惧,边指挥战斗,边手抡大刀杀向敌人。村民越战越勇,农民沙连月,手拿一根七八尺长的木棒与三个沙俄搏斗,最后木棒仅余三尺仍不怯阵,直至壮烈牺牲。农民周云祥,右手被砍掉,便以左手持扎枪与敌人硬拼,左手也被砍掉,他又用血淋淋的两只半截胳膊与敌人死拼。马成魁的儿子马文财,抗着大旗冲锋陷阵,不幸中弹,农民任二又接过大旗继续冲锋。马成魁虽然身负重伤,仍坚持战斗到当日天黑方休止。

此次抗捐事件,在当时清廷官员的奏折和电报中,均有所反映。金州副都统福升、金州厅海防同知马宗武电:"俄员带兵二千余名(应为二百余名),到城东百里之刘家店征粮,立限甚迫,与乡民不合。俄员即回貔口,次日带来马队二百余名。民间亦集数百人,正要向其哀恳,俄员见人众,即开枪两排,轰毙三十余人,余民惊散。俄又乘马追砍,毙十余人,受伤五六十名。(《清季外交史料》第129卷)"此次农民抗捐斗争,大刹了沙俄殖民主义者的威风,长了中国人民的志气,同时激起具有爱国主义思想的清政府官员的义愤。经过中国出俄公使杨儒等人与沙俄政府据理交涉,迫使沙俄殖民当局向刘家店农民作出较大让步,不仅免除了当年的粮税,撤消驻刘家店的按站,还迫使俄国当局对死者、伤者每人付给一定的赔偿费(死者每人抚恤金七百两)。

马成魁领导的抗税事件是沙俄统治大连时期发生的最大一次农民暴动。中国人民抗捐斗争除了当时马成魁以外,还有旅顺水师营一带曹光金的抗捐斗争等,他们都是当时反抗沙俄侵略的代表人物。日本侵占大连地区后,因担心马成魁抗日,遂将马成魁诱杀。

【存在的问题】

1. 马成魁的出生时间与年龄

碑中提及马成魁出生于1851年,本人不敢苟同,近来翻看档案资料和有关史料,都没有涉及这个问题。葛长升在上述报道中提到"年已六旬",说明已经超过六十岁了,但没有准确说出具体的年龄,在《帝国主义侵略大连史丛书·大连近百年史人物·马成魁》一书中提到马成魁出生时间为1839年,这与葛长升的报道"年已六旬"基本相符;虽然本人怀疑《帝国主义侵略大连史丛书·大连近百年史人物·马成魁》的作者韩悦行先生是否是根据葛长升的报道推测出来的,但距此年龄也不会相差太远。

2. 马成魁被杀的时间和经过

在《帝国主义侵略大连史丛书·大连近百年史人物·马成魁》书中马成魁被杀于1904年。本人对此也有所怀疑。因为1904年日俄战争正酣,日本殖民当局无论如何是抽不出时间也无暇顾及去枪杀马成魁的,马成魁在当时也没有过分的反日举动,能够引起日本殖民当局的注意,起码枪杀马成魁是在1905年日俄战争全部结束之后的行为。马家后人对马成魁被杀经过是这样描述的:一天,来了两个日本便衣,他们走到村口,询问一村民马成魁在哪里,村民不知道此二人是日本便衣,以为是找马大爷办事的,便用手指了指正在田中劳作的马成魁。两个日本便衣径直朝马成魁走去,走到跟前,二话不说,掏出手枪,朝马成魁连开数枪,便匆匆离去,马成魁倒在血泊中。马成魁作为一代民族英雄,他的抗俄事迹将永载史册。

3.马成魁儿子马文生,前人多写为马文升,经本人走访 87 岁(2003 年)的马永吉老人说,马文升应为"马文生",因马文生为马成魁五个儿子中的老大,五个儿子名字合起来为"生财有大道",它源自于《礼记·大学第四十二》中"生财有大道,生之者众,食之者寡"的句子而命名的。

记录马成魁抗税事件书籍还有《金县志·军事·人民反侵略斗争》、《大连人民反抗帝国主义侵略斗争史》、《帝国主义侵略大连史丛书·大连近百年史人物》、《帝国主义侵略大连史丛书·大连近百年史文献》、《大连市志·人物志》、《东北史》、《辞海·旅大事件》等。

【碑文注释】

(1)麇(qún 音群):成群,聚集。　　(2)戊戌腊月:公元 1899 年 1 ~ 2 月。

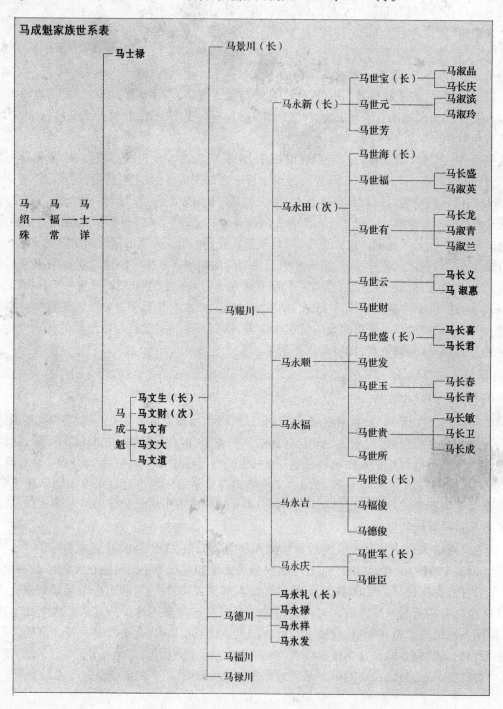

贞节碑

1. 达尔当阿之妻夏氏节孝碑

清·道光六年(1826)

【碑阳】

奉

旨旌表[1]陈满洲[2]廂白旗卧海佐领下闲散[3]达尔当阿之妻夏氏节孝碑

哲英厄

大清道光龙飞六年四月初一日[4]男德安　孙　　德英厄吉立

波英厄

【碑阴】

节孝碑叙』

从来节义[5]最动人,况在嫡媚[6]情更真。夏氏有女关家妇,请书其事表[7]贞纯。』氏兮来归[8]年十九,德容言功[9]无不有。讵意[10]年余失所天[11],连理枝头[12]生卯酉[13]。』撒其环瑱[14]事[15]翁姑[16],遗腹[17]在床好抚孤。孰知昙花仅一现,六年依旧画葫芦。』槁葬[18]无棺弃山角,声言亡儿遽然[19]觉。抱置怀中无返魂,心肝堕地徒盼踔[20]。』爱怜幼子人情偏,可惜五儿[21]不终年[22]。幸有犹子[23]堪似续,留下人世不了缘。』哀麻哭泣送亲老,伯兮叔兮共道好。我』皇煌煌加宠秩[24],刊石磨碑立道表[25]。』

乙丑岁[26]贡生候补训导孔毓瑚拜撰并书』

【碑文简介】

该碑刻于清道光六年(1826)。原碑立于向应乡关家村,1986年被发现并移于响水观碑林中。碑为花岗岩石质,碑头已失,止存碑身。碑身高161厘米、宽60厘米、厚17厘米。碑座现为水泥方座,纵64厘米、横90厘米、高18厘米。碑阳为碑名,竖3行,碑两侧饰以龙戏火珠纹。碑阴为正文,碑文9行、满行28字,共计188字,阴刻楷书。碑文为七言诗,诗的大意是说关家村有个寡妇夏氏,年十九岁时丧夫,仍然在夫家侍奉公婆,六年后儿子又遭夭折,悲伤不已之情言之于表,后来以兄弟之子过继于夏氏,并送终公婆,受到叔伯长辈夸奖。该诗读起来朗朗上口,有点顺口溜的味道,使一名相继遭到痛失丈夫、儿子之后而又能继续孝顺公婆的夏氏妇女跃然于纸上,同时读者对夏氏的不幸身世不得不产生同情感和共鸣。该节孝碑使用诗的形式来叙述夏氏节孝之感人事迹,特别是对失去儿子的悲痛情态以及动作的描绘上,都淋漓尽致地揭示出来。碑文周边饰以花草拐子纹。

该诗碑由孔毓瑚撰并书。孔毓瑚,金州人,清朝嘉庆十年(1805)贡生,曾任河北省香河县训导,《金州志纂修稿》有记载。

《金州志纂修稿·列女》:"夏氏,亮甲店会北大关家屯(今向应大关家)人,十九岁适关姓,年余夫死,遗一子,不终年而夭卒,至继子家亲,矢志不二。旌表之碑立于道左。"该碑文在日人增田道义殿《金州管内古迹志》抄本中有著录。

【碑文注释】

(1)旌表:表彰。中国封建王朝自汉代后,历代王朝都提倡封建礼教,对"义夫、节妇、孝子"等,都给予表彰,常由官府立牌坊、赐匾额、立碑树传,称为旌表。　(2)陈满洲:又称老(旧、佛)满洲,源于清天聪九年

(1635)下谕将"诸申"的民族称呼改用始建国时的"满洲"名称。凡是在此以前加入八旗的军民统称"陈满洲"。 (3)闲散:清朝旗人自十六岁以上的男子未授予职务者谓之闲散。 (4)道光龙飞六年四月初一日:1826年5月7日。龙飞,比喻皇帝即位。 (5)节义:节操和义行。 (6)嫦(chú 音除)媚:有身孕的寡妇。嫦,怀孕,《说文》:"嫦,妇人妊身也。" (7)表:表达。 (8)来归:旧时已嫁妇女被夫家遗弃返回母家,故称。 (9)德容言功:品德、容貌、说话与家务活,是古代妇女的四德。。 (10)讵意:谁料到,意即谁也没有料想到。 (11)天:旧时的以"天地之序"比附伦常关系,以天为最高的尊称。这里指丈夫,《仪礼·丧服传》:"夫者,妻之天也。" (12)连理枝头:两棵树之枝连生在一起。这里比喻相爱的夫妻。 (13)卯酉:卯为东,酉为西。卯酉指失和。这里是说由于夫死,家庭失去往日和睦美满的气氛。 (14)环瑱(zhèn 音振):玉耳环。瑱,戴在耳垂上的玉。 (15)翁姑:丈夫的父母,即公婆。 (16)事:侍奉,服侍。 (17)遗腹:妇孕夫死,儿子为遗腹。 (18)槁(gǎo 音搞)葬:旧时婴儿死亡皆用禾杆葬之,不用棺材。槁,禾杆。 (19)遽(jú 音局)然:惊喜的样子。《庄子·大宗师》:"成然寐,遽然觉。" (20)趻踔(chěn chuō 音磣戳):跳跃,跳着走。此处指由于失去儿子悲痛欲绝而踩脚的样子。 (21)五儿:即"吾儿",五,为"吾"字笔误。 (22)终年:人死时的年龄。 (23)犹子:兄弟之子。《礼·檀弓》上:"丧服,兄弟之子,犹子也,盖引而进之也。" (24)宠秩:宠爱并授以官秩。这里指奉旨旌表夏氏节孝之事。 (25)立道表:树立在道边予以表彰。旧时妇女的贞节碑或节孝碑都立在道路的两侧,以供后人进行观瞻,故有立道之说。 (26)乙丑岁:清嘉庆十年(1805)。

2. 关德禄元配刘氏贞节碑

清·道光十六年(1836)

【碑阳】

□□

皇清镶黄旗汉军关公^讳德禄元配氏刘之贞节碑

		□	清
		□	显
男	士 文	暨孙邦毅曾孙丕	智立
	章	纯	禄
		维	玉

道光十六年十月谷旦

【碑阴】

[呜]乎!吾母苦心,岂不孝等能[声言]哉!吾□□□也。吾母年□』十□,文十□岁,章九岁,皆未成立[1]。吾母朝夕教曰:"汝□落落有』[大方],乃业未就,心未遂,而昊天不弔[2],汝辈纵不能继父志,审勿废先』业也。"及文能力农,章复食粮,母心[始]差慰[3]。继兹子孙满前,母亦』顾而色喜然,四十七年家道未裕,奉养难周,不孝等扪心何安?今蒙』圣旨旌表吾母,虽阳喜未始,不隐痛也,不孝等能名言[4]者,如是而已。呜』呼噫嘻。』

【碑文简介】

该碑立于道光十六年(1836),为板岩,碑首已失。碑身高174厘米、宽63.5厘米、厚18厘米。碑阳除了碑名外,还刻有落款等项,花纹为上边为双凤朝阳,两侧是群龙戏珠,下端为海水江崖图。碑阴是碑文,7行、满行28字,计153字。周边花纹,上边为戟戟,两侧是八仙图,下边为菊瓣图。座为龟趺座,龟头略有损坏,长140厘米、宽70厘米、高43厘米,为石灰岩质。该碑原立于金州南山通往大连湾公路旁,碑上刷满红色油漆,曾被当作饭店广告牌子使用。现存放于响水观碑林中。

【碑文注释】

(1)成立:成长自立。 (2)昊天不弔:老天爷没长眼,指不为天所怜恤,即不幸死亡。昊天,老天。弔,好,善。 (3)差慰:略微安慰。 (4)名言:有所指而言。

3.李公郭氏贞节碑

清·道光十九年(1839)

【碑阳】

旌表汉白旗闲散⁽¹⁾李公郭氏贞节

男李永保率^孙世作 立
　　　　　　　柱

【碑阴】

伏⁽²⁾闻男秉乾⁽³⁾体之刚,女配坤⁽³⁾德之顺。故妇道无成……,今名世⁽⁴⁾教风化之所关,此义洵亘古而常昭矣。』顾人固以节重,而节正未易全。历观载籍⁽⁵⁾间,世一……史,贞姬贞义,香溢丹书⁽⁶⁾纲常,藉以不坠彝伦⁽⁷⁾于』焉。有光诸如此类,千古罕有,盖雅操若斯之难也,……其徽音⁽⁸⁾哉。若今吾母郭太君者,实足彷其风』范矣。粤稽吾母以中元甲子甲午岁⁽⁹⁾生,至乾隆……年矣。长吾父一岁,男女以正⁽¹⁰⁾,婚姻以时⁽¹¹⁾。复越』二年,癸丑⁽¹²⁾四月而产不孝⁽¹³⁾焉。生孩七月,慈父见……无伯叔兄弟之助,茕茕⁽¹⁴⁾独立,形影相吊耳,迄今』年逾花甲,扶老恤孤,毫无遗憾,艰辛可不谓至欤。……瑟已乘,共期偕老二载,而死生永诀,念舅姑祝』哽⁽¹⁵⁾,无人心存石鐖思,弱息⁽¹⁶⁾襁褓未脱,志励冰霜,清……心猗欤。休哉!允堪⁽¹⁷⁾铭钟鼎而列太常⁽¹⁸⁾矣。独是』吾母幽闱⁽¹⁹⁾静守,原不求谅于当时,遒轩冈采,何自……光日月,率性孤行,与天地参,虽有乡邻交相赞』颂,文人谱为咏歌,而年远代湮,几何而不没,没即……』仁圣之朝,荷蒙旌表之恩,龙章⁽²⁰⁾宠锡⁽²¹⁾,激扬休风,发帑藏⁽²²⁾……吾母之苦心孤诣,可以驰誉于当时者,亦可』以播传于后世矣。』圣谟⁽²³⁾洋洋,节烈孔彰,盛事万古也,爰勒诸贞珉,以垂不……』

龙飞大清道光十九年⁽²⁴⁾岁次己亥镌。』

【碑文简介】

该碑出土于董家沟镇董家沟村,1995 年 11 月 22 日由其后人移至响水观碑林中。碑为石灰岩,长方形,总高 221 厘米,有碑头,碑头高 75 厘米、宽 67 厘米、厚 23 厘米,为二龙戏珠浮雕图案。正面碑头中间刻有"圣旨"二字,阳文。不过,碑头背面的图案应为二龙戏"蛛"图案,因为该珠子是个"蜘蛛"。碑身高 146 厘米、宽 60 厘米、厚 20 厘米。碑身从中间断为两截,中间约缺 3 个字左右。碑阳由碑题和落款组成,两侧图案是八仙图,碑阴碑文 13 行、满行 42 字(加上缺的 3 字),两侧为双龙戏珠图。

【碑文注释】

(1)闲散:见《达尔当阿之妻夏氏节孝碑》注释(3)。 (2)伏:谦敬之词,无义。 (3)乾、坤:《易·说卦》:"乾,天也,故称乎父;坤,地也,故称乎母。" (4)名世:闻名于当时。 (5)载(zǎi)籍:书籍。 (6)丹书:指皇帝的诏书。 (7)彝伦:天地人之常道。 (8)徽音:犹德音,即美誉,对别人言辞的敬称,常用于妇女。 (9)中元甲子甲午岁:康熙五十三年(1714)中元甲子,旧时数术家以六十甲子配九宫,一百八十年为一周始,第一甲子为"上元",第二甲子为"中元",第三甲子称"下元"。清朝时,第一个甲子(上元)为顺治十一年(1654),第二个甲子(中元)当为康熙五十三年(1714)。 (10)正:纯正,唯一。 (11)时:

合时,应时。 (12)癸丑:乾隆五十八年(1793) (13)不孝:指立碑者李永保,谦辞。 (14)茕茕:孤独没有依靠。 (15)祝哽:古代养老之礼节,祝愿老人饮食不鲠噎。哽,同"鲠"字。 (16)弱息:称自己幼弱的孩子。 (17)堪:突起,凸出。 (18)太常:官名,秦朝始置,掌管礼勒、郊庙、社稷等事宜。 (19)幽阃(kǔn 音捆):隐居内室不出门。这里指居家,不抛头露面。 (20)龙章:对帝王书法和文采的称颂。这里指对旌表上帝王字体的赞颂。 (21)宠锡:恩赐。 (22)帑(tǎng 音倘)藏:国库。 (23)谟:谋画。此句出自《尚书·伊训》:"圣谟洋洋,嘉言孔彰。" (24)龙飞大清道光十九年:1839 年。龙飞,表示皇帝即位。

4. 徐段会妻白氏碑志

民国八年(1919)

【碑阳】

钦命满厢白旗克秋佐领下闲散⁽¹⁾徐段会元配妻白氏碑志

前
清　旌　表　贞　节

民国八年四月十三日⁽²⁾谷旦 ^{男(3)}徐永年 ^孙长^吉_庆 敬立

【碑阴】

盖闻王化⁽⁴⁾起于 |闺| 门⁽⁵⁾,人伦始于夫妇,朝廷建旌表之典,草野⁽⁶⁾仰贞烈之名,男子之称,凡有百姓女子之称也者,』所以树母仪⁽⁷⁾,立妻范,振纲常,维风俗也。然而不孝之女,则必无莭;不义之女,则必无莭;不刚之女,则必无莭。吾』观古之,以节见者,故其割鼻之莭⁽⁸⁾,其节苦;断臂之莭⁽⁹⁾,其莭严;柏舟之莭⁽¹⁰⁾,其莭坚;养姑之莭,其莭信。《曲礼》⁽¹¹⁾曰:外言』不入于内,内言⁽¹²⁾不出于外,所以养其莭也。《周礼》⁽¹³⁾曰:"妇德、妇言、妇容、妇工⁽¹⁴⁾,所以助其莭也,莭则天地正直之风。"山』川灵秀之义,加之以母训,而闺帏弱质,又羡能以莭高,而遂以莭显也哉。降至后世,世教浸衰,人心不古⁽¹⁵⁾,富贵』之家,所用必遂⁽¹⁶⁾,贫贱之家,而性不能闲,往往未能谨其莭,贫贱之族,室如悬磬⁽¹⁷⁾,家无斗石之余粟,志立养能』周,往往或至夺其莭,所以富之莭犹易,而贫之莭较难。故以言莭,可喜、可敬、可歌、可泣,前有千古,后有遐迩⁽¹⁸⁾,』谈何容易,或有我郡贞莭妇白氏,将及一十九岁,其适徐也。始到二十三岁,所生一子,名永年。及二十五岁,遂』以孀居,四十有八载矣。影只形单⁽¹⁹⁾,清寒苦守,携子养老,亲操井臼⁽²⁰⁾,夜寐夙兴,孝行不衰,治家有法,教子有方,其』心之苦、守之严、志之坚、气之勇,刚也,烈也,诚巾帼而丈夫者也。此虽不但仅以莭名,而要无非以莭,乃能如言』,莭孝兼全也。至今我国前清』帝王,单恩诞敷,躬蓬盛典⁽²¹⁾,旌表之诏一下,应勒诸珉。』问序于余,余遂不揣固陋,因据闻见 |之| 迹,乐得而略言之。』

童生　张月桂拜撰书』

石工 {□金玺 □得财} 镌

【碑考】

　　此碑立于向应乡徐家屯徐家桥北道东旁的树林中,碑为板岩,有碑首,碑座已失。通高225厘米,碑首图案为双龙戏珠,其中碑首阳面中间竖刻有"圣旨"二字,楷书阴文,碑首阴面刻有"永垂不朽"四字,为竖两行,阴文楷书。碑首高73厘米、宽69.5厘米、厚21.5厘米。碑身高152厘米、宽61厘米、厚11厘米。碑文列述了中国古时妇女各种贞烈,由此引出徐段会元配妻白氏孀居四十八年携子养老、辛勤教子的"养姑之节"事迹,碑文13行、满行42字,阴文楷书。碑阴花纹为缠枝葡萄、石榴纹。碑阳"旌表贞节"四个榜书大字最为显眼,碑边花纹为云龙纹。

该碑由其儿子徐永年和孙子所立。本人经查阅,在金州众多的贞节碑中,并没有此碑的记载,这是史、志收集资料不全、遗漏所致。《大连晚报》的记者曾对此碑有过报道,也是目前在所不多见的贞节碑中保存最为完整的。

该碑在"文革"中,被其徐家后人就地埋入地下,1994年掘出,其后人在原地重新树立起来。此碑的发现,无疑添补了金州当地的史料内容,对研究清代碑刻也有着重要价值。

【碑文注释】

(1)闲散:见《达尔当阿之妻夏氏节孝碑》注释(3)。 (2)民国八年四月十三日:1919年5月12日。(3)男:儿子。 (4)王化:君王以道德感化人。 (5)闺门:内室之门。古时女子居住内室,故多用来指妇女。 (6)草野:粗俗,这里指民间。 (7)母仪:古代皇后为国母,是妇人的仪表典范。 (8)割鼻之莭:夏侯文宁之女,名令,嫁给曹文叔,后守寡,用刀割鼻以示自己不再嫁的决心。莭,同"节"字,下同。(9)断臂之莭:五代人王凝的妻子手臂被店主人抓住过,就用斧头自断手臂。 (10)柏舟之节:古代卫国世子共伯早死,其妻共姜的父母逼共姜改嫁,媍妇共姜曾作《柏舟》诗自誓,诗中有"泛彼柏舟,在彼中河。髧彼两髦,实维我仪。"后以柏舟之节比喻夫死守节,表示自己不嫁的决心。 (11)曲礼:《礼记》里其中章节篇名之一,以其委曲说吉、凶、宾、军、嘉五礼之事,故名曲礼。 (12)内言:妇女在闺房所说的话。(13)周礼:书名,原名周官,西汉末年列为经而属于礼,故名周礼。内容分天官、地官、春官、夏官、秋官、冬官六篇。 (14)妇德、妇言、妇容、妇工:封建礼教中指所谓妇女的"四德",即有关妇女贞顺的德性、言语的应对、打扮妆饰及家务事等。妇工,即妇功,《后汉书·曹世叔妻传》:"专心纺织,不好戏笑,洁齐酒食,以奉宾客,是谓妇功。" (15)人心不古:人心败坏,不如古人淳厚。 (16)遂:顺心愿。 (17)室如悬磬:屋子里就像悬吊着的空器皿。指家境极其贫寒。磬,器皿。 (18)遐迩:远近。 (19)影只形单:形容形影孤单,没有同伴。 (20)亲操井臼:亲自料理家务。井臼,汲水春米。 (21)躬逢盛典:亲身经历了那种盛世。

5. 王太君贞节碑

伪康德年间

【碑阳】

康 德 □ 年

　　　□ 月 十 日　　　　　　　敬 立

前清□故□公□□继元配王太君(1) 贞 节 碑

　　　　　　　孙□ □ 正

【碑阴】

碑文序』

盖闻天地有正气,男得之为忠孝,女得之为贞节。故忠臣孝子之外,其最难能而可贵者,莫』如节妇,此怀情所以筑台行义,所以表闾(2)也。今为我祖母王太君,年廿一岁,九月于归朱』门,廿二岁七月,而我祖父作古,仅十个月间,而即无夫,子女皆无,形单影只,孤苦已极,迄』今令人言之伤心,闻之酸鼻。嗣继(3)我父永言为子,视为亲生,训诲殷勤,扶养周备。讵料(4)我』父仅生我一人,而即故 去。呜呼!回忆我祖母,少妇无夫,未偕白头之愿,青年早寡,空悠』《黄鹄》之歌,茕茕(5)苦守,情何以堪?乃能减粧(6)盟心,历一生而无改,泛舟立志,誓九泉以不移,处』境何其辛苦,守节何其贞良!是诚□近来所罕见者也,况乎艰辛,弗辞于

□,克尽其操井臼[7]』也。□□敬善之,纺绩而更觉其勤其事翁姑也,□□婴儿之□□而弜□□□□□廉夫人』德贞更高于万人,倘编入《烈女》之传,定播芳名,即举选[8]节妇之词,当无愧色,以巾帼之身,著』冰霜[9]之节,则所以感人心而励俗者。于是乎,在也。噫!既具贞良之美,合膺[10]表扬之荣,爰勒贞』砥[11],庶永垂不朽云。』

知州 高克升 撰』
石工 李云峨 镌』

【碑文简介】

此碑现立于响水观碑林中,碑为汉白玉,碑首已失,仅存碑身。碑高 168 厘米、宽 71 厘米、厚 16.5 厘米。碑已从中间竖断为左右两半,现用水泥粘合。该碑损坏严重,碑阳模糊不清,特别是碑主人公姓名全部铲掉,明显看出是"文革"时期被破坏的产物。碑文 14 行、满行 35 字,阴文楷书,有碑题,为"碑文序"三字,碑边无花纹。

《大连市志·民族志》有著录。

【碑文注释】

(1)太君:旧时对他人母亲的尊称。 (2)表闾:刻石于里门,以表彰其功德。 (3)嗣继:嗣续,传宗接代。 (4)讵料:孰料,谁也没有想到,事出意外。 (5)茕茕(qióng 音穷):孤零的样子。 (6)粧:"妆"的异体字,妇女妆饰物。 (7)操井臼:料理家务。井臼,汲水舂米。 (8)举选:选用。 (9)冰霜:因冰霜冷洁莹净来比喻妇女操守纯洁清白。冰:即"冰"字。 (10)膺:承受,承当。 (11)砥:同"珉"字。

墓 志 铭

1. 文氏家族墓志

1911 年

【铭文】

尝闻积之厚者流之光[1]，培之深者发之速。我文氏一族，当清国定鼎[2]以来，隶籍北京『保定府[3]，从京兵拨在奉天府[4]南金州城满正黄旗舒勒佐领下当差，居住老虎山屯[5]。『唯有始祖化色公一人、始祖母 薛 傅 牛 氏所生七子，分派七支。长支分居文家崴子[6]『处，二支升迁广宁[7]，三支旋[8]回北京，四支仍居老虎山屯，五支迁居大朱家屯[9]处，六支 移居七 顶山[10]处，七支散居小后海及后茔[11]等处。既而，迁居双城[12]者亦有之。惟孙[13]因 『先父[14]敬先 公，于光绪初年远迁江省木兰镇[15]处，耕读营业，家道小康，举家得免冻馁『之忧者，非孙之能为力也，赖我先祖先公[16]积德累仁，有以积培而然也，为此不敢『忘本，着我宗兄[17]文锡昌，从曾祖世字辈中继排廿字，垂留后裔，以冀伦序有常[18]，咸庆 绵绵[19]之福。庶几[20]，宗派不紊，其征绳绳之休[21]，勒诸石珉，永示不忘，谨将廿字开列于左：『世殿先锺 治 安怀永化成 顺心增纪业 元士复忠明』

黑龙江省木兰镇 八世孙 文德邻敬立『中华 民国旧历十月[22]谷旦』

【墓志考】

该碑是在七顶山满族乡文家茔地里发现的，"文革"期间被扔在地畔的荒草乱土堆中，现存响水观碑林中。碑呈黄白色片石，长方形，纵105厘米、横48厘米、厚14厘米，碑断为三截，左上角略缺。碑文12行、满行32字，阴刻小楷，字体俊秀规整。碑边饰以蔓枝叶草纹。

碑文介绍，文氏始族化色公隶北京保定府籍，后拨至金州城满正黄旗舒勒佐领下当差，居住在今七顶山乡老虎山屯，所生七子，分成七支，老大居住在今七顶山乡文家崴子，老二迁居广宁（今兴城），老三返回北京原籍，老四居住在七顶山乡老虎山屯，老五迁居七顶山乡大朱家屯，老六移居七顶山，老七散居小后海及后茔等地。根据后人文治连考证和其家谱中得知，化色的父亲为拉哈，化色所生七子分别是花兰太、佛保、阿金太、那力太、吴成额、那金太、七林保，长支居住文家崴子的记载有误，应是七顶山乡梅家，而文家崴子的文氏是后来从七顶山乡老虎山村迁移过去的，大朱家的文氏是从老虎山迁移过去的。墓志最后交代了光绪年间远迁至黑龙江木兰镇的八世孙文德邻因赖"先祖先公积德累仁"而"家道小康，举家得免冻馁之

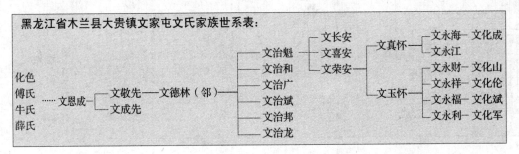

黑龙江省木兰县大贵镇文家屯文氏家族世系表：

化色
傅氏……文恩成——文敬先——文德林（邻）——文治魁、文治和、文治广、文治斌、文治邦、文治龙
牛氏
薛氏

文治魁——文长安、文喜安、文荣安——文真怀——文永海—文化成、文永江
文荣安——文玉怀——文永财—文化山、文永祥—文化伦、文永福—文化斌、文永利—文化军

忧"，因此，无敢忘祖，并刻碑以志。2005年12月6日文氏后人文治连先生特意到黑龙江省木兰县调查得知，当初远迁至黑龙江省木兰镇的除了文敬先外，还有文成先，文敬先为老大，文成先排行老二，哥俩经过多年艰苦创业，逐渐成为当地有名的大户，其后人现在居住在木兰县大贵镇文家屯，碑文中提到的立碑人文德邻（林），是文敬先唯一的儿子。

碑文落款时间为"中华民国旧历十月"，文中没有提及是民国何年，估计当为1911年11月份以后至年底的这一段时间。我们知道，辛亥革命发生的时间为公元1911年10月10日，清政府被推翻，原先的清朝年号废除，新的年号从公元1912年1月1日开始，而废除清王朝年号的时间到年底这一段时间显然是空白，无年号。"旧历十月"，即农历十月，农历十月占有阳历11、12两个月时间，故而碑文只写"中华民国旧历十月"也不足为奇了。

除了文氏家族墓志外，还有一通清朝道光十七年（1837）花色墓志碑，墓志呈长方形碑状，其碑文样式如右，该墓志与上述碑文主人公名字仅有一字之差，即"花"与"化"之别，可能是其后人满文翻译不同所致，在其后人文治连家的宗谱中也为"花色"。此碑和墓志是研究金州地区满族源流和分布情况的重要史料。《金州志·附录·碑记》、《大连市志·民族志》中有著录。

道光十七年十月七日敬之

清故曾祖孝文公　讳　花色之墓志

曾孙德盛率子生员辅任
生员辅仁

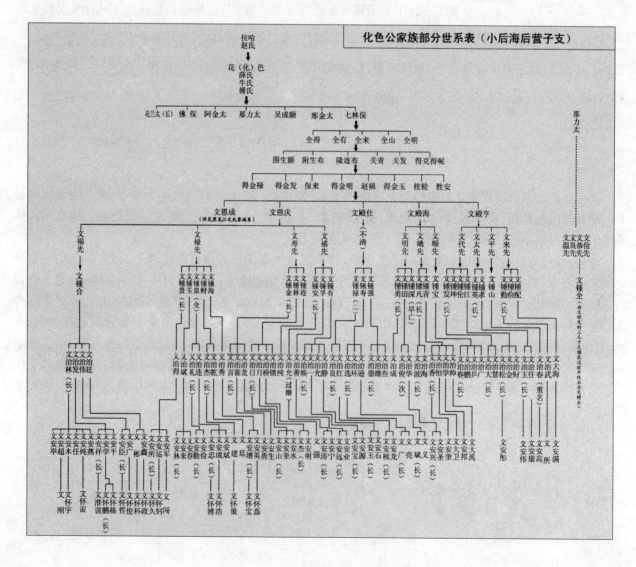

化色公家族部分世系表（小后海后营子支）

【碑文注释】

(1)积之厚,流之光:语出自于《大戴礼·礼三本》:“所以别积厚者流泽光”之句,谓根基深厚,则影响光大。积,通“绩”字,功业。光,光大。 (2)清国:大清帝国的简称。定鼎:定都建立王朝为定鼎。 (3)保定府:今河北省保定市。 (4)奉天府:今辽宁省沈阳市。 (5)老虎山屯:自然屯名,今隶属七顶山乡,位于七顶山屯西3.6公里,屯以老虎山而命名。 (6)文家崴(wǎi 音外,三声)子:自然屯名,今隶属七顶山乡,位于七顶山屯东北2.7公里,屯以该碑文氏在此建屯而得名。 (7)广宁:今辽宁北镇。 (8)旋:不久,顷刻。(9)大朱家屯:自然屯名,今隶属七顶山乡,位于七顶山屯东3.7公里,屯以朱姓在此建屯而得名。 (10)七顶山:自然屯名,今七顶山乡政府、村民委员会驻地。因屯南有7座山峰并排,俗称七顶山,屯以山而得名。(11)小后海:自然屯名,今隶属七顶山乡,位于七顶山屯西6公里,屯因临北海而得名。北海,当地人习惯称后海,故名。后茔:自然屯名,今改为后营子,位于七顶山屯西部4.8公里,屯因文氏老坟茔地在此而得名。(12)双城:在今黑龙江省南部、松花江及其支流拉林河沿岸,邻接吉林省,1882年清政府设立双城厅,1913年改县。 (13)孙:这里特指文氏八世孙文德邻。见碑落款。 (14)先父:自称已死的父亲。 (15)木兰镇:县名,在今黑龙江省中部偏南,松花江北岸,因境内木兰达河而得名,1905年置县。 (16)先公:自称已死的父亲。 (17)宗兄:古代庶子称比自己年长的嫡子族兄或同姓兄的总称。 (18)伦序有常:封建社会的伦理道德,即父子有亲,夫妇有别,长幼有序等。 (19)庶几:也许可以,表示希望或推测之词。 (20)绵绵:连绵不绝。语出自《诗·大雅·绵》:“绵绵瓜瓞,民之初生。” (21)绳绳(shēng 音升):众多的样子。休:喜庆,奖美。(22)中华民国旧历十月:1911年11月~12月,参阅碑文简介。

2. 王永江墓志铭

民国十六年(1927)

【篆盖】

特任内务』总长奉天』省长王公』墓志铭

【铭文】

特任内务总长奉天省长王公墓志铭[1]』

胶州[2]柯劭忞[3]撰文 金华[4]金兆丰[5]书丹 满洲金梁[6]篆盖』公姓王氏,讳永江,字岷源,号铁庵。先世蓬莱县人,后迁奉天金县,遂占籍[7]。祖作霖,』妣[8]氏许,父克谦,公正明爽,领袖商[9]界,母邱氏,有懿行[10]。生二子,公其长也。生而岐嶷[11],』弱冠[12]与弟永潮并以文学有声,庠序[13]补博士弟子[14],食饩贡[15],成均[16]起家,候选府经。历』辽阳警务学堂监督警务长,累保知县、知府。署奉天民政司使、兴凤道;历莞[17]奉天』官地清丈局、东三省屯垦局、省垣[18]、牛、海、辽、康[19]税捐征收局;署警务处〈长兼警察』厅〈长,调财政厅〈长兼代奉天省长,旋[20]实授特任内务部总长,辞不就。民国十』六年丁卯十月八日[21]卒,距生于同治十一年正月九日[22],年五十有六。前后赉[23]二等』大绶宝光嘉禾章,一等大绶嘉禾章,一等文虎章,追赠勲三位,尤为异数[24]云。公才』谞[25]天授,而博达古今,明于治体[26]。故歘历剧要[27],俱著声绩。尤长于理财,为一时所推』重。武昌兵事[28]起,奉天俶扰[29],不逞之徒[30]袭铁岭,陷之,远近为之震慽[31]。总督赵公尔巽[32]』雅知[33]公,乃檄[34]公往平。铁岭之乱,不及浃旬[35],县城复,而乱党熸[36]。当事者咸服公之干』略,以为非速蒇[37]其事,且蔓延全省矣。公遂由知府超署[38]民政司使。民国改建,旋署』兴凤道。未久,辞归。项城总统[39]招公入都,交内务部存记道尹。今大元帅张公[40]以督』军兼省长,倚公整顿财赋。凡权务、税捐、清丈、屯垦诸要政,一畀[41]公领之。洊[42]擢财政』厅长,公亦慨然,以理烦治剧[43]为己任,不辞劳怨也。奉天财政向有积欠,公莅任不』及数年,宿负[44]既偿,赢余钜万。综覆之才,中外第一。追公以财政长兼省长,益得发』舒,所蕴吏治蒸々,大法小廉,令行而吏不敢欺,款集而事靡⁽⁴⁵⁾弗举。于是扪⁽⁴⁶⁾大学、造』铁路、建纺织厂,规模宏远,非徒为一时之利也。至于帷幄之谋,密勿⁽⁴⁷⁾之计,凡公所』造膝⁽⁴⁸⁾而陈者,或曰⁽⁴⁹⁾势而为转移,或据理而争可否。一时鱼水,片言针芥,固不能窥』其涯涘⁽⁵⁰⁾矣。然公刚毅自持,力矫诡随⁽⁵¹⁾之习,难进易退,遽赋遂初⁽⁵²⁾。大元帅复念勋劳,』敦促再出,卒不起,未几,竟卒于私第焉。公綦财政久,厘剔尤严,乡人或议公损下』以益上。及公以政见龃龉⁽⁵³⁾,解组⁽⁵⁴⁾而归,始信公挚于爱民,忠于谋国,同声悲悼,不复』存瑕疵之见矣。乌虖⁽⁵⁵⁾贤哉!公配曹夫人。子四,贤泌、贤沛、贤潆、贤潏。女二,长适霍,次』适倪。孙二。以本年十一月十六日,葬于金县祖茔。介⁽⁵⁶⁾袁君洁珊金铠⁽⁵⁷⁾来请铭,劢悫』素稔⁽⁵⁸⁾公,不敢以不文辞。铭曰:』辽海之滨,挺生伟人。揆⁽⁵⁹⁾厥才能,以济艰屯⁽⁶⁰⁾。为民为国,其志无他。刚坚之操,不磷不』磨。百蕴一施,藏于幽宅。永表勋庸,勒铭窀石⁽⁶¹⁾。』

中华民国十六年岁次丁卯季冬⁽⁶²⁾之月。』穆振溪刊石⁽⁶³⁾』

【墓志铭考】

刻于民国十六年(1927)。墓志呈正方形,青石质,有盖。边长 75 厘米,总厚 26 厘米,其中底、盖的厚度均为 13 厘米。盖题目为"特任内务总长奉天省长王公墓志名",右起纵刻,阴刻篆书,分为竖四行,满行 4 字,共计 15 字,有界格。墓志竖 31 行、满行 31 字,阴刻小楷,亦有界格。

王永江像

王永江是张作霖统治东北时期的杰出人物,无论是在政治、经济、文化、教育等方面都留下了重要的轨迹。该墓志铭概述了王永江一生的行状,是研究王永江最重要的资料。墓志铭全文共分三部分,第一部分简述王永江的家世和简历;第二部分概述王永江的功绩;第三部分略记王永江的后代及颂词。据墓志铭介绍:王永江,字岷源,号铁庵,生于清同治十一年(1872),祖籍山东蓬莱县人。祖父王作霖,父亲王克谦,母亲邱氏,生二子,王永江和王永潮,王永江排行老大。二人少年时,就以科举成绩优异而闻名。父王克谦(1820~1928),字益芝,聪颖慧悟,幼年弃学从商,刚正不阿,伸张正义,维护商户利益,逐渐被商界推为领袖。光绪八年(1882)清政府开始在旅顺建军港、炮台,清军云集,搅扰商民,没有一个敢吱声。有粮台官某,寻隙勒索敲诈诸商户,众商户都惧怕不敢言。克谦挺身而出,叱咤如雷,据理力争,终于使官某认错而返。金州城年久失修,急需资金修缮,但无资金,克谦倡集众商,不日募集成巨资。克谦还救困扶危,受到世人的交口称赞。

王永江光绪二十六年(1900)岁贡,王永潮为光绪二十六年(1900)庚子科优贡。王永江历任辽阳警务学堂监督、警务长;屡次保荐为知县、知府。署奉天民政司使、兴凤道,管理奉天官地清丈局、东三省屯垦局、省垣、牛庄、海城、辽阳、康平税捐征收局;署警务处处长兼警察厅厅长,调财政厅厅长并代理奉天省长,不久授特任内务部总长,推辞没有任职。民国十六年十月八日即公元 1927 年 11 月 1 日卒,享年 56 岁。其中,王永江理财的才能最为时人所推重。以上是其第一部分。

第二部分以武昌起义开篇,铁岭县城被革命党人占领,赵尔巽派王永江前往收复写起,仅仅数日,王永江就收回铁岭县城。从此,王永江挤身于上层社会,由地方官吏一跃升为民政司使的上层官员。"民国改建"即 1912 年署理兴凤道,管理中朝边境地区,不久辞职。1913 年袁世凯就任中华民国大总统,王永江被召京,以内务道尹存记。1916 年大元帅张作霖"以督军兼省长",开始对奉省的统治。张作霖依靠王永江全面整顿财赋、权务、税捐、清丈屯垦等诸要政。1917 年张作霖对奉省年年靠借债过日子的财政状况非常不满意,调王永江任财政厅厅长,王永江到任后,不仅偿还了数年外债,而且赢余千万;1919 王永江任财政厅长兼省长,大刀阔斧整顿吏治,首重纲纪,厉禁中饱私囊,并制定出税赋成绩考核条例,一时"吏治蒸蒸,大法小廉,令行而吏不敢欺,款集而事靡弗举。"1922 年建造(东北)大学、造铁路(奉天—龙海和打虎山—通辽等)、1923 年开办(奉天)纺纱厂等诸多实业,出现了"金融稳、仓廪实"的局面。

第三部分简单交代王永江的后人等及对王永江的颂词。

该墓志由王永江的生前挚友袁金凯请当时著名史学家柯劭忞撰文。王永江逝世后,张作霖拨治丧费五千圆,袁金凯为治丧主要负责人。时任清史馆总理史稿发刊事宜总阅的袁金凯知道,对王永江的一生不是一般人所能够随便评论的,因此,这项对王永江一生的功过带有定性的墓志铭只有当时国家设立的清史馆才有资历撰写,清史馆兼代馆长总纂柯劭忞、纂修金兆丰、办理史稿校刻事宜总阅金梁等与袁金凯既是同事关系,平日私人关系又不一般,自然,就有了上述这篇名闻遐迩的《王永江墓志铭》。袁金凯(1870~1947),字洁珊,又字兆庸,晚号庸庐,辽阳人,沈阳萃生属员肄业。20岁时补为生员,任辽阳州巡警总局局董。1909年任奉天咨议局议员、副议长。1916年任奉省督军署秘书长。1919年任黑龙江军署秘书长等职务。1927年任镇威上将军公署高等顾问兼清史馆编修、故宫博物院管委会第二副委员长。张作霖死后,任东北政务委员会委员。1930年担任《奉天通志》馆副馆长等。伪满洲国成立后,曾任伪奉天省省长、参议、尚书府大臣等多项职务,1947年病逝于辽阳,享年77岁。柯劭忞(1850~1933),山东胶县人,字凤荪,号蓼园,光绪十二年(1886)进士,入翰林,散馆授职编修。1901年简充湖南学政。还京后,历国子监司业、翰林院撰文、侍讲。1906年赴日本考察学务,任贵州提学使。辛亥革命后,设清史馆,代理馆长,点纂《清史稿》,整理《儒林》、《文苑》等传。后著书《新元史》,名闻遐迩。工书法,与沈曾植齐名,有"南沈北柯"之称。金

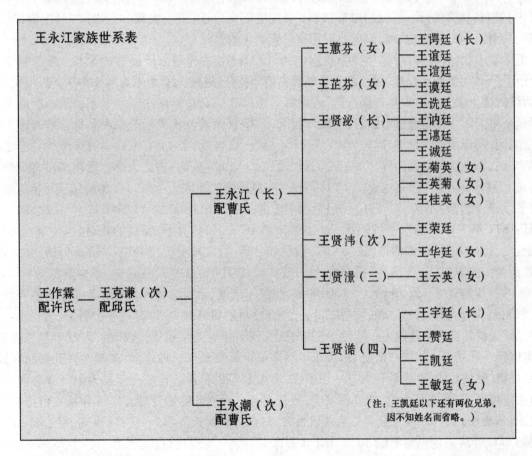

王永江家族世系表

（注：王凯廷以下还有两位兄弟，因不知姓名而省略。）

兆丰书丹。金兆丰为浙江金华人士,民国时期著名书法家,史学家,曾担任清史馆纂修,著有《清史大纲》。通观金兆丰小楷笔法,取自于欧阳询《九成宫醴泉铭》,笔致内敛,刚劲峭拔,点画清润峻整,笔笔精到,筋骨毕呈,腕力极强,其结构严谨,笔画细瘦但不纤弱,是小楷典范之作。而志盖由金梁所书写,金梁(1878~1962),字息侯,号东华旧史、小肃、东庐等,浙江杭州驻防满洲正白旗人,光绪甲辰(1904)进士。1908年典守沈阳故宫古物,辑《盛京故宫书画录》。1911年任新民府知府,后官奉天省政务厅长,曾为《大公报》撰社评。工书法,尤擅长篆籀,著述甚富。该墓志盖虽然寥寥数字,却充分体现了金梁先生大篆书体中参和小篆笔意,方圆兼济,笔画厚重古拙,笔笔中锋,线条沉着老道,魄力淳厚,堪称大家之风范。

王永江墓志在没有出土前,只有零星拓本存世,人们很少看到其真容。1991 年 11 月 25 日,金州博物馆对王永江墓进行调查清理时发现了此墓志,该墓志埋在墓圹前一米左右的地下。因而,王永江墓志出土后,顿时引起世人的关注和轰动,视如珍宝。王永江墓位于金州区中长街道东风村冯家屯一王氏农民菜园地中,这里原是王永江祖坟所在地。1993 年该墓被列为大连市市级文物保护单位,1994 年重修。原王永江墓前树立《内务部总长奉天省长勋三位王公神道碑》一通,内容与此墓志大同小异,但比墓志更为详尽、丰富,也是研究王永江的珍贵资料,可惜早年被毁,这反而凸显出王永江墓志的珍贵。

《王永江墓志》现藏于金州博物馆中。《王永江文集》、《帝国主义侵略大连史丛书·大连近百年史文献》均有著录。

【碑文注释】

(1)墓志铭:埋在墓中的志墓文。一般用正方形两石相合,盖刻标题,底刻志铭,志题死者姓氏、籍贯、官爵、生平事迹等,平放在棺前。 (2)胶州:今山东胶州市。 (3)柯劭忞(1850~1933),山东胶县人,字凤荪,号蓼园。详见碑文简介。 (4)金华:今浙江金华市。 (5)金兆丰:见碑文简介。 (6)金梁:详见碑文简介。 (7)占籍:自外地迁至新地,成为有户籍的当地居民。 (8)妣:祖母。 (9)商:为"商"字笔误。 (10)懿行:犹言善行。 (11)岐嶷(qí nì 音其逆):出自于《诗·大雅·生民》:"诞实匍匐(pú fú),克岐克嶷。"毛传:"岐,知意也;嶷,识也。"后用来形容幼年聪慧懂事。 (12)弱冠:古时男子二十岁成人,初加冠,但体质未壮,故称弱,后称年少为弱冠。 (13)庠序:古代地方所设立的学校。后泛指学校。 (14)博士弟子:该名称始于汉朝,因汉朝太学教授由博士担任,遂称太学学生为博士弟子,又简称太学生或诸生。西汉时博士弟子或由太常直接选送,或由郡县道邑选送。其标准注重品学和仪表。学制无一定年限,以考试及格为限。凡是通过考试者,一般可授官,品学兼优者可从优授予中央和地方的行政官员。在太学从学期间,同样可以受荐举,进身为吏。 (15)食饩(xì 音戏)贡:由官家向学习成绩优异的学生发给一定生活补贴,享受这一待遇的称"食饩贡"。饩,赠送。 (16)成均:古之大学。后用来对官设学校的泛称。 (17)筦(guǎn):同"管",主管。 (18)省垣:省城周围的地区。 (19)牛、海、辽、康:指牛庄、海城、辽阳、康平。 (20)旋:不久。 (21)民国十六年丁卯十月八日:1927 年 11 月 1 日。 (22)同治十一年正月九日:1872 年 2 月 17 日。 (23)赉(lài 音赖):赐予。 (24)异数:特殊的礼遇。 (25)才谞(xū 音虚):才智。 (26)治体:治国的体要。 (27)敭(yáng)历:居官时间长,经历多。敭,同"扬"字。剧要:指担任重要而繁忙的职位。 (28)武昌兵事:指 1911 年 10 月 10 日的武昌起义,即辛亥革命。 (29)俶(chù 音触)扰:开始骚动。俶,开始。 (30)不逞之徒:不满意、不得志的人。后称为非作歹的人为不逞之徒。 (31)憿(jiè 音借):警戒。憿,同"戒"字。 (32)赵尔巽(1844~1927):字次珊,又名次山,号公镶,又号无补,奉天铁岭汉军正蓝旗人。同治十三年进士,授编修。光绪八年,改御史,以敢于直言进谏著称。后升湖南巡抚。光绪三十年署户部尚书,第二年授盛京将军兼摄东三省总督,裁撤盛京五部和府尹,淘汰旗官参用民吏,整顿税收,整顿奉省地方一切事宜,不久调四川总督。宣统三年复为东三省总督。武昌起义后,力主保境平安,驱逐单命党,成立保安会,自任会长。旋辞职隐居青岛。1914 年成立清史馆,被聘为总裁,主编《清史稿》。1925 年出任善后会议议长、临时参政院议长等职。 (33)雅知:很了解。雅,非常。 (34)撽(qiào 音窍):这里为笔误,应为"檄(xí 音席)"字。 (35)浃(jiā 音家)旬:十天,一旬。 (36)熸(jiān 音尖):火灭。这里引申为溃败。 (37)蒇(chǎn 音产):解决。此处引申为平息之意。 (38)超署:低级官吏就任高级职务。 (39)项城总统:指袁世凯。袁世凯为河南项城人,武昌起义胜利后,窃取中华民国临时大总统的宝座,故称。 (40)大元帅张公:指张作霖。张作霖(1875.3.19——1928.6.4),字雨亭,奉系军阀首领。1928 年 6 月 4 月晨 5 时许,当张作霖所乘由北京返回奉天专列驶到皇姑屯附近时,被日本关东军炸死。 (41)畀(bì 音必):给予。 (42)洊(jiàn 音见):再次。 (43)治剧:处理难办繁重的事务。 (44)宿负:旧欠的赔偿,即债务。 (45)縻:分散。 (46)剙:同"创"字。 (47)密勿:机要,机密。 (48)造膝:至于膝下,引申为亲近。 (49)曰:同"因"字。 (50)涯涘(sì 音四):界限,边际。

溇,水边,河边。　(51)诡随:放肆诡诈,狡诈欺骗。　(52)遂初:去官隐居,得遂其初愿。　(53)龃龉(chǔ yǔ 音储宇):不相吻合。　(54)解组:解下印绶,谓辞去官职。组,印绶。　(55)虖(hū):通"乎"字。　(56)介:大。引申为对人的尊称,著名、闻名之意。　(57)袁金凯:(1870~1947),字洁册,又字兆庸,晚号庸庐,辽阳人。详见碑文简介。　(58)稔(rěn 音忍):事物酝酿成熟。此处引申为熟悉之意。　(59)焱(yàn 音谚):光芒照天。　(60)艰屯:艰难困苦。　(61)窆(biǎn 音匾)石:指墓志铭。窆,落葬,因墓志铭落入地下,故称。　(62)季冬:冬季的第三个月,即农历十二月。　(63)刊石:刻在石上。

3. 孙士材夫妇合葬墓志铭

1936 年

【铭文】

清故太学生⁽¹⁾金州孙君夫妇合葬墓志铭』

赐进士出身道府用、前学部郎中吴县王季烈⁽²⁾撰文』赐进士出身前总管内务府大臣长白宝熙⁽³⁾书丹』前南书房行走学部参事官上虞罗振玉⁽⁴⁾篆盖』君,讳士材,字达臣,奉天金州人也。祖贯山东蓬莱,曾祖琢,乾隆中浮』海北来,遂占籍⁽⁵⁾焉,妣⁽⁶⁾氏林。祖如荣,妣氏李、氏桑。父丽明⁽⁷⁾,以贾起家,妣』氏蔡,有贤惠⁽⁸⁾,庶妣氏杨。昆弟⁽⁹⁾七人,伯仲⁽¹⁰⁾暨君嫡出,诸季⁽¹¹⁾皆庶出。君天』性孝友,读书颖悟,年十七,父命佐理家务,遂辍读。时家口繁多,君精』明浑厚,内外巨细,擘画⁽¹²⁾咸宜。父性严,子弟微过,刻责不少宽。君事之』以谨,下气柔声,父怒为之立解。光绪初,伯兄卒,君事寡嫂,抚幼孤,惟』恐弗周。父晚年好静,命诸子析爨⁽¹³⁾,各治生计。君乃异居,而昏晨定省⁽¹⁴⁾,』无间风雨,昆季⁽¹⁵⁾尤朝夕相聚,不异同居。甲午战起,金州土匪猖獗,父』惊恐得疾,君侍汤药,至废寝食。越年,丧父。哀戚中,又侍母,疾躬涤⁽¹⁶⁾厕,』褕衣⁽¹⁷⁾不解带者数月,旋遭母丧,毁几灭性⁽¹⁸⁾。父母既葬,每五日必率子』侄至墓拜奠。又尝偕至蓬莱祭扫祖茔,拟修族谱,未果,赍志⁽¹⁹⁾以殁,时』辛酉十二月初五日⁽²⁰⁾也,生于咸丰辛亥二月十五日⁽²¹⁾,春秋七十有一。』君持己敬,待人宽,自奉⁽²²⁾薄,施与厚,振⁽²³⁾饥煮粥,兴学捐赀,数十年如一』日。弱冠废读,每以为憾。晚诵先正⁽²⁴⁾格言,手不释卷,由俊秀⁽²⁵⁾捐振,补国』子监生。配韩孺人,同邑韩时省女,幼娴闺,训孝事舅姑⁽²⁶⁾,相夫教子,实』能佐成君之美行。中年,以姑病持斋⁽²⁷⁾奉佛,至老不懈,殁于丙子十月』二十五日⁽²⁸⁾,生于咸丰癸丑五月初五日⁽²⁹⁾,春秋八十有四。子二,福履、福』泽。女二,适李、适王。孙四,德徽、德勖、德埥、德嘉。孙女五,适庞、适曲,余待』字。曾孙五,培琳、培琛、培璠、培琦、培玮。曾孙女一。君卒后六日,葬金州』东门外城照山⁽³⁰⁾祖茔之次。越十六年辜月⁽³¹⁾朔,启君兆⁽³²⁾,以韩孺人柩合』窆焉。因君葬未具志石,请余追为之铭,铭曰:』肇服贾⁽³³⁾,孝父母。有内助,恤穷贫。富能仁,裕后昆⁽³⁴⁾,铭此同穴,永垂芳烈。』

梁溪⁽³⁵⁾杨宗寿刻』

【墓志铭简介】

　　孙士材(1850~1922)字达臣,是孙镜堂第三子,由于孙镜堂早年经商,孙士材不得不辍学协助父亲照看家务,墓志中叙述了孙士材侍奉父母、照看寡嫂幼侄的一些事情以及妻子韩孺人(1853~1936)贤惠教子,佐理孙士材持家之事,是研究孙氏家族的重要资料。该墓志是孙士材死后十六年即孙士材妻子韩孺人逝世时(1936)刻的,今墓志不存,仅存拓片。拓片长、宽均为57厘米,27行、满行26字,阴文楷书。墓志由王季烈撰文、宝熙书丹、罗振玉篆盖,盖文失拓。中国北京国家图书馆历史文献部保存有拓片,本墓志铭由其抄录而成。

　　孙宝田的三儿子孙械蔚老先生介绍,该墓志是孙宝田乞求恩师王季烈、罗振玉撰写,因孙镜堂三女儿嫁给了毕世珙(字宝山),而毕世珙的次女嫁给了孙尚义,孙尚义就是孙宝田的父亲。

【碑文注释】

(1)太学生:中国古代太学的学生。《新唐书·选举志》:"凡学生皆隶于国子监,国事学生三百人,太学生五百人。" (2)王季烈:详见《金州孙处士元配毕氏墓志铭》简介。 (3)宝熙:详见《金州孙处士元配毕氏墓志铭》简介。 (4)罗振玉:详见《金州孙处士元配毕氏墓志铭》简介。 (5)占籍:见《王永江墓志铭》注释(7)。 (6)妣:祖母和祖母辈以上女性祖先。 (7)丽明:即孙镜堂,内容详见《清赠奉政大夫金州孙公镜堂之墓表》。 (8)悳:"德"字古字。 (9)昆弟:兄弟。 (10)伯仲:古代以伯、仲、叔、季表示兄弟之间的长幼顺序,季为最幼者。 (11)季:见注释(10)。 (12)擘(bò)画:筹谋处理。 (13)析爨:各起炉灶,即分家。 (14)昏晨定省:亦作"昏定晨省",旧时子女侍奉父母朝夕问定的礼节,昏时(天刚黑)为父母安定床衽,晨起省问安否。 (15)昆季:兄弟,长为昆,幼为季。 (16)涤:洗去污垢。 (17)褕(tóu)衣:贴身的内衣。 (18)灭性:旧谓因丧亲过度悲伤而危及生命。 (19)赍(jī)志:怀抱志向。 (20)辛酉十二月初五日:1922年1月2日。 (21)咸丰辛亥二月十五日:1851年3月17日。 (22)自奉:自己的日常供养。 (23)振:同"赈"字。 (24)先正:先代之臣,后多指前代的贤人。正,长。 (25)俊秀:明初定平民等级有郎、官、秀之别,秀,即俊秀。嘉靖以后,富家之弟援生员之例纳粟入国子监的叫俊秀,亦称民生。 (26)舅姑:丈夫的父母。 (27)持斋:佛教徒持守戒律而素食。佛教原以过正午不吃饭曰斋,后多指不杀生而素食。 (28)丙子十月二十五日:1936年12月8日。 (29)咸丰癸丑五月初五日:1853年6月11日。 (30)城照山:今金州城东东山。 (31)辜月:农历十一月。 (32)兆:指墓地的界域(墓域)。 (33)肇:开始。服贾(gǔ):从商,经商。 (34)后昆:后代子孙。 (35)梁溪:旧时对江苏无锡的别称,因城西梁溪而得名。

4. 金州孙尚义元配毕氏墓志铭

民国二十五年(1936)

【篆盖】

金州孙『处士元『配毕氏『墓志铭』

【铭文】

金州孙处士元配[1]毕氏墓志铭』

赐进士出身、前学部郎中、吴县王季烈[2]撰文『赐进士出身、前学部左侍郎、长白宝熙[3]书丹『南书房行走、前学部参事、上虞罗振玉[4]篆盖』夫人氏毕,其先自山东文登,移居金州城东洼子村。』世业农。父世珌,始读儒书,训迪[5]后进,为乡里所矜式[6]。』母孙孺人[7],有淑德。夫人幼明敏,性贞静,烹饪针黹[8],罔『弗精工。年二十,适同邑孙处士尚义,时舅姑在堂[9],族『人众多。夫人佐处士治家,区画综理。遇疑难事,当机『立断,避难播迁[10],板舆[11]无恙,人咸谓处士得贤内助。至『于养生之必谨必周,送死之尽哀尽礼,以及祷天请『代,竟愈。夫疾,奉养病母,吮疽[12]获瘳[13],凡此,至行人所难』能。晚岁,义方[14]教子,家政勤劬[15],不遑[16]暇逸,遂婴痼疾[17],以『己巳十一月十七日[18]卒于家,生于光绪庚辰二月初『十日[19],春秋[20]五十。卒后七日,葬于城北曲家甸祖阡[21]之『次。葬后八年,处士追念懿淑情深伉俪,命子宝田[22]叙『述夫人行事[23],丐余为铭幽之文。宝田及余门有年[24],朴『诚好学,知其出自贤母之教,爰不辞而为之铭。曰:『为女孝,为妇贤。教厥子,垂名言。具斯懿行,天不假年[25]。』我铭此阡,以勖[26]其子之进悳[27],且懔[28]夫子悼思之无端[29]』

【墓志铭简介】

这是一方孙宝田母亲毕氏的墓志铭。毕氏之墓位于金州城东北青山曲家甸子村,是孙氏祖坟所在地。

2006 年 1 月 15 日青山村在修建公路时发现的该墓志。墓志为青石质,正方形,有盖,边长 54 厘米,总厚 17 厘米,其中底、盖的厚度均为 8.5 厘米。墓志出土时,墓志由两道铁箍固定。墓志刻于民国二十五年(1936),中国北京国家图书馆历史文献部保存有其拓片,墓志拓片纵、横均为 51.5 厘米,盖拓片纵 38 厘米、横 43 厘米,王季烈文、宝熙书、罗振玉篆盖。墓志竖行 21、满行 20 字,阴刻楷书;墓盖右起纵刻"金州孙处士元配毕氏墓志铭"12 字,竖 4 行,每行 3 字,阴刻篆书,盖和墓志文中均有界格。

据墓志载,毕氏,父毕世珙,母孙孺人,先祖祖籍山东文登县,清初移至金州城东洼子村,毕氏为毕世珙二女儿,1900 年嫁给孙尚义。墓志中叙述了毕氏在治家、处事、侍奉婆母、教子等方面一生事迹,是丈夫得力的贤内助。另据孙氏家谱记载:"迁金州始祖讳成义公,于乾隆年间自山东登州府宁海州渡海来辽,占籍金州,住城北十三里屯。考讳其相,姚氏王、氏魏,配张氏;子二,永春、永泰。

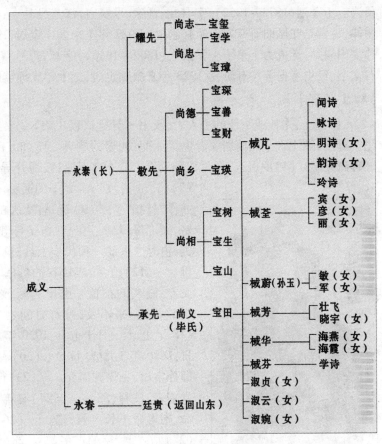

孙尚义家族世系表

公生卒年失考,葬金州城北曲家甸北山之阳。二世讳永泰,字小康,嘉庆十八年癸酉某月日生,同治五年丙寅五月二十六日卒。配纪氏,嘉庆十六年辛未五月十七日生,光绪己卯四月二十八日卒。合袝于曲家甸祖茔之次。子三,耀先、敬先、承先,女三,长适麻,次皆夭。"

文中还夸奖了毕氏的唯一儿子孙宝田"朴诚好学"。孙宝田(1903～1991):字玉良,晚年号辽海赘翁。青年时期,任金州女子高等学校教员,善书法,尤工楷书,清秀端庄,自成一体。同时,对大连地方的考古、历史均有很深的造诣,著作颇丰,著有《旅大文献征存》《燕京纪行》等。其中《旅大文献征存》是孙宝田考察研究大连地方史最重要的志书,内容函盖了大连地区的历史、文物古迹、地方统治机构、人物、杂记等各个方面,全书为手稿本,九卷,18 万余字。卷一为金州沿革、古城、岛屿、位置、和明清建制,并附俄、日统治机构;卷二分为明清选举、名胜古迹;卷三为战争;卷四是外事、条约;卷五是奏议;卷六为墓表、庙祀、碑记、祠记;卷七为艺文;卷八为杂记、职官(地方官吏、地方人士);卷九是续编(考古、人物)、补遗(地震、地方轶事)。另外附有拓片一册、沿海地图等。

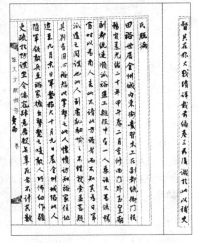

《旅大文献征存·续编》手迹

三十年代，孙宝田曾拜师学艺王季烈、罗振玉，是王、罗最得意的门生弟子，宝熙与罗振玉之间的关系密切，因而三人为孙母撰写墓志也是顺理成章之事。按宝熙：字瑞臣，号沉庵，又号长白山人。满洲正蓝旗人，清宗室。1930年后，来大连卖字为业，1932年伪满成立，先后任参议府参议、宫内顾问等职务。工书法，善诗。王季烈（1873～1952），字君九、晋除，号螾庐，江苏吴县人，清甲辰科（1904）进士，官学部郎中，精通曲律，特别是在昆曲研究方面颇有建树。1927年王来大连定居，1930年与罗振玉来金州明伦堂讲学，颇受孙宝田崇拜，遂成为王弟子。罗振玉（1860～1940），字叔言，号雪堂、贞松，浙江上虞人，近代大学者，对金石文字、经史考据等均有研究，1928年来旅顺定居，三十年代孙宝田拜罗振玉为师，其学术受罗影响很大。

【碑文注释】

（1）处士：未仕或不仕的士人。《汉书·异姓诸侯王表》："秦既称帝，患周之败，以为起于处士横议。"注："处士，谓不官于朝而居家者也。"元配：初娶的嫡妻。　（2）王季烈：详见该碑简介。　（3）宝熙：详见该碑简介。　（4）罗振玉：详见该碑简介。　（5）训迪：教诲开导。　（6）矜（jīn 音斤）式：尊重效法。

（7）孺（rǔ 音汝）人：妻子的通称。　（8）针黹（zhǐ 音止）：缝纫刺绣之事，亦作"针指"。　（9）舅姑：丈夫的父母。《尔雅·释亲》："妇称夫之父曰舅，夫之母曰姑。"在堂：指父母健在。　（10）播迁：流离迁徙。　（11）板舆：古时老人的一种代步工具，也作"版舆"。后代指官吏在任时奉养的父母。　（12）疽：结成块状的毒疮。　（13）瘳（chōu 音抽）：病愈。　（14）义方：做人的正道。引申为家教之意。　（15）劬（qū 音屈）：勤劳。（16）不遑：来不及，没有时间。　（17）瘿瘤疾：患上积久难治之病。（18）己巳十一月十七日：1929年12月17日。　（19）光绪庚辰二月初十日：1880年3月20日。　（20）春秋：年龄。　（21）阡：墓。　（22）宝田：即孙宝田，见该碑简介。　（23）行事：即行状，见《清赠奉政大夫金州孙镜堂墓表》注释（53）。　（24）有年：多年。　（25）天不假年：上天不给予寿命，指寿命不长。假，借。　（26）勖（xù 音叙）：亦作"勗"字，勉励。（27）悳："德"字的古字。　（28）慁：同"慰"字，抚慰，安慰。　（29）悼思："思"字，应为"恩"字，作者笔误。怀念旧恩。无端：没有起点，也没有尽头，形容没完没了。

孙宝田夫妇与三子孙玉合影
（1990年5月）

附：

在孙氏后代中，除了上面介绍孙宝田因史学、书法闻名于世外，孙宝田第三子孙械蔚也在史学上有所建树。

孙械蔚，笔名孙玉，金州人，生于1933年7月12日，从事中学历史教学达三十余年，1993年退休后受聘于大连市史志办，编写《大连市志》十余年，任《大连市志》中的《行政建置志》、《大事记》、《教育志》执行主编、副主编。参与编写《人物志》、《大连市情》、《大连百科全书》、《大连之最》、《大连风云录》、《大连近百年史》、《大连通史》等书，著有《历史上的今天》。近年以来，孙玉以《大连日报》为媒体平台，全面介绍大连地区的历史、老建筑以及名人逸事等文章不下百余篇，为宣传大连做出了贡献。

孙玉系沙河口区政协二、三、四届委员，文史委副主任，中国收藏家协会会员，曾向国家捐献文物二百余件。入选《中华收藏名家辞典》、《世界名人录》（中国第二卷）、《中国作家辞典》等，现任大连市重点保护建筑专家委员会副主任。爱新觉罗·毓嶦曾对孙玉作出这样形象的评价："自处超然，处人蔼然。有事斩然，无事澄然。得意淡然，失意泰然。"

5. 林维周检察官妻初氏墓志铭

民国二十八年(1939)

【篆盖】

金州林『检察官『妻初氏『墓志铭』

【铭文】

金州林检察官妻初氏墓志铭』

赐进士出身、前学部郎中、吴县王季烈[1]撰文『赐进士出身、前学部左侍郎、长白宝熙[2]书丹『南书房行走、前学部参事、上虞罗振玉[3]篆盖『乙卯四月十四日[4],金州林检察官维周,葬其妻『初氏于城北十三里屯西北甸子之祖阡[5],具事『实丐余为之铭。氏,讳玉梅,同邑初处士[6]文成之『长女,幼娴姆教,秉性温和,年二十四归[7]检察君。『持家勤俭,事舅姑,以孝闻。检察君游学东瀛[8],往『往终岁[9]作客,而温清[10]不衍于子职[11],旨蓄无缺于『御冬[12],皆氏力也。暨乎随宦在外,氏尤俭约,自持『以勗[13]。夫子之清德[14],而乃天道无征[15],于是月八日『疾卒沈阳旅次[16]。生于光绪乙巳十二月二十七『日[17],春秋三十有五,其反葬[18]也。戚郿[19]莫不惋惜,慈『姑[20]哀之尤甚。非氏之贤而能若是乎?子一,鸿宾。『女二,皆幼。铭曰:『姑称其孝,夫述其贤。具此令惪[21],胡不永年。吁嗟『乎[22],身未食其报。我以卜夫后嗣之緜緜[23]。』

梁溪杨宗寿刻』

【墓志铭简介】

　　该墓志刻于民国二十八年(1939),王季烈撰文、宝熙书丹、罗振玉篆盖,现仅存墓志拓片。拓片纵、横均为48.5厘米,盖拓片纵36厘米、横39厘米。墓志文19行、满行18字,共计306字,阴刻楷书。墓志盖书"金州林检察官妻初氏墓志铭"12字,右起纵刻,竖4行,每行4字,计16字,阴刻篆书。墓志叙述了林维周检察官妻子初玉梅(1905～1939)丈夫不在家,初氏勤俭持家,全力照看家庭父母孩子,协助丈夫作好工作,以解除丈夫后顾之忧的动人事迹,不幸英年早逝,读后使人潸然泪下,感人至深。孙宝田的儿子孙械蔚(孙玉)介绍说,该墓志也是当年孙宝田乞求恩师王季烈、罗振玉撰写的。因为林维周母亲是孙宝田的亲大姨,即孙宝田母亲的姐姐。

　　孙玉先生同时还对林维周作了回忆,林最高官职曾担任过伪满洲国检察官次长,在职期间,曾拯救过不少革命志士和进步人士,"文革"期间被扣上反革命分子的帽子,下放金州农村改造,由于人们知道此人做过不少好事,因而对待他比较客气。林至八十余岁才去世。

　　中国北京国家图书馆历史文献部保存有拓片,本墓志铭据其抄录而成。

【碑文注释】

　　(1)吴县:县名,在今江苏苏州市郊。王季烈:详见《孙尚义元配毕氏墓志铭》简介。　　(2)宝熙:详见《孙尚义元配毕氏墓志铭》简介。　　(3)上虞:县名,在今浙江省绍兴市东部。罗振玉:详见《孙尚义元配毕氏墓志铭》简介。　　(4)己卯四月十四日:1939年6月1日。卯,同"卯"字。　　(5)祖阡:祖先的墓地。(6)处士:未仕或不仕的士人。　　(7)归:出嫁。　　(8)东瀛:东海。后专用来称日本为东瀛。　　(9)终岁:终年,全年,一年。　　(10)温清(qìng 音庆):东温夏清简称,表示女儿侍奉父母无微不至。　　(11)愆(qiān音前):过错。子职:旧时称人子奉事父母的职任。　　(12)旨蓄:储备过冬的食品。旨,鲜美;蓄,腌的干菜,过冬食品。御冬:抵御冬天的饥寒。　　(13)自持:自己克制,保持一定的操守标准。勗(xù 音续):同"勖"字,勉励。　　(14)夫子:妻子对夫的称呼。清德:廉洁的德行。　　(15)天道:自然的规律。古人认为天道是支配人类命运的天神意志。无征:没有迹象。　　(16)旅次:旅途中寄居之所。《易·旅》:"旅,即次"。注:

— 175 —

"次者,可以安行旅之地也。"　（17）光绪乙巳十二月二十七日:1906 年 1 月 21 日。　（18）反葬:年老的人给年小的送葬。　（19）鄦(dǎng 音挡):同"党"字。　（20）慈姑:妇对夫母的称呼。　（21）悳(dé 音得):"德"字的古字。　（22）吁嗟乎:赞美的叹词。　（23）緜緜(mián 音棉):连续不断。緜,亦作"绵"字。

6. 毕世珙墓志铭

约民国三十年间

【篆盖】

清故文林』郎金州毕』君夫妇合』葬志铭』

【铭文】

清故诰封文林郎⁽¹⁾金州毕君墓志铭』

赐进士出身前学部专门司司长吴县王季烈⁽²⁾撰文』赐进士出身前总管内务府大臣长白宝熙⁽³⁾书丹』前南书房行走⁽⁴⁾学部参事官上虞罗振玉⁽⁵⁾篆盖』君讳世珙,字宝山。毕氏,奉天金州人,八世祖贤道。国初,自山』东文登渡海北来,卜居⁽⁶⁾城东洼子村,世业农。祖学颜,妣氏李。父』国兴,习韬钤⁽⁷⁾,入武庠⁽⁸⁾。母氏滕,有淑德⁽⁹⁾。君幼而敦厚,好读书,应童』子试不售⁽¹⁰⁾,叹曰:"诵习为科名⁽¹¹⁾计,失圣贤之旨矣。"遂弃举业,专攻』宋儒义理之学⁽¹²⁾,躬行实践,笃于内行,为乡里排难解纷,人咸悦』服。光绪甲午,州城陷,邻村无赖将纠众肆掠,君毅然强其魁⁽¹³⁾至』城,以日人安民示喻之。盗众气夺,纷然散,一乡以安。迨俄据旅』顺,四乡土匪横行,君乃避居城中,教授弟子,一时英俊⁽¹⁴⁾多从之』游。生平正己,率人不苟取与,素谙堪舆⁽¹⁵⁾之术,而不轻为人卜宅』兆。曰:"祸福,惟人自召,培植心田⁽¹⁶⁾,足矣。"子序昭⁽¹⁷⁾,克绍君行办洮南⁽¹⁸⁾垦务,洊保⁽¹⁹⁾知县,会辛亥变作⁽²⁰⁾,君戒其勿复仕,遂隐居不出。君每』训子孙,曰:"作事湏⁽²¹⁾脚踏实地,勿骛虚名,为学期。身軆⁽²²⁾力行,非以』干禄⁽²³⁾。"呜呼贤矣!君生于咸丰丁巳正月十六日⁽²⁴⁾,卒于辛酉八月』初七日⁽²⁵⁾,寿六十有五。妻孙氏,勤俭温恭,克佐内治,后君十余年』卒。子一,即序昭,邑庠生,开通县⁽²⁶⁾巡检,候补知县。女二,适林、适孙。』孙二,庶元、庶辰。孙女一,适丛。曾孙二,克桢、克钧。君卒之年,葬于』洼子乡新阡⁽²⁷⁾,未具志石,兹以孙孺人柩合窆⁽²⁸⁾,乃追为之铭。铭曰:』汉儒经训,宋人理学。读圣贤书,非为干禄。惟君阇⁽²⁹⁾修,言信行笃。』排难解纷,矜式⁽³⁰⁾邦族。亦有令子,委赞策名⁽³¹⁾。乃遭鼎革⁽³²⁾,逊世遗荣⁽³³⁾。』实秉父训,克绍芳型。我铭君窆⁽³⁴⁾,千载犹馨。

梁溪杨宗寿刻』

【墓志铭简介】

　　毕世珙墓志刻于约民国三十年,现仅存墓志拓片,拓片纵、横均为 49 厘米,王季烈撰文、宝熙书丹、罗振玉篆盖,24 行、满行 24 字,阴文楷书。墓志中记述了毕世珙一生的行状。毕世珙(1857～1921),字宝山,八世祖贤道自清初从山东文登卜居金州城东洼子村,祖学颜、父国兴。毕世珙年轻时由于童子试不中,便放弃科举,转向宋儒理学,并为乡里排忧解难。甲午战争金州城被攻陷,强盗横行,毕世珙以安民告示吓跑盗匪。俄国占据旅顺,避城中教授弟子。最后交代了毕世珙的后人情况。其中子毕序昭在金州较为出名。碑中提及毕世珙"女二,适林、适孙。"大女儿嫁给了林维周检察官的父亲,二女儿嫁与孙尚义,即孙宝田母亲。由此,该墓志也是当年孙宝田乞求恩师王季烈、罗振玉撰写的。毕序昭简况见孙宝田书《观音阁重修碑记》,孙尚义妻子毕氏见《毕氏墓志铭》。此方墓志将对研究孙、毕氏两家族史具有重大意义。墓志中也涉及甲午战争时期和俄军占据金州时期的一些状况,有一定参阅价值。中国北京国家图书馆历史文献部藏有拓片,无志盖拓片。

　　孙宝田的三子孙玉老师家藏有《毕世珙墓志铭》篆盖,盖为篆书,竖 4 行,每行 4 字,阴文,"清故文林郎金州毕君夫妇合葬墓志铭",计16字,可谓珠联璧合。

【碑文注释】

(1)文林郎:官名,隋朝设置,为文散官,唐朝为从九品,宋朝沿袭。明清时为文官正七品封典。
(2)王季烈(1873～1952):字君九、晋除,号螾庐。详见《金州孙处士元配毕氏墓志铭》简介。 (3)宝熙:字瑞臣,号沉庵,又号长白山人。详见《金州孙处士元配毕氏墓志铭》简介。 (4)南书房行走:南书房原本清朝康熙皇帝读书处,在北京乾清宫西南处。康熙十六年(1677)始选翰林等官入内当值,称"南书房行走",除了掌应制撰写文字外,还秉承皇帝意旨起草诏令。自雍正七年(1729)军机处成立后,南书房各官即不参与机务,专司文词书画。 (5)罗振玉(1860～1940):字叔言,浙江上虞人。详见《金州孙处士元配毕氏墓志铭》简介。 (6)卜居:用占卜选择定居之地。 (7)韬钤(qián 音前):兵法之书《六韬》与《玉钤篇》的合称,后泛指用兵谋略方面的书籍。 (8)武庠:科举时代选士分文、武两科,其中培养武科子弟的学校称为武庠。 (9)淑德:善良的品德。 (10)童子试:唐、宋时期专门为未成年人特设的考试,称童子试。以后历代沿袭,不售:货物卖不出去,这里引申为考试不中。 (11)科名:科举名目次序。 (12)宋儒义理之学:又称宋学,与东汉以来专重训诂的汉学相对而言。宋儒理学以义理为主,认为"理"为天地万物的本源,以三纲五常为核心,虽然也标榜孔孟之道,但也兼参佛、道之说,故亦有理学之称。 (13)魁:首领。
(14)英俊:指才智杰出的人物。 (15)堪舆:相地看风水,指住宅基地或坟地之法,认为风水与祸福有关。 (16)心田:佛教用语,即心。 (17)毕序昭:字宗武,晚号荐农。详见孙宝田书《观音阁重修碑记》碑简介。 (18)洮南:今吉林省洮安县。 (19)洊保:再次保举。 (20)辛亥变作:指1911年10月10日的武昌起义,即辛亥革命。 (21)湏:即"须字。" (22)軆:即"体"字的繁体字。 (23)干禄:求官。禄,官吏的俸禄。 (24)咸丰丁巳正月十六日:1857年2月10日。 (25)辛酉八月初七日:1921年9月8日。
(26)开通县:今吉林省通榆县。 (27)阡:坟墓。 (28)窆(biǎn 音贬):落葬。 (29)闇:同"暗"字。
(30)矜式:尊重效法。 (31)委贽:古人相见时的礼节。古代卑幼往见尊长,必须执贽为礼,如卿以羔、大夫以雁等,称为委贽。策名:出仕。 (32)鼎革:指改朝换代。 (33)遯(dùn 音盾)世:隐避。遯,通"遁"字。遗荣:放弃荣华富贵。 (34)窆(cuì 音翠):墓穴。

纪 念 碑

1. 旅顺鸿胪井石刻

唐·开元二年(714)

【石刻题名】

敕[1]持节[2]宣劳[3]靺羯使,『鸿胪卿[4]崔忻,井[5]两口,永 为 记验。开元二年五月十八日[6]。』

【石刻考】

在金州博物馆陈列着一件不大的唐代著名石刻碑帖,规格为横 17 厘米、纵 36 厘米,碑文分三行,从上

碑亭旧照

往下书写,阴文楷体,共计三行二十九字,第一行 8 字,第二行 10 字,第三行 11 字,其中第二行最下"为"字已风化剥落,但从碑帖上还能看出"为"字"、"、"丿"笔顺的一部分;第二行"口"字里面几乎全部缺失,第三行"月"字左下略缺,"十"字仅剩右下部分。该石刻就是名闻遐迩的鸿胪井石刻。

鸿胪井石刻原立于旅顺黄金山西北麓一古井旁,其古井早已湮没,不知具体位置。1908 年镇守旅顺的日本海军司令、中将男爵富冈定恭亲手将此石刻盗运到日本东京千代田区皇宫内建安府前院,并在外建一石亭遮盖并且禁止外人参观,此后,有关鸿胪井石刻的真实面目就鲜为人知了。1911 年盗运鸿胪井石刻的日本海军司令富冈定恭在原石刻处另立一碑,正面为"鸿胪井之遗迹",碑阴为"唐开元二年,鸿胪卿崔忻奉朝命使北靺羯,过途旅顺,『凿井两口,以为记验。唐开元二年距今实一千三百有余』年,余莅任于此地,亲考查崔公事绩,恐湮灭其遗迹,『树石刻字以传后世尔云。』日本明治四十四年十二月。『海军中将从二品勋一等功四级男爵富冈定恭志 印 印。』"在此碑 10 余米处有一文物保护小碑,碑文为"市级文物保护单位『鸿胪井』旅顺口区革命委员会』一九七九年二月六日』"。日本学者渡边谅在 1929 年 5 月曾对鸿胪井遗迹进行过考察,并于 1967 年 5 月 12 日对盗运至东京的鸿胪井碑进行了详尽的调查,并在日本《东洋学报》第 51 卷 1 期 1968 年的期刊上发表了《鸿胪井考》一文。现就文章中有关鸿胪井石刻的情况简单介绍如下:

日本富冈定恭树立的碑现状

1. 石刻的形状

鸿胪井石刻为一巨大天然石,石质为珪岩,褐色中夹有浅红色,碑的形状像一只轻握的右拳,清光绪年间驻旅顺任北洋海军前敌营务处兼旅顺船务局总办官员刘含芳称其"其大如驼",石刻正面横宽 300 厘米、厚 200 厘米、高 180 厘米。石刻从旅顺黄金山高处崩落滚下来的。

2.鸿胪井题记的位置

石刻的正面有纵 120 厘米、宽 130 厘米的不规则且比较开阔的劈开面,在劈开面的左上角,距离石刻顶部 30 厘米处就是崔忻的题记,碑刻的面积为纵 $35 \times 17 \ cm^2$,字刻得很深,线条明显。清人杨伯馨在其所辑的《沈故·旅顺石刻》中称"其字体结构颇似柳城石刻",柳城石刻指后魏《营州元景造像记》碑。

3.鸿胪井碑刻的字数

有关鸿胪井题记在各书中被广泛录入,其录入的字数也有多种说法。

(1)三十一字说

最早记录鸿胪井题记的是《辽东志·地理·山川》"鸿胪井二:在金州旅顺口黄山之麓,井上石刻有'敕持节宣劳靺羯使鸿胪卿崔忻凿井两口永为记验开元二年五月十八日造',凡三十一字。"

(2)二十八字说

持这一观点的是清人杨伯馨在《沈故·旅顺石刻》中记述"旅顺水师营中有石刻一,长约今尺一尺二寸、宽半之,字三行,其文曰:'敕持节宣劳靺羯使鸿胪卿崔忻井两口永记验开元二年五月十八日',共二十八字。"这比《辽东志·地理》记载少"凿"、"为"和"造"三字。

(3)二十九字说,即无"凿"字和"造"字。

(4)三十字说,即无"凿"字。

日本学者内藤虎次郎在 1936 年出版的《东洋文化史研究》所收录的有关鸿胪井石刻较早的照片,确认二十九字说为正确的碑文,罗振玉于 1925 年留学日本时拓了鸿胪井石刻,石刻上的"为"字清晰可见,此为目前所见到的最早的鸿胪井拓片。

现在我们看到有关介绍鸿胪井碑文书籍、文章,均把碑文中的"靺羯"二字写成"靺鞨",这是不对的。鸿胪井石刻中的"靺"字,其中"革"字旁中"丨"只写到"口"字下,没有穿过"口"字;"羯"写为"鞨"字,"羯"字读作"jié",音洁,而"鞨"字读作"hé",音河,二者是不同的两个字,这些可能都是当时刻者笔误所致或者说"羯"与"鞨"字互通。

4.鸿胪井题记周围的石刻

现在我们知道的崔忻题记周围只有清光绪二十一年刘含芳的题刻,其他的就很少知道了。其实,除此以外,在这块石上还有五块,共计有六块题刻。现分别介绍如下:

(1)明代嘉靖题刻

位置:石刻正面下部。尺寸:纵 90 厘米,上横 120 厘米、下横 95 厘米。纪年:明嘉靖十二年(1533)。字体:行书,多处散乱。题刻内容:"嘉靖十……渤海……松 」李钺因 」圣母至黄井睹太石……故迹何其 」壮哉何其盛乎 」余南巡至旅顺 」观风访古临 黄 井登奇石因 」得览唐崔鸿 」胪故迹自壮兹 」游畅焉 」明嘉靖十二年三月十二日 」布政司右参议姑苏 」查应兆记 」"。

注:查应兆,长州人,字瑞征,明正德进士,工部主事,为山东参议,历任布政司使等。善书法,工诗词。

(2)明代万历题刻

位置:石刻背面右部。尺寸:不详。题者:不详。题刻内容:"凿井 」开元 」万历 」"。

(3)清朝乾隆题刻

位置:石刻右侧面。尺寸:未测。纪年:乾隆四年(1739 年)。字体:行楷。题刻内容:"奉 天 等地 」方统辖满汉蒙古 」水师陆路都统将军总管 」陵事务督理六边世 」袭一等轻车都尉 」加五级纪录七次 」额洛图于 」大清乾隆四年岁次己未秋七月二十八日记 」"。

注:额洛图,文献不见记载。

(4)清道光题刻

位置:石刻正面右上部。尺寸:纵 43、横 39 厘米。纪年:道光二十年(1840)。字体:行楷。题刻内容:"道光二十年九月 」督兵防堵嗅夷阅视 」水阵见有巨石一方开元 」崔公题刻尚存因随笔以 」志嘱协领(德)特贺觅」匠刻以镌垂其永」太子少保盛军(京)将军耆英书」"后有"宫保尚书"、"宗室之印"两方印章。

注:《清史稿》记载:耆英,清宗室,字介春,隶正蓝旗。嘉庆十一年(1806)以荫生授宗人府主事、内阁学士、副都统、护军统领。道光二年(1822)理藩院侍郎,调兵部。七年(1827)授步军统领。后历任礼部尚书,管理太常侍、鸿胪寺、太医院兼都统、工部、户部尚书等职务。十八年(1838)授盛京将军,被迫诏严禁鸦片。二十年(1840),英国殖民者侵入奉天洋面,设防严堵。二十二年(1842)调任广州将军、钦差大臣,与英国签定了丧权辱国的《南京条约》。二十四年(1844)调授两广总督,与美国签定《望厦条约》;与法国签定《黄埔条约》。二十八年(1848)留京供职,管理礼部、兵部兼都统。咸丰文宗即位,厌恶耆英在第一次鸦片战争时期的表现,诏斥其"抑民以奉外"、"贻害国家",遭贬。咸丰八年(1858)第二次鸦片战争,西方殖民者进犯天津,派赴天津议和,发现在第一次鸦片战争期间所作所为有欺诈行为,遂赐自尽。著有《越台舆颂》。

(5)清光绪题刻

位置:石刻正面左上部,即崔忻题记左旁。尺寸:纵26厘米、横11厘米。纪年:光绪二十一年(1895)。字体:楷书。题刻内容:"此石在金州旅顺海口黄金山阴其大如驼」唐开元二年至今一千一百八十三年其」井已湮其石尚存光绪乙未冬前」任山东登莱青兵备道贵池」刘含芳作石亭覆之并记印」"。

附:

刘含芳(1840~1898),字芗林(一作湘舟令),安徽贵池人。同治初(1862),随其堂兄兼塾师刘瑞芬,投李鸿章淮军幕府。在攻打太平军、捻军中,他司运粮械。后在天津治军械,掌握西洋热兵器并行仿制。光绪初(1875)李鸿章创立北洋水师,派含芳负责建武库、开军械制造局,设电气水雷学堂,组编水雷营。光绪七年(1881)他兼职沿海水陆营务处;七年后(1888)署津海关道,被授予甘肃安肃道,仍留治海防。1893年,含芳始领二品衔到山东登莱青道上任。他在旅顺口保护重修天后宫、显忠祠、黄龙墓、鸿胪井等文物,还兴办书院、医院、广仁堂等。光绪二十一年(1895)底,含芳奉命渡海勘收失地,沿途见威海、旅顺、大连湾皆成一片焦土,尸骨成山。他苦心经营十余年的防御要塞、海军军港均化为乌有,不禁悲愤不已,仰天嚎哭,忧伤成疾。不久,即告病还乡,1898年冬,刘含芳因背疽发作,不幸辞世。遗体葬于青阳桐梓湖畔(即今青阳童铺镇)。

(6)纪年不详的题刻

位置:石刻背面左侧。尺寸:未测。纪年:不详。题者:不详。题刻内容:"谷门」拾"。

5.鸿胪井石刻亭

清光绪二十一年(1895)山东登莱青兵备道刘含芳为了保护鸿胪井石刻,在此修建了石亭用以覆盖鸿胪井石刻。关于石亭的形状,渡边谅作了详尽的描述:"石亭除顶盖外,用料全部是花岗岩石。柱心的间距为260厘米,四阿式,四角形柱,宽30厘米,柱上部嵌横断面为长方形的桁和梁,组成井形桁,用铁材加固,桁和梁端处理成出跳斗拱,桁和梁的下缘距地表230厘米。在井形桁上复盖有举折平缓的方形亭顶,椽子向上聚集在一起,在其上置一个波形覆盆,在覆盆上再戴一个大石宝珠。亭顶的重量显得很重,石刻顶部中心凿一孔,孔中立有八角柱,用来支撑亭顶盖的中心部分,让石刻自身负荷亭顶重量。亭顶苫盖石棉瓦,其上抹有灰泥或水泥加固。亭子正面的桁上用漂亮的楷书刻有'唐碑亭'三字,管理当局把石刻和整个石亭合在一起,叫'唐碑亭'。在一角柱上刻有'奉天金州王春荣监造'的字样"。

另,渡边谅还对崔忻凿井的数量和时间及井湮没的时间也作了考证,当时崔忻凿井两口,可能第一眼井水质不佳,故在附近又挖了第二眼井;凿井时间当为崔忻出使渤海国路过旅顺时开凿的,返回旅顺时写下了此鸿胪井题记的;井湮没的时间大概为明末崇祯六年(1633)后金与旅顺守将黄龙之间展开的旅顺保卫战时被埋没的。

以上是渡边谅考察鸿胪井石刻的情况,至于其他并没有涉及,因而在此对崔忻出使渤海国的历史背景和经过作一简略的交代,以使读者加深对碑文的理解。

题记中有"靺羯"二字,其实就是"靺鞨",是生活在我国北方的民族,其先祖在商周时称肃慎,东汉时期叫挹娄,魏晋时肃慎与挹娄两个名称并用,南北朝时期称为勿吉,隋朝改为靺鞨,大体生活在以今吉林市为中心的松花江中游地区。由于受中原和高句丽先进文化的影响,生产力有了较大发展。但受到高句丽的侵扰,使大批靺鞨人移居内地,社会的发展一度曾遭到遏制。隋朝开皇年间,粟末靺鞨部首领突地稽不堪忍受其压迫,与高句丽发生战争,最后以失败告终,不得已突地稽臣服隋朝。隋炀帝授突地稽金紫光禄大夫、辽西太守,并委派其镇守营州(今朝阳)。唐朝初年把其部落安置在燕地,仍以突地稽为总管。唐高宗总章元年(668),唐朝战败高句丽后,将一部分高句丽人和靺鞨人移居营州。武则天万岁通天年间(696)松漠都督李尽忠杀死营州都督反唐,移居营州一带的靺鞨人、高句丽人跟随李尽忠参加了反唐起义。武则天为了分化反唐势力,封靺鞨酋长乞四比羽为许国公;封粟末靺鞨的乞乞仲象为震国公,并赦免了他们的罪行。但乞四比羽拒不接受,离开营州,东渡辽水,奔向挹娄故地。武则天命契丹降将李楷固前往追杀,乞四比羽被杀。乞乞仲象在途中也去世,队伍由其子大祚荣率领继续前进。大祚荣骁勇善战,在打败李楷固后,率其部落回到长白山东北的奥娄河(今牡丹江)上游,在东牟山下筑城建国都(今吉林省敦化县的敖东城),大祚荣自立为震国王,仍称靺鞨。

唐中宗复位后,中宗为了探明大祚荣对唐朝的态度,在神龙元年(705)派遣侍御史张行岌出使震国,到其国都进行了招慰。大祚荣表达了对唐朝的友好态度,并派儿子大门艺随同张行岌去长安,唐朝留为宿卫。唐朝欲遣使臣册封大祚荣,但正值契丹与突厥联兵抗唐,阻塞了唐内地通往靺鞨的信道,靺鞨均未能派成。这是崔忻开元年间出使渤海国的历史背景。

唐玄宗李隆基继位后,开元元年(713)派遣郎将崔忻,以摄鸿胪卿的身份,出使震国。陆路的路线是经过营州(今辽宁朝阳),但营州在公元696年被契丹占领,营州道路不通,只有辽东半岛的黄渤海岸还在唐朝的统治之下,因此作为海路中转站的旅顺港,其重要性就提高了,崔忻来去往返都路过旅顺。

崔忻出使海路的具体线路如何呢?在《新唐书·地理志》卷四三中有这样的记载:从唐朝都城长安出发到山东登州(今山东蓬莱县),由"登州东北海行,过大谢岛(今长岛)、龟歆岛(今砣叽岛)、淤岛(今大、小钦岛)、乌湖岛(今南城隍岛)三百里,北渡乌湖海(渤海海峡)至马石山(今旅顺老铁山)东之都里镇(今旅顺附近)二百里,东傍海壖,过青泥浦(今大连火车站一带)、桃花浦(今庄河花园口)、杏花浦(今杏树屯)、石人江(今石城岛)、橐驼湾(今大洋河口)、乌骨江(今丹东南海面)八百里,乃南傍海壖,……自鸭绿江口舟行百余里,乃小舫溯流东北三十里至泊汋口(浦石河入鸭绿江处,近鼓楼子城),得渤海之境。又溯流五百里,至丸都县城,故高句丽王都(今吉林省集安县),又东北溯流二百里至神州(今吉林省临江县附近),又陆行四百里至显州(今和龙县),天宝中,王所都又正北如东六百里至渤海王城。"崔忻乘船渡海,经过渤海庙岛群岛,到达马石山之都里镇(今旅顺口),并在此作短暂的停留。停留期间,看到供水设施不完备,建议地方官打新井。待他的建议被采纳后,便又起程北上了。崔忻从都里镇乘船,到达渤海国,沿着辽东半岛黄海大陆架直达鸭绿江口再溯江北上辗转而至。崔忻开辟的这条海上路线,就成为以后渤海与唐朝频繁来往的主要交通要道。《旧唐书·渤海传》:"睿宗先天二年(713),遣郎将崔䜣往,册拜大祚荣为左骁卫员外大将军、渤海郡王,仍以其所领为忽汗州,加授忽汗州都督,自是每岁遣使朝贡。"完成使命后,崔忻按原路返回。从此,去掉"靺鞨"族号改称"渤海",隶属于唐王朝。这里需说明的是,唐玄宗于先天元年受睿宗禅位,先天二年十二月始改元开元,故先天二年即玄宗开元元年,唐朝政府这时已经就册封大祚荣的封号谕旨草拟好,崔忻前往只是举行册封仪式罢了。史书中把"崔忻"写成"崔䜣","忻"和"䜣"形似,"䜣"字自当以石刻的"忻"字为准,此碑文可正史书之笔误。崔忻在唐开元二年五月十八日(即公元714年7月18日)返回到达旅顺后,看到井已经打好,井附近还有一块巨大天然石,加之崔忻出使千里,功成名就,喜悦之情便促使他萌发出刻石以作为"记验"的念头,便写了这篇刻文,鸿胪井题记正好印证了这段史实。虽然文献再没有记载崔忻其他详细简历,但凭借此碑就足以使崔忻名垂千古。

鸿胪井石刻是唐朝政府对渤海国有效行使统治的实物见证,是见证唐朝与渤海国在政治、经济、文化交流的最重要实物。唐朝石刻在辽南仅此一通,可谓吉光片羽,弥足珍贵,但该石刻已被盗运至日本,刘含芳建盖的石亭亦被拆除了,甚为遗憾,但唐王朝册封大祚荣的历史是抹不掉的。目前中国政府正在积极向日本政府索取该石刻,相信有朝一日鸿胪井石刻一定会回到故地。

民国时期金州著名诗人郑有仁为此抒发诗一首:

鸿胪井铭

金山东麓鸿胪井,谁识铭书属鲁公。监印曾来查校政,阴文拓出字圆融。

录入《鸿胪井石刻》碑文有《辽东志》、《奉天通志》、《满洲金石志》、《满洲金石志稿》、满铁《满洲历史地理》、杨伯馨《沈故》、内藤虎次郎《东洋文化史研究》、周肇祥《旅顺黄金山唐井题记跋》(《艺林月刊》5卷第二期,1930年)、张宗芳《唐崔忻记验井刻石记》(《河北第一博物院半月刊》54期,1933年)、孙宝田《旅大文献征存》、《东北文化丛书·东北古文化》、《帝国主义侵略大连史丛书·大连近百年史文献》、《大连市志·民族志》等。

【碑文注释】

(1)勅(chì 音赤):同"敕"字,皇帝的诏书。 (2)节:符节,古代使者所持,以用作凭证。 (3)宣劳(laò 音涝):宣布慰劳的谕旨,即宣布意旨,以示慰劳。 (4)鸿胪卿:鸿胪寺主官名。掌诸侯王及少数民族首领的迎送、接待、朝会、封授等礼仪以及赞导郊庙行礼、管理郡国计吏等事。周朝时期大行人之职务,秦朝称典客,汉武帝时改名大鸿胪,东汉称大鸿胪卿。自东晋至北宋称鸿胪卿。唐代一度改名为司宾寺,不久恢复旧名。南宋、金、元皆不置鸿胪寺,明清复置,清末废除。 (5)井:此处作动词用,"打井、凿井"。
(6)开元二年五月十八日:公元714年7月18日。

2. 金县铁龛公园记

民国二十年(1931)

【碑文】

金县铁龛公园记』

天津 赵芾⁽¹⁾撰 长白 宝熙⁽²⁾书』故奉天省长王公铁龛⁽³⁾,民国十六年卒于金县里第⁽⁴⁾。阅三载,邑荐绅⁽⁵⁾之士张君德纯⁽⁶⁾等,咸顾嗟叹息,深惧』公名迹湮封弗宣。乃相与醵赀,建纪念园于金县,以永⁽⁷⁾里人⁽⁸⁾之思。园踞邑城照山山半,故滨海奇特胜处』也。地凡六十亩,即山形高下,植松、柏、桑、榆、槐、柳、桃、李之属,坡陀磊砢⁽⁹⁾,益以奇石异□相错。园左为公祠,祠』南为亲民馆,典园事者⁽¹⁰⁾,居焉。其西南筑亭,曰:"思源"。凭阑远眺渤海,一碧无际,扶昝凝睇,神与无穷,而大赫』山当园东南,石色绀碧,与松林、枫叶相掩映,蔚成异观。金县偏居东陲,及是搜剔岩壑,以发其光怪离奇』之气。趣昭物博,万目一新矣。因名曰:"铁龛公园"。园成,因来乞纪念碑之文,芾维公于辽东绥靖⁽¹¹⁾,功多顾著,』时弊政昏⁽¹²⁾俗牢关深根,而财政尤不可猝理。公相前⁽¹³⁾大元帅⁽¹⁴⁾开之,补之,坚忍尽瘁,遂肇建⁽¹⁵⁾富强之基,然亦』不能尽申其志。逮公去职,鲜能继其轨者,而后知匡维弥缝之难也。今距公殁纔数年,士民之思公者,已』歌咏弗衰,则

公园内的王永江纪念碑(旧照)

公之泽,或弥久而益著也乎!芾尝观于古名贤之遗迹,虽一亭台、馆宇之细⁽¹⁶⁾,皆众著之,俾数』十世后,乃弥见风烈之存,矧今诸君子,皆曾瞻企公之炎⁽¹⁷⁾辉,或尝左右其事,而共建是园,于其生平游钓』之乡,是固宜有千古之思,又岂第登临其上,周览形势而已哉!因敬书兹记,俾后世有所考焉。』

中华民国二十年吉月谷旦 公立』

【碑文简介】

铁龛公园位于金州城东城照山,即今之金州东山,是当时金州城东较为著名的景点,内有王永江祠堂而得名,也是金州父老乡亲为了怀念去世不久的王永江而建。

祠堂又称为家庙,是中国人供奉祖先神位、祭祀祖先神灵、举办宗族事务的公共场所。中国人是世界上最有祖先崇拜传统的一个民族。在每个家族中,往往都有一个场所来供奉已去世的祖先的神主牌位,所以,旧时的每个家族都会有本家族的祠堂,以纪念祖先的功德。在传统宗法社会中,它对于敦宗睦族、弘扬孝道、启迪后人、催人向上,维护家庭、宗族和整个社会的稳定,都具有十分重大的作用。新中国成立后,随着中国传统社会的终结,祠堂在中国成为历史,成为文物,因此,新的祠堂不可能再产生,但是,旧有的祠堂却仍然留在各姓族人们的记忆中。金州

铁龛公园大门(旧照)

旧有祠堂除了王公祠堂外,还有邵氏祠堂、孙氏祠堂等。碑文中提到的王永江祠堂与上述祠堂有着本质的区别,它是当时金县乡绅为纪念王永江的功德而建,是带有纪念性质的祠堂,说白了,就是王永江纪念馆。碑文还介绍了铁龛公园内还有亲民堂、亭子,栽植了松、柏、桑、榆、槐、柳、桃、李等树木,成为金州当时小有名气的一大名胜点。光复后,金县铁龛公园被军队占用,上世纪七十年代金县铁龛公园包括王永江祠堂在内所有建筑均被挪用改建,现已不存,碑也不知去向,实在令人惋惜。

该碑于民国二十年(1931)由张本政立,其简历详见民国十三年阎宝琛撰文《捐资响水观碑文·人物简介》。其实该碑是一个塔,碑石镶嵌在王永江塔内正中。碑文记述了公园的风景、内部设施情况及建设公园以纪念王永江,寄托金州父老对王永江的哀思。仅存碑帖,帖横53厘米、纵140厘米。碑文14行、满行40字,阴文楷书,有界格。该碑帖现藏于中国国家图书馆。

【碑文注释】

(1)赵芾:内容情况不详。 (2)宝熙:详见《金州孙处士元配毕氏墓志铭》简介。 (3)铁龛:指王永江。王永江,字岷源,号铁菴,详见《王永江墓志铭》。 (4)里第:家里。 (5)荐(jìn音进)绅:同"缙绅",指士大夫且有官位的人。 (6)张君德纯:指张本政(1865~1951),字德纯,资本家,汉奸。祖籍山东省文登县。 (7)永:同"咏"字。 (8)里人:同乡里之人。 (9)坡陀磊砢:坡陀,不平坦。磊砢,众多的样子。 (10)典园事者:掌管、看护园子的人。 (11)绥靖:安定平服。 (12)昏:同"昏"字。 (13)相前:从前。 (14)大元帅:指张作霖。详见《王永江墓志铭》注释(40)。 (15)肇建:创建。 (16)细:小。 (17)炗:同"光"字。

3. 故先师□公□之焕章纪念碑

昭和十三年(1938)

【碑阳】

故先师□公□之焕章纪念碑

【碑阴】

□□□□□□□□纪念碑』

□□□□□文字焕章,奉天金州旗籍。生而卓异(1),幼具岐嶷(2)之姿,长则好学立志,期在必□……』

□□□□儒居□,以安(3)闾阎(4),兴教育为己任。当其为塾师时,训诲乡村子弟,殷殷恳恳,儿童……』□科

举废,学堂兴,公以为新学知识不足,必入校深造,乃能得教育之精神。遂由师范科……』放职⁽⁵⁾,受业⁽⁶⁾等乃得亲□函丈⁽⁷⁾焉。公讲今稽古,新旧相参,一种循循善诱之态度,诚然可亲,……』浃髓⁽⁸⁾以考,出公之□墙者,率多⁽⁹⁾显达,而公之教泽道范,至今心之犹耿耿不磨。公至……』第二学堂及门者,不下数百人,遗泽之孔,长有如是者。公生于清同治癸酉年⁽¹⁰⁾冬月,卒于……』年十月,享寿五旬有九。元配崔夫人,继配马夫人,均淑贤称于戚郱⁽¹¹⁾。子二,女一,俱能肯堂⁽¹²⁾构……』食,清德⁽¹³⁾之报焉。公仙逝距今已七历寒暑,_{受业}等追念师恩刻不去怀,因即其生平,寔……』志不忘,爰为之铭。曰:『公之教泽深而长,公之道貌温而良,公之立身行事敬直,而义方德懋后嗣兰旌齐……』风化雨沾,师惠于无疆』

昭和十三年⁽¹⁴⁾四月四日谷旦　　王仁和刻』

【碑文简介】

　　此碑立于1938年,汉白玉质,长方形,碑之右上角残损,下半截缺失一小部分。残高153厘米、宽70厘米、厚17厘米,水泥座。碑阳文字已经模糊不清,勉强能够辨认出"故先师□公□之焕章纪□□"寥寥数字,周边饰以暗八仙图案和八宝纹。该碑是其学生为纪念恩师而立,虽然略有残缺,但还能知其大意,碑阴叙述了一位名为焕章(1873~1932)的老师从一名私塾塾师在经过深造后成为令人尊敬的当地久负盛名的教书先生,碑文中同时叙述了焕章一生教书育人的动人事迹。碑文13行、满行35字,阴文楷书,无纹饰。但由于残损,该碑主人姓氏不清楚,不能不说是遗憾。现在此碑立于响水观碑林中。

【碑文注释】

　　(1)卓异:优秀突出。　(2)岐嶷(qí nì 音其逆):见《王永江墓志铭》注释(11)。　(3)安:安心。　(4)闾阎:泛指民间。　(5)放职:辞职。　(6)授业:从师学习。业,大板,古时无纸,用竹简、木板作为书写的材料,因而称知识的传授为业。受业,后亦作学生的自称。　(7)函丈:专用来弟子学生对老师的敬称。　(8)浃髓:感受之深刻,深入至骨髓。这里是指老师讲课非常透彻。　(9)率多:大多,一般。　(10)同治癸酉年:同治十二年,1873年。　(11)戚郱:亲戚邻居。　(12)肯堂:喻子承父业。语出《书·大诰》:"若考作室,既底法厥子乃弗肯堂,矧引肯构?"　(13)清德:廉洁的德行。　(14)昭和十三年:1938年。

4. 东沟水库竣工纪念碑

1973 年

【碑阳】

东沟水库竣工纪念

【碑阴】

在毛主席无产阶级革命路线指引』下,在粉碎林彪反党集团取得伟大胜』利的年代里,经过无产阶级文化大革』命锻炼⁽¹⁾和考验的我社人民,遵循毛主』席关于"农业学 大寨 "的伟大教导,』为早日实现水利化,改变过去那种"』下雨洪水流,天旱晒河沟,地干无水』浇,粮果靠天收"的生产条件,誓建此库。』自一九七二年十月四日破土奠基』起,在上级党委的正确领导和关怀下』,我社广大民兵始终是工程建设的主』力军。他们坚持自力更生,艰苦奋斗』的方针,发扬"一不怕苦,二不怕死"』的彻底革命精神,开山劈岭,扛石』筑坝,气势磅礴,如吞山河。广大贫』下中农、社员群众、"五七"战士,』下乡知识青年,企事业学校职工,工』程技术人员,都做出了一定的贡献。当地驻军和厂矿单位也给了很大的支』援。经过一年的英勇奋战,付出三十』二万个工日,终于在一九七三年十月』廿九日胜利竣工。』水库总土石方量为十一万立方米』,坝长一百六十米,坝高三十一米,』坝基宽三十点四米,坝顶宽三米,蓄』水量二百五十一万吨,灌溉渠道十八』点六公里,可灌溉农田一万亩,发电』七十瓩,养鱼三十万尾。』东沟水库

【碑考】

土城子阻击战纪念碑位于大连市旅顺口区以北土城子村。纪念碑由碑身、碑座、基座、台阶组成。碑身高 180 厘米、宽 82 厘米、厚 18 厘米,两侧各附有高 80 厘米碑耳,以增加它的美观和坚固。碑阳为碑铭,分三行,即上款、碑之名称、落款组成;碑阴是略述徐邦道会同姜桂题、程永和在土城子阻击日军的经过。7 行,满行 25 字,计 135 字,阴文楷书。碑座呈长方体,由三层凸鼓的青石砌筑,台座由条石砌筑,有两阶踏步,碑座和台座总高 115 厘米,其中碑座横 162 厘米、纵 57.5 厘米、高 20 厘米;基座横 320 厘米、纵 200 厘米、高 90 厘米。

土城子阻击战纪念碑

大战经过:

甲午战争旅顺土城子阻击战遗址,位于旅顺三涧堡镇。这里西临渤海,东有丘陵为屏障,是当时金州通往旅顺的交通要道。土城子阻击战是中日甲午战争中清军阻击日军向旅顺进犯的一次战役。当时日军侵占金州、大连湾后,矛头直指旅顺口。1894 年(光绪二十年)11 月中旬,日军骑兵搜索队和右翼纵队由西路经南关岭、牧城驿、营城子、双台沟、许家窑,向土城子进犯,以便攻打旅顺西北椅子山、案子山一线清军后路左翼堡垒群。该地区由程允和“和”字步队驻守。11 月 15 日,秋山好古少佐率骑兵搜索队到旅顺北部土城子一带侦察,早在此地埋伏的徐邦道拱卫军奋勇出击,打退了日军的搜索部队。只是因为在金州石门子阻击战中,他的部队行帐遗失,粮草缺乏,“其步卒非回旅顺不能得一饱”,只好放弃阵地,退回旅顺。11 月 17 日,日军兵分三路向旅顺口进军。

11 月 17 日拂晓,日本第二军除在金州、大连湾留下少量部队外全部出动进犯旅顺。日军分三路:一为右翼纵队,由第一师团、混成第十二旅团及攻城炮队组成,山地中将为主将,乃木、西宽少将、长谷川三少将为其下属;二为左翼纵队,由步兵第十四联队、骑兵一小队、山炮一中队、工兵一中队组成,满益少佐为指挥;三为骑兵搜索队,由骑兵一大队组成,秋山少佐为指挥。17 日山地元治中将的第一师团本队和长谷川好道的混成第十二旅团组成的右翼纵队到达营城子。徐邦道说服姜桂题、程允和等人,率所部清军共计 5 000 余人,再抵土城子迎战。18 日 10 时,日军骑兵搜索队到达三涧堡准备进攻土城子南方高地的清军,结果被清军钳形包围。双方展开激烈战斗,日军前来增援的步兵三个中队也先后陷入清军重围。双方距离约 300 米处时,清军发起猛攻,日军

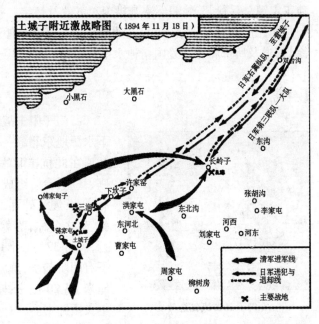

土城子附近激战略图(1894 年 11 月 18 日)

大败。不久步兵来救,骑兵才冲出重围。同时,丸井正亚少佐的第三联队第一大队到达双台沟,应秋山之请前去援助。另部日军于长岭子被清军截击。正午,清军一边以炮火轰击,一边以步兵、马队冲击日军,日军不支向营城子败走,有些受伤日兵不能行走,马又丧失,便举刀切腹或割颈自刎。战至下午 3 时,日军撤退,清军一直追到双台沟后撤回。

关于这次伏击战,日军二等军曹川崎荣助有一段比较详细的记载:“我中队来到土城子村落,观察敌情

之时,敌打着红白蓝旗帜,如潮水蜂拥而来,我中队当即打开炮口发射,敌亦应战,达数小时,炮声如雷,飞弹似飞雪,硝烟漫漫,弥漫旷野,敌我不辨。此时,我中队之亘治助为敌弹所毙,因之,欲去取彼穿在身上之衣物,以作遗物带走,然敌兵正从正面与左右两侧逼来,包围我中队,接战激烈,终于无取物之暇,然而第三小队仍在前线进行防御。敌据堤坝,发炮如雨,彼旗手所举蓝色之旗,距我已接近三十米,其势众寡难敌,我中队长遗憾地下撤退命令。此时四面皆敌,飞弹如倾盆大雨,苦战之状实笔墨难以形容也。"(《日清战争实记选译》第 134 ~ 137 页)此战毙伤日军 46 人,是中日开战以来,清陆军取得的一次重大胜利。

土城子阻击战给日军以沉重的打击,戳穿了日军不可战胜的神话。但与日军攻城掠地、势如破竹的进攻相比,这次胜利实在也不值得我们骄傲,不过,它却能证明如果将士一心抗敌、主动出击,清军也并非不堪一击。日军也承认,土城子战斗是对"日本军队最有效刺激的良药",对清军"决不能妄加蔑视,战阵必须慎重戒备"。其后清军不敢主动迎击,仅是消极防御,注定了失败的结局。

7. 金州城东石门子阻击战纪念碑

1996 年

【碑阳】

清光绪二十年岁次甲午『石 门 子 阻 击 战 纪 念 碑』公元一九九六年十一月立

【碑阴】

公元一八九四年甲午之役,日军自花园口登陆,进犯金州、旅顺。时我驻金旅诸』军多数观望,拒赴前敌。独正定镇总兵徐邦道,毅然率其拱卫军五营及怀字二』哨人马,于十月卅一日赴金州城东之石门子阻敌,十一月四、五、六日与十倍于』我之敌激战于台子山、狍子山、十三里台子、背阴寨一线,予骄横之敌以重创。徐』邦道及所部将士之爱国精神永垂青史,故立此碑,永为记验。』

大连市文物管理委员会『大连市金州区人民政府』

【碑考】

石门子阻击战纪念碑位于金州城东十余华里钟家村附近台子山脚下水源地东北部一小树林中,是为了纪念一百年前中日甲午战争时期徐邦道在此抗击日军而立。该碑为石灰石,1996 年 11 月立,由碑身、碑座、基座、台阶组成。碑身高 180 厘米、宽 82 厘米、厚 18 厘米,两侧各附有高 80 厘米碑耳,以增加它的美观和坚固。碑阳为碑铭,分三行,即上款、碑之名称、落款组成;碑阴是略述徐邦道率军抗击日军的经过。7 行,满行 32 字,计 175 字,阴文行草。碑座由凸出的三层青石砌筑,台座下有两阶踏步,碑座和台座总高 115 厘米,其中碑座横 162 厘米、纵 57.5 厘米、高 20 厘米;基座横 320 厘米、纵 200 厘米、高 90 厘米。碑文由张本义撰并书。

石门子阻击战纪念碑

【石门子阻击战经过回放】

1894 年日本挑起日清战争,史称甲午战争。同年 10 月 24 日日本第二军二万余人在庄河花园口登陆,向金州方向进攻。10 月 29 日,日军前锋已经抵达貔子窝(今皮口),防守此地的清军两个哨捷胜营马队依常阿不敌日军,撤往金州。驻守金州、旅顺方面的清军在清政府消极防御方针的指导下,互相推诿,听任日军在花园口登陆。刚刚率领新募之军从天津到达金州的正定镇总兵徐邦道见状万分焦急,认为若金州失守,旅顺则孤悬难以持久;旅顺若失,则京津门户洞开,后果难测。因此徐邦道与驻守金州城的副都统连顺、驻守大连湾的赵怀业共同商议守金之策。赵怀业以李鸿章电命守湾"并无守城之责"为由,拒绝抽兵相助。经徐邦道再三泣跪恳求,赵勉强应允派周鼎臣二百人前往相助。这样,徐选定金州城东石门子一线的山头作为阵地,防御日军,连顺专心守城。在这样的方针下,于十月三十一日徐率军前往石门子构筑防御工事。

徐邦道(1837~1895),名金锡,字剑农,号邦道。出生于四川涪州(今四川省涪陵县)一个武道世家。其祖父和伯父都是武庠生,后家境败落,入寺为僧。徐邦道自幼习武,1855年投楚军,参与镇压太平军,1862年,设计解除太平军将领石达开涪州之围,论功晋升为副将。次年春奉命驰援陕西汉中,赐号冠勇巴图鲁。不久,汉中失守,受到降职处分。后随从副将杨鼎勋援苏、浙、闽,以战功免除处分。1867年随淮军将领刘铭传镇压捻军,因功官复原职。1868年在沧州打败张宗禹所部捻军,升总兵,驻徐州。1869年入陕镇压回民起义,1878年擢提督,1880年调驻天津军粮城,1889年授正定镇总兵。

徐邦道像

1894年7月,中日甲午战争爆发。日军攻占九连城和安东(今丹东)后,大举向辽南进犯。由于原旅顺守将宋庆调防九连城,李鸿章令姜桂题守旅顺,檄徐邦道助防。9月15日,徐邦道率军乘船到旅顺,26日赴大连湾增防,驻守徐家山炮台。

当时,徐邦道在石门子的布兵之策是以大黑山作为屏障,以附近的台山、狍子山等十余里高地为主要防线,修筑炮垒,其具体布置为:以金貔大路(今鹤大线)周围台山为中坚,右翼依托大黑山,在其北核桃沟以西高地、台山、狍子山设置炮兵阵地,左翼则在十三里台子由周鼎臣率领的二百人防守,徐设大本营于阎家楼坐镇指挥。

11月4日,日军先头部队第一旅团乃木希典和斋藤德明少佐进至刘家店,与徐军接仗。徐军右哨队长童福霖在大黑山松树岚与前往大黑山唐王殿侦察的日军小队相遇,被童围而歼之,击毙六人,俘虏三人,日军仅小队长小崎正满逃脱。

11月5日上午8时,日军斋藤支队从刘家店出来侦察,在关家店后山被徐军发现,徐军从台山、钟家屯大路等方向给予回击,迫使日军退回刘家店。

上午10时,日军山地元治率领的第一师团大队人马赶到,听取斋藤的汇报,了解到清军在此附近驻有重兵把守,加之地形对日军很不利,遂决定采取拊敌之背战术,避开石门子防线,将主力调至徐军防御薄弱的复州大道,企图从十三里台

从衣家村绕道三十里堡的日军大队人马

子打开缺口进攻金州城。山地传令乃木希典:"虽金州路近湾,清兵寡少,其位置颇要冲,其金州街道通刘家店、石门子间,即来往其谷底,小山脉多横其左右。我兵为敌所瞰制,恐不便利。(桥本海关《清日战争实记》卷八,第283页。)"于是,留下乃木希典,从正面佯攻,山地亲自率领大部队从衣家店绕道西北,经过四台子、高丽屯、前老虎洞、到达三十里堡,后折而向南,沿着金复大道到达二十里堡干河子(今二十里村),从背后夹击徐军。

上午11时30分,乃木希典指挥一部分兵力开始由刘家店向徐军发起进攻,日军前锋逼近韩家屯南山时,与徐军前哨五十名骑兵遭遇,双方经过交战,互有胜负。没过多久,另一路日军从北面刘半沟冲上来,形成对徐军夹击之势。敌众我寡,徐军改用诱敌深入战术,沿着韩家屯南岭西撤退,当撤退至狍子山附近时,50名徐军绕过山弯,突然隐蔽起来,把尾追日军抛在玉山附近,日军全部暴露在狍子山徐军炮火射程内。

狍子山主峰海拔241米,时方圆十里内的制高点,北有两个次峰,可控制西、北、东三个方向,徐军在此部署山炮10门,步兵一营,由左营官林志才指挥。当日军步入射程内时,林下令开火,日军一片片倒下,死伤无数。战斗进行约3个小时,至下午两点半,日军见无法攻取,便调第五、六两中队绕道狍子山两侧十三里台子东大山上,从侧面进攻徐军。林志才对日军这一企图看得清清楚楚,便令十三里台南岗上周鼎臣部三门大炮一起开火,"犹如轰雷闪电,弹弹相击,硝烟竟涨,激攻猛击,尤为雄壮。(桥本海关《清日战争实记》卷八)"此次战斗一直持续至晚上8时。徐军以一个营的新募之兵,打退日军一个联队的两次连续进攻。时夜,徐军官兵全部宿于阵地,以防日军偷袭。

11月6日拂晓,形势对徐军急转直下,日军后续部队陆续到达刘家店,已经集中了优势兵力完成对石门子防线的保围,并发起了总攻。凌晨四时,徐军发现日军从刘家店、狍子山北面和幹河子两方面分头袭来,徐军立即给予回击,全面打响了阻击日军的战斗。

日军占领台山烽火台阵地的情景

最先打响的战斗是在台山阵地。台山位于石门子北四里,高百米左右,山势陡峭,而顶部较为平坦,西连丘岗通狍子山,扼金貔大道之险。山顶上有明朝烽火台,被当地人称为金州城东第一台。徐军利用此烽火台修筑墙垒,抵御日军。徐邦道在此部署8门山炮和一个营的兵力,为中路;右路布防在大黑山西北麓背阴寨一带,与台山遥遥相对,互为呼应。为了夺取台山阵地,乃木希典调步、骑、炮、工兵约5 000余人,兵分两路,早晨3时30分直向台山扑来,另一路沿大黑山北麓穿越山谷,直达核桃沟,向背阴寨徐军炮兵阵地发起攻击。凌晨四时,日军先以两个中队兵力从正面攻打台山主阵地,后感到兵力不敷,又增添两个中队,最后把所有兵力都派上。步兵派一个大队担任主攻,第二、三大队和炮、工兵配合,从核桃沟西南和夏家沟南山作为侧翼向台山炮击进攻。面对数倍于己的日军,徐军老炮手牟道良素称骁勇,激战中,右腿受伤,血流如注,却不顾包扎。当敌至跟前大炮失去作用时,便夺枪杀敌,在带伤杀死数敌后,壮烈牺牲。此时,右翼徐军见台山形势危急,在经过与敌短暂战斗后,忙从背阴寨撤下来,增援台山阵地的徐军。日军则集中火力专攻台山,轮番向台山阵地的胸墙冲锋,这样,台山的形势愈加凶险,徐军前沿阵地几经易手,战斗到最后,仅剩余百人,仍与敌人拼战,最后战至六点四十分,终于因弹药告罄,寡不敌众,一个个跳出胸墙与敌人肉搏,与敌人同归于尽。台山阵地失守。

当台山战斗打响后,绕道四台子、高丽屯、前老虎洞、三十里堡的山地元治,率领第一师团大部队已经沿着金复大道到达二十里堡干河子(今二十里村),直奔由周鼎臣守卫的十三里台南岗阵地,双方众寡异常悬殊,虽然周率领的二百人殊死抵抗,但没过多久还是败下阵来,周鼎臣本人也受伤。日军占领南岗后,从西、北两面强攻狍子山头阵地,徐军利用地高优势,发炮还击,日军伤亡惨

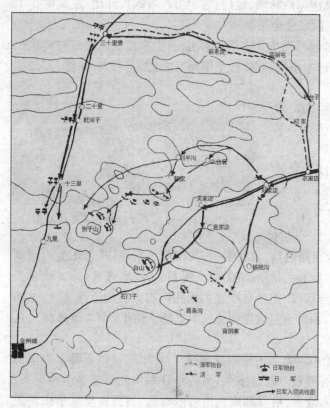

石门子阻击战示意图

重。日军见久攻不下,乃木希典率领的预备队从正面(东面)发起强攻,配合西、北两侧日军。徐军指挥官林志才见三面被围,恐怕再坚持下去有全军覆没的危险,遂下令撤离阵地。这样,石门子防线全部被日军占领。徐邦道收集从石门子撤离下来的残卒,走保旅顺。

石门子阻击战是甲午金州保卫战中最为激烈的一场战斗,也是日军第二军踏上中国领土后遭受的第一次打击,此次战斗虽然未能取胜,但徐邦道在保卫国家领土战斗中表现出的英勇气概和爱国主义精神,可歌可泣。一个月后,徐邦道在旅顺土城子反击战中,再次予以日军重创,显示了徐邦道的军事才能,打击了日军的嚣张气焰。日军夺取石门子后,金州城顷刻之间被攻破。7日,大连湾在日海陆军的夹击下亦被全部占领。

记述石门子阻击战战斗经过情况颇为详细的书籍为《日清战争实记》、《中日战争》、《旅大文献征存》、《金州名胜与风光》、《大连文物》1987年第一期等。金州史学工作者钟永江老人曾在《金州文史资料·第一辑》发表的《甲午战争在金州》的文章,对此考证颇为详细。

石门子阻击战遗址1982年被大连市人民政府列为大连市重点文物保护单位,1994年列为大连市首批爱国主义教育基地。

石经幢

永庆寺佛顶尊胜陀罗尼真言石经幢

金　代

【经文】

第一面：

佛顶尊胜陁罗尼真言曰』

□□□□□□□□□□□□□』

□□□□』（□代表梵字，以下同）

□□□□□□□□□□□□□□

□□□□□□□□□□□□□□

□□□□□□□□□□□□□□

第二面：

□□□□□□□□□□□□□□□□』

□□□□□□□□□□□□□□□□

□□□□□□□□□□□□□□□□

□□□□□□□□□□□□□□□□

□□□□□□□□□□□□□□□□

第三面：

□□□□□□□□□□□□□□□

□□□□□□□□□□□□□□□

□□□□□□□□□□□□□□□

□□□□□□□□□□□□□□□

□□□□□□□□□□□□□□□

第四面：

□□□□□□□□□□□□□□□□

□□□□□□□□□□□□□□□□

□□□□□□□□□□□』

大□王惣□□可说百千旋陁罗尼十方如来清』

□海眼□□□秘密大陁罗尼曰』

第五面：

□□□□□□□□□□□□□□□

□□□□□□□□□□□□□□□

□□□□□□□□□□□□□□□

□□□□□□□□□□□□□□□

□□□□□□□□□□□□□□□

□□□□□□□□□□□□□□□

第六面：

谁人琢摩一浮屠　□□□□□□纹络显露』

岁深字画不模糊龙华会上祥雲罩兜率宫前甘露』

濡我亦抚安经□处移来从此镇庭隅』

右题浮屠』

【石经幢考】

　　《辞源》"经幢"辞条释："经幢是我国佛教一种最重要的刻石。鉴石为圆柱或棱柱，一般为八角形，高三四尺，上覆以盖，下附台座。幢各面及底头部，各刻佛或佛龛，在周幢雕像下，遍刻经咒，以《密经》及《尊胜陀罗尼》为最多。其制式由印度的幢形变化而来，自唐朝永淳以后盛行各地。"

　　在旅顺博物馆地方分馆明清展室内陈列着象塔的小型青石质佛教建筑物。该物体成六棱柱，在其中一面起首处刻有"佛顶尊胜陁罗尼真言曰"字样，其余大部为类似于鸟篆形状的符号文字，内只有少量的汉文，没有年代的记载。经专家鉴定，该石质建筑物为石经幢，类似于鸟篆形状的文字符号就是古印度的梵文，推定为金代时期的文物。

　　这座石经幢原立在金州北门外永庆寺院内。通高137厘米，柱子呈六棱形，有幢座、幢身、盘盖三部分构成，采用榫接法组装，幢座、盘盖与幢身棱柱的形状相一致，幢座高40厘米，为六棱莲花底座，棱边宽43.5厘米，座侧面刻有菊花、花篮等图案，座厚重阔大，显得整体雄壮稳固；棱柱虽然呈六棱形，其实为棱台形状更为贴切。幢身棱柱高 76 厘米,每个侧面上边宽 18 厘米、下边宽为 22 厘米;盘盖高 21 厘米,亦呈六角檐亭顶状,各有翼角飞翘,亭宝顶上凿有一圆柱形洞,应为阴榫,估计此缺的部分为幢顶宝珠。该经幢设计华美,组合巧妙,雕刻精细,充分展示了辽金时期精湛的艺术风格,在大连境内绝无仅有,是大连的艺术珍品。

在佛教传入中国之初,将佛经刻于石上,主要是将佛经或刻在碑上,或刻在摩崖上,或刻在佛像石窟洞壁上。它始于北魏末,盛于北朝末年。龙门北魏莲花洞中,已刻有《般若波罗密多心经》。北齐时,刻石经盛行,如山东泰山经石峪、太原晋祠风峪所刻《华严经》。大规模镌刻佛经以北京房山峰云居寺为最,共存石经一万五千零六十一石,其中完好的经石一万四千多石,共刻佛经约一千种,九百多部,三千多卷,包括题记六千多则。这是国内现存数量最大的文字铭刻,在东方文化史上有极高的学术价值。但是,所有上述这些,都没有石经幢这种特殊形式的记载。

幢,原是中国古代仪仗中的旌幡,是用丝帛制成的伞盖状物,顶装摩尼宝珠,悬于长杆,又称幢幡。目前,多数学者认为石经幢是从旌幡演变而来的。近年来,有的学者倾向于认为石经幢来源于北凉石塔。北凉石塔是集中在甘肃酒泉、敦煌和新疆的吐鲁番一带的北凉时期(397~439)的石塔(中国最早佛塔)。提出这一学说的人认为,北凉石塔由八角形塔基、圆柱形塔身、覆钵形塔肩、塔颈、相轮、和塔盖六部分组成,这些石塔的造型特征与石经幢有相同之处。其实石经幢的来源是一个逐渐演变的过程,它是在融合了旌幡和北凉石塔特点的基础上创造出来的,它集中体现了中国人民的智慧。无论怎样,石经幢也是中国古代一种独特的佛教石刻建筑形式,它最初是从唐代才出现的一种多面体的佛教石刻,其上大都刻《佛顶尊胜陀罗尼经》。唐代人心目中的经幢,是指刻有"陀罗尼"石刻的,才称为"石幢"。石经幢是因为《佛顶尊胜陀罗尼经》的流行而派生出来的,因此早期的经幢所刻的都是此经,称之为"佛顶尊胜陀罗尼石幢",简称"尊胜陀罗尼经幢",或称"尊胜幢",或"陀罗尼幢"、"陀罗尼石幢",或"胜幢",或也有径直称为"石幢","石幢子"者。后来,少数的经幢改刻其他的佛经,亦称"石幢",又因为真言、咒和陀罗尼原来是指不同的东西,以后则渐混而为一,所以,也有称"佛顶尊胜陀罗尼经幢"为"尊胜真言石幢"、"尊胜真言幢",或作"佛顶尊胜陀罗尼真言幢"。金州北门外永庆寺这尊"佛顶尊胜陀罗尼幢",因刻的是"佛顶尊胜陀罗尼真言"称为"佛顶尊胜陀罗尼真言石幢"更为合适。《佛顶尊胜陀罗尼经》上说:"尊胜陀罗尼"有"尘沾影覆"的功效,所以尊胜幢又称为"影幢"。所谓的"尘沾影覆",即经上所说,如果有人能书写此陀罗尼,将它安在高幢上,或高山、或楼上,或塔中,人若于上述处所见到此陀罗尼,或者与之相近,甚至只要其影映身,或者风吹在陀罗尼幢上的灰尘落在身上,则此人所有的罪业皆可消除,而为诸佛所授记。

始于初唐时的石经幢,目前最早的实例是陕西富平唐永昌元年(689)幢。到了唐代中期,随着佛教密宗的传入,建幢之风大规模盛行,由此开始了建造经幢的鼎盛时期。当时《尊胜陀罗尼经》之所以能够传遍大唐帝国的城市与乡村,起因有赖唐代宗李豫于大历十一年(776)令:"天下僧尼每日须诵《尊胜陀罗尼咒》二十一遍"敕令的推广。另外一个因素,此令的颁布系当时佛教界——特别是密宗的几位大师推动的结果也是不可忽视的。当时不论显教还是密教,不论僧人还是俗人,念诵陀罗尼几乎成为一种时尚。到宋代以后,经幢的造型日趋华丽,表面的镌刻内容也越来越丰富,除了经咒之外,还雕刻了各种佛陀、菩萨、金刚和世俗人物的生动形象。经幢多为石质,铁铸、陶制较少。

"陀罗尼幢"是指刻"尊胜咒"之外各种陀罗尼、真言的石幢。迄今所知,在全国所有这类的经幢均为金朝治下所刻的。永庆寺石经幢也属于这种情况。此经幢为梵字经幢,以梵文书写陀罗尼真言部分,题目、跋尾等非佛经的文字以汉文书写,汉字主要用在第一面上的标题、第四面最后两行和第六面上,全部碑文不超过一百个汉字。经幢文字均为阴刻,第一面至第三面及第五面 6 行、满行 18 字,第四面 6 行、满行 19 字,比前三面每行多出 1 字,第六面 4 行、满行 20 字,比第四面又多出一字。无年月、题名的记载。

自唐朝出现石经幢以来,大部分经幢是用汉字书写的,非汉字的经幢很少,主要有梵文和西夏文经幢两种。到了辽金时期,梵字经幢大为流行,为何流行梵字经幢? 这是因为经幢上所刻的绝大多数都是密教陀罗尼的经典,而在佛经的翻译中,陀罗尼是所谓的"五不翻"之一,不作意译,只有音译。由于以汉文难以百分之百地对应梵音,因此出现了以梵文书写陀罗尼部分的经幢。何以辽金时期出现大量的梵文经幢,从现存的造幢文字看来,可能和其时流行的佛教有关。如辽天祚帝乾统六年(1106)所建的一座经幢上所述：

> 佛言有十三大罪，无忏悔者，有无动如来陀罗尼，一切极重大罪并能消灭。若有人发大菩提心，依梵字本书于石塔幢子上，忽有睹此陀罗尼字生敬信心，所有如上十恶等罪，悉皆消灭。何况一日诵一遍，其人增无量福德，速成无上菩提也。

梵语，不仅是印度的古典语言，也是佛教的经典语言。梵语属于印欧语系中的印度雅利安语族系。中国人最先和印度文字发生关系，当然是翻译佛经。梵语是古代印度的标准书面语。原是西北印度上流知识阶级的语言，相对于一般民间所使用的俗语(Prakrit)而言，又称为雅语。我国及日本依据此语为梵天(印度教的主神之一)所造的传说，而称其为梵语。其名称本为sanskrit，源自samskrta，字面意思为"完全整理好的"，也即整理完好的语言。梵文为印度—雅利安语的早期形式(约公元前1000年)所定的名称。经典《吠陀经》即用梵文写成。19世纪时梵语成为重构印欧诸语言的关键语种。在世界上所有古代语言中，梵语文献的数量仅次于汉语，远远超过希腊语和拉丁语，内容异常丰富。

《佛顶尊胜陀罗尼真言》石经幢拓片（局部）

自古以来对梵字的创造者有多种传说。唐玄奘《大唐西域记》卷二说："详其文字，梵天所制，原始垂则，四十七言"(47个字母)。"梵王天帝作则随时，异道诸仙各制文字。"印度所使用的最古老文字，依近代从印度河流域的哈拉巴(Harappa)及莫汗佐达罗(Mohenjodaro)等地出土的材料来看，当为史前时代的象形文字。但其起源究属何体系，目前尚无定论。而梵字与腓尼基文字(现代欧洲文字的原形)，同属闪族文字系统，已为近代学术界所共识。在公元前700年左右，印度商人与美索不达米亚地方的人(闪族的一支)接触，将闪族的二十二个字母传往印度。经过印度人的整理，大约在公元前400年时，终于制作出四十个左右的字母。随着时代与地方的不同，书法与字体也逐渐地产生差异。公元一世纪左右，北方的梵字逐渐变成方形字体，南方的梵字逐渐变成圆形字体。至四世纪，两者之间的差异已极其明显。其中，北方由四世纪至五世纪间发展成笈多(Gupta)文字，六世纪再由笈多文字衍生悉昙字母(Siddham)。悉昙字母后来传入中国及日本等地，同时笈多文字也流传于龟兹、于阗等地而形成特殊字母，为中亚各种古语言所采用。

那么，佛顶陀罗尼真言这句话是什么意思呢？佛顶，相传是释迦牟尼佛的头顶，任何人也望不到上面去。这象征着他掌握了宇宙间最高的真理及宇宙间最高的成果，没有任何人的智慧成果在他之上。《佛顶尊胜修瑜伽法仪轨》说："一切佛顶之中，尊胜佛顶能除一切烦恼业障故，号为尊胜佛顶心，亦名除障佛顶。"用"佛顶"来比喻佛的"无上"，而这里的"佛顶"是比喻陀罗尼真言，就是说陀罗尼真言中所讲的道理，不但内容之广，包罗万象，而且所讲的道理，也是最高，犹如佛顶一般，没有任何理论在它之上。陀罗尼真言就是密咒。根据密宗的说法，密咒是佛内证的智慧的语言，是能够显示诸法实相的真实语言，所以叫做真言。陀罗尼，也作"陀邻尼"，为梵文dhārani的音译，意译是"总持"，原意为忆持不忘，即记住而不再遗忘，由词根dhr的原意保持、留住转化而来。从词源学上看，陀罗尼最初是一个关于记忆方法的名称。在原始佛教中，陀罗尼最初的含义仅指对佛陀教法的语言文句的正确听闻和牢固记忆,强调的是表现佛陀言教的语言形式。密咒的一字一声,总含着无量教法义理,持有着无量威力和智慧,凭仗念诵密咒的威力,可以获得远比显宗迅速而伟大的成就。钢和泰《音译梵书与中国古音》一文指出:"释迦牟尼以前,印度早已把念咒看的很重要,古代的传说以为这种圣咒若不正确的念诵,念咒的人不但不能受福,还要得祸。念咒时一定要发音正确,然后才有效,才能获得好结果。梵文是诸天的语言,发音若不正确,天神便要发怒,怪念诵的人侮蔑这神圣的语言。这种古代的迷信习俗,后来也影响到佛教徒。"密宗着重出于宗教信仰的原因,认为正确诵读和理解经文是入道成佛的必由途径,语言文字是自致成佛的中介,因而十分重视文字的音义,务令文句了了分明,无一错谬。因而念诵陀罗尼,务存梵音,但取其声,不取其义。在修习仪轨,按照一定的仪轨,结坛,设供,身结手印,口诵真言,意作观想等等,以求将自己的身、口、意三业,转成佛的身、口、意,三密佛的身、口、意,作用微妙不可思议,这样便可以迅速得到智慧、神通,乃至即身成佛。佛顶尊胜陀罗尼真言的音义经查阅有关资料,它是这样念的:

"那(上)慕薄誐嚩(无我反)帝(一)怛[口赖](力界反二合弹舌)路迦(吉耶反)钵啰(二合弹舌)底(丁以反下同)尾始瑟咤(二合)耶(二)母驮耶(三)薄誐嚩帝(四)怛儞野(二合)他(五)唵(引六)尾戍驮耶(七)娑(上)幺娑(上)漫多(八)嚩婆(去)娑(九)塞颇(二合)罗拏(十)誐底誐诃那(十一)娑嚩婆嚩尾秫提(十二)阿鼻诜(去)者[牟*含](牟含反十三)素誐多嚩啰嚩者那(引十四)阿蜜哩(二合弹)多鼻晒屬(十五)阿诃罗(十六)阿诃罗(十七)阿庾散陀罗尼(十八)戍驮那(十九)戍驮耶(二十)誐誐那尾秫提(二十一)邬瑟抳(二合)沙惹耶惹耶尾秫提(二十二)娑贺萨啰(二合弹)曷啰湿弭(二合)散注儞帝(二十三)萨婆怛他(去)誐多地瑟咤(二合)那地瑟耻(二合)多母捺嚟(二合二十四)嚩日罗(二合弹)迦(去)耶僧(去)诃多那尾秫提(二十五)萨婆(去)嚩啰拏尾秫提(二十六)钵啰(二合)底儞嚩多耶阿(去)庾秫提(二十七)娑幺耶地瑟耻帝(二十八)幺儞幺儞(二十九)多他(去)多步多句胝跛(上)哩秫提(三十)尾塞普(二合)咤母地秫提(三十一)惹耶惹耶(三十二)尾惹耶(三十三)尾惹耶(三十四)塞幺(二合)啰(三十六)萨婆母驮地瑟耻(二合)多秫提(三十七)嚩日[口隶-木+士](二合)嚩日啰(二合弹)誐陛(三十八)嚩日嚂(二合)婆嚩都(三十九)幺幺写(四十)萨婆萨埵(去)南(去引)者(四十一)迦那尾秫提(四十二)萨婆誐底跛(去)哩秫提(四十三)萨婆怛他(去)誐多(四十四)娑幺湿嚩娑地瑟耻帝(四十五)母地野(二合四十六)母地野(二合四十七)母驮耶(四十八)母驮耶(四十九)娑缦多跛(上)哩秫提(五十)萨婆怛他(去)誐多地瑟咤(二合)那地瑟耻帝(五十一)幺诃(去)母涅梨(五十二)莎婆贺"

随着历史的变迁,古典梵文已经发生了很大的变化,现代梵文与古梵文明显不同,现代梵文对佛法的表现也值得怀疑。故而上述发音法是否就是本石经幢上的发音,有待于后人研究。另一个问题是,石经幢上的梵语文字是否属于公元六世纪出现的悉昙(Siddham)体梵字还是公元七世纪城体(nagari)字型,或者笈多字体,有待于研究梵文的专家、学者赐教,在此抛砖引玉。

还有一个问题就是,石经幢属于一种什么样的建筑物体? 到底是做什么用的? 其实从其宗教的角度来讲,经幢的本质是塔——它是一种融合了刻经与造像,并有宗教作用的塔。本石经幢跋尾部分有"右题浮屠"的字样。浮屠,也称"浮图"、"窣堵波",梵语,其意译为"塔"的意思。根据佛经所述,经幢的性质即是法舍利塔。所谓的法舍利塔,是指在塔中放佛经者,其法源自印度,印度系以香末为泥,做高五、六寸的小塔,以书写的经文置其中,称之为"法舍利"。经幢不是纯粹为了刻经。虽然经幢上主要镌刻的是佛经,但不能单纯地视它为石经中的刻经。更确实地说,经幢是揉合了刻经和塔所衍生出来一种特殊的塔。

金州永庆寺的石经幢在光复前由金州南金书院院长岩间德也保存,光复后转入旅顺博物馆保存。

目前,学者对金州永庆寺的石经幢还没有深入的研究,只有日人《满洲金石志稿》中有抄录,而在此书中,有关梵文部分用"○"替代。其中,汉文部分有多处抄录错误,如:第一面标题中的"陁"字抄为"陀"字;第四面最后一行"秘密大陁罗尼"中的"大"字写为"文"字;第六面第二行"兜率宫"写为"兜卒宫",第三行"濡我亦抚安经□处移来从此镇庭隅"中的"抚"字抄录为"画"字,"处"字抄录为"虔"字等。

桥　碑

挂符桥重修碑记

清·乾隆三十一年(1766)

【碑阳】

碑额:万古流方

重修碑记』

壬午岁(1)冬,余捧檄(2)来宁,过三十里舖,有石桥一带,半皆倾圮(3),路当冲要(4),车马络绎危行,旅往来,恒』有失足坠崖之 警 。今过之,惕于抱不安之心,徘徊山隅间,见有断碑在焉,字迹残缺,约略数字,系』

历年间创建者猗欤□哉。事创于前,讵(5)不可继于后乎?爰与仝(6)城契友(7)佐领 王巴 公(8)等商(9)□,□欣』□许,不计日(10),鸠工捐资修葺,凡旅民、士庶(11)好善乐施,竭蹶(12)赴工者,亦复不少。越半载而桥成,驱』□』过之,□□平地,所谓履道坦坦(13)者,其在斯欤!余愧不能平其政,聊于此桥,以示保安之意云尔(14)。』

赐进士出身知奉天府宁海县升授锦州府锦县正堂加三级纪录二次 璿 贵 (15)』原任署理金州城守尉印务事正白旗汉军佐领加三级纪录五次王文仲』奉天府宁海县加三级纪录四次奇山(16)』盛京金州城守尉加四级纪录七次官禄』正白旗巴尔虎佐领纪录四次巴雅力』水师营协领兼理右营佐领事王世禄』奉天府宁海县儒学正堂翟昆』镶黄旗汉军佐领加三级纪录四次□』正黄旗汉军世袭骑尉兼佐领事纪录□次刘国升』正白旗汉军佐领加三级纪录四次李明鲜』水师左营佐领沈太』宁海县督捕□泽』乾隆三十一年三月十日』

【碑阴】

碑额:千载不朽

```
                              正红旗满洲领催兵等
                              厢红旗满洲领催兵等      闫廷栋
              唐有爵          正白旗满洲领催兵等      □□
□帖达宗阿      范建义          厢白旗满洲领催兵等      藏富荣
蒋 福  王尚睿         顾 喇   正黄旗满洲领催兵等      袁有兴
刘 义  方永任  萨尔赛  袁有法   厢黄旗满洲领催兵等      司事闫文谓
水师防御 骁骑校 金州防御 骁骑校  正蓝旗满洲领催兵等      黄中理
范恒任  韩元美  刘金图  王连贵   厢蓝旗满洲领催兵等      王成兰
金文功  方守本  拜思胡郎 双 寿   正白巴尔虎领催兵等      范中礼
       于文秀  领催兵等         正黄旗汉军领催兵等      潘永祚
       刘 豹  水手等           厢黄旗汉军领催兵等      瓦匠孙义廷
     候补蒋珍                   正白旗汉军领催兵等      石匠□ 成    等
                              三十里堡车等
```

户部局孙 □丛兴□ 大有当 □□文 曰震庭 王文成 □□□范建文 金州车户等』徐□来 益兴号 □人龙 仁和当 义□店闫 仪 盛元□ 曲龙□ 金文智 复州车户等』隆太号 □顺号 □成号 永有当 元兴店 闫德□ □□□ 金文英 熊岳车户等』吉□□ 永兴号 孙维□ □□当船户 李廷弼 王廷贵 李世仁 杨 恒 盖州车户等』永□号 元兴号 王齐川 □□当 牛庄 张李珠 王全德 刘 美 杨 义 海州车户等』三□□ 复盛号 义顺号 □□□ 布局 闫 智 苏明仁 王元升 王 珏 牛庄车户等』万兴号 刘 芳 蔡 球 广永当 顺成号 闫 文 刘景彦 姜于光 付弘道 辽阳车户等』□□□ 广生号 杨元开 新盛店 长顺号 盛世弼 闫 敏 刘廷祥 战得胜 □地车户等』正益号 陶发枝 广兴号 洪泰店 益隆号 卢德言 崔守福 常 太□玉玺 义成堡车户等』□□号 唐只全姚 煌 义利店 复兴号 于 泮 潘永臣 赵 瑜 周士洁 蒲拉店车等』恒丰号 □天锡 吉顺号 永丰店 陶朱号 王成桂 王燕 刘朝栋 李秉基 长店堡车等』德兴号 □来号 唐诚一 永盛店 呼昆生 汪升安金 籍 刘朝义 周德义 石河驲车等』仁和号 □复先 汪振东 永茂店 广丰号 李自喜 金 贵 刘 慧 洪复盛 五十里堡车等』生生号 永兴号 广成号 常景尧 聚兴号 吴文焕 苏植云 曹廷祯 张福臣 四十里堡车等』

【碑考】

　　清朝乾隆三十一年三月十日(1766年4月18日)立,辉绿岩。该碑原立于金州三十里堡镇三十里堡村南沟台山脚下挂符桥西旁。1994年运至金州博物馆保存,2001年移到金州副都统后院,原方形碑座改为龟趺座。碑头与碑身连为一体,长方形,上部抹两角,高200厘米、宽73厘米、厚23.5厘米,碑阳额题"万古流芳"4字,竖2行,每行2字,双钩楷书。额下为碑文,竖19行、满行38字,阴刻楷书。碑文叙述了金州宁海县知县瑞贵重修此桥的原因"半皆倾圮,路当冲要,车马络绎危行,旅往来恒有失足坠崖之警",同时也交代了挂符桥创建的年代"系万历年间创建"。碑文落款累计为12人,均为金州当地政府和驻金州八旗的主要官员名单,碑周边饰以缠枝莲纹。根据碑文推断,此碑文是金州宁海县知县瑞贵卸任宁海县知县之后上任锦县知县时所作,碑文中开篇载,乾隆壬午年(1762)瑞贵来金州上任路过挂符桥时看到桥已经破损才动重修之念,而立碑时间为乾隆三十一年(1766),这与瑞贵刚来金州上任时间相隔已经四年,一般为官三年,说明瑞贵此时上任锦县知县已经一年有余,《八旗通志》载:瑞贵,蒙古镶白旗人,乾隆甲戌(1754)进士,乾隆三十年任锦县知县。碑阴额题"千载不朽"4字,竖2行、行2字,双钩楷书。额下为捐修挂符桥驻防金州十二旗官员名单、店铺商号、辽南车户和捐修人员名单等。周边纹饰与碑阳同。龟趺座首尾长200厘米、宽90厘米、高60厘米。碑阴中还使用了很多简体字和别字,如:"劉"作"刘"、"镶"作"厢"、"旗"与"旂"字并存使用等;有很多古地名已经有所改变,如"海州"今已改为"海城"、"蒲拉店"今已改为"普兰店"、"长店堡"后改为长甸堡,今为普兰店太平乡、"石河驲"今改为"石河"等。这些都为研究清朝文字和辽南古地名的演变提供了重要的实物资料。

　　挂符桥,又名寡妇桥,据《南金乡土志》载:"挂符桥在治城北三十里",其桥名在碑文中并没有提及,只有"石桥"二字。有关"寡妇桥"或"挂符桥"桥名的来历,是因当地一段美丽的传说而流传下来的。其传说有多种,版本也较多,公认的当首推张本义先生在《金州名胜与风光》一书《挂符桥》章节中的叙述,现摘录如下:传说,明代万历年间,老三十里堡村有一个老实憨厚的青年叫金宝,娶了个贤惠善良的媳妇彩莲。新婚第三天,小俩口高高兴兴地"回门"去。回来的路上,天下起大雨。金宝脱下自己的衣服,披到骑在驴上的彩莲身上,自己拽着毛驴,一步一滑,好不容易来到了三十里堡南沟。这时,山上洪水滚滚而下,毛驴立在沟边一步不动。金宝急不可耐,用力往前拉驴,当把驴拉下南沟时,洪水倾泻而下。金宝为使彩莲不被洪水冲走,竭尽全力用肩头将驴"扛"到沟对岸,而他却被洪水卷走了。彩莲悲痛欲绝,冒着雨沿沟跑了很远也没找到金宝的尸体,就坐在沟边哭了三天三夜,发誓要在这里修一座桥,以使过往行人再也不会重演金宝的悲剧。她白天上山砍柴、挖药,晚间在孤灯下拼命纺纱织布,这样过了十个春秋。她用攒来的钱修了座桥。可是,过了不久,一场山洪,把桥冲得无影无踪。彩莲毫不气馁,继续砍柴、挖药、纺纱、织布,省吃俭用、攒钱修桥,又用了十个春秋,彩莲第二次在这里

寡妇桥桥涵近景

筑起了石桥。然而,桥却又一次被山洪冲毁。彩莲仍不气馁,继续为修桥而拼命劳作。这样,又过了十个春秋才攒够了修桥的钱。这时,彩莲苦苦思索,怎样修建才能使桥坚固。有一次她拉着一位小姑娘过桥,忽然受到启发,想到了用母子对接法修桥,工匠们按照她的设计终于建成了现在的这种用子母对齿砌筑法的石拱桥。此时的彩莲,已白发苍苍了。为了纪念这位坚毅而善良的妇女,当地人们称这座桥叫"寡妇桥",而当人们过往此桥时,都要在桥上挂上符条,保佑平安,故又称"挂符桥"。虽然碑上没有"寡妇桥"或"挂符桥"名字的记载,但在碑上看到碑四边镌刻的栩栩如生的朵朵莲花,且整通碑的碑阳、碑阴边纹都用莲花进行装饰,这在金州所能见到的古碑中是从来没有先例的,说明当时人们也是为怀念彩莲、崇敬彩莲而特意采用的一种方式吧!

　　挂符桥是金州地区最古老的一座石拱桥。由于石拱桥工艺精巧,结构坚固,形式优美,用料省、强度

高，因此，建造技术水准要求很高，金州的挂符桥充分显示了我国劳动人民勤劳、智慧和水平，现在挂符桥仍在使用，距今已达四百余年，这应该引以自豪和骄傲。那么，现在这座石拱桥究竟是明朝万历年间建造的石拱桥样式还是清乾隆三十一年瑞贵重修时的样式呢？2005年6月，本人进行了仔细勘测。

寡妇桥桥涵顶部条石

挂符桥像一道彩虹横跨在山脚下陡峭的壕沟上，大致呈南北走向，涵洞长6米，桥面距离壕沟底部7.3米，桥身长、宽各为5.6米。拱圈呈半圆形，净跨2米。拱圈以青料石榫槽相对接（即子母对齿）并列砌置法建成。桥面用大条石顺桥的方向铺装，条石之间有压腰石槽，并用腰铁连接加固。两头桥墩用大石块砌筑而成。从桥底下往上看，桥拱石条虽然都采用子母对齿法，但仍然能分辨出明显不同的两部分，东半部分石条缝隙内抹有白石灰浆，与之相连的桥墩石缝内也抹有白石灰，但局部已经脱落，西半部分没有任何涂抹白石灰的迹象。石质也不一样，东部为青色石条，西部呈浅灰色料石，条石表面局部有疏松的迹象，看起来此部分条石比东部分老旧，界限差异明显。因而，西半部分为明代万历年间建造，东半部分为清朝乾隆年间重修，这与碑文中"半皆倾圮"相吻合，瑞贵当时没有把整座桥扒掉重新修复，而是修复了"倾圮"部分。当然，西半部分边缘地带抹有石灰也应为乾隆三十一年所补，因此挂符桥是明代建造清代部分重修的一座石拱桥梁。

挂符桥的结构看似简单却非常复杂。建桥的料石凿刻必须严密细致，拱圈石是榫槽错缝联锁琢制，设

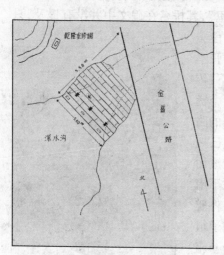

挂符桥平面示意图

计要求工艺精确，尺寸大小准确无误，拱石结合部分的榫槽既必须保持吻合，又必须使其结合面严密无缝，使人从外表上看不出其中的奥妙，可谓巧夺天工。没有相当高的建桥工艺水准，是不可能完成的。

美丽的挂符桥留下了一段美丽悲壮的传说。在明朝，挂符桥所处的位置正位于金州城通往省城辽阳的必经之地，这条路是明朝政府从山东登、莱二州至辽东的海陆联运最主要干线，并在沿线设置了驿站，因而战略地位都非常重要，在这条古道附近，有众多且排列有序的明朝烽火台也能充分验证这一点，军事与交通的关系极为密切。结构复杂的挂符桥仅仅凭借彩莲一人的力量是不能建成的，它肯定得到明朝金州地方政府的高度重视。清朝时，挂符桥仍然承担着这一作用，"路当冲要，车马络绎"，在碑上落款的官员达20位之多，几乎囊括了金州地方政府和八旗驻防地方官员，挂符桥的重要性与当时交通往来之频繁的程度可见一斑。

挂符桥碑由于年久，字迹较为模糊，前人录入此碑文的较少，只有《金县志》和《金州公路史资料汇编》中誊录了碑文，但誊录错误多，语句不通顺，几不可读，也没有誊录碑中的落款人名。现经过研读，核对史料，大致较为完整地校对清楚。该碑在金州地区的桥梁史和交通史上都占有很重要的地位。

【碑文注释】

（1）壬午岁：乾隆二十七年（1762）。 （2）余：我。指瑞贵本人。捧檄：奉命就任。檄，官符，即后来的委任状。 （3）倾圮（pǐ 音劈）：倒塌断绝。 （4）冲要：在军事或交通等方面有重要作用的地方。（5）讵：副词，何，岂，难道。 （6）仝：同。 （7）契友：意气相投的朋友。 （8）佐领王公、巴公：据碑文落款可知，指王世禄、巴雅力，二人情况不详。 （9）商：作者笔误，应为"商"字。 （10）不计日：没过几天。（11）士庶：士人和庶民。 （12）竭蹶：力竭而颠仆，意谓竭尽全力。 （13）履道坦坦：遵行正道。《易·履》："履道坦坦，幽人贞吉"。 （14）云尔：语末助词，即"如此而已"之意。 （15）瑞贵：蒙古正白旗人，乾隆三十年任宁海县知县，参阅碑文简介。 （16）奇山：满洲镶红旗人，乾隆三十年任宁海县（今金州）知县。

日 本 碑

1. 镇 魂 碑

明治三十八年(1905)

【发现经过】

2004 年 3 月下旬,金州博物馆在整修金州南山苏军墓地时,博物馆馆长王明成同志发现苏军陵园围墙东南拐角处的墙体中有段刻有"忠肝义、倥偬虽"和"冒弹"等字样两块残碑石,引起其高度关注。后来刘长源、王立昱等同志围绕院墙仔细勘察,在其他墙体中陆续发现五、六块类似的碑石,其中有一块刻有"我、帝国"字样的残石,其他均为光面无字残石,估计是碑的正面,有字的部分镶嵌在墙体内部。在此之前,金州博物馆刘长源同志早已有所发现,只不过没有引起大家的重视。现在只有馆长发现的两块残石因墙体矮小而取出,归博物馆收藏,其余因墙体高大经费有限而作罢。经查阅日文资料,发现它就是臭名昭著的"镇魂碑"。现将碑文加上标点符号完整地录下:

镇魂碑旧照

夫日钦惟 我,『大日本 帝国 起征露[1]之役,我军士冲锋 冒弹,历 事年余』以有今。兹克复[2] 和平之日,回溯明治 三 十七年[3] 五月』二十六日陷落南 山以来 , 忠肝义 胆之士,死于战、毙[4]于病者,正复[4]不尠[5]。时军务 倥偬[6] ,虽 经收掩,而碧草黄』沙之外,不无散骨之遗。予承 总司 令官祀散骨之议,『乃蒐积[7]忠骸,丛瘗[8]于南山之岭,勒石以志其处焉。』

明治三 十八年十二月一日』金州兵站司令官 正六位 勋四等 陆 军步兵少 佐饭田庆昌 谨志』

【碑考】

《镇魂碑》原呈长方形,位于原南山祠西侧开凿的一块平台上,碑的正面竖刻有"镇魂碑"三个榜书大字。碑石为板岩,黄白色。现取出的两残石有长宽三、四十厘米不等的样子,没有一定的规则。该碑的出土,说明《镇魂碑》在光复后即被砸毁,该地方被铲平,用作苏军烈士陵园之地,碑也被砌筑在苏军陵园围墙内,从那以后再无人知晓该碑的下落。《镇魂碑》由当时驻守在金州当地日本兵站司令官陆军步兵少佐饭田庆昌立,是为了纪念在 1904 年 5 月 26 日进攻金州南山的战役中阵亡的日军而建。战后,日军在南山阵亡的尸骨大部分运回国内,一部分被安放在大连忠灵塔,但仍有大量遗骨散落在山中。为此,特拾取散落的尸骨葬在南山上,并在其上竖立一块碑,命名为《镇魂碑》。《镇魂碑》是日俄两帝国主义在金州南山厮杀的铁证!

1904 年 2 月 8 日日本联合舰队不宣而战,偷袭了停泊在旅顺港外的沙俄太平洋舰队,双方遂于 2 月 10 日同时宣战,日俄战争正式开始。

由驻防在东京的第一师团(陆军中将贞爱亲王为师团长)、名古屋的第三师团(陆军中将大岛义昌为师团长)、大阪的第四师团(陆军中将小川又次为师团长)和东京的野战炮兵第一旅团组成的第二军,由陆军大将奥保巩任军司令官,共计约 36 400 人,于 5 月 4 日在金州杏树屯盐大澳湾附近的猴儿石登陆,开辟第二战场,后把登陆地点改在猴儿石西南孙家嘴子海湾。

日军在基本上摸清了俄军在金州北方布防情况,并有效地控制了交通要道。10日,第一师团和第三师团大部队沿着貔子窝——金州大道经洼子店、沙家屯、烧窝铺向金州方面进军,最后登陆的第四师团紧随其后。

16日贞爱率领的第一师团在十三里台击溃了俄军在此的防线后,日军进行了休整,并对兵力进行了重新部署,其部署方案为日军第四师团在平山佛爷洞东南方凹地集合,负责进攻金州城和从北面对南山俄军主力的进攻;第一师团右翼占领金州城东北高地到肖金山南麓一线;第三师团到达南八里庄至吴家屯、靳家屯、韩家屯海岸一线,其炮兵也在天亮时抵达徐家屯西南,开始做好攻击南山的战前准备。25日日军展开了对驻守在金州城和南山上的俄军的进攻。

而俄军在金州城驻有少量的军队外,其主力主要布防在金州南山上。因此,俄军在南山构筑了坚固的防御工事。金州南山,又名扇子山,位于金州古城南仅1公里,扼守金州地峡,海拔116.6米,右控大连湾,左扼金州湾,易守难攻,战略地位十分重要,而金州地峡是辽东半岛的咽喉要道,俄军在这里设有炮台和坚固的防御工事。因此很早就受到俄军的重视。虽然它不及旅顺要塞那样坚固,但俄军在此修筑防御工事是能够抵御大部队进攻,足有一夫挡关万夫莫开之称,也是旅顺要塞的第一道防线。

南山阵地最初是在1900年义和团运动时俄军出兵东北时,俄军守备队构筑的,后逐渐被废弃。1904年2月3日俄军少将东西伯利亚阻击步兵第七师长康特拉琴柯实地视察了南山,由其本人亲自设计。2月5日日俄两国交恶,于2月21日匆忙开工构筑,4月3日工事竣工。其后,又从南山山脚横过大连大道一直延伸至金州西海岸,构筑了散兵壕,其上铺之钢轨、埋设地雷。十三里台战斗后,又对其薄弱环节进行了改进,使其更加完备。南山主峰周围一里半地区每隔几个土丘就建一炮台,并配备角面堡、堡垒、眼镜堡等,用三重战壕环绕之。炮台、堑壕间由斜面壕沟连接,山上还修建宽广的道路以便于上山物资运输。堑壕、堡垒多用钢轨、枕木或粗大的角材掩盖建造,内部可以生活,交通也很安全,并有数量众多的枪眼向外射击。南山有各种大炮57门,大房身高地一带及附近直接参加战斗的野炮总计54门,要塞炮77门,外加能够发射600发/分最新式杀伤力极强的马克沁重机关枪10挺,大房身海岸到南山北麓都架设数道铁丝网,网外平行埋设地雷,可谓精心构造,用心良苦。整个南山西麓工事就好像一大兵营,大房身铁路支线从其山脚下通过,交通运输便利,无论多猛烈的炮火,至少能坚持半年以上。俄军能够直接参加南山战斗的人数约6 000,约为日军总数的1/6,其中包括金州城、南山、大房身、苏家屯方面兵力总和。俄军南山及大房身指挥为纳戴茵少将,南山守将为特列季亚科夫。

第二军司令官奥保巩

25日晚上9时日军第四师团步兵一部夜袭金州城,因受挫而撤回,第一师团的右翼步兵得知进攻金州城受挫后,向金州城东门进攻,终于在26日5时20分又炸开东门,占领了金州城,然后各师团呈扇子形状向南山发起总攻。

26日5时30分,日军集中了全部的大炮向盘踞在南山上的俄军阵地开始轰击,俄军也进行还击。在5时半至7时半这两个小时的时间里,日军对其阵地的东北角、西北角和俄军火力强的地点进行了最为猛烈的轰击。在炮战激烈的时刻,停泊在蚂蚁岛的日本舰队也驶进金州湾,与陆军协同向南山炮击,俄军也不甘示弱,向日舰队还击,炸死炸伤日军6名,但日军最终还是给俄军以极大的杀伤,使俄军炮火有所减弱。当日军步兵趁俄军炮火减弱之际向前冲时,不料又遭到南关岭方面俄军炮火的轰击,南山上的俄军也趁势向日军反击。

在日海陆兵向南山阵地炮轰时,各师团分别从不同方向向南山逼近。第四师团步兵第十九旅团从金州城西面前进,7时10分其先头部队接近西南窑,其步兵第七旅团在龙王庙附近开阔海滩至金州城西门一带遭到南山俄军炮轰,在西门外的日军还遭到金州城内残余俄军袭击,日军俘虏俄军4人,8时半抵达步兵第十九旅团右翼侧后。日军第一师团右翼部队9时抵达赵家楼西端,左翼已经占领金州火车站。第三师团在南山东麓遭到散兵壕内俄军机关枪的疯狂扫射,前进受挫,仅仅前进到麦家屯至刘家沟一线停止不前。虽与第一师团左翼继续前进，但受到大房身方面俄军炮击和纪家屯附近散兵壕俄军侧面射击，死伤严重。至此，日军只好停止前进，构筑掩体，向俄军射击。这样，日军从金州湾到红土崖子海成弧形把南山团团围住，双方成对峙状态。奥保巩司令官观察到这一情况，下令各师团把预备队派往第一线，以加强攻势。

第四师团在受到苏家屯俄军炮火轰击，要求炮兵火力支持，炮兵变换炮位，给予俄军以重创。从南山撤退的俄军野炮 8 门出现在大房身西方高地，继续朝第四师团右翼炮击，同时第四师团又受到大毛家茔自南方高地俄军炮火阻拦。第四师团长派往预备队向南山北麓进攻，遭到正面坚固堡垒内和数道散兵壕内俄军密集火力扫射，后转向火力较弱的俄军侧面进击，在冲锋过程中，俄军用机关枪和小炮轮番扫射，使日军每一小队中就有十余人伤亡，在俄军阵地前无法前进，原地待命。

第一师团右翼把预备队派往第一师团与第四师团之间的于家屯，在距俄军阵地五、六百米的开阔地带，俄军使用的机关枪又发挥了威力，瞬间使日军伤亡过半，加之俄军阵地前的两道铁丝网挡住了日军的通路，日军仅仅凭借挖掘浅浅的壕坑压低身体等待实施突击。派往第一师团左翼的预备队从赵家楼越过铁路线占领阎家屯，也遇到了同样的情况，伤亡惨重，停止进攻。

第三师团炮兵在刘家沟、吴家屯附近向南山东侧的俄军堡垒轰击，由于没有榴弹炮，威力不大。步兵先头部队已到达马家屯，被大房身西方高地俄军发射速射炮炮弹横截在原地，俄军每一发炮弹都使日军伤亡过半，加之日军炮兵此时炮弹已经告罄，不得不退回到大房身铁路线道崖下，寻求庇护。中午，俄军"鲍尔布鲁"号炮舰出现在和尚岛以北海面上，在徐家山炮台附近炮击日军，使日军左翼背后陷入混乱状态。幸亏，被运送弹药的日军发现，及时报告了师团本部。师团长迅速派遣一部分炮兵和骑兵，赶跑了俄军炮艇，日军才长长松了一口气。

至下午 1 时，日军的进攻在俄军阵地前基本处于停滞状态，伤亡惨重，一筹莫展。特别是俄军机关枪猛烈扫射，使日军伤透了脑筋。

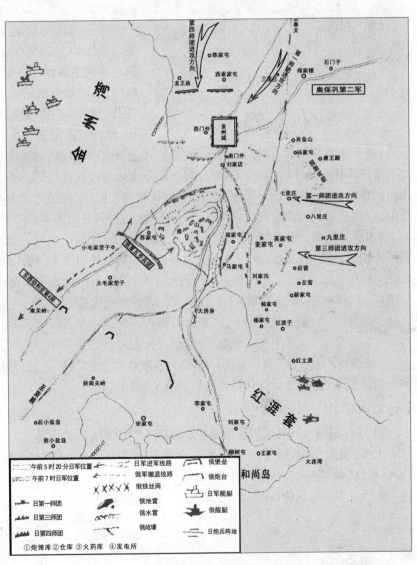

南山激战示意图

为尽快攻下南山，奥保巩决心不惜一切代价继续攻击南山，命令各炮队变换阵地，陆续向前移动，专门炮轰俄军步兵，把全部的预备队派往第一线。而此时，俄军方面炮兵弹药也将用尽，日军方面正在加紧补充弹药。

第四师团于下午1时半开始向南山发动了新一轮进攻。第四、第十三联队进行了为时50分钟的炮击，摧毁了俄军步兵的掩体。趁此机会，安东少将重整队伍向南山北麓阵地突击。2时20分左右，在遭到俄军机关枪弹雨阻击后，伤亡过半，不得不再次停止突击。第三十七联队右翼在其他联队的配合下，冒着俄军枪林弹雨，从金州湾海滨展开，已经抵达距俄军阵地二、三百米的地方。炮兵从南门外向南山方向移动，后因弹药用尽，只好等待后方补充弹药，暂停炮击。下午4时，日军包围了俄军的左翼。6时，日军的大炮得到弹药补充后全力向南山堡垒炮击，但又遭到俄军扫射和大毛家茔南方东面俄军炮火的轰击，仅仅前进到距俄军堡垒150余米的地方，俄军还在顽抗。6时半，日军炮兵和海上舰队一起向南山西北麓的堡垒进行

日军攻占南山时情景

猛烈轰击，俄军终于抵挡不住，军心动摇，开始后退，日军乘机破坏了铁丝网。7时半，日军先头部队占领了南山最高山峰——俄军司令塔，其余各队攻占了司令塔周围地区，俄军遂向南关岭方向退却，日军先头部队在追击退却的俄军后重整队伍。

第一师团的两翼下午3时才接到师团再次攻击的准备。3点40分右翼突击队从金州城至大房身大道接近于家屯南面附近南山下铁丝网，但一次又一次呐喊着冲向铁丝网时，均被俄军密如雨点的机关枪子弹打死，日军突击队总共进行了三次冲锋，死伤过半，有的中队甚至被全部歼灭，始终没能前进一步。左翼看到俄军火力太猛烈，也停止不前，直至第四师团攻占南山主阵地后，他们才进剿南山南麓附近地区和南山东侧至马家屯西面一带。

第三师团午后1时30分开始行动，一部分步兵越过铁路线到达南山东侧，并把预备队调往最前线，向南山司令塔突击，虽然他们利用俄军堡垒的死角匍匐前进，但俄军密集的弹雨和猛烈的火力也使日军突击受阻，特别是第三师团没有后续部队，一步不能前进，只好伏卧原地牵制俄军。天将黑，发现俄军阵地动摇时，突击队才向南山挺进，7时半攻占南山各炮台和堡垒，8时半攻占南山南端炮台。日军以惨重的代价占领了南山。此次南山攻击战，日军伤亡4 387人，其中死807人，伤3 580人，后又有些重伤者死亡，估计死亡在1 000人以上；俄军在战斗中伤亡约450人，退却中伤亡约650人，总计1 112人，被俘23人。1962年7月15日，林火在《旅大日报》上刊登一首诗以评述此次战役：

金州城南扇子山，东西两面大海湾。中华山川日俄兵，妄想腥血赚江山。

八月十五重相会，打起红旗换人间。注目东洋观风色，神州圣海拒贼船。

《镇魂碑》见证了一百年前那场战役的残酷性，它的发现，正值日俄战争一百周年之际，对于今天爱好和平的人们来说，这无疑有其特殊的历史意义。

【碑文注释】

（1）露：露国，指俄国，因在俄语中称俄国为"露西亚"，故简称之。　（2）克复：收复失地。　（3）明治三十七年：明治，日本年号；三十七年，公元1904年。　（4）复：人病或死后招其魂归来称复。　（5）尟（xiǎn）：通"鲜"字，少。　（6）倥偬（kǒng zǒng 音孔总）：困苦，急迫。　（7）蒐（sōu 音搜）积：即搜集。蒐，通"搜"字。　（8）丛瘗（yì 音意）：聚集在一起埋葬。

2. 殉节三烈士碑

大正二年（1913）

【碑阳】

殉节三烈士碑』福岛安正书

【碑阴】

建碑之举广恭于世，』四方好义之士□□』捐资二千余圆。今当□』工程告竣，感激殊□，』爰勒数言于碑阴，以』昭不忘。』发起人：』远藤盛邦』岩间德也』本田海彦』丰田善太郎』□□田』贰津为世』向井友次郎』上田□』外岛秋盛』安永乙吉』古川村雄』小西芳太郎』荣田逸郎』杉野外雄』

殉节三烈士碑旧照

注：碑阴除此一小部分外，由于该碑非常厚重，自从被推倒后，还有另大半截子倒在地上，那部分的碑阴有无文字成为最大悬念。有的人说没有，有的说有，但具体刻着什么内容，谁也无法说清楚。为此，查阅有关日文资料，在须田晴雪著《金州案内资料》中有记述，记载了碑阴内容如下：

　　山崎氏は福岡縣の人，享年三十一。鍾崎鐘氏は福岡縣の人，享年二十六。藤崎氏は鹿兒島の縣人，享年二十三。其の判廷に臨んでも、刑の執行に当つても從容自若たるものがあり、忠烈義魂、芳名を千載に垂れられたので御座います。この丘陵三崎山は、その芳名に因んだもので御座います。三崎山に君が御靈を弔へは鵲立ちて北に向きて飛ぶ

正岡子規

碑文大意：山崎氏，福冈县人，享年三十一。鍾崎氏，福冈县人，享年二十六岁。藤崎氏，鹿儿岛人，享年二十三岁。临刑前，临危不惧，从容自若，忠烈义魂，名垂千古。这个丘陵"三崎山"，就因其芳名而得名。"三崎山上凭吊其英灵，鹊立向北飞。"正冈子规

【碑考】

　　在金州城北不远的虎头山山顶东部的平地上横七竖八地躺着几块厚重的青石碑块，其中有一大块纵353厘米、横150厘米、厚80厘米，上面有一长方形凹面，纵285厘米、横95厘米、深8厘米，光滑的表面上纵刻"殉节三烈士碑"一行擘窠大字，左落款处刻有"福岛安正书"，被百姓用钢钎破为三截，另有一块与上三截之一差不多同样大小的石块也立在旁边，上刻有"碑"字笔画的下半截部分，碑阴捐资之名就刻在这块碑上。碑座原呈圆形台阶状，为水泥、碎石灌注而成，但也被百姓破坏殆尽，现仅存直径260厘米、高180厘米的下窄上宽的"V"字形座在风中瑟瑟发抖，摇摇欲坠。这是一块什么碑竟遭如此厄运呢？

　　其实，该碑就是臭名昭著的"三崎碑"，是日本殖民当局为了纪念1894年在甲午战争中被驻扎在金州的清军抓获而处死的日本三个间谍而立，"三烈士"是指三崎羔三郎、鍾崎三郎、藤崎秀，因三人名字中都有"崎"字，故此碑又称作"三崎碑"。"三崎碑"从明治四十五年（1912）开始筹建，大正二年（1913）建成。该碑碑阳"殉节三烈士碑"六个大字，由福岛安正书。福岛安正（1852～1919），日本信州人。1865年就读于江户讲武所，明治后曾在司法省任职，后转入陆军省，一度任驻德武官。1892年从柏林动身，单骑穿越西伯利亚、蒙古草原、中国东北地区，获得了第一手资料。中日甲午战争任第一军参谋，入侵辽东。1900年晋升少将。日俄战争中，任日本大本营参谋，入侵大连。1906年晋升中将。1912～1914年任关东都督府都督，并在今金州七顶山乡建立第一个移民村——爱川村。1916年晋升陆军大将，受封男爵。1919年病逝于日本东京。碑阴文由当时金州南金书院堂长岩间德也（详见《康有为游响水观题壁诗》摩崖石刻一文）书写。

上世纪五十年代,虎头山西半部分辟为金州烈士陵园(时称抗美援朝烈士公墓),三崎碑被当地百姓推倒,并砸毁成数截。

【三崎被捕经过】

1894年10月24日以日军大将大山岩为司令的第二军在庄河花园口登陆,从背后包抄金州、旅顺。为了能够准确摸清驻扎在金州、旅顺方面清军的布防情况,派遣间谍侦察是非常有必要的。因此,大山岩大将特选派六名精通汉语并在中国从事多年侦察经验的人从事这项活动,并根据每人的不同情况分别布置了不同的任务。这六名间谍分别是:第一师团通译官藤崎秀负责金州、大连湾方向,向野坚一负责普兰店、复州方面,大熊鹏为庄河方面的侦察;军司令部通译官山崎羔三郎负责旅顺要塞,锺崎三郎负责柳树屯、和尚岛炮台,猪田正吉负责大孤山方向的侦察。此六人装扮成当时中国老百姓的模样,其中山崎羔三郎的穿戴打扮是马褂、棉裤,携带长烟杆,肩扛铺盖;锺崎三郎长褂,肩膀扛包袱等;藤崎秀也换上中国服装,戴上假发,梳好长辫子。三崎穿上的中国服装均为日舰"高千穗"号在庄河花园口海面附近抓来的正在捕鱼作业的中国渔民,从他们身上扒下外衣,抢下烟袋,让三崎等人换上的。

10月24日早上5时半,日军开始陆续在庄河花园口登陆。为了不被当地百姓发现,特规定每隔一小时出发一人。首先出发的是山崎羔三郎,上午11时山崎羔三郎向金州、旅顺方向进发。12时左右,锺崎三郎第二个出发。下午3时,藤崎秀也按照定好的目标前进。然而,三崎们的行动并不顺利,他们的行踪在碧流河附近就被当地百姓和清军的巡逻队发现。

日军登陆的消息很快不胫而走,驻守在貔子窝的清军马队依常阿下令,立即将碧流河封锁戒严,没有清军颁发的通行证一律不准过河,并严加盘问审查。曹肇鹏在《日本间谍落网记》一文中,对三崎被捕的经过进行了详尽的考证,其文如下:

"锺崎三郎步出花园口军司令部就奔向目的的途中来到碧流河摆渡场,……锺崎三郎因无证件,经过盘问,形迹可疑当即就擒。山崎羔三郎趁日暮黄昏之际,混在熟悉地形的中国人之后,避开摆渡场,从别处侥幸偷渡碧流河窜入貔子窝,宿小店。第二天一大早就外出活动,他那副与众不同的神态,'温文谦恭'的做派和在厕所里出现当地罕见的白手纸,引起人们的极大怀疑,火速报告荣安,当即予以拘捕。

藤崎秀从花园口窜入貔子窝夜宿旅店,早晨匆匆离开旅店,混在逃难人群中向金州奔去。当大股逃难人群步入曲家屯,日军在花园口登陆和捕获日奸的消息顿时在全屯传播开,使这个偏僻静谧的小村庄异常紧张起来,人们慌忙地抢收院上的庄稼,包裹衣服、用具,驱赶自家散养的家畜家禽。整个曲家屯的老小和外来逃难群众无不恐慌紧张,可是藤崎秀的神色却与众不同,细心的农民怀疑他的身份,把他立即交给路过的荣安巡逻队。"注:荣安经王宇考证应为依常阿,有的资料音译为依克堂阿

依常阿在捕获山崎羔三郎和锺崎三郎后,立即将二人连同供词一并解往金州城连顺审讯。连顺经过审讯,二人承认是日军间谍,并供出日军在花园口登陆,其目的是攻占金州、大连湾和旅顺。后来藤崎秀也被抓捕,三人被押在金州城西街的金州海防同知衙署院内牢狱中。10月29日晚上10点钟,在金州城西门外被连顺清军处斩。

【三崎后事情况】

日军攻占金州城后,对三崎的生死非常重视,到处打探三崎的情况。向野坚一在他的《从军日记》中写道:"11月6日金州陷落之日,随神尾中佐(日本特务头子)之后,在搜得文书中有记述锺崎三郎和另外二名奸细被捕的文件,我见之,忧心忡忡。翌日,知晓金州城内西街海防分府有牢狱,立即前往,破门而入,进入其刑科室处,桌上文件,有锺崎、山崎、藤崎三人之口供。"虽然日军看到三人口供的文件知道三崎的处境是凶多吉少,到处寻找,但对三人尸骸的下落却一无所知,直至第二年初,有个叫王子彦的日人寻找到当初埋葬三崎尸骸的金某,这才揭开其中的谜底。2月7日上午9时,日军在金州城西门外对三人尸骨进行发掘,经仔细验查,确定是三人尸骨。下午1时半,在该地进行火化,5时半收拣骨灰。同年4月将三崎葬在金州城北门外虎头山上。

在日军派遣的六名间谍中,只有向野坚一一人辗转生还,另外两名下落不明。据后人调查,大熊鹏、猪田正吉均被清军捕获,当时清军没有搞清他们的身份,就在清军军营中受冻得病而死。

【三崎简历】

山崎羔三郎

山崎羔三郎(1864~1894),原名白水,化名常致诚,字子羔(子高)。出生于日本福冈县,为藩士之后。幼时被山崎茂一郎收为螟蛉之子,遂改名山崎。1881 年,以鼓吹对外侵略为纲领的日本民间团体玄洋社成立。山崎羔三郎在福冈与玄洋社少壮派成员过从甚密,萌发"大陆经论"思想,加入该组织。1886 年荒尾精受命于日本陆军参谋本部,在中国建立间谍网络。荒尾精的"大亚洲主义"和侵华主张令山崎羔三郎服帖,在荒尾精感召下,进入中国攻读汉语,并蓄发留辫,进行间谍活动。1890 年,他协助荒尾精筹建了间谍培训机构——日清贸易研究所,掌管该所总务。甲午战争爆发后,山崎羔三郎由上海到烟台,潜伏于中国运兵船中,进入朝鲜。他乔装混入牙山清军阵地,窃取清军情报提供给日军,使进攻朝鲜的大岛义昌顺利攻陷成欢。日军对平壤开始总攻后,由于指南针损坏,炮兵攻击陷入困境。他向前来督战的山县有朋献策,告诉日军用"虮头常指北而动"、"菜根北部纤维质密"等常识来判断清军所在方位,在日军进攻平壤作战中发挥作用。他的不凡表现在日军司令部内引起轰动,也使玄洋社的头目引以为荣。山崎的成功,也受到参谋总长栖川宫炽仁亲王的接待,任命他为第二军军附,派他随第二军登陆辽东。登陆后第三天即 10 月 26 日就被清军巡逻兵捕获,不久在金州城西门外被斩首,终年 31 岁。

锺崎三郎

锺崎三郎(1868~1894),日本福冈县人,日本陆军幼年学校学生,因家贫退学。后经友人引见结识了荒尾精,开始走上了间谍生涯。1891 年到上海日清贸易研究所特别科学习。学习期间化名李钟三,去芜湖专卖日本货物的顺安号商店实习一年。1894 年 3 月受日本海军军部委托,化名左钟武,扮成药材商,前来渤海一带秘密调查北洋舰队情况,曾亲自驾驶小船协助日本海军测量水深。同年夏,日本撤退在京津地区的难民,锺崎三郎潜回天津城内继续侦察清军动向,后转向奔赴山海关调查清军驻防情报。日本参谋本部原来不了解该地区的情况,锺崎三郎的情报给他们消除了一个盲点,受到参谋次长川上操六的嘉奖,随后奉命随第二军行动。10 月 24 日登陆后的第三天,在碧流河附近被依常阿的巡逻兵俘获,一同在金州城外被连顺军斩首,终年 26 岁。

藤崎秀

藤崎秀(1870~1894),鹿儿岛县人。上海日清贸易研究所毕业生,被任命日军第一师团翻译官,受到参谋总长栖川宫炽仁亲王召见鼓励。10 月 24 日登陆后,因证件不足,被中国百姓捕获,五天后与山崎、钟崎一同被斩首。

【三崎碑知多少】

在金州地区的日本碑中,恐怕没有哪个碑比三崎碑的数量要多。日军根津大佐于当年 4 月将三崎骨灰葬在金州城北门外虎头山上,三墓自东向西排列,中央是山崎羔三郎墓,东为锺崎三郎墓,西为藤崎秀墓,在三个墓地前树立三块墓碑,上书"大日本志士(姓名)捨生取义碑",碑面朝南。日本归还辽东半岛时,随即将三崎的骨灰和三崎碑一同移至日本东京高轮泉岳寺内供奉。

甲午战争期间虎头山上三崎墓碑(旧照)

日俄战争后,日本占领了金州,取得了殖民金州的统治权。明治三十八年(1905)兵站司令官根津少佐与青木乔氏等在今虎头山的一块巨石上刻上"三崎山"三字,因三人的名字中都有一个"崎"字,故将此山改名为三崎山,以此纪念。日本殖民统治稳固后,对三崎的宣传格外重视,先后建立起一系列纪念三崎的碑刻。综述,除了当年移至日本东京高轮泉岳寺内的三块墓碑外,主要有以下四块:1. 福岛安正的《殉节三烈士碑》(1913);2. 昭和三年(1928)十一月立的《三崎纪念碑》(三崎后人所立),现仅存半截收藏在金州博物馆;3.《三崎山》字碑(其实是天然石刻)(1905);4. 原金州古城西门外三崎处死之地《三崎殉节之处》碑。

金州城西门外三崎处死地碑(旧照)

前3通碑都树立在今虎头山上,另一通在金州城西门外三崎处死之地。现仅存前两通碑,其余均被砸毁。除此之外,在虎头山上广植樱花,规定每年九月三十日,都要在此祭祀。1962年8月在光复17周年之日,有位林火的学者写了这样一首诗,嘲讽三崎:

山埋三崎山亦奇,真假烈士海自知。樱花树下屠夫笑,金州湾前血浪高。
红杏扬眉东风报,青山含笑旧恨清。往事切莫付流水,百年血泪涌心潮。

3. 乃木希典南山诗碑

昭和十二年(1937)

【碑文】

山川草木转荒凉,十里风腥新战场。『征马不前人不语,金州城外立斜阳。』希典』

【情景再现】

1904年6月,50多岁的日本战犯乃木希典,重新踏上金州的土地。十年前,他也是在通往金州城的路上,带领侵华先头部队在辽东半岛庄河花园口登陆,并承担攻打辽东重镇金州城的任务,纵容日军一路烧杀抢掠。占领金州后,又占领大连湾炮台,轻易夺取清军大批武器装备。之后,占领旅顺。在金州和旅顺大肆虐杀手无寸铁的中国平民百姓,尤其在旅顺惨绝人寰地屠杀平民百姓达近2万人,他是十恶不赦的罪魁祸首之一。

乃木希典旧照

乃木希典此次到金州的主要任务是组建第三军,并自任第三军司令官,专攻旅顺。日本第二军于5月26日攻占金州南山,战役结束后,日军以伤亡4 000余人的惨重代价夺取了南山要地,为进攻旅顺创造了条件。但远在辽阳的俄军主力已经出发,向金州、旅顺方向袭来,日军第二军遂陷入腹背受敌的战略态势。为了粉碎俄军的计划,日本忙派乃木希典率领一部分军队筹建第三军。6月1日,乃木乘船从宇品港出帆,6日在金州东北杏树屯黄海盐大澳附近张家屯登陆,狂妄骄横的乃木希典自认为此次战役必定像十年前那样每战必胜。6月7日下午3时半,乃木希典在随从的陪伴下,开始登金州南山,视察金州战事。当时天气非常酷热,战死士兵的尸体早已腐烂。一路上,日军、俄军的尸体发出的恶臭霉烂的气味不时袭来,乃木希典捂住鼻子,硬着头皮到达山顶。举目环顾整个南山,看到的不是翠绿的小草和满山的野花，而是满山俄军人马的尸体、遍地日军的墓标，这时的乃木希典，其心情是非常悲凉，他也隐约感到此番战役决不会像十年前对付清军那样轻松，这是乃木希典自己一生戎马生涯中看到最为惨烈的一幕。当日晚想到南山上惨烈的情景、长子乃木胜典战死，乃木挥毫写下"山川草木转荒凉，十里风腥新战场。征马不前人不语，金州城外立斜阳"的诗句。后来乃木将此诗的墨迹赠送给小田原中学校长吉田库三氏。

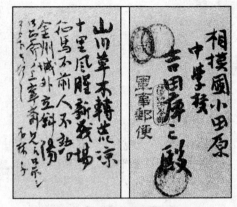

乃木希典的信封和南山诗墨迹

这首诗的开篇"山川草木转荒凉"，一定会认为此诗的写作时间在秋末冬初季节。其实不然，正好相反，它创作的时间处于春末夏初，正是"山川草木"抽枝发芽时，植物变得青翠新鲜，但乃木希典却发出"转荒凉"的哀叹，当我们了解了上述事情的经过后，就不难理解乃木希典的心情就像秋冬季节的草木一样，"荒凉"到极致，这反而衬托出此时此地乃木心情真实的写照。

乃木希典一生写了很多首诗，大多反映本人狂傲的心态，这首诗的格调却反映了另外一种哀叹与悲凉，与其身份极不相称，也预示着乃木希典今后的命运。

昭和十二年（1937）五月在金州南山上树立起这块诗碑，其实诗碑是一块完整的天然青石，因而应称为石刻较为恰当。在其中一面上凿一凹长方形平面，平面内刻下了乃木这首诗。乃木诗碑座落于水泥铺面的台面上，南北长 620 厘米、东西宽 440 厘米，台面中间为碑座，南北长 340 厘米、东西宽 186 厘米。乃木诗碑分三行，两行为诗，每行十四字，另一行为"希典"署名。诗碑高约 5 米，石材取自于今金州中长街道和平村落凤沟附近山麓。1945 年光复后，该诗碑被推倒，滚下西山坡。现碑下半身略缺，缺失的字分别为：第一行缺"新战场"三字，第二行缺"外立斜阳"，第三行缺"典"字。现存残碑石为纵 316 厘米、横 115 厘米、厚 51 厘米。该碑在 1977 年 7 月 17 日悄然运至旅顺日俄监狱保存。

乃木希典《南山诗碑》全景
（历史旧照）

附：

乃木希典（1849.12.25～1912.9.13），幼名无人，曾用名源三郎、文藏。日本陆军上将，对外侵略扩张政策的忠实推行者。长州藩（今山口县）藩士出身。1868 年随山县有朋参加日本戊辰战争。1877 年参加平息西乡隆盛挑起的日本西南战争。1885 年晋少将，任第 11 步兵旅旅长。1886 年赴德国研究军事。归国后历任近卫第二步兵旅旅长、驻名古屋第五旅旅长。中日甲午战争时任第二军第一旅旅长，率部侵占中国旅顺、辽阳，策划了旅顺大屠杀的人间惨剧。1895 年率第二师入侵台湾。翌年任台湾总督，血腥镇压台湾人民。1904 年日俄战争爆发后任第三军司令，晋上将，以"肉弹"战术攻克旅顺，次年参加奉天之战，战后任军事参议官。1912 年 7 月 30 日，明治天皇病死，乃木希典一直为其守灵。同年 9 月 13 日，明治天皇殡葬之日，乃木希典与其妻静子一道剖腹自杀殉节，成为日本武士道精神的典型代表。遗有《乃木希典日记》。

4. 正冈子规《在金州城》俳句碑

纪元 2600 年(1940)

【碑阳】

金州城にて　子规『行く春の酒を』たまはる陣屋哉』

　　碑文大意:在金州城　　子规『沐浴春天里,承蒙厚爱赐美酒,『还有军营啊!』

【碑阴】

(1)主催　平原俳句會』

　　大連

贊助金州愛媛縣人會』　　　　(2)紀元弍千六百年建之』

　　旅順

【碑考】

《在金州城》俳句碑

正冈子规像

　　在金州副都统后院靠西墙边有一通用鹅卵石砌成的碑座,碑座上树立着像馒头似的整块花岗岩石,石头高 170 厘米、宽 140 厘米、厚 55 厘米。这块花岗岩石比较平的一面凿一长方形平面凹槽,凹槽纵 136.5 厘米、横 79 厘米,光洁如镜,碑文竖三行,阴文行书。碑文中署名"子规"的人,可知碑文为日本著名歌人正冈子规所作,碑文寥寥数字,碑阴有两处,一处注明时间,另一处为树碑者名单。

　　正冈子规(1867~1902),日本歌人,本名常规,别号獭祭书屋主人、竹之乡下人。生于日本爱媛县。东京大学国文学科肄业后,入日本新闻社。最初有志于哲学和政治,后受幸田露伴所作《风流佛》的影响,从事文学创作。早期作品有小说《月之都》(1892)、《花枕》(1897)、《曼珠沙华》(1897)等。1891年冬,着手编辑俳句分类全集工作,1892 年开始在报纸刊载《獭祭屋俳话》,提出俳句革新的主张。1893 年发表《芭蕉杂谈》,对芭蕉作出独特评价。1895年即中日甲午战争的第二年春季,以从军记者的身份来到金州。不久中日媾和,正冈子规返回日本。1898 年出版的《俳句诗人芜村》,对主要吟咏风景的与谢芜村给予高度评价。他还主持出版同人俳句杂志《杜宇》。发表《致歌人书》(1902),推崇《万叶集》,贬低《古今和歌集》。他的著作还有随笔集《松萝玉液》(1896)、《墨汁一滴》(1901)、《病床六尺》(1902)、《仰卧漫录》(1902)等,1902 年病逝,终年 35 岁。

　　这通正冈子规诗碑是 1998 年在今金州城内小学院内(原天后宫)基建施工时发现的,石碑出土时完好如初,只有"春"字最下面"一"横划中间处被铲车划掉,现已修复完整。该碑原在金州博物馆后院保存。2002 年金州副都统衙门展览馆建成后,诗碑移至衙门后院保存。该碑文是以日本俳句的形式写成的。

　　俳句是日本诗歌形式,是东瀛文化奇葩,最能创造意境。俳句极其简练,它的格式是在短小的篇幅内必须表达刹那间爆发的灵感,讲究平常生活中发现灵光。俳句是日本的一种古典短诗,由十七字音组成,即其发句(起句)加季题(表示季节的词)和切字(用以断句的词),定型为五七五的十七音(另有不合定型的）。它源于日本的连歌及俳谐两种诗歌形式，连歌是格调高雅、古典式的诗。连歌中承袭了中世的审美意识，其写作方法是引用古典的故事来创作出诗句。俳谐与连歌一样，也是由十七音和十四音的诗行组合展开的诗。但是，俳谐将连歌讽刺化，加入了庸俗而且时髦的笑话。俳谐较多地使用谐音的俏皮话，而且喜欢使用连歌中没有用过的富有生活气息的事物来作为题材。在俳谐中，开始有人将发句作为独立的作品来发表。这就是"俳句"的起源。现代一般称江户时代以前的为俳谐（诽谐），明治时代以后的为俳句。室町时代的名俳谐家为荒木田守武。江户时代初期的俳谐诗人有松永贞德（贞门）和西山宗因（谈林），而被称为俳圣的松尾芭蕉则堪称贞门和谈林之集大成者。进入明治时代以后，正冈子规大力倡导俳句革新运动，使俳句成为深受人们欢迎的诗歌形式。俳句是从子规手中真正发展成为日本民族最短诗歌的，可以说正冈子规开创了俳句的新时代。俳句以短小为特色，内容简明，语言精练，能够引人深思，发人联想。

汉译俳句，往往成了五言、七言。当然，俳句和我们中国的对联一样，其实是无法翻译的。跟随它的形式，也只能把它的大概意思翻译出来。俳句发源于日本。日本是个岛国，拥有美丽的自然环境，富于变化。在这种自然环境中成长的日本人，深深地热爱养育自己的土地，对自然的感情十分丰富，而且，由于气温和气象的多变，日本人的感觉也较为敏锐，显示丰富的艺术色彩。具有民族特色的俳句广为流行，就是这一特色的集中表现。俳句也受古代日本农耕民族实际生活密切相关的自然崇拜思想的影响。日本人的自然崇拜，与其他地区的自然宗教信仰形态不完全相同。日本记的神话中，尽管有自然神话的痕迹，但以人文神话居多，即并非反映狩猎和渔捞，大多反映的是水稻耕作民的农耕生活。对于古代农耕民来说，在崇拜太阳和月神的同时，更崇拜与农耕密切相关的风雨雷电；在动物崇拜方面，更视蛇为神圣，虔诚祭祀。对于树木和岩石，则并无特定崇拜对象，皆以巨大和奇妙者为尊。高山群岭由云的姿态想象出来雨神、水神之所在；由火山喷火、引起地震，想象到生产之神等等。俳句的形成与日本稻作农耕的生产形态有关，日本人对四季变化反应敏感的特质，形成为祈愿农业丰收的岁时节日。随着城市生活的发展，这些岁时失去原来农业祭祀的意义，只成为季节风物的娱乐。俳句自日本封建社会如平安时代以来，平安贵族为王朝的崩溃所感伤，对未被现实污浊所沾染的自然抱有无限的憧憬，使原有的视人生为"污浊物"，视自然为"清洁之自然"的理念愈加浓重。

中国的禅宗传入日本后，为日本人在自然中寻求解脱，为俳句的发展奠定了基础。禅，汉语意思是定静虑、思维修。禅宗，即佛心宗。禅宗提倡离俗反俗，皈依自然，将自然人生一体化，这一点与日本文化性格是接近的，因而才迅速传播开来，在镰仓以后的日本历史文化中占有重要的地位，启发和影响了日本俳句的发展。

上述碑文是正冈子规比较著名的俳句诗。在我们充分了解了日本俳句诗的概念、发展渊源、特点等方面情况后，那么这首正冈子规的俳句诗是在什么时间、什么地方、什么情况下写成的呢？

在日本出版的《爱媛新闻杂志》（2001.3.10）中，就此碑作了详尽考察。现将大意简略介绍如下：

1894 年 7 月，中日甲午战争爆发。11 月日军攻占金州、大连、旅顺。1895 年 3 月后，战事基本停止。1895 年 4 月 13 日，身体病弱的正冈子规作为《日本》和《小日本》报的随军记者来到了停战后的金州、旅顺，作了为期 33 天的采访。此期间，他写下了《阵中日记》，记录了自己自日本国登船开往大连、金州到乘船回国期间的亲身经历，他还创作了一些俳句和诗歌作品。这首《在金州城》的俳句诗就是在这样的大背景下而作的。

1895 年 5 月 2 日，子规在金州意外相遇松山旧藩主久松定漠。久松当时为日军近卫师团北白川宫能久亲王的副官，系正冈子规外祖父的学生，他过继到久松家族承继伯爵地位一事是子规外祖父操办促成的。久松在当时城内北街一家名为"宝兴园"（后改复兴楼）的最好的饭店设宴款待子规。子规家族属武士阶级，藩主的阶级高于武士阶级。异国他乡巧遇有世交的家乡贵族，又承蒙热情款待，尝到了从没吃过的珍奇美味，这对于当时"从军记者的地位是没官没职的无名小卒"的子规来说，十分感激。他乡遇故人，心情自然是很高兴的，于是诗兴大发，挥笔作俳句，这就是我们所看到的诗碑上的句子。

在诗碑鼓凸的背面各凿两个竖窄长方形平面凹槽,分别刻(1)、(2)部分文字。(1)部分凹槽纵44厘米、横20厘米,文字为隶书字体,竖两行,为捐立碑的单位;(2)部分凹槽纵54厘米、横10厘米,文字为篆书,一行字,刻着立碑的年代,"纪元式千六百年",而"纪元式千六百年"又是怎么回事呢?

1940年9月22日正冈子规诗碑立碑仪式

"纪元式千六百年",是指日本皇纪的纪年法,它是从日本天皇神话中的神武天皇算起为皇纪元年(前660),一直延续,中间不间断。"2600年",算起来就是公元1940年。至1940年,正冈子规已经去世38年了,为什么又要刻这通诗碑呢?

在子规去世的三十多年中,俳句风靡了全日本,成为日本民族文化的象征。有关俳句会之类的组织如雨后春笋般地纷纷成立起来,当然,其功劳要首推正冈子规。由于子规的竭力推广,并对俳句作了改革,主张使发句独立成诗,定名为俳句,为日本文学界所承认,这使他成为俳句文坛的旗手。正冈子规的俳句诗受到人们的追捧,这也是一个具有划时代意义的事件。1940年9月22日旅居于大连、金州、旅顺的日本爱媛县人会俳句爱好者出于对子规敬仰,为纪念自己的家乡出了位伟大的诗人,故特为子规立一块诗碑,于是选定了子规的这首《在金州城》俳句诗。这首《在金州城》俳句诗并不是正冈子规所有俳句诗中最为著名的,但在金州立碑当然以选择与金州有关的诗最好,自然,这首《在金州城》诗入选是理所当然之事。立碑选址当然以立在当年子规住宿10天的金州天后宫院内最为恰当、最有纪念意义,当时金州绅士曹世科主持了立碑仪式。1945年日本投降后,此碑就地被埋入天后宫院内地下。

正冈子规可以说是英年早逝,他的一生是在贫苦和疾病中度过的,短暂的一生充满了坎坷。正冈子规出生于日本庆应三年九月十七日,即公元1867年10月14日。四岁时丧父。少年的子规靠的是外祖父与旧藩主的与众不同的深厚关系,受到旧藩主的资助才读完爱媛县松山市中学的。1884年因成绩优异而入帝国大学文科深造,由于患有结核病而从大学中途退学,1892年进入陆羯南《日本》报社当了一名新闻记者。虽然是新闻记者,而正冈子规早年真正想当的是一名作家,写了《月之都》等小说,都因种种原因,没有出版,反而在书中添加的俳句诗倒引起时人的关注。在正冈子规担任《日本》、《小日本》报记者期间,在报纸上发表了大量的俳句作品,使子规成为当时名噪一时的诗人。后来,《日本》报、小报《小日本》等报纸都受到日本当局的查封而停刊,严重打击了正冈子规,其情绪降至极点。因此,正冈子规生前并不是很得志的,处处受到刁难,他发表的作品与当时日本军国主义的思想、宗旨是格格不入的,受到限制是意料之中的事情,加之他患上的结核病在当时是难以治疗的顽症,因而1895年离开金州回国的途中便旧病发作,住进了医院,一病不起。养病期间,在家专门潜心俳句诗歌研究,七年后,给后人留下大量俳句佳作的正冈子规,离开了人世。

在日本国内,现立有正冈子规诗碑有近二十余通,其家乡爱媛县松山市建有正冈子规纪念馆。这通正冈子规诗碑可能是留在异国他乡唯一的一通子规俳句诗碑。目前只有三宅俊成于昭和十五年(1940)编辑的《金州观光》旅游小册子中著录该诗碑碑文。

附:

正冈子规简历

庆应三年(1867)九月十七日生。明治十二年(1879)爱媛县松山胜山小学校毕业,入松山中学。明治十七年(1884)东京大学预备科,二十一年第一高等中学校(原东京大学预备科改称)毕业。同年,因患结核而喀血,明治二十二年(1889)结核病喀血复发,遂自号"子规",取"杜鹃啼血"之意。明治二十三年(1890),入东京帝国大学文科大学哲学科后转入国文科。明治二十五年(1892)帝国大学退学,担任陆羯南《日本》报社编辑。明治二十八年(1895)中日甲午战争第二年,以从军记者的身份到金州占领地区进行采访,因日本军队对记者的新闻限制待了33天后而回国。途中结核病复发,住神户医院。出院后在家疗养,潜心研究俳句,出版了俳句书籍、书刊等。明治三十五年(1902)九月十九日逝世,终年35岁。

俄 文 碑

金州苏军烈士塔纪念碑

1945 年

【碑阳】

中文：为击败日本帝国主义『而英勇牺牲的苏军烈士『们永垂不朽！一九四五年』

俄文：ВЕЧНАЯ СЛАВА『СОВЕТСКИМ ВОИНАМ，ГЕРОИЧЕСКИ『ПОГИБШИМ ПРИ РАЗГРОМЕ』ЯЛОНСКОГО ИМЛЕРИАЛИЗМА！』1945г.』

【金州苏军烈士碑】简介

　　金州苏军烈士碑其实是一个烈士纪念塔，原位于金州火车站南站广场北部队干休所招待所门口前，据《金县志·大事记》载：该碑建于 1953 年 11 月，1955 年 4 月 26 日落成。此碑是为了纪念第二次世界大战末年在解放大连时而牺牲的苏军烈士而立。纪念碑朝西南。苏军烈士碑是以花岗岩为主体的方形石堆砌而成，下宽上窄，碑体内用两根"I"形钢条和槽钢固定。通高 12.87 米，分碑顶、碑身、基座三部分。

　　碑顶由三层小方形石砌成，第一层是高 1.81 米、宽 0.70 米的条石，中间层前后都刻有五角星，五角星的规格为 70cm×70cm×20cm。在第三层小方形石下刻有"锤子镰刀"党徽图案，党徽镰刀长 107 厘米、宽 98 厘米、厚 20 厘米。在党徽图案前树立四块"丫"字形石。碑身上半部由红色砂岩石砌筑，再下面构成竖三条凹槽，下半部无凹槽，在其下镶嵌碑文石，由两块大小对等的长条石组成，上为中文，下为俄文，其中每块规格为 70cm×120cm×27cm，在其碑后面，也镶嵌"1945"字巨石，其规格为 110cm×100cm×50cm。碑身下为碑座，为台阶状，总高 3.4 米。基座为底边长 8.15 米正方形，立体呈覆斗状，其前面中间设有七层踏步，斜面铺碎石外抹水泥。

　　该碑碑顶在二十世纪六七十年代，曾遭到雷电劈击，故在其五角星和党徽上及其他部位都留有火烧和水泥修复的痕迹。该碑原坐落于大连市斯大林广场（今人民广场），名为"胜利纪念塔"，1946 年 1 月 6 日举行揭幕仪式，1953 年 3 月旅大中苏友协决定将此塔挪至于金州火车站南站北，而在拆迁原地重建苏军烈士塔。2004 年 10 月该烈士碑因城建改造而拆除，移建于金州南山苏军烈士陵园门前。

纪念碑原照

其 他

1. 钓 鲸 台 刻 石

明·嘉靖年间

千古一鲸台,登临亦壮哉。惜留题,字啮青苔。远接烟波滩外路,空依傍,北山隈。

鸥梦漫相猜,月明自去来。几多时,青草渔艖(xié)？对此不禁桑海感,车停处,久低徊。

——郑有仁《唐多令·金州八景》之《鲸台吊古》

石刻原照

郑有仁,字心源,晚号智光,金州人,清末金州厅学附生。他的诗词在金州流传很广,其中《金州八景》诗词最为著名,而《鲸台吊古》是《金州八景》诗词中比较脍炙人口的一首。诗中描绘的是金州古八景之一——钓鲸台。钓鲸台位于金州龙王庙公路旁,原金州地质队门口对面,在高400厘米多、宽500厘米、厚200厘米多的方形巨石南面中间偏下凿一凹槽,凹槽呈长方形,槽内竖刻有"钓鲸台"三个榜书楷体大字,举目望去,十分壮观。它是金州地区榜书之最。在这块巨石上方镶嵌着用汉白玉镌刻的"金县四清林"五个行楷大字,该字是老一辈无产阶级革命家宋任穷题,时任中共中央东北局第一书记,1965年4月至金州营造"四清林"时题写的。可惜的是,该巨石连同宋任穷亲手书写的石刻,在1994年春夏之交扩建金州至龙王庙村公路时被毁。

【刻石考】

针对钓鲸台,清代学者林世兴为此写了《钓鲸台辩》一文,其全文为:

"金州西枕大海滩,北山下有大石屹立,高一丈、阔八尺、厚三尺,南一面正中凿如兔形,偏左刻'钓鲸台'三字,字约及尺,其右似有题款,然剥落不可识矣。人皆言,此与富春严子陵遗迹无异,惜其世代无传,姓名无闻,有幸有不幸也。余独以为不然,台去潮所常至处,尚有半里,非朔望前后大潮,水固不至也,即大潮水至,亦浅不过膝下,不能容鲸之大也,何以钓鲸乎？岂沧桑之变,古今不同欤！且果不同,今其积水当不知几寻矣！可以容鲸之大,更可以灭台之顶也,谁能垂而钓乎?! 呜呼！此特昔之好事者,偶因其不适而为之也,断不可信,或曰非此之谓,盖术士用之以压海患者,亦属不经。惟其笔势遒劲,余过之,辄流连不能去云。"

有关"钓鲸台"石刻的具体记述散见于前人很多,其中最为著名的有孙宝田《旅大文献征存·名胜古迹》一书的叙述:"钓鲸台在城西北二里许,旁海滨处有石陡立,高丈余,宽亦盈丈,南面中间微凹,镌'钓鲸台'三大字,旁刻'嘉靖某年高文芋题',隐约可辨。此台北依山岭,疑系往古海之陡岸,治城乃其浅滩也。"这是目前所能知道的最为完整的钓鲸台的文字记载。高文芋,山东黄县人,明代正德六年辛未(1511)科进士,辽东定辽中卫军籍,官长葛、无锡等县知县。本人在1992年和1993年时两次在钓鲸台下仔细审视过石刻,其"钓鲸台"三字右旁题款隐隐约约有"嘉靖"字样,余下皆不清。独孙宝田辨认出还有"高文芋"名字,实属不易,这也是目前所知道的钓鲸台石刻字数最多的版本。

【钓鲸台传说】

钓鲸台又名钓鱼台,相传很早以前,在金州城西海里有条兴风作浪危害金州城百姓的长鲸,隔三差五发海水,水漫金州城,冲倒房屋,淹死人畜,百姓民不聊生,纷纷到土地庙跟前祷告,保佑平安。土地爷对这条妖鲸所作所为早就有所耳闻,加之面对金州百姓的乞哀告怜,更是气愤填膺,心想:就是拼上俺这条老命,也要保住一方百姓。一垛脚,冲出土地庙,到东海老龙王那儿去告妖鲸的状去了。

老龙王听到妖鲸祸害百姓之事,命令蟹将说:"传我圣旨,告诉西海龙孙,管住长鲸,往后不许作乱!"土地爷以为以后太平无事了,就告辞回去。没过多久,妖鲸又来作乱,此次比上次还凶猛,土地爷一看,再次到老龙王那儿去,但把门的蟹兵虾将说什么也不让进,气得到玉皇大帝哪儿去告状了。

土地爷身单力薄,法术不高,到玉皇大帝那儿路途遥远,怎么办呢? 说来也巧,土地爷正犯愁时,眼前大树上栓着一头毛驴,土地爷二话没说,折下一条柳枝当鞭子,骑上毛驴,不一会就到玉皇大帝灵霄宝殿前,并把妖鲸三番五次祸害百姓的事情经过详细地禀告了玉皇大帝,玉皇大帝一听大怒,"这个妖孽,竟敢在光天化日之下为非作歹,我岂能饶它?! 你回去,给我拿上岸来砍了!"

土地爷说:"妖鲸在水里,老夫奈何它不得,如何拿上岸来?"

玉皇大帝说:"我让雷神给你造个钓鱼台,你尽管去钓好了。"

"我拿什么钓呢?",土地爷问。

"就用你手上这条柳枝吧!"

"这能行吗?"土地爷疑惑了。

"所有一切都不用你管了,我自有安排。"

"可是,我坐在钓鱼台上,妖鲸认出我怎么办?"土地爷还心有余悸。

"那你就穿上我的仙袍吧。"

土地爷骑上毛驴,带上玉皇大帝赠送的仙袍,赶回金州西海上空,往下一望,水汪汪一片。这时,天空漆黑,一道闪光,从西海边附近的一北山上滚下一方形巨石,土地爷知道这是雷神为自己造的钓鱼台,急忙跳上台子,穿上仙袍,一屁股坐下,拿出柳枝条当作鱼杆钓起鲸鱼来。说来也怪,柳枝条自动变成鱼杆,上有鱼线,鱼线头上不是鱼钩,而是一位漂亮的姑娘,土地爷见状,连忙收起鱼线,想救姑娘,但一收起鱼线,姑娘就不见了,如此往复几次,都是这样。土地爷忽然领悟到这是玉皇大帝送给长鲸的鱼饵。不一会工夫,长鲸直奔钓鱼台方向来,看见了漂亮姑娘,一口将其吞下。土地爷见长鲸上钩了,握紧鱼杆往上拉,鲸的力量太大,差点把他自己拉下海。眼看土地爷支撑不住了,招呼百姓帮忙,经过一番搏斗,大伙齐心协力终于将鲸鱼拉上岸来。鲸鱼被拖上岸,就断气了。但钓鱼台上留下了土地爷坐下的大坑窝。

从此以后,金州西海里的蟹兵虾将再也不敢兴妖作乱了,把海水退回了二里地。后人为了纪念此事,特地在土地爷坐过的巨石上刻下了"钓鲸台"三个楷书大字。以上就是钓鲸台的来历与传说。

2. 何公祠碑记

清·同治五年(1866)

【碑文】

尝论事变之起,国家之不幸,抑亦志士之殃[1]也。士君子[2]遭遇隆盛,得膺[3]一官,每乐从容,以行其志,谁甘以一时之义烈,博[4]身后之旌卹[5],况一门之俱歼[6]乎! 然事乃有』不得已焉者,年于太守何公见之矣。公讳维墀,字晓枫,金州厅之长甸堡[7]人也。父讳继志,以孝廉[8]历官至粤厅司马[9],尝训太守公,曰:"吾官南北,未尝以惠文冠作市』肆招牌,子其勉之。"公唯唯[10]。公无兄弟,生四子二女,第[11]四子系故妾朱氏所出,余皆出元配⁽¹²⁾徐淑人也。公少年登道光 乙酉⁽¹³⁾科 拔贡⁽¹⁵⁾ 甲午⁽¹⁴⁾ 举人 ,丙戌官仪曹⁽¹⁶⁾,乙巳由仪曹郎出守』江西赣州府,旋以母服⁽¹⁷⁾满,改授山西平阳府⁽¹⁸⁾知府,钦加道衔。一时廉声惠政,中外藉藉⁽¹⁹⁾焉。至咸丰癸丑⁽²⁰⁾,乃遂有粤匪⁽²¹⁾之变,方粤匪之攻怀庆⁽²²⁾也,山右⁽²³⁾骚动。六月』中旬,公奉调赴泽州⁽²⁴⁾,办理防堵事宜。又驰赴郡属,筹办饷需,至八月朔日⁽²⁵⁾旋署。越四日,即闻垣曲⁽²⁶⁾之警,维时平阳镇总兵乌勒欣泰奉调,率所属兵赴援,存城之兵』数不满百,左右皆劝公将家属城外安置。公艴然⁽²⁷⁾曰:"百姓恐矣。吾出眷属是为之率也,谁与守城者?"遂邀同文武、绅耆及僚属幕友,召募⁽²⁸⁾民兵,制备军械,日夜谋战』守之策,一面飞禀各宪⁽²⁹⁾,请兵援剿。乃兵尚未至,而贼已临城。公婴城⁽³⁰⁾固守,屡出奇败贼,毙执黄旗⁽³¹⁾贼目四名,余众无算,贼已警溃矣。突有郡属军犯陈富者,绰号"黑』娃子",拥众四五千人,由东门弔⁽³²⁾桥边攻至,窜贼复回,城遂陷。时公左右,官亲、幕友、家丁及募勇仅及二十余人,犹复裹创⁽³³⁾奋勇,大呼:"杀贼!"巷战三时之久,力屈乃遇』害,时公年五十三岁,咸丰三年癸丑八月初十日酉时⁽³⁴⁾也。同时殉难者,官眷则元配徐淑人⁽³⁵⁾、长子优贡生⁽³⁶⁾麟寿、次子太学生⁽³⁷⁾镜寿、四子儒童鸿寿、长女媛寿、长媳赵』氏、次媳钟氏、三媳夏氏、次子之二子息官、三子之长女荫姑也;官亲二人;幕友四人;家丁十一人;仆妇、婢女二人。最惨者钟氏,投缳绠绝。自透胸者二,赴水瓮中』乃死。惟次女,适同邑生员陈庆霖,现在婿居得免;长子之长女端姑,年八岁;次子之长子文蔚,年五岁,经家丁王禧、婢女全儿负出,避民间得免,现入邑庠生⁽³⁸⁾;三子』岁贡生⁽³⁹⁾乔寿,自缢断索,杂贼中得出,亦免,即今之世袭骑都尉⁽⁴⁰⁾也。善人有后,信哉!事闻赐卹准于死事及原籍地方,建立专祠,兼准家属殉难者一并附』祀。平阳之民思公之德,悲公之死,祠成已十稔⁽⁴¹⁾矣。惟原籍专祠,今秋方蒇事⁽⁴²⁾,都尉公丐⁽⁴³⁾年属⁽⁴⁴⁾碑词,年与都尉公兄弟夙相善,己酉岁⁽⁴⁵⁾,曾谒太守公于京邸,形貌清癯,』丰姿严整,一见而知,为端人⁽⁴⁶⁾正士,越至于今,犹仿佛如将见之。年谓人:"谁不死? 生不如死,死亦生也。"遂从而作歌曰:"宇宙之间有正气,盛大流行真浩然。其在于天』为日月,其在于地为山川,其在于人为节烈。配义与道塞垓埏⁽⁴⁷⁾,公虽即世⁽⁴⁸⁾亿万载,精忠赫赫雷行天。』

赐进士出身工部主事屯田司行走⁽⁴⁹⁾加二级乔有年拜撰 附贡生李中范敬书』世袭骑都尉岁贡生奉祀男何乔寿暨孙生员文蔚 敬立』

		姻晚			
	从九品衔	甥	王国厚		李占云
督工				石工	侯登儒
	生员		刘嘉田		

大 清 同 治 伍 年 仲 秋 谷 旦

【碑考】

何公祠碑刻于清同治五年(1866)。该碑原立于金州古城城隍庙东南隅何公祠前。七十年代,何公祠被毁,碑石佚失,现仅存碑拓本。拓本横 51 厘米、纵 143 厘米,碑文 18 行,满行 62 字,阴刻楷书。碑边饰以瓶插荷花、菊花、梅花、牡丹等。碑文叙述了碑主人山西平阳府(今山西临汾)知府何维墀本人及其全家一门于咸丰三年八月(1853 年 9 月)被太平军杀害的经过和建祠的原因。

何维墀(1800~1853),字晓枫,父亲何继志,金州城北长甸堡(今普兰店太平乡)人,清道光乙酉(1825)拔贡,甲午(1834)科举人,丙戌年(1826)官仪曹郎,乙巳年(1845)任江西赣州府知府,后改授山西平阳府知府并钦加道衔。1853 年遇害,时年 53 岁。按何继志,在《奉天通志》卷 155、191 载:"何继志,字南崖,奉天宁海县人,嘉庆三年(1798)举人,嘉庆十九年(1814)代理永平府(今河北境内)临榆县知县;二十二年(1817)署天津庆云县知县;道光元年(1820),署顺天府(今北京)宁河知县,旋任涞水县知县,重修书院,捐设额外口粮救助孤贫,不久改授正定、河间知县、广西富川知县、龙州同知等。"

碑中提及的何维墀是在坚守平阳城时被粤匪攻破城池而被害的,粤匪,指当时北伐的太平军。为了更好地理解碑文内容,须考证一下当时的历史背景。

1853 年太平天国定都天京(今南京)后,为巩固胜利果实,夺取全国政权,决定派一支太平军北伐,进攻清朝都城北京。1853 年 5 月 8 日,太平天国天官副丞相林凤祥、地官正李开芳、春官正丞相吉文元等率领 2 万余人自扬州出发,开始了北伐。北伐军从扬州出发后,进入安徽境内,连克滁州、临淮关、凤阳、怀远、蒙城、亳州等地,转入河南,占领归德府(今商丘),在其附近沿黄河南岸西行,经朱仙镇、中牟、郑州、荥阳、汜水、巩县,夺取渡船,于6月28日渡过黄河,7月2日占领温县,8日围攻怀庆府(今沁阳),围城50余天不克,遂放弃,主动撤离,自济源入山西,连克垣曲、绛县、曲沃、平阳(今临汾,即何维墀坚守之城)、洪洞、屯留、潞城、黎城,复折而东向河南,进入直隶(今河北)。9月29日击败清军堵截的万余人后,十天内又连克九城,向天津进发,于10月29日到达天津静海县和独流镇。可谓一路势如破竹,所向披靡。

碑中记录的北伐军进军路线是从怀庆(今沁阳)开始的,"方粤匪之攻怀庆也,山右骚动","八月朔日(初一)"何维墀筹办饷需后从郡属返回平阳城,"越四日",即八月初五日(9月7日)"闻垣曲之警",八月初十日(9月12日),平阳城就被攻破,从初五至初十这段期间,太平军相继攻占了绛县、曲沃,平均一两天就占领一城,可以说是兵贵神速。碑中对平阳城被攻破的原因作了分析,一是"平阳镇总兵乌勒欣泰奉调,率所属兵赴援";二是城内兵力空虚,"存城之兵,数不满百";三是内外配合,"有郡属军犯陈富者,绰号'黑娃子',拥众四五千人,由东门吊桥边,攻至,窜贼复回,城遂陷"。《太平军北伐资料选编》中对何维墀被害也有记载:太平军"初十日进围平阳,知府何、临汾县知县周督兵守御,不克;府县及同知郭升阿皆死之。"这里的知府何,指的就是何维墀。不过,记载较为简略,该碑丰富和填补了太平天国北伐史料空白。

除了何维墀本人被害外,其家人还有:元配徐淑人、长子徐麟寿、长媳赵氏、次子徐镜寿、次媳钟氏、次子之二子息官、四子徐鸿寿、长女徐媛寿、三媳夏氏、三子之长女荫姑,合计11人。幸存下来的仅有三子徐乔寿、次女、长子之长女端姑、次子之长子徐文尉等。

何维墀全家死后,于同治五年(1866)在金州古城城隍庙院内建祠,"准于死事及原籍地方建立专祠,兼准家属殉难者一并附祀",《旅大文献征存·古迹名胜》:"城隍庙,在火神庙后街(即城隍庙前弄)之南院,……庙东南院为何公祠";《金州志纂修稿·坛庙祀典》卷"何公祠,……春秋致祭,……同治五年(1866)祠成,赐有'一门忠烈'匾额。

该碑文由乔有年在何公祠建成后撰写的,李中范书。乔有年,字春溪,号古农,汉军正黄旗人,金州西乡(今甘井子区双台沟)人,清同治元年(1862)恩科进士,工部主事。历任山东蒙阴、沂水、章邱、钜野县知县。李中范,字楷人,据《金州书法拾萃》中介绍,"李中范(约1860~1920),自幼于父亲设立的私塾里攻读十年,考取附贡,后无意再进取功名,遂设馆教学,讲授四书五经,讲授名家爱国诗篇以陶熏学生,书学二王,运笔潇洒自如,堪称奉天省一流书法家。"但此书中对于李中范生卒年月可能有误,因为此时的李中范才刚刚六岁,是不可能写出《何公祠碑》的。金州博物馆藏有其行书条屏。

何公祠碑对研究太平天国北伐史具有重要参考价值,乔德秀《南金乡土志》、《金州志纂修稿》、孙宝田《旅大文献征存》均有著录,张本义在《大连文物》1987年第二期刊登有《何公祠碑记》,对此进行了考证。

【碑文注释】

(1)殃(yāng 音央):灾祸。 (2)士君子:有志操和学问的人。 (3)得膺(yīng 音英):得到。膺,受,当。 (4)愽:同"博"字。 (5)卹:同"恤"字。 (6)歼:灭,尽。 (7)长甸堡:今之普兰店太平乡。(8)孝廉:本为汉代选官的两种科目,由各郡推举有善事父母和洁身自好美德的人当选。孝,指孝子;廉,指廉洁之士。清代为贡举的一种,一般称举人为孝廉。 (9)司马:官名,周制,夏官大司马为六卿之一,掌管军旅之事。至清朝时俗称兵部尚书为大司马。 (10)唯唯:恭敬而顺从的答应词。 (11)弟:同"第"字。(12)元配:初娶的嫡妻。 (13)道光乙酉:道光五年,1825年。 (14)道光甲午:道光十四年,1834年。(15)拔贡:五贡(岁贡、恩贡、副贡、优贡)之一。清朝时,自乾隆七年规定每十二年(逢酉年)由学臣于府、州、县学廪生内,选拔文行优秀者,与督抚备考核定,贡入京师,称为拔贡生。先赴会考,择优者再赴朝考。入选者一等任七品京官,二等任知县,三等任教职,自此以下者为废贡,罢归。 (16)仪曹:官名。魏晋时设置,掌吉凶礼制。隋唐以后,改称礼部郎官为仪曹。曹,同"曹"字。 (17)服:居丧。 (18)平阳:指今之山西临汾。 (19)藉藉:形容名声很盛。藉,同"籍"字。 (20)咸丰癸丑:咸丰三年,即1853年。(21)粤匪:指1851年洪秀全领导的太平天国起义军,因洪秀全为广东人,广东古称为粤,故清朝诬蔑其领导的太平军为粤匪。　（22）怀庆：今之河南沁阳县。　（23）山右：旧时山西省的别称,因在太行山之右(西)而得名。　（24）泽州：今之山西晋城县。　（25）朔日：农历每月初一。　（26）垣曲：在今之山西省南部、中条山东南麓、黄河北岸,邻接河南省。　（27）艴(bó 音博)然：发怒的样子。　（28）召募：应为"招募",召,作者笔误。　（29）宪：旧时属吏称上司为宪。　（30）婴城：环城。　（31）黄旗：指太平天国将军以下的旗帜。太平天国的旗帜形状不一,方形为各王以下至指挥使用,旗色为黄绸旗;将军以下至两司马为黄旗,旗色为三角形尖。　（32）弔：同"吊"字。　（33）裹创：包扎伤口。　（34）咸丰三年癸丑八月初十日：1853 年 10 月 12 日。酉时,古代十二时辰之一,当今十七时至十九时。　（35）淑人：封建王朝命妇的封号。明清制：三品及宗室、奉国将军之妻子可封为淑人。　（36）优贡生：清朝五贡之一（岁贡、恩贡、副贡、拔贡）,各省学政三年任满,根据府、州、县教官上报,会同总督巡抚,在学员中选取文行俱优的人,由学政考定保送,大省六人,中省四人,小省二人,保送之人称优贡。发榜中式者入京朝考,一等任知县,二等任教职,三等任训导,以下罢归。　（37）太学生：旧时在国子监读书的学生称为太学生。　（38）庠生：明清时期府、州、县学的生员称庠生。见《榆林城重修胜水寺碑》注释(21)。　（39）岁贡生：明清时期每年从各府、州、县学中,选送廪生升入国子监肄业,也称岁贡。出贡者名岁贡生,在外省以州判任用,在本省以训导用。（40）骑都尉：官名,汉武帝元鼎二年（公元前 115 年）置,历代相袭。唐宋为勋官,清为世职,初期曾一度改称满语拜他喇布勒哈番,后又改为汉名。　（41）稔(rěn 音忍)：古时谷物一年一熟,故称"年"为稔。（42）蒇(chǎn 音产)事：事情已经完成。蒇,解决。　（43）丐：乞求。　（44）属(zhǔ 音主)：撰写。（45）己酉岁：指道光二十九年,1849 年。　（46）端人：正派人。　（47）垓埏(gāi yán 音该研)：天地的边际,形容极远之地。　（48）即世：去世,死。　（49）行走：凡有本来官职而受派到其他机构办事称行走。清朝规定,凡不设专官的机构和非专任的官职,均称行走。

3. 旅顺显忠祠碑记

清·光绪十九年(1893)

【碑文】

额题：显忠祠碑记

前明崇祯六年癸酉七月十四日,我』朝以兵取旅顺,明故岛帅黄公龙、部将李公惟鸾、尚公可义、项公作临、张公大禄、樊公化龙均战殁于』黄金山麓。乾隆四十一年,』特诏予谥黄公"忠烈"、李公"烈愍",建祠旅顺,尚、项、张、樊诸公咸附祀焉,』旌其祠曰"显忠"。光绪八年壬午,^{含芳}奉』钦差大臣督办北洋海军、太子太傅、文华殿大学士、直隶总督部堂、一等肃毅伯李,委驻旅顺办』理海防,寻其古迹,而岁久祠湮。丁亥年春,金州绅士知县乔君有年,指寻诸忠墓所,因合同人』封土勒碑,每岁清明日,以牲牢祭于墓道,而祠宇缺然。戊子仲夏,^{含芳}捐廉于三官庙西,建祠一』楹。每岁七月十四日,同人虔备牲牢为之祠祭,以彰忠荩而永』皇仁。是为记。』

光绪十九年岁次　癸已仲夏月谷旦』钦命二品衔调任山东登莱青兵备道军功随带加二品纪录二次贵池刘含芳敬识。』桐城张诒书丹。』

【碑考】

碑呈长方形,两端略抹两角。碑高 147.5 厘米、宽 54 厘米、厚 13.5 厘米。浅灰色花岗岩。无碑阴。碑文竖 12 行,满行 40 字,有界格。座横 57 厘米、纵 34 厘米、高 16.5 厘米,白色花岗岩。现存旅顺博物馆地方分馆内。

碑文"明崇祯六年癸酉七月十四日(1637 年 8 月 18 日),我朝以兵取旅顺,明故岛帅黄公龙、部将李公惟鸾、尚公可义、项公作临、张公大禄、樊公化龙均战殁于黄金山麓。"说的是明朝叛将孔有德、耿仲明当年勾结后金军队大举进攻旅顺的一场争夺战。

明朝末年,特别是崇祯、天启年间,后金占领东北大部。在此之前,明之东北战事连遭败绩,辽沈俱陷,锦州、大小凌河四十余城尽降,就辽东局势而言,金州、复州俱为后金占领,只有金州之旅顺还在明朝手里,在辽东东江,总兵毛文龙领导的军队牵制后金,勉强维持战局。不幸的是,崇祯二年(1629)六月,东江总兵毛文龙被其上司督师蓟辽兼登莱天津军务的袁崇焕以"十二条当斩之罪"斩杀于旅顺双岛,并整编了毛文龙的部队,即毛的东江总兵一职由陈继盛担任,毛文龙的部队分为四协,分别由陈继盛、刘兴祚、毛承禄、徐敷奏分别统领。改编之后的毛文龙旧部,人心顿时不稳,内部相互不服,东江镇的形势发生急剧变化,内部相互攻杀兼并,在这种兼并斗争中,刘兴祚的弟弟刘兴治杀东江总兵陈继盛等人,东江之乱由此开始。接着,明廷推荐毛文龙的部将黄龙代任总兵官,总兵黄龙随即赴皮岛镇压,皮岛乱兵一哄而散。孔有德、耿仲明原为毛文龙手下的骨干将领,孔、耿因不服黄龙统辖,便叛离皮岛,率部来投登莱巡抚孙元化。这样,本为抗击后金力量统一一整体的一支部队,由于毛文龙的被杀而瓦解了。

孔有德、耿仲明的来投,竟被孙元化接收了,并委以重任。但是,至崇祯四年(1631),孔有德、耿仲明在山东吴桥叛变,事情的经过是这样的:皇太及包围大凌河,同属孙承宗指挥的登莱巡抚孙元化,急令游击孔有德赶赴前线增援。孔有德奉命北上,抵达吴桥时,因遇雨雪,部队给养供不上,士兵开始抢劫。在另一位与孔有德有相同经历的毛文龙旧部李九成的煽动之下,孔有德正式叛乱,随即杀回山东半岛。先后攻陷陵县(今陵县)、临邑(今临邑)、商河,接着又杀人齐东,包围德平,不久又舍德平而去,攻陷青城、新城,向半岛杀去,很快占领了当时山东半岛上的重要军事要塞之———登州(今山东蓬莱)。孔有德占据登州后,推李九成为首领,自己居第二位,耿仲明居第三。除此之外,尚有一些将领,如李应元(李九成之子)、毛承禄、陈光福等。他们有的来自直隶海湾中的岛屿,有的来自旅顺。这批海盗、边民、矿徒出身的职业军人,在登州建立起自己的"王国"。他们刻印建官,招徕海盗流寇,四出焚掠,弄得山东半岛以至辽东前线人心不定。

登州被孔有德占领后,在皮岛的总兵黄龙命游击李惟鸾、尚可义击败占据旅顺的叛军高成友,黄龙亲自移师旅顺,准备以旅顺为基地,以备攻打山东登州。

明廷启用朱大典督兵,朱从辽东调来的五千精兵,冲锋陷阵,金国奇、靳国臣、祖宽及吴三桂等辽籍将领,个个能征善战。用这些辽将辽兵,来攻杀孔有德手下的山东、辽东兵将,孔有德感到紧张了。他用海船载着子女财帛,率先撤出登州,泛海而去,耿仲明等也随之而去。此时,已经是崇祯二年(1633)二月了,距孔有德山东之叛起,前后达16个月之久。

远在旅顺驻守的黄龙听到孔有德兵败从海上逃跑的消息后,料定孔有德必经旅顺,便率部下截击,斩杀李应元,消灭孔有德1 000余人,生擒毛承禄、陈光福等叛将,使孔有德损耗大半兵力,《平叛记》(转引韩行方 王宇著《旅顺历史与文物》)载:崇祯六年二月二十二日至三月十八日,黄龙败贼于双岛,擒毛承祚,二十九日追贼至黄骨岛,擒苏有功、李应元,孔有德"几获而逸"。孔有德对黄龙非常嫉恨,与黄龙结下了不解之怨,逃向大连湾外长山列岛。黄龙发水师继续征剿孔有德。孔有德走投无路,被迫走上了降金的道路。

崇祯二年四月二十一日,孔有德派遣副将刘承祖、曹绍中二人由鸭绿江口北上,致降书与后金。皇太极得到降书,大喜,赐给良马,命令贝勒济尔哈朗、阿济格等率兵亲自往盖州迎接,黄龙退回旅顺。可以说,孔有德降金是毛文龙死后东江镇形势变化的结果,毛文龙之死是构成孔有德降金的间接原因。

崇祯二年七月,孔有德欲收编东江各岛,黄龙探知此事,立即调动全部水师,前往阻击,造成旅顺防务空虚。孔有德知道旅顺兵力不足,遂引后金军袭击旅顺。袭击旅顺战役的,除了孔有德、耿仲明军以外,还有后金的主力部队,由兵部贝勒岳讬、户部贝勒德各类率右翼樗额哩叶臣、左翼伊尔登昂阿喇、旧汉军额真石廷柱等,共计万余人,向旅顺仆来。

守卫旅顺的黄龙手下兵不上千,战将寥寥,故双方兵力对比悬殊。加之孔、耿二人对旅顺的地理位置、兵力部署情况都了如指掌,因此,此次战役对黄龙来说,是凶多吉少,因而,在旅顺,上演了一场悲壮、殊死的旅顺保卫战。黄龙,江西南丰人(一说辽东人),初以小校从大军收复锦州,屡立战功,升至参将,崇祯三年(1630)从大军收复滦州因功升为副总兵,论功进秩三等都督佥事。黄龙亲自督率守城将士奋力抵抗,后金军久攻不下。岳讬见陆路进攻受阻,采取水陆夹击的办法,命巴奇兰驾驶船舟向前,黄龙所部据城,以弓箭、石块向巴奇兰船只还击,巴疾呼:"孰能先登,吾襮其功上前!"于是巴手下佐领珠玛喇和雍舜一跃而起,登上城墙,杀退守兵,旅顺城遂陷。

黄龙在旅顺孤军奋战,坚持了十余天,后来因弹尽粮绝而战死。《明史·黄龙传》:"黄龙数战皆败,火药矢石俱尽,语部将谭应华曰:'敌众我寡,今夕城必破。若速持吾印送登州,不能赴,即投诸海可也。'应华出,龙率惟鸾等力战,围急,知不能脱,自刎死。惟鸾及诸将项祚临、樊化龙、张大禄、尚可义俱死之。"

此次战役打得相当激烈,后金军以几倍于明军的绝对优势,经过了十几日的激烈争夺,在明军弹尽粮绝的情况下,战斗到最后主将自刎身亡才夺下此城。明朝闻讯后,赠黄龙为左都督,赐祭葬,予世荫。

黄龙被杀身亡,旅顺被后金占取,可以说,基本上解除了后金的后顾之忧,明朝再也没有力量主动攻击后金,剩下残余部队,如沈世魁、周文郁等驻守皮岛之将领纷纷退守它处,不久尚可喜也投降后金,辽东的军事形势发生了明显的变化,情况朝着有利于后金的方向发展,四年后,即1637年,后金攻取皮岛。至此,毛文龙领导的抗金部队叛的叛、降的降、死的死,彻底灰飞烟灭了。

143年后,黄龙战死沙场、其事迹使清朝乾隆皇帝所感动,于乾隆四十一年(1776)颁下圣旨,特诏建显忠祠于旅顺黄金山麓(经过见碑文),清朝光绪十三年(1887),旅顺开始建北洋海军军港,刘含芳受李鸿章之托,在当时金州乡宦乔有年的指引下,找到了位于黄金山北麓被草草埋葬的黄龙诸将之墓,重新修整,并树立了墓碑(墓碑碑文详见《碑文选录·墓碑》)。但当时黄龙墓的发现被蒙上了神秘的色彩,其墓的发现情况在乔德秀撰《南金乡土志·古迹志》中是这样描述的:"黄龙墓,在黄金山东麓海岸,光绪年间修筑军港,欲用其土,将掘及墓,坍塌几于不见,夜寄梦于道台(指刘含芳)曰:'余前明黄龙也,战殁,蒙军人瘞骨骸于此,祈勿侵陵'细察已有古墓数冢,道台因遣人合筑一大冢,刻石以志,外围以墙。"第二年(戊子年),刘含芳在旅顺三官西重建了显忠祠。光绪十九年(1893)刘含芳又在显忠祠树碑以志。(刘含芳个人情况详见《旅顺鸿胪井石刻》考一文)

黄龙等诸将是明朝人,但修建旅顺的黄龙诸将墓和显忠祠居然是与之拼杀的清朝人,并且还得到清政府的首肯。这并不奇怪,真正的英雄,不仅自己人敬仰,敌方同样也敬仰,这在历史上并不少见,况且当时旅顺已经成为清朝北洋海军的最主要军港,驻扎在旅顺的清朝部队大部分是汉人,他们也需要一位民族英雄,以此激励自己的官兵,当然当时正处在内忧外患的清朝也是这样。

4. 关向应戎马铜像铭文

1988年

【碑阳】

忠心耿耿『为党为国』向应同志不死『毛泽东』

【铜像铭文】

关向应,原名关治祥,满族。一九〇二年『九月十日生于大连市金州区向应乡关家村大关』家屯。一九二四年加入中国社会主义青年团,『一九二五年加入中国共产党。曾任中共六届中』央政治局候补委员、中央政治局委员、中共中『央军事委员会书记、中国共青团中央委员会书』记、中华苏维埃共和国临时中央政府中央执行『委员、红二方面军政委、八路军一二〇师政委』等职。一九四六年七月二十一日病逝于延安。『在长期的革命斗争中,关向应历尽艰辛,鞠躬』尽瘁,为我国青年运动和工人运动的开展,为『党和人民军队的建设,为革命根据地的创建和『巩固,为争取中国人民的解放事业和共产主义』事业的胜利,建立了不朽的功勋。『家乡人民为缅怀关向应的光辉业绩,从他』的革命精神中汲取前进的力量,踊跃捐资建立『本纪念塑像。』

关向应的英名永远铭刻在全国各族人民心』中!』

中共大连市金州区委员会』大连市金州区人民政府』公元一九八八年十月』

【铭文简介】

无产阶级革命家,忠诚的共产主义战士,中国工农红军和八路军高级指挥员和卓越政治领导人、中国工人运动、青年运动的重要领导者关向应戎马铜像位于金州区向应广场中心,是金州区政府为纪念关向应同志于1987年开始建造的,1988年竣工。该铜像朝南,立在高340厘米的镶嵌黑色大理石底座上,铜像表现的是关向应身穿八路军军服,跨骑战马,右手持望远镜,左手手揽缰绳,双目注视前方的威武形象。底座呈梯形,上窄下宽,铭文镌刻在底座后面的长340厘米、宽240厘米的长方形斜面中部。铭文为阴文行楷,从左至右横书,繁体字,有标点符号。22行、满行20字。铭文纪录了关向应一生的不朽业绩。

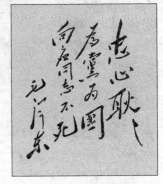

毛泽东题写的挽联墨迹

在底座的正面,刻有毛泽东主席为关向应题的挽词,显得熠熠生辉。座东面下方刻有作者和施工单位名称,即"作者　鲁迅美术学院　雕塑系　张秉田;施工　大连金州区阿尔滨建筑工程公司",横题楷书,分上下两行,而文字铭文由金州雕刻世家胡乃成所刻。

【个人简历】

关向应(1902～1946),原名关致祥(又作关治祥),字和亭,乳名喜林(麟)子,曾用名李仕真、郑勤,笔名仲冰。1902年9月10日出生于今辽宁省大连市金州区向应镇大关家屯。满族。1922年毕业于大连伏

关向应

见台公学堂附设商业科。分配到日本兴业株式会社当职员,因不满日本资本家凌辱中国工人,同日本人发生冲突,愤然辞职,回乡务农。后经朋友介绍,到大连《泰东日报》社当工人。1924年4月加入中国社会主义青年团。同年5月到上海大学读书。年底赴莫斯科东方共产主义劳动大学学习。1925年1月加入中国共产党。同年5月回国后,在上海沪东区共青团部委工作。9月,任共青团济南地委书记。11月调任共青团青岛地委书记。1926年6月调任上海沪西地委书记。同年10月调任共青团山东区委书记。1927年当选为共青团中央委员。大革命失败后到上海负责共青团中央组织部工作。1928年在中国共产党第六次全国代表大会上当选为中央委员、中央政治局候补委员。同年当选为共青团中央书记。1930年参加中共中央长江局和中央军委领导工作。1932年到湘鄂西革命根据地任湘鄂西军委主席和红三军政治委员。后任红二军团副政委、湘鄂川黔军区副政委等职。1935年参加领导红二、红六军团长征,同张国焘的分裂活动进行了坚决的斗争。抗日战争时期,历任八路军一二〇师政委兼晋西北军区政委、晋绥军区政委、陕甘宁晋绥联防军政委。1941年秋因病回延安休养。1945年在中国共产党第七次全国代表大会上当选为中央委员。1946年7月21日在延安病逝,终年44岁。

【有关纪念物及其他】

为纪念关向应,1946年8月1日,在晋绥边区追悼关向应逝世大会上,将边区政府所在地的山西兴县图书馆改名为"关向应图书馆"。解放后,关向应故居被列为辽宁省重点文物保护单位,并多次修复不断完善。1984年7月彭真为故居题字。1986年7月1日纪念关向应逝世40周年时,重新建起面积260平方米、占地4 000平方米的纪念馆,王震题写馆名。2002年为纪念关向应诞辰100周年,对关向应纪念馆进行了较大规模的改扩建,使建筑面积达880平方米、占地9 600平方米。

1961年8月19日,关向应家乡所在地由金县亮甲店人民公社划出,成立向应人民公社,以此纪念关向应。

关向应戎马铜像

1987 年 10 月 31 日,金州区政府在关向应戎马塑像奠基仪式上,将 1949 年 4 月建的面积 5 860 平方米的金州和平广场改名为"向应广场"。

1988 年 7 月 21 日,金州区政府在关向应戎马塑像落成时,将始建于 1949 年,面积 14.6 万平方米,其中水面 4.3 万平方米的金州公园(又名人工湖),更名为"向应公园",由王震题写园名。

1987 年 11 月 30 日,经大连市教育局批准,将原金县二十中学改名为大连市向应中学,由王震题写校名。

1998 年,大连市人民政府在大连市英雄纪念公园内塑像,为关向应身穿八路军冬装半身像。

2002 年在纪念关向应同志诞辰一百周年之际,中共党史出版社出版了穆欣著的《关向应传》、大连出版社出版《关向应纪念文集》和《纪念关向应》照片等书籍,从不同的角度全面反映了关向应一生光辉、战斗的历程。

关向应同志是当时大连地区在我党内任职最高的领导人,是满族第一名中共党员,也是大连人民的骄傲与自豪!

关向应戎马铜像被列为大连市爱国主义教育基地。

4. 曲 氏 井 碑 文

1994 年

【碑阳】

曲氏井

【碑文】

清光绪二十年岁在甲午,十『月初九日,即公元一八九四『年十一月六日,日军攻陷金『州,烧杀淫掠。井侧曲氏门内『中年妇女曲王氏、曲迟氏为『不被辱,率成年未嫁之女曲『自当、曲如意、曲妍子,嫁而生『子之女孙曲氏、杨曲氏并幼『甥三名,投死井中,其凛然气『节塞乎天地,此井会当万古『流芳,故勒贞珉,永远为记。』

大连市文物管理委员会『大连市金州区人民政府』一九九四年十一月六日』

【碑考】

曲氏井碑现立于金州城乙区 48 号楼东侧曲氏殉节井东北旁,是 1994 年甲午战争百年祭时由大连市文物管理委员会、金州区人民政府为纪念曲氏妇女赴井殉节之事而立。碑为花岗岩石质,长方形,须弥座,碑高 91 厘米、宽 61 厘米、厚 15 厘米,座横 190 厘米、纵 20 厘米、高 120 厘米,碑座下为基台,横 250 厘米、纵 22 厘米、高 80 厘米。碑正面横题"曲氏井"三个隶书大字,阴文,为全国著名书法家伦杰贤所书;碑阴略述了一百年前甲午战争期间居住在金州城内曲氏一门妇孺十人赴井殉节事情的经过,碑文由张本义所书,14 行、满行 11 字,阴文行楷。当初,碑文均用金粉涂写,现金粉已剥落。

1894 年日本挑起日清战争,史称甲午战争。同年 10 月 24 日日本第二军二万余人在庄河花园口登陆,向金州方向进攻。11 月 4 日~6 日日军突破徐道石门子防线后,迅速兵临金州城下,守卫金州城的是副都统连顺率领的装备落后的八旗捷胜营一营二哨约 700 人,面对装备精良、训练有素且数十倍于己的日军,金州城被攻陷在所难免。此时金州城内的居民纷纷逃命。居住在金州城西南隅的曲氏一门,七名妇女怀抱三名孩子在自家菜园地投井自尽。光绪二十二年正月九日,即 1896 年 2 月 21 日甲午战后首任金州厅海防同知的王志修在访得曲氏一门视死如归、大义凛然赴井殉节之事后,大为感动,在其官邸连春簃内赋诗一首,在诗的前序中详细叙述了曲氏一门赴井殉节的经过,其序曰(节选):

"光绪丙申人日,授印金州,又明日,周视城垣,询及倭人入城有无死节事。人指曲氏井而言曰:'是曲氏一门死节处也!'求其详不得,及谕家人报闻,知曲氏为金州冷族,世安耕凿。城陷之日,其家妇女恐被辱,相继赴井死,井为之塞。有救而苏者无几(其苏者有孀妇曲蔡氏,自十八岁适曲。未一年夫亡,继子奉姑,历二十七年。打捞之始,痛不欲生。经亲族喻以大义,以姑老为词,始勉就饮食,多日犹卧病床褥。时与曲王氏等同邀旌奖。)其死者,若曲王氏、曲迟氏,皆中寿妇;其及笄未聘女三(曲自当、如意、妤子)嫁而生子女二(孙曲氏、杨曲氏);并幼甥三(孙桂生、孙桂林、杨宝庆),携抱以殉之。"

曲氏妇女殉节图

当时类似像曲氏赴井殉节之事例比比皆是,但惟独曲氏殉节之事得以流芳后世,皆赖当时金州海防同知王志修《曲氏井题咏》这首诗,加之后人题咏曲氏井的佳作也比较多,且大都脍炙人口,如王季烈、徐续生、罗继祖、孙宝田、张柯等(详见附录),这愈加使曲氏妇女殉节之事广为传诵,张本义先生的《三首甲午诗歌本事考证及其它》、刘勇先生的《有关曲氏井》等著述都对曲氏殉节之事及曲氏井进行了详加的考证,在此就不一一赘述。

甲午战争后,曲家将房产变卖给王铎铎商铺,后来,王家翻新曲氏家正房并盖起了西厢房,井被圈到墙外。以后,周围建房子嫌井碍事,就用石条盖上,不久,井上被盖了小偏房,曲氏井再也无迹可寻了。由于曲氏井的知名度,因而光复后深受后人的关注,这口井的位置在五十年代已经被不少亲身经历过甲午战争的金州老人所认定,并留有当时这口井的黑白照片,张本义先生在六十年代也曾验证过这口井,1984年7月23日金州区区志办为编写《金县志》时再次对曲氏井进行调查,并有调查记录在册,为原民政街七委四组复兴街于治河院内,即今天的位置。1993年金州城区改造时,井口露出地面,经区政府批准,予以保护并重建。同年,被列为大连市第三批市级文物保护单位。1994年11月4日恰逢甲午战争百年祭之日,在曲氏井地金州区政府举行了隆重的曲氏井揭幕祭奠仪式,立此碑以纪念,并把曲氏井列为金州区爱国主义教育基地,《大连日报》、《大连晚报》等相关媒体都作了重点报道。

曲氏井现状

附:

曲 氏 井 题 咏

王志修

曲氏井,清且深,波光湛湛寒潭心。一家十人死一井,千秋身殉名不沉!
金州曲氏世耕读,家世雍雍规范肃。堂上曾无姑恶声,入门娣姒皆贤淑。
家园有井供饪烹,日日提汲泉源清。有时人影照井底,皎然古镜涵虚明。
金州十月倭奴来,炮声历历鸣晴雷。守者登埤力督战,援兵不至城垣摧。
非我族类心必异,入人闺闼无趋避。多少朱门易服逃,谁知仓猝遵名义。
曲氏门内皆伯姬,守身赴井甘如饴。节妇殉名女殉母,伤心各抱怀中儿!
我来金州理案牍,夜夜夜深闻鬼哭。晓起登城询土人,共指井边曲氏屋。
抔土已葬荒井存,门闾未表哀贞魂。一时死义已足遵,争如节烈成一门。
吁嗟乎!巾帼大义愧官府,欲荐黄泉应不吐。城南崔井唐题名,合与此井同千古!

题曲氏井
王季烈

曲氏门中众女子，不甘受辱宁甘死。强敌尚未来，相率投井底。

井水至今清且沦，似此英烈贞洁之芳魂。我歌曲氏井，以愧朝暮楚人！

题曲氏井（二首）
徐续生

（一）

节烈贞操萃一门，井花写影永留痕。可怜同死存风义，千古谁招水底魂。

（二）

妇女齐争日月光，能教一死立纲常。胭脂却被君王辱，此井千秋姓字香。

题曲氏井
罗继祖

节义在人心，何殊脍炙美。所以曲氏门，仓卒甘一死。古井静不波，贞魂实视此。

贤守感芳烈，请旌式闾里。宝镜砺愈光，直笔继中垒。孙子敬桑梓，郑重闉笔比。

授简征我词，清风袭兰芷。独伤礼教沦，末俗尊绳紫。靡靡一世间，愤嫉徒抵几！

题曲氏井
孙宝田

乾纲久不振，坤维亦将绝。谁欤捐此躯，以博坚贞节。贤哉曲氏媛，操守励冰雪。

不肯受敌辱，投身寒潭洁。可怜水底魂，怀抱息尤弱。采风贤太守，摘藻表休烈。

俾尔巾帼中，奉此为圭臬。距今五十载，淳风何处灭。廉耻荡然尽，名教等虚设。

谁起振纲常，人禽使有别。狂澜回既倒，浩然正气结。

曲氏井抒情
张柯

曲氏井，水清清，井边槐树飘零零，一枝枝，一叶叶，千呼万唤泣英灵。甲午风云变，

悲曲绕古城，井中巾帼血，浩气透九重。惊天动地七烈女，化做长天七彩虹。曲氏井，

已填平，井边槐花白莹莹，一朵朵，一瓣瓣，千姿百态舞春风。回首当年事，井平心不平，

身在花雨中，泪雨洒不停。地复天翻山河变，满城槐花映彩虹。

碑文选录

寺庙碑

一 观音阁

1. 重修胜水寺碑记

明·弘治三年(1490)

【碑文】

重修胜水寺碑记』

迪功郎沁州武乡县县丞郡人萧仪撰述』典庠教贡士郡人魏达篆额』正一嗣教道门羽士郡人李正元书丹』

盖闻释教之兴,肇自西域,迄汉流兹,远被东土,微言崇阐,能拯含类于三途,遗训宣扬,善导郡生于十地,是以郡迷向化庸蠢』知遵,中国僧寺之设,良由如此。自是以来,历唐宋及我』朝悉崇斯教,僧寺之设,无处无之。郡城东去二十里,有山一峙,曰"大黑山",松柏森郁,凌汉冲霄,翼凤山枕,鲸海蒭尧雉兔者,往焉』绝顶,有井二眼,山畔有城一围,昔唐太宗避兵所制,传所谓"卑沙城"是已。洪武初,僧人陈德新、方影山游览至其山阳乱石间,』盘旋而上,将绝顶,见怪石耸披,一壁下有旧刹址,不知为何时所遗。东有泉一泓,西有洞一穴,前有悬崖,仰观天近,俯视云低,松螺』拥翠,旭日呈红,景致幽奇,为辽左东南一隅之胜景也。二僧曰:"可止。"遂卓锡开山,履危涉险,不惮胼胝之苦,劳心焦思,募券众』善之缘,于怪石下建殿塑像,左立禅房,右修石洞,前盖观音阁于悬□,嵯峨一石径。自麓寻升其刹,越三载功乃落成,名曰"胜』水寺"。郡人及往来官士,暇则多喜览,登临者曰:"榆林一洞天也。"历岁久之,二僧俱无恙圆寂,梵宇不能无废坠。正统间,僧人刘正』惠,即德新开山之徒,见其零落,同善士滕兴叩白善众,已遂重修之果,力薄缘轻,未能立石以志。后正惠亦无恙圆寂,迄今又』数十余年,殿阁门墙将复倾颓朽坏。弘治己酉,僧刘继智同龚觉海,即正惠徒子功德主马雄、沈善敬、芮善通、李明通发心请』命于都阘耿公,蒙允所请,助以人力、木料,阖郡向善者咸施所有,鸠工以修,朽坏者更之,倾覆者植之,循其旧而新其制,振其』坠而益其无,岁周功完来请予记。夫创始固难,守成不易,今僧性不定,去住无常,或游衣、游食,不务祖风,或恣意恣情,不守戒』行,如此不过沾僧名而脱俗,假佛力以求闲而已。创始固不能,又何以望能守其成哉。[僧]继智、觉海同善信马雄,生有善根,行』无恶状,动静食息,不离乎善于废坠,未修者修之,碑石未立者立之,历万□□□□□□千劫而归善道,可谓能守其成矣。梵』余无事,晨钟暮鼓,祝』皇国于永固,焚香诵典,愿佛日之常辉,俾郡生蒙福,脱尘世而共拨迷途,众信沾恩,远波涛而同登彼岸,其流兹远被,为可见矣。』空门之理幽玄,予素未讲,姑述此,以记岁月云。』

大明弘治叁年夏陆月朔旦立』大清咸丰二年三月吉日因碑座崩坏 于化龙 捐资重立 造作匠襄平僧善 刘□连
王士元

注:立于1490年,碑文23行、满行五十字。《金州志纂修稿》、孙宝田《旅大文献征存》、《满洲金石志》等均有著录。碑已毁。

2. 重修盘道碑记

清·咸丰二年(1852)

【碑文】

金郡东去二十里,望之蔚然而深秀者,曰"大赫山"也;楼阁俨临于山巅者,胜水寺也。敬礼佛、菩萨,香火绵绵,无远弗届。自麓升及其刹,绝二里许,山衡人面,烟镇马头,拨云寻古道,攀旋而上,大非易易也。山僧来观有修理而未建耳,迄今年逾五旬,精力益壮,风募雨券,多蒙众善之慈悲,夜寐夙兴,亲率百功而勤苦,或陈泥沙,或布石级,坎坷者实其虚,崎岖者车其及,剪鱼腹之桩荆,行畏其多露,除年肠之瓦砾,步可安以当车,登临者,由阶而升拾级,聚足连步以上,履峻境而接丹霄澟然高尔。

大清咸丰二年七月二十日敬立

　注:碑文录自增田道义殿《金州管内古迹志》稿本。碑已毁。

二　金州城忠义寺

1. 重修武安庙记

明·正德十五年(1520)

【碑阳】

重修武安庙记』

金州城中有曰关王庙,规模广大,制作□□,与夫中□□□□□,凡往□□□□□』耆庶,莫不以为仙所作也。岁久而恶,劫木□□锥,往□来□者,亦皆长□□□□□』顷其能以修治之乎？正德甲戌,都指挥管公,□□□于□丹,命镇□□□□□□□』事公,遂捐己赀,倡众出财物,各助以轻重,□□□王谋度,竭心□□□□□□□□□』凿石为栏,营作正殿,栋宇翚飞,照耀丹碧,其圣贤塑像,考正如□□□□□□□□』,抑且增倍于旧矣。更作钟鼓二楼,以警朝夕,建立闲房,以闲龙骥□□□□□□□』,足以妥神威,而祭祀有其所慰,人望而祈仰有所归,约朞月间,成功□□□□□□』心,操行干济,才能不言可知矣。今正德庚辰,都指挥俞公俊,素以□□□□□□□』土,因谒庙,见其中之所未备者,又命工采石,凿为狮虎,列门之左右,□□□□□□□』以黝垩,诚边卫之重镇,当世之伟观也。则夫一念之忱,敬神之雅,又何如□□□□』阴德者,必有阳报,今公有功于庙,可谓有阴德者矣。吾知神之灵,征□□□□□□』有感,则应捷于影响,公之获报,岂止今日而已哉。故《书》曰:"为善获福",《易》曰:"积善之家,』必有余庆",断不爽也。余非敢文,因俞公之命,故拜书此,以为永久之记。』

　正德十五年仲夏月望前吉旦立』广平府成安县登仕郎榆林　汤伦 篆』吏部　听选　监生　金州　丘松 撰』吏部　听选 监生 渤海 方清 书』

【碑阴】

督工卫镇抚李□□	都　掾	黄镇
	陶　□	
	张　□	
	福　建	
	张　政	

		李文陛	
备御金州等卫都指挥俞俊	指挥徐	经	千户张演
	郭	铸	
	张	玠	
都指挥贾崔	陶	臻	
	白	□	
	蒋	门	
□□卫	指挥□	□	
督　工　千户周　佐	镌字匠	刘兴 刘玘	

注:原碑立于金州忠义寺大殿右旁。碑文录自孙宝田《旅大文献征存》,《满洲金石志》也有录,据此书载,该碑高五尺二寸,宽二尺六寸八分,十八行,满行三十二字。碑已毁。

2. 关圣帝君庙貌碑记

清·顺治己亥年(1659)

【碑文】

关圣帝君庙貌碑记』

概云庙耳,然不知庙之为言貌也,赫濯灵爽不可度。思故庙焉,以貌之也,厥庙告始,日远年深,不及见矣。犹记闻白叟语人曰:盛哉,此庙也!当明社未迁之际,栋宇翚飞,上昭天碧,肩摩袿敛,下耀人寰,创见者未有不籍籍其口,而叹斯地之罕遇也哉。噫嘻!兵燹之后,灰烬其迹,遍为鸟处,所存者,几何耶?及清鼎既定,奉天府张公开辟辽地,所注念者,金城耳。张公之意,若曰金州重镇也,西茌三岔之险,东迤朝鲜之界,南通登莱二郡之雄远,沈阳七百盛京之门户也。故募民填城,以实重地,始而成裒,继而成邑,鸡鸣犬吠相闻,而达乎四境。夫张公之意,又曰,庇佑斯民者,神也,即下民安集,神像暴露,讵为宜哉?兹庙之修也,张公倡于前,王君赞于后也。王君素孚民心不假,督催庶民子来,未崇朝而圣工告成矣。随建之碑碣,以载其事,抑撰斯庙之史者,悉表其精忠,述其大节,予谓关圣贤,三国伟丈夫也,其精忠大节,即妇人、女子鲜有不共,闻者何俟?予铺张为欲,予言之无已高言之涉于玄深,言口涉于讳,不若就其从来者,而递为遡之,俾奕代之下,而历历如见之为得乎!

大清顺治岁次己亥孟秋望后吉旦立

注:碑文录自《金州志纂修稿》,增田道义殿《金州管内古迹志》也有录。碑已毁。

3. 关圣帝君庙貌碑记

清·康熙三十一年(1692)

【碑文】

关圣帝君庙貌碑记』

追昔自大明万历元年,□民辏集,□□□殿□。天启二年,城启民□,无人无世,□及大清康熙二十八年,世更三朝代□八帝,及□□坏,基址仅存,□□递而阁焉。关帝殿也,日□心伤,不忽正视,若成使然,用垂不朽。我国家皇祖开基定鼎,□世□至照代,中外□眽,□□军民处心捐赏鸠工,□修□功栋楳□以冉漆,爰是,大殿一□,□然更新,因志之曰:千古之名□在纲常,□今之□□□人□,吾天子阁下□人也。帝之圣,曰尧王之圣,曰禹汉。其富贵不能移,其心破曹而扶汉;威武不能屈,其□□□□□二之,任之□□,桃园结义一□之说,□□羞,伟哉!关帝就此立名,教以扶纲常,□纲常以正人心,□不□然□簏□而□□□于而帝也。载□识。

山东登州府莱阳弟子汪兰芳沐手叩题 □秉奉天府金州永庆寺僧刘等荣与书 大清康熙三拾一年岁次壬申秀夏月吉旦立 石匠孟九意

注:碑文录自增田道义殿《金州管内古迹志》。碑已毁。

4. 关帝祠重修记

清·乾隆二十一年(1756)

【碑文】

关帝祠重修记

宁海古金州地者有□城,中央有关帝祠,建自何代,不可考。祠□□四□,自大明万历、正德重葺后,再修于我朝顺治、康熙年间,迄于今,更□□十□□葺间,日就□地之矣。季冬,余□简命来莅兹土,谒庙告处之余,徘徊四顾,不忍竟视,窃有修□意志焉。夫遑也,越□年,□子□□□诸君,予仪□□□□期而鸠工焉。于戏关帝之丰功大业,古今来,文人□士已极□□,杨诩亦□,俟□送□葺,志而原夫□者,□□□□告□之气,至大至刚,□寒天地之说,志之所石,气即充之,气之所布,神即凭关帝一生忠义,莫非气之□于□行谤□,是以显□于□时,著灵于后,□是□远当。城中宫□□□□沧冥,阖邑风水攸关,斯□□□之论,而□斯二□动九民□租□,皆宜一一□,惟神有灵,其□□□民□而已,岂仅曰肃观也。□皷是役也,城二□一,看计三论,贾首□□之□董□□王,笔帖式董典史周也,始于五月丙子,成于九月癸亥,祠宇□□庙□轮□□□□,命曰:是可以□神灵而□□□矣,不可以不记,余不文,亦奚敢以不文□,爰□□之,□未与七□姓名,镌诸石以记其事云。

奉天府宁海县知县加三级纪录□次永亮 金州城守尉加十九级纪录七次萨哈 大清龙飞乾隆二十一年岁次丙子九月下浣敬立

注:碑文录自增田道义殿《金州管内古迹志》。碑已毁。

5. 捐资关帝庙碑记

清·道光二十年(1840)

【碑文】

捐资关帝庙碑记』

太学生讳环,字钟岳,姓刘氏,住城西南山涧堡,汉军正白旗人也。平生好施与,其亲与友,有饥而寒者,□指困以予之。屯之西真武庙,南则长春庵,屡修整之,不恤工程之浩大。城之中央为关帝庙,关圣帝君气壮山河,光争日月,尤其所仰慕而流连者也。欲捐资以为香烟用,无如天不降康,有志未逮,而卒没之日,嘱其子,以为越三载,册训其子,曰屏汝,长男,先人之志善继之,勿陨越;曰翰汝,领催忠于君,亦宜顺乎亲,尚勉旃;曰赳汝,业儒,明人伦、敦孝悌,将与尔乎? 是望,俾最少,母曰予,秀汝,从兄。俾曰:唯唯。尔乃遵母命,承父业。吹埙、吹篪,快然于难兄难弟之际,遂将来□嘴南台子山□□一处、盐滩一处、地三十余亩,并施舍焉。所之内,蔼然秩然。《晏子》曰:父慈而教,子孝而箴,兄爱而友,□敬而顺。其此之谒,与夫人之图利,日夜谋求好,僧百出雉力之末将尽,争之至老,心尚不是,□□□□狼贪虎饱,曷其有极间?是风而睹,是义者亦可以少愧矣。事在道光八年十月初十日,迄今十载,□□众令首,与上人禅真,因修龙王庙,刻石记功,而遂有感于此,亦欲勒诸贞珉,以传为美谈,请余为文,以志之。余高其义而不敢辞,是为记。

<table>
<tr><td></td><td>南　　至　　海</td><td></td><td>南至庙北山顶东西取直
北至赶牛道</td></tr>
<tr><td>坐落正黄旗界</td><td>茧场北 至 潮 沟 □□</td><td>海城甸子</td><td>东至庙沟</td></tr>
<tr><td></td><td>西至龙王庙后山顶</td><td></td><td>西至西山北头南北取直</td></tr>
</table>

皇 清 道 光 二 十 年 庚 子 六 月 吉 旦　　　立

注:碑文录自增田道义殿《金州管内古迹志》。碑已毁。

三　金 州 城 城 隍 庙

1. 增 修 城 隍 庙 碑 记

清·乾隆三年(1738)

【碑文】

增修城隍庙碑记

尝谓微显殊途,幽明一理,纪功录过,赏善惩奸,天上人间不异间。府分司命官授职,阴曹阳世,何殊?故建庙启宇,神道□诸卜□□□魂。宁邑城隍庙,又都人士女,朔望晦明,赡礼稽拜之所,疾疫灾祲,祈祷禋祀之区,使庙貌未崇,仪礼不备,非□以肃之,赡之严□□□邑,未及增修。越二年,公余之暇,邑中耆旧,前席而诸曰:吾邑城隍庙规模未备,卷棚之未建者,曷□之?塑像□未金者,曷僧之,众志皆□□□喜其通□,余怀而又不我遐弃也。曰:公公意文矣。弟勉为之,工料不给,余捐俸薪□事以助,乃成功德于丙辰三月,鸠工丁巳五月,□□□三□□司肆辛于其下,问之所谓未建者,今已焕然而维新矣;问之所谓增修者,今已焕然而森立矣。顾□生姿,瞻仰起敬,檐楹彩,忽睹今□□□金碧,流□回□□□之景,□善缘非□姓氏,宜勒于碑胜事,□忘□月应标于□碣,□竣事毕,诸记于余,故□以志之,且为之讼,以祀焉。讼曰:仰维神□,□显皇魁,□奇杰□,立其傍于昭,在上昭退,方阳□高□淡,纲斯张□,则被刑善,乃降康,瞻者以□□之,□徨海□避迹,□□□□下土,士文其□云□,维新陈宇,徨涂以金碧,杂以丹□□,非音缘□缥缃吉日,迎神骏奔趋跄于载禋祀丁邑之光□,龙飞乾隆三年岁次戊午九月吉旦,□恩进士出身□敕授文林郎□奉天府宁海县事加一级纪录三次曲水蔡昌炽,董□□撰□,康熙四十七年会首韩复元、何登高、刘际齐□募化重修,□康熙戊戌年,信宵勒咯会首韩成玉、王文斌、住持道人李□真,募化于十方,贵官缙绅、士庶、军民众姓人等,重修门□,康熙□□年信宵勒咯盛英等募化重修山门□,雍正甲辰年,城隍大殿偶遭回禄,庚戌年会首赵邦彦、□□、文有成、张继□□□、住持道人□□□真募化十方,贵官缙绅、士庶、军民人等,恩赐副都统衔金州城守尉加三级浙库、佐领加一级纪录一次俛玺齐□、防御黑达子加一级纪录□次焉尔,……

赐进士出身文林郎□奉天府宁海县事加一级纪录三次 蔡昌炽　佐领加一级纪录一次 鞠原义防御加二级纪录□次 塔　寿　协理金州副城守尉加一级 何达子　恩授登林郎知奉天府宁海县□厅事加一级 用 官 佐领加一级纪录一次 裴审□ 佐领加二级纪录一次 赵应科 防御□□□ 防御□□□

注:该碑文录自增田道义殿《金州管内古迹志》手稿本。碑文中有"乾隆三年岁次戊午"的记载,可知为乾隆三年。碑已毁。

2. 重修城隍庙寝宫碑记

清·咸丰五年(1855)

【碑文】

重修城隍庙寝宫碑记』

城隍神祠,阖邑居民每于朔望虔拜其所,而遇之有灾疫、水旱,亦往往祈祷。于是,无不应焉,神之为灵昭之矣。尝考有水曰池,无水曰隍,易曰城,复于隍是已,则城隍属水神也。近是且人禀五行之气以生,故城邑悉建火神、土神、城隍各庙,岂以火神属火,土神属土,城隍属水,食其德而报其功之故也耶?又有说者曰:城隍为阴曹,掌生死、司轮回之官,故建庙者,塑城隍神像于正殿,并塑判官、鬼役于左右。然其事属水,曰冥有无,未敢深辨,而前人踵而增之者,又于正殿后修寝宫三间,于兹有年,金碧剥落,檐楹倾敧,道会司桑合奎起而修整之,乃竭力叩化十方赀财,乃其旧而更新于咸丰辛亥年落成,勒诸石以记其年月,并好善乐施者之姓氏,索序于谟,谨应之曰:城隍为水神,民非水火不生活,即为俗语所之掌生死、司轮回,而福善、祸淫,所以保障羣生也,且而有寝宫。今重修之,以妥神明,以隆亨祀,所谓有其举之,莫敢废者此耳。于是,敬作歌曰:帷雍宫肃兮,湆湆跄跄;敬神如在兮,来格洋洋;睹美以增光洁,春秋之俎豆兮,昭百代声香;胥作善而降康兮,永保无疆。

贡生 姜方谟 谨撰并书 大清咸丰五年岁次乙卯七月 谷旦阖会 敬立

注:本碑文录自增田道义殿《金州管内古迹志》。碑已毁。

3. 重修城隍庙碑文

清·光绪十三年(1887)

【碑文】

重修城隍庙碑文

邑故有城隍庙,其神世传为阴府,司轮回、掌善恶之官,人皆疑之,年独信焉。士君子读书明理、是非取舍之辨,灼如也,至愚夫愚妇帘肆崛岩,翁伯张里哆巇冥蠢,怀残秉贼皓首,不知道理,怵以国法,则弗畏慑,以冥报灼,瞿然者所在皆是,君子神道设教,盖取诸此。旧制大殿三楹,抱厦称焉,后寝宫,前过厅,又前山门,亦称焉。隔街对山门,一院为戏楼,岁时演剧之所也,而颓敝特甚,至春秋报赛,不能举。住持道正司道正张教宽,字怡真,儒士也,以贫故,加黄冠焉,与年友善,每至城辄主之。咸丰辛酉岁,以重修之役相委年,谓此不急之务,怡真艴然曰:"嬉戏固尔,然以古忠佞、贤奸、贞淫、淑慝、办演于上,观者时而扼腕,时而切齿,时而欣跃,时而怒骂,人心不死,法戒式昭,何为不急?"年唯唯。遂约诸生王辉九广募以就,其志至同治壬戌蒇事,乃戏楼成,而大殿适毁于火,邑俗人殁三日,勿论男妇于兹庙招魂焉,以为生。年所为善于此,赏恶于此,罚年居停,是观屡睹灵异。修复之役,较戏楼为急。年以是岁通籍,观政工部假归后,癸亥秋丁先君忧,怡真约邑诸君子募化已有成数,年为襄助其间,自甲子春开工,至秋而工告成。又以东壁之三,后殿西壁之七,圣祠各一楹,移于酒仙殿同院。夫而后,大殿乃巍然独尊,是役也,出首倡率者,邑司铎、杨公旃明、府姜公宝廷,捐廉助成者,副宪戴公欣圃、协军果公毅堂、司马唐公伯华,始终董其事者,邑绅李公丕我、孙公育堂、贵公商之也。甲子秋工毕,道友怡真嘱年为文,以记其事,碑未立而怡真羽化,光绪丁亥,年以忧回籍,为捐资刊旧文,并详志施主衔名,先友未竟之志,爰志数语于后云。

赐进士出身前工部主事改任山东蒙阴沂水章邱钜野县知县乔有年撰文　　姜拱炬敬书

原住持道正司道正张教宽　修工胡教会张永祥、李元德、韩教显、潘永喜、姜教成、王永吉　住持道正司道正杜教正　立石

大　清　光　绪　十　三　年　小　阳　月谷旦　　石工　李占云镌

注:碑文录自《金州志纂修稿》,孙宝田《旅大文献征存》、增田道义殿《金州管内古迹志》有录。碑已毁。

4. 勉□碑

清·宣统元年(1909)

【碑文】

勉□碑』

盖福善祸淫,乃天道之常;好善恶,恶亦人心之公。故为僧、为道,犯奸邪、败庙产,必动官民之公愤也。顾天道祸淫自作之孽不可逃,而人心善取与之风有同。追有李圆德,自幼出嫁,荤戒甚力,心性坚定,皆玉之无瑕,道德苦修,斯丹台之可赏,以旅顺念董,曾邀主持太极观,此年以来,建筑房舍无数,鸠工庀材,皆其自备,以清净无为之人,而能如此勤苦,今何等羡慕? 今城隍庙道官被逐,主任无人,是以公同保举,呈请民政支署长验允,准令李圆德主任庙事,整顿一切。凡其道众,均归约束,服道服、冠道冠、同归质朴,守道规、遵道法,共保清真,倘敢包藏祸心,扰乱护法,不惟人神之所共,弗彰后来者,不知警惕,爰勒碑铭,永作明鉴焉。

宣统元年五月谷旦

注:文录自增田道义殿《金州管内古迹志》。碑已毁。

四　金州城玉皇庙

1. 重修玉皇庙碑记

清·乾隆二十一年(1756)

【碑文】

重修玉皇庙碑记

粤惟紫府清虚,有草木云霞之异;桂宫灵阙,在终南太乙之间。盖粤域表其风光,斯瑶宫贞夫盛会。环山向海,美形势于金城。缭雾绕云,媲光碧之玉殿,终事无异于始事,人心上契乎天心。如宁海玉皇庙者,肇基前代,继踵累朝,煌煌上帝之居,穆穆群仙之府。风檐削素,云栋涂丹,六斗雕栏,三阶列砌,崇楼飞阁,映溪谷之低徊。绀殿层台,壮山川之形胜,钟鸣山寺,应接诸峰,风送炉香,氤氲满坞,宝幢耸列,落步虚于云根,偃盖高悬,响铃和于天外,不图岁月积久,风雨渐残。科拱颠零,琳宇于焉版荡,椽枂朽蠹,珠宫遂尔式微。断础颓垣莫遂知章之请,免葵燕麦,曷禁禹锡之悲。冷篆香迷,一剑清风寒夜月,落花封径,孤鸿嘹唳断朝烟。呜呼! 地似龙楼未遇高流之响,山疑虎窟,久空开士之尘,苟非焕金碧于鸟革翚飞,何以展钦承之晨钟暮鼓。于是,岁在辛未,善士王禄乾等,愿颇殷于改卜,力欲返其旧观,剪蓬槁莱藿之居,成璇房琼室之所,殚精鸿秘,息想风尘,相与谘諏,大为荒度。丹青岁古,遂惨澹以经营,霜露年侵,几徘徊而回势。值善士力捐清橐,用宅圣真大厦拼矇,尽道德而为之翊护,先声遐举,爰次第而并效檀波。采文木于邓林,兰榭与梅梁并丽,琢贞珉于荆岫,风轩共云栋齐辉。万拱千楹,回合斗杓之气,虹梁螭桷,平临沧海之潮。世纲尘缘,

— 231 —

顿倩清风吹去,云房芝检,还教白鹤衔来。玉虚之仙府,俨然太乙之天都近矣,虽上帝临汝,轮奂旵籍人间,而众星拱辰,烟霞恍游天上。从此,山辉川媚,巩我皇图,十雨五风,惠此泽国,呼吸通帝座,万姓之攸赖有归,工作洽人心,四方之仰瞻具在,用志不绩,敬勒丰碑。

特授奉天府知宁海县事永亮撰　金州城守尉军功加一级纪录二十一次萨哈　奉天府宁海县教谕贾见龙
水师营协领加六级纪录六次孟罗查 住持 崇玉 乾隆二十一年八月十二日立

　　注:本碑文抄录于《奉天通志·金石志·石刻七清》卷260。《金州志纂修稿·艺文》有录入。碑已毁。

2. 重修玉皇庙碑

清·光绪二十年(1894)

【碑文】

事能转败而为成,物能翻旧而为新,谓是智人也,因也。然事欲成而未能速成,物宜新而得遽新,似又不能由人力,此其中殆有时焉。金之宁海门外玉皇庙,古迹也,历唐至国朝乾隆二十一年重修,嗣后虽屡有葺补,无如岁月已深,风雨侵蚀不第,金碧剥落,渗漏多端,既栋梁节棁之属,亦间多腐蠹。谒斯庙者,鲜不见而扼腕,为有将倾之虞也,欲谋更新,而工巨费烦,要非大有力者,不能胜其任,亦惟静待天时耳,如斯者,荏苒又历有年矣。癸巳岁,住持僧请于头品顶戴都统衔花翎镇守金州等处副都统连公,莅任后军政之暇,百废不兴,而尤重城池,夙兴夜寐,几费经营,城既完固,而濠池复深,绕岸植柳,枯者易之,时当春夏郁郁菁菁,参差掩映于楼堞、桥水之间,莹物细柳,洵壮观也。然公则劳夹,而人以公之能劳,故寺僧辄有今日之请,继而,原任永定河道邑绅塔公复请之,公不获辞,遂力任其事,当即倡捐,卜日而鸠工庀材,因革捐效,凡历有年余,而工告成。寺之幸也,亦地方之幸也,要非其时也,亦殊念不到此今也。重经斯庙边,见夫丹垣碧瓦,气象已焕然一新。入门则穆穆,帝居煌煌,仙府雕檐耸翠,画栋耀金,贝阙凌宵,恍□游徙碧落,琼阶曲槛,居然步自丹墀,瞻宝座之庄严,炉香缭绕,和檐铃而上下,磬韵悠扬,况乃瞻拜之余,凭栏远瞩重峦,拥后地,列锦屏,叠嶂罗前,天开宫扇,左联雄堞。万籁次第以来,朝右鉴沧流一镜,清空而普照,觉俗缘顷刻皆消,顿超尘外,庶上帝神灵,攸妥来格,人间举欣欣,私相感曰:"如此鸿规,皆公之力,凡诸硕画,惟公独劳。"而公曰:"不然,是客军之乐善好施,亦地方之急公赴义,得以共成此举也,力则于战□有哉。"则二之成也,维时当成庙之新也,维时当新谓记万□十载一时也耶。爰书梗概,敬勒贞珉。

金州附生李中范 拜撰　驻粤汉军举人 谈国楫 书丹　光绪二十年八月吉日 建

　　注:碑文录自《金州志纂修稿》。碑已毁。

五　金州城永庆寺

1. 追述宝常老师碑记

清·年代不详

【碑文】

追述宝常老师碑记』

三教之垂世也,莫不赖有师传,而释教尤广且大,古弟子之奉法,唯汉而师道之尊萨无尚,虽天各一方,』而心珠明润,不障一尘,即超凡人寂,惟灵具在浩劫永存。恭遇我清定鼎之,会有靖岛之令,会成寺僧成妙,别师于北岸,载佛南渡,苦募供佛之所,诚感元戎张公柘基于千』佛禅院,永妥莲座,因思便舟回,述于师。忽闻值禁海之令,盈□一水,不能飞渡,数年无一晤。时惟北向合』掌,望光遥参面,已既闻我师于康熙三年间,超尘离梦圆寂,遐升文弗克躬诣,一展孝思之悲悼,魂梦难』释,兹遇海禁方开,特附小舟,虔抵我师灵塔之前,热心香稍,抒数年凄然之□,仰答我师万禩之恩,勒石』志其始末。师,讳智行,号宝常,闽中世,齐我心事…………』岛,开山师□□□□独喻祖尚林为师,在明天启四年孟夏望月,杨放炮拜谢我师,遂祝发焉。后又于我』清顺治十四年仲夏日望月,奉天府尹张公迎我师余诸弟子,不可胜记,区区成妙,亦叨列弟子之未不』畜恒河之一粒也。然一木本水草之恩,实有不容己已者。呜呼!潭潭皆月,月上一轮,鼎鼎皆香,香无之惟』通,十方三界为一界,合千百亿身,我师云寂也乎哉。谨叙淤为记。』

注:该碑文录自日人增田道义殿《金州管内古迹志》,可惜无年月记载。金州博物馆曾于上世纪八十年代在永庆寺出土此碑残段,为辉绿岩,仅有数字,根据碑石的特征和碑文反映的内容,估计为清朝初期。碑已毁。

2. 重修永庆寺碑序

清·康熙十五年(1676)

【碑文】

重修永庆寺碑序

尝闻佛为西域之圣人也。窃考其地属金,其性好杀,强悍匪彝,天实压之。于周昭王三十六年,乃笃生一人,和惠存心,慈悲成性,多方诱振,化残忍作良善,易暴戾为醇朴,强暴之风遂易,匪彝之俗遂移。于是天下共尊之曰"佛",而释教之名自此始矣。然教虽未行于诸夏,其好生恶杀,以柔制刚之化,亦有裨益于中国者也。所以自汉明帝以来,国有废兴,教愈昌炽。至唐贞观中,太宗东征驻跸于此,辽海既定,勅鄂国公鸠工营建斯寺,名之曰"永庆",将亦欲籍化顽梗之人,易悍移暴,以得其永庆耳。后至明朝弘治壬戌岁重修之,正德乙亥岁又重修之,亦此意也。及于我皇清肇兴,兵燹之余,居民离散,斯寺之院宇,墙垣复颓圮焉。追顺治丙申岁,奉旨招徕,人民复集,凡游览之人往来斯寺者,无不感古兴悲。适有僧人成喜睹其殿宇倾颓,佛像暴露,遂行持钵乞化,履冰卧雪,席不暇暖,竭力重修,志气不衰。数年来,大雄、天王、山门及后殿五楹,次第而理。释迦诸佛逐位妆塑。廊庑门堂,黝垩丹漆,粲然维新。而唐明剑修之意,遂使不墜,可谓善继古人之志事者也。功已云竣,欲刊石以垂不朽,僧人成喜请序于予,且曰:"捐资檀越善信人等,劳力于斯寺者,不有所序,何以昭好善之诚,以见佛化易之力乎?"予感其言,是以为序。

登仕郎理金州司事　陈万善　奉天府僧纲司僧纲　刘等法　盖平县儒学庠生　林璋撰　海城县儒学庠生　金印书　大清康熙十五年岁次丙辰仲秋吉旦立石

注:本文抄自《奉天通志·金石志》卷259,《金州志纂修稿·艺文》、孙宝田《旅大文献征存》、日人增田道义殿《金州管内古迹志》稿本亦有著录。碑已毁。

3. 永 庆 寺 重 修 碑 记

清·乾隆四十五年(1780)

【碑文】

永庆寺重修碑记

永庆寺者,唐鄂国公奉敕所建也。何以知其建于唐,盖有我朝康熙年重修之碑可考也。碑载:唐贞观年间,太宗驻跸于此,因建此寺。历宋、元无考,至明嘉靖年重修,迄我朝康熙十五年又重修,至今百余年。凡佛像、殿宇、庑屋、门墙俱复损坏,邑之人伏念古寺倾颓,以致神明露坐,因议募修,请于当道,自乾隆卅九年兴工,至四十五年始告竣。向之倾颓者,莫不整齐;露坐者,莫不修盖。佛像、殿宇、庑屋、门墙皆各增建。考较嘉靖重修之工,益觉开拓坚固。庶几,神灵安,而黎民攸赖矣。夫祀佛,所以广善也,积善者,有余庆,此永庆之义所由取也。今仍其旧名,以颜此寺之额,并作记勒之石,以垂永远,勿替所。

金州城守尉加三级纪录五次发副理巴图鲁	巴彦泰	奉天府宁海县正堂加三级纪录四次	觉罗恒龄
原任宁海县正堂加二级纪录四次	雅尔善	原任扶备县改授宁海县儒学正堂加三级纪录三次	杨永朝
吏目借补宁海县捕厅加三级纪录四次	吴清云	原任宁海县捕厅加二级纪录四次	稽凤朝

正白旗巴尔虎佐领	伽蓝保	厢黄旗防御	硕色	厢黄旗汉军佐领	王连贵	正黄旗防御	巴理泰
正黄旗汉军佐领	胡国升	正白旗防御	杨保	正白旗汉军佐领	赵琳	正红旗防御	三各
厢白旗防御	多伦	厢蓝旗防御	穆克墩	厢黄旗骁骑校	巴尔启	正黄旗骁骑校	三名
正白旗骁骑校	尼伦保	正白旗巴尔虎骁骑校	宾达力	正红旗骁骑校	楼杭阿	厢红旗骁骑校	查杭口
正蓝旗骁骑校	舒申保	厢蓝旗骁骑校	得保住	厢黄旗汉军骁骑校闫文		正黄旗汉军骁骑校	王连仪
正白旗汉军骁骑校	闫仪						

| 金州笔帖式 | 李先柱　孙文明　徐宗圣　刘芳　王光升 | 住持僧　果拜 |
| | 王绍祖　许京　陈文焕　闫宋　潘永作 | |

乾隆四十五年岁次庚子八月仲秋日　仝立

注:本文录自增田道义殿《金州管内古迹志》稿本。《奉天通志·金石志》亦有著录。碑已毁。

4. 徐 守 之 捐 施 永 庆 寺 碑 记

清·道光十三年(1833)

【碑文】

且夫好善者,每多食德之报。乐施者,常开方便之门,天理人情,皆有断断不爽者。宁海北关外永庆寺,一邑之观瞻也。迩年来,垣宇已就倾颓,黝垩悉数剥落。辛卯秋,金邑绅士夏圣生、闫越亭、曹春浦、邹甸邦、辰万发、杨黼堂,领袖倡捐,募化善财,增修旧制,不梗亲规,庙貌复有轮奂之貌焉。壬辰春,同邑徐守之刺史,告假回籍省墓,偶见古刹金碧争辉,丹艧换彩,大为欣悦,缘祠寺中,善养无多,用度亏乏,遂捐银六百五十两,为寺僧香火之助。寺僧感徐公之德,无以为报,因金城北徐氏祖茔前,有寺中隙地一段,内有寺僧古墓二,此墓屹立徐氏祖茔前,在徐氏既有所不便,在寺僧更有所不安,因将此二墓迁于寺僧老茔前,即将隙地让于徐公,以作祭所之用。隙地之南,又有菜园一处,一并让出,附作徐氏祖茔畔。四隅各立石柱以为记,此亦投桃报琼之意也。诸君子嘉徐公之慷慨好义,又念寺僧之报施无猷,欲立之石以志永久,爰属文于余,大录其事,不胜仰慕之至。虽略叙原委,恐未能详尽其美,其后之览者,亦宜有赞于兹云。」

大清道光十三年二月吉旦 敬立

注:本文录自日人增田道义殿《金州管内古迹志》。碑已毁。

六　金州城天后宫

金州城天后宫报修船只规模费暨历年换票纳税章程碑

清·光绪六年(1880)

【碑阳】

尝思教养兼施,溥其休而咸歌乐利,官民交益,宠其泽而共被仁恩,斯以甘棠垂南国之阴,荆玉喻松阳之赞者也。金州东枕赫山,西环大海,古号榆林,居民多鱼盐为业,人鲜恒产,渔户赖舟楫谋生,乘楫之航,纲窖设只为口腹,挟万里之船,江湖客稀,百里蝇头,祗缘例禁,修造不准纳税于公门,因而事急纷投,辗转领票于邻省,窃叹私造之诡随,情同鬼蜮,难支稽察之猛烈,势若鹰鹯,欲告诉而不许,思纳税以无从,民生未便,国课奚充何? 幸魏公司马权篆遥临,下车雨沛,倚焉。名高博采舆论,洞悉民隐,柏公协帅,早践兹土,有志未逮,因与税务笔政哈公会商,意见相同,禀奉宪谕,允如所请,令派亲丁王钰田随同哈公自备资斧,遍历海口,传集船商,宣谕德意二百余年胶柱之风,资万亿斯民,川泽之利发给船票,准修纳税,辄公同绅士韩梦弼酌定条章,核照久远,有票商船,准其改票纳税,无票渔舟,准其领票征赋。有船,则每岁换票,历久弗替;无船,则随时报销,永禁勒索。正税外,不索余润。奔走间,不求供应。船商等欢声雷动,踊跃来兹请领,不遑漪欤,盛哉! 重睹尧舜之天,载赓伯益之政,刳木为舟,勿俟晋军掬指,剡木为楫,俨若炱徒作人已可无烦。期月有成,讵待三年,若济巨川报舟子颂,称召杜用作舟楫,泛中流覆载,龚黄行见航海梯山,^奉丰亨于府库,祗应铸金,勒石垂渔汗于盘铭也。船商等感深心恋,嘱^奉为之文,^奉学薄,曷足以表扬德政万一,勉缀骈体,勒诸贞珉,用昭不忘云尔。所有条章详列于后。

太学生 孙奉典 撰 邑庠生 郑有德 书 石工 侯登儒 镌 大清光绪六年岁在上章执徐嘉平月谷旦 敬立

【碑阴】

计开报修船只规模费暨历年换票纳税章程于左:

- 一、修造船只,到税务司报明,每佰石共纳规费市钱陆拾叁吊伍佰文,凡该管各衙门、厅署、司房、海差,纸笔、饭食均在其内,税务司投交分发,永远为例,不溢丝毫。
- 一、年纳税以船只大小为度。自伍石起至叁拾石,每石作市钱贰佰文,自叁拾石起至佰石,每拾石作钱九佰文,计佰应纳税钱拾贰吊叁佰文;自百石外,至贰佰石,加钱捌吊,至三佰加钱柒吊,至四佰石加钱陆吊,至伍佰石加钱伍吊为止,总百逾叁拾捌吊三佰文之数,永无增减。
- 一、历年换票,厅船商自便,如船只固应照章纳税,更换新票,倘飓风远出,或羁留他乡,须于投到时,另起新票,随时纳税,毫无需索。如外乡船愿来领票,本地船续来领票,悉听其便,均需照章换票,援例通行,永禁勒指情弊。

注:碑原立在天后宫前大殿台阶前。碑文录自日人增田道义殿《金州管内古迹志》。碑已毁。

七 金州城东岳天齐庙

1. 重修东岳庙十闫君殿碑记

清·康熙二十九年(1690)

【碑文】

重修东岳庙十闫君殿碑记

东岳者,岱宗也,位震方,视诸镇岳,以宗以长。海右青州,辽左营州,天帝长男,苍斒青节区也。凡隶东者,宜有庙。帝灵成仰,执规福临之域,海内外皆生也。说者以元君显赫,祈应不爽,东岳即有庙,熙接逊是。盖帝持尊。遇萌数于亲而惊焉,亦其理也。金州之有东岳庙也,前一甲子,巍峨北城之阴,负幽南响,金之人祈福,昭灵挥悉弭灾,不知凡几年,其丘墟之瓦砾、之攘桷,毁垣圹坦,□祥鬼磷,薆蔡燕麦,春恒风秋积雨,绝鼓钟,幡幢无影,不知凡几年。今日飞虎重檐,藻井绮疏,丹腹耀端头,鸱尾昏晓,蒲牢炉篆,纷郁杂还。士女礼恐后,洋洋在上,生敬畏心,视向之颓圯残甓,略无人迹,忽而规模大庄,神示崇严紧,谁之功欤?云有善信闫应科等,立坚诚心,发喜舍愿,正殿则天齐仁圣帝,端冕以御,统摄万灵;配殿则冥府十三列曹,左右彰善瘅恶,梓人匠氏日落成像,设俱备,幽显通复,还旧睹矣。神威维凛,继自今以醴,无祈不报,则善信诸之为功也大矣,爰勒贞珉,志建修至若始,倡众协之名氏,捐财施资之多寡,庀材鸠工之经纬,详刊碑阴,用诏来兹,庶有兴起,慕善无疆云。

康熙二十九年岁在庚午孟夏四月之吉 山东登州府蓬莱县儒学教谕任城 杨道俭撰文

注:碑原立于岱宗寺大殿前右旁。碑文录自增田道义殿《金州管内古迹志》稿本。碑已毁。

2. 重修东岳天齐庙碑记

清·乾隆四十一年(1776)

【碑文】

重修东岳天齐庙碑记

金州城北门外旧有东岳天齐庙,正殿在前,寝宫在后,两廊则森列冥府十王之像,以及剉烧舂磨之形,规模可谓大矣。吾想昔人所以建立此庙之意,大抵欲为善者,睹显应而其志弥坚,为恶者,见果报而其心知慎,其为世道人心计者,至深远也。但至今历有年,所土木气洩,其为栋折榱崩,墙垣倾颓者,盖已多矣。金城善人信士相顾而欷歔,曰:“侪世居此土,共荷神佑,岂可袖手旁观,而听其荒凉满目乎?”于是同心合志,共议捐金庀材,唯恐不谨。鸠工罔敢不勤,以故结构盘基,既叶松茂竹苞之咏,丹楹刻桷,复昭翚飞鸟革之观,鼎革义尽,则庙貌重新。妆塑工良,则神威丕振,吾知祭祀可按时而行,祈祷可因心而呈,仰神灵观果报,善者既有所劝,恶者亦有所惩。其所以体神道设教之意,以培人心而维世道者,不亦可歌而可咏也哉。工既竣,将勒石,众会首不知余之鄙陋,再三不已,请序于余,余不得已而为之序。

特授奉天府金州镶黄旗汉军佐领加三级纪录四次　王连贵　特授文林郎知奉天府宁海县事　瑞林撰　　盛京礼部文林郎兼管左翼　觉罗印务　钦差金州仓监督加三级　觉罗德信　　特授奉天金州镶黄旗汉军骁骑校加三级纪录二次　闰文　大清乾隆四十一年十一月十六日谷旦　金州天齐庙住持僧名果玉　徒名与兴

注:碑原立在岱宗寺大殿前左旁。碑文录自日人增田道义殿《金州管内古迹志》稿本。碑已毁。

3. 王千总捐施碑记

清·嘉庆十六年(1811)

【碑文】

立捐施人,山东登州府黄县南聚昌号卫千总王子原,率男武生德验,今因典到尹姓房地壹处,坐落金州城北平阳河东厓兴隆屯,典价市钱贰万肆仟贰佰吊整,情愿施于金州北关岱宗寺太山圣母庙中,以为香火费用,永远为业,契众面交本庙住持僧,倘久后尹姓取续,将典价仍归本庙,另始田产以为香火不绝,以备欲久不忘,立此为记。

	盛元科	永丰庙	永昌店
同会人	徐嘉猷	端成店	新盛店
	王恒	永盛店	
	住持僧	因太	

大清嘉庆拾陆年拾月拾伍日　　　　　　立

注:碑原立在岱宗寺九圣殿台阶右旁。碑文录自日人增田道义殿《金州管内古迹志》稿本。碑已毁。

八　金州城真武庙

重修上帝行祠记

明·万历二年(1574)

【碑文】

重修上帝行祠记

于戏上帝栋精王当来□□碧统御诸重彰善绝恶□泽……流两门□□□□□□假元为民……改行从善兴云施雨扉有爽借故血食者藻天下有一郡一邑……行……玄……文祀……有是祠久矣想心韦焉幺……之其义……王幺……李……李镫奉修王公兴修之告成也谓莫如所始至嘉靖二年……幺朴……以重理元治拜厅重礼祥之德诸雷之座历隆庆迄今……于风……折将有……挹清都……李公及厘……以捐资命工……以丹瓦……石……以……月而事竣……庄严……明益善……官虽有益于神而……独发善源诸官……即是……也……汝谦先……理……大相……李惠民丈共敢之而督者……当……垂不朽以告来者

大明万历二年岁次甲戌八月中旬吉立　　……清吏……郡学生员郭玉功书丹

注:碑原立在真武庙大殿台阶左旁。碑文录自日人增田道义殿《金州管内古迹志》。碑文因年代久远,大部分已经模糊不清。另据《金州志纂修稿》载:"真武庙在治城(金州城)东北隅,有明时碑二,一为正德四年(1509)重修,一为万历二年(1574)重修,……庙创自何时,考《明一统志》:'永乐十七年海(广)宁伯刘江防倭,曾在治东望海埚立庙。以祀真武,春秋致祭。'邑之真武庙是否为同时所修,待考。"碑已毁。

九　金州城灵神庙

1. 灵神碑

清·光绪十年(1884)

【碑文】

灵神碑

考自写古近今,宇宙灵秀之钟毓于人,则为圣为神,钟毓于物,则为仙为灵,有历不爽者矣。金城北门楼上,古狐仙一位,灵显集者,何……于昔年间,偶遭凶闵,遂罢。仙数当经刘君万昌,为之卜葬于灵神庙,则兹后首倡义举,爰勒碑铭,而愿助者,踊跃于前,乐轮者,追随于后,谨将芳胪列于左。

灵验碑

于戏神之为,灵固莫测乎?予以匠营生所特者,左右两臂客,□偶患臂痛,家人请祷,予以劳力所致,不宜妄读神听。既而,医药不效,俨若废人,家人又以祷,请予于请朝,步至神前,焚香再拜,而祷曰:"如臂有用,数日无殃,蒙神庇佑。"此苦肠祷而归,归而寝,寝而兴,而两臂运棹,居然如故,举家惊喜,无不请神灵之莫测也。夫神既以臂觊予,予亦舍臂,无以为报,爰奋臂刻石,以序心咸,虽然神之所觊于予者,岂惟此臂曰。

光绪十年桂月 谷旦 弟子李祥云　立

注:碑文录自日人增田道义殿《金州管内古迹志》。碑已毁。

2. 狐墓碑

清·光绪三十四年(1908)

【碑文】

狐墓碑

郡内东灵神庙,有胡大仙墓,屡显神通,凡郡人之虔诚礼祝,无不灵应。吾侪感激,因而勒诸石,是以任其操劳者张等,赞而成者吴等数人,此举也,非徒发于一心之善念,窃以表圣德于万一耳。俯冀大仙保被郡人,佑我吉士福如日起,灾逐尘消,吾侪有厚望焉,且以铭感焉,爰为之歌,曰:青山苍茫,碧海汪洋,大仙之英,天地同春,日月争光。

张永连　等二十三名(人名从略)　光绪三十四年正月十五日　立

注:碑文录自日人增田道义殿《金州管内古迹志》。碑已毁。

十　金州城财神庙

金州城财神庙碑文

年代不详

【碑文】

□神庙□审庸财不丰者□以□王□重□运□神□不则之□天地之机锡□无种之利□不揭知□之□兆□而贫富不等置留□得□神有偏□□原子而不□取万亿□增禄则□之□也天之□地□之□可□金□连永□固神之所□之□者求利□原□若人之利益见其□子之吉□山县□金□天□二克勤僧道会□王高□良□真长□马□吴□姜□无□士元□细□全□田真登□曹□□根习□登为四□会之□相云□福德长□居交□成□克□姓□揭□王………（以下不清）………有所由始敷为之而人其用之而不匿□而其取之□不□不□之□百复来□不□天殷□财源有□而默为之□佑奚秘致□我无□永之成功□神灵以为必如是而神□□者□伍□成交以谭之同人质之其明军民上下不□诸贞珉供□附以□会□之□而不亦得□尊而信之□是固财源之主□钦赏□四□之切者神必应四是而□祥固其而□□之而不□取之而不□其在呜呼其在斯乎□登施弘□王□乃□吉姜□田□国□吴□张□明居□相□周相王商汤□于纪宗业永□李□固□不于□尚志田□永经张廷庆□曲全□石□固志□张福方□焉丰事永□一口□则□张天□振吴□刘国□王制桂□杨□则□马□禄□张□闫绪孔董□才□君……（以下不清）在□□不□□□相三□□相正至其□仁□也张往□赐而□□方□全……（以下不清）

注：该碑原立于财神庙大殿台阶左旁。碑文录自增田道义殿《金州管内古迹志》。碑文模糊不清，年代无记载。碑已毁。

十一　大连湾碑文

1. 重修金州柳树屯关帝庙碑记

清·光绪十七年（1891）

【碑文】

重修金州柳树屯关帝庙碑记

金州柳树屯关圣帝君庙，由来旧矣。第宫室湫隘，不足以壮观瞻而妥灵爽。光绪丁亥春，盛休奉拔统师移守兹土地，建筑炮台及水雷营、子药库、行台、铁码头等，以固北洋门户，迄今五载，惨淡经营，规模始具。今夏，钦差北洋大臣、大学士、直隶爵督部堂李暨太子少保、海军帮办、山东抚提部院张，奉命巡阅海防，逐处履勘，当蒙称偿炮台坚固合法，安设大炮拖放灵捷，其余亦皆工坚料寔，入告我若准许奖励。回忆凿山填海，将士勤劬，初未料及此也。是仰赖圣神眷佑，乃成厥功，岂尽人力所能为耶？是以捐资兴工，增起式廊，重新庙貌，仰答神庥我焉。历年积劳，病没殁员弁勇夫，力能归葬者，缘庙濒海，于院内添盖配房，以备停棺。其不能归者，于屯北购买义地，区奏准免税，移州之众以葬忠骨，而恤幽魂于心，庶无撼焉。是为记。

头品顶戴遇钦题奏提督河南河北镇总兵总统铭字水陆马步全军法克精阿巴图鲁 刘盛休谨撰

大清光绪十有七年岁次辛卯应铭谷旦 敬立

注：碑文录自米田幸吉著《柳树屯史略》（大正十一年）手稿本。《甘井子区志·附录》有录，碑不存。

2. 重修天后宫碑记

清·光绪十九年（1893）

【碑文】

重修天后宫碑记

冯真君之于粤，甘将军之于鄂，皆以保护行旅，庙食一方。至滨海之区，则无不崇祀天后，盖其御灾捍患，捷于影响，敬之者，尤甚于冯、甘二君也。余以光绪十三年移驻兹土，督筑炮台，军中饷械、糇粮悉由海上来。上年，军饷附轮来湾，途遇飓风，几遭不测，舟人慄慄危惧。俄而，红灯出于水面，若相导引者，舟随之行，至威海卫焉。质明，风定回驶，遂达防次。佥之神鸦红灯，皆天后所使护行舟者。是役也，疑有神明助焉。嗟呼！余多凉德，何足仰邀默佑？然率编师，以封疆，军事即如国事，神之示灵海上，保我粮饷，理或然也，其功岂浅鲜哉！柳树屯旧有天后宫，正殿三间、西殿三间，余以湫隘嚣尘，不足敬其神明，因商之各将领，醵金重修，补建东殿三间，以祀龙神；复以东西两房各建瓦房六间、戏楼一座、钟鼓亭各一、庙

大连湾天后宫（历史旧照）

门五间，殿后筑土室三间，绕以周墙，答神贶也。约计捐资千余金，庀材鸠工，以十八年秋，经营伊始，越期年而告成，版筑之劳，则右军副左后三营，任其事云。是为记。

钦命头品顶戴总统铭字马步等军马步等军遇缺题奏提督军门河南
河北总镇法克精阿巴图鲁 合肥 刘盛休 撰并书

大清光绪十有九年岁次癸巳八月谷旦敬立

注：碑文录自《甘井子区志·附录》。碑不存。

十二 金州四十里堡

1. 四十里堡老爷庙碑文

清·光绪六年（1880）

【碑文】

尝观因材笃物，天地自大，其生成食德歌功帝王，亦隆其祀报况乎？兹云法雨，灵应早著于寰区，夏日春风，威德以超乎今古，因而独大邑通都之地，咸祀以蒸。尝即穷乡僻壤之间，亦胆其庙貌也，矧金州城北四十里堡，为南北之通途，士农之仁里哉。于唐家岚有古刹旧址一院，双祠六间两处，娘娘、帝君分列西东，火池、钟楼，爰居前后，更无陪房，于左右外有之三间焉。殿第年湮代远，未详日月于碑铭，世文时更几成风霜之，殿宇摧残，若此能勿怆怀，爰举鸿工，群情雀耀于咸丰年间，经会首姜某、李某、张某等诚心募化，立意重修，谁知所费甚宏，未告成工于往日，维时亡久，益形剥落于今朝，墙有石而不完，地有基而已坏，残碑断碣，空存蜗篆之文，衰草寒烟，意作枭栖之所，曾日月之几何，而颓败竟至于无形矣。然庙宇无形，神灵有赫，此碑犹在，灵又常昭于光绪四年夏间，旱魃为虐，就近父老集众而问之，曰："五日不雨，可乎？"曰："五日不雨，则

无麦。""十日不雨,可乎?"曰:"十日不雨,则无禾、无麦。无禾,岁则荐饥,何以卒岁矣。"于是,谨择良辰,祷雨于此,泊乎明朝,甘霖沛降,前日田未之萎地者,尽皆勃然兴矣。微神功,其谁归? 夫以卉木无知,犹资天以成善,其人伦有识,不食德而报功,是以就近,人民皆兴善念,不约而同,一呼百诺,纳川而成海,积篑土而为山,仅力捐资,重修庙宇,仍其旧而增其新,复添修瓦正房三间,西陪房五间,大门一间,左右便门楼各一座,于光绪落成,勒诸石以记其年月,并好善之姓氏索序于甲,谨应之曰,是庙也,历有年所,请言其始末。于是,父老言之,甲援笔书记其实,而录其事。此外,未敢多赘焉,即为及后而歌之曰:惟雍宫肃庙兮,济济跄跄。敬神如在兮,来格洋洋。观姜轮姜鱼兮,丹青耀煌。映云霞而生色兮,与日月而增光。洁春秋之俎豆兮,昭百代之馨香。庆雨顺与风调兮,永保无疆。

光绪六年岁次庚辰

注:碑文录自日人增田道义殿《金州管内古迹志》。碑已毁。

2. 龙 凤 寺 碑 文

清·光绪二十六年(1900)

【碑文】

奉天省金州城北四十里堡,有龙凤寺古刹一所,此寺所由来远矣。其创修之年与创修之人,父老皆莫得。传闻一院双祠内,有石碑二面,其文没灭不可详考,兹姑置之。此寺东祠内,奉释迦文佛,西祠内,奉天仙圣母,祈年祝雨,饶显神灵,避病求安,常蒙保护,圣德即大焉。旁施其民心,竟缓其图报。仰观殿宇,砖瓦伤而栋梁浸坏,俯察垣墉,形势颓而基堪可,因正应葺补之秋,讵可因循惜力,是以光绪二十六年春,会末等登寺远望,冠山抗殿,延涂为池,岑楼高耸,苏砌参差,东南则罗列奇峰,云烟缥缈,西北则环绕福海,岛屿潆洄,真天成之佳所,诚养性之胜地,岂可退缩不前,任其摧残? 爰集会内人士、农商议捐资,但高楼广厦,一木难支,工巨费烦,千金有待。于是,会末与住持,不惮路邀远,赴城镇各处,诚心募化,百姓起赴,群情雀耀,布施者众,管建易成,乃举鸿江,凡历数月,而功告竣。起衰而扶危,跂翼矢棘,仍旧而增新,鸟革飞翚,无患鼠穿,讵忧释栖入室实座,庄炉香缭绕。乘风,则檐叮当声,韵交和偶,臻仙境,一洗俗缘,爰为之作颂,曰:南山之阳,庙貌毕常。上隐云霄,下临圃场。三月桃开,五月榴芳。九月菊艳,十月梅香。爰日暖避,暑喜风凉。神在兹,永享蒸尝。此次重修,为之倡。谨将会末,与住持并善姓氏,勒诸石铭,庶几百世,不忘谨志。

光绪二十六年 荷月二十日合会人等 敬立

注:录自日人增田道义殿《金州管内古迹志》。碑已毁。

十三　金州城东王官寨碑文

1. 金州城东王官寨城子里关圣帝君坐山圣母庙重修碑记

清·道光二十五年(1845)

【碑文】

关圣帝君
坐山圣母　庙金州城东王官寨城子里重修碑记

帝君
圣母　盖闻天地生万物,而不能自为功用,则有神以司之。神也者,因以参造化之,迨获四极之奠定者也,矫其又其神明较著者乎! 今为风雨摧残,庙宇颓败,前人创之,后者则当继而成之,何忍视为凌夷以遗神,人之痛也耶。有善士人等,力行不捲,自道光十五年间创修圣母殿,捐资不足,一切共为乐助。春间,帝君庙坠坏,同众募化,功竣,焕然一新,虽此处之壮观,亦合会之美意也。

王禹易撰　朱谦书　住持 广维　王曙兴　大清道光二十五年辛丑月□日合会立。

注:碑文录自日人增田道义殿《金州管内古迹志》。碑已毁。

2. 坐 山 圣 母 庙 宇 重 修 碑 记

清·咸丰八年(1858)

【碑文】

坐山圣母庙宇重修碑记

盖闻庵观寺院,创之者名为建立,而成之者,号曰重修,此圣母庙源立于道光十五年,迄今廿四年矣。其间之风头雨脚,直使瓦瘦砖枯,雀角鼠牙,偏教堭宇屋透,庙貌因之而渗漏,神像因之倾欹。吾等岂忍坐视,然而事关重大,独立难成,故尔募化四方,一善初起,万善同归,一昔善人君子,无不乐助资财,共盛事。于是选材鸠工,不数日而焕然一新,又恐久而就湮,乃刊石镌铭,嘱予作记,予识浅学疏,不能悉述,不过略为梗概一志,不忘云尔。是为记。

闫邦清　撰书　　娘娘庙碑记庙主人　　刘 铭　大清咸丰八年巧月 念念公 立

注:录自日人增田道义殿《金州管内古迹志》。碑已毁。

十四　金州华家屯镇

1. 石羊山碑记

清·乾隆三十二年(1767)

【碑文】

石羊山碑记

尝思不漏者,天纲之恢恢,有感者,神自已之昭昭。人诚积善去恶,已承神佑,则见其家道增廓,而休征秘杜。瓜瓞绵,兰桂分茅。今石羊山有三官庙焉,保护万姓,历年来,众善捐资,庙宇焕而神像益尊,光明照而灯油无向,其诚敬之恳切,寔有以勤鉴现之心。但近则彰明,久则湮泻,不惟众善之,姓名不显,且无以为后,善之功故之,碑碣将来众善志乎?其上庶数百年后,睹此碑者,可以知斯人如在日前,方可以感发人之善心矣。

……(合会人氏名略)……　乾隆三十二年十月初八日立住持僧人　普兴

注:碑文录自日人增田道义殿《金州管内古迹志》。碑已毁。

2. 华家屯老爷庙碑文

清·年代不详

【碑文】

碑额:流芳百世　闻之嬴秦余功,记于大位半子,铭续勒于岘山,至今独籍匕,颂美于不衰。而建庙宇者,亦欲征放遗□,缕悉刊刻,非以彰吾人之功名,寔以表神圣之赫,奕世旧有粉皮墙、双龙山、关帝等庙,建宇起上,忆自建庙以来,抚镇一方,有求则应,保障四隅,无祷不灵,其为居民之庇荫也,非一日矣。前者庙貌巍峨,足壮四方之,现胆神像,煌时动万姓之不意。久历岁月,屡经风雨,鸟啼翚飞之笔,同于茅土,丹书绘画之功,等诸泥尘。斯时来时来,行人见云者,无不怒焉,惨然神伤感,以来不能重修为恨也。有曲仁等慨然起念,以重修为己任,布财资粮,不讨夫功程大役匠,命工不虑夫经营艰辛,向之同于第二者,粲然增彩,等诸泥尘者,焕乎一新,庶可谓,无罪于神,无愧于人矣。今功已告竣,殿宇耸立,神像、宝鼎、焚香炯长,与山也,岳也。岳而并永玉添青盏灯,寔同河海。以公议洁立信碑。列其姓氏,兑不敢比美于嬴秦半子,亦欲以志,不朽于百世云。奉天府宁海县生员于文敬书

注:录自日人增田道义殿《金州管内古迹志》。无年代记载。碑已毁。

3. 石羊山三官庙碑文

清·光绪三十一年(1905)

【碑文】

粤籍神灵赫濯,自古准昭。庙貌创垂于今,为烈前三官庙者,建立于石羊山,已多历年所矣。咸丰年八日,

神像摧残,来观者悲伤弗忍,殿宇倒塌,住持者,惨难堪。于光绪四年春,摧残者,金碧重新;倒塌者,壮丽如故。但工用花费,独力难成功,募化四方仁人君子,乐助捐资,共仰圣事,及仝三十一年重修更衣,偕同和南本有叩代,善男信女,各拐善怀,不数月,而告竣焉。

……(姓氏人名略)…… 光绪三十一年十一月二十六日 张□ 吴守刚

注:碑文录自日人增田道义殿《金州管内古迹志》。碑已毁。

十五　亮甲店玉皇庙

1. 重修玉皇庙碑志

清·同治二年(1863)

【碑文】

敬天礼神,乃性之恒。守先待后,亦分之宜。斯庙之创之,由来久矣,而未知起于何年,以先辈老成,不务虚声,故无记载可考,而岁月屡更,葺补频加数之所至,人力弗及,则见其栋折榱崩,瓦覆墙□,因而神像蒙尘,已数年矣。今天不遗斯民,屡降丰年,饱暖之际,善念油油,同心能力,不惮拮据,求助遐适,轮囊资,不逾岁,而诸务毕举,庙貌焕然重新,圣像临下,有赫俾前人之善行,久而弗替,即后之继者,亦知所从。爰勒诸石,以志一时之幸。

大清同治二年 谷旦 立

注:碑文录自日人增田道义殿《金州管内古迹志》。碑已毁。

2. 庆云峰庙碑志

清·同治二年(1863)

【碑文】

庆云峰之庙宇,古庑三间,创修久,则风雨为之飘摇,榱栋为之摧折,粉壁颓,时只有寒云堆补,鸳瓦堕处,空教荒草兹蔓。咸丰九年春,吾等共议,增其旧制,焕庙貌,更神衣,修山门,峻墙宇,应用资费,万有贰千余零一,时四方□施前,碑未能悉勒,亦未暇建树,重镌此碑,共登名氏于不朽云。(人名姓氏略)

大清同治二年 谷旦

注:录自日人增田道义殿《金州管内古迹志》。碑已毁。

3. 重修玉皇庙碑志

清·光绪三十一年(1905)

【碑文】

此山名玉皇顶,因玉皇庙修此山,山以得名。向无碑碣,因祷雨乃立之。但父老传闻,莫知此庙建于何时,正殿三楹,内塑玉皇神像,左右南箕北斗,正月初九日、四月二十三日,香火络绎,经久不竭。光绪二十一年庙烽火,神像一空,乡人捐资重修,金碧如故,为此盛举已成,立碑记德,谨序颠末于石,惟原后世仁人君子,仰体善怀,俾天眷之频,邀隆庙于无替,此亦可风矣。

光绪三十一年 谷旦 立

注:录自日人增田道义殿《金州管内古迹志》。碑已毁。

十六 大李家永清寺

大李家永清寺重修碑

民国九年(1920)

【碑文】

老庙沟者,永清寺开始之基础也。中设佛殿,灵应无□。神光照耀,普及乡村。先禅师普世卜地北迁,改建于此。兹乃岁月既深,旧院荒废,过客往来,但见颓垣断瓦,仿佛洛阳铜驼,合见荆棘中矣。僧人性法来作寺中住持者,见兹庙貌、神像半近凋零,心焉伤之,深恐故宫禾黍来世增感。后之视今,亦如今之视昔。惟是,惩院宇之荒芜,谋殿阁之正理。但恨力不从心,难偿素愿,谨约会中同志诸公共摊资费。增修三次,规模草创,仅得与茅龙更衣相媲际。此土木告成,遥见按洪沟流,环渤海群山来朝,势若星拱;望气者,凭高览不谓地仿终南,此中大有佳处也。颂曰:登山采乐兮,惯居此地之烟霞。勒石铭功兮,略存他年之姓字。庀材鸠工兮,并愿俎豆馨香。历四时而常新,阅千秋而不替。

东至刘于张孙四姓分界
西至匾担山南姓　分界
南至老庙沟南山顶分界
北至道　　　分界

此庙坐落庙儿沟四至分明

民 国 九 年 四 月 廿 八 日

注:碑文录自金州博物馆《大李家永清寺》档案。碑已毁。

按:大李家镇镇政府为保护永清寺文物古迹,报请文物主管部门,于1994年由当地太山村村委会承办,重新修复了永清寺。下面两通碑文记载了此次修复的情况。虽然《永清寺简介碑》在措辞上以及历史常识上有所欠缺,特别是将历史年代顺序颠倒了,如永清寺始建于元朝,其实为明朝,"元朝距今已有一千多年"、"伪康德三年(1936)"与"民国二十一年(1932)"等,但从中仍然可以看出当时修复概况。2001年永清寺由大连市人民政府公布为市级文物保护单位。

2. 永 清 寺 简 介 碑

1994 年

【碑文】

碑额:永清寺简介(横书)』

永清寺坐落于太山村庙沟屯,始建于元朝,距今已有一千多年』历史。相传唐朝大将薛仁贵征东中踩中了这块圣地,屯兵积粮,至今』留有遗迹,如将军石床、饮马槽、栓马厩等。到了元朝年间,有一高僧云』游此地,便率领弟子在山下建庙,传经弘法。康德三年行修庙宇,分前』后两殿。民国二十一年新修钟楼、火池各一座。"文革"年间佛像、壁画、火』池残遭毁尽。公元一九九四年始修复寺院,新修佛像、壁画、火池、前后』两殿,木雕腾龙,围墙仿古门楼。永清寺重见天日,历史悠久,历尽沧桑,』闻名遐迩,是金州城以东唯一一座佛教圣地。』

		主 任	肖成玉
筹委会			于喜忠
		副主任	李乾武

公元一九九四年农历四月二十八日

　　注:该碑坐落于永清寺院内。碑石质为花岗岩,碑高167.5厘米、宽66.5厘米、厚13厘米。碑纹为"回"纹。碑座为水泥座,横103厘米、纵51.5厘米、高21厘米。

3. 修 复 永 清 寺 寺 院 碑

1994 年

【碑阳】

碑额:修复寺院(横书)』

永清寺重修于康德三年,寺院殿堂宏伟,佛位灵生,古树茂盛,过往』香客接接嚷嚷。解放后,僧人还俗。"文革"年间,寺院外貌、古树、火池、殿内』佛位、壁画遭到损坏,只存前后两殿。为保护文物古迹,宏扬民族文化,』据村民意愿,报请政府批示,村委会决定公元一九九四年农历四月』二十八日修复永清寺,以还面。因民众自愿捐资,按档次先后分别留』名,慷慨解囊,流芳万世。』

	肖 成 玉		
发起人村委会主任	于 希 忠	设计施工	苗 建 生
	李 乾 武	木 雕 工	李 德 贤
	孙 德 山	瓦 工	李 乾 文
	孙 秀 英	书 写	邱 长 信
	姜 英 财		

公元一九九四年农历四月二十八日

【碑阴】

碑额:名刻』三代(横书)

功德永存

　　赞助人于希敏壹万元出生一九五一年农历腊月二十二日』

　　父于临章　于希敏　儿于　帅』

　　母孙景辉　武秋英　女于美双』

　　现住大连市金州区大李家镇太山村』公元一九九四年农历四月二十八日』

　　注:该碑为花岗岩质,碑头与碑身合为一体,高171厘米、宽58厘米、厚11厘米。碑座为水泥座,横103厘米、纵53厘米、高29厘米。碑阳与碑阴所刻花纹一致,碑头为双龙戏珠,碑身为暗八仙。

十七 貔子窝财神庙

1. 楚山披芝阿鹤来观碑

清·道光二年(1822)

【碑阳】

归服堡之西,兴隆崖之东,一山耸秀,翠蔚崇隆,两砂抱拥,宛若游龙,石张列题角,峥嵘势探沧海,波浪不惊,尤异者圆峤有石,如附骊额之珠形,泂金城之胜地,故育秀而钟灵。乾隆年间,忽有老僧,因故址结庵,供财神像于北山之巅,于是人烟稠聚,商贾往来数十年,市井殷富,不亚苏之虎丘、杭之西湖、浙之横塘而比,忽不知兴河注矣。幸有复州桐岩于先生,举意纠会市隐诸君,遂更张而新之,庙宇巍峨,门墙峻岩,以报神休也。而□□□士登眺,情殆有不胜纪者,北望白山,西望大小黑山,南望大小长山,东对獐鹿二岛,云烟出没于一碧万顷中,场诸酒席 略之 趣□绚歌风月 之 怀远,翻玉墨疑来 徐 福之船,暗射波 礼 □近扶桑之日,□曾驾海为山蜃,亦喷云成市。蚌吸月而生胎珠,分火火石沉波以□□树网出珊瑚、红莲□叶,卧见真人黄室几筹飞,添仙屋 得 此奇观,超然俗世,勒诸贞珉以表神功,锡福之休,以志宝地佳景之胜,典纪诸君之倡议捐修,以相传于不朽云。

盛京 李学汉 教习 菊拔 徐延年

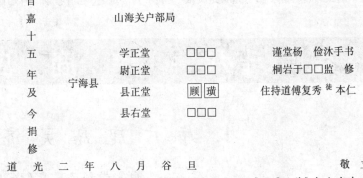

自嘉十五年及今捐修	宁海县	山海关户部局		
		学正堂	□□□	谨堂杨 俭沐手书
		尉正堂	□□□	桐岩于□□监 修
		县正堂	顾 璜	住持道傅复秀 徒 本仁
		县右堂	□□□	

道光二年八月谷旦　　　　　　　　　　　　　敬立

注:该碑原立在貔子窝(今皮口)财神庙院内,现已不存。碑文根据增田道义殿《金州管内古迹志》和《满蒙》杂志中岛田好《貔子窝の起源及发达》一文内的碑文合编。碑已毁。

2. 貔子窝豆粮买卖规约碑

清·咸丰十一年(1861)

【碑阳】

盖闻碑者,志也,所以志不朽也。兹志金州城东有貔子窝双龙海口,凤称名区,豆当铺户实繁,有徙往来舟车,熙攘不绝,装运豆粮,行市高低原属大公。初无诡诈,湮至近今,人心不古,店铺议行论市,大抵以交头接耳、袖手捏指为交易。夫交头接耳,惟恐人闻也;袖手捏指,惟恐人见也。不见不闻之中,弊端因之以生,诡计由此而出。□车商船被其□□□□,而多当地庄农受其诬,□行□□□□□一少,店铺祇自图渔利,商农已暗受亏损。至于买空窝粮,抵□□□□行压市,买卖并吞,盖磨现银交豆□□种种□弊□□□□□,团练八会既怜商船之被蒙,复痛庄农之受诬,是以竖碑铭文,枚举□□,而今而后,务须从革以去。故□□今兹……取新,再复曩日之雅俗,永改前□,弗蹈故辙。庶几通易事□□不□,庄农不空有余粟,□用之徒,商不至有余货,□□□□□□□诈我无尔虞,两相需则两相济,岂不交易各得乎!惟是,勒诸贞石以志不朽,以为有耳者之所共闻,有目者之所共见。

一、店铺买卖豆粮,讲究行市,惟宜高声朗语,昭然共闻,不许交头接耳、袖手捏指,始有犯者,众议公罚;

一、买卖豆粮,行市高低,须要大公通浴,较然画一,不许诬压分毫、参差不齐,如有犯者,众议公罚;

一、买卖豆粮论银庄,当地豆粮即以当地现银为准,断不许以盖磨支吾,如有犯者,众议公罚;

一、买空窝粮,不准店栈抵借,铺户借给,店栈垫补,如有犯者,众议公罚。

咸丰十一年正月二十二日谷旦镌

【碑阴】

	夹心子	
	打拉腰	
	甘河子	
奉圣旨团练众屯	红嘴城	公会
	洼子店	
	粉皮墙	
	夹 河	
	韭菜园	

注:该碑原立于貔子窝财神庙院内。《大连文物》(1991 年 1、2 期)《貔子窝豆粮买卖规约碑》札记(东生)载:碑原立于金州貔子窝(今普兰店市皮口),碑已不存。有碑拓。高约 1.73 米、宽 0.50 米。碑阳、碑阴,均为楷书。碑阳 12 行,满行 51 字。碑文漫漶不清。日人增田道义殿《金州管内古迹志》也有抄录。碑已毁。

十八　广　鹿　岛

1. 序广鹿岛灵济寺碑记

明·崇祯己巳年(1629)

【碑阳】

序广鹿岛灵济寺碑记

尝云:作善者降之 百 祥,(作)不善者降之百殃。《经》云:万善归依,惟□□并提,而知□善□□之理,儒释□□归一也。吾人婆娑于红尘道中,□□佛天,自古及今,闻有舍身以保佛,亦有捐土以置祠。盖□知□提所造福者,大而法光普照者,远也。惟广鹿岛,僻在海隅,自辽左板荡以来,兵民杂处,十余年间,海不扬波,安居乐业,就非神灵之□佑哉。□□□□□静□□戎陈公之命,捐资首倡,因古刹旧基,□□立招提禅院,题其额,曰:灵济寺,供奉三宝、三元、弥勒世尊等像,施□立四民之香火,为一方之保障。惜波涛于永息,奠万姓于阜安,泛□□气者,岁改□□祀□□□□其□禅于生民,岂小补云乎哉。菊月□□□□□□□□,予文谨识,以为其记云。

明崇祯岁次己巳季秋谷旦古襄后学夏正熏沐拜撰

【碑阴】

钦命出镇行边督师蓟辽保定等处军务兵部尚书兼都察院右副督御史	袁崇焕
钦命出镇行边督师标下署镇事□镇府副总兵	□□□
钦命出镇行边督师标下管旗鼓事副总兵	□□□
钦命出镇行边督师标下管□□□事游击	□□时
钦命出镇行边督师标下督理河东饷司通判	□□□
钦命出镇行边督师标下署右□事理副总兵	刘兴禄
钦命出镇保定督师标下龙武中营副总兵	□□□
钦命出镇行边督师标下龙武右营游击	赵濯清
钦命出镇行边督师标下龙武后营游击	金鼎卿
督师部院督□□管广鹿等岛左营游击	周宗禹
督师部院督□□管广鹿岛步营都司署都指挥	□ □
督师部院督□□管广鹿岛□营都司指挥佥事	□□□

注:孙宝田云:此碑在广鹿岛上尖子屯三官庙屯北方高邱。碑已毁。广鹿岛指长海县的广鹿岛。

2. 启建新安寺碑记序文

明·崇祯三年(1630)

【碑阳】

启建新安寺碑记序文

伏以庙貌建新规,□□□凡之端严,虔心崇奉,祀□□金录之,如在□林行处□□□梗,何缘通迹斯序者,因庚午岁次月,内有管广鹿游戎次山金公,举念择地安僧,随有功德主张选者,同引众庶,创立寺院,俱各告成,乃办圆满道场,勒石垂后。惟□慧日普照,智月常圆,法雷频向,慈云遍覆,愿依神后,叩祝圣明,河清海晏,□□□□,时和年丰,人安物阜,商旅云集,货贿遂通,□□□是□□□□宜创,且寺□□□而铭勒不朽,福有攸归,□□□格短词报□□□□□谨序。

时□维大明崇祯三年庚午岁仲冬月□浣之吉　游击事副总兵署都督佥事　毛承禄　吉旦立
生员原籍江西饶州府浮梁县□　□　赐撰书

【碑阴】

	董云龙	马□功	□□□	□□□	□释子	梁勇
	金永□	若□进	高有□	□□安	□□功	□□
管广鹿岛千总	丁志祥	柳□□	□□□	赵□忠	李□□	□安
	金鸿员	金□振	张□道	串时□	□守官	戒净
原任东江总兵左营游击将赵□龙	金声垣	周□时	张安□	栾右□	□德
原□卫指挥同知□□□□金求□	宋帅魁	杨□善	许国籍	□□祥	圆　□
原广鹿岛中军都指挥佥事王恩诏	张广才	朱锡爵	高仲德	李士成木	□道
长山游击都指挥使 刘印科	曾□参	梁有阵	马希龙	詹有明匠	傅友
东江总镇标下听用都司 赵 翼	张应召	梁恩增	张景松	□□功	□□□
长山岛中军 杨□苹	高彦明	宋守德	徐成明	黄远选	杨□□
	赵学仁	田守祖	梁守本	谢进忠	李士举书	全国太
把 总	周文启	商应龙	毛成怀	黄文举	黄守伏匠	□永□
商 人	刘国珍	关则周	刘文升	林世春□	□□
	张天伏	柴起鹏	王成安	萧 成碑	伍□□

注:孙宝田云:碑在广鹿岛,闻光复后,此碑填入井中。

3. 三官庙碑

清·道光三十年(1850)

【碑文】

尝思庙以神为主,神以庙为依。斯有神则无不灵,而庙则无不修也。夫修庙塑神,原以护国佑民而肇基。有自则岁月罕详,旷揽都城省郡,庙虽存而坠,厥由来者多矣。广鹿岛三官庙,幸有碑记为证,拭目遍阅于崇祯己巳年,因古刹旧基,立招提僧院,考其月日,昭昭不爽,盖已历二百多年之古庵矣。大明衰败,清朝盛兴,遥忆岛内土地荒芜,人烟寥寂,人等潜藏于兹,向无民籍。当朔望之余,神虽有灵,香火或缺。至乾隆五十六年,奉上谕开岛,蒙锦州台大臣确奏恩准,委宁海县冯太爷赴岛安民,权衡地亩,编户征租,永居乐事。由是而人民繁昌,商贾络绎,船艘来往,鱼纲众多。然而时和年丰,人安物阜,风调雨顺,海晏河清,由神灵之护庇,今一旦山门庙宇被风雨所侵,岛鼠攸伤,骏骏乎倾圮之像,是以叩化十方君子,乐捐赀财,共劝盛事,务使庙貌永固,香烟缥缈于百代,神威常存,灵应昭著于千秋。迨今功修告成,勒一區为记,所有捐施之数目、姓名开列于后,以志不朽。

道光三十年十月十九日　弟子环海刘荣甫敬题

注:孙宝田云:碑在广鹿岛,碑叙乾隆五十六年开岛安民事,亦岛上之一段史话。

十九　大连松山寺

1. 旅安社松山寺重修碑记

清·同治九年(1870)

【碑阳】

碑额:日月齐光

大清国盛京奉天府金州郡西旅安社青泥洼于『乾隆二十一年建立,后于咸丰八年重修松山寺『释迦文佛』、天仙圣母殿宇二处。此地诸峰磊磊,群木森森,远吞山光,近连松色,千岩万壑,不可胜状。当日庙貌落成,四方之顶香礼『而告虔者,绵绵不绝,极一时之盛事矣。且『神圣恩惠无疆,纳群黎于仁寿,推施有准,登小民于春台。是自有此庙,歌功颂德者,诚不可以年数计也。无如岁月屡迁,『风霜递蚀,殿宇颓败,檐楹倾敧,此时总欲补葺悉周,诚非易易也。僧因来有志重修,而力有未逮,迄今年已衰朽,身『犹矍炼,风募雨券,多蒙信善之缘,夜寐风兴,不惮经营之苦,一旦修举,百废俱兴,斯时也。入庙观光翼翼,庙貌宛尔『增新,冯冯墙围,依然如故。夫乃叹捐赀成美,以助『神祠之功修者,其德业无可量。已告竣之后,敢埋没于斯人乎?与其开列扁榜,恐久日而名次不彰,何若勒诸贞珉?虽多『年,而姓名犹在,后之人嗣而葺之庶斯庙之不朽矣。夫故立碑以志之。』

— 250 —

										霆	洞
刘廷瑞	梅元祥	隋世龄	张廷有	张国柱	刘德福	段作楫	杨占凤	李玉章			
宋永发	刘德镇	于伦	段永烈	段作肃	杨仁惠	段作霖	杨占智	谭广厚	徒 交	雨	
会 末于 珣	刘德铭	赵应泰	谭永俊	郑元春	张学信	段作成	苏显龄	□□□	住持戒僧因来	孙彻源 峰	
王复兰	刘德钦	周元勋	赵 静	石奉来	李启五	段作翰	商日昭	李启海	姪 交 柱 显	涤	

同治九年六月初九日立孙元来 陶文士 隋道升 范 镫 李占元 李启彩 段作桢 谭玉辉 段鸿恩

注:此碑已断为数截,埋入松山寺地下。旅顺博物馆藏有其碑帖。清朝至民国时期,松山寺是金州城永庆寺所属下院。今仅录其碑文,以飨读者。

2. 松山寺记实

1997 年

【碑文】

松山寺记实缘起　　松山寺始建于唐贞观年间,据本市西岗区文化馆资料记载,当时隋、唐王征东的僧兵来到榆林"古『金州名"之青泥浦,见西南方有灵气,遂留住此地建庙弘法,度化一方,并将所带牡丹仔种于殿前,松子种于群山之中,"松山寺"因『此得名。当时的碑记因年代久远,风化雨蚀,字迹不能辨认,只有口传留世,今将口传镌石留记。自大清乾隆廿一年、咸丰八年、同『治九年、宣统三年、中华民国六年、廿二年先后六次重修,旅顺博物馆有碑拓为证。时由唐初的三(山)门、钟楼、大殿等,又扩建娘娘殿、『罗祖殿、戏楼、塔林等一小巧玲珑的群体。唐牡丹已长成水碗口粗,与大殿檐齐的独棵牡丹树,每年花开百朵,原红岩街派出所『有日伪时期照片可查;松树已长成林,可惜皆毁于战乱。宣统三年,由民政署发给松山寺许可证并附地图及房地文契,时占地『十四万八千坪,一坪合现在四平方米,一九五二年由乃交法师交于市房产公司存档。一九五一年大连工学院占用松山寺戏『楼地址,建了宿舍。戏楼以西,塔林也,相继由房产公司建民宅,一九五二年法一法师圆寂,乃交法师年迈,由市民政局清了界魁『界禅二法师住持。几经风雨,千年古刹在文革后期一九七四年被红岩街道拆除,建机械厂,所有碑记亦荡然无存。粉碎"四人帮"后,幸赖党的"三中"全会政策好,在一九八三年先落实天主教政策,由市统战部部长郝正平批示,将其院内纸盒厂迁到松山寺『菜地,占用三千平方建厂房,一九八三年落实佛教政策,经市政府宗教局多次交涉,纸盒厂退回一千多平方米地方,界魁法师『又率众弟子建简易佛堂,弘法利生。松山寺能有今日之盛况,应感谢党的好政策,感谢市政府及宗教局各级领导的护持,因此『我佛陀弟子亦要把大连建成北方香港,尽心尽力,建成人间净土,与党和国家肝胆相照,荣辱与共。在庆祝香港回归祖国怀抱、『雪百年国耻日子里,利乐有情,以报国恩,刊石为铭,以教后世。

公元一九九七年七月一日　立『

注:该碑立于松山寺门口左侧,花岗岩石质,长方形,高200厘米、宽60厘米、厚15厘米。碑阴无字。大连松山寺坐落于大连市西岗区唐山街,占地2 000平方米。

二十　旅顺长春庵

1. 长春庵新建泰山殿碑记

清·雍正六年（1728）

【碑文】

尝观五岳之雄，泰岳其一焉。』圣母之宫殿，亘古于斯者也，不谓关以东金州邑之西南，有长春庵者也，虽僻处海隅，而山实秀美，洵为一方』之巨观也。回溯厥初，盖明自定鼎以来，斯庵久已名焉，历传至今，亦既三百余年矣，讵自今伊始哉。但前则』仅一观音单庵，而泰山行宫所未有也，赖有黄冠羽士丛和林者，航海而来，居于此地，相度形势，近接云山之』飘渺，远朝渤海之汪洋，不禁慨然曰：似此藏风聚气，安可无』圣宫乎？吾侪于是鸠工庀材，初建圣母大殿，俾万年香火于斯肇焉。□非泰山之余脉，安能使塑像瞻拜，遐迩咸集者耶！孰知庙貌甫就其人』已逝矣，苟不泐诸贞珉，恐庵名无传于后世，而殿宇亦无彰于今日矣，其徒张德贵丛德鞠虑及此故，募化资财，以终』厥事，其亦感师志而兆来兹云。是为记。』

防御□□

佐领加一级沈□□□　　　　登州　文登县王有异拜撰
　　　　　　　　　　　　　　　　　□□□□□□□□□
哈□□□加三级□□

大清龙飞雍正陆年岁次戊申肆月　　日　　　　住持道人　张德贵
　　　　　　　　　　　　　　　　　　　　　　　　　　　丛德鞠

注：长春庵位于大连市旅顺口区三涧堡镇土城子村长春庵屯，建于明朝。碑高180厘米、宽73厘、厚14厘米。

2. 重修长春庵碑

清·道光二十七年（1847）

【碑文】

碑额：流芳万古

盖闻泰山为五岳之尊，礼典所重，历代昭然。金州西南乡长春庵旧有泰山行宫，保障一方，灵应丕显。东九圣祠，西菩萨殿，巍然宫前，洞宇宏阔，金碧辉煌，先辈之创建以期常新者，原为一方瞻礼之所，但历年已失补葺，稍疏则风雨飘摇，遂难免剥落倾摧之患，为是合会人等募化捐资重修缮，上以体前贤兴作之志，下以遗后进继述之规庶，使后之视今，亦犹今之视昔也，谨勒诸贞砥以志不朽云。

左营佐领　王嘉德
防御　段国良
□□□

大清道光二十七年二月十九日谷旦　　　　合会敬立

注：碑高170厘米、宽72厘米、厚16厘米。碑石质为灰黄色。

二十一　旅顺横山寺

1. 旅顺口区龙王塘镇大石洞村横山寺碑

民国四年(1915)

【碑文】

翠竹黄花,群霑法雨,长松细草,普阴慈云。且夫横山寺,神恩浩大,慈舟济众。此山旧有庙宇,营于汉代,及今业之秃坏失修,是以附近张君文平『偶护仙法,名称"大神",施疗济众,而此山有泉,其水澄清,名谓"药水"。张君水授病人,饮之即效,因此风动四方,求疗日众,香烟盛兴。张君彼神感『动。此山古遗庙址,弃之可惜,遂不辞跋涉之劳,何惜蹋足之苦?且夕分神,求化四方善士之重资,复遥周君元善助理捐化,首工监修王君仁木、『时君克复、周君士可,亦助理捐化,血心操办,始以兴工,筑修成此美举。今将四方善士之捐项,谨铭于碑,以为后人之流芳永垂不朽矣。『

（捐资人名单略）

注:该碑立于横山寺,立碑时间刻在碑阴之尾,为中华民国四年四月。(碑阴捐资名单略)

2. 旅顺口区龙王塘镇大石洞村横山寺碑序

民国四年(1915)

【碑文】

自古赵人望气而筑庙,汉时因白马以立寺,盖因神德昭彰而创修庙宇者也。且夫横山寺本是桃源福地,仙人居留,施深恩以济世,降大德以保民,昔时有之矣,所以此『山古人创修庙宇,欲香烟之久远,报大德于无穷,然不知何代断续及今,庙貌倾秃,神像难觅,香烟遂失。古有横山寺之名,今不睹横山之寺,然庙宇因何复修、香烟因何『重起?为神者能不有所感动者乎!是以附近居士张文平,本系农人,神授仙术,以疗四方之恙民,颇有奇功,后以水为药,救济众生,凡病者求之,莫不有灵,每日求疗者拥『集如市,取水饮之莫不全愈。自是,四方人心感动,共起善心,而张文平屡被神验,始有修庙之举,遂邀同周君元善,协力筹办,叩化四方,善士捐资成美,周君督工,监修正殿三间,内修天仙圣母,左右诸神数位,山门群墙并院药水池一概筑成,此修横山寺之所由来也。横山寺之修起于民国二年六月,至民国三年五月告『厥成功矣。今为文以志其由来,并善士之捐项谨铭于碑,以为万古之流芳,后人有觉于斯文,香烟久远,可永垂不朽矣。是为之序。『

周元善 周成作 徐元祥 吕成元 林辉生 刘金同 周士兴 丁德贤 王兆义 程义修 刘万新 韩清富 刘顺义 张文举 张玉奎『于文浩 张芹芳 薛会祥 林基正 苏玉林 王兆荣 于世金 盛茂义 刘金德 周士财 时立功 王　瑜 王兆增 林辉深 王财增『唐国元 周士成 周士林 周元玥 林基恩 张文范 张德芳 周士志 丛殿令 程远德 刘崇修 孔兆祥 王兆治 时立忠 周士财『周毓薪 王士奎 刘德文 侯安业 林辉福 马文兴 周士可 王兆松 高成吉 张殿芳 林辉起 赵国栋 王兆德 苏玉珍 陈启先 王永昌『董长清 侯安君 吕忠平 王士寿 毕国全 洪英发 张玉福 韩昆芳 徐德福 张本恕 王士举 王振有 韩道辉 周元奎 穆安和 王振家『刘金铭 赵廷升 刘治清 林基城 刘金聚 侯安山 于奎朔 王长盛 侯安乐 林茂有 周士仪 郭元裕 周家敏 王德广 刘金宝 王振玉『林辉声 时立德 崔国福 刘金贵 张玉来 林茂昌 周士国 林辉云 时克柱 高成贞 徐元隆 韩道平 周士达 王传宝 崔毓生 刘治礼『时克富 崔国田 吕成林 盛玉田 王士广 刘万清 侯玉升 于连景 韩士作 张玉太 周士德 侯安品 韩岗富 王元兴 孔宪会『孙世太 周元财 周元升 万永祥 王善卿 林辉桂 孙世林 王兆先 高成仁 王　善 张文元 林辉财 王兆学 崔国宝　张本会『崔毓贵 高成义 刘金柱 周士福 周元煌 周成俊 周元口 周元海 盛茂仁 张本恩 周元美 周毓相 王财玉 王世申 王士学『王　官 张清连 桑云福 刘万敏 刘顺和 林茂发 韩口山 周士亮 胡文锡 郭元生 乔德仁 苑文焕 张文奎 丛殿荣 张玉发『胡文钧 侯玉枝 崔国盛 王殿英 刘金桂 孔广玉 盛玉恩 崔毓平 于永礼 周成位 王　宦 刘学恒 崔毓财 侯安崇 王永全『

历年四月十八日娘娘圣诞之辰,在会人等至庙拈香祭祀,不可有误,为要齐集之时,有事大众共议,不可酒后挍乱会事,切切特此。『

注:该碑立于横山寺,立碑时间刻在碑阴之尾,为中华民国四年六月。(碑阴为捐资名单略)

二十二　营城子关帝庙

重修关帝庙碑记

民国十三年(1924)

【碑文】

今之世界改良之世界也，凡世界有不良者改之则良，而庙宇与神像亦然。吾乡旧有』关圣大帝、』碧霞元君两殿，其英灵皆勿庸赘述。但稽大帝殿创修年月，前碑剥蚀不可考，惟大明嘉靖、万历、大清乾隆、同治年间重修者四次;元君』殿乾隆初年创修，光绪三年重修，宣统三年又重修。然皆略修其外而未修其内，即修内亦未改其旧模，因陋就简已历有年所矣，又况』甲午、甲辰两役兵燹，重经外而庙貌内，而神像摧残不堪言状。有心人触目伤怀，亦安忍旧贯哉? 为此，齐聚会末人等议定，两殿内外』兼修，因于民国十一、十二年两方鸠瓦工、塑工、木工，开始经营，整理庙廊则外观显耀，增改神像则金碧辉煌，雕绘暖宫则法相庄严，数』百年不良之规模，今尽改之而为良，此义举也，此盛事也。幸赖四方志士仁人慷慨好施，始得 成 此钜工也。香名不可没，永寿千秋;善事』必有彰，流芳百世，故于工程告竣后，特为之记，以勒诸贞珉云尔。

刘家祯　王成信　张同堂　优附生 李荣陞 敬撰并书』

大连助洋	韩恒新 拾元	本乡绅董以及倡捐同事会中人等				穆义元元十	郭永寿	韩德周	李秀葆	韩玉泰』
张本政壹佰元	泰木油坊叁拾元	诰授武翼都尉韩兴忠	李荣照	韩玉□	永成和	李荣熙	韩玉凤	韩玉山	李秀蕴	韩玉丰』
福顺厚壹佰元	林魁一叁拾元	岁贡生李荣封	韩玉润	韩树声	李荣尊	王长禄	以后韩恒孚	张玉崑	李秀蔚	韩玉萃』
福顺义壹佰元	于永江贰拾元	优附生李荣陞	韩玉琦	王长春	韩玉贮	宝聚炉	助洋韩恒桐	张朝珠	李秀藻	韩玉洁』
邵尚俭壹佰元	金秀鸿贰拾元	邑庠生李作新	张振盛	郭有海	郭光远	曾生李维新	名列胡善生	韩树相	李大新	王乘元』
高成珍伍拾元	赵开源贰拾元	仝	李荣秩	李仁新	董廷槐	孙福田	五元苏耀升	于下韩玉伟	韩树祯	李全新 石工李文贵』
徐家泰伍拾元	韩恒咸 拾元	仝	李铭新	张振家	广兴永	胡崇岳	五元张国玉	韩玉献	韩树祯	李泰新 李文清』

中华民国十三年三月谷旦牧城驿公会敬立。

注：营城子关帝庙早年被毁，现仅存此碑。该碑为青石，长方形，碑侧为八宝纹，上下为"四艺(琴棋书画)"纹。碑高201厘米、宽73厘米、厚23厘米。碑正文8行，满行53字。现存于营城子壁画墓院中。

二十三　营城子永兴寺

营城子永兴寺重修碑志

1997 年

【碑文】

永兴寺创建于何时已不可考。据民国元年重修之碑文,建置始当在唐贞观年间(公元六二七——六『五零年),距今千余年。寺内有如来大殿、弥勒殿、观音殿、关帝庙、天后宫等,院内松柏苍苍,古碑甚多,诸『佛均系铜像。明末战乱频仍,寺渐倾颓。清初有好义之士,于遗址重加修缮,不幸甲午中日、甲辰日俄战『争之灾,又使寺庙咸遭摧残,面目已非。是以当地有识之士及住持僧侣,发愤捐助于一九一二年始,历『时三载,重塑二殿法像,重装大殿金身,重饰圣母仪容,附属各祠亦逐一修整。其后善男信女络绎不绝,『香火不断,每年农历四月十五至四月十八日的传统庙会,大戏连台演出,赶会者达数万之众,历经动『乱,寺遭破坏,除仅有大殿、二殿和一株古银杏树外,悉数不复存在,寺院也改为它用,悲夫! 幸逢改革『开放,百废俱兴,政通人和,民心所向,经政府批准,决定对永兴寺进行重修,各界人士以保护中华历史『文化古迹为荣,鼎力相助,勇跃捐资,市区文化局、市文物管理委员会给予全面指导和支持,集体智慧『鸠工集材,恪守务求保持原貌之宗旨,精心施工,历时四载,终于一九九九年五月重修告竣。重修之永『兴寺占地一万一千平方米,十五座主体建筑,面积二千三百平方米,栋宇维新,华堂增辉,法象显赫,神『态安然,栩栩如生。四周高墙围耸,满院松柏常青,碧草花香,千年银杏更加苍翠挺拔,不惟再现古寺气『势恢宏、巍峨之壮观,历史名胜千秋之永存,功贯今古,堪称盛事。是为记。『

大连营城子永兴寺文物保管所 一九九九年五月敬立　撰文　吴青云　书丹　金朝贤　镌刻　张德本』

二十四　旅顺天后宫

心一禅师创修旅顺天后宫碑序

清·光绪三十二年(1906)

【碑文】

创修天后宫序』

劫数之来,惟神能历之而不坏,惟人能挽之以复安。旅顺白玉山之东南隅,旧有天后宫一所。于光绪十二年,登莱『青兵备道刘含芳重修整理。其间如来、菩萨诸佛殿参错掩映,官民祈祷灵应如响,香火由是鼎盛。每水师巡海帅『舰则奉天后以行,及入口停泊始复安其位。盖国家公设之神堂,非乡里私造之荒祠也。光绪廿四年俄人租借『兹土,欲毁此寺,以适其用。斯时也,辽东且欲占而据之,何有于一寺? 官长且将轻而侮之,何有于一僧? 乃住持禅师,法名『心一,江南寿州人也,拼命阻留,舍生 抗 拒,甚至四围积薪,誓欲与庙同煨烬。俄员感其真诚,易强横为和敬,爱命通译『再四慰藉,后赐 白 银万圆有余,以为易地 重 修之助。

禅师不获也,乃勉强从之。所尤难者,时遭荒乱,烽火频警,一椽茅茨』尚非易措,矧栖神之所尤非可简略从事者。禅师乃夙夜经营,无时或怠,于光绪廿五年即购基址于教场沟,庀徒度材,』鸠工建造,需用不足,复募化于善人君子,以补其缺,由是天后之宫乃焕然一新。呜呼! 衰不复振,毁不复成,理之』常也。兹则金碧辉煌,而衰者以振;楼殿耸峙,而毁者以成。以视白玉山昔年之□□,天后宫有其过之无不及焉。通计』如来佛殿三间,左右僧寮各三间,东西客舍亦各三间。中间高建层楼,奉祀天后,其下左右看台各三间,其南戏楼三间,』左右锺鼓楼各一间,盖借以为祝嘏酬神之用,非仅欲以壮观瞻也。夫庙宇之毁,人每疑神之无灵,庙宇之成,人又疑』神之有灵,而吾以为不然。庙宇之毁,庙宇之劫数也,于神何损? 庙宇之成,成于挽回劫数者积诚以感之也。人能如禅师』之积诚以感,则天下无不灵之神,况天后尤灵应素著者乎? 工竣之后,兵端数起,今值平定,韩道观、郭殿春二公为』此特来求序,因不揣固陋,谨略述其颠末,以俾禅师与斯庙永垂不朽。』

侯选直隶州训导 乔德秀 沐手拜撰 『刘洪龄　沐手敬书』光绪三十二年七月十五日住持僧心一敬立』

注:该碑文18行,满行44字,楷书,现保存在旅顺日俄监狱旧址内。

二十五　大连天后宫

大连天后宫重修碑

民国五年(1916)

【碑文】

大连巨埠也;群峰环诸南,溟海漾于东北,为船舶往来之门户。西望则铁轨砥平,鸳瓦鳞次。相其地势,静镇不忧。有殿宇巍峨,金碧辉煌,耸然屹立于冈岭之上者,天后宫也。盖斯宫经始于戊申之季春,落成于是年之新秋。维时商埠甫辟,商贾晨星。兴浩工乏巨款,何以措置而裕如? 讵知有非常之事必有非常之人。

大连天后宫(历史旧照)

其人伊谁? 公议会总理刘君肇亿、协理郭君学纯也,胸有成算,事先预计当募集绅商捐资之前,曾立一宏济彩票局,抽余款筹办善堂、病院、义地诸善事。建修庙宇特其一端耳。举凡通都市镇,无不以神道设教;至帆船停泊之港岸,尤首尊天后。若权司天库,克开福禄之门,位正离宫,丕著文明之象。霖雨时润,群乐岁平;宝筏高悬,同登道岸,以及忠义昭著;声灵赫濯之关帝,尤为人所钦崇敬焉。依次列座,雕绘精细,美矣备矣。功既成而藏乃事矣。宫之东别修一座聚仙宫,亦同时告峻。惟其象教攸昭,遂使神感共仰。此皆赖诸会董募捐款、督工役,惨淡经营,始克臻完善。然创建匪易,承守尤难。倘积立无金,纵住持勤俭,一经风霜屡剥,恐庄严之庙貌难以整旧而常新。乃有郭会长学纯于宏济彩票局解散,向官署请拨余金三千元。自此庙置恒产,岁有常饷;山河并寿,日月齐光。庶几,刻桷丹楹,常焕壮丽之异彩;晨钟暮鼓,永传悠扬之远音。热心毅力,香火供奉尊神也,亦所以重祀典也。镌诸贞珉,源源勿替焉。

公议会　总协理　刘肇亿　郭学纯
监　工　张守一
山东　芝罘　张肇基　撰文并书
中华民国五年丙辰三月十五日立石

注:大连天后宫始建于1908年,位于大连市西岗区庆云街34号。碑已不存。

德政碑

1. 何焕经德政碑

清·咸丰七年(1857)

【碑文】

从来德及一人,则一人思之,德及一时,则一时思之,况乎四境尽受其赐,百世犹蒙其休者哉。我朝圣天子澄叙官方,整饬吏治,正淇而外,不重征累民,轻赋薄徭,与民休息者,盖二百余年于兹矣。但承平日久,章非遵旧,我金州厅自输国课册米久已不兑,本邑每仓石改折邑市钱拾捌吊,加至叁拾陆吊册银,每两加火耗肆钱,租钱半,变为银每两加火耗贰钱伍分,负租积连有田然也。山西灵石县孝廉焕经何公,于咸丰五年署篆斯邑,因乡父老叠呼在案,公悯之。较昔所加,册米每仓石减邑市钱拾吊,册银每两减火耗贰钱,租银每两减火耗一钱伍分。嗟嗟,倪莅此土者,事咸如公,邑民之福,庸有既乎,使泯泯无所称述,则孰知力破成规,自我公欤姑志之,留为群黎后日思焉耳。

大清咸丰七年桂月吉日合社敬立

注:该碑原立于粉皮墙会(现指金州杏树屯一带)。本碑文录自增田道义殿《金州管内古迹志》。何焕经,山西灵石县人,咸丰五年(1855)至咸丰七年(1857)任金州海防同知。碑已不存。

2. 诚濂德政碑

清·光绪五年(1879)

【碑文】

且夫建绩懋功,朝廷重崇嘉之典。歌功颂德舆情,伸爱戴之思,此固不期然而然者矣。钦命管理金州等五城副都统、奉旨赏戴花翎诚,京都望族,蒙古世家,兵差海口,实属奏绩之初,队练天津,已为建功之地。既而,获胜仗于直东,荣升参领,奏奇勋于辽北,保奏统戎,恭膺纶旨。简放金州境以来,绝馈送而禁苞苴,金可却于五夜。公黜陟而杜奔竞亭,不愧于四知,处事以简御众,以宽练兵,以勤示威,以整公正,仁明允足,以化军民,而善风俗也。而且讲武之暇,民膜关心,整马队以修游巡安良,务期于戢暴,听鸿嗷而储米粟,仁政莫善于救荒,兼之树植,则令下荒山利赖计,十年以后,祈甘澍,则典行云祭,效原沛三日之霖,种种德泽,入人綦深,履士食毛,论肌浃髓矣。虽我之退让方深,中怀常存,夫欷歔而象情之感激,无地欢忏,屡见诸歌谣。用是,仿古迹于岘山,特伸无穷之慕,勒贞珉于辽水,聊伸去后之恩,谨志数语,用垂不朽云。

增贡生 张谦吉 敬撰 委 官 闫培钧 谨书

注:该碑刻原立于北三里庄。碑文录自日人增田道义殿《金州管内古迹志》稿本。诚公,指诚濂。满洲正黄旗人,光绪元年(1875)至光绪五年(1879)任金州副都统。碑已不存。

3. 张 云 祥 德 政 碑

清·光绪十三年(1887)

【碑阳】

张 公 德 政 碑

光 绪 十 三 年 犹 清 和 月 谷旦
合 郡 绅 商 旗 民 人 等 敬 立

【碑阴】

且夫无实政而暴得宏称,而不过为虚声之盗。无令名,而妄希重望,而不免于内行之遗。以故盛名副,而芹藻扬其麻,修名立,而甘棠流其泽,岂凭于流俗之口悠扬乎?附和之声也哉。前金州厅海防同知、花翎候补知府张集亭公,帷宽御众,务德化民,初出成都,劾多防于冀北,继移奉旨,封花县于安东,嘉乃丕绩,晋头衔而赏赉翠羽,凯奏肤功蒙纶绰而荣迁司马。忆摄篆于斯印,未三月而膏流零,两旋重莅夫兹土,越一年,而遍颂棠风,绝馈遗,禁苞苴,金却五夜,明赏罚杜,汇缘心凛,四知问心,额日悬头上,厅事有鸠鸟卧巢息,颂歌徧传乡间,庭树有白鸟来集,适馈甘葱韭之奉节,励莘车,慎刑示蒲鞭之悬,平分犀水子,惠泽民望桑麻兮,遍野辛勤,课士培排李于满城,趋庭吏肃立,春水入幕宾,常倚夏厦剑牛著绩,村无野犬之惊,雀鼠潜消,市无晨羊之饵。值亢旱,典行雩祭立沛甘霖,因地理亲历河干,疏通渠水,方课民以补阙,俯顺舆情,竟增秩以馕,宜留待尘,惟其宗庆为名,洽四民而心附,是以南阳为语,越周岁而歌兴,今者之焉。争胜双凫,遽去空苗,悬榻充囊,惟廉选一钱,徒功攀辕载归,犹重取一名,尚冀汝南心腹合浦还珠,何期会稽神明蜀道归?锦此诚仁民善政,化捷于风草之意,因而感德沦肌,讴歌谱琴丝之乐,岂若徒钩虚誉,所可同年共语,用是,迹仿岘山,特表胆依之慕,公同碑挺辽水,聊伸去后之思,敬志景仰,永示休微。是为文。

注:该碑原立于北三里庄。本碑文录自增田道义殿《金州管内古迹志》。张集亭公,指张云祥,四川华阳人,光绪十年(1884)始任金州海防同知。碑已不存。

4. 连 顺 德 政 碑

清·光绪十六年(1890)

【碑文】

国家□盛京为根本重地,而金州即门户攸关,故特设重镇,为吾属之干城,实陪都之□□□□□其险,固非徒奉省之南障,赖以都护连公□阀阅,克继□兄。光绪戊子秋,承简命来□□邦,镇定从容,深明大体,其政感人也久,其德入人也深,而人之爱戴公也,咸愿志纪而弗忘也。金郡地瘠民□□应,官府□□易易。公□□然,务在培元气,涤贪风以身倡之,俾商农遂其生,不以位望为□断,俾官吏守其分,不以□□为居奇。观于苞苴绝,□□□□尤其昭昭者欤,然而为人谋,用心良苦矣,为己谋,则□取家资,以贷廉俸之所不给焉。公之清廉自待也,类如此,军兴以来,兵伍米饷,率皆仰给于农功,公则不失其时,不荒其业,每值春秋,阅操而尤体□备至,遇□原功必负,不难人所短,不弃人所长,故上下一体,宛然有家人父子之谊焉。若夫市井无赖,游惰奸民,又未尝不严为究治。公之除莠,正公之所,以安良也,恩威并济,惟公能之。抑旗署之民词,专归民署,其中稍涉参差,即易启□□□□。公知其然,凡事先之以公忠,而私心臆见,勿得参一身为统□,遂致两署有和衷共济之休,而莫知其所。自以此见,公之潜移默化□□也。客军驻境,人皆以秋毫无犯相期望,公则修睦联欢,宾主既见其交融,守望并可以相助,卒使一方□□孝弟,各安其事,以享太平者,皆公之赐也。他如歌晴喜雨,人方疑邀天之幸,而犹不知公实贶之。公之识,机宜明时,务□□出寻常万万者。噫!公为地方造福者良多,此其略耳。夫金为奉之门户,得公以镇守兹土,讵惟是奉之南境,赖以□□□,德政之在人心也,实于金为尤著。故旗民、商绅不约而同,畴不切来,慕去思之感哉,用是,谨陈梗概,勒之贞珉,以□□□□□之遗爱云尔。

光绪十六年十二月初二日金复旗民绅商人等　　　　　　　　敬立

注:本碑文录自孙宝田《旅大文献征存》,该碑于1955年在金州城内孙家菜园中出土。现已不存。连顺,蒙古镶黄旗人,光绪十四年(1884)始任金州副都统,1894年离任。

5.旅顺"北洋保障"德政碑

清·光绪壬辰年(1892)

【碑文】

头品顶戴北洋海军提督统领全军西林巴图鲁军功加八级记录五次丁帅 号禹延 印汝昌 德政

北　洋　保　障

壬辰巧月中浣吉日旅顺水师营官兵两翼官员领催兵等仝敬立

注:该碑高155厘米、宽63厘米、厚16厘米,长方形,花岗岩石质。此碑是旅顺水师营官兵为北洋海军提督丁汝昌立的德政碑。原立于旅顺港东岸"旅顺海军提督署"门前。日本殖民统治时期,移至旅顺博物馆保存。

墓 碑

1. 唐鉴将军墓碑

明·永乐年间

【碑文】

□ 威 将 军 唐 公 鉴　　墓
□ 封 唐 恭 人 贾 氏

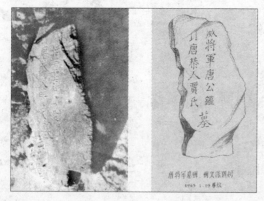

唐鉴夫妇墓碑(旧照)　　墓碑图样

注:据金州博物馆保存的唐鉴墓档案载:唐将军墓位于金县石河钓鱼台东南山唐茔奔山坡上,墓向东,墓丘高不足一米,墓碑为灰绿岩,墓碑已残,高1米,宽0.5米,厚0.2米。解放前,墓被日人三宅俊成和汉奸卢元善盗掘过。《金州志墓修稿·人物志略》载:"明·唐鉴,永乐时百户,以破倭功。历任至威武将军。墓在金州石河驿。"孙宝田《旅大文献征存·名胜古迹》:"唐鉴墓《辽海志略》云:'在金州城北六十里钓鱼台南山麓。'鉴,金州卫人,明永乐时仕至威武将军,今其墓碣镌'威□将军唐公鉴及其夫人贾氏墓'等字,年月则不可辨矣。"唐将军墓现已不存,上世纪七八十年代在附近修建水库时,墓和碑均被毁。

2. 金州城北三里庄王家老茔碑

清·乾隆三十七年(1772)

【碑文】

其先奉天宁远人也,遭明末兵。高祖兄弟六人,王芳、王元、王臣、王仲、王奉、王俊,芳』高祖已莫知所向矣。迨本朝定鼎,高祖元复由海青岛徙居于本城,迄今城西格镇』铺得财者,其子孙高祖臣之后也;现任直隶宣化府保安州学政缵居复州,高祖仲』之后裔也;柳树屯东宏毅者,高祖奉之后裔也;高祖俊之后裔莫可考焉。高祖芳生』桂居;石河驿伯君玉,生连登、连科、连举、连奎、连禄、连学、连文;伯君玺,生连惠、连成、连』爵、连耀;父君德,生连生、连贵、连俊;叔俊佩,生连有、连起、连兴、连发;叔君良,生连英、连』华、连荣;叔君桂,生连凤、连仪。胞叔祖永德,生君祥、君爱、君保、君石,居何阳堡。高祖元』生有明,明生堂叔祖永成、永惠、永良,永成生福州仲元、仲仁;居柳树屯永惠生君有、』君臣、君辅;永良生君礼、君旭。王元居普兰店,元祖之玄孙莫能备考。高祖元、曾祖有』功、祖永福、胞伯君玺、胞伯□连氏、连惠之元配俱安葬是茔。连贵』蒙朝廷之宏恩,祖宗之庇荫,得校今职,用是,立志以示子孙,永垂不朽云。』

大清乾隆三十七年八月 六世孙士多谨撰』

注:该碑文录自大连市志·民族志》。书中称,该碑立在金州城北三里庄王家老茔。

3. 旅 顺 黄 龙 墓 碑

清·光绪十五年(1889)

【碑文】

	樊 公 讳 化 龙	
	尚 公 讳 可 义	
明故	左都督黄忠烈公讳龙	之墓
	李 烈 愍 公 讳 惟 鸾	
	张 公 讳 大 禄	
	项 公 讳 祚 临	

二品衔直隶按察使司按察使建德周馥
头品顶戴四川提督二等轻车都尉世袭格洪额巴图鲁蓬莱宋庆
头品顶戴北洋海军提督西林巴图鲁卢江丁汝昌
二品衔署理直隶海军关兼管海防备道贵池刘含芳

皇清 光绪十五年正月丙寅朔修建

注:《南金乡土志》载:"黄龙墓,在(旅顺)黄金山东麓海岸,光绪年间修筑军港,欲用其土,将掘及墓,坍塌几于不见,夜寄梦于道台(刘含芳)曰:'余前明黄龙将军也,战没,蒙军人瘗骨骸于此,祈勿侵陵。'细察已有古墓数冢,道台因遣人合筑一大冢,刻石以志,外围以墙。"该碑系当时修建旅顺北洋海军军港时所刻,墓碑高240厘米、宽100厘米、厚25厘米。现碑已不存。

4. 王 荣 青 墓 碑

清·光绪十八年(1892)

【碑文】

蓝翎尽先即捕千总王荣青,系江苏铜山民籍,城西皂河居住,年四十六岁。幼年』托军,受多风霜之苦。随帅君南征而北剿,伤劳俱极。今在大连湾建修炮台,』伤劳骏发,医治难愈,呜呼哀哉!特其此碑,以流芳于世。专』奉』清故显考王公讳荣青府君之 墓』

光绪十八年润六月初旬 拜撰』

注:该碑文录自《大连文物》(1997年第一期)。据文章介绍,碑原立在大连湾义地,已不存,旅顺博物馆藏有墓碑拓片,纵107厘米、横47厘米。碑文6行、满行31字,阴文楷书。碑额横题"百世流芳"四字,阴文楷书。从拓片照片看,该碑为长方形,上端抹两角,石质不清。碑已不存。

5. 王永江神道碑

民国十七年（1928）

【碑文】

内务总长奉天省长勋三位王公神道碑　新城王树枏撰文　吉林成多禄书丹　辽阳袁金凯篆额

公姓王氏，讳永江，字岷源，原籍山东之蓬莱。始迁之祖曰国禄，服贾辽东，遂徙居金县。三传至讳兴富者，是为公之曾祖。兴富公生作霖，是为公之祖。作霖公生公父克谦，字益芝，娶邱氏，生丈夫子二人。公居长，次永潮，以优贡生朝考一等，授知县，未几，病亡。初，公与弟幼同就傅昕夕攻苦，博洽群书，兄弟间自相勖勉，弱冠即以县试第一，补弟子员。旋，食饩，以岁贡起家。公风骨峻整，才力兼人，平生嗜读经世有用之书，而尤精于综核，每任一事，期于必成，无顾虑踌躇之态。初以府经，历任辽阳警察所长，仆强植弱，法成令修。总督锡公奖为全省警政第一，以防疫、劳保知事。武昌变起，海内糜沸。奉省二三不逞之徒，乘势麇起，大局岌岌不可支。总督赵公以公有应变才，调参机务，擢升知府。是岁除夕，革党陷铁岭，檄公戡之。不数日，乱定收复全城。当道伟其功，保署奉天民政司使，未就。民国初元，权兴凤道，日韩交涉之案，层见叠出。公理争舌战，不为屈挠，寻以病辞归。大总统袁公闻其名，招入京，以道尹存记。时奉省新政繁兴，需财孔急。公长于会计，檄办辽、康、牛、海榷务。既调省城税捐局，兼全省官地清丈局长，并东三省屯垦事宜。五年四月，今大元帅兼长军民两政，以奉省为神京重地，介日俄两大之间，急图自强，为保境绥民之策，乃嘱秘书长袁洁珊金铠为举通省贤豪魁杰，有为之士，各抒所长，以分职任事。袁公者，辽阳名宿，号知人，今大元帅所重者也。于是，举公及孙君百斛等数人，畀以重寄，而俾公长警务兼全省警察厅长。公躬亲校课，手订章条，以次实行，悬为世法。明年，调长奉天财政厅。先是，财政凿窳，积亏贯贷，外债至不能完其负。公至，严核税捐，刏疵栉垢，探污吏之口，出其食以输之。公并定比额多寡，以为官吏赏罚。故税捐之数，不取加于民，而取之中饱，岁增巨万。不数年，宿逋悉廓清，而粟溢于廪，钱溢于库，足兵足食，公私有余。自是，设兵工厂，大张军备，岁耗二三千万，西向以挫关内之师。连岁战争，而馕械无或缺供者，公之力也。嗣代省长，益毕诚图治，详求利弊而兴革之。而课吏尤严厉，黜贪奖廉，百废俱举。以教育为人才之本，既改创高等小学堂，定学期、学级；更建东北大学，以造成材之选；以转运之捷，首任交通，乃造奉海铁路，以收利权。又以实业为三省利源之所在，乃立纺纱厂，开煤、铁诸矿。次第举行，而司法独立，虽隶中央，近则权操省长。公建公署二十余，监狱十余，不假中央一钱。东西诸国考察监狱者，推为诸省之冠。公初受知大元帅，凡所策划，言听计从，倚之如左右手。尝欲就奉省民气财力修养生息，以成强国不拔之基。而数载以来，兵争不已，材竭民殚，时时隐忧破产，前功尽隳。十四年，特任为内务部总长，力辞不就，旋以疾归金县养疴。十六年丁卯十月九日，竟以病瘁于里第，享年五十有六。公之始任事也，人言啧啧，众谤交腾。袁公独以公为天下才，力为推挽，公亦毅然不避劳怨，负艰任重，卒成信友获上之功。惜乎！天不假年，而以不获竟行其志，其所设施，乃仅止于此也。悲夫！悲夫！大元帅闻之，痛悼累日。给治丧赙银五千，派员致祭，特颁诔词，追赠勋三位，国史馆立传。即以是年十一月六日，葬于金县祖阡。公配曹氏，生四子，贤泌、贤沛、贤漂、贤潂。女子二，适霍、适倪。孙男二，谓廷、仁喜。袁公为经纪其丧，墓上之刻，则属树枏为铭，以昭之碑。乃铭曰：东海之滨，挺生异人。遭会旧迹，观听一新。宏为硕施，石画有伦。公制邦用，首揥财蠹。贪蠹累累，俾茹而吐。税有常程，一丝不诬。渫其负逋，富我公储。既富而教，黉舍鳞比。舟车大通，飙驰电驶。山孕川毓，有利不訾。金曰公功，公则大惧。入之有恒，出之无度。古人有言，泉竭自中。兵祸不戢，我心则忡。见几不俟，赍志终古。千秋万祀，永闷斯土。

中华民国十七年戊辰三月口日立　北平　刘璞　刻字

注：该碑文录自《王永江纪念文集》。此碑原立于金州城东肖金山南麓王永江墓地道东，碑为汉白玉质，有额，龟趺座，今已全毁。依据碑拓，碑纵170厘米、宽65厘米。碑文楷书，23行，满行64字。

6. 綦 节 母 墓 表

戊寅年（1938）

【碑文】

赐进士出身学部郎中专门司司长吴县王季烈撰书　节母孙氏先世自山东宁海移居金州城北十三里屯，祖永泰，父承先，皆以孝弟闻。妣韩，有淑德。节母幼秉母训，勤女红，年廿二适同邑綦处士德明，结褵一载，遽赋柏舟，以翁姑在堂，诸叔尚幼，乃忍死。须臾，妇代子职，生则尽养，死则尽礼，乡里称其孝行，抚诸叔成立，为之授室。家本寒素，食指繁多，绳勉治生，夜不安席，冬不篝火，一丝一粟必珍必惜，而每岁羡余数百金，皆积累之。邻里以穷乏告者，慨然佽助，不少吝人，遂以骙母呼之，弗顾也。生于同治壬申六月初六日，卒于戊寅六月二十日，寿六十有七，与处士合葬于半拉山屯祖茔之次。无子，以叔德盛之长子文增为之后。

注：该碑文录自孙宝田《旅大文献征存·卷六》。孙氏（1872～1938），即綦节母，为孙宝田的姐姐。碑已不存。

7. 旅 顺 陈 永 发 墓 重 葬 碑 记

2004 年

【碑阳】

陈永发之墓

【碑阴】

陈永发墓重葬碑记 辽南知微庐主 吴青云撰』君姓陈讳永发，旅顺陈家沟人。父万通，有兄永超、弟永源，皆以捕鱼农耕为生。永发聪敏好』学，少时，入旅顺水师营学习织布，历经数载，终成机匠。时外虏逞凶，国家危难，永发工余时，』至清军驻地习武弄枪，尝言："国家兴亡，匹夫有责，国破家何在？我辈当自强。"清光绪廿年岁』在甲午，日军自黄海花园口登陆，金州、大连湾、旅顺口相继沦陷，为避敌害，永发与兄八人』举家乘夜东走，途经白银山，遇一孩童，因敌炮轰鸣而惊泣不已，敌寻声将其刺杀。永发怒』不可遏前上，以织布刀速毙敌命。次年，清明日前，敌军以车马输运军需物，至荷花湾，路陡』而滞，永发扮装拾粪乡民，应敌兵唤，推助车前行。初用力轮始动，聚止，尽其力顺势颠覆其车，且将敌镇压于车下，以织布刀戮之。后续敌至，永发中弹，不幸就义。翌日，陈氏家族及邻』里为其凛然正气所感，含悲将其安葬于先人墓地。公元二仟零四年四月，陈氏墓地被规』划为建设用地，旅顺口区人民政府宋女士晓波、栾女士世双与余及刘先生俊勇王先生』成宇等共谋迁建事宜，议定万忠墓园为英杰重葬之所。时越甲午百十年，遂择日迁建，不』日工成。余应诸君之属，欣然为之记，乃选善工勒诸贞珉，但使英灵永垂不朽云。』

大连市文物管理委员会办公室　旅顺口区文物管理委员会办公室　公元二仟零四年清明日』

注：该碑现立于旅顺万忠墓园地内，碑为花岗岩质，高135厘米、宽59.5厘米、厚10厘米。碑座为斜坡长方体。墓前另一水泥碑，1996年陈永发百年祭时所立，该碑为陈氏家族原墓地时所立之碑。

8. 营城子汉代墓地遗骸合葬碑记

2004 年

【碑文】

合葬碑记　　　　　吴青云撰

今人或曰:大连历史止有百年。不知持此论者,何以面对营城子地区发现之两汉文化。百年之前,大连尝为沙俄抢据;枉言百年,可谓数典忘祖矣! 公元二千零三年,岁在癸未时值霜降,营城子镇骤发大规模掘土工程。顷刻之间,距此碑西北二千米处之我两汉祖先之灵寝,陆续暴露原野。吾与刘君俊勇、王君成宇等十余人,组成考古队,倚仗共和国文物保护之法,据理力行抢救清理。掘土工程速度令人叹为观止,采集先人遗物犹如虎口夺食。吾等顶风雨、抗严寒,至今春,共清得贝筑砖砌残墓六十有九,实为不幸中之万幸。今将原墓稍全者,易地重建于壁画墓之东西两侧;所存墓室遗骸,集中合葬于此碑之后。但使我中华民族祖先重得安息,并含笑于九泉,吾等亦当不胜欣慰之至矣。

公元二千零四年甲申清明　　　大连市营城子汉代墓地考古队敬立

　　注:2003 年 10 月,大连营城子考古工作队在营城子进行了第一期考古发掘,共清理汉代墓葬 69 盏,后将墓地遗骸移地入殓合葬,并刻碑以记。墓碑位于大连甘井子区营城子镇东汉壁画墓园墙西。据了解,像这样将发掘古墓先民遗骨进行合葬的做法,在全国极为罕见。其好处,一是为抢救性考古发掘“立此存照”;二是为先民再造安息之地,以弘扬中华民族尊老敬老传统美德;三是有益于正确认识大连历史和文化。该碑为花岗岩石质。碑长 159.5、高 54.5、厚 9.5 厘米,碑座以石砌筑,长 180、宽 40、高 88 厘米。碑文 27 行,满行 12 字。

贞节碑

一 北三里庄

1. 李母阎太孺人贞节碑

清·咸丰己未年（1859）

【碑阳】

咸丰己未年清和月辛酉日谷旦

敕旌节孝李母阎太孺人　　贞节碑

男 懋德　孙 丰阎 建立

【碑阴】

节母氏阎,李懋德之母也。及笄适李公荣考,克执妇道,事翁姑以孝闻。乃育懋德,甫四岁而李公疾没。节母失所天,涕泣自誓,固守冰霜,仰事旁接,一如李公在日□翁,领催公讳棠,虽丧子而犹觉有可慰,不以节母之克敦节孝也。节母善持家,躬亲缝纫,手执炊爨,晶家人勤劳食用,有经过荒歉,必缩衣节口,如是者,垂数十年,尤善教子,每与懋德否及母子,孤媚泫下,敦勉备至。相期以所业有成,既长,眼戎帅署,勤慎不懈,得力于节母之慈训者实多。今家计渐克,含饴无缺,懋传亦克尽洗腆之养,得其劝心,孙二人,长者业儒,已嶷然见头角,姜节母之志遂矣。尝读《名臣言行录》,附载巾帼名臣,诚以节义者,风化之本廉,无愧而夷险,一节士君子,犹难言之。及巾帼中之死,靡他无愧,孝叛天娅,民彝之真。于是乎,不可泥减,洵是以坊表中,馈激励末俗,岂不难哉、不懿哉? 所由史笔大书,附历代名卿、硕辅、大节、精忠,并争光于竹帛也。朝例年逾五十,准请旌表,迟之至今,而姑之婢者,非敢取缓也。及节母志也,谨叙其事,用垂节义于不朽云。

恩贡生　王廷恩

辟庠生　徐恢原 撰书

注:该碑原立在北三里庄。录自日人增田道义殿撰书《金州管内古迹志》稿本。碑已不存。

2. 徐澜元配刘宜人节孝碑

清·同治四年（1865）

【碑阳】

同治四年八月吉日

皇清诰封奉直大夫徐公讳澜元配刘宜人节孝碑

世袭云骑尉孙徐煜敬立

【碑阴】

尝谓维持宇宙于不蔽,主宰古今而不变者,亦惟此正气耳。正气盈,两间非有所托,不能泄其奇。是故,在天为日星,在地为河岳,其在于人则为圣、为贤、为忠臣、为义士,即或妇人女子间,亦往往有以节烈贞顺著者,此何非正气发见,而余于金州得以见之。金州徐节妇刘氏者,乃邑庠生^讳杰公之女,嘉庆壬戌科进士,历任直隶知县,^讳润公异母弟,诰封奉直大夫国子监,元^讳澜公之妻也,素娴闺训,幼秉贞姿百,辄迎甫庆于归,廿二龄以伤独宿,咏《柏舟》以矢志之死,靡他,托井水以明心,此波何起,堂前有老母,代亡人而奉养,日夜不衰,膝下乏娇,儿嗣犹子,以承欢畛尽化枯槁,自甘讵洒萧湘之泪,铭膏悉屏,不作时世之妆,心如死灰者五十年,足下踯间者几一姓,诚所谓松筠著美,冰雪励操者也。较之"台筑怲情"而以财自卫者,其相去为何如耶?道光辛丑春,嗣子^讳光弼公者,以乙丑科举人,捧檄赴湖南武岗州刺史,任摄篆,未踰年,土寇起,竟死于难,斯时节妇,年踰半百,遭此大故,老姑在堂,不敢啼哭,恐伤亲之心也。然每一念及,未尝不自伤日,雅年失所天,迟暮丧其子,予有何辜而竟于此是言也,行道之人不忍闻,身当若将,何以为情哉?前任浙江衢州府太守^讳家槐公者,刺史公之胞兄也。刺史公之死,遗一子,甫一周,太守公为之呈请,奉旨嘉刺史之节。既命祀,以专祠复恩赐其所遗子名煜者以爵,即今之世袭云骑尉也。云骑尉公幼岐嶷,长敦厚,处世接物有祖父风范,诚克家之令子也。节妇有此孙,或可少慰矣。是年秋,云骑尉公因祖母守节,修堂艰苦,欲为之勒石,垂诸后而请其文于余,余曰:"此诚盛事也。余不才,恐不能状其万一,试为约略言之,而不禁有感焉。"夫人在天地间,孰非秉正气而生哉。然能始终全正气,而以大节著者,求之须眉间,往往难其人,今乃于巾幡中见之,不亦可慨已。宜人懿德,内圣贞心素定,事姑比织席之孝,训子继画荻之。守命、守身,常变不易,倘所谓伦常中之完人,非即此。朝廷之旌表,所必加闾里之称,扬所不置也,后有守节者,亦宣知所取法矣。附贡生 孙奉若 拜撰并题

注:该碑原立在北三里庄。碑文录自《金州志纂修稿》,《金州管内古迹志》手抄本亦有著录。碑已不存。

3. 福忠阿元配□太君贞节碑

清·同治十年(1871)

【碑阳】

圣旨　　旌表□□□□生领□□□□系兵福忠阿元配□太君之贞节碑
　　　　大清国同治十年三月谷旦^男恒常^孙景祥　敬立

【碑阴】

盖闻天生淑媛配名贤,理阴教,树闺门之,则端风化之,原其也,岂偶然哉。粤稽张府君,^讳忠阿之德配也,□友凤侣和鸣,将之美但矣,何期天命不估,府君意以小年卒,时太君年二十有四岁,待死不如即死,捐□殉是,亦烈女之所为,二太君则有深意存焉,慷慨赴死易,从容就义难,讵肯弃一身未了之事,为匹妇讲读之。谅乎辞其易,而为其难,举一家之所当,为者毅然任之,以待其夫。所谓无成有终者,□耶。乃奉养瓮姑,慈恤少小,操井臼,夙夜不辞其劳,和乡邻施不吝惜,其勤也,男务耕耘,女务织纴也,脉尚元素□用,陶瓠一门之内,秩然蔼然,庶事举而家道正矣。既从一而终,历尽冰霜之苦,而大清久能深谋达虑,以为人之所难为者,非女士,曷克至此?即载之《烈女传》,秉诸亦世,而为坤范,不亦□□□□坊,其子恒常□事久湮没,是以觅良工,功勒贞石,以传无穷云。

贡生 吴克纲 撰　　业儒 王致美 书

注:该碑原立于北三里庄。录自日人增田道义殿《金州管内古迹志》稿本。碑已不存。

4. 金志学继配王太君节孝碑

清·光绪十九年(1893)

【碑阳】

钦奉

旌表正黄旗汉军原兵金公^讳志学继配王太君节孝碑

　　　　光绪十九年五月谷旦^男希贤^孙万同敬立

【碑阴】

余幼时,与金子万同共学,尝过其家,登堂拜其祖母,鬓发都白。殷勤留余饭,询其年,已六旬,语容端重,虽余童稚,亦肃然起敬。嗣后,余不至其家者几十年。丁亥之岁,晤金子于省邸,叙谈间,言将赴边寻父,至此,心钦其孝者。久之,问其祖母依然健康,然终不详其守节颠末也。今春,忽得金子书,述其祖母王太君,系王彦魁公之女,年廿三归伊祖金府君志学公为继室,以孝谨称。未之载,府君即卅,氏孑然一身,抚金子之父,为伊先祖。妣王太君所生,甫六岁,恩勤教诲,有逾己出。未几,翁姑相继寿终,氏葬际,罔失礼。子既长大,令在外习,勤作身,率儿妇拘瓮灌园,春韭秋蔬,以易升斗,少赢余,即以用亲戚之贪乏者,其乐勤好善,多此类。金子自幼及长,读书习骑射,氏今犹训迪,其不及盖抱若裹,而不言难瘁者,虑五十余年若一日耳。今逢旌表,嘱余记其事,籍少白其贞志。呜呼!大雪之后必有阳春,苦节之家类多达士,余向维金子寻父之孝恩,而窃意其祖母之有善教也,又乌知冰天雪地之节操所感,正未可量也乎!余谫陋,谨书其实,以归之,盖不忘前十年登堂拜谒之诚,且以志清标即节于不朽云。

　　　　　　　　　　　　　　　　　恩科举人 李义田 拜撰 恩贡生 邱宜祥　敬书

　　注:该碑原立于北三里庄。碑文录自日人增田道义殿《金州管内古迹志》稿本。碑已不存。

5. 处女吴氏贞烈碑

清·光绪十九年(1893)

【碑阳】

光绪十九年九月谷旦

处 女 吴 氏 之 贞 烈 碑

【碑阴】

贞烈女吴氏者也,耆民献廷公之女,孙宏恩之季女也。初,献廷公贾于外有信,行南北,客商咸倚重之。居恒,奉观音像,不茹荤酒。晚年归隐市廛,课二子,操计然策,悉以家事委之,日持戒律甚虔,兼善符水治病,求医者接踵于门,皆随时施治,不索谢,乡里称"善人"焉。贞女生八岁,而矢持擗踊痛苦,几以身殉,见者知女有至性,而大父尤钟爱之。后,事继母刘,依依膝下,若亲生。刘亦绝爱怜之,抚之,若己出。女性忧毅寡言,笑勤纺积,厌纷华,虽居城市,不屑为时俗妆,喜闻人演说古今忠孝、节义事,乡邻有秉名教者,辄鄙弃之,夷然不屑也。幼字同邑儒生李宏远,待年于归,会宏远遭疫疾卒,讣闻,女低首课针,备若不介意也者。其弟从旁微窥,见其抚器摩挲,若忘者遗潜然有泪痕。姑母婉慰之,哽咽不能成声,家人审其性烈,恐存不测,见固防之,入夜初更,女从容曰:"吾倦甚,将早寝。"遂归卧室,乃于夜深人静,潜起投缳,家人知之气已绝矣,卒年廿有一。呜呼!世有忠贞自矢,临难捐躯,大都时世势,猝逢其变,知无所施恩,义不容辞,遂乃奋不顾身,乘一时之义气,垂后世之令名,然使之少缓须臾,或且长顾却虑,忍耻偷生,以侥幸于将来,不可知之,富贵者、士大夫中比比然矣。若贞女之所遭,非有万不得已,无可如何之时势也。尔乃慷慨殉节,有从容之意焉,岂非视死如归,有烈丈夫之风也哉。邑人士闻其事而贤之,爰怂恿两家父母,启李氏窀穸而合葬焉。从女志也,并合词吁,请司马谈公广暖文,王公申详转咨题奏,蒙恩准予旌表,入祀节孝祠,谨缀拾颠末,勒之贞珉,以俟夫观人风者得焉。

赞皇县儒学正堂 毕春熙　太学生 孙风典　恩贡生候选内判 贵际清　太学生 迟宗信 监修　镶黄旗把总 刘心田 撰并书

注:该碑原立于北三里庄。碑文录自日人增田道义殿《金州管内古迹志》,《金州志纂修稿》亦有著录。碑已不存。

6.潘成泰原配妻赵氏太君贞节碑

清·光绪二十四年(1898)

【碑阳】

圣旨恭奉　　旌表汉正黄旗闲散潘公讳成泰原配妻赵氏太君之贞节碑

			潘思福
			潘思有
	潘连发		潘思财
光绪二十四年二月二十一日	男 潘连立	孙	潘思魁
	潘连城		潘思禄
			潘思寿
			潘思荣

【碑阴】

盖闻浩然之气,萃之天为星辰,萃之地为河岳,萃之人为节义。溯乎在昔,事姬不衰,孝妇流芳于百世,断发为信,令女之节于千秋,予之愚窃以为,古诚有之,今亦宜然。节妇赵氏,潘连城之母也,及笄适潘公成泰,明三从,识四德,妇道无亏。不幸潘公早逝,节母守义,怡义怡然,不谕事翁姑以孝,率子弟以勤,课家人以俭,金石弥坚,无愧天经地义,冰霜自矢,何惭月日,风清不独此也。长子克家肯承堂构,次子、三子均继叔父箕裘,则节母之功德,尤其最著矣乎。仁者不以盛衰改节,□□□□易心,夫大节不夺,足昭君子之刚,方而从而终,亦见妇人贞吉,不必诵《凯之什》,俨若以凯风为惩;不必读《柏舟》之篇,真堪与《柏舟》媲美,可以挽颓风,可以励末俗,可以组伦理纲常,是大有功于名教也。定例年逾五十,准请旌表,迟之至今,而始立碑者,非连发之敢缓也,乃节母志也,谨叙其事,用勒石于不朽也。

庠生李砚田敬撰 领催锡纯 谨书

注:该碑原立于北三里庄。碑文录自日人增田道义殿《金州管内古迹志》抄本。碑已不存。

二 大 孤 山

王 瑞 麟 元 配 杨 氏 之 贞 节 坊

清·光绪元年(1875)

【碑阳】

钦奉

旌表皇清处士王公^讳瑞麟元配杨氏之贞节坊

光绪元年四月吉日^男王树堂　敬立

【碑阴】

碑额:万古流芳

余家三世孀居,每闻先君言及高祖母守节之难,育孤之苦,未当一仙三复流涕,故凡以节称者,炊每呕称而乐道之。是年,予馆于耀廷李公家之婿树堂王生者,一日来见,顿首流涕,曰:"令有敝烦先生,其勿辞。"予问五,则曰:"先考廿三去世,家女孀居十余年,苦心孤诣,明鉴之。生户醇和,盛怒之下,无急言遽色,对幼辈罔有戏语。"予曰:"此贞烈之志,本于性成也,懔冰霜节,并松筠者也。"又曰:"自母氏来吾,吾祖父母已去世。然于吾叔祖父母必事次舅姑之礼,日聊借以尽妇职也。岁时,享祀物必丰洁恒向。"吾歆戏而言曰:"妇不逮事舅姑,此人生之大憾也。"予曰:"太孺人之孝,足为斯也。风固不第,节有足取也。"又曰:"先父去世,家母誓不欲生,因念已无所出,恐绝宗祠,以棠为己子,恩勤周至,当语人曰:'此子而才,吾有次见其父于地下矣。'"子闻之,愕然良久,曰:"青年失节,已有足称,又复以身代夫,使良人毙犹生大节,妇中之罕见者也。"又曰:"皇恩浩荡,覃敷草野,已于去年镇蒙旌表,顾圣也,五褒奖已及,而文人之传记尚虚,敬求先生为作碑志,予将援笔之志。"不觉惊顾郐定,相视出涕,曰:"予高祖母廿一矢志,其守节之苦,与生之言,何无少异也,何志哉? 既以生之言,为太孺人志也可。"

马文焕 拜撰　王树范 拜书　李占云 拜刻

注:该碑原立在大孤山会。碑文录自日人增田道义殿《金州管内古迹志》稿本。碑已不存。

三 亮甲店

1. 童 生 乌 成 额 之 妻 夏 氏 贞 节 碑

清·年代不详

【碑阳】

满洲厢白旗卧海佐领下童生乌成额之妻夏氏

【碑阴】

从来节孝为重,有能持其节而纯其孝者,卒鲜。吾关门中,青孀夏氏,贞迈松筠,志逾冰霜,怀清高行,尽孝守节,信有能也。族弟乌成额,幼习业儒,凤夜强学,风仪焉。秋月齐明音微,而春云等润文,能茹古涵今,云垂海在书,若能跳天门;虎卧凤阁炳,乃博爱不穷,慕贤容众纯心,重纲常,行事从忠厚,宽裕逊接,孝友睦娴,无不和厚成风。夏氏来归,琴瑟静好,德容言工,族党祢妙往应哉。诚芥英领卜,惜乎!《泮水》赤游,病卒场屋,击胸伤心,日夜悲哭,初遗一女,方离母腹,瓮姑衰老,拮据卒堵,夫弟尚幼,志幼谁顾?忠彻环锢,谨禀端肃,敬养瓮姑,友弟哺女,外内和顺,恩意相孚,实不虚伪,渊不浅露,温良为本,慈惠为重,明景内映,朗节外曙,淑慎某身,芳征足慕,女字车氏,后世难继,幸有犹子,克堪似续,诚哉!我国家恩隆旌表节,名刊石镌,字廷标芳,纵则庶乎。表贤崇善,以激扬其贞风焉。

族兄童生 富成额 拜撰书

注:该碑原立于亮甲店会。无年代记载。录自日人增田道义殿《金州管内古迹志》稿本。碑已不存。

2. 赵恩禄元配傅太君节孝碑

清·年代不详

【碑阳】

旌表正红旗广灏佐领下壮丁赵公恩禄元配傅太君节孝碑

【碑阴】

从来烈妇全节,每舍生以成名,贞妇守节,惟安命以就,功迹不同,未可同年语,即如赵母,系傅公印宁之女。赵公,讳恩禄之元配也,幼年于归,恪执妇道。越年,而姑逝,又五年,而府君卒之,年二十有四岁。未亡人二十有七岁,尤无子嗣,斯时也,仅有老父在堂,弱女在抱,亡矣,人未了之心事,能忘焉?否耶。爱矢志励节,安命自如,上事严父,妇也,亦兼夫职,下抚幼女,母也,宛作姆范。未数年,而翁亦逝,蒙合族公议,择逝族之应,继名永增者,命其永远承祧氏,偕之,尽哀尽礼,而族党无异词。可幸者,永增颇能自强,以勤耕而致小康,氏之隐愿,赏矣。天之报施节孝,亦诚矣,爽矣,尤可嘉者,若儿若妇,罔不广厥孝心,长孙、次孙亦自争同绕膝,此非节孝之感,格不期然而然者乎。迨今亡人之亡二十有八年矣,亡人未了之心事,未亡人一一了之,亡人之心慰矣,名亦有其实功焉。惟氏年近花甲,其子为之请旌,以碑文属余,与永增友善,虽知始末,然氏之苦节冰霜,非余笔墨所能彷佛万一也,亦承命,姑述其约略云尔。

金州教员 孙鸿文 拜撰并书　　石工 李荣勤 铭

注:该碑原立于亮甲店会。无年代记载。录自日人增田道义殿《金州管内古迹志》稿本。碑已不存。

四　刘　家　店

1. 赵塔隆阿妻李氏节孝碑

清·光绪二年(1876)

【碑阳】

钦奉』旌表厢红旗满洲舒同阿佐领下闲散赵公塔隆阿妻李氏节孝碑

大清光绪二年十月谷旦

生员 连成　得利
男 连庆 孙 得祥　敬立
男 连太　得桂

【碑阴】

尝闻三从之义,千古之能,贞者维之也。四德之贤,有千古之有节者,致之也,千古之大贞而四德之贤,斯以永垂于后世,乃若君者,则尤难夫亡妇存,而双亲已老,三子俱幼,其仰而事者,必斯之以孝顺,尽妇职,真不啻乎子职,其府而蓄者,必勤之以耕读,作兹亲更无异于严亲,迨至二老仙逝,长子成名,次子治家,三子应差,意谓少可,以光前裕后矣,亦可以少谢仔肩矣。而未几,成名者忽然而亡,而其子尤孤,犹令人刻刻不能释怀者焉。此一生之辛苦备尝,而贞与节,又炳若日星,故愿勒碑铭,以志其不忘云。

笔帖式 杨宝珍撰 童生 王汝翼　书

注:该碑原立于刘家店会。录自日人增田道义殿《金州管内古迹志》。碑已不存。

2. 赵毓成之妻施氏贞节碑

清·光绪八年(1882)

【碑阳】:

光绪八年四月六日谷旦』旌　表　贞　节　^男继先敬立

【碑阴】

且夫天地有正气,钟于男子,则为忠臣,钟于女人,则为节妇。忠臣不事二主,节妇不嫁二丈,大揩皆正气使之然耳。金州城东北旗营子赵府施太君。系原任复州厢红旗防御福升保之媳,闲散赵毓成之妻也。自廿一岁于归赵门,逾一年生一子,乳名贵哥,举家咸欢喜焉。讵意昊天不吊,凤遭闵凶,年方二十有五,遽然丧其所天地,不越数月,而所生之贵哥,又染风症而亡。既无夫而复丧子,亲戚莫不陨涕,邻里亦皆伤心,而太君独能以柏舟自誓,寂守空帏,安之若素焉。迨伊翁自复郡荣归,见其矢志,靡他,遂为之过继一子,名继先,以承宗祧。自兹以往,上事瓮姑,克尽孝道,下抚孤幼,能有慈心,而且纺织之余,兼理家务,巾帼也,而真有丈夫之风。迄于今,延遐龄者,已至六十四岁,守孝节者,业经三十八年。志若冰霜之洁心,同铁石之坚,此诚名教之攸关,纲常之所系也。兹因皇恩准给旌表,伊叔翁国子监太学生、现为领催景升老先生,嘱予作文,以志之。固辞不得,遂质言其事,勒诸碑阴,以永垂不朽云。

庠生 谷明德 撰 监生 王锡廉 书

注:该碑原立于刘家店会。碑文录自日人增田道义殿《金州管内古迹志》稿本。碑已不存。

3. 衣承恩配于老孺人节孝碑

清·光绪十七年（1891）

【碑阳】

皇清旌表衣公讳承恩配于老孺人节孝碑

光绪十七年八月 谷旦 男 圣言 孙 庆元 敬立

【碑阴】

呜呼！孺人既没之四年，始蒙恩敕建坊，荣旌节孝，非敢缓之。人固有待也，而幽光潜德，越发亦有时也。孺人氏于，系周公之次女，幼娴阃训，长字衣门，泊二十二岁，六礼于归，为云烂公之长媳，而武童承恩公之佳偶也。伉俪情笃，无如偕老，缘悭仅六年，承恩公以疾，遗二女，无子。孺人年甫二十有八，呼天摧泣，几不欲生，转思殉夫易也，成夫之志，为难瓮姑老矣，使我相继而逝，其如重伤，迟暮之心，何且夫为长子。礼不缺问兹承桃，谁为谋遗女，复何托？其又何以对我先君命也。如斯，亦惟顺受而安之。由是，忍泣毁妆，以妇而兼任子职，寝善必亲，为问视，定省无间于晨昏，犹虑亲老寡欢，因率二女，依依承欢膝下，以慰其寂寥。盖亲忧而亲喜，亦喜也。惟退而母孀女弱，形影相吊，室中无呱呱之声，终将何恃？心苦身老，历冰霜者十载，于时伯叔贡生承志公，生有长男圣言，奉瓮姑之命，遂嗣以为子，而爱之如出，九泉有嗣，堂上有孙，方自幸矣。讵意云烂公竟于是岁寿终。噫！亲自含□以及葬祭外事，诸叔任之，而内而孙，尽礼致哀，独先诸娣襄成焉，而不遗余憾，及姑之终也，亦姑之，此其孝本性生也。既而，家运中落，诸叔渐议，折孽孙人心，知其不可然，亦无如何也，故异日，复与伯叔同居，虽家贫子幼，辛苦备尝，无怨言无愠色。未几，长女择配，适丧门，为次女择配，适孙门，而子圣言亦渐长，为完婚，娶曹氏。故因复娶刘氏，生子一，迄今桂子兰孙，阶庭翘秀，而家道亦复小康矣。夫前此生计维难，儿女偾独，刻不容缓，兼以动辄仰人，其参差缓急，岂乏拂意之遭然，劲草标于矣，疾风盘错不经，何以彰奇节？正以境极难堪，有不可以常理处者，而益叹孺人之始终，晏如也。以故心神交瘁，气色就衰，既了逝者未完之事，遂亦含笑而相从逝者于地下，时光绪十有四年，享寿六旬晋六也。呜呼！三十余年，始如蘖吞，冰志矢柏舟，卓卓乎懿行，壮南金之色，宜此日观风采俗，褒荣萃袞。煌煌乎恩纶，极北阙之隆芳，流彤管耀黄泉，向之犹有所待者，而何幸乎？事乃齐于今日，于以见善，无不彰德，无不报其迟速，自有时也。因掇其梗概，勒诸贞珉，以永为矜式。

邑附贡生 李忠范 拜撰　　外孙廪生 孙源澄

注：该碑原立于刘家店会。碑文录自日人增田道义殿《金州管内古迹志》稿本。碑已不存。

五 华 家 屯

1. 乌金保之妻伊氏贞节碑

清·道光丁酉年（1837）

【碑阳】

大清道光岁次丁酉四月谷旦

旌表镶白旗克秋佐领下原兵乌金保之妻伊氏贞节志　　　　　　　男　苏勤芳阿　敬立

【碑阴】

盖闻古今来，烈女贞人慷慨赴死易，从容守义难，其忧勤惕厉操心，正而志决者，非一朝一夕之故也。满洲厢白旗原兵乌金保之妻，熊岳满洲正黄旗防御伊之领催欲勤锦之长女也。少奉师氏于女，则十九于归宜，其家人贤声也，既素著矣。逾年逢一子，生而颖慧，邻里族党咸为之贺，孰意人事错天，步步艰难，儿二岁，而夫已故，且不幸殒命于他乡。氏之葬夫也，尽礼尽诚，哀而不伤，维时氏年二十有一，青春之日即自待于白发之秋事，祖姑极考，养奉翁姑，亦合礼义，德言容功，毫无衍尤。及儿之长也，训之以义方，効忠于行伍，蒙拔擢为领催，虽进开之始基，而他日鹏程远大，天当必有以酬苦节之子孙世。综观氏之生平，信笑不苟，举必端其与物也，典雅而温恭，其持身也。幽门而贞静，尝辛苦振纲常，饮冰茹蘗，恐惧修者三十年，岂勉矜持之所能哉！我皇郑重节考，特旨旌表文官员及乡邻等，爰为之勒铭，以示不朽。

金石琢磨知玉白　风霜凛烈显冰清　　柏舟贞守人垂老　不老千秋节孝名

金 州 水 师 营 笔 帖 式　满　　凌　　　乡眷等拜
盛 京 佐 领 加 □ 级 纪 录 □ 次　森 塔 芬 布

注：该碑原立在华家屯会。碑文录自日人增田道义殿《金州管内古迹志》稿本。碑已不存。

2. 关仁惠之妻白氏贞节碑

清·同治二年（1863）

【碑阳】

大清同治二年十月初六日

旌表厢白旗克秋佐领下闲散关仁惠之妻白氏贞节碑志　　　　　男承重孙　连州　敬立

【碑阴】

盖闻鳏寡孤独，天下之穷民，人情之所难堪者也，而寡居为尤其焉。当独且以致感慨客燕而生悲，踽自居寞萧条茕独立，形影相吊，凄凉之奇观，孰大于此。然而，寡居之志坚冰霜，则不以此而失其节也。恭维仁惠之元配白氏，年方笄宇，适嫁仁惠，未及十年，而仁惠病故。斯时，瓮姑在堂，白氏尽孝効忠，朝夕承瓮姑之家风，取恒卦以贞吉，夙夜守伯，姒之良规，征孤俣之。欲嫁中心固结，从一而终，内念坚贞不贰，其德确乎不拔之，节操固可以白于天下后世矣。于是，购诸嘉石，录其实事，命彼匠人，永垂弗替云。

翁久武德骑尉 永庆保 篆人 赵登瀛 监制人 王廷俸 伯兄辽阳防御加三级纪录八次 苏勤芳阿

注：该碑原立于华家屯会。碑文录自日人增田道义殿《金州管内古迹志》稿本。碑已不存。

3. 刘维细原配苏氏贞节碑

清·光绪十三年(1887)

【碑阳】

大清光绪十三年三月十一日谷旦

旌表满厢黄旗三各佐领下闲散刘公讳维细之原配苏氏贞节碑　　　　子　刘吉海　敬立

【碑阴】

从来有子而守节则易,无子而守节则难。如乡苏氏者,其真守节之至难者乎! 当苏氏于归之日,正翁姑继亡之年,高堂失望,中馈无依,而氏以一身任之。奉祭祀、相夫子、持家道,必躬必亲,靡朝靡夕,其所谓妇德妇功,乡里蓄乐道之。及琴瑟云衾枕空烂,年二十九竟失所天,当时也,氏不难截鼻以明志,灭性以自殉,乃一念膝下无人,于嗣已孤果,何以慰先夫于地下。于是,哀葬,乏失念,靡他,抚犹子以为己子,以慈视以作严亲,勤劳信玉,孤诣弥昭,盖历数十年如一日也。孰意矢志不可夺,命亦难知,竟于同治十年五月二十三日寿终,相随物化。呜呼! 虽非身殉一人,独励冰霜之节,宛然偕老九原,亦见铁石之心。今沐皇恩,赐予旌表,谨将始末,勒诸贞珉,以振纲常,以风化。足之为序。

福荫拜撰　喜亭敬书

注:该碑原立在华家屯会。碑文录自日人增田道义殿《金州管内古迹志》稿本。碑已不存。

4. 关仁宽元配车氏贞节碑

清·光绪十七年(1891)

【碑阳】

镶白旗克秋佐领下闲散关仁宽元配车氏　　　　大清光绪十七年四月谷旦男关作霖敬立

【碑阴】

盖闻慷慨赴节易,从容就义难也。有烈女节妇,一激之间,蹈汤赴火,亦所弗辞,而义未兼全节,爰足贵,惟万难交集之会,克勤克俭,矢志靡他,止孝止慈,制行无缺,此不第大节常昭,而义亦尽焉。恭维仁宽公元配车太君,青年孀居,兼无子,息莺在疚,翁姑是依,幸叔生男,以为后嗣,躬亲抚养,觉稍慰,无如凶年,屡迫北塞,寄居异域,不靖南金。近辇当此,作薄门衰,亲老子幼,天地为愁,邻里生悲,而坚贞之操,依然如故。惟是,昼纺夜绩,不惮劬劳,衣恶食菲,自甘节省,而且事亲有道,定省无间于晨昏,教子有方,鞠育不废其诵,凡此细行,必矜大德无累,真所谓节义兼全所矣。因作诗以颂之,曰:坚如金石洁如霜,台筑怀情且未遑。爰勒贞珉垂永久,好留节义振纲常。

同里久辛生 姜国纶 撰并书

注:该碑原立在华家屯会。碑文录自日人增田道义殿《金州管内古迹志》稿本。碑已不存。

5. 智伦元配赵母吴太君贞节碑

清·光绪三十三年(1907)

【碑阳】

光绪三十三年十月谷旦

皇清旌表厢白旗克秋佐领下闲散智伦元配赵母吴太君贞节碑

男　赵希恕　　孙　　　　　赵昌盛裕　敬立
　　　　　　　　　　　　　　　　　　仁

【碑阴】

原夫赵母吴太君者,生长名家满洲厢蓝旗朱隆阿吴公三长女也。自十七岁于归赵门,与智伦公颇形倡随,佐理中馈长思进菽水,以承欢二老。越明年,而希恕生,得博高堂之一乐,亦悦亲者,分内事也。讵知遭家不造,希恕刚满十月,慈父见背斯时也。太君上奉翁姑,下抚乳儿,哀怜交迫,情何以堪? 又兼家道难,无多事业,操井臼、针黹,辛苦备尝,其劳瘁,为何如乎。希恕至八岁时,祖父辞世,太君为之殡殓尽哀,妇也,而代以子职。不数年,而希恕祖母又去世也,希恕虽稍长,然犹不更事,仍是太君一人,承当大事。至于课耕、课读、教养,备施勤俭为训,尤为亲邻所景仰,得钦敬者也。太君寿终七十有一,生之焦劳忧伤,七十年殆如一日,罔极之深恩,希恕未获报万一,是诚希恕抱恨终天者也。故特遵典例,请赐旌表,已蒙俯准,建碑以昭节哉。现碑已告成,属予为文,以志不忘云。

贡生候选直隶州州判 贵际清 撰文 庠生 会文 敬书

注:该碑原立在华家屯会。碑文录自日人增田道义殿《金州管内古迹志》稿本。碑已不存。

六　粉皮墙会

刘嘉元配许氏旌表节孝碑

清·光绪二十五年(1899)

【碑阳】

皇清处士刘公讳嘉元配许氏奉

　　圣　旨　旌　表　节　孝　　光绪二十五年小阳月谷旦　　男　维举　敬立

【碑阴】

从来至行无弗彰之美,潜德有必发之光,要非卓然可风,不足以感人心而照后世,故立德立功,古今争传奇男子而守节、守义,乡间共仰贤夫妇人焉。兹惟刘母许太君,处士汝嘉公之妻,宿儒大德公之女也,系良家素娴姆教,自于归以来,伉俪甚笃,有举案齐眉之风。讵意天丧佳偶,良人早逝,红颜命薄,抚衾枕而含悲白首,望穷对镜台而陨涕,茕茕独守,情何以堪? 而是母训申明大义,誓以死守,虽卫共姜《柏舟》之咏,鲁陶婴《黄鹄》勉懔,鸡鸣而事舅姑,妇职更兼子职,和熊丸以训儿女,慈亲不啻严亲。迨至折爨之后,所处弥艰,男则为之有室,女则为之有嫁,婚姻辛勤,一身备历,是其苦节、苦心,始无间殊,觉少之而寡双,倪置诸怀,清台上定播芳声,即编于《烈女》传中,岂有愧色也哉。今蒙恩纶嘉奖,特许建坊立碑,以旌节孝诚,以守贞不变于终身,流芳宜延于百世,贤良久著,奚需粉饰之工,剥蚀堪虞,端资雕篆之巧,谨勒贞珉,庶永垂于不朽云。

优贡生 王天阶 拜撰并书

注:粉皮墙会大致相当于今金州杏树屯镇、普兰店大刘家、华严寺一带。该碑原立于粉皮墙会。碑文录自日人增田道义殿《金州管内古迹志》稿本。碑已不存。

七 其 他

1. 清处士刘清泰妻郭氏节孝记

清·年代不详

【碑文】

赐同进士出身即用知县盐山县事江毓秀撰　　玉石山高,凤凰岭峙,千岩森列,三涧环流,览河岳之雄图,实钟灵秀载简编之。懿行不少璅奇,皁帽隐居,礼让沐幼安之化,白刃可蹈,节义存耶律之风。乃有郭氏,名姝,刘家佳妇。幼娴闺教,长字儒门咏梅,实之七三,正华年之十九,锦衾角枕,期以同归。海誓山盟,矢诸偕老,讵意鸾镜孤掩,钗凤分飞,屈指合卺以来,三年欢爱,伤心摩笄之痛,一旦长离,将同穴以为期,生也何恋?倘入地而连理,死也奚悲,节妇固宁碎,彻躯以存香骨矣,特是 。姑也桑榆,已迫子之褓褓未离,倘随死者于泉途,将委生者于沟壑。于是,吟葛楚,赋柏舟,代罗帐以素帷,易锦茵以苦席,守一抔之土,魂慰黄泉。抚数月之孤,忧纡白发,而乃天心太忍,复夺弱息之年,命运难知,几至宗祧之绝,若敖将为馁鬼,伯道竟乏后人,岂水以清而无鱼,松有荫而不生草耶?夫器不经盘错,不足以识铦锋;人不历艰辛不足以彰奇节。乃抚孩提之犹子,作歧嶷之佳儿。本是同根,非仅螟蛉之似我,愿为有室,承兹燕翼以兴家,卅年之隐隐曲衷槁砧,应慰一室之融融和气,戚党交称,金谓:"铁石同坚,堪壮铁山之色,金式玉度,不媿金邑之名。"由是,誉著芸编,声驰梓里,一人励节,数世承麻。忆昔时荼苦蓼辛,备经险阻,喜今日兰孙桂子,森列阶前,溯源乐事于天伦,归本余庆于积善,是以辀车载笔,潜德昭发越之光,绰楔题门盛世,降褒扬之典,丹廷旌美诵紫诰,以增荣彤管流辉垂青,编而并懋,不揣固陋,为缀骈词,勒诸贞珉,永为矜式。

注:本文录自孙宝田《旅大文献征存》。碑已不存。

2. 清处士刘清泰妻郭氏贞节碑

清·年代不详

【碑文】

清处士刘清泰妻郭氏贞节碑　　江左泉 撰　　玉石山高,凤凰岭峙,千岩森列,三涧环流,览河岳之壮图,识松柏之劲节,志洁竹芳,嵩士慕梁鸿之义,安贞素履贤姝怀也。妇之则有郭氏,名媛,刘门佳妇,幼娴闺教,长字儒家,咏梅扑则宝已七三,歆桃天灼,年方十九,角枕锦衾间,妇则常期百岁,盟山誓海偕老,永矢一心,无何镜鸾孤掩,钗凤分飞,屈指合卺之余,三年欢爱,伤心及笄之后,一旦诀离,愿剪皮面而自尽,岂资席草以垫望生也,何喜清风岭,亦闻贞祠死也,何怨背井中,应号止水,此慷慨者,所以明心激烈者,所以溢愍也。特是,姑也,而影落桑榆,谁为终养子也?孩提褓褓,谁任劬劳,倘令身从黑塞,非不足表丹,诚然便问,兹后嗣何以对我先君?于是,吟葛楚,柏舟锦茵,而易以苦席罗帐,而代以素帷,守一抔之土,魂慰黄泉,抚数月之孤忧,抒白发,讵意黔娄,但余孀妇,伯道竟乏后人,天乎何忍,早夺藐孤之年,命也如斯,谁作宗祧之续,岂松下果无植草,抑水清绝少游鱼。夫器不经盘错,何以别利锋,人不备尝艰辛,何以彰奇节!陈孝妇之养,姑良有以也。卫共姜之矢志,岂徒然哉,而乃负我螟蛉,承兹燕翼三十年,隐隐曲衷,肝肠碎裂,四五岁,呱呱孩子哺乳,恩勤坚同铁石,卓卓壮铁山之声洁。拟玉金翩翩,润金城之色。由是名重竹筍,声倾梓里,一人励节,百代蒙麻。忆尔时口甘茶苦,险阻历经有今日,桂子兰孙,阶庭翘秀,幽贞苦节,潜德昭发,越之光采俗观风,盛朝隆庆,褒扬之典,兹巾帼之贤声,宝香闺之雅,望彤管流辉垂青,编而并历丹廷旌美,颂紫诰以增荣,不揣固陋,爰缀骈词,勒诸贞珉,永为矜式。

注:本文录自《金州志纂修稿》。碑已不存。

3. 王由氏节烈碑

清·光绪十二年(1886)

【碑文】

王由氏节烈碑

北海庠生高尚礼撰　　烈妇由氏者,金郡之贫家女也。生有坚操,容止修整,虽未一涉书史,而性情格调闿与古烈妇相合。年及笄,适郡之王永贞,贞无耻,子既其母,若弟亦未可,以人齿甫入门,举家即欲奇货居之,妇忤其指家之人,隐恨之,而屈于辞,亦无由明言,其非也。然由是不得于其夫,并获罪于其姑所为,稍不如意,即虐遇之。否则,以他人过失,迁怒于妇,辄棰楚之,甚至冬夜不与衣食,籍草茹冰,恒寝处灶薪间。邻妪见而怜之,稍为之温存,其家人知,则诟骂不已,而不使之一援。如此,挫折者凡越四寒暑,而终莫能夺,惟有饮泣而已。一日,夫诱一少年至其家,若必欲丧其贞而后快者,妇曰:"如其不贞而生,不如贞而死,安可?"逼那少年无敢犯,走逼之。夫忿极,遂梃杀之,而置其尸于井,以掩其迹,此光绪六年八月既望夜间事也。妇父知其女死之冤也,而鸣之于官,斯时,荫之魏公来署此郡,检其尸而验之,见颜色如生,且遍体鳞伤,不禁恻然,叹曰:"非有奇冤苦节,安能如此耶?!"一鞫,遂得其情,将其夫论决如律,而以其事闻于廷,仰蒙嘉奖,发内帑建坊,俾入节孝祠,春秋享祀,以为世俗风焉。嗟嗟!摩笄殉难,刎颈全贞,古之烈妇,夫人称之。然吾谓:"夫义而为其夫死,易;夫不义而为其夫死,难;夫不义而并欲陷其妇之不义,妇卒,能以义自全,至死不夺其事之,难,为更何如耶?若由氏者,岂得以寻常烈妇目之哉!"予闻而羡之,爰为志其大节,而缀以铭,铭曰:赫峰东峙,渊海西淳。山川毓秀,天地钟灵。烈女挺生,巾帼之尤。滨海之郡,其姓曰由。冰霜其节,松柏其性。白璧完贞,青史留名。炳炳麟麟,振古永馨。

光绪十二年十二月吉日立

注:此碑原在北三里庄,碑文录自《金州志纂修稿》和孙宝田《旅大文献征存》,但二者在个别文字上略有不同,本文根据二书合著而成。碑已不存。

4. 徐 节 母 曹 氏 节 孝 碑

民国六年(1917)

【碑文】

母姓曹氏,辽南金州人也。幼不好弄动,中礼法,娓娈姆训,窈窕有仪,爰自弱龄来嫔于徐,逮事舅姑,孝德丕著,不违夫子柔嘉维,则闺门内雍雍如也。天道靡谌,遭兹鞠凶,未及二载,夫子即世,泣血韬天,矢以身殉,屡绝复苏,水浆不入口者六日,家人防护,戚族晓譬,皆莫能解,既而,义激于心,幡然改关,作而称曰:"夫死无子,目且不瞑,吾继以死,是斩夫嗣。"坟庙维主不其馁,而遂屑涕毁容,思死守志,闻者悲焉。舅姑既殁,门祚中衰,庶姑威虐,欲夺其志,闻耗号泣,之(至)死不渝。挫折百端,高节弥厉,至诚感烙,事乃得寝,远近咸叹异焉。越年,以族子骏声为嗣,甫六龄耳。□食教诲,至于成立。于是宗祀以之复统,所谓再造徐氏者矣。母性尤严,敏闳识迈伦,谢绝准□食家味道,训子有方,造次以礼,见老礼者,必深责之。里党敬惮,俨若神明,嗣子骏声,遂以笃学能文,知名于时,雅乐被然,母子教也。母生二十三岁而嫁,嫁二年而寡,盖守节四十有一年而后殁,于六十有六,以中华民国纪元之三年十二月十四日殁于里第,寻于金州城东之石龙岗大府,以状上闻。大总统时,予褒扬,旌其里门,建石坊于通衢道路,观者相与太息泣下,曰:"是徐节母之坊也。"苦节必亨于徐母,益信云。既兴,骏声惟故备闻懿行,乃敢敬刊片石,垂诸百世,铭曰:贞松回飚,幽兰负菶。爵彼高冈,闷斯芳致,母之节兮,不可折兮,母之德兮,不可殁兮,子子孙孙长无绝兮。

湘乡 成本朴 撰文 金县 周士升敬书 中华民国六年十二月建

注:本文录自《金州志纂修稿》手稿本。碑已不存。

5. 张 节 母 林 氏 贞 节 碑

民国十一年(1922)

【碑文】

余以辛亥弃官归里,往来于烟埠,始与张君德纯相识焉,盖商业中之巨擘也。然虽屡相遇,从而未得深悉其家世,今喜忽捧手书一册,滋然来请,曰:"此吾妹姊苦节之崖略也,愿得先生之文,以传焉。"余虽不文,然辱与德纯交最久,义不容辞,谨再拜,受而读之,熏沐而表章之。节妇者,金州林公懋肃之女也,少字于同邑张公讳玉安之三子,乃喜公家。本素塞,年十五遭母家多难,乃童养于夫家,十七始备六礼结婚焉,越二年,生子本才。金邑滨海多山,居民率以操舟贸易为业,又越四年,乃喜公。偕其兄乃福公,航海赴朝鲜,遭风覆舟,兄弟俱溺,节妇呼天抢地,欲以身殉者数人,祗以媪姑在堂,弱息在抱,遂忍涕操作,含辛茹苦,以思承堂上之欢,而姑以思子之故,致患疯癫,啼哭不时,起居改度,节妇与姊氏,左右而扶持之,寒暑晨昏,毫无倦色,盖历数年如一日也。迨媪姑弃农,家道愈艰,藜藿糟糠赛飧恒不给,如是者,又有年。光绪甲午,中日失和,子侄辈时皆成立,乃侄德纯,名本政者,尤崭然露头角,□财奋起,经营航业,不数年间,家道蒸蒸日上,已臻富百万,以为优游岁月,含饴弄孙,可以娱桑榆之晚景,奈因生平劳瘁之身,积渐成疾,遂致不起,时宣统二年八月十日也,享年五十有三,守志已三十有二年矣。节妇殁之,次年,乃子本才在芝罘商号,又遭回禄之变,九原有知灵,其痛苦又当何如哉?余尝谓天之于庸人,每不惜以厚福相饷,犹于畸人,□士、忠臣、节妇,则必百出其艰苦困难,以摧排而挫折之,岂报施之道,有时而或爽欤,抑以冥冥之中所重者,固在此,而不在彼欤。不然,若节妇者,夫遭溺溺之变,姑以癫痫而终,历数十年之颠连困苦,方得享一日之安,而遽溘然长逝,其遭际之不幸已云极矣。乃复于身后,俾其子无端,膺焚身之惨,彼苍之报施,善人因如是哉。余独掩首而问之矣,铭曰:其节坚,其节苦,巍巍丰碑照耀千古!

赐同进士出身花翎三品衔四川全省劝业道工部屯田司郎中福山 于宗潼 拜撰

光绪己丑恩科举人 邑人 李义田 敬书 民国十一年夏月 立

注:本文录自《金州志纂修稿》。碑已不存。

6. 左翰章之妻朱太君贞节碑

民国年间

【碑阳】

　　　　民……』

前清处士左公讳翰章之妻朱太君贞节碑

　　　　男 本善 孙 炳南 曾孙 域寿 敬立

【碑阴】

天地有独留之正气,古今无泯灭之奇行。节妇朱氏者,香炉礁屯朱君成泰之长女也,温』恭出自性成,淑慎本乎天授,年十有九而作嫔于左氏,奉翁姑孝事夫子,敬盖天性,然也。』夫讳翰章,愿谨人也,伉俪甚笃,逾年举一子,方幸瓜瓞有锦,如爱掌上之珠,讵料破镜成』□,竟枯眼中之泪矣,生孩三月,药碪即以暴病而亡,享年仅二十有五,是时也。氏废绝饮』食,痛不欲生,既念椿楦在堂,阿叔尚幼,果如殉夫而死,则庭闱之奉养、弱孤之抚育,将谁』哺欤? 于是操井臼、躬纺织,如兼夫职,勤义方授诗书,母犹父心,二十余年有如一日,孰意』翁年五旬,又以腰疽作古,氏经理丧葬,哀礼兼尽,待孤成立,为之成室刘氏,越三载,乃得』一孙,自以为含饴有乐,或可籍娱晚景,讵积积劳成疾,痛掉伤和,不克永年,以致萱室未』得终养,竟先姑而长逝矣,宣统元年二月十一日卒,年四十有六,葬于金邑西南三十里』下三沟屯北山之原,谨为志其生年梗概,以节孝流芳。』

金州人潘德清拜撰』金州人阎泰临拜书』石　工王仁和镌刻』

注:该碑为汉白玉,长方形,高160厘米、宽63厘米、厚16厘米。现存于营城子壁画墓院中。碑阳右半部分被水泥涂抹,具体年月不清。

日 本 碑

1. 清 国 军 人 战 亡 碑

明治二十八年(1895)

【碑阳】

清国军人战亡碑

【碑阴】

大日本 ^{大山大将} 建』   明治二十八年五月谷旦』

大日本 茨木少将 建』

注:该碑原立于金州古城西门外西北北大河左岸。碑已失。碑文录自日人须田晴雪《金州案内资料》一书。

2. 昭 忠 碑

1905 年

【碑文】

昭忠碑

注:该碑原立于金州南山之颠,是金州乡绅为"纪念"日本军人在1904年南山战役中阵亡的将士而立。碑已不存。

3. 伏 见 宫 贞 爱 亲 王 御 督 战 之 地 碑

1905 年

【碑阳】

第一師團長伏見宮貞愛親王殿下御督戰之地   陸軍中將和田龜治謹書

【碑阴】

明治三十七年五月二十六日我第二軍ノ南山攻擊ニ方ワ伏見宮貞愛親王殿下ニハ金枝玉葉ノ御身ノ以第一師團長トシテ我軍ノ中堅トナリ拂曉ヨリ黄昏ニ至ルケテ部下將兵ト共ン終始硝烟彈雨ノ下ニ御奮戰游ハサレ遂ニ難攻不落ノ南山ヲ攻略シ以テ我軍ノ作戰ヲ有利ニ導キ赫赫クル武勲ヲ輝カシ給ヘリ   同戰斗中殿下ヵ御督戰游ハリンンルハ此ノ□□□

碑文大意:明治三十七年五月二十六日攻击南山的部队是伏见宫贞爱亲王殿下率领的我第二军。他作为第一师团长的身份亲临战场,在邻国(指清朝)从拂晓到黄昏在硝烟弥漫、弹雨如飞的战场上带领士兵英勇奋战,攻下了南山,战事朝着有利于我军的方向发展,并且取得了赫赫战功……

注:该碑原立于金州肖金山。碑已不存。

4. 旅 顺 表 忠 塔 塔 记

明治四十二年(1909)

【铭文】

明治三十七年露国之难作。二月,我海军袭旅顺舰队,轰破其数舰,寻用汽艇十数只乘夜冒炮火进港口,自爆沉以杜塞航路者前后三次,又沉没水雷于港外,游弋侦逻,屡挫敌舰,遂封锁海道,绝其接济。八月,露舰十余只图脱出,我激击之黄海敌舰,溃败四散,其大半遁归旅顺,潜伏不复出。先是,第三军从金州半岛上陆,攘剑山敌,次陷凹字形山、大白山及凤凰山、于大山,又取大、小孤山、高崎山,四面进逼,包围全城。于是,遣使宣诏,旨令妇儿避难,并劝降,不应,全军乃轰炮齐攻,舰队自海上援之。强袭数昼夜,取盘龙山东西二垒,而要塞守御坚固,不可辄拔,更用正攻法掘堑穿壕,雁行曲折,以渐逼垒下。九月,破龙眼、水师营、海鼠山诸垒。十月,再大举肉搏,夺钵卷山、瘤山、一户等垒。彼我对峙,益近接。当是时,北进军既拔辽阳,克沙河,敌增派大兵,且令波罗地海舰队继援旅顺,攻略不得不急。十一月三日,大举进击,剧战十数日,遂拔尔灵山,瞰制港内,敌舰队竟归剿灭,而海军常出入风涛水雾之间,蒙炮火、犯水雷,以续行封锁。既而,坑道作业成,东鸡冠山、二龙山、松树山首垒相继爆坏。至明年一月,望台又陷,露军不能复支,撤守出降。呜呼! 此险要拔矣,虽谓一赖皇上之威灵,亦

旅顺表忠塔(现称白玉塔)

岂非将卒忠勇烈尽诚奉上之效乎! 未几,奉天、日本海海陆军连捷,和议卒成。旅顺之役自春涉冬,阵殁者无虑二万三千人,而某等躬从事其间,每追想当时,未尝不慨然于怀。兹与有志谋建塔于白玉山顶,以表忠烈于千载云尔。

明治四十二年十一月
海军大将正三位大勋位功一级伯爵　东乡平八郎
陆军大将从二位勋一等功一级伯爵　乃 木 希 典

注:碑文录自《帝国主义侵略大连史丛书·大连近百年史文献》。

5. 乃 木 胜 典 君 战 死 之 所 碑

明治四十四年(1911)

【碑阳】

乃木勝典君戰死之所

【碑阴】

君ハ日露ノ役步兵第一聯隊第九中隊第一小隊長トシテ出征シ明治三十七年五月二十六日未明金州城ヲ攻略セントシテ奮戰中同城東南角壁外ニテ敵彈ヲ受ケ閻家樓第一師團第二野戰病院ニ收容セラレシガ激痛ノ爲苦悶ヲ續ケ同二十七日薄暮遂ニ永眠ス遺骸ハ同二十八日原隊ニ引渡サレ其ノ所在地ヌル八里莊ニ埋葬ス

乃木胜典战死地碑

碑文大意:(乃木胜典)君作为日俄战役步兵第一联队第九中队第一小队长出征,明治三十七年五月二十六日天亮前攻打金州城,奋战中在金州城东南角墙壁外中弹。入住阎家楼第一师团第二野战病院治疗,因强烈的疼痛陷入苦闷中,一直持续到二十七日傍晚,不幸与世长辞。遗体于二十八日抬到原部队的所在地八里庄埋葬。

注:乃木胜典为乃木希典的长子。该碑立于明治四十四年(1911)五月二十七日,即乃木胜典战死七周年祭日,此碑由日本关东都督府设立。碑位于金州八里村。现已不存。

6. 旅 顺 港 口 闭 塞 队 纪 念 碑

大正五年(1916)

【碑文】

旅顺港口闭塞』第一回明治三十七年二月二十四日』第二回同年三月二十七日 第三回同年五月三日』

大正五年十月满洲战绩保存会』

注:该碑为花岗岩石质。现保存于旅顺日俄监狱旧址。

7. 南 山 战 迹 碑

大正五年(1916)

【篆额】

南山戰蹟』元帥大勳位貞愛親王

【碑文】

第二軍ハ明治三十七年五月五日猴兒石及張家屯附近ニ上陸ヲ開始シ先南山ノ攻略ヲ企圖ス二十六日軍司令官奧大將ハ肖金山ニ位置シ第五師團ヲシテ軍ノ背後ヲ掩護セシメ第一、第三、第四師團及野戰砲兵第一旅團ヲ以テ此ノ高地ヲ攻擊シ聯合艦隊ハ軍艦築紫、平遠、赤城、鳥海及第一艦隊ヲシテ金州灣ヨリ協力セシメ同日薄暮竟ニ之ヲ占領ス

大正五年十月 南滿洲戰蹟保存會

南山战迹碑

碑文大意:第二军于明治三十七年五月五日开始在猴儿石及张家屯附近登陆,首先计划攻打南山。二十六日军司令官奥(奥保巩)大将在肖金山的地方下令第五师团作为后续部队,掩护第一、第三、第四师团和野战炮兵第一旅团攻击此高地,联合舰队出动筑紫、平远、赤城、鸟海及第一舰队,从金州湾协助攻击,当日天将黑时终于占领了高地。大正五年十月 南满洲战绩保存会

注:立于大正五年(1916)十月。碑文录自《南山激战史》。南山战迹碑其实为战迹塔,塔座由七层台阶构成,呈正方形状,最下面边长9.1米,最上面边长为4.6米。现碑已毁。

8. 旅顺二○三高地纪念碑

大正五年(1916)

【碑铭】

爾靈山 陸軍大將乃木希典書

【铭文】

旅順二○三高地記念碑碑文』

爾靈山ハ海拔二百三米突所謂二○三ニ由テ名稱ス位置旅順市』ノ西北里許ニ在リ南ハ老鉄山ニ對シ東ハ大孤山ニ面シ黄渤両』海ノ中樞ニシテ展望殊ニ廣豁矣會テ露國ノ業ヲ我ニ開クャ壘』砦ヲ山顚ニ築キ半腹ニ散兵壕ヲ穿チ壕外ニ鐵條鋼ヲ設ヶ附近』ノ丘陵ク悉壕壘ヲ備ヘ以テ聯絡應援ノ便ヲ取ル乃木將軍第三』軍ヲ督シ旅順攻圍ニ方リ右縱隊ノ一部ヲシテ爾靈山方面ニ當』ラシノ九月十九日未明砲火ヲ開キ山頂ノ壘ヲ擊ツ敵兵寂トシ』テ應セヌ我兵ヲ漸ク接近スルニ及ビ彼ヲ俄然銃砲ヲ亂射シ我』兵死傷頗ル多シ后續隊次テ至リ西南角ノ散兵壕ヲ奪ヒ進ンテ』頂壘ニ逼ス苦戰四晝夜竟ニ拔ク能ハス將軍其ノ力取スベクヲ』サルヲ料リ正攻法ニ則リ士卒ヲシテ攻路ヲ鑿開セシムるヨリ』先キ海軍屢敵ヲ艦隊ヲ擊盪シ港口ヲ封鎖シ以テ逸ヲ防ク時ニ』波羅的艦隊東航ノ報頻ニ至ル此際我攻圍軍第一次乃至第三次』總攻擊ノ不成効ニ鑑ミ諸般ノ準備ヲ整ヒ必成ヲ期シテ行ヘル』第四次ノ總攻擊亦効ヲ奏スルニ至ズ兹ニ於テ將軍諸將ト議』シ以謂シタ宜シタ先ツ爾靈山ヲ略取スベシト恰モ此時攻路略』成矣乃チ十一月二十八日ヲ期シ大小砲六十餘門ヲ列ス敵壘ヲ霆擊シ激戰奮鬪漸クニシテ之ヲ拔キシモ須更ニシテ復夕敵ノ奮還スルトコロトナル此ノ如クシテ三日猶ホ未タ決セス故ニ』將軍令ヲ下シテ戰ヲ休ヌ死傷ヲ收拾シ部伍ヲ輯整ス越ニ十二』月新到第七師團ヲ加ヘ敵ノ壘砦ヲ攀テ猛進肉搏ス敵遂ニ支フ』ル能ハスシテ潰走ヌ凡ソ攻擊七十余日彼我ノ死傷各萬ヲ超ュ』這般ノ戰斗寔ニ古來未曾有ノ慘烈ヲ極ムルモノト謂フベシ爾』靈山占領直ニ觀測所ヲ山顚ニ設ヶ巨砲ヲ以テ港里ノ敵艦ヲ射』擊シ焚毀沉没概ネ殄滅ニ歸シ松樹鷄冠等ノ永久堡壘相次テ陷』落シ主將斯哲世兒軍資器材ヲ齊シテ出テ降ル嗚呼滿洲軍戰勝』一ノ因日本海大捷ノ素源共ニ旅順開城ニ在リ而シテ旅順開城』ハ寔ニ爾靈山ノ陷落ニ決ス其ノ由來スル所洵ニ偶然ニ非ルナ』リ山ハ原ト老爺山ト稱ス爾靈山ノ名ハ乃木將軍戰時ニ命スル處ト謂フ

旅順二○三高地紀念碑

注:立于大正五年(1916)。碑文录自《旧明信片中的老大连》一书中。原碑文刻在铜板上,现碑文已不存在。

碑文大意:旅顺二○三高地纪念碑 尔灵山海拔203米,因此以二○三命名,此山居于旅顺口市西北1里许,南对老铁山,东峙大孤山,横跨黄渤海中央,远眺视野特别开阔,俄军阵地尽收我军眼底,山顶为堡垒,半山腰为散兵壕,壕外设带刺的铁丝网,附近丘陵皆为战壕堡垒,以备联络应援。乃木将军率第三军围攻旅顺,右纵队一部分攻打尔灵山方面。9月19日黎明,我炮火朝山顶堡垒轰击,敌兵沉寂,未应战,当我军接近时,俄军突然枪炮乱射,我军伤亡颇多,后续部队相继赶到,接着夺得西南角散兵壕,逼近山峰顶垒,苦战四昼夜,未能取胜。将军采取正面进攻的策略,命令士兵从正面开辟一条进攻的路线。进攻前击沉屡次扰袭的敌海军舰队,将港口封锁,遏止逃脱。与此同时,频传俄军波罗地海舰队东航,此时,我军第一次乃至第三次总攻击均未奏效,做第四次总攻击的准备,但第四次总攻击亦未奏效。于是将军与诸将商议,宜先攻打尔灵山,恰巧此时攻打尔灵山的战略成熟了。11月28日,大小炮六十余门列队向敌堡垒猛烈轰击,奋力激战。敌又奋力抵抗,如此激战,三日未分胜负,因此将军下令休战,收拾死伤,整顿队伍。至12月,新到援兵第七师团攀援突入敌军垒岩,激战肉搏,敌军不支,遂无力再战,溃逃。(此役)激战70余日,故我死伤各超万人,惨烈之极实可谓古今未曾有之,我军占领了尔灵山。然后直接在山顶设观测所,以巨炮向海港轰击,敌舰队焚毁沉没,全部歼灭。松树、鸡冠山等永久性堡垒也相继陷落,俄军主将斯特塞尔将军用物资全部供出投降。呜呼!满洲军战胜的一个原因系日本海大捷,另一个原因是攻下了旅顺城,旅顺城的攻陷决定了尔灵山之战的胜利。尔灵山之由来,事非偶然,此山本名老爷山,今尔灵山,是乃木将军于战时所命名。

9. 大 山 樱 诗 碑

大正七年(1918)

【碑阳】

碑额:大山樱(篆体)

　　植おきしれは』やまとにかへゐとま』千代まてにほへ』やまさくら花』

【碑阴】

大山樱诗碑

　　甲午之役,陸軍大將伯爵大山岩公,率第二軍奄到禹域,首耀武干遼東,□振威於山左。明年三月班師次金州,駐羽旆於此處。因卜庭隅,親植櫻樹,并題國風一首,以爲后日之記念。人呼曰:"大山樱"。蓋櫻花者,我日本武士之表識,而公之武勛,粲然彪炳,媲美櫻花,寔爲千載之盛事。然歷年既久,其樹不識,所移恐后人訪古無由,乃於其舊處新載一樹,呂繼公之意,并立石焉,刻以遺咏,垂諸不朽。后之觀此樹者,疇不景仰我公之高風,而深鄉往之志哉。謹志。

大正七年四月下浣

注:该碑原立于原金州日本警察署(金州副都统衙门)院内,现已不存。碑文录自日人须田晴雪《金州案内资料》。

10. 旅顺"水师营会见所"石柱铭文

大正七年(1918)

【碑文】

日露之役,我乃木将军与露将斯迭些儿会见于此所,纳降弭兵。时两将』相与撮影于枣树之下,此树是也。大正二年夏,福岛都督夫人凭吊战迹』至此,绕以石栅,永为护持,盖亦出于甘棠勿翦之情耳。因建石志之云。』

大正七年七月　关东都督秘书官白须直识』

　　注:该石柱高76厘米、宽24厘米、厚24厘米。

11. 大连"碧山庄"万灵塔碑

己未年(1919)

【碑阳】

万灵塔

【碑阴】

定礼无论恩与冤,四生『六道绝迷魂。千秋大连『湾头水,长印佛光自一『痕。

己未吉日 释宗演 敬草『

注:该碑原立于大连寺沟"碧山庄"。现保存于旅顺日俄监狱旧址。碑文录自《帝国主义侵略大连史丛书·大连近百年史文献》。

12. 剑 山 碑

大正十五年(1926)

【碑文】

碑额:劔山

明治三十七年六月二十六日第十一『師團步兵第四十三聯隊ハ此ノ山ヲ『占領シ爾後數回恢復ヲ圖ル敵ノ猛『襲ヲ受ケシモ每ニ之ヲ擊退シテ其『ノ領有ヲ全山モリ『

第三軍司令官乃木大將ハ其ヲ功績『ヲ表彰スル爲ノ該聯隊壯丁ノ出身『地タリ阿波ノ名山ニ因ミ特ニ劔山『ト名付ケラレタルモノナリ『

大正十五年六月『陸軍大將白川義則誌『

注:该碑呈长方形,石灰石。碑面有凹槽,碑文刻在石碑凹面上。现存放在旅顺日俄监狱。

碑文大意:剑山碑 明治三十七年六月二十六日,第十一师团步兵第四十三联队占领了这座山。之后,遭到了欲夺回阵地的敌人数次猛烈袭击。(敌人)的每次进攻均被击退,(牢牢地)占领整座山。

第三军司令官乃木大将为了表彰联队的功绩,依照联队青年的出生地阿波名山,特别占卜,取"剑山"之名。大正十五年六月陆军大将白川义则志。

13. 后 藤 新 平 铜 像 铭 文

昭和五年(1930)

【碑文】

后藤公薨之。明年,南满洲铁道会社及满洲有关系者,相谋铸公铜像,树之大『连星浦。惟明治三十八年,王师既逐强露于满洲之野。明年,铁道会社兴公受『命为总裁,兼关东都督府顾问。乃审形势、定规制,集贤使能,经营铁路亘七百『里,以四十年四月经始。公往来清露之都,讲信修睦,功用克成。于是,南北联

后藤新平铜像

属,『中外称便。公在任仅二年,而所规划确乎不可易,如此,非开物成务之君子,孰』能当之功德。所在宜有怀思,遗像肃然,灵风无沫,乃作铭曰:『远见达识,繄维天生。临事果断,济以精诚。邻国有难,王师于征。』勍敌克摧,边尘以清。乃布铁路,如砥斯平。公实主之,爰经爰营。』期月斯可,两年有成。牢笼朔漠,寘之户庭。规模闳远,万世作程。』英姿聿逝,大业永贞。范铜为像,咸瞻仪型。春海长镇,柱天不倾。』

昭和五年九月　子爵齐藤实题字　馆森鸿撰文　涩谷正美书』

注:后藤新平(1857～1929):日本岩手县人,日本南满洲铁道株式会社(满铁)首任总裁。1906年经儿玉源太郎举荐任满铁首任总裁,兼关东都督府顾问,将满铁经营方针确定为"文装武备"、"举王道之旗行霸道之术",将铁道沿线全部军事基地化。1908年任日本邮电大臣兼铁道院总裁、拓植局总裁。1916年任日本内相、铁道院总裁。1920年任东京市市长,1923年任日本内相兼帝都复兴院总裁,有"殖民政策先驱"之称,著有《日本膨胀论》等书。该碑原立于大连星浦公园内(今星海公园),为铜像碑。1945年光复后,苏军欲运至苏联,未成。2000年在大连沙河口火车站附近出土。

14. 伏见宫殿下第一师团司令部记念碑

昭和八年(1933)

【碑阳】

日露戰役故伏見宮殿下第一師團司令部記念碑』元帥陸軍大將武藤信義謹書』

【碑阴】

明治三十七年五月二十五日迠ノ』師團司令部』昭和八年八月一日 謹 □』

【碑座正面】

發起人:

關東廳
公　醫　清水幾太郎

碑石建設事員監督系
勳七等
功七級　豐田泰一郎

【碑座侧面】

最高顧問:』陸軍少將 岩井勘六』警務局長 林 壽 夫』内務局長 日下辰太』

注:该碑原立于金州城东响水观村附近。伏见宫殿下第一师团在日俄金州战役的情况详见《镇魂碑》考一文,伏见宫殿下指贞爱亲王,其个人情况待考。碑现存于金州博物馆。

15. 爱 川 村 移 民 碑

昭和八年(1933)~昭和九年(1934)

【碑文】

今日之苦 明日之乐　关东长官 菱刈隆书

注：原碑立于金州大魏家稻香村。菱刈隆任关东长官时间为昭和八年七月二十八日至昭和九年十二月十日。该碑原立于金州大魏家爱川村(现稻香村)，录自《帝国主义侵略大连史丛书·大连近百年史图片》。现碑已毁。

16. 小 村 寿 太 郎 铜 像 碑

昭和十三年(1938)

【碑文】

篆额：小村壽太郎

是侯爵小村壽太郎閣下ノ像ノリ侯ノ帝國外政ニ於ケ□其』豐功偉烈中外ノ齊シク瞻仰スル所其滿洲ニ於ヶルヤ緣故』特ニ深クンテ且遠ン日清戰役ニアリテハ侯ハ代理公使ト』シテ國交斷絶ノ衝ニ當リ又占領地民政長官トンテ功ヲ綏』撫ニ舉ク義和團ノ變露國ス乘シテ滿洲ヲ占領シ遂ニ其併』呑ヲ策スルヤ侯ハ駐露公使次テ駐清公使后終ニ外務大臣』トシテ終始一貫露ノ秘謀ヲ掣扼シ遂ニ露清ノ當路ニ警告』シテ滿洲還付條約ヲ締結セシム露國ノ條約ヲ無視シテ滿』洲ノ撤兵ヲ拒ミ却テ其把握ヲ強化セシトスルニ及ヒ侯乃』廟議ニ諮リ聖裁ヲ經テ露國ニ交涉ヲ開始シ折冲半歲堅』ク滿洲保全ト我條約上ノ權益尊重ノ主張トヲ執リテ動力』ス後日露講和會議ニ莅ムヤ病軀ヲ以テ日夜淬勵遂ニ滿洲』撤兵長春以南ノ鐵道並ニ遼東租借地ノ讓渡等

小村寿太郎銅像碑

韓國自由處』分ト共ニ我交戰目的ヲ構成スル主要要求ヲ貫徹シ回槎橫』濱ニ上陸スルヤ廟議南滿洲鐵道ト附帶利權トヲ以テ米國』ハリマン財團トノ合辦ニ付スルニ決シ已ニハリマント協』定スル所アリタルヲ聞キ思ヘラク國家ノ計ヲ誤ル之ヨリ』大ナルハナシト奮然意ヲ決シテ廟堂ニ力說シ該協定ヲ取』消サシム已ニシテ再疲憊ノ躬ヲ提ケテ清國ニ使シ滿洲善』后ノ條約ヲ議定シ且清國ヲシテ南滿洲鐵道ニ對スル並行』又ハ競爭ノ幹支線鐵道敷設ヲ敢テセサルヲ約諾セシノ又』滿洲ニ於ケル治安確立ノ帝國ノ安危ニ關スル重大問題タ』レヲ說キ清廷ヲシテ滿洲ニ於ケル施政ノ改善ト治安ノ確』保ヲ誓明セシノタリ其着眼ノ高遠其命意ノ周到實ニ神ニ』近シト云フヘシ明治四十二年米國政府ノ滿洲鐵道國際化』ヲ提議ン來ルヤ侯再外相ノ任ニ在リ日露講和條約所定ノ』事態ヲ破壞スルモノトシテ之ヲ排拒シ又露國ト相咨リテ』米ノ錦璦鐵道敷設計畫ヲ挫折セシム滿鐵ノ今日アル抑亦』王道樂土ノ顯現ヲ滿洲建國ニ見ルニ至リタル職トシテ侯』ノ遠見達識早ク已ニ其礎石ヲ當年ニ置力レタルニ由ル滿』鐵社員會同人曩ニ時勢ニ感發シテ率先計企スル所アリ偶』南滿洲鐵道株式會社創業三十周年記念ニ際シ同社幹部ヲ』リ提議シ

— 287 —

關東軍　關東局　在滿帝國大使館　滿洲國　南』滿洲鐵道株式會社並ニ滿鐵社員會　在滿有力會社其他全』滿官民有志等相諮リテ兹ニ侯ノ銅像ヲ建立シ旦暮其英姿』ヲ仰キ其偉勳ヲ永久ニ讚ヘントスト云爾』

昭和十三年五月三十一日　　　南滿洲鐵道株式會社　　總裁　松　岡　洋　右

注:小村寿太郎铜像碑原立于大连小村公园内,旧址为现在大连电子城。碑石现存于旅顺日俄监狱旧址。小村寿太郎(1855~1911)是日本明治时期外交官,历任日本驻朝、俄等国公使。1905年任日本外相,作为全权代表签订了日俄战争的《朴茨芬斯和约》。1908年再次出任日本外相,1910年促成日本吞并朝鲜。

碑文大意:小村寿太郎像铭文　之所以修建这尊小村寿太郎阁下的铜像,是为了中外人士共同瞻仰为日本帝国外交方面曾作出丰功伟绩的小村阁下。小村阁下在满洲时期对帝国的外交影响深远。在日清战争(甲午战争)中,小村侯爵作为代理公使两次向清国(中国)提出绝交书。另外,作为占领地民政长官也发挥了相当的绥抚作用。爆发的义和团之变,俄国乘机策划占领满洲,并最终将其吞并。侯爵早期任俄国公使,驻清公使之后,又出任外务大臣,始终一贯遏制俄国的密谋,并警告俄国,令其缔结归还满洲的条约,俄国无视该条约,拒绝从满洲撤兵,反而欲加强兵力。小村侯爵商议策划,经过圣裁,开始和俄国进行交涉,主张即使花费半年的时间也要坚决保全满洲,并希望俄国尊重我条约上所规定的权益。之后侯爵又出席了日俄讲和会议,以病体日夜奋力争取,终于使俄军从满洲撤兵,并让出长春以南的铁路和辽东的租借地,以及在争取到可以自由处理韩国问题的同时,还坚持构成主要交战目的的要求。我军在横滨登陆,朝议决定以南满洲铁路及附带权利同美国哈里曼财团合作,又听说有他国和哈里曼氏缔结了协定,不想误了国家计划,因此奋然决定,取消该协定。又以疲惫之躯与清国使者议定了满洲善后条约,并且承诺在清国铺设与南满洲铁路并行且互相竞争的干支线铁路,另外陈述了确保满洲治安稳定是事关帝国安危的重要问题,让清政府立誓改善满洲的统治及确保治安问题。小村阁下远见卓识周到之处真可谓能与神灵媲美。明治四十二年,美国政府提出了满洲铁道国际化的提议,此时小村侯爵再任日本外相,以其破坏了日俄讲和条约为由,拒绝了美国的该项提议。又和俄国协同计谋,挫败了美国锦瑷铁路的铺设计划。满洲能有今日这一片太平乐土,能有满洲国的建立,都是小村侯爵的远见卓识早已在当年为今天打下了基础。也有满铁社员会同时感发时势、率先计划的功劳。在南满洲铁路创立三十周年之际,由国社干部提议,关东军、关东局、在满帝国大使馆、满洲国南满铁路株式会社,加之满铁社员会,在经过了满洲有实力的会社全体官民共同商议,修建了小村侯爵的铜像,朝暮仰其英姿,永远颂其功绩。

昭和十三年五月三十一日　　南满洲铁路株式会社　　总裁　松冈洋右

纪念碑

1. 李义田纪念碑记

民国八年(1919)

【碑文】

李君在旃纪念碑记

器就□举正埶□□□□埶折治□途近……□埶指□之事涉□埶维持之恳□□恳恳□马导前□而尔缝其□□俾□□者□□其□君乎』君汉军旗籍讳义田字在旃读书颖悟□……□□训光绪乙酉年十九补博士弟子员已丑恩科中试□□天乡榜□□□宫□弟□□□□□』以重听自忿俯就教职归□侯铨□诵□……□□自若也甲辰岁日俄□□军政署□金州城内延□□□事事清军□□□□君乃大连□□□』公议会顾问□□□□投□主笔□是□……□年□□应民政部□立亦延□□□以一身之语默形藏□双□知□□□□子被乎于此乎』不茹不□其难其惟如是□会□年鉴庵……□省□欤君风□过机劝驾答以毋奉秋高不远游于民国十一年将□属记祈谢□□□山保筑』半可园菽水承欢孝养之余往听双涧溪□……□花□珑□物观□史不关□乱得失自号蘸隐有古近小诗若干集逮十四年□□□养丧葬』尺礼十七年四月取阅六月偶染故疚遽……山幸如此慎如也隔□□此其所以息也已曾几何时于今三年□□朋友之墓□宿□而不』哭焉夫惟君之生平廉谨自持故终无□……□里于君□□之游□□□□□□□□□凡□同好□□□□□□□□相兴推君』之德永垂不朽属叙颠末余不久□□……去仅十余里且崴契□□□□□□之记』

光绪甲竿科举人江蕭先□□□』东北财务委□□□袁金凯书丹』旅顺大连金邑普艺绅商府及人善□□□敬立』

中华民国八月五日　　　　　　　山左于仁海刻石』

　　注:该碑为青石,圭形,已断为两截,上半截高130厘米、宽100厘米、厚27厘米;下半截高200厘米,宽与厚和上半截同。碑文刻在石碑凹面上。凹面高273厘米、宽80厘米。碑原立于大连甘井子区双台沟村双涧寺院内,现在横放在附近一农户院外。李义田,汉军旗籍,讳义田,字在旃,号蘸隐,今大连甘井子区营城子双台沟人,1866年生,父亲复颖。李义田少时读书颖悟,20岁中秀才,1889年中恩科举人。李义田一生能写善诗,曾发起"嘤鸣诗社",又系辽东诗坛成员,并有诗集行世,诗作有《七绝·金城杂咏》、《山中诗怀》等。日本殖民统治大连时期,为关东州都督府挂名嘱托。李义田曾同曹世科等人编纂《金州志纂修稿》。1931年病故,卒年65年。

2. 郭精义纪念碑

民国十四年(1925)

【碑阳】

关东长官 正三位 勋一等 伯爵儿玉秀雄题』郭君精义纪念碑』大正十四年岁次乙丑八月

【碑阴】

民国十一年夏,余避政潮,寄踪连埠,寓郭君精义处八十有四。日季冬,君以疾遽殁。余自哈尔滨往吊其丧。重君行谊,请于中政府颁义声,载道额。日政府特叙勋五等,给宝瑞章,以旌异之。本年,儿玉长官采诸舆论,思所以不朽君者,倡议树纪念碑,以永其传,合埠欢动,颂长官张公道予善人,甚盛事也。以余知君,督为文。余适奉派参政赴都,匆冗不获,而久置不报。既无以慰合埠心,且辜长官望,并负吾良友,乃不敢以不文辞。谨按:君讳学纯,字精义,号炳文,大连湾人。生四龄失怙,受母教,聪慧喜读。十七岁以家贫,改学商,初时于金之德生栈,勤奋自矢。念四岁,应永成庆聘,襄理商务。卅二岁,纠同志庞、周两君,合设福顺成商号,日蒸蒸有起色。卅四岁,大连辟租界,开商埠,君洞烛几先,特设福顺厚商栈。以物望攸归,被举华商总理。日俄役后,改设民政,君任官署参事员。既以公私繁巨,辞总理,任协理一席,旋被举为公学堂评议员、卫生组合副组合长。创宏济善堂,施医药,购义地,倡修天后宫,筹集经费。复被举为商会总理,被选为市会议员。五十四岁值直省灾,募捐二万余元,全活拯众。中政府任为农商部咨议,给利用厚生奖章;日本赤十字社给有功章,本埠粮业钱钞五品。三大取引所成立,暨龙口、辽东两银行,均举为取缔役。连埠中外杂处,易滋隔阂,君久任总理,艰巨自负。遇事委屈疏通,务公允,中外悦服,人无间言。其材足肆应,而刚柔得中,不激不随之处,用心为独苦矣。乃只五十六岁骤归道山,中外悼惜,失所倚赖。今儿玉长官倡立碑记,留君遗念。庶雅韵清芬,被之无极;而闻风兴起者,更有人在,其所系顾不重哉! 至君其他言行,暨世系子姓,另详家乘,不具述。

辽阳袁金铠撰文　吉林成多禄书丹　金县李西篆额并刻字　大正十四年　八月吉日　公立
民国十四年

注:该碑原立于大连,现存于旅顺日俄监狱旧址。

3. 关东厅始政二十年记念碑

大正十五年(1926)

【第一面】

关东厅始政二十年记念

【第二面】

大正十五年九月一日建之

【第三面】

发政施仁

【第四面】

薄我税敛 易我田畴 开财之源 节财之流『乐民之乐 忧民之忧 施政以来 经二十秋』勒之金石 永垂不朽 土城了会谨况』

注:该碑呈柱子状,高290厘米,宽36厘米,花岗岩石质。碑原立于金州向应镇城西村土城子屯,"文革"时期被推倒,弃放在一农家房后。2006年8月25日因修路被运到博物馆保存。

4.清故和硕肃忠亲王善耆之碑

1931 年

【碑文】

碑额:清故和硕肃忠亲王之碑

王讳善耆,字艾堂,太宗文皇帝之裔,肃武亲王八世孙也。方太宗、世祖之创业,武王有大勋劳于国家,传六世八王至于考良亲王,其世系勋德,方册具存,觑不烦缕。王天禀英敏,光绪十二年以王子考试优等,封镇国将军,十五年补乾清门头等侍卫,十九年授正白旗汉军副都统,二十年授镶红旗护军统领,旋署镶红旗汉军副都统,二十一年补武备院卿,寻补镶红旗满洲副都统,二十四年良王薨,王以长子袭爵,二十六年授宗人府右宗、正镶红旗满洲都统,正白旗领侍卫内大臣,监督崇文门税务,二十八年管理京师工巡局,授御前大臣,二十九年调正黄旗领侍卫内大臣,三十年调镶黄旗蒙古都统,三十一年调镶蓝旗满洲都统,管理藩院事务,转宗人府左宗正,三十三年授民政部尚书。宣统元年奉旨筹办海军事务,三年四月庆亲王组织内阁,王为民政大臣,闰六月兼任弼德院顾问大臣,旋转理藩大臣,九月袁世凯内阁成,王与庆亲王等俱罢。初,国初宗室王公不以事,故罕以政绩著,惟恭忠亲王以贤以能实佐中兴,而王继起。其管崇文门税务、京师警政成绩尤著,而于藩属、海军建业,当时不能尽用,世多惜之。初,京师设崇文门税务局,征百货之入国门者,官吏多所浸渔,岁入才十七、八万金。及王奉命,剔除积弊,满一岁,税额入度支者至六十四万金。京辅夙号难治。先是弹压地面者,内城有步军统领衙门,外城有顺天府捕盗局,而五城察院、五城练勇局辅之。及庚子之乱,部伍星散,我议和全权大臣始与联军约,募民为巡警,其教练统率则各国分任。及和议成,接收地面,乃设工巡局,以王领之。王聘日本警务官川岛浪速为顾问,锐意教练,京师警务之立自此始。及为民政部尚书,整顿警务尤力,故京师警察为天下最。方王之罢崇文门税务也,即奏请巡视蒙边,遍历喀喇沁、赤峰、乌母城、巴林、乌珠穆沁、图什业图、达尔罕各地,东至郑家屯、新民府而还,奏请于蒙古建铁道、开水利、兴工艺、颁马政,朝廷趑之,然不能尽行也。王资性忠孝,兼综群艺,尤谦退下士,以故人乐为用;顾以严正,为执政所忌。辛亥乱作,袁世凯得政,尤忌王。时官兵已复汉阳,世凯乃外连诸将帅及民党,内集重兵于京师,排王公大臣之异己者。逊政议起,朝贵多密赞世凯,独王与恭亲王力争,已知事不可为,乃于十二月十五日出都,而逊政之诏旋下矣。王既去京师,愤袁世凯不臣,誓不与共戴天,乃以丙辰岁,谋起兵据旧京以申天讨。事方集,会世凯死而罢。天下闻而惜之。又,王尝盱衡形势,谓中日两国同处东亚,均利害,同安危,宜披肝膈,屏猜疑,忘阋墙之小嫌,御西力之东渐,必视两国如一家,令亲善征之事实。乃躬为之倡,与川岛浪速约结为异姓昆第,川岛惶恐逊谢,王卒不可。及居旅顺,悉以财政委之,推诚不疑。王每岁元日,朝服率家人望阙,川岛亦从之,稽首日本明治天皇。及昭宪皇太后之丧,王为服丧斋戒三日。蒙古人巴布扎布者,与王固不相识,感王忠义,集众万人讨袁世凯,川岛鉴其诚实,左右之。及兵出郭家店,与奉天将大战,于林西中流弹死。王恤其遗孤如家人,其好善忘势,推诚及人如此。王居旅顺十余年,每遇人来自京师,或得书问,辄痛哭不能已。以壬戌三月处二日薨于旅邸,春秋五十有七。遗疏上,天子震悼,赐祭葬如例,特谥曰"忠"。既葬,日本朝野殡送者达五千人,且编王事实为之传,其德之感孚于人者如此。妃赫舍里氏,次妃六人,子二十一人,女十七人。长子宪章袭王爵。今距王薨九年矣,王平生所怀,虽不获展布,然两国人士敬王夙志,以旅顺为王所游憩,爰立丰碑,以记盛烈,且示来者。系以铭曰:昭陵诸子,肃惟大房。定韩抚蒙,经营四方。殪献于蜀,功书大常。八世承华,讫于忠王。桓桓忠王,聪明睿智。诗惟言志,射则中艺。北海尺牍,东丹绘事。去者为荣,见者知贵。爰试以事,门关之征。于民不厉,于国则赢。街弹有室,闾师有平。我政未成,我酋则宏。虎狼入室,凤麟在野。楚问周鼎,鬼谋曹社。发言盈庭,惟王健者。吁嗟一木,焉支大厦? 惟王平生,志冀东亚。亲仁善邻,屏虞绝诈。元凶窃国,斧柯莫假。羁身嵎夷,遘沦长夜。维此岷夷,昔隶镐京。讵期末运,爰憩人英。茫茫沧海,烈烈邦桢。伐石颂德,万民是程。

注:碑文录自《帝国主义侵略大连史丛书·大连近百年史文献》。该碑原立于旅顺肃亲王府院内(今旅顺太阳沟新华大街9号),碑高241.5厘米、宽86厘米、厚32厘米,花岗岩质,碑文26行,1 353字。现收藏于旅顺博物馆。

5. 徐 公 香 圃 纪 念 碑 记

伪康德元年(1934)

【碑阳】

康德元年岁次乙亥九月谷旦』　徐公香圃纪念碑　　　　大连绅商各界暨本乡亲友公立

【碑阴】

去金县滨海迤南,渔火明灭,沙鸥翔集,景物萧然。斯为当年大蛎湾西一寥落荒村耳。今则闾阎扑地,楼榭连云,遂成繁盛之西岗区域。其始,规划会务,多出故副会长香圃。徐公勤劳所获,成绩昭然,遐迩其瞻。不有表彰,久或淹没,将何以诏后之人耶? 公性徐氏,讳瑞兰,字香圃。籍隶金州玉皇顶会西北沟村人。光绪季年,旅大开辟商港。公挟汉医学术,来连创设天一药行,且悬壶济众。时国人商工百业,多集于西岗,爰立公议会。得监督官厅许可,举定正副总代二人,公实副之。是为国人在连□□机关伊始。而总代人选限于本方有资产者,身家观念綦重,每惮开罪于人,遇事恒多顾虑。公方以第四区长兼任议董,□□聘为关东厅第五方面委员。关于兴革,力任劳怨,有所图维,初终贯彻。当局施政方略,拟就市区西部,划分工商用地,序□□纬街基,远近来者日增,货家供求不给。国人租领地址,建筑宅市,或因规章不明,或因语言误会,辄起纠纷,莫衷一是,赖□□中斡旋,成全实多。今虽事过境迁,偶谈往事,而口碑流传,犹多感念不置者。尔时西岗区荆榛甫薙,举凡广疗治而建医□,洁饮料而掘井泉;立扫除事务所,收尘芥以重卫生;聘医科专门家,杜传染而防沥疫;继之招募巡丁,侦防匪贼,添设夜警,□保公安,以及排难解纷,咸使引绳就范。更若法律,尊重人民习惯,有司恒向正绅考询,每因公一言鉴定而得其平,顿令□□争端豁然消弭,由是声誉益宏。公在会中,尤能毅力苦心,捍灾御患。最著为编练国人消防组一事,前后十数年间,正躬率□,奋勇当先,直至官设消防成立,乃由关东厅警保局长与西岗石井署长躬临慰劳,置酒大醺,勉励殷拳,然后解散。是不特□人对公同声感颂,即当道官吏亦且嘉奖而致谢矣。

公体格魁梧,秉性刚直,见义勇为,不避难阻。服务公职垂三十年,诸所措施散见《会务大略》一书,此其牢牢(应为"荦荦"字)大端耳。卒由积劳致疾,以康德元年甲戌九月二十一日奄忽藏形,卒年五十有六岁。乡闾市镇咨嗟悼惜,追怀谟猷,信足流芳。乃由大连市商会、西岗商会、西大连商会主倡树碑纪实,本邦暨乡屯绅耆父老询谋佥同,于是为文寿之贞珉,永昭矜式,庶几不朽云尔。

宁羌谢廷麒书丹　　康德元年乙亥十月既望

注:该碑原立于大连,该碑现存于旅顺日俄监狱旧址。

6. 庞 公 睦 堂 纪 念 碑 记

昭和十六年(1941)

【碑文】

大连据渤海之门户,作满洲之锁钥,为东亚商场冠。满华商民懋,迁兹土者,以西岗为中心。商会成立,迄今三十余年矣。历任会长擘画经营，日新月异，始臻今日之盛。而其任职最久者，以庞公睦堂为首。公籍金州之泉水屯。赋性豪爽，见义勇为，其平生事迹彰彰在人耳目，试撮其大端叙之。民国十二年，公初膺会长。时岗会以建筑会舍积欠旧债至八千余元。公就任伊始，即裁减冗费，蠲不急之需，未及数年而积欠以清。又以会务进展须财政充裕，于是筹建九圣祠，院内平房若干间，又买平顺街楼房一处，即以所收租金补助本会经费，岗会根基因以日固。此公之有益于会务者也。当时西岗市虽发达，而满铁之货车站及仓库尚属阙如，商家运货极感不便。公以本会代表商民向满铁当局请求，卒获增设站库。又商家由铁路运货，请领饿纸缴银行切手，车站长恐有诈伪，拒绝收受。公与当局交涉，由商会盖印保证，始免异议。他如请准改订户别割及所得税，筹设大龙街夜市，此皆有利于商民者也。公对于市民，则筹款设立庇寒所及施粥场，以救济贫民；又与各会同人发起募捐，在天后宫旁隙地建筑寄枢所兼大礼堂，以为各地侨商死亡连市者厝置灵枢设奠发丧之地。此公之有功于社会者也。大连人口日增，而教育机关收容满华人子弟者仅有数公学堂，均止于高小阶级，无中等学校，有志之士升学困难。公与本市同人一致向市政当局多方陈请，卒于康德元年创立协和实业学校，满华学子始有向上求学之机。公又独立创办睦堂幼稚园，以教髫龄儿童。此公之有裨于教育者也。大连市民托庇于友邦保护之下，公之行谊尤为日方所推重。故上自官府绅耆，下至商贩平民，罔不敬重而称颂之。自当选会长，前后连任者六次，历十六年之久，至康德六年七月卒于任。认与不认，罔弗叹惋，其德望可想见矣。夫连地商贾骈集，习尚各殊。而能以一人之才智，筹全市之福利，厥数十万市民之心，屡思退避贤路，以息仔肩，而西岗商民情殷维系，依如长城。非有特殊之才力，能令人信仰若此乎！公于是可传矣。至公之家世渊源，与其生平行事，另有传状纪叙，兹不著。仅叙其会长任内之措施可法可传者，揭于碑而系之以铭曰：甘棠忆召，攀辕借寇；遗爱之永，由于德懋。黎民保障，商界领袖；事虽殊途，理无差谬。翳惟庞公，连滨望崇；人心所向，如草偃风。兴利除害，殚智竭衷；一十六年，市廛骈嵘。哀然选首，屡思退休；万商爱戴，岂容优游。老成典型，永垂千秋；山高水长，仰止宏猷。

光绪甲辰进士江苏常州王季烈撰文山东莱阳县邑庠生　尹拙安书丹山东掖县王仁和石工

注：该碑原立于大连，现存于旅顺日俄监狱旧址。

7. 龙口"八一"水电站建成纪念碑

1958 年

第一面：

龙口『八一』水电站建成纪念

第二面：

在我国轰轰烈烈地充满着希望的社会主义大跃进的新形势中』，在社会主义建设总路线的光辉照耀下，金县广大人民为提前实』现农业发展纲要，根除旱涝灾害，确保农田丰收，造福万代，自』去冬以来以气吞山河的英雄气魄和冲天的革命干劲向大自然进军』，大兴农田水利，形成了史无前例的生产大跃进的高潮。此间，』我人民解放军部队、厂矿、企业、机关、学校和城镇居民支援农』业大跃进成绩辉煌，仅出劳动日即达百余万。』龙口水电站自一九五八年三月十五日正式奠基开工以来，由』我人民解放军官兵、工人、农民、下放干部、以及工程技术人员』

龙口"八一"水电站
建成纪念碑

第三面：

以移山倒海的雄心，经过一百零五昼夜的苦干实干，于党的生』日——"七一"胜利建成。水电站土石方工程一四万五千七百立』米、坝高一四公尺、长二一五公尺、顶宽三公尺、基宽六四公尺』铺盖长二〇公尺，溢洪道长二四一公尺，发电站输水管长七六』公尺,灌溉渠道长二,一〇〇公尺,蓄水量四五〇万吨,发电量』四八瓩。』据乡土资料记载,日寇曾数次试图在此修筑水坝,但其目睹』工程艰巨无能实现。今天,在伟大的中国共产党、毛主席的英明』领导下,政治上思想上解放了的革命劳动群众与中国人民解放军』

第四面:

的全力协作,战胜各种困难,水电站百日建成,广大农民梦寐以』求的愿望变为现实。』为向参加施工的中国人民解放军部队表示敬意,特命名本工』程为"龙口'八一'水电站",以志万代。』

中国共产党金县委员会
金县人民委员会　　立
公元一九五八年七月一日

当年建成的龙口"八一"水库旧影

注:该碑立于三十里堡街道四道河子村龙口八一水库。汉白玉石质。碑呈近似四方柱子体,柱子高410厘米,由三块汉白玉堆砌而成。有二层台阶,台阶总高75厘米。碑文镌刻在中间石头上,竖刻,阴文楷书,有标点符号。碑文分别刻石头的四面,满行28字。正面最上头雕刻着五角星。据《金县志》载和胡乃成回忆:该碑由当时有名的石雕艺人胡裕忠(1903～1961)书丹和镌刻。胡裕忠,字厚安,山东省莱西县胡家都人。自小深受石雕工艺熏陶,幼年随父胡东光学习石雕技艺,并喜绘画、好书法。由于家境贫寒,身为家中长子的胡裕忠读书之余早早帮助父母承揽石雕活计,承担起养家糊口的责任。1923年山东遭灾,胡裕忠只身"闯关东",来到大连,其间曾从事过报馆书写员等工作,后发现大连地区缺乏石雕艺人,便开始凭从其父那里学到的石雕手艺作为谋生之本,遂将胡氏雕刻手艺带到大连地区。其中一段时间因活计较多,还曾雇佣金县李氏石匠做帮手。他一生制作工艺品数以千计,代表作有"二龙戏珠"、"凤凰串牡丹"、"鹿鹤回春"、"鲤鱼卧莲"等等。晚年石雕以大型纪念性雕塑作品为主,如金州志愿军烈士陵园烈士纪念碑、南山苏军烈士碑、龙口八一水库纪念碑、鸽子塘水库纪念碑等。

8. 军民友谊水库建成纪念碑

1959 年

【碑阳】

军民友谊水库建成纪念

【碑阴】

在我国社会主义建设事业大跃』进的年代里,金县人民在中国共产』党的英明拎(刻者笔误,应为"领"字,下同。)导下,遵循着党的鼓足』干劲,力争上游,多快好省地建设』社会主义的总路线,发扬了敢想敢』说敢作敢为的共产主义风格,为实』现土、肥、水、种、密、保、管、』工农业八字宪法,根除旱涝自然灾』害威胁,确保农业丰收,故于鸽子』塘修此水库。自一九五八年十二月』十六日开始奠基以来,来自各个不』同单位的水库建设者,以冲天的干』劲,经过二百个昼夜地英勇奋战,』付出了三十四万一千个工日,终于』在本年七月十一日胜利建成。』

水库筑坝沙土石方一十三万五』千七百立米,坝长一百五十六米,』坝高十九米三,坝基宽一百一十五』米,坝顶宽四米,溢洪道长一百八』十五米,宽二十米,进水塔高十五』米四,电站输水管长九十三米六,』灌溉渠道长九千六百米,蓄水量一』千五百万吨,可灌溉农田三千垧,』可发电一千瓩,可养鱼一百万尾。』参加水库工程建设的,有驻金』县中国人民解放军和人民公社社员』,下放干部、厂矿、企业、机关以』及学校的技职人

员,水库的胜利竣『工是由于他们在党的拎(领)导下,团结『协作,日以继夜地忘我劳动,和市『、县有关单位无私援助的结果。为『表彰军民友谊和水库建设者的英雄『事迹,特命名为军民友谊水库,并『树此碑以资纪念。』中共金县委员会『金县人民委员会『一九五九年七月十二日』

注:该碑立于三十里堡街道鸽子塘村鸽子塘水库。该碑为花岗岩,柱体,碑身高432厘米,碑座为二层台阶,总高70厘米。碑最上面镶嵌着五角星,碑阳文字是刻在十块汉白玉板材上,并镶嵌在碑柱上,每个文字用一块汉白玉板,文字下镶嵌着用汉白玉雕刻的二龙吐水图案。碑阴文字是刻在114厘米×47厘米的汉白玉板材上,该板材镶嵌在碑柱的背面。碑文横书,阴刻楷书,文中有标点符号。在碑阴处的花岗岩下方还雕刻着禾苗。据《金县志》载和胡乃成回忆:该碑由当时有名的石雕艺人胡裕忠(1903~1961)书丹和镌刻。

军民友谊水库建成纪念碑

9. 大连"福纺"工人"四二七"大罢工纪念碑

1976 年

【碑阳】

一九二六年四月二十七日满洲福纺株式会社(大连纺织厂前身)的工人在中国共产党的领导下,在大连工学会的组织下,为反抗日本帝国主义的残酷统治和剥削,为争取民族独立和阶级解放,举行了声势浩大的闻名全国的大罢工。这次罢工贯彻了毛泽东主席提出的新民主主义革命路线,坚持了反帝反封建的斗争大方向,得到了中华全国总工会和全市工人的大力支持,同附近的农民结成了巩固的联盟,争取了各阶层人民的支持。罢工工人团结一致,不畏强暴,敢于斗争,敢于胜利,粉碎和击败了日寇的诱骗、封锁、镇压种种阴谋,排除了"左"倾错误干扰,战胜了重重困难,坚持罢工整一百天,终于迫使日本帝国主义答复了全部条件,取得了斗争的胜利,在我国工人斗争史上,谱写了光辉的一页。缅怀革命先辈,我们要高举马克思列宁主义毛泽东思想伟大旗帜,继续和发扬"四二七"光辉传统,为反修防修,巩固和加强无产阶级专政,实现共产主义而奋斗!原碑一九五一年立于院内,为纪念"四二七"五十周年移建于此。

大连纺织厂全体职工敬立 一九七六年四月二十七日

注:"福纺"工人"四二七"大罢工碑矗立于大连纺织厂南门东侧。碑呈正方形,碑身高4.27米、宽1.01米,用汉白玉矩形板材拼接而成。碑座边长3米,高1.926米,四面分别以六级台阶构成碑基。设计者以碑座高代表1926年,碑身宽代表罢工的天数101天,碑高代表罢工的开始日期为4月27日。原有一座1951年立的纪念碑,"文革"期间被毁,该碑系重建碑。

其 他

1. 旅顺龙眼泉碑

清·光绪十四年(1881)

【碑阳】

龙引泉

【碑阴】

钦命二品衔署理直[隶]津海关监督兼管海防兵备道、』钦命镇守奉天[金]州等处副都统』钦命二品衔直隶按察使司按察使、』钦加将军衔署理奉天金州海防清军府、』为』勘碑晓谕垂久事,按照旅顺口为北洋重镇,历年奉』旨筹办炮台、船坞,驻设海军陆师合营局兵匠等役,各机器厂、水雷营、雷池及来往兵船日需用食淡水甚多,附近一带连年开井数十口,』非水味带咸,即泉脉不旺。自勘得旅顺口北十里,地名八里庄,有泉数眼,汇成方塘,土人呼为"龙眼泉"。其水甚旺,历旱不涸,但分其』半,足供口岸水陆营局食用要需,应于其上建屋数楹,雇本地土人看守,以免牲畜作践。池外暗埋铁管,越溪穿陇,透迤以达澳坞。』四周及临海码头至黄金山下水雷营等处,另分一管,添做池塘,专供该处旗民食用。灌溉前月,据该处旗民联名禀称,所分出』之水,日久无凭,恐全为军中所用,该处所在居民,无水食用,恳请立碑存记等语,本司道等业据情详请』钦差大臣督办北洋海军直隶爵阁督部堂李,立案并咨本副都统暨本厅,均照该旗民所请,立之,情愿会同勒碑晓谕,以便军民』而垂久远,为此示仰该处旗民人等,一体遵照特示。』

光绪十四年五月,右仰』碑立八里庄龙引泉上』

附:龙引泉,又名龙眼泉。龙引泉碑立于大连市旅顺口区水师营街道三八里村西之龙引泉。碑石质为汉白玉,高140厘米、宽50.5厘米、厚15.4厘米,现碑身断裂,右下角有残损。碑正面阴刻"龙引泉"三个楷、隶大字,碑阴碑文14行,满行53字。

光绪初年,清政府在旅顺口经营北洋水师基地,因食用淡水困难而寻找优质淡水。后在旅顺口北八里庄龙眼泉的地方,发现该处水质甘美,于是决定在该处用为水源地。整个工程从光绪五年十一月九日开工,至次年十一月竣工。主要设施为:凿井18眼,安装水泵18台,拱型隧洞一座,储水库一座,淡水库一座,从龙眼泉至旅顺净水池铺设地下铁管,日送水150吨,共两万人食用。另一条管道共当地农民食用。该碑记录了当时修建龙眼泉的情况,这对研究清朝自来水发展史和大连地区历史文化有着重要的史学价值。

2. 旅顺道院暨世界红卍字会旅顺分会地址奠定记

己卯年(1939)

【碑文】

第一通碑碑文:

窃维琳宫梵宇为释道之庄严,杰阁崇楼乃耶回之庙貌,莫谓安兴土木,徒壮观瞻。须知普渡群伦,实资』色相。盖以正像时期已过,末法已达千年,去古既远,人质非初,必籍有形之宫墙,以显无形之觉岸,始能』动其师止之心,启其景行之念也,何况吾道道院及吾红卍字会既为教乘慈航之枢纽,且为社会事业』之机关,岂可无院基会址,以为修道行慈之处所哉?是以旅顺道院暨世界红卍字会旅顺分会当筹设』之始,即经刘君承中、陈君盛境等联合同修,购置市内柳町瓦房十有一间,稍加修葺,以为院会基址。于』辛未年子月望日,院会同时成立。未几,统掌丛君良悟以其房屋太少,愿将自置之西町瓦房一所,前后』共二十四间,作价四千圆,让归院会为常住。乃于壬申夏五,旅顺院会遂由柳町迁于西町焉。既而,王君』云璞来旅寄居,钦奉神训,命与刘、陈二君同负责,任统掌之职责,以襄大化。于是,三君会集同修,各竭』其才资心力,以期推展道慈而因利局,施诊、施棺、施药,乃至冬令施粥等,皆得以次第举行,且于其他救』灾恤难,凡属慈业之当为者,亦莫不欢喜布施。至于内部事务,如文笔、经藏等职,则端赖陈君盛境之哲』嗣泽因、丛君良悟之哲嗣槎大为之,荷担一切。惟道慈事业日形扩张,地址又觉狭隘,同修等又倡迁移』

第二通碑碑文(续第一通碑碑文):

院会地址之议。是时刘君承中及丛君父子、陈君父子,皆以事离旅院,会事务惟王君云璞独任仔肩。陈』君盛境虽已南旋,而于院会之经费及有各项慈业时,仍旧担负。更得苏君顺静、刘君遯太、宋君莲洁及』诸同修等戮力同心、协合赞助,故购地迁移之议既定,遂又于戊寅之秋,购置柳町空地一段,计土三百』六十余坪,即于其处建筑大殿五间,东西厢房各五间;前院正房十间;又于其右建筑女社一所,正殿三』间,厢房两间,用款计二万余圆,至来夏工告完竣。自己卯正月,奉训晋旅院为特院,准于新址举行』落成及迁位典礼,曰同时成立,并任王君云璞为旅院首席统掌。由是而旅顺院会之常住地址遂仍』于柳町而奠其基已。惟院会有形之基础既而巩固,而道慈无形之进展尤贵筹维。今幸王君云璞奉』命荷担道统,所愿诸掌监及职修各方一德一心,永远团结,则旅顺院会将来能与天地同垂不朽者,诸』君维固院会之芳行,亦皆与之同垂不朽矣。是为记。』

母总主旅四院统掌王奉丰敬撰』大连道院统文坐院掌籍张镜澈敬书』太岁己卯年五月谷旦敬立』

(碑阴略)

附:

该碑镶嵌于大连市旅顺口区开明街 76 号院内墙壁内,民国时期该处为旅顺道院暨世界红十字会旅顺分会会址所在地,整个碑文分为两通,一左一右,分别书写,隶书。第一通碑与第二通碑碑文均为 12 行,满行 40 字,第一通碑周边镶刻双龙戏珠,第二通碑为暗八仙纹。碑质为汉白玉,高 163 厘米、宽 54 厘米。碑阴为捐款人名录,其中左边碑阴载:"兹将捐助固基金芳衔及款数列左",芳衔有"总院、主院、连院、滨院、营城子会、大阪中东号、旅顺、旅院、旅社"等捐款达数十人。经查,己卯年为公元 1939 年(民国二十八年),壬申年为 1932 年(民国二十一年),辛未年为 1931 年(民国二十年)。据《帝国主义侵略大连史·卫生卷》载:"世界红十字会大连分会于 1928 年 5 月 19 日成立,地址在武藏町(今中山区文林街),后迁至惠比须町 62 号(今西岗区英华街)。大连分会会长为张本政。其标榜的宗旨是:救寡恤难,保持世界和平和人类幸福。总会设在北京,会员全为商人。"在大连其他地区,例,城子疃分会于 1935 年 4 月 3 日成立,会长高丕德。瓦房店亦有之。

旅顺道院暨世界红十字会旅顺分会据《旅顺口区志》载:"日占时,人称万字会,受辖于伪满洲国红卍字总会,称红卍字道会旅顺分会,会址位于旅顺市初濑町(今登峰街道)。道会设经堂,供奉'至圣先天老祖'神龛,并摆设香案。道会向信徒宣扬'慈善博爱'、'日满亲善'、'王道乐土'和满洲国建国精神。入会者多为工商富户中的老年妇女。会员不定期进经堂拜佛祈祷"。旅顺万字会至 1945 年随着日本的投降而解散。

3. 金 伯 阳 塑 像 铭 文

1997 年

【塑像正面】

抗日民族英雄

金伯阳

薄一波题　　印

【塑像背面】

　　金伯阳，原名金永绪。一九〇七』年生于旅顺老铁山麓金家屯。早年』参加革命，一九二九年加入中国共』产党，一九三一年任中共满洲省委』常委，一九三二年在东北磐石县等』地同杨靖宇一起指挥抗日游击战』争。一九三三年十一月十五日在金』川县旱龙湾与敌作战中壮烈牺牲，』时年二十六岁。他以大无畏的英雄』气概实践了自己"唯有丹心共日月，』甘将热血洒江山"的豪言壮志。』金伯阳是东北工人运动著名』领袖。中共中央《八一宣言》称他』是为救国而捐躯的抗日民族英雄。』为告慰英灵，教育后人，继承』遗志，谨树此像。』

中共大连市旅顺口区委』大连市旅顺口区人民政府』公元一九九七年七月一日立』

　　注:金伯阳塑像立于旅顺口区太阳沟风景区解放桥广场。铭文刻在座红色大理石塑像上。铭文中有标点符号。

碑拓选录

碑侧　　　　　　　　　　碑侧

榆林胜水寺重修记（碑阳）

明·嘉靖六年（1527）

重修观音阁碑记（局部）
清·康熙四十九年（1710）

观音阁重修碑记（局部）
清·康熙五十七年（1718）

观音阁重立捐施碑记(局部)
清·咸丰二年（1852）

涂景涛游胜水寺诗碑
清·光绪戊戌年（1898）

重兴胜水寺记（碑阳）局部
民国九年（1920）

观音阁重修碑记（局部）
民国二十年（1931）

明秀（朝阳）寺碑（局部）
清·乾隆五十九年（1794）

重修朝阳寺碑记（局部）
清·道光二十九年（1849）

重修铜像关圣帝君庙碑记（局部）
清·光绪二十年（1894）

张永祥募化响水观碑（局部）
清·宣统元年（1909）

捐资重修响水观碑记（局部）
民国十三年（1924）

新修大和尚山宫道记（局部）
大正十五年（1926）

捐建唐王殿碑志（局部）
清·道光十年（1830）

韩氏先德修建石鼓寺碑（局部）
民国甲戌年（1934）

宿石鼓寺诗碑
民国甲戌年（1934）

金复州儒学碑（碑阳）局部
元·至正十年（1350）

重修宁海县学宫记（局部）
清·嘉庆二十年（1815）

重修金州圣庙记碑（局部）
民国十八年（1929）

重修龙王庙碑记（局部）
清·道光二十年（1840）

龙王庙重修记（局部）
1987年

重修梦真窟碑（局部）
民国十五年（1926）

得胜庙记碑（局部）
明·正德元年（1506）

真武庙重建碑记（局部）
2002年

重修永清寺钟楼碑记（局部）
民国二十二年（1933）

重修永清寺碑记（局部）
伪康德三年（1936）

广宁寺重修碑记（局部）
伪康德三年（1936）

莲花庙重修碑志（局部）
清·光绪七年（1881）

辽东金州先师庙碑（碑阳）

明·万历三十五年（1607）

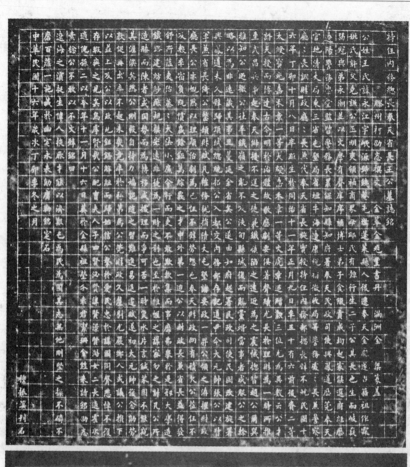

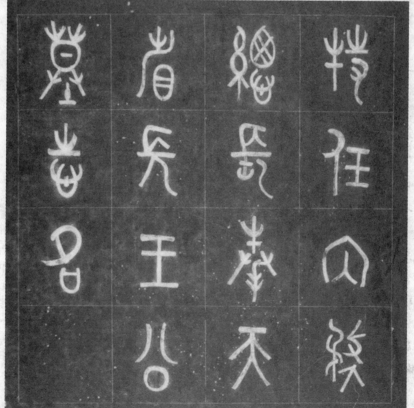

王永江墓志铭

民国十六年（1927）

金州孫處士元配畢氏墓誌銘
賜進士出身前學部郎中吳縣王季烈撰文
賜進士出身前學部左侍郎長白寶熙書丹
南書房行走前學部參事上虞羅振玉篆蓋
夫人畢氏先世業農父世琪始讀儒書訓迪後進向
世孫處士登移居金州城東窪子村
母孫孺人有洪德讀儒書敏性貞靜在堂同
弗精工刺繡孺人幼明敏性貞靜任家族
人眾多夫人佐處士治家區畫綜理遇輕難事當內助至機
於養生之必謹必周送死之盡禮以行人疾商難所以
立斷避難之必周送死之盡禮以行
代竟愈義方教于家政勤劬不遑暇逸辰遂要商疾難以
巳巳十一月十七日卒於光緒演辰二月初以
能晚歲病母吮疽不遷曲演辰二月初以
十日春秋五十卒後七日葬於城北雙亲命子寶田叙之
次葬後八年處士追念慈淑情深儜命子寶田模楷叙之
述夫大行事為余為之銘曰
誠好學知其出自賢母之教受不解而為之銘曰天不假年
為女孝為婦賢教厥子亦名言垂師範行天不假年
我銘此阡以勖其子之進德且勵夫子悼惜之無端

金州處士元配畢氏墓誌銘

金州孫尚義元配畢氏墓誌銘
民國二十五年（1936）

金州城にて　子規

行く春の酒を

たまはる陣屋かな

正冈子规《在金州城》俳句碑　纪元2600年（1940）

后藤新平铜像铭文　昭和五年（1930）

小村寿太郎铜像碑　昭和十三年（1938）

参 阅 书 目

1. 金毓绂《辽海丛书》(一~五册) 辽沈书社 1984 年影印本

2. 王树楠、吴廷燮、金毓绂《奉天通志》(一~五册) 东北文史丛书编辑委员会 1982 年 8 月缩印本

3. 曹世科、阎宝琛等《金州志纂修稿》1935 年手稿本

4. 乔德秀《南金乡土志》新亚印务公司出版部 1931 年石印本

5. 孙宝田《旅大文献征存》稿本

6. 金县地名办公室《金县地名志》大连海运学院出版社 1988 年 12 月

7. 薛天忠《金县志》大连出版社 1989 年

8. 王胜利等《大连近百年史·人物》辽宁人民出版社 1999 年 9 月

9. 王希智等《大连近百年史·文献》辽宁人民出版社 1999 年 9 月

10. 吴青云《大连历代诗选注》大连出版社 1992 年 6 月

11. 于耐寒《金州风物传说》、《金州民间故事》大连出版社 1991 年 7 月

12. 刘德厚《金州文史资料》(第一辑) 内部资料

13. (日)关东厅临时土地调查部《关东州事情》满蒙文化协会 大正十二年(1923)1 月 25 日

14. (日)《满蒙》杂志第六年第六十五册 大正十四年(1925)九月号

15. (日)八木奘三郎《续满洲旧迹志》昭和四年(1929)2 月

16. (日)松本丰三《满洲金石志稿》昭和十一年(1926)4 月 20 日

17. (日)须田晴雪《金州案内资料》昭和十四年(1939)刊

18. (日)三宅俊成《在满二十六年遗迹探查と我が人生の回想》三宅中国古代文化调查室 1985 年 12 月

19. (日)增田道义殿《金州管内古迹志》手稿本 昭和六年(1931)(大连图书馆藏)

20. (日)关山胜三《南山激战史》南满洲教育会 昭和六年(1931)九月

21. (日)《日清战争写从军真帖—伯爵龟井兹明の日记》柏书房株式会社 1992 年 7 月 10 日

22. (日)出利夫《正冈子规の世界——松山市立子规记念博物馆総合案内》図録企划协力者 平成六年(1994)三月三十一日

23. 谷应泰《明史纪事本末》中华书局 1977 年 2 月

24. 张廷玉《明史》中华书局 1984 年 3 月

25. 《二十五史——元书》、《二十五史——新唐书》 上海古籍出版社、上海书店 1989 年

26. 刘谦《明辽东镇长城及防御考》文物出版社 1989 年 12 月

27. 赵尔巽等《清史稿》中华书局 1977 年 12 月

28. 刘志超、关捷编著《争夺与国难——甲辰日俄战争》辽海出版社 1999 年 4 月

29. 杨余练等《清代东北史》辽宁教育出版社 1991 年 11 月

30. 徐一士《一士类稿 一士类谈》书目文献出版社 1983 年 5 月

31. 司马迁《史记》北京广播学院出版社 1992 年 9 月

32. 司马光《资治通鉴》古籍出版社 1975 年

33. 鄂尔泰等《八旗通志》东北师范大学出版社 1989 年 5 月

34. 辽宁省档案馆、辽宁社会科学院历史研究所《明代辽东档案汇编》辽沈书社 1985 年 6 月

35. 马书田《全像中国三百神》江西美术出版社 1995 年 12 月

36. 孙永都、孟昭星《简明古代职官辞典》书目文献出版社 1987 年 5 月

37. 北京图书馆金石组《北京图书馆藏中国历代碑刻拓本汇编》中州古籍出版社 1997 年 8 月

38. 张守常《太平军北伐资料选编》齐鲁书社 1984 年 8 月

39.《东北名胜古迹轶闻》沈阳市图书馆社科参考部编印 1985 年 9 月

40. 张本义《金州名胜与风光》辽宁人民出版社 1985 年 9 月

41. 刘德厚、张本义《王永江纪念文集》大连出版社 1993 年 6 月

42. 李雅、张本义、吴青云《大连文物》杂志 1986～2003 年

后　记

　　这本书是我对生我养我的土地——大连的一份回报,尽管它的内容和文化价值尚须认可,但我却是十分真诚的。

　　1990 年辽宁大学历史系毕业后,我来到大连金州博物馆工作。1991 年春天我首次到金州响水观碑林进行考察时,便对碑林中各个时代的碑刻产生了浓厚的兴趣。尤其是 1991 年 11 月 25日,金州博物馆在对王永江墓进行调查清理时,发现了弥足珍贵的王永江墓志。博物馆立即对其进行了传拓,拓完后显现出来的黑地白字、清丽竣拔的拓片令我心灵震撼,遂产生了对金州地区的碑刻进行全面传拓的想法。这项工作自 1993 年开始,至 2000年已累计有 50 余幅。回眸拓录和研究这些碑刻的过程,不知为此经历多少辛苦,不知爬过多少崇山峻岭,不知往返多少次寺观和荒野,也不知熬过多少不眠之夜! 有谁会知,为此早出晚归,披星戴月;有谁会知,多少次中午吃不上饭,汗流浃背地扒在石碑

野外抄录碑文

上,一刻不停地拍打着石碑;又有多少次,遭到碑刻所在单位的冷遇。编著《金州碑刻》这本书的文字稿筹备工作始于 2000 年。当时,我到北京中国国家图书馆查阅金州副都统资料,为举办金州副都统展览作准备。在查阅资料过程中,发现有金州地区的墓志铭拓片,那时,图书馆的工作人员不准对拓片进行拍照,只准抄录。从此,便有了编著金州碑刻的念头。刚开始,只是对手中的 50 余幅金州地区碑拓进行抄录,在抄录的过程中发现碑文中有很多的错误和使人难读的晦涩语句,这些都给研究和阅读带来一定的困难。同时,发现在前人抄录的碑文文献中,与现存的碑石上的文字也有许多不一样或纰漏的地方,加之碑文中有大量的金州地方历史背景和常识以及重要的人名等,都是现在的人们不了解的或者比较生疏的,深感自己有必要有责任将它们整理出来,并加以详尽的考证和注释,让后人能够对它们有更深刻的认识。随着拓片和收集前人碑文的增多,发现有很多旧碑文,它所反映的内容与当今金州管辖属地已完全不同了,过去,金州管辖的范围,涵盖了今天大连的普兰店市南部、长海县、金州区、大连经济开发区、大连湾、大连市四区至旅顺口区,现在金州的辖区范围不及过去的五分之一,为了不使读者引起不必要的误解,遂将原《金州碑刻》书名更名为《辽南碑刻》。

　　碑刻铭文的抄录和释读,可能不为人们所重视,实际上却是一项有相当难度和严格学术要求的工作。在前人抄录的所有金州碑刻著作中,还没有一本著作既给碑文断句,又加以注释。有人说"抄碑难,校碑更难"。面对一件件风蚀剥沥、别字充斥的历史碑刻,要将它们正确无误的释读出来,其难度可想而知。我执著地去完成它,就是希望它是严谨可靠的,起到真正意义上的文史研究作用。

　　《辽南碑刻》一书的问世,希望能引起人们和相关部门对辽南碑刻的更大关注,推动有关文物的保护和支持。同时,使广大的读者通过碑刻这一载体对金州乃至大连地区的历史、宗教、民情风俗、风景名胜、人

文地理有深入浅出的了解,这对我本人来说,是求之不得的。

本书稿历经五载,几易其稿,除了个别章节外,于2005年2月完成初稿,后又多次征求专家的意见和审阅,才最终成书。

拓曲氏井碑

大连史志办专家杜宏女士和王万涛先生对本书提出宝贵的建议。特别令我感动的是,年事已高的史学家孙玉(孙械蔚)老师舍弃照顾重病在床的老伴,不辞辛苦,为本书东奔西跑,提供了很多鲜为人知的照片、史料和秘闻等,亲自为本书抄录碑文资料,并对书稿进行了全面审阅。现在一想到当时的情景,怎能不使人潸然泪下!不仅如此,孙老还亲自带着我调查碑刻情况,风雨严寒的野外留下了老人家矍铄健谈的身影,没有孙老的学识和对本书的关爱,本书的质量和水平将是不可想象的。在本书完稿之际,原旅顺博物馆副馆长韩行芳先生又为本书提出了整改设想,并把珍藏多年的文章、资料提供给我,使本书增色不少。大连市学术委员会刘国恒教授、大连市文化局文物处处长吴青云同志也为本书提出了很多建议,在此一并感谢!

令人欣喜的是,吴青云同志欣然为本书作序,著名书画家张宝华先生为本书题写书名,大连考古研究所副所长王宇先生为本书提供了极为珍贵的碑刻照片,大连图书馆的赵丹、金州博物馆的副馆长王英琴女士还有王慧、姜红同志为本书的日文碑刻部分作了大量的翻译工作,特此致以衷心地感谢!

该书也是金州博物馆集体智慧的结晶。王明成、王家忠、王立昱、刘长源、朱吉庆为本书提供了珍贵的资料,王明成和陈燕玲等还对本书进行了认真地校对,朱吉庆为本书进行了精心的设计,王家忠特意为我拍摄了工作照。

原金州奔腾数码影像工作室的张莉女士进行了技术制作,金州博物馆孙晓南、单晓辉、刘艳红也参与了本书的部分工作。

我要感谢的人实在太多。在著述过程中,得到相关单位领导和同志们的帮助。金州区史志办毕可冬先生、大连图书馆陈艳军、薛莲、王子平女士、旅顺博物馆保管部主任王嗣洲、刘宝伟、营城子民俗博物馆邹永志馆长、赵贤立、姜日波先生、大连金州图书馆馆长张立军、金州博物馆副馆长王英琴、姜慧、姜桂媛、李晓霜等女士等都给予鼎力的支持,金州区民政局也给予协助。

本书的出版得到张宝华、郑玉岷、文治连、文安忠、文安斌、张其俊、胡乃成、文治允、文治得、文治环的鼎力资助,在此一并表示感谢。

由于水平和各方面条件的限制,书中不尽如人意之处和疏漏之处在所难免,例如,由于资料出处不同以及翻译等诸多因素所限,个别日本碑碑文会出现一些差异,对此,请广大读者朋友提出宝贵的意见。

编 者